塞缪尔地狱大冒险系列

地 狱

[爱尔兰] 约翰·康诺利 著
李慧 蒋万青 刘雅彬 译

之 门

人民文学出版社
PEOPLE'S LITERATURE PUBLISHING HOUSE

著作权合同登记号　图字 01 - 2016 - 8898

John Connolly
The Gates
Copyright © 2009 by John Connolly
Published in agreement with Darley Anderson Literary, TV and Film Agency through The Grayhawk Agency
Simplified Chinese edition copyright
© Shanghai 99 Readers' Culture Co., Ltd., 2017
All rights reserved.

图书在版编目(CIP)数据

地狱之门/(爱尔兰)约翰·康诺利著;李慧,蒋万青,刘雅彬译. —北京:人民文学出版社,2017
(塞缪尔地狱大冒险系列)
ISBN 978-7-02-012270-7

Ⅰ.①地… Ⅱ.①约… ②李… ③蒋… ④刘… Ⅲ.①长篇小说-爱尔兰-现代 Ⅳ.①I562.45

中国版本图书馆 CIP 数据核字(2016)第 322229 号

责任编辑	卜艳冰　张玉贞　崔　莹
装帧设计	高静芳

出版发行　人民文学出版社
社　　址　北京市朝内大街 166 号
邮政编码　100705
网　　址　http://www.rw-cn.com

印　制　山东德州新华印务有限责任公司
经　销　全国新华书店等

字　数　575 千字
开　本　890 毫米×1240 毫米　1/32
印　张　21
版　次　2017 年 4 月北京第 1 版
印　次　2017 年 4 月第 1 次印刷

书　号　978-7-02-012270-7
定　价　69.00 元

如有印装质量问题,请与本社图书销售中心调换。电话:010 - 65233595

献给卡梅伦和阿利斯泰尔

目录

1　地狱之门

- 5　第1章　奇异粒子
- 7　第2章　"不给糖就捣蛋"
- 14　第3章　大型强子对撞机失灵事件
- 22　第4章　阿伯纳西先生家的地下室
- 32　第5章　五灾之魔纳德
- 37　第6章　斯蒂芬妮
- 40　第7章　希尔伯特教授
- 46　第8章　地狱之门的秘密
- 53　第9章　塞缪尔的难题
- 60　第10章　塞缪尔床下的恶魔
- 67　第11章　多元宇宙存在吗？
- 70　第12章　恶魔纳德的地球之旅
- 80　第13章　伯纳德主教
- 87　第14章　黑暗之物降临
- 92　第15章　写给欧洲核子研究委员会的邮件
- 100　第16章　阿伯纳西房子里的恶魔
- 107　第17章　遭遇阿伯纳西夫人

112	第 18 章	会飞的骷髅头
121	第 19 章	好好恶魔先生
125	第 20 章	地球人与地狱恶魔之战
132	第 21 章	邪恶主教复活了
135	第 22 章	纳德违章被请进警察局
140	第 23 章	万圣节化装舞会
145	第 24 章	警察局遭恶魔围攻
152	第 25 章	圣提米德斯教堂人魔大战
157	第 26 章	敞开的地狱之门
165	第 27 章	战胜伯纳德主教
172	第 28 章	可爱的恶魔纳德
178	第 29 章	纳德不是个坏家伙
184	第 30 章	阿伯纳西夫人落荒而逃
190	第 31 章	勇敢的纳德
198	第 32 章	一切远未结束
201	第 33 章	离开荒原之国

203　地狱之魔

205　第 1 章　地狱的门卫
214　第 2 章　艰难的相爱
222　第 3 章　地狱深处
228　第 4 章　"五灾之魔"
234　第 5 章　麻烦的小精灵
243　第 6 章　"你今天过得好吗?"
249　第 7 章　邪恶的历史
254　第 8 章　聪明的科学家们
260　第 9 章　新的旅程
266　第 10 章　多丝与甲子·博德金争论
272　第 11 章　纳德离开了
277　第 12 章　一柱神奇的火焰
283　第 13 章　一次重逢
288　第 14 章　好心的罗恩队长
292　第 15 章　世界的本质
298　第 16 章　一次纠纷
307　第 17 章　阿伯纳西夫人重整旗鼓
314　第 18 章　双重身份者瓦彻
323　第 19 章　不幸的原住民
329　第 20 章　忘记自己名字的铁匠
334　第 21 章　倒霉的纳德
339　第 22 章　虚无的面目
346　第 23 章　会说话的大橡树
351　第 24 章　老拉姆
358　第 25 章　神奇的味道
365　第 26 章　尚和伽特的实验

371　第 27 章　意外的忏悔
376　第 28 章　幽灵出现
379　第 29 章　新的计划
383　第 30 章　恶魔追袭瓦彻
389　第 31 章　准备战斗
394　第 32 章　阿伯纳西夫人被抓
398　第 33 章　新的冲突
403　第 34 章　狡猾的伪装者
408　第 35 章　拯救
411　第 36 章　瓦彻改头换面
417　第 37 章　地球之旅将要结束了
424　第 38 章　地狱真的存在吗？

429　暗影来袭

431　第 1 章　一场不走寻常路的生日派对
436　第 2 章　见鬼录
443　第 3 章　黑暗之旅
449　第 4 章　墙的声音
454　第 5 章　塞缪尔的约会
460　第 6 章　初见四个小矮人

465	第 7 章	寻找谋生之道
473	第 8 章	警车丢了
477	第 9 章	寻找偷车贼
483	第 10 章	到地狱的短暂拜访
490	第 11 章	小矮人们找工作
499	第 12 章	神秘的邀请函
504	第 13 章	怪人希拉里·莫尔德
511	第 14 章	一场非同凡响的开业典礼
513	第 15 章	时间之线
517	第 16 章	玛丽亚来访
521	第 17 章	小矮人们换衣服
527	第 18 章	神奇的影子
531	第 19 章	盛大的开业典礼
535	第 20 章	复活
543	第 21 章	小矮人们的新朋友
548	第 22 章	可怕的眼睛
556	第 23 章	一次争吵
560	第 24 章	一次大逃亡
567	第 25 章	混战
575	第 26 章	"他们还活着"
582	第 27 章	惹上麻烦的布莱恩
590	第 28 章	克鲁福德
594	第 29 章	好心的罗恩警长
597	第 30 章	喜马拉雅雪人
604	第 31 章	礼貌怪出现了
611	第 32 章	恶魔之王
618	第 33 章	神奇的啤酒
626	第 34 章	多元宇宙

635　第 35 章　塞缪尔和玛丽亚
644　第 36 章　黑暗的心脏被毁灭了
651　第 37 章　罪有应得的阿伯纳西夫人
655　第 38 章　话别恶魔朋友
659　第 39 章　聚散离合

地狱之门

李慧　蒋万青　刘雅彬　译

科学家不是出现在真理后，而真理却是由科学家发现的。

——卡尔·施勒克塔博士 （1904—1985）

第1章 奇异粒子

宇宙形成，这似乎是一个很好的起点。

一开始，确切地说，137亿年前，宇宙是一个体积极小、极密而且炽热的奇异的点①。在这极小的空间里，塞满了所有现在和将来的东西。因为塞满了这些东西，奇异粒子处于极大的压力之下，从而爆炸了。于是，这些东西也分散开来，形成了如今所说的宇宙。科学家称之为"宇宙大爆炸"，可这并非真正的大爆炸，因为它同时发生在宇宙的各个角落。

噢，还得谈谈"宇宙的年龄"。有人会告诉你，地球只存在了10 000年左右；人类和恐龙几乎生活在同一时期，有点类似电影《侏罗纪公园》和《公元前一百万年》；世界上根本不存在生物进化，还说，生物遗传特性的变化也不会世代相传。要是有证据，很容易便能发现他们的错误。他们中的许多人也相信，宇宙是由一位留着胡须的老伙计在七天内造出来的，有可能只是利用了品茶、吃三明治的休憩间隙完成的。这可能是真的，然而，如果宇宙是以这种形式创造出来的话，那么可能要花很长的时间：大约20亿年，前后不超过几百万

---

① 科学家们称该点为"奇异粒子"。信教的人们把该微粒称作"上帝的眼睛"。一些科学家认为，人们既不能相信奇异粒子说，也不能相信上帝说或众神说。一些教徒们也会传授给你相同的观点。然而，如果你愿意，你还是会相信世界上有奇异粒子，还是会相信上帝是存在的。这完完全全取决于你自己。只是一方靠的是证据，而另一方靠的是信仰而已。它们二者并不相同，但只要不将二者相混淆，那么一切即可顺利进展。

年，这得需要多少三明治啊？！

不管怎样，回到那个奇异粒子上来，我们要清楚一件事，因为这非常重要。你周围可见的所有基石，以及更多你根本看不到的，都在一分钟内以飞快的速度从那个奇异粒子开始爆炸，就是它使得行星和小行星，鲸鱼和虎皮鹦鹉，你、恺撒大帝和猫王埃维斯·普里斯利① 得以形成，宇宙虽有 1 000 万亿英里大，但它仍在扩张。

噢，还有恶魔。

因为某些地方竟全是坏东西，这些东西甚至会使明智的人都彼此伤害。尽管我们中只有一小部分是恶魔，但我们所能做的，不过是尽量不要让它太频繁地控制我们的行为。

但是正当行星开始呈现出一定的形状，同样地，小行星、鲸鱼和虎皮鹦鹉，还有你也成形了。在最黑暗的地方，恶魔成形了。地球温度骤降之际，虽然板块移动，但最终生命还是出现了，恶魔找到了泄愤的目标。

然而它还无法触及我们，毕竟宇宙并不是按它的意愿运行的，或者说看起来宇宙也不是那样的。但是在黑暗中恶魔却相当隐忍。它引发了愤怒的火焰，在等待着袭击的机会……

---

① 事实上，有时出现在你的电视机上约百分之一的静止状态是宇宙大爆炸的遗迹，如果你的眼睛对微波光而不仅是可见光敏感的话，那么晚上你会看到天空呈现出白色而不是黑色的，它因宇宙大爆炸的热量而继续发光发热。由于原子太小且不断循环，你每一次呼吸包含的原子，尤利乌斯·恺撒和猫王都曾呼吸过。所以可以这么认为，你身体里一小部分曾经统治过罗马，还唱过《蓝色绒面鞋》(原唱猫王)。

第2章 "不给糖就捣蛋"

我们遇到一个小男孩，还有他的狗以及一些不怀好意的人。

那个夜晚，敲门声响起，阿伯纳西先生应声打开了门，发现门口站着一个小孩儿，身上裹着一条白色床单。床单在齐眼处被剪了两个洞，这样他便可以四处走动，免去了磕磕撞撞。这项防护措施做得相当明智，因为他还戴了一副镜片很厚的眼镜，眼镜隔着床单，稳稳地架在他的鼻梁上，这身装扮让他看起来像一个眼睛近视但并不可怕的幽灵。床单下面露出了一双不配对的运动鞋，左脚穿着蓝色的，而右脚踩着红色的。

他左手提着一个空桶，右手牵着一根狗链，链条那头连着一个红色项圈，拴住一条小达克斯猎犬。小猎犬仰起头来盯着阿伯纳西先生看，阿伯纳西先生觉得它带着一种自我意识，这让他觉得不舒服。根据他目前所了解的情况来看，阿伯纳西先生或许认为，这只狗知道自己是一条狗，但它对这个身份并不满意。同样，小猎犬似乎知道阿伯纳西先生并不是一条狗（因为狗通常把人类看做是学会了直立行走这种巧妙伎俩的大狗，并对此不会留下什么深刻的印象），阿伯纳西先生由此得出，这只狗非常聪明——不同寻常的聪明。这时候，小猎犬收回了它的自我意识，不再用那样的方式盯着他。阿伯纳西先生感觉到这只狗对他并没什么兴趣，让一只动物提不起兴趣，使他觉得既恼火又有些沮丧。

阿伯纳西先生的视线从小猎犬转移到小孩儿身上，然后又回到了猎犬身上,似乎并不确定他们哪一个会先开口说话。

"不给糖就捣蛋。"终于,身上裹着床单的那个小男孩儿冒出一句话来。

阿伯纳西先生的面部表情把他出卖了,他此刻完全陷入了一种迷惑不解的状态。

"什么?"阿伯纳西先生说。

"不给糖就捣蛋。"小男孩儿重复说道。

阿伯纳西先生的嘴张开了一下,接着又闭上了。他这样子看起来像条鱼,还是一条会反思的鱼。他似乎变得更加困惑了。他瞥了一眼手表,然后查看了一下日期,怀疑自己是不是莫名其妙地把那几天给遗忘了呢,就是从听到门铃响起到打开门之间的那几天。

"现在才10月28日啊。"他说。

"我知道。"小男孩儿说,"我早于其他人抢占先机呀。"

"什么?"阿伯纳西先生说。

"怎么了?"小男孩儿说。

"你为什么说'怎么了'?"阿伯纳西先生说,"我只是说'什么'。"

"我知道。为什么?"

"什么为什么?"

"我还想这么问你呢。"小男孩儿说。

"你到底是谁?"阿伯纳西先生问道。他的头开始疼了起来。

"我是幽灵。"小男孩儿答道,接着又有点犹豫地发了一声,"嘘!"

"不,我不是问'你装扮的是什么',我问的是你究竟是谁?"

"哦。"小男孩儿摘掉眼镜,把床单掀开。他是一个面色苍白、十一岁左右的男孩儿。他头发稀疏,金发碧眼。"我叫塞缪尔·约翰逊。我住在501号。"他拉了拉狗链指着那只达克斯猎狗,补充说道,"这是博斯威尔。"

阿伯纳西先生刚来到这儿,对这座城镇还感到陌生,他点了点头,好像这段信息突然地就证实了他所有的猜疑。这条狗本来还蹲在阿伯纳西先生家的门廊处,一听见叫到它的名字,就立刻拖着脚向阿伯纳西先生鞠了个躬。看到这些后，阿伯纳西先生觉得很可疑。

"你的鞋子不配对啊！"阿伯纳西对塞缪尔说。

"我知道，因为我没法做出决定到底是穿哪双鞋好，所以我就每双各穿了一只。"

阿伯纳西先生扬起了眉头，他是不相信人的，尤其不相信那些想通过穿着打扮来彰显个性的小孩。

"那么，你是选择给糖，还是选择捣蛋呢？"塞缪尔说。

阿伯纳西先生说："都不选。"

"为什么都不选呀？"

"因为还没到万圣节，这就是'为什么我都不选'。"

"但我表现得很主动啊。"塞缪尔的老师——休谟先生经常谈到积极表现的重要性，尽管塞缪尔在任何时候都表现出积极主动的状态，但是休谟先生似乎并不这么认为，这令塞缪尔感到极其费解。

"不，你并不是表现积极。"阿伯纳西先生说，"而是你每次表现得过早了点儿。这根本就是两码事。"

"噢，求你了，给我一块巧克力？"

"不。"

"那么一个苹果呢？"

"不行。"

"如果用得着的话，我可以明天再来。"

"不用了！走开。"

就这样，阿伯纳西先生猛地关上了大门，任由塞缪尔和博斯威尔看着门上的油漆不断脱落。塞缪尔再次让床单垂下来，又把自己变回幽灵的样子，还换了副眼镜。他低头看着博斯威尔，博斯威尔抬头看着他。塞缪尔伤心地摇了摇空桶。

"我以为提前给人们一点恐慌，他们或许会喜欢呢。"他对博斯威尔说。

博斯威尔叹了口气，好像在说："我早就告诉过你了。"

塞缪尔仍心怀希望地朝阿伯纳西先生家的前门瞥了最后一眼，期待着他能改变主意，让他的桶里能出现些什么东西，哪怕只是一颗孤单的坚果也行，但门依然紧紧地关闭着。阿伯纳西先生已经很长时间没住在街上了，但他们家的房子却是这个镇上最大、最古老的。塞缪尔原本希望阿伯纳西先生会因为万圣节而装饰一下它，或者把它变成一个鬼屋的样子，但最近，当他遇到了阿伯纳西先生后，他认为这是不可能的。与此同时，阿伯纳西先生的妻子，有时候看起来像是刚刚被喂了一块极苦的柠檬片，想找个地方小心翼翼地把它吐出来一般。不会的，塞缪尔心想，阿伯纳西先生的房子在今年的万圣节庆祝活动中不会起到什么作用。

但结果是，他大错特错了。

阿伯纳西先生站在门口，一动也不动地沉默了半晌。他透过门上的猫眼盯着这个男孩和他的狗许久，直到他确信他们离开了为止，才锁上门转过头去。在他身后栏杆的末端上悬挂着一件黑色的、有兜帽的长袍，这和那些坏修道士身上穿的没什么两样，坏修道士们总是穿成这样来吓唬人们要守规矩。阿伯纳西先生把长袍披在身上，下楼往地下室走去。假如塞缪尔看见阿伯纳西先生穿着长袍，他可能就会考虑阿伯纳西先生是否愿意加入扮演万圣节鬼怪的行列中。

阿伯纳西先生不是一个快乐的人。他已经同一个女人结了婚，她就是阿伯纳西夫人，因为他需要一个人来照顾他，有人能给他建议，让他能衣来伸手，饭来张口，这样阿伯纳西先生便能有空写写书，还能就如何使自己的生活更快乐提出些建议。他在这方面是相当成功的，主要是因为他总是整天幻想那些可能让他开心一点的事，包括没有同阿伯纳西夫人结婚之类的事。他还确信读过他作品的人都不曾见过他的妻子。如果他们见过她的话，他们会立即猜出阿伯纳西先生其实并不幸福，那样他们就不会买他的书了。

现在，他的长袍重重地搭在他的肩上，他径直走下楼，到下面黑暗的房间去。那里有三个人在等他，都穿着跟他相似的衣服。地板上画着一颗五角星，在它的中心位置放着一个装满了木炭的铁制燃烧器。燃爆的谷物四散在煤上，所以地下室里弥漫着浓重的烟雾，还掺杂着谷物的香味。

"亲爱的，是谁呀？"一个头戴兜帽的人问。她说"亲爱的"这个词时的语气，活像刽子手举起斧头将人的头砍下来时发出的那一声"砰"响。

"住在501号的那个古怪的孩子。"阿伯纳西先生对他的妻子说，刚才就是她在说话，"还有他的狗。"

"他想要什么呀？"

"他在玩'不给糖就捣蛋'的把戏。"

"但现在还没到万圣节呀。"

"我知道，我告诉他了。我觉得他不太对劲。还有他的狗，也不太正常。"阿伯纳西先生补充道。

"好吧，现在他走了。愚蠢的孩子。"

"那我们还要继续这样下去吗？"一个男人的声音，他头上也戴着兜帽，"我想回家看足球赛。"问问题的那个男人很胖，他的长袍紧绷在身体上，尤其是腹部，特别明显。他的名字叫雷金纳德·兰菲尔德，站在烟雾弥漫的地下室里，他穿着至少比他本来的尺码小了两号的长袍，不太清楚自己在做些什么。他的妻子让他一起来这里，没有人反对多丽丝·兰菲尔德。她甚至比自己的丈夫更强壮、更肥胖。因为兰菲尔德先生一副不情愿的样子，这使得兰菲尔德夫人也非常不愉快。

"噢，雷金纳德，请保持安静！"兰菲尔德夫人说，"你一直在抱怨，但我们觉得很有趣啊。"

"我们？"雷金纳德说。

站在冰冷的地下室里，穿着粗糙的长袍，努力召唤远方的魔鬼，他没有看到任何特别有趣的东西。兰菲尔德先生不相信鬼魂的存在，虽然有时候他也想知道他的朋友阿伯纳西先生是不是碰巧娶了一个魔鬼回来。阿伯纳西夫人身上那种强势的女人经常吓唬弱男人们的架势着实吓坏了他。不过，多丽丝坚持要他一起加入最近刚搬到比德尔科姆镇的新朋友中来，就是为了晚上找点"乐趣"。阿伯纳西夫人和兰菲尔德夫人是在一个书店遇见的，她们都在那儿买关于幽灵和天使的书，从那以后，她们的友谊日益浓厚，最终也把她们的丈夫拉了进来。兰菲尔德先生根本不喜欢阿伯纳西一家人，但成年人就是这样有趣，如果他们觉得能使他们受益的话，他们愿意花时间和他们根本不喜欢的人在一起。基于这一点，兰菲尔德先生希望阿伯纳西先生能从他家的电器店里花大价钱买一台新电视。

"嗯，我们有些人玩得正开心呢。"兰菲尔德夫人说，"你都不会明白这其中的乐趣，比如它跑出来挠你腋下痒痒。"她大声笑了起来。在她丈夫听来，那声音就像是有人将一个女巫装进桶里，从瀑布上方推了下去。他想象着妻子被装进桶里，掉进万丈深渊的水中，这让他开始兴奋起来。

"够了！"阿伯纳西夫人说。

所有人都安静了下来。阿伯纳西夫人从兜帽下窥视着所有人，一脸严厉，却不失美丽。

"携起手来。"她说，他们照着做了，绕着星星围成一圈，"现在，让我们开始吧。"

然后，他们就一起开始唱起歌来。

大多数人的心地并不坏。噢，但有时他们也做坏事，每个人都有那么一点邪恶之处，但是很少有人邪恶到无法形容的地步，而且他们做的大部分坏事在当时看来也似乎是完全合理的。也许他们无聊、自私或贪婪，但是大多数情况下，他们做坏事时，并不想伤害任何人。他们只是想让自己的生活更舒心些。

地下室里的四个人陷入那种"无聊"的境地。他们的工作枯燥无味；他们开着令人厌烦的汽车；他们吃着乏味的食物；他们的朋友们也无趣可言。嗯，对他们来说，一切都无聊透顶。

所以当阿伯纳西夫人拿出一本旧书时，每个人都认为这是一个极好的想法，那是她在一家二手书店买的，而且她一开始就把它介绍给了她的丈夫，然后又介绍给了兰菲尔德夫人，她和其他朋友比起来，没那么无聊。这本书的内容或许能让这个夜晚变得有趣些。

这本书没有名字。封面是黑色皮革材质的，但如今已破烂不堪，上面印着一颗星星，和在地下室的地板上画的那颗没什么不同，而且它里面的纸张也因年代久远而泛黄。它是用一种没有人见过的语言写的，所以他们也无法理解。

然而……

不知怎么的，阿伯纳西夫人看着这本书，她清楚地知道他们要做什么。就好像这本书一直在她的脑海里和她说话一样，把那些奇怪的划痕和符号翻译成她能够理解的语言。这本书曾告诉她，在这个特别的夜里，把她的朋友和丈夫带到地下室里，去画星星、点燃木炭，还要唱歌，发出一系列奇怪的声音，但现在他们每个人嘴里都发出这样的声音。一切都很奇怪。

阿伯纳西夫人和兰菲尔德夫人不是在自讨苦吃。他们也不是想去做什么坏事。他们不邪恶、不恶毒，也不残忍。他们只是一群无聊透顶的人，时间太多罢了，这样的人最终就会胡闹，去装神弄鬼。

但就像是有人戴着"踢我！"的标记，正常情况下，他最终会被踢到。所以在那个地下室里也发生了足够多的恶作剧，引来了一些异常糟糕的东西，这些东西一直惦记着要做些比恶作剧更邪恶的事情。它们已经等了很长时间了，现在，等待终于就要结束了。

第3章　大型强子对撞机失灵事件

我们了解粒子加速器和战舰棋的玩法。

在位于欧洲心脏位置的一座深山底下，一切悄无声息。

但也并不完全如此。很多事情都在发生，其中一些是相当壮观的，只是因为它们发生的规模极小，甚至微不足道，因此很少有人为此而感到兴奋。

大型强子对撞机（Large Hadron Collider），正如它的名字所暗示的一样，它很大。事实上，它大约有17英里长，并从瑞士日内瓦附近巨石的环形隧道内穿过。大型强子对撞机是一个粒子加速器，这也是有史以来建成的最大的一个：这个装置可以在真空环境下把质子全部粉碎，它由1 600个冷却到零下271摄氏度的电磁铁构成（换句话说，对你我而言就意味着："哎呀，这可真冷啊！谁有毛衣呀，可以借我穿下吗？"），从而产生了一种强大的电磁场。基本上，两束氢离子，即失去电子的原子，在环形隧道内以每秒大约186 000英里的速度或者接近光速的速度，相向而行，然后发生碰撞。当它们相遇时，每束粒子产生的能量堪比一辆大型汽车以每小时1 000英里的速度行驶产生的能量。

你一定不想坐在一辆时速1 000英里的大型汽车里，再加上这辆车还撞上另一辆以同样速度行驶的汽车。这可真不是什么好事。

两束粒子相撞时，巨大的能量将会从它们包含的所有质子中释放出来，这就是事情真正有趣的地方。科学家们建造了大型强子对撞机，就是为了研究碰撞的后果，这会产生非常小的粒子：比原子还小，而原子已经如此之小了，所以要一千万个粒子首尾相连，来覆盖这个句子结束之处的句号。最终，他们希望能发现希格斯玻色子，它有时也被称作"上帝的粒子"，这是物质世界中所有物质最基本的组成部分。

比如，有两辆车以每小时1 000英里的速度行驶，并最终相撞，在这之后，汽车的残渣基本上所剩无几。事实也是如此，只可能会有非常小的一些汽车碎片（可能是当时不幸锁在汽车里的人留下的非常小的残骸）散落得到处都是。欧洲核子研究委员会（CERN）的科学家们希望两束粒子碰撞后会留下几小块能量，类似于宇宙大爆炸后存了几秒的那些能量，也就是我们开始时提过的奇异粒子爆炸的时候，这其中可能就有希格斯玻色子。希格斯玻色子特别醒目，因为实际上它要比两个发生碰撞的质子更大，而希格斯玻色子正是由这两个质子碰撞而成的，但是它不会徘徊很久，因为它会立刻消失。就好像两车相撞在一起，形成了一辆卡车，然后就立即毁灭了一样。

换句话说，科学家们希望了解宇宙的诞生，这是一个大问题，提出这个问题比解决它要轻松多了。你是知道的，科学家——即使是聪明的科学家，也只能了解宇宙中4%的物质和能量，这个比例却被我们周围可见的所有东西占据了：山峰、湖泊、熊、洋蓟等等之类的东西[①]。但余下的96%都让他们摸不着头脑，否则非得绞尽脑汁不可。为了节省时间，不让脑袋受到一些没必要的伤害，科学家们认为剩下的大约23%应称为"暗物质"。虽然他们无法看见它，但是因为它有弯曲的星光，他们还是能知道它的存在的。

可是如果暗物质对他们来说真的很有趣的话，那么无论宇宙中余下的73%的组成部分是什么，按理说都会有趣多了。那些东西被称

---

① 甚至把所有的东西加在一起仍然远低于1%的比例，因为普通物质超过99%的体积都是真空空间。如果我们能够除去我们身体内原子的所有真空空间，整个人类就可以挤进一个火柴盒里，而余下的空间也能让绝大多数的动物挤进去。但请注意，这样就不会有人来照顾火柴盒了。

为"暗能量",它们是无影无形的。没人知道它们从哪里来,但是关于它们正在做些什么,人们还是心中有数的。它们使星系与星系分开得越来越远,最终造成宇宙膨胀。这会导致两件事发生:第一件事是,如果还不赶紧找到能迅速迁移到其他地方的方法,那么人类最终会发现自己竟处于孤立无援的境地,因为所有邻近的星系都会在可见宇宙的边缘之外消失掉。在那之后,宇宙将开始降温,而宇宙中的万物便会冻死。然而万幸的是,这只会在数千亿年的未来才有可能发生,所以没必要马上就去买一件厚衣服,但是下次如果你觉得抱怨这寒冷的天气很有必要的话,那么,这天就是值得记住的日子了。

大型强子对撞机或许能帮助科学家们更好地理解这一切,并提供其他一些真正有意思的东西,比如说像证明其他时空维度存在的证据。众所周知,其他时空维度是被大宇宙飞船塞满了,该宇宙飞船是由怪物、外星人、激光加农炮等组成的。

嗯,你可以想象得到这个画面吧。

此时此刻,是时候该提出这个问题了:以上的一切都可能导致地球的毁灭、生命的终结,正如我们所知道的那样。虽然这不过是一件"微不足道"的事,但你还是小心为上。

基本上,大型强子对撞机一建成,许多穿着白大褂的男人就在讨论暗物质和高速碰撞,有的人认为对撞机可能会产生一个黑洞,将会吞噬整个地球。或者换句话说,它会产生相当奇怪的物质粒子团,它们被称为"奇异夸克团",它们的出现会将地球变成一团死灰色的东西。确切地说,这家伙并没收到科学家们圣诞晚会的邀请。

现在,你或是我,如果被告知要去做些事儿的话,也许,只是也许而已,会带来世界的毁灭,可能会让地球暂停片刻,那么我们就会怀疑这究竟是不是件好事。可是科学家们与你我的看法就不同了。科学家们指出,对撞机可能会令地球上的一切生命终结,但这只有很小的可能性。那么再为此而烦恼就不值得了,真的不值得,没这个必要,他们说。不要担心!来看看这个旋转的大玩意儿吧。它难道不漂亮吗？①

所有这些东西，都把我们带回到发生在大型强子对撞机内的一些重要的事情上来。这个实验是由一个叫做VELO的机器装置监控的。粒子束发生碰撞坠毁时，VELO探测到被释放出来的所有小粒子。在一毫米的两百分之一或人类头发厚度的十分之一以内，VELO都能辨别它们的位置。这简直令人兴奋不已，但是对于两个男人来说这算不上什么兴奋的事儿，他们一直负责监视电子屏幕，观察着正在发生的这一切，所以他们还是在做通常情况下人们常做的事。

他们正在玩战舰棋。

"B4。"维克多说。维克多是个德国人，头发浓密，于是他在脑后扎了一个马尾辫，还有一些毛发散落到他的下巴和上唇的部位。

"没中。"艾德说。艾德是英国人，几乎没什么头发，当然更没有什么可以落在他脸上了。不过，艾德却很喜欢维克多，尽管他觉得那些长在维克多头上的头发，按理说有些本应该是要长在他头上的。

维克多的脸上堆满了皱纹，他神情专注。在艾德的甲板上某个不是很宽阔的地方，有一艘潜水艇、一艘驱逐舰和一艘航空母舰。可是，无论如何，维克多似乎都没办法击中它们。他不知道艾德是不是一直在撒谎说所有的都没打中，可是后来他又断定艾德不是那种会说谎话的人。据维克多的经验，艾德不是一个富有想象力的人，只有那些想象力丰富的人才有可能撒谎。因为撒谎需要捏造事实、瞎编故事，所以只有那些想象力丰富的人才擅长于此。维克多的想象力比艾德要丰富一些，因而维克多撒的谎也要多一些。但不会多很多，只是一定会

---

① 科学家们认为，无论如何，如果世界末日真的来临，那么也不会有任何人能来责怪他们。可能有人还会有充足的时间在一声"砰"响之前，来说句这样的话："嘿，你不是说了它不会造成——终结的吗？"接着万籁俱静。尽管科学家们很聪明，但并不总是能把事情都想清楚。例如，第一个山顶洞人发现了一块漂亮的石头，就用一根葡萄藤把它绑在了棍子上，还认为："嗯，我刚刚发明了一种工具，能用它使一个东西撞上另一个东西。我确信若是要给别人当头一棒的话，没有人会不选用这个工具的。"马上就有人照做了。事实上，他们可能用它来打他，这样他们就能把它偷走了。我们为何会以核武器告终，也是同样的道理，但科学家们声称，他们只是想发明一些蒸萝卜用的东西。

多那么一点儿。

艾德听到维克多在用力地用鼻子闻着什么。

"啊!"维克多觉得厌恶,恶心地说,"是你吗?"

现在维克多也开始闻起来。房间里弥漫着一种刺鼻的臭鸡蛋的味道。

"不是,不是我啊。"艾德说,语气略带不满。

不一会儿工夫就是第二局了,维克多想知道艾德是否在撒谎。

"不管怎样,"艾德说,"轮到我了,E3。"

"没击中。"

哔哔哔……(警笛声)

"那是什么?"

维克多没有抬头:"我说了它没击中。就是说了'没击中'啊。"

"不,不是。"艾德说,"我说的是,'那是什么?'"

他用右手食指指着电脑屏幕,显示的全是发生在粒子加速器内的各种令人兴奋的事情,刚刚一阵哔哔作响。屏幕上的图像看起来像龙卷风一样,看上去它也不像一个漏斗,尽管自始至终这个图像都是同样的宽度。

"我没有发觉任何异样。"维克多说。

"刚刚只有一点点嗖嗖的响声。"艾德说,"然后变成哔哔的声音了。"

"才一点点声音?"维克多说,"那就不是自行车弄的了。但那一点点不会只是嗖嗖的响声。"

"就在那时,"艾德说道,看上去有点生气了,"某种粒子似乎已经从整个真空空间中脱离了,同时从加速器中退出了。这样难道会好些吗?"

"你的意思就是刚刚那一点嗖嗖的响声?"维克多边想边说,"谁说我们德国人没有一点幽默感呀?"

艾德只是看了看他。维克多也反过来盯着他,然后叹了口气。

"这不可能。"他说,"这是一个封闭的环境。嗯,而且在这个环境内，不会平白无故地让粒子团在某个地方就爆炸了。这一定是哪里失灵①了。"

"不是失灵了。"艾德说。他中途退出了游戏，开始疯狂地敲打着键盘上的按钮。第二个屏幕上，他调出了另一个版本的可视化图像，核对了时间，接着开始看倒回录像。倒带20秒时，一个小的发光粒子从屏幕左边进入了视线，然后似乎与整体重新聚合在了一起。艾德暂停了画面，接着让粒子再次高速向前运行。一点点嗖嗖的声音响起，这时他和维克多一起瞧个究竟。

维克多说："这样不好。"

"不。"艾德说，"甚至可以说，这本就不可能啊。"

"那这个，你怎么看？"

艾德检查了数据后说道："我不知道。"

两人现在都在敲键盘。同时，他们在屏幕上调出相同的数据串，试图查明异常现象的缘由。

"我没看见任何东西。"艾德说，"一定是被埋藏在深处了。"

"等等。"维克多说，"我还在看呢——噢，不对！这是什么？发生什么事儿了？"

他和艾德一起看的时候，好像数据本身就在改写。一串串的代码变了：0变为了1，而1变成0。两人都疯了一般，试图把握变化的进度，可是毫无效果。

"准是哪儿出了岔子。"维克多说，"而且这岔子还隐匿得无影无踪。"

"一定是有人侵入了系统。"艾德说。

"为建立这个系统，我也出了力。"维克多说，"但是连我都无法侵入，怎么会有其他人能侵入得了呢，不应该是这样的。"

---

① 每当有人使用"失灵"这个词的时候，就意味着系统中存在某种故障，你应当立刻表示怀疑，因为这意味着他们并不知道这是什么故障。一位使用"失灵"这个术语的技术员，就像一位告诉你你现在得了"某某"病的医生一样，只是医生不会让你回家，或者试着再一次把你与外界隔绝后，又把你放出来重新回到大伙儿身边。

之后,开始后还不到一分钟的时间,代码完全变化了。艾德试着重新运行从加速器中分离的粒子的影像,但这一次屏幕上只出现了能量的大隧道,屏幕上满是质子,它们正按照自己的方式运转着。

"我们必须把这个报道出去。"艾德说。

维克多说:"我知道。但我们没有证据啊,这些只是我们的片面之词。"

"那还不够吗?"

维克多点点头。"或许够了,但是——"他盯着屏幕看,"它意味着什么呢?而且,说得更确切些,它去哪儿了呀?"

"还有它闻起来怎么样啊……"

并非只有科学家们一直在监视着对撞机。

在黑暗的地方潜藏着一些超级坏的家伙,其中有一个恶魔,他在这个世上已经生活有很长一段时间了,他一直饶有兴致地看着对撞机的建成。黑暗中的这个家伙有过许多名字:撒旦、堕落天使、魔鬼。那些和他一起住过的生物,把他称作**恶魔之王**。①

恶魔之王一直蹲伏在黑暗中,蹲伏了相当长的一段时间。数十亿年前,他就在那儿了,比人类、恐龙以及小的单细胞生物出现得还要早,那些单细胞生物下定决心在某一天会变成大的多细胞生物,这样它们就可以在将来的某个时候,进行文学创作、绘画或是制作恼人的手机铃声了。他从时空的深处一直看着的是岩石、火和土,真空、恒星和行星,一切尽收眼底。可是当地球上出现生命,树木发芽,以及

---

① "恶魔"(原文 Malevolence):对于那些因"生病"请假、一天不上学的孩子来说,就意味着"憎恨",但那种憎恨是非常邪恶的、有害的。顺便说一下,当你按这种方式把一个词圈入引号内,就像我刚才那样把生病这个词圈入引号内,这意味着你不相信讨论中的这个词是真的。这样的话,我就知道那一天你并不是真的病了;你不过是想穿着睡衣看一个上午的儿童节目罢了。因此"生病",当在引号内,不是真生病。如果你真的想激怒某人,你可以举起双手的两个手指并轻轻地抽动两下,做出小小的引号来,就好像你在挠腋窝下一个看不见的小精灵一样。举个例子,妈妈叫你吃饭,晚餐是水煮鱼和西兰花,你可以这样对她说"嗯,我要吃'晚餐'啦",然后加上引号的手势。她会喜欢的。真的,我都听到她的笑声了。

海洋中生物的繁殖，他竟然厌恶所看到的发生在地球上的这一切。他想把这一切终结，可是他没法这么做。他被困在一个充满火焰和石头的地方，周围全是一些像他一样的恶魔，有些人是他的亲骨肉，而另一些则是被放逐到这儿的，因为他们邪恶歹毒，尽管没有哪个恶魔能和恶魔之王的邪恶歹毒相提并论。在那个遥远的地方，没什么恶魔和他住在一起。恶魔之王的双眼盯着那个满是火焰的地方，他在极深、极黑、极暗的地狱角落生活着，他在沉思和谋划着，伺机逃脱。

现在，过了那么漫长的时间，他终于迈出了第一步。

第4章　阿伯纳西先生家的地下室

我们明白了试图召唤恶魔是不可取的，而且一般而言轻率地对待来世也是不明智的。

在阿伯纳西先生家外面，塞缪尔和博斯威尔正在墙边坐着，看着人来人往。这是一个安静的夜晚，大多数人都在屋子里喝着茶。在这个世界里，没什么东西可看，也没什么事儿可做。塞缪尔摇了摇他的空桶，听见桶子里空空的声音，大家都知道，这和完全没有声响是不一样的，因为这个空桶里有人们一直期待能够听见的所有噪音，但这也不会让所有人都能听见。①

塞缪尔不想回家。那晚，塞缪尔还未出门，他妈妈就在梳妆打扮准备外出了。这是塞缪尔的爸爸走后她第一次为外出而精心打扮，而且塞缪尔看到了一些让他不开心的事。他不知道妈妈要去见谁，她抹

---

① 这就类似那个老问题了，如果森林里没有人在听的话，那么一棵树倒下还会不会产生噪音呢？当然，谈到树倒下这个问题时，就假定了人类是唯一值得关注的生物。而把小鸟和各种啮齿动物的境况给忽略了，还有兔子，它们只是碰巧在不恰当的时候出现在了错误的地方，找一棵树栖息罢了。

十八世纪时，一位名叫伯克利的主教声称，事物存在只是因为有人在那儿看它们。这使得伯克利主教及其观点都遭到了众多科学家的嘲笑，因为他们觉得这很愚蠢。但是从量子理论来看——涉及原子、平行宇宙及其他问题的物理学的一个非常先进的分支，伯克利主教也许很有道理。量子理论表明，树同时存在于各种可能的状态中：燃烧、锯屑、下落，或是变成一只小木鸭的样子，沿着河岸赶它，还发出嘎嘎的叫声。只有观察它时，你才知道它的状态。换句话说，你不能把观察者与被观察的东西分开。

了口红化了妆，看上去很迷人，而且她还不嫌麻烦，出去和朋友玩宾果游戏。还没到万圣节，她儿子就装扮成幽灵的样子，还拿着一个万圣节空桶，对此她完全没过问，因为她对于儿子做那些事，已经相当习以为常了，尽管在其他人眼里可能有点儿异类。

上周，塞缪尔的老师休谟先生打电话到家里来，进行了一个他称为有关塞缪尔的"严肃的谈话"。事情是这样的，表演秀那天，塞缪尔只带了一个笔直的别针。休谟先生把他叫到讲台上的时候，塞缪尔骄傲地举起了他的别针。

"那是什么？"休谟先生问。

"这是一枚别针。"塞缪尔说。

"我能看得到那是一枚别针，塞缪尔，可是现在它几乎提不起大家看表演秀的兴趣，难道不是吗？我的意思是，它不像鲍比做的火箭飞船，更比不上海伦的火山那样令人兴奋。"

塞缪尔并不看好鲍比·戈达德做的火箭飞船，在他看来那就像是一筒被箔覆盖了的卫生卷纸，更不要说海伦的火山了，尽管向火山口注水时，它确实产生了白烟。海伦的爸爸是一个化学家，塞缪尔十分确定，他一定是制造那个火山出了力。塞缪尔很清楚，若没有详细说明的话，海伦不可能会把棒棒糖棍聚在一起做成一个碗的样子，也不可能知道用大量的去除剂把她手上粘的胶水脱落掉，并把各种各样的棒棒糖棍分开。

塞缪尔向前一些，把别针放在休谟先生的鼻子下。

"这不仅仅是一枚别针。"他严肃地说。休谟先生看起来仍然一副不相信的样子，他还有些紧张，毕竟有一个别针和他的脸挨得很近，他不太可能会喜欢这种样子。只要给他一点点机会的话，很难说这些孩子可能会做出些什么来。

"呃，那么，这是什么？"休谟先生说。

"嗯，好，如果你仔细看的话……"

尽管他的判断力较好，休谟先生还是倾身向前来端详这个别针。

"真的很近……"

休谟先生眯起了双眼。有人曾给过他一粒米，上面写有他的名字，休谟先生觉得这很有趣但却毫无意义，他怀疑塞缪尔是不是也鬼使神差地玩起了类似的把戏。

"你或许仅仅只能看见，有数不尽的天使在这个别针的顶端跳舞。"塞缪尔说完了。①

休谟先生看着塞缪尔。塞缪尔回头看着他。"你是在开玩笑？"休谟先生问道。

这是塞缪尔经常听到的一个问题，通常情况下他并不是在哗众取宠或是开玩笑。

"不是的。"塞缪尔说，"我只是在某个地方见过这个观点。从理论上说，把无数的天使安放在别针的顶端，这是能做到的。"

"这并不意味着实际上他们就在那儿。"休谟先生说。

"是的，但他们也有可能就在那儿。"塞缪尔客观地说道。

"同样地，他们也可能不在。"

"不过，你没法证明他们不在那儿。"塞缪尔说。

"但你也没法证明他们就在那儿。"

塞缪尔想了几秒钟，接着说道："你不能证明一个否命题。"

"什么？"休谟先生问道。

"你不能证明不存在的东西。你只能证明确实存在的东西。"

"你也在某个地方见过这种观点吗？"休谟先生难以掩藏他带有讽刺性的语气。

"我好像见过。"塞缪尔说，他最喜欢诚实做人、不拐弯抹角，他很难识别出别人话里的讽刺意味，"但这一观点是真的，难道不是吗？"

---

① 托马斯·阿奎那，学识极其渊博，于1274年去世，本应该由他提出无数的天使能在别针的顶端跳舞这一论点。事实上他没有，虽然他花了很多时间思考天使是不是有身躯（他认为似乎没有），又有多少天使会在天堂（他得出的结论是相当多）。圣托马斯·阿奎那的问题是，他喜欢和自己争辩，很难确定他到底在想些什么。不过，有多少天使可以在别针的顶端跳舞这个问题，很可能会引起哲学家们和跳舞的天使的兴趣，一种假设就是，因为跳狐步舞的天使最不想担心的便是：别针怎么变得这么拥挤了呢？边缘会不会脱落呀？还有自己不会受伤吧？

休谟先生说:"我想是真的。"他意识到自己听起来明显有些生气,所以他咳了咳,然后带着些许气力说道:"是的,我想你是对的。"①

此外,再一次根据量子理论,有一种可能性存在,即所有可能的事件,无论多么奇怪,都有可能发生。因此有一种概率,虽然很小,但赫伯特还是有可能存在的。

而且,这是一个好论点,教师和家长们都迷糊了,这样看的话,塞缪尔是值得称赞的。

塞缪尔继续说:"这就意味着我有很多机会能证明:在这个别针的顶端存在天使,同样你也可以证明在别针的顶端没有天使。"

休谟先生沮丧地擦了擦额头。"你确定你只有十一岁吗?"他问道。

"当然啦。"塞缪尔说。

休谟先生疲惫地摇了摇头。

"谢谢你,塞缪尔。现在你可以把你的别针,还有你的天使们拿走,回到你的座位上了。"

"你确定不想把它留下来吗?"塞缪尔问。

"是的,我确定。"

"我还有很多呢。"

"塞缪尔,坐下。"休谟先生说,他发出嘶嘶声,听起来像在叫喊一般,竭力掩饰他的愤怒,但他的神情即使是塞缪尔也能看得出他怒不可遏了。塞缪尔回到座位上,小心地把别针钉在课桌上,这样一来,要是天使真的在这儿的话,他们就不会跌落了。

"还有没有同学要和我们分享呢?"休谟先生问,"比如一只想象中的兔子,又或是一个看不见的叫珀西的鸭子,都可以。"

---

① 实际上,这并不完全是真的。下面这种情况就是如此,我们无法证明一个叫作赫伯特的粉红色怪物的存在,他有九只眼睛,长着很多触角,但这并不意味着,在宇宙的某个地方,就没有一个九只眼睛、多触角的、粉红色的叫赫伯特的怪物,他想知道为什么没人写信给他。只是因为没有人见过他,但这并不意味着他就不存在啊。这就是所谓的归纳假设。这个假设是可能的,而非确定的。事实上如果他很有可能存在的话,至少同样也很有可能他不存在。所以,你可以举反例,这样,至少也可以证明任何东西。

大家都笑了。鲍比·戈达德踢了踢塞缪尔的座椅。

塞缪尔叹了口气。

这便是休谟先生要给塞缪尔的妈妈打电话的原因,后来她和塞缪尔谈了话,告诉他上课要认真,不要取笑休谟先生。她说,似乎休谟先生"有点敏感"。

塞缪尔瞥了一眼他的手表。现在他妈妈不在家,只有保姆斯蒂芬妮在等着他回来。斯蒂芬妮几年前就开始照顾塞缪尔了,她已经可以好好地照顾人了,但最近她变得很可怕,像个十几岁的小女孩儿一样古怪。她有个男朋友叫加特,有时会过来陪她,这意味着塞缪尔得比平常早些跑上床乖乖地睡觉了。即使加特不在,斯蒂芬妮也会花很多时间跟朋友通电话,一边还看着电视真人秀节目,节目中人们竞相争当模特、歌手、舞者、演员、建筑商或其他任何和自身无关的职业,她宁愿做这些事,也不愿意陪伴塞缪尔。

天已经黑了。塞缪尔十五分钟前就应该到家的,但这个家已经和原来不一样了。他想爸爸,但又生爸爸和妈妈的气。

"我们该回去了。"他和博斯威尔说。博斯威尔摇了摇尾巴。天气越来越冷,而博斯威尔不喜欢这般寒冷。

此时一道明亮的蓝色闪光从他们身后的某个地方射出来,伴随着一股火药味儿,一家工厂的鸡蛋臭了还着了火。博斯威尔震惊得差点从墙上摔了下来,还好塞缪尔张开手臂抱住了它。

"好吧。"塞缪尔说,感觉有可能要晚些回家了,"咱们去看看那是什么……"

克劳利大街 666 号的地下室里,许多隐形人用他们的衣袖遮住脸颊,说话语无伦次。

"噢,那真恶心。"兰菲尔德夫人说,"好恐怖呀!"

这味道真是糟糕透了,尤其在这样一个封闭的空间内,尽管此前阿伯纳西先生开了下地下室的窗户,留着一点缝可以让一些空气进来。现在他急着想把它开大些,让恶臭慢慢地散去,气味没那么浓了,或许只是现在有别的事情来分散在地下室里的这四个人的注意力罢了。

在房间的中心悬挂着一个小的、发出淡蓝色光的旋转圈。它闪烁着,其能量不断变强,形状不断变大。慢慢地,它变成了一个完美的圆盘,直径约两英尺,一缕缕的烟向上升起。

阿伯纳西夫人率先向前迈出了一步。

"小心,亲爱的!"她丈夫说。

"噢,别说话!"阿伯纳西夫人说。

她一直往前走,直到她离那个圈只有几英寸的距离才停下来。"我觉得我看见了一些东西。"她说,"等一会儿。"她越来越靠近,"那里是一片……地。这里就像一扇窗,从中我可以看到泥和石头,还有一些栏杆伫立在大门前。"

"现在有东西在动——"

外面,塞缪尔倚着小窗蜷缩着,他俯看着地下室里的一举一动。博斯威尔这条非常聪明的狗,此时正躲在树篱旁边。说得更准确些,博斯威尔是躲在树篱下面,要是它体型再大一点的话,便能控制住一个十一岁的男孩了,比方说,让塞缪尔待在它身边;或者一起回家,这样就不用闻到这种讨厌的气味,也不会看到这些闪烁的蓝光,也不用知道这种种迹象,它们都表明刚刚发生了些不好的事,还可能变得更糟呢,而博斯威尔天生就是一条忧郁的狗,甚至有些悲观。

窗户只有一英尺长,沿着金属铰链那儿,开了不到两英寸的缝隙,但这宽度对塞缪尔来说已经够了,里面的任何动静他都能看见,也能听见。他看到冰冷的地下室里,阿伯纳西夫妇和另外两个穿着黑色长袍衣服的人,他有点儿惊讶,但他早已学会像成年人一样对任何事都更加处之泰然。他听到阿伯纳西夫人描述她看到的情形,但塞缪尔只看到一个发光的圆圈。这个圈看上去像充满了白色的雾,仿佛有人向阿伯纳西先生家的地下室里吹了一个非常大、非常浓密的烟雾环。

塞缪尔急切地想知道,阿伯纳西夫人是不是还看到了些什么别的东西。不幸的是,这些细节都注定是个谜,除了以下事实:不知道是个什么家伙,皮肤是灰色的,上面长着鳞片,还有三个大爪子,它从发光的圆圈里伸出来,抓住了阿伯纳西夫人的脑袋,把她拖了进去。甚至她都没来得及尖叫一声。

而兰菲尔德夫人尖叫起来了。阿伯纳西先生朝发光的圆圈跑去,接着他放下本来打算要做的事,只是在那儿哀怨地呼喊着妻子的名字。

"伊芙琳?"他喊着,"亲爱的,你还好吗?"

洞里没有任何反应,但他能听到一种令人不快的声音从里面传出来,像是有人在把成熟了的水果挤扁。不过,他的妻子是对的:通过这个洞可以看见一些东西。的确,它看起来像一对(扇)巨大的大门,门上已经开了一个洞,这个洞因金属熔化而冒着泡。阿伯纳西先生通过门,可以看到一种可怕的景象,到处都是毁坏的树木,还有黑泥。各种各样的身影从这个门穿过,除了在恐怖故事和噩梦中,这样暗黑的影子他从未见过,而他的妻子仍毫无踪迹可寻。

"我们离开这儿吧。"兰菲尔德先生说。他开始催促妻子上楼,可是他们停了下来,目光被地下室角落里的一个动静给吸引了。

"埃里克。"他叫道。

阿伯纳西先生太在乎他妻子的行踪了,以至于没听见。

"伊芙琳?"他又叫道,"亲爱的,你在那儿吗?"

"埃里克。"兰菲尔德先生又叫了一遍,这一次更大声了,"我认为你可能想看这个。"

阿伯纳西先生转过身,看到兰菲尔德先生和他妻子在看的东西了。他一这么做就决定,总而言之,也许他宁愿不要看到这一幕,当然,那时已经太迟了。

地窖的一角有一个身影,边缘泛着蓝光。它就像一个大的阿伯纳西夫人样子的气球,但它装满了水,接着又有某种看不见的力量摇动了它,所以它在各个不该膨胀的地方凸起了。而且,它的皮肤是灰色的,上面还有鳞片,只有脸部和手上的皮肤可见,从破烂的血迹斑斑的斗篷下露出来,而每只手的指甲都是黄色钩子的形状。

他们一边看着,一边就完成了变身。表面覆盖着像口一样动的敏捷的吸盘，还在这个家伙的腿周围盘绕了一会儿的一个触角，接着被吸收进它体内。皮肤变白了，指甲从黄色变为漆红色，一个几乎就是阿伯纳西夫人的东西，站在了他们前面。可是即使是塞缪尔，从他的位置看，也能看得出她和阿伯纳西夫人不一样。阿伯纳西夫人很漂亮，毕竟都和他妈妈一个年纪了，但她现在比以往任何时候都更有魅力。她似乎能散发出一种美，就像有人在她的身体里打开了一盏灯，现在让她的皮肤显得容光焕发。她的眼睛很明亮，一些蓝色能量在双眼的深处闪烁着，像在漆黑的夜晚中瞥见了一道闪电。

塞缪尔意识到她相当可怕。魔力，他觉得，她充满了魔力。

"伊芙琳？"阿伯纳西先生犹疑地叫了声。

那个看起来像阿伯纳西夫人的女人笑了笑。

"伊芙琳消失了。"她说。她的声音比塞缪尔印象中妻子的声音要低沉些，这让他感到心惊胆战。

"嗯，她在哪儿？"阿伯纳西先生用央求的口吻说道。

女人抬起右手，指着那个发光的洞。

"在那儿，门的另一边。"

阿伯纳西先生说："'那儿'有什么？"他是值得赞扬的，面对事情的时候他是相当勇敢的，显然这些事超出了他的经验所及，事实上，是超出了这个世界的范围。

"那里面是……地狱。"女人说。

"地狱？"兰菲尔德夫人插话说，"你确定？听起来不可能呀。"她凝视着洞口，"它看起来有点像你母亲住的那片荒野，雷金纳德。"

兰菲尔德先生仔细看了看："是的，你说得对，的确有点像。"

阿伯纳西先生没理会兰菲尔德夫妇，他说："把伊芙琳还给我。"

"你的妻子消失了。将由我来代替她。"

阿伯纳西先生注视着角落里的这个东西。

"你想怎么样？"阿伯纳西先生问道，他比兰菲尔德夫妇聪明多了，还有所有下一代的小兰菲尔德，要是他们都在的话，他们加在一起的智慧都比不上阿伯纳西先生。

"去开门。"

"门?"阿伯纳西先生陷入了迷惑,接着他脸上的表情都变了,"地狱之门?"

"是的。我们有四天的时间开路。"

"好吧。"兰菲尔德先生说,"我们快离开吧,多丽丝。"他挽着妻子的胳膊,他们开始一起爬上楼梯。"谢谢了,嗯,这是一个有趣的夜晚。埃里克。某个时候我们必须再制造一次这样的夜晚。"

兰菲尔德夫妇上到了第三级台阶,这时像双股蜘蛛网一样的东西从发蓝色光的洞里飞了出来,包裹在这对不幸的夫妇的腰上,然后把他们从台阶上拽了下来,还拖着他们穿过了门。伴随着一股难闻的烟味,他们也消失了。这扇门瞬间变大了,后来,蓝色光环完全消失了。

"它在哪儿?"阿伯纳西先生喊道,"它去哪儿了?"

"它还是在那儿。"女人说,"但现在它最好还藏在那儿。"

阿伯纳西先生到了光圈的位置,这时他的手在半空中消失了。很快他又把它拉了回来,然后又把手在自己面前举了举,手上明显被涂上了黏稠的液体。

他喊道:"我要我的妻子回来,我要兰菲尔德夫妇回来。"他再三考虑后又喊着:"事实上,你可以把兰菲尔德夫妇留下,我只要伊芙琳回来。求求你了。"或许阿伯纳西先生并不喜欢他的妻子,但是,与不得不照顾自己相比,有她在身边还是好得多。

女人只是摇了摇头。她身后有两束蓝色闪光,还有两个大的毛茸茸的东西在地下室的阴影里。塞缪尔从他所蹲的地方瞥见一双双黑色的眼睛在闪闪发光——两个人的眼睛也太多了——还有一些骨头和关节相连的四肢。塞缪尔看着,这两个身影渐渐呈现出兰菲尔德夫妇的样子,尽管他们看上去有点找不着地方来放置他们的腿了。

"我不会帮你的。"阿伯纳西先生说,"你不可能把'我'也变出来。"

女人叹了口气。"我们不需要你的帮助,"她说,"我们只是想要你的身体。"

从门上滑下一段很长的粉红色舌头,阿伯纳西先生的脚被猛地一拉,他消失在了稀薄的空气里。片刻之后,一个肥嘟嘟的、绿色的、眼睛大大的怪物成形了,就在那些与阿伯纳西夫人以及兰菲尔德夫妇相似的怪物面前,在这群漫不经心的看客眼前,这一幕发生了。

到那个时候,塞缪尔已经看够了,为了安全到家,他和博斯威尔跑得飞快。一停下来,塞缪尔就有可能看到那个怪物,就是现在的阿伯纳西夫人,她正盯着小窗口的方向,正是塞缪尔藏身的地方,一个模糊的小男孩的身影悬在宁静的夜空中。

第5章 五灾之魔纳德

我们遇到纳德,他看上去并没有他自己想的那样可怕,却是个超级倒霉鬼。

纳德,号称五灾之魔,正坐在他那镀金的宝座上,脚边坐着他的仆人沃尔姆伍德。此时整个王国尽收眼底。他叹了一口气。

"尊敬的灾神,您觉得厌烦了吗?"沃尔姆伍德问道。

"事实上,"纳德说,"我非常兴奋啊,我很久都没有像现在这样充满热情了。"

"真的吗?"沃尔姆伍德燃起了希望,紧接着,他的头被纳德手中的"力量权杖"重重一击,他知道自己说错话了。

"当然不是,你这个蠢货,"纳德说道,"我当然觉得无聊啊。但是还有什么办法呢?"

这是一个令人费解的问题,因为他虽居高位,但过得并不开心。实际上,纳德所处的这个位置跟幸福相去太远了,即便有人走过悠悠岁月——几百年,甚至几千年——不论停驻在哪里,他也看不到丝毫的快乐。

纳德的王国号称荒原之国,这里有绵延不绝的平坦灰岩地带,它们和那些浅灰色的奇石分离出来,没有受到过任何破坏。四处还遍布着一池池黏糊糊的黑色液体,上面还冒着气泡。在地平线处,岩石和瓦灰色天空相接,天空偶尔闪过一道闪电,听不到雷声,也感觉不到雨落下来。

这里甚至算不上一个真正的王国。正如他的名字所示,纳德乃五灾之魔,所以才受到驱逐。但是他的罪行本质还有待怀疑。[1]

"五灾之魔"这个头衔完全是纳德自己提出来的,从技术层面来看,这个称呼是正确的。纳德还有另外五个恶魔兄弟,只不过相对来说,他们的级别更低一点:施威尔——不舒适的鞋子恶魔;艾克——藏在洗衣机排水孔中的恶魔;葛拉汉——变质饼干恶魔;梅维丝——不合适以男性命名的恶魔;最后一个,也可能是级别最低的那个,埃里克斯——滥用标点符号的恶魔。

相比这些知名坏蛋,纳德算不上一个祸害,顶多只会造成小小的干扰,就像夏天里紧挨着窗户嗡嗡作响的苍蝇,或者像一块不新鲜的饼干,当人们还想配一杯好茶把它吃掉时,恶魔葛拉汉就让它受潮变质了。最终,由于纳德不仅不愿意离开,还一直强行干涉他们的统治,五灾恶魔算是恶魔之王的辅助力量。于是纳德就以这种方式占领了一片没什么意义的无名之地,整天无所事事,但是他决定好好利用这里,并宣称这是他自己的王国。为了与他做伴,他那忠实的仆人沃尔姆伍德随着他被一起驱逐了,沃尔姆伍德认为这次驱逐非常不公平,因为他并没有做错什么事情,只是跟错了主人。

恶魔之王并不是没有一点仁慈之心(其实,或者说是幽默感),因为他竟然愿意送给纳德一个用过的宝座,还给沃尔姆伍德赐了一个坐垫,还给了纳德一个收纳盒,纳德用来收藏各种零碎的小东西,然而这些东西在他被流放期间毫无用处。所以说,纳德和沃尔姆伍德只是坐在一片虚无之中,就算不是一直如此,那也是从几分钟前开始的。

---

[1] deity,神明,发音为"day-it-tee",指一种神。神分好坏善恶,纳德属于恶神,但总体上来说,任何神都不可信。剧作家威廉·莎士比亚曾经在《李尔王》中写过这样一句话:"我们之于神明,正如苍蝇之于顽童;他们以杀我们为消遣。"因此神明都很卑鄙,不要告诉我,你读到这里的时候没有任何体会。

他们从来就没什么共同话题,现在他们能聊的便更少了。

沃尔姆伍德摸着头,他那顶着豪华头饰的头盖骨,刚刚不幸地又迎来一击。沃尔姆伍德认为号称五灾之魔的纳德真是有些混蛋,这个想法已经不是第一次了。

纳德完全没有意识到沃尔姆伍德对他的憎恨,又叹了口气,便马上消失了。

我们还不知道从大型强子对撞机里发的蓝色能量束应该叫什么。世界上有96%的物质和能量还未被科学界发现,它便属于其中一种。这些蓝色能量束并不是碰撞试验的预期结果。然而,在为大爆炸重新创造条件时,对撞机里的多重爆炸在很短的时间内便能打开一扇大门,而在门的那边,恶魔之王正在等待这个时机。那一小束能量相当于一块塞在门下面、把门撑开的木头。如今,因为恶魔之王拥有无穷能量,他为了把门撑得更开,开始在门上加压。阿伯纳西夫人遭受不幸前瞥见过的场景正是地狱之门,这扇门会将恶魔之王禁锢在那个可怕的地方。蓝色能量的碎片在门上击破了几个洞,这些洞已经足够让恶魔之王的使者从中穿过。这些使者是侦察员,同时也是大门的守护者。他们还代表了恶魔之王计划逃离流放之所的第一步,这与"五灾之魔"纳德的计划相比,好不到哪里去,然而,他至少很有想法,还有更多听他使唤的随从。

不幸的是,如果有人或事物不顾任何结果,任意发出能量束,这些能量束通过时空维度间隙穿过了那扇门,那么很有可能,其中的某些能量最终到达它不应该去的地方。这就像焊工焊金属时焊炬上四溅的火花。最不幸的是,有些能量火花在人类世界和纳德的世界——或者更确切地来说,纳德自己——之间,已经产生了一条小小的裂缝。

恶魔之王成功地撬开了一扇大门,如他所愿。

无意中，他还成功地打开了一扇窗。

纳德——五灾之魔——终于自由了。

纳德觉得有点眩晕，或者说恶心，好像刚刚才从一个迂回道①上爬下来似的。他并不知道发生了什么。虽然他觉得很痛，但是他知道，自己不必再待在那片无聊的灰色世界守着那张宝座，只有一个长满疥癣的鼬鼠似的小魔鬼做伴，这好像是唯一一件不错的事。他感觉自己的皮肤触到了空气。（纳德外表上看起来有点像人类，虽然他的耳朵又长又尖，头部长得像弦月似的，他头部比例太大，明显带有一丝绿色。）即使是在黑暗中，他的眼睛已经开始辨认出那些陌生事物的形状了。

"我来到……别的地方了。"纳德说道。尽管在惹怒恶魔之王之前，他从未离开过荒原之国，但是他凭直觉就知道自己身在何处。他来到了人类世界，在这里，他是恶魔，拥有巨大的能量，而周围那些弱不禁风、微不足道的人类都得屈服于他。他开始传递他所有的愤怒、疼痛和孤独，并从中创造出一种能量，从而为统治世界助一臂之力。他的皮肤爆裂并发出红光，就像火山爆发时，飘移的石头下面冒出来的一股股火山岩浆。这时候，光亮转移到他的眼睛里，露出了很久未见的凶光。蒸汽从他的耳朵里冒了出来，他张开嘴巴，准备向所有人宣告他的到来，发泄他的愤怒。

"我是纳德！"他大声喊道，"你们都俯首称臣吧！"

这时，光线消失了。一切恢复到正常的样子，一个巨大的长方形出现了，门的轮廓比纳德以前见过的更大，即便是在地狱深处。这时候，门开了，一阵光亮吞没了纳德的新世界。他的上方出现了一个巨人，穿着粉色短裙和白色衬衫，手里拿着一件东西——一个没有眼睛，长鼻子、方下巴、蹲着的怪物。

---

① 魔鬼也会有这种感觉，叫做超低功耗，当魔鬼们四处游荡得太久时就会有这种感觉，就像当你不舒服时闻到棉花糖的香味，或是小孩子身体不舒服时散发出挥之不去的那种味道。

"噢，故障——"纳德开始说道，还没来得及说完，约翰逊夫人的真空吸尘器便砸在了他身上，眼前又变得漆黑一片。

回到荒原之国，沃尔姆伍德还在努力思考他那没人爱的主人究竟是怎么回事。他戳了戳宝座上的那片空间，就是纳德通常所坐的地方。他在想纳德是不是一直隐瞒了他的隐身术，为了打破枯燥的生活，才决定使用它。但是他什么也没有戳到。

纳德好像失踪了。

如果纳德消失了，那么他，沃尔姆伍德，便成了这里的统治者。

沃尔姆伍德捡起宝座旁边的"力量权杖"，另一只手抓起罪恶的皇冠，那顶皇冠是在纳德消失时从他头上掉落下来的。他盯着这两样东西，然后面朝荒原之国，举起权杖，戴上皇冠。

"我是沃尔姆伍德！"他大声喊道，"我——"

他身后出现一个声音，酷似纳德轮廓的物体正从一个小洞里面挤出来，好像这个过程让它有点难受。

"很高兴再见到您，主人。"沃尔姆伍德说完，刚转过身，便看到纳德又一次坐在宝座上，似乎刚刚有一个巨大的东西压在了他身上。他有些不知所措，看起来疲惫不堪。

"沃尔姆伍德，"纳德说道，"我很难受。"

接着，他打了一个喷嚏，尘土从他的嘴巴里飞了出来。

第 6 章　斯蒂芬妮

我们遇到斯蒂芬妮，她虽然不是魔鬼，但也不是什么好人。

当塞缪尔还在笨手笨脚地摸索着他的钥匙时，前门突然开了。他最近才有了一把自家的钥匙，由于很怕丢掉它，他便把钥匙用绳子拴起来，戴在脖子上。不巧，事实证明，当自己打扮成一个幽灵，还牵着一只忧心忡忡的小狗时，根本就很难找到钥匙。所以，塞缪尔还在身上那一层层床单、毛衣和衬衣下面摸索着，就在这时，保姆斯蒂芬妮出现在他的视线里。

"你去哪里了？"她问道，"按理说，半个小时前你就应该回来了。"这时，她脸色突变，"你为什么打扮成鬼的样子啊？"

塞缪尔拖着腿从她身边走了过去，并没有马上回答。他首先松开了博斯威尔，脱下床单。

"我本来想早点开始过万圣节的，"他气喘吁吁地说道，"但是这已经不重要了。我看到——"

"别说了。"斯蒂芬妮说道。

"但是——"

"我没兴趣知道。"

"这很重要。"

"去睡觉。"

"什么？"这个蛮横的命令使塞缪尔暂时忘记了在阿伯纳西家地下室的所见所闻，"现在是学期中期。我明天不用去上学。妈妈说——"

"妈妈说，妈妈说，"斯蒂芬妮故意模仿他说道，"你妈妈现在不在这里，我说了算。我命令你去睡觉！"

"但是阿伯纳西家，地下室，怪物，大门，这些你都不知道。"

斯蒂芬妮凑近塞缪尔的脸，塞缪尔突然意识到，在阿伯纳西家时，如果当时他们离自己很近，他们的愤怒完全对准的是自己，那要比他已经看到的恐怖百倍。斯蒂芬妮的脸变得通红，鼻翼往外张开，眼睛眯成一条缝，就像城堡墙壁上即将有火箭发射出来的裂缝。她一字一顿，咬牙切齿地说道：

"去——睡——觉。"

最后那个高音太刺耳了，以至于塞缪尔觉得他的眼镜都要被震碎了。连对斯蒂芬妮的声音很熟悉的博斯威尔似乎也躁动不安起来。

别无选择，塞缪尔只好踮着脚爬上楼梯回到房间里，博斯威尔紧跟其后。就在他正要甩上门的那一刻，听见斯蒂芬妮一声大喊："你敢甩门就试试看！"

尽管他很想大胆地叛逆一次，但还是决定小心谨慎一点。斯蒂芬妮并不能拿他怎样，尽管他有时候在想，如果她可以侥幸得手，她可能早就做了，比如把他溺死在浴缸后再把他埋到后花园里[1]。斯蒂芬妮还喜欢打小报告，过去每当塞缪尔反驳她时，第二天早上，他妈妈就会来找他麻烦。与斯蒂芬妮不同的是，妈妈要想让他不好过的话，能做的事情可多了，比如禁止看电视，不给他零花钱。有一次情节特别严重，他往斯蒂芬妮的后背扔了一条塑胶假蛇，结果导致他既没得电视看，又没了零花钱。他声称自己已经完全意识到她非常不喜欢蛇，那他到底是怎样发现斯蒂芬妮怕蛇的呢？这个过程太有趣了。他依旧清楚地记得她惊恐地从沙发上跳了下来，在她身体的深处发出了奇怪的声音，都不像是人发出来的，似乎有人在她的身体里拉小提琴，拉

---

[1] 说来也奇怪，小男孩会比小女孩更惧怕保姆。一方面是因为小女孩和保姆（通常是年纪稍大点的女孩）属于同一物种，因此能够互相理解。另一方面，小男孩并不理解女孩，保姆照顾他们就像鲨鱼照顾仓鼠似的。如果你是一个小男孩，能够让你心里稍微舒服一点的是，即便是小伙子也了解不了女孩子，他们甚至都不了解男孩。成年人的生活常常因此而变得格外有趣。

得非常糟糕。实际上,他和斯蒂芬妮关系就是从那一次开始恶化的。他不仅受到了妈妈的惩罚,可恶的加特还威胁他说,如果再耍这样的把戏,就要把他的头按在马桶里,冲到中国去。塞缪尔不想被冲到中国去,所以便再也没有耍过那样的花招。①

塞缪尔换上睡衣,刷完牙,爬上床,躺在被子里。博斯威尔蜷缩在床脚的篮子里。通常,塞缪尔关灯睡觉前会读一会儿书,但是他今晚不打算读。他决定熬夜等他妈妈回来,然后告诉她今天遇到的事。

塞缪尔等了两个半小时,终于没撑住还是睡着了。他想起了在阿伯纳西家地下室的所见所闻。他想过要不要去报警。但是他是一个聪明的孩子,因为他很清楚,一个牵着猎犬的十一岁孩子说他的邻居变成了一个决心打开地狱之门的魔鬼,警察怎么可能相信呢? 就这样,塞缪尔并没有听到妈妈回家的声音,斯蒂芬妮在告知塞缪尔的妈妈关于他晚归的事后便离开了,斯蒂芬妮离开时,塞缪尔也不知道。

他还不知道,当所有灯光都已熄灭,他的妈妈也进入梦乡,一个女人的身影站在花园门口,紧盯着他的卧室窗户看,眼睛里燃烧着一股冰冷的蓝色火焰。

---

① 要把人冲到中国去根本就不可能,澳大利亚也同样如此。除非他们已经在那儿了。万一有人威胁你,要把你冲到中国或者澳大利亚去,但是如果你告诉他这根本不可能,这可不是什么好主意。因为他们为了证明你是错的,无论如何都会抓住这个好机会试一试。

第7章　希尔伯特教授

科学家们想知道碎片是什么，它去哪儿了。

当塞缪尔还在熟睡时，一群科学家们围在一系列屏幕和打印文件前面。他们的身后是一盘还没下完的战舰棋盘，已经被遗忘在一边了。

"但是没有出现任何不同寻常的记录。"有人说道。这个人就是希尔伯特教授，他成为一名科学家有两个原因。原因之一在于，他对科学很着迷，尤其是物理学。也许，研究物理学的人对数字的热衷已经超过了对人类的热爱。原因之二在于，希尔伯特教授看起来就像个科学家。小时候他就戴着一副眼镜，头发乱糟糟的，喜欢把钢笔藏在衬衣口袋里。他总是喜欢拆卸东西，就是为了弄清楚其中的工作原理，但他又从不愿意原封不动地装回去，而是想办法做些改进。因此，当父母的多士炉被他"改良"以后，不仅烤焦了面包，还着起了火，温度过高导致厨房柜台都熔化了。事后，厨房的气味一直很奇怪。除非有人监督他使用多士炉，否则他只能吃没有烤过的面包。当收音机被他摆弄一个小时后，便开始接收来自空中飞行的军用飞机的信号，还招惹了几个穿制服的人来到家中。他们看上去很严肃，还以为希尔伯特是俄罗斯派来的间谍。最后，小希尔伯特被送去天才学校，他对此很满意，因为在那里他可以拆东西，也可以用奇怪的方式将它们重新组合回去。在那个特殊学校里，他也弄燃过一两次火，但是火势很小，很快就被熄灭了。

现在希尔伯特教授正在努力弄清楚艾德和维克多告诉他的情况。

为了安全起见，对撞机已经被关闭了，这让希尔伯特教授非常生气。将对撞机开开关关并不像开关电灯那样简单。其过程非常复杂，而且成本很高。除此之外，这会破坏与这个实验相关的所有工作人员的名声，尤其是因为现在还有人认为对撞机会导致世界灭亡。

"你是说对撞机的光束里有东西被分离出来了，是吗？"

"是的。"艾德回答道。

"它穿过了对撞机的墙壁和它周围的岩石，然后消失了。"

"没错。"艾德说。

"然后系统开始改写，并且消除了证据？"

"对。"

"很好。"希尔伯特教授说。

很奇怪的是，在这个对话过程中，希尔伯特教授一点也不怀疑艾德和维克多所说的话。大型强子对撞机和其中所揭示的宇宙本质对希尔伯特教授来说都不足为奇。他对此很开心，没错。偶尔会心烦，但是从来不觉得奇怪。他并不是一个容易大惊小怪的人，他认为宇宙比人们想象中的更奇怪，所以他迫不及待地想要证明宇宙的非凡之处。

"你觉得这是什么呢？"艾德问道。

"证据。"希尔伯特教授说道。

"什么东西的证据？"

"我不知道。"希尔伯特教授一边说，一边收起他的钢笔，走开了。

几个小时后，希尔伯特教授还在伏案工作，桌子上堆满了各种文件，上面画了表格和复杂的方程式，还有几个拿着剑打架的小火柴人。他还花了几个小时细细研究系统数据，并发现了一些奇怪的现象。就像艾德和维克多说的，系统已经自动改写了，但是改写得并不成功。就像有人将铅笔画的线条擦掉后，还留下了印记。希尔伯特教授开始慢慢地重建数据。但是他不能够完全修复它们，他发现，在艾德和维克多看到那个现象的时候——现在称之为"意外事件"，一批奇怪的密码侵入了系统中。希尔伯特教授正在想办法修复它们。

问题在于,这串密码不属于任何一种电脑语言。事实上,它甚至不属于任何一种可以识别的语言。

希尔伯特教授对维度特别感兴趣。比如,是否存在多个宇宙,而我们所在的宇宙只是其中之一,他对这个可能性非常着迷。在这群科学家里,有一部分人,包括他在内,认为我们的宇宙可能只是千千万万浩瀚宇宙中的沧海一粟,有的宇宙正在形成,有的已经存在,而有的即将灭亡。除一元宇宙之外,他还相信多元宇宙的说法。他一生都在为这个信念而奋斗着,并且希望对撞机能够帮助他证明这一点。如果对撞机创造出一个迷你黑洞,而且它不会吞噬地球,即它的质量是电子质量的一千倍,存在时间为 10^{-23} 秒的话,希尔伯特教授便认为这就能够证明平行宇宙的存在。

现在,他正坐在桌子边,看着这串奇怪的密码,这些符号乍一看很现代,细看便觉得非常古老。他在想:这就是我一直在寻找的证据吗?这个信息是不是来自另一个宇宙,另一个维度呢?

如果是的,那它代表什么意思呢?

你们中有些人可能知道阿尔伯特·爱因斯坦,如果你们有人还不了解他,这里是他的一张照片:

图:爱因斯坦

爱因斯坦是一位非常著名的科学家,即便是对科学一无所知的人也有可能知道这个名字。他最著名的理论是广义相对论,即质量是一种能量形式,方程式为 $E = mc^2$(或者能量等于质量乘以光速的平方)。除此之外,他还具备一种幽默感。他曾经说过,我们人类都是无知的,但是每个人的无知又不尽相同,如果你仔细想想这句话,便会觉得说得很有道理。①

爱因斯坦预测了黑洞的存在（银河中心存在一个黑洞，但是被尘埃云团遮住了；否则，它就像人马星座中的火球似的，每晚都可以看到），但是爱因斯坦的黑洞说本身就有问题。在黑洞的中心，有一个奇异粒子（这个词又出现了，还记得第一章的注释里提到的吧？），在这个粒子上，时间走向尽头，所有已知的物理原理都不再成立。你不能制定某条原理从而把其他原理都破坏掉。这并不叫科学。

爱因斯坦对此一点也不开心。他希望一切都能按规律运转。事实上，他毕生研究的意义在于证明宇宙是按规律运转的，而且他并不愿意把类似于奇异粒子这样的东西就晾在那里，把那个地方搞得乱糟糟的。

因此，和其他优秀的科学家一样，爱因斯坦重新回到他的研究上，努力想证明奇异粒子不存在，即便存在，它也是按规律在运转的。所以，摆弄了几下数据后，他得出了结论：奇异粒子也许是两个不同宇宙之间的桥梁。就爱因斯坦来看，这便解决了奇异粒子的问题。但是没有人真正相信，这座叫做爱因斯坦-罗森桥的桥梁能真正地穿梭于宇宙之间。主要原因在于，它如果存在的话，便会非常不稳定，就像由口香糖和几块巧克力搭成的桥梁，而且还经历了长距离的坠落。再想想，如果开着大卡车的司机想从这座桥上穿过，这座桥非常小——只有 10^{-34} 米，小到根本就看不见，只会存在一瞬间，所以开着卡车（当然是太空卡车）要从上面通过会相当困难。显然，这也是致命的。

数学家们也预测了"多连通宇宙"或者虫洞存在的可能性。虫

---

① 正如你在他这张照片上所看到的，爱因斯坦并没有把自己看得很严肃，至少不会总是很严肃。一般来说，应该尽量避开那些把自己看得太重要的人。作为独立的个体，我们周围有太多需要我们重视的事情，当一个人花太多时间在意自己的时候，他便没有心思去重视别人了。相反，他们常常会看不起别人，当别人把事情搞砸的时候，就暗自窃喜，因为这些人恰好向那种过于严肃的人证明，一开始没有认真对待他们是明智的选择。

洞是一条连接宇宙的通道，存在于黑洞① 的中心。1963年，一名叫罗伊·克尔的新西兰数学家推测，由于向外的离心力会消除向内的重力，所以旋转黑洞将会分解成一串稳定的中子。黑洞不会自己掉落，你也不会被撞死，但是这会是一个单向旅程，因为重力可以足够用来阻止你往回走。

当我们在热烈地讨论虫洞、黑洞、平行宇宙——其物理原理与我们所在的宇宙稍有不同，但依然可以顺利运转，前面的辩论只是这些大讨论中的另一个阶段。

现在，希尔伯特教授在思考，是不是其他宇宙中有东西找到了穿透的方式，利用了一个洞或桥梁或是我们的科学没有想到过的其他东西，努力想要取得联系。如果是这样，桥梁也同样存在，那么那个世界便会有一个开口，我们的世界也同样如此。

接下来的问题就是：那个开口在哪里呢？究竟是什么东西从中冒出来了呢？

回到克劳利大街666号的地下室里，四个人站在那儿盯着一个地方，那里有个蓝色光圈一直旋转到刚刚才停下来。阿伯纳西太太从塞缪尔·约翰逊家回来了，她发现另外三个同伴还陷在痛苦中，没有缓

---

① 在刘易斯·卡罗尔的《爱丽丝镜中奇遇记》一书中，那块镜子其实就是一个虫洞。卡罗尔的真名是查尔斯·道格森，是一名数学家，他了解黑洞理论。他喜欢在数学课上给大家出一些难题，其中最著名的是这个：一个杯子里有50勺白兰地，另外一个杯子里有50勺水。从第一个杯子中取一勺白兰地加到第二个杯子里，然后从第二个杯子中取一勺酒水混合物加到第一个杯子中。那么第二个杯子里的白兰地和第一个杯子里的水相比，哪个更多呢？如果你想知道答案，我警告你，这个问题比起喝完所有的白兰地更让你头痛——请继续看本章的结尾——好，我们回到刘易斯·卡罗尔的白兰地和水的问题。从数学的角度看，答案是水中的白兰地和白兰地中的水一样多，因此两种混合物一模一样。但是——让你头痛的地方开始了——当等量的水和酒精混合时，二者的混合物会比它们开分时的结构更加紧凑，因为白兰地渗透到水分子中，水也渗透到白兰地分子中。这有点像拼图时，两块拼图拼在一起会比二者分开时占的空间更小。换句话说，混合物会变得更加浓缩，所以，如果你将50勺水和50勺白兰地混合在一起，最后你得到的混合物的总量少于100勺。往50勺水中加一勺白兰地，你将得到少于51勺的混合物，因为，正如我们前面讨论过的，它会变得更加浓缩。如果你从中取出一勺，杯子里的混合物将比50勺要少。然后，如果你从浓缩混合物中取出一勺加到白兰地中，这就意味着，白兰地杯子中的酒比水杯中的水更多。我早就警告过你了吧……

过神来。

"门已经关了。"兰菲尔德说道，他的相貌和声音都不像原来的他了。声音从他的喉咙里冒出来，像是一串嘶哑的咔哒声。他的皮肤和烂苹果的皮一样，看上去皱巴巴的，像生了病似的。蓝色的光一消失，他们的相貌就开始变化了。兰菲尔德夫人和阿伯纳西的相貌也开始变老。只有阿伯纳西太太依旧保持原状。

"他们已经关上了对撞机，"兰菲尔德夫人说道，露出一个奇怪的表情，并刻意不让兰菲尔德一家人看到，"这一点，恶魔之王已经预测到了。但是我们现在知道，穿梭于这个世界和我们的世界已经成为可能了。甚至在我们说话的时候，我们的主人正在集合军队，当他准备好后，大门会再一次打开，到时候他会穿过来，宣布占领这个地方。"

"但是我们正在变弱。"兰菲尔德夫人说。她的气息散发出臭味，似乎她的身体里有器官正在腐烂。

"没错，"阿伯纳西夫人说，"你唯一的任务就是为我服务。你的能量是供给我的，一旦门再次打开，你就会重新获得能量。"

她并没有完全说实话。阿伯纳西夫人比其他三个同伴更加厉害，比他们想象中要更有资历、更精明、更强大。门并没有完全关闭。阿伯纳西夫人依靠她自己的意志和力量将门撑开一条缝隙。然而，她依旧根据需要从别人身上吸取能量，只有在万不得已的时候才会去利用那扇大门。她想趁着主人没来之前就去探索这个新世界，重要的是得毫无声息地进入里面。她已经在黑暗中沉寂了太久，所以她想在地球化为灰烬之前，好好地经历一番。

第 8 章　地狱之门的秘密

有人试图打开地狱之门，塞缪尔发现他的母亲对此并不关心。

八点后，塞缪尔才意识到从厨房里传来盘子的碰撞声。他迅速穿上衣服下楼。博斯威尔满心期待地等着餐桌上的美食。它望着塞缪尔，摇着尾巴，向其示好，接着走到约翰逊女士面前，眼睛直勾勾地盯着她以及她盘里剩下的培根。

"妈……"塞缪尔才刚开口，立刻就被约翰逊女士打断了。

"斯蒂芬妮说，你昨晚回来晚了。"他妈妈说。

"是的，对不起，但……"

"没有但是。你知道我不喜欢你一个人在外面待到很晚才回家。"

"但……"

"我刚说什么了？没有但是。坐下来吃麦片！"

塞缪尔想，是不是又得获得准许才能说完一整句话？之前是斯蒂芬妮，现在又轮到他妈妈。再这样下去，他就像被隔离的囚犯，要用手语或者在纸上写字才能进行沟通。

"妈，"塞缪尔用成年人的语气严肃地说，"我有很重要的事要告诉你。"

"说吧。"妈妈站起来，把盘子放到水槽里，这一举动让博斯威尔大失所望。

"母亲，请听我说。"

塞缪尔从未叫过"母亲"，这称呼听起来感觉怪怪的，但此时此刻，它确实引起了妈妈的注意。她转过身，双臂交叉。

"好吧！"

塞缪尔做了个手势，示意母亲坐到他对面的椅子上。这是他在电视里学到的，当老板请员工进办公室想炒他们鱿鱼时，就会这么做。

"请坐。"

约翰逊女士长叹了一口气，但还是照做了。

"这件事跟阿伯纳西那家人有关。"塞缪尔说。

"阿伯纳西？住在666号的那家人？"

"是的，还有他们的朋友。"

"哪些朋友？"

"我不知道那些朋友的名字，只知道他们是一男一女，而且都很胖。"

"然后呢？"

"没有然后了。"塞缪尔一本正经地说。他在哪儿见过这句话，经常琢磨着怎么把它说出来。

"什么意思？"

"他们被带走了。"

"带去哪儿了？"

"地狱。"

"噢！塞缪尔！"妈妈起身回到水槽边，"让我担心了那么久，我以为你会严肃点儿。你从哪儿听到的这些消息？我真的得好好瞧瞧你都看了些什么电视节目。"

"妈，这是真的！"塞缪尔说，"他们穿着睡衣，在阿伯纳西家的地下室，空气中，一道蓝光闪过，接着出现了一个洞，从洞里伸出一只大爪子，把阿伯纳西夫人拽了进去，后来，她又出来了，但那并不是她本人，而是某种看起来像她的东西。接着，蜘蛛网网住了他们的胖友人，连阿伯纳西先生也被大舌头猛吞了进去。最后，四个人又出现了，但实际上并不是真实的他们。"

说完后，他亮出了杀手锏："我听到阿伯纳西夫人或者那个看起来像阿伯纳西夫人的东西说，他们试图打开地狱之门。"

他深深地吸了一口气，等待妈妈的反应。

"这就是你昨晚晚回家半小时的原因？"妈妈问。

"对。"

"你知道的，八点过后不能出门，尤其是现在，晚上变得越来越黑了。"

"妈，他们试图打开地狱之门。那儿有地狱、魔鬼、怪物。"他故作停顿，加了句，"还有恶魔！"

"你昨晚还没有吃饭。"妈妈说。

"什么？"塞缪尔彻底被打败了。他知道，妈妈忽视了他所讲的大部分事情，但是，他从来没有撒过谎。好吧，其实是很少撒谎。因为有一些是妈妈不需要知道的事情，例如，她偷偷藏起来的巧克力怎么就不翼而飞了；用火柴头做完实验后，为了掩盖烧焦的痕迹，客厅的地毯怎么会有被稍稍移动的痕迹。

"不要说'什么'，应该说'请再说一遍好吗'。"妈妈纠正道，"你昨天连饭都没吃。"

"因为斯蒂芬妮很早就催我上床睡觉，但这不是重点。"

"塞缪尔·约翰逊，这的的确确是重点。就是因为你回来得晚，所以才没能吃饭。昨晚做了菠菜，我知道你不喜欢吃菠菜，但它有益健康。而且，你惹怒了斯蒂芬妮，能在这段时间找到尽职的保姆实在是太难了。"

现在，塞缪尔已经完完全全不知所措了。按妈妈古怪的性格来说，下面是世界运转的模式：

事情糟透了

1. 回来得晚

2. 不吃菠菜

3. 惹怒斯蒂芬妮

4. 因谈论天使和别针而把休谟先生弄糊涂了

5. 没有戴上外婆为他织的帽子，因为它是紫色的，戴起来显得头

很肿大

6—99. 许多其他的事

100. 试图打开地狱之门

"妈，难道你根本就没听我说的话吗？"塞缪尔说道。

"塞缪尔，你说的话我都听到了，真的够了。现在赶紧吃早餐吧，今天我还有很多事要做。如果你愿意的话，待会儿可以陪我一起去购物。不然，你就待在这儿，既没电视看，也没电子游戏玩儿。我希望你读点书，或者把时间利用在有用的事情上。就是这些动画片和打怪兽的游戏让你产生了这些想法。说真的，亲爱的，你有时活在自己的世界里。"

接着，她做了些出人意料的事情。她把最后五分钟都花在抱怨上，也不相信他所说的事情，然后，走过去，拥抱他，亲吻他的发丝。

"但是，你确实把我逗乐了。"她说，她看着他的眼睛，面露悲伤，"塞缪尔，所有这些故事，别针上的天使——都与你爸爸无关，是吗？我知道你很想他，自从他离开以后，我们举步维艰。你知道我是爱你的，是吗？你不需要引起我的注意。我就在这儿，你是我生命中最重要的人。记住这点，好吗？"

塞缪尔点点头，眼圈变红了。只要妈妈一谈到爸爸，他们就会这样。距今，爸爸已经离开两个月零三天了。塞缪尔既希望爸爸回来，又还在生他的气。他不知道爸爸和妈妈之间究竟发生了什么，只知道爸爸现在住在北部。分开后，塞缪尔只见过他两次。有一次，他无意中听到爸妈低声细语但语气愤怒的电话交谈，塞缪尔知道，一个名叫伊莱恩的女人插足了他们俩的关系。谈话中，妈妈开口大骂伊莱恩，然后挂断电话，放声大哭。有时，塞缪尔也会生妈妈的气，他在想，是不是妈妈做了什么事情，才把爸爸赶走的。有时，当他格外伤心时也会想，是不是他自己做了什么事才让爸爸离开的，是不是自己不听话，是不是有意伤害了爸爸，是不是在某些方面让爸爸失望等等。但，绝大多数情况下，他觉得爸爸才是最应该受谴责的人，因为他讨厌爸爸惹妈妈哭泣。

"现在把培根吃了,"塞缪尔的妈妈说,"我把它放在烤肉架上。"

她又亲了亲他的头,然后上楼了。

塞缪尔吃了培根。有时,他想不通大人们的做法。他在想,如果他长大成人,或者总有一天,当他长大成人后,这一切是不是都说得通了。

吃完早餐,他把剩下的食物喂给了博斯威尔,盘子洗好后,又坐在了桌子旁。他看着博斯威尔,博斯威尔也看着他。开启地狱之门这件事情非同小可,亟待解决,但母亲对其毫无帮助。

"现在,我们应该做点什么呢?"塞缪尔问道。

如果博斯威尔会耸肩的话,他也会跟着做了。

666号房子的门铃响了,前来开门的是阿伯纳西夫人。站在她前面的是一名拿着大包裹的邮差。他不是平时的那位邮差(正在西班牙度假),之前没见过阿伯纳西夫人,倒觉得她长得如花似玉,美若天仙。

"阿伯纳西先生的包裹。"他说。

"他是我的——"阿伯纳西夫人还不习惯和非魔鬼类交谈,所以得思考一会儿——"老公,"她总算说完整了,"但他现在不在家。"

"没关系,您能代签。"

他递给阿伯纳西夫人一支笔和一张夹在书写板上的表格。阿伯纳西夫人一脸茫然。

"在这儿签名就好了。"邮差指着表格下端的一行线,说道。

"我好像没戴眼镜,"阿伯纳西夫人说,"你介意在我找眼镜的时候进来等一会儿吗?"

"只是签个名而已,"邮差说,"这行线,在这行线上签。"他再次友好地指出提到的那行线。

"我不喜欢自己连看都没看就签名。"阿伯纳西夫人说。

邮差心想,大千世界,无奇不有。"好的,女士,您去找眼镜,我在这儿等您。"

"喔，请进！外面太冷了，我得花点儿时间找眼镜。"她走进屋里，手里一直拿着书写板，这对邮差来说很重要，因为它包含了当天所有要送的包裹和挂号信，所以，他的视线不能离开书写板。于是，他不情愿地跟着阿伯纳西夫人进了屋。他看到靠近客厅的房间里的百叶窗和窗帘都是拉上的，还闻到一股怪味，类似腐烂的臭鸡蛋和刚点燃的火柴的味道。

"房间有点儿黑。"他说。

"真的吗？"阿伯纳西夫人说道，"我特别喜欢这种感觉。"

一开始，邮差就注意到，阿伯纳西夫人的眼睛似乎有一道蓝光。

他身后的门关上了。

但是，阿伯纳西夫人明明就在他前面，到底是谁关的门？

他转过头发现，一根触须缠绕着他的脖子，将他举起来，然后扔到楼梯下。由于缠得太紧，邮差说不出话。他隐约感觉到一张大嘴和一颗颗巨大的牙齿，接着，一切都变黑了。

阿伯纳西夫人觉得，人类是微不足道的。她被派来发现人类的优点和缺点，但她已经得出了结论：后者远远多于前者。

另一方面，他们尝起来味道一点也不差。

阿伯纳西夫人咂咂嘴，走进餐厅，那儿的窗帘也是拉上的。三个人坐在椅子上，别的什么都不做，光闻那股怪味。阿伯纳西先生和兰菲尔德夫妇开始变成难看的紫色，就像即将腐坏的肉，他们的指甲开始脱落。毁灭一个人的生命力后，又让他塑形重生，这是很难的。就像剥香蕉皮，扔掉果肉，把皮缝合好，想让它看起来依然像香蕉。这倒是能撑一会儿，但之后，香蕉就会变黑。

"我有点担心这个男孩儿。"阿伯纳西夫人说。

她的丈夫用他浑浊的眼睛看着她。

"为什么？"他问道，他的声音略带嘶哑，声带也像腐烂了似的，"他只是个孩子。"

"他会说话。"

"没人会信他。"

"有人可能会信。"

"即便他们信了又能怎样？我们要比他们强大。"

阿伯纳西夫人厌恶地哼了一声。"最近照镜子了吗？"她说，"你唯一强有力的东西就是你发出的臭味。"

她摇摇头走开了。这就是低级魔鬼的问题所在：既不机灵，又缺乏想象力。

阿伯纳西夫人是最高级别的魔鬼，只比恶魔之王低了一级。她了解人类，因为恶魔之王向她提及过，他就像一扇神秘的窗户，透过这扇窗户，她能看到远处的人们。他的所见所闻让他滋生了仇恨和嫉妒。人类做坏事时，他欣喜不已；做善事时，他勃然大怒。他想将地球夷为平地、化为瓦砾，想消灭地球上所有的鸟类、鱼类、爬行类和两栖类动物。阿伯纳西夫人可以为他铺平道路。剩下的就交给恶魔之王与带有光线和微粒的人类机器了。

但是，这个小男孩儿仍然是个问题。阿伯纳西夫人认为，孩子比成年人更危险。因为他们是非明确，黑白分明。他们的执着和坚持会妨碍到阿伯纳西夫人。

首先，她要查清楚塞缪尔·约翰逊到底知道些什么。如果他既调皮又爱多管闲事儿，那么，就得把他干掉。

第9章 塞缪尔的难题

关于地狱之门,我们所知甚少,没有一样是完全有用的。

妈妈出去购物后,塞缪尔坐在桌子旁,双手托着下巴,想他到底应该怎么做。他知道阿伯纳西夫人,或者说是附在她身上的某样东西,并非善类。但是,他面临着世界上所有年轻人都遇到的难题:当大人不愿相信你说的事情是真的时,你该如何说服他们,让他们觉得是事实?

妈妈不准他玩电子游戏,但没说完全不能用电脑。于是,塞缪尔走进卧室,博斯威尔紧随其后。他坐在桌子旁,准备上网。想着从自己确切知道的事情下手,于是他在搜索引擎中输入了"gates of Hell"(地狱之门)。

第一条查询信息显示的是一个巨型铜像,艺术家奥古斯特·罗丹将其命名为 La Porte de l'Enfer,英文意思是 The Gate of Hell。1880 年,罗丹被任命创造该铜像,并承诺于 1885 年完工。然而,直到 1917 年他去世,铜像依然没有完工。塞缪尔粗略地算了算发现,这比罗丹承诺完工的时间整整晚了三十二年。他在想,是不是罗丹和当地的画家阿米蒂奇先生有关联,后者本应在一个周末内画完客厅和餐厅,但实际上花了六个月,甚至还有一面墙和部分天花板没完成。有一次,塞缪尔的爸爸和阿米蒂奇先生在街上遇见时,吵了起来。"这不是西斯廷教堂的天花板,"阿米蒂奇先生说,"等哪天我有能力了,我会尽力而为,接下来,你是不是希望我可以仰面画出天使?"①

塞缪尔的爸爸表示,如果阿米蒂奇先生授命为罗马西斯廷教堂的天花板绘制壁画,那么他花的时间就不止四年,而是二十年,甚至还会剩下没画胡子的上帝。那时,阿米蒂奇先生甩出脏话离开了,塞缪尔的爸爸亲自将天花板和墙壁绘制完成。

真糟糕。

总之,虽然罗丹雕塑的地狱之门引人注目,但他们并没有感觉到周围有蓝光环绕。塞缪尔了解到,他们看了作家但丁写的《神曲》,深受启发。可是,塞缪尔怀疑,但丁和罗丹都不能真正地看到地狱之门,他们只是猜测而已。②

---

① 1508—1512年,艺术家米开朗基罗为罗马西斯廷教堂的天花板绘制了壁画。想在天花板绘制壁画,必须得用脚手架,但由于天花板太高,他无法在地板上搭建脚手架,于是,他制作了特殊的木质台架,将其悬挂在窗户旁边的门栓上。可以想象,在天花板上绘制壁画是件苦差事,而米开朗基罗能仰面将其完成,算得上是奇迹。四年来,他始终笔直站立,头部向后仰。完工时,他疼痛难忍,于是写下了这首诗:

居住在洞穴里,我患有甲状腺肿物
猫儿们来自伦巴第的臭水沟
或者偶然去往其他地区
是什么促使腹部接近下巴下部,
胡须向上生长,
背部伴有压迫感疼痛
固定好脊柱:
胸骨像竖琴一样明显肿大,
刺绣上大大小小的水珠,
沾湿了我的脸

诸如此类的诗还有很多,基本上可归纳为"噢……"(痛苦的声音)。

② 《神曲》并非喜剧,虽然它的名字给人以喜剧的感觉。在但丁时期,喜剧反映了有序世界的信仰。正儿八经的书籍用拉丁文书写,而但丁却用另一种语言:意大利语。莎士比亚的某些喜剧确实很搞笑。但是,如果你在学校研究它们,那么,你可能感受不到这些喜剧的喜感。因为在学校,任何莎士比亚的著作读起来都像悲剧,即便有些根本就不是悲剧,这的确有点可悲。归根结底还是因为学校的教育方式。坚持研读下去,日后,当你引用莎士比亚的作品时,人们会认为你学识渊博,对你刮目相看。相比之下,引用三角法、二元方程式就更难了,而且少了罗曼蒂克的感觉。

之后，塞缪尔搜到一些重金属摇滚乐队，它们要么将一些歌曲命名为"地狱之门"，要么将一些恶魔图片放到自己的唱片封面上，目的是让他们看起来比实际上还要恐怖。

他们中绝大多数都是来自优越家庭的长发小伙儿，当他们还是青少年时，基本上都是一个人待在卧室。塞缪尔发现，罗马人和希腊人都相信，地狱之门由一只冥府守门狗看守，它长着三个头，以确保人们有进无出，同时，船夫会将死人运过冥河。可是塞缪尔在阿伯纳西家的地下室没看到河的影子。

他试着输入"doors of Hell"，可惜，没什么有用的信息。最后，他仅输了"Hell"，信息便源源不断地涌现了出来。一些宗教认为，地狱炙热难忍，而另一些宗教认为地狱阴暗刺骨。塞缪尔觉得，他们都没有准确地认识地狱，等到有人清楚事实的时候，他只有一死，但也许这个信息来得太晚，已毫无用处。他还发现了这样一件有趣的事儿：绝大多数宗教都相信世界上有地狱，尽管他们不常提及它，但许多宗教都相信有人可以统治地狱，并将其称之为撒旦、阎罗王、死主阎摩。每个人似乎都认同，地狱不是人人都想去的最终归宿。

一个小时过后，塞缪尔灰心丧气，不再搜索。他想得到答案，想知道下一步该怎么走。

他想趁阿伯纳西夫人还没打开地狱之门时，将其制止。

当塞缪尔的妈妈还在计算着两小罐烘豆和一大罐烘豆哪一个更划算时，突然，一个人影出现在她身旁。这个人就是阿伯纳西夫人。

"你好，约翰逊女士，"阿伯纳西夫人说，"很高兴见到你。"

约翰逊女士不明白为什么阿伯纳西夫人见到她会如此高兴。她和阿伯纳西夫人几乎素不相识，之前的交流只停留在一句礼貌性的"你好"而已，连礼貌性的相互问好都没有过。①

---

① 通常情况下，出于礼貌，成年人会说一些言不由衷的话，这并非坏事。此外，他们还说一些违背意愿的话，例如：

1）"坦白来说……"，言下之意是"我要撒谎了"。（接下页）

"我也很高兴见到你。"约翰逊女士撒谎说道。阿伯纳西夫人让她感到不安。事实上，在她看来，阿伯纳西夫人就这样贸然地站在她旁边，并不礼貌。阿伯纳西夫人身穿好看的黑丝绒装，除非你想上街去买件比这还好看的黑丝绒装，让售货员眼前一亮。不然，穿得这么好看实在不适合去逛街。她皮肤白皙，比约翰逊女士记忆中碰面时的样子还要白，还带点儿淡淡的蓝色，皮肤下的血管较以前更为明显。眼睛也呈蓝色，给人感觉像煤气炉上微弱的火焰。虽然阿伯纳西身上的香水味儿很浓，但还是带点儿怪味儿，绝无嘲笑的意思。

约翰逊女士看着阿伯纳西夫人，闻着她身上的香水味儿，渐渐感到犯困。阿伯纳西夫人的眼睛吸引了她，眼睛里的火光越来越凶猛，越来越亮，仿佛燃烧起来了。

"你那讨人喜欢的儿子呢？"阿伯纳西夫人问，"叫塞缪尔，是吗？"

"是的，塞缪尔。"约翰逊女士答道，她还真不记得之前有人说过塞缪尔讨人喜欢。

"他有没有向你提过我？"

还没来得及仔细斟酌，约翰逊女士便脱口而出。

"提过，"她说，"不过，他只在今天早上提过你。"

阿伯纳西夫人冷冷一笑。

"他说了什么？"

"他貌似觉得……"

"……你们试图……"

"继续。"

"……想打开……"

就在这时，阿伯纳西夫人正在慢慢靠近约翰逊女士。她口里有股臭味，而且她牙齿乌黄，唇色朱红，还带点儿污迹。约翰逊女士觉得

（接上页）2）"我听见你说的了……"，言下之意是"我是听到了，但并没有真的在听，而且一点也不同意你的看法"。

3）"我不是故意这么粗鲁无礼的"，言下之意是"我是故意这么粗鲁无礼的"。有些人运用上述句子的频率高于其他人，他们善于用这些句子来回避问题或隐藏实情。这些人就是"政治家们"。

这看起来有点儿像血。阿伯纳西夫人猛然间将舌头伸了出来，就在那一瞬间，约翰逊女士敢肯定那舌头是分叉的，活生生像蛇的舌头。

"……门……"

"什么门？"阿伯纳西夫人问道，并且用手死死地抓住约翰逊女士的肩膀，指甲掐进她的手臂，约翰逊女士不由地畏缩起来。

这种疼痛感足以让约翰逊女士缓过神来。她后退一步，眨了眨眼。当她睁开眼睛，看到阿伯纳西夫人站在远处时，她面露难色，觉得莫名其妙。

尽管她很努力地回想，但就是想不起刚才她们俩谈论了什么。和塞缪尔有关吗？她想，但是，是关于他的什么呢？

"你还好吗？约翰逊女士。"阿伯纳西夫人问道，"你看起来不太舒服。"

"不，我很好。"约翰逊女士说道，虽然她并不这么觉得。她还是能闻到阿伯纳西夫人身上的香水味儿，而且越来越难闻，不管它是什么，其目的就是为了掩盖她身上的怪味儿。她希望阿伯纳西夫人离开这儿。因为，她意识到，自己得尽量离她远点儿。

"当心点儿，"阿伯纳西夫人说，"很高兴能和你交谈，我们应该多交流交流。"

"是的。"约翰逊女士说，言下之意是"不要"的意思。

不要，不要，不要，不要，不要。

约翰逊女士回到家，看见塞缪尔坐在餐桌旁，正用蜡笔在纸上画画。妈妈一进来，他就把画藏了起来，突然，她看见一道蓝光闪过。塞缪尔担忧地望着她。

"你还好吗，妈妈？"

"还好啊，亲爱的，怎么了？"

"你的脸色不太好，生病了吗？"

约翰逊女士在水槽旁，往镜子里照了照。

"是的，可能是生病了。"她说。

她转过头看着塞缪尔。"我碰到了——"突然戛然而止。因为她想不起今天到底碰见谁了。一位女士？是的，是位女士，但就是想不起她的名字。到后来，她都不确定这个人是不是位女士，不久后，她竟不清楚自己今天到底和谁碰过面。好比她的脑袋是间大房子，有人将每间房里的灯一一熄灭。

"碰到谁了，妈妈？"塞缪尔问。

"我……不知道，"约翰逊女士说，"我得躺一会儿。"

约翰逊女士想，自己可能没得病。因为昨天，她确定自己听到了楼梯下的橱柜发出的声音，跟收拾真空吸尘器的声音一样。

妈妈走出厨房，塞缪尔听到她上楼的脚步声。几分钟后，他想看看妈妈是否睡着了，结果一看，妈妈已经入睡。他看到妈妈的嘴唇在动，心想可能做噩梦了。他在考虑，要不要打电话给妈妈的朋友——住在这条街道前头的贝蒂阿姨，然后决定还是看好妈妈。现在，还是让妈妈安心睡觉吧。

塞缪尔下楼去完成绘画。他画得缓慢而细致，希望能捕捉到在阿伯纳西家的地下室里看到的每一个场景。这已经是他画的第三幅画了。之所以把前两幅画扔掉，是因为他觉得画得都不太细致准确。但这幅比较好，能基本上呈现他想表达的内容。从远处看，它更像是一张照片，因为塞缪尔擅长的东西，就是艺术。

绘制完毕后，他把它小心翼翼地藏在自己大的地图册里。这幅画会展示给某个人看的，只是他还没决定到底要给谁看。

约翰逊女士睡到深夜才起来。塞缪尔在楼下看电视，自认为妈妈不会责怪他，尽管妈妈之前就已经说过他了。过了片刻，他看乏了，接着做了些自己不该做的事。

他走到房子后的停车场，坐进爸爸的车里。

1961年阿斯顿·马丁 DB4 款双门轿车是塞缪尔爸爸骄傲和快乐的源泉。爸爸离开之前，还用这辆车载着塞缪尔外出旅游过几次。那时，爸爸对塞缪尔这样的行为有些不满，就像一个小孩不得不让另一个小孩玩他最喜爱的玩具。由于爸爸现在住的公寓没有车库,所以至今,他还把车放在比德尔科姆这儿。塞缪尔觉得这样很好,因为这意味着,在未来的某一天,爸爸就会回来了。如果爸爸把车取走,再也不放在这儿的话,那么,爸爸什么都不会留下。塞缪尔会觉得,这是一种暗示,即他们俩的婚姻已经结束,留下塞缪尔和他的妈妈两个人相依为命。

约翰逊女士起来时,点了份比萨外卖,但她还没吃完就上床睡觉了。只要她试图回忆起在超市发生的事,就会头痛欲裂,并且还会闻到一股怪味儿,夹杂着香水味儿,还有被香水味儿掩盖的臭味儿。

那晚,约翰逊女士做了很多噩梦;但,那仅仅只是梦而已。

而另一方面,塞缪尔的噩梦成了现实。

第 10 章　塞缪尔床下的恶魔

没有清晰的外形，成魔困难重重。

塞缪尔醒来时，发现床下有个恶魔。但他并不认为这是恶魔，因为男孩儿、女孩儿们有时也会扮恶魔藏在床下；虽然塞缪尔已不再是小男孩儿了，但他的习惯性思维告诉他，床下这么点儿空间，十有八九容不下恶魔。因为这儿的每一寸空地都堆满了游戏机、鞋子、好看的包装纸、没做完的飞机模型以及一大盒士兵玩具，这些东西塞缪尔都不怎么玩了，但他就是不愿意把它们扔掉（以防万一，有备无患）。

如今，这些东西都散落在他卧室的地板上。忽然，从床下传来一阵声响，就像马戏团上演手抛果冻的声音。博斯威尔站在床上哆哆嗦嗦地狂吠起来。

塞缪尔感觉要打喷嚏了，他千方百计想将其止住。于是，他捂住鼻子，深呼吸，用舌尖抵住上排牙齿，这是日本武士惯用的方法，以防止在敌人面前暴露行踪。但是，这些统统都不管用。

他还是打了个喷嚏，声音如同发射火箭。突然，床下变得无声无息。

塞缪尔屏住呼吸，仔细听听到底有没有动静。他有种不太好的感觉：这个发出咯吱声的生物也屏住了呼吸，假设它有鼻子有手。即便它没有，也一定在倾听。

塞缪尔想，或许我早就想过会发生这样的事情，尽管他知道自己没有。你想不到有东西会在床底下挤压。不管它有没有挤压，但确实有东西在咯吱作响。

他环顾四周，看到床尾处有只袜子。他试探性地将身子向前倾了倾，把袜子悬挂在床垫的边缘，差点儿就掉到地板上。

一个长长的粉色的东西，可能是舌头，可能是手臂，也可能是大腿，一把抓住袜子，将其拽到床下。塞缪尔听到了咀嚼声，然后，袜子被吐了出来，还伴随一阵"嗯……"的声音。

"你好？"塞缪尔说。

无人回应。

"我知道你在下面。"

还是无人回应。

"瞧，别傻了，"塞缪尔说，"我又没有下床，你喜欢，只管待在那儿好了，反正也不会发生什么。"

他数到五之后，听到了床下传出叹息声。

"你是怎么知道的？"它说。

"我听到你发出的咯吱声了。"

"噢，我是新手，还没找到窍门。你用袜子来试探我，很聪明。但是，这味道太难闻。顺便说一下，你得好好洗洗脚了，真是臭气熏天。"

"这是球袜，可能放在这儿有段时间了。"

"好吧，怪不得，但还是太臭了。这袜子简直就像是致命武器，熏得人想死，让我感觉很恶心。"

"活该，"塞缪尔说，"谁要你在别人床底下瞎晃悠的。"

"这是一份工作？"塞缪尔继续说。

"没有这样的工作。"

"同意，这年头，你想成为一个无形的恶魔，坦白来说，这需要孤注一掷。因为这不同于照看小动物，或是哄小宝宝睡觉。"

"'无形'是什么意思？"恶魔清了清嗓子说，"从严格意义上说，我是自由散漫的通灵物……"

"那是什么东西?"塞缪尔急切地问。

"就是说,"恶魔愤怒了,"如果受害者发出心灵感应,恶魔几乎可以变成任何样子。"

"你把我弄得一头雾水。"塞缪尔说。

"噢,这并不复杂。我可以变成任何吓人的样子。但我只选择了全身带有触须的泥泞状,因为它很经典,不是吗?"

"是吗?"塞缪尔问,"所以,你有点儿像章鱼?"

"我想可能有点儿像。"恶魔承认。

"我特别喜欢 octopi(章鱼的复数)。"

"octopodes(章鱼的另一种复数形式),"恶魔纠正道,"老师没教你吗?"

"其实你用不着这么粗鲁。"塞缪尔说。

"我是个恶魔。你期望我是怎么样的?平易近人?帮你盖好被子,再给你讲个故事?你也太蠢了吧!"

"是的,你真蠢!三更半夜出现在这儿,一只臭袜子就把你给揪出来了,而且没现原形就想吓唬我。你就是只章鱼。"

"我只是长得像章鱼而已,"恶魔说,"但比章鱼更恐怖。在这下面很难被看到。"

"随便,"塞缪尔说,"既然这跟心灵感应有关,那你为什么不以其他形式出现呢?"

恶魔在喃喃地说着什么。

"你刚刚在说什么?"塞缪尔问,"我没听见。"

"我说,我不能用心灵感应。"恶魔感到很难为情。

"为什么不能?"

"因为这很难。试试吧,看看你有多幸运。"

"所以你只是变个身来吓别人吗?坦白来说,感觉有点儿随意。"塞缪尔说。

"看,这是我第一次这样做,"恶魔说,"现在开心了吗?这是我的第一次。不得不说,你真的非常刻薄。随便你怎么说,反正也不会使这件事变得容易，知道吗？"

"我没想过要让它变得容易，"塞缪尔说道，"为什么要这么说？"

"说说罢了，仅此而已。"恶魔不屑地哼了一声。

"好吧，"塞缪尔说，"我对蜘蛛一点儿也不感兴趣。"

"真的？"恶魔说。

"真的。"

"你刚刚不是说喜欢八足类动物吗？"

"不，我真的一点儿也不喜欢。你为什么不在一开始就以这种形式出现，好让我看看你如何进展啊。"

"噢，谢谢。你太好了。给我点儿时间，好吗？"

"不着急，慢慢来。"

"好，太感谢了，在那儿待着，不要走。"

"想都没想过！"塞缪尔说。

他哼着小曲儿，坐在床上，抚摸着博斯威尔。床下传来咯吱咯吱的声音，偶尔还伴有咕噜声，最后变得鸦雀无声。

"嗯，我想问个问题。"恶魔说。

"问吧。"

"蜘蛛有耳朵吗？"

"耳朵？"

"你听说过巨大的招风耳吗？"

"不，它们是靠大腿上的毛来感知震动的。"

"好吧，好吧，我并不是想听长篇大论，只是问个很简单的问题。"

再一次鸦雀无声。

"那么，什么东西有招风耳？"恶魔问。

塞缪尔想了想，说："大象？"

"是的！大象有一对招风耳，你怕吗？"

"不怕。"塞缪尔说。

"哇……"恶魔说，"我投降。我们忘了变身的事儿吧。爬下床，把事情给了结了。"

塞缪尔一动不动。"我爬下床来，你会做什么？"

"要么吃了你，要么把你拉进地狱，这样你就销声匿迹了。这的确取决于……"

"取决于什么？"

"取决于许多东西，比如一开始提起的卫生问题。说实话，闻了你的臭袜子后，我不敢想象自己还能吃你身体的其他部分。所以，恐怕还是得送你去地狱了。"

"可是我不想去地狱，那儿深不可测。"

"没人想去地狱，即便我是恶魔，我也不想去。如果我跟你说，带你去度假，或者去动物园玩儿，就不那么恐怖了，对吗？"

"但是，为什么要让我下地狱？"

"因为这是命令。"

"谁的命令？"

"不能说。"

"到底是不能说，还是不想说？"

"都有。"

"为什么不能说？"

"她不想让我说。"

"阿伯纳西夫人？"

恶魔没有回答。

"噢，我就知道是她。你已经泄露了大部分信息。"塞缪尔说。

"行，就是她，现在满意了吧？"恶魔说。

"不，我不想下地狱。"

"那我们陷入僵局了。"恶魔说。

"你能在床下待多久？"

"黎明一来临，我就得离开。这是规则。就像你只有到地板上，我才能抓你一样。"

"所以，只要我待在这儿，你就不能抓我？"

"我刚刚不是说了吗？我不能打破规则。希望自己能做到。这样一来，所有的事情才会进展得更为顺利。"

"我会好好待在这儿。"

"好。"

塞缪尔双臂交叉，望着远处的墙壁。床下传来不计其数的触须在合拢的声音。

"在这儿瞎晃悠是没有意义的，如果我等到你走了才下床呢？"塞缪尔问。

恶魔想了想，说："我可不这么想。"

"你为什么不走呢？待在下面肯定不舒服。"

"不仅不舒服，而且还有股异味儿。有东西戳到我了。"

床下传来脚步声，不久，一个散架的士兵玩具被扔进衣柜里。"你不想知道那是哪儿吗？"恶魔问。

"管他呢！"塞缪尔说，"你要走了吗？"

"我真的没其他办法了，如果你有难处的话。"

"你走吧。"塞缪尔说。

"好，再见。"

一阵咯吱声后，安静了下来。

"你还在床下，是吗？"塞缪尔问。

"没有。"恶魔羞愧的小声说着。

"骗子。"

"好吧，我会走的。不知道要不要把事情告诉她。"

"别告诉她。天亮前保持低调，就说我整晚都没起来。"

"也许行得通。你能保证自己一整晚不上厕所或干其他的事情吗？"

"我发誓，保证不会。"塞缪尔说。

"不能再提更多的要求了，"恶魔说，"很高兴和你交谈。但我得公私分明，遵循规则，知道吗？"

"你不打算回去了，是吗？"

"不，不是的。她用了大量法力才把我唤醒，很难想象她会再试一次。她事情多着呢，比如要打开地狱之门之类的。但它一点也不牢固，一不小心,就有人在那儿受伤。她有可能会用另一种方法找到你,也有可能不会。不过,无论如何,这很快就不重要了。"

"为什么不重要?"塞缪尔问。

"因为世界末日,"恶魔说,"到那时,哪里还有床让你去躲?"

接着,砰啪一声,它就不见了。

第 11 章 多元宇宙存在吗？

再次遇见科学家。

如果有人满脸忧愁，手持一张纸，不停在老板门前徘徊，这准不是件好事儿。如果此时能说话，他一定会大叫："糟糕！太糟糕了！赶紧跑！"

欧洲核子研究组织粒子物理学专家——斯特凡教授，看到希尔伯特教授在他门前晃来晃去，一脸担忧地拿着一张纸，尽管纸上除了几个数字和一个图表外，什么都没有，但还是让希尔伯特教授忧虑万分，这弄得斯特凡教授也担忧起来。

"这是什么，希尔伯特？"斯特凡教授以一种宁愿什么都不知道的语气问道。

"一扇门。"希尔伯特答道。他一直很喜欢 portal 这个词的发音，因为这与他的宇宙论相符。总之，他不知道这究竟为何物，所以就用自己喜欢的方式称呼它。

"发现这是什么了吗？"

"不，还没有。"

"它还继续存在吗？"

"不确定。"

"它是打开的吗？"

"哦，它是打开的，这很容易发现。"希尔伯特教授说道。

"所以，你已经证明了它是存在的。"

斯特凡教授喜欢在某物得以证明之后，才能接受它是存在的事实。这让他成为一名优秀的科学家，即使不怎么富有想象力。

"嗯……还没有，我们怀疑它是存在的，该门打开着，没有完全被合上。"

"如果你没发现它，怎么知道是打开的？"

希尔伯特教授会心地笑了笑，说："因为我们听到它发出声音了。"

如果你仔细听，你能听到音量很小的噪音，不可能是一声不响的。的确，在宇宙中，没人听得见你的尖叫声，没人炸得了宇宙飞船。因为这是真空，声音是无法在真空中传播的。（试想科幻电影如果没有爆炸的场景会有多无聊，所以，不用理会那些对《星球大战》指指点点的扫兴之人，因为你在结局时听到了死亡之星爆炸的声音。）但是，我们周围也有噪音，尽管我们听不见。噪音不同于声音：噪音任意无序，而声音则是人为制造的。

科学家们聚集在大型强子对撞机指导中心内，对投影仪再现当晚对撞机发生故障的虚拟场景做深入研究。科学家们竭尽全力地重现当晚的情形，重写丢失的代码，试图探索未知的高能粒子呈螺旋状的运行轨道，但还是失败了。

"所以，这就是你对对撞机事件的看法。"斯特凡教授说。

"事情仍在继续。"希尔伯特教授说。

"什么？但是我们已经关闭对撞机了。"

"我知道，但是我猜想你会说，既然事已至此，破坏已经造成。我觉得——我得强调'思考'——得想想对撞机是如何获得足够的能量，从而将地球炸个洞的，别的地方也是。当我们在关闭对撞机的同时，也带走了能源。然而，那扇门还没完全毁灭，它剩下一个小洞，那儿曾经是地道。但现在变成这样。听！"

投影仪的旁边是扬声器，正在发射像静电一样的声音。

"这是静电，"斯特凡教授说，"我没听到任何声音。"

静电发出嘶嘶的声音，其形式在不断地发生变化，似乎是在回应教授说的话。

"我希望您能在我将其清除之前,听到这个信号。"希尔伯特教授解释道。

"信号?"斯特凡教授说。

"实际上就是声音。"希尔伯特说着拨下开关。斯特凡立刻话锋一转,不得不承认这不是静电,而是听起来像窃窃私语的声音。斯特凡教授一点儿也不喜欢这种声音,虽然他完全不知道这个声音在说什么,就像在听一个疯子用陌生的语言在喃喃自语,他在黑暗的空间里被关了很长时间,对那些将他关进来的人深恶痛绝。这个声音让那个缺乏想象力的教授(我们已经确定了的)明显感到肚子疼。其他的听众则没怎么受干扰,反而大多数人看起来都很兴奋。实际上,卡拉瑟斯博士兴奋到无法控制,茶杯撞击茶碟从而发出咯咯的声音。

斯特凡教授将身子一倾,靠近扬声器,皱紧眉头,说:"不管它是什么,它好像在一遍又一遍地发出同样的声音。你确定这不是闹着玩儿的?也许是系统出现漏洞了。"

希尔伯特教授摇了摇头,说:"我们检查过了,这不是系统的问题。"

"好吧,它在说什么?"

希尔伯特教授一脸疑惑,说:"是这样的。我们调查到,阿拉姆语是一门已知的语言,源于公元前 1 000 年左右,它与嵌在我们编码中的语言一模一样。"

"它源于地球上的某个地方?"

"不,"希尔伯特教授指着画有撞击事件的图像说道,"它一定源于地球旁边的星球。教授,我们可能要证明多元宇宙的存在了。"

斯特凡脸上写满了疑惑,反复说着:"它在说什么?"

希尔伯特教授咽了咽口水,面露难色。

"我们觉得它在说'我好害怕'。"

第12章　恶魔纳德的地球之旅

我们再一次遇见不幸的纳德，他即将进行另一次出人意料的旅行。

纳德，五灾之魔，将大部分精力都放在最近的经历上。如果他大部分时间都只能想：沃尔姆伍德是不是看起来比平常还要脏？或者"天哪，这里不无聊吗"，这确实能很好地分散他的注意力。

纳德还得好好考虑一下自己的体形。他想，自己的体形会不会小到被自己如今信任的机器所压扁？在此之前，他从没考虑过这方面的问题。因为，恶魔能形式、大小随心所欲，不断变化地出现。他们中的一些恶魔在出现的时候，的确比自己实际体形大一倍。比如欧迪尔，他能让人们觉得镜子里的自己变胖；以及他的双胞胎兄弟欧赖利，他能让人们觉得镜子里的自己变瘦。但实际上，人们的体形并没有发生实质变化。

许多恶魔只是幽灵罢了。一片片污秽之物飘浮在空中，就像黑暗心灵的坏念头。他们通过选择一些外形，得以抓住目标，这让喝茶的休息时间变得更加舒适。其他的外形为恶魔之王所选择，以达到自己邪恶的目的。①

纳德对恶魔之王想要征服地球的计划并不知情。除了那些跟恶魔之王有密切来往的人，其他很少有人知道这事儿。恶魔之王在地狱已

---

① "Nefarious"，即用奸诈的方式做邪恶的事。如果你想变得邪恶，就得穿成这样：一袭黑衣；头戴帽子，最好是不带花饰的宽帽檐；可能留着胡子，可以捻一捻。你的笑容要显得十分阴险狡诈，这就是奸诈的象征。就像这样——"哇哈哈！"

经待了很长时间了,在这与世隔绝的地方,只有一些恶魔与之作伴。他凭借自己的努力开拓出一个王国,但到处遍布着岩石、尘土,还有伤痛。即便他想逃离这儿,也没有人会谴责他。

恶魔之王,脾气火暴,残忍至极,对人类恨之入骨。人类有花花草草可以欣赏,有昆虫动物可以作伴,有足球运动可以玩耍,还有四季交替可以享受。他们中的大多数都能待在自己喜欢的地方,做自己喜欢的事儿,只要不伤害他人,只要不触犯法规,就能好好地生活。恶魔之王只想将这一切结束,最好还能燃起熊熊大火,伴随着尖叫声和哭泣声,恶魔们拿着干草叉,戳着人类最不想被戳的地方。

虽然纳德是恶魔,但恶魔之王还是让他感到很害怕。如果纳德变成了恶魔之王,他会害怕看到镜中的自己,恶魔之王也会如此。纳德想,恶魔之王可能根本看不到自己在镜中的样子,因为没有哪面镜子敢映射出这样的画面。

纳德望着荒原之国,没什么地方能比这儿还差。如果他能走进地球,他会以自己的方式统治它,可能比恶魔之王的方式要稍微温和一点儿。之前,他拿着一些火球,就把人们吓走了。

如果事情再次发生,他就得为旅行做好准备了。他试图回忆自己从一个世界被拽到另一个世界的感觉,但就是想不起来。所以,他不但困惑不已,而且还担惊受怕,这使得他在旅程结束后,才意识到发生了什么。后来,有人在他身上滴了滴东西,就这样结束了。

他尽可能地努力回想,是不是有人给了他这样的指示:他会在一个地方消失,不久之后,又会在另一个地方出现。他想起来,在他开启这场意外之旅的前几秒,他用指甲开始挠身上很痒的部位。

实际上,就像他现在在挠一样。

噢。

噢,亲爱的。

纳德还没来得及集中精力把自己的体形变大,砰的一声,便从宝座上消失了。

正如希尔伯特教授猜想的那样，大型强子对撞机出现的错误，在地球和其他地方之间开了个洞。这并非黑洞，因为它只符合了黑洞的某些特点，然而忽略其他特点。这会惹怒爱因斯坦和像他那样的科学家们。这也并非虫洞，虽然它也只具备了虫洞的某些特征。但是在黑洞或虫洞出现之前，这个洞一直没什么问题。

你得记住一些跟黑洞有关的事儿，说不定哪天就会碰到。第一件事是：如果在未来的某个时刻，一群穿着白大褂的科学家们提议你——是的，就是你！——通过筛选，幸运地成为一名进入黑洞的候选人，去查明那边到底是怎么一回事，那么，对你来说，这是个好主意——是的，就是你！——去发现一些其他的，最好是不涉及黑洞、太空服或者眼神不安的科学家们，甚至是一些无关紧要的事情来做。

或许，你，既聪明又年轻，已经自食其力地将其完成。毕竟，如果将头或者身体的其他部位伸进黑洞内是个好主意，那么科学家们会排着队做研究，而不是拍拍某人的肩膀，邀请他试一试。

第二件事是：你的生命很短暂，但是如果你能碰巧进入一个黑洞的话，那么你的生命会变得非凡。黑洞的另一边可能会有一些引人入胜的东西，但你不能告诉任何人。黑洞的重力变幻无常，无规律可循，正当你暗想："哇，黑洞呈漩涡状，真有意思！等着我把这些告诉科学家们。"你的身体立即会被撕成碎片，然后拼凑成密度无限大的一点。

这可能会疼得厉害，但不会持续太久。

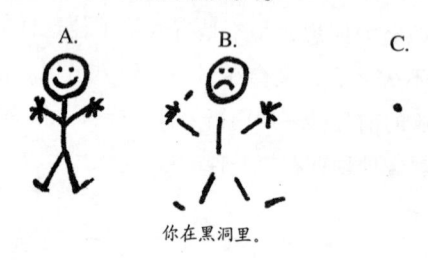

你在黑洞里。

然后，你可能会再次幸运地掉进一个巨大的黑洞里，在那儿，重力的变化不会那么频繁。此时，你还是会被撕成碎片，但是速度会变慢。因此，在你再次成为密度无限大的一点之前，你有时间去接受这样的感觉。

这完全取决于牺牲者为科学献身的意愿。这是你的选择。坦白来说，如果我是你，我会找一份危险性小的工作，像做会计，或是用牙签和牙线为鲨鱼清洁牙缝的工作。

碰巧，"五灾之魔"纳德正在研究"不完全黑洞"的性质，因为当时他一下子就栽进去了。他也不想进去，因为这完全没什么好处。他肯定自己在往下掉，虽然对此没什么感觉。后来，他迅速地捕捉到远处的光点，该光点似乎越来越远，这让纳德百思不得其解。他竭尽全力将自己拉回到来时的方向，就像游泳者在汹涌的潮水里挣扎似的。但是，黑洞有个有趣的现象：你越想脱离黑洞的重力，就会越快被撕得粉碎，然后被塞成密度无限大的一点，因为时间和空间都错乱了。①

纳德试图远离自己掉落的位置，却以更快的速度在向其靠近，这种感觉让纳德感到头疼。庆幸的是，另一种感觉分散了他的注意力：恶魔身体里的每个微粒都被拉扯开来，放置在无数个微型刑架上，每个刑架都装有各种各样的尖针。这种剧烈的疼痛感已止住，取而代之的是类似这样的感觉：香蕉被剥皮后，立在桌上能暂时保持平衡，突然有块儿石头砸在了上面。

正如纳德一开始就认为的一样，对他来说，这就是末日。所有的疼痛已经止住，他双脚站稳，眼睛紧闭。然后，他谨慎地睁开一只眼，再睁开第二只，接着睁开用于特殊场合的第三只眼。

他站在路中间，身体周遭全是金属物，它们飞速运转，发出嗖嗖的声音。他注意到，其中有一个金属物呈亮红色，完美无瑕。

纳德自言自语道，虽然不知道这是什么，但就是想要一个。

---

① 这听起来让人费解，但实际上并非如此。诸如此类的事儿有很多，例如，当你在学校没好好学习的时候，你越是希望考试时间推迟，考试就会来得越快；当你痛苦地预约牙医的时候；当你圣诞节时拜访自己不喜欢的阿姨的时候；当你打破妈妈最喜爱的花瓶，试图将其粘好，等待她回家的时候。事与愿违，就像圣诞节、你的生日或者冬日的第一场雪时的愿望落空。某天，一个非常聪明的孩子为了解释这个现象，还创建了方程式，然而，其他更聪明的孩子们莫名其妙地看着他，想着他为什么要这么费脑，因为每个人凭直觉就能理解它。

他听到身后传来一阵巨响,正如野兽咆哮的声音。

纳德刚一转身,金属物中的一大块击中了整张脸。

塞缪尔望着窗外,没换睡衣,正在回想整晚发生的事情。黎明破晓时,他发现床下有点儿黏糊糊的,但除此之外,并没发现任何恶魔的迹象。

他猜想恶魔还会不会回来,尽管自己嘴上说着相反的话。就在这时,一道蓝光闪过,一个大头尖耳、身披红斗篷、脚穿大皮靴的绿色身影出现在下面的街道上。他环顾四周,一辆路过的小车引起了他的注意,小车很快与一辆卡车相撞。这时,又一道蓝光闪过,身影消失了。卡车司机将车停下,试图发现被撞者的尸体,然后迅速驱车离开了。

塞缪尔想把这件事告诉妈妈,但又觉得这可能又是一件没人会相信的事儿。

至少,要到一切都已来不及,才有人会相信这是事实。

沃尔姆伍德回到荒原之国,满腹狐疑地盯着宝座、王冠以及权杖。他再次为这三样东西所吸引,但自上次发生的事之后,他不想在纳德回来的时候,逮到他正在拿着这三样东西四处挥舞。如果要说喜欢纳德什么(沃尔姆伍德能小声地说得最多),但是他也不是真的傻。他忘不了,在之前消失时,一个浑身污秽的恶魔正戴着他的王冠,挥舞着他的权杖,后来,他便重新塑形了。一旦纳德从休克中恢复,沃尔姆伍德就得为自己的冒犯而饱受一拳,两眼之间的鼻梁不能幸免。如今,沃尔姆伍德决定等待时机,但是,在他消失后不久,纳德再次出现了,沃尔姆伍德无法掩饰自己的失落之情,看起来就像一只刚刚被巨型苍蝇拍中的虫子。

"进展得如何了,主人?"沃尔姆伍德问道。

"不怎么好。"纳德回答道。

当手指和脚趾再次伴有刺痛感时,他变得虚弱了起来。"噢,不。"纳德说,他身体多个部位都有伤,他想,自己的身体是不是会长出新的器官,所以才会疼的,"我只是刚刚……"

接着,他又不见了。

一阵蓝光忽然闪过塞缪尔的卧室,随后发出砰的一声巨响,还有一股鸡蛋烧焦的味道。整个房间都弥漫着湿冷的雾气。塞缪尔跳到地板上,盯着床边,博斯威尔紧随其后。

雾气慢慢开始散开时,一个身披红斗篷的绿色身影出现了。他一条腿抬起,双手抱头,就像在等待一场随时会发生的重大爆炸。爆炸还没发生,他谨慎地透过手指的缝隙往外瞧,然后松一口气。

"行,这次变身还不错。"他说着,开始放松起来。不巧此时,博斯威尔想让他现形,于是吠了一声,吓得他一下子跳到椅子上,再次将头遮住。

"你在做什么?"塞缪尔从床后问道。

"我很害怕。"

"为什么?"

"因为每次进入这个世界,我都会受伤。老实讲,我开始有些疲倦了。"

塞缪尔站起来。博斯威尔感到这个椅子上的身影没有开始时那么让人感到害怕了,于是试探性地吼叫了一声,发现他又抖了起来。

"你刚刚不是被一辆卡车碾死了吗?"塞缪尔问。

"是这样吗?"纳德说,"我都来不及相互寒暄,它就把我撞进另一个时空维度里了。真是厚颜无耻!"

"你究竟是谁?"

"我是恶魔,"纳德说,"纳德,五灾之魔。"

"真的?"塞缪尔表示怀疑,这个恶魔衣衫褴褛,而且他觉得恶魔不会为了躲避小狗而爬到椅子上去,"你确定?"

"不,我是一个平底锅。"纳德恼火地发出嘶嘶的声音,"当然了,我是恶魔。"他咳了咳,"实际上,我是一个重量级的恶魔。"

他看着塞缪尔,塞缪尔朝他挤了挤眉。

"好,我投降,"纳德说,"不,我并不重要。我和一位名叫沃尔姆伍德的讨厌鬼生活在荒原之国。没人喜欢我，我也没任何权力。现在高兴了吧？"

"我猜想，"塞缪尔说，"是有人把你送到这儿的吧？"

"没人送我。我是刚被拽到这儿的。补充一句，一点儿也不舒服。"

纳德望着博斯威尔，问："这是什么？"

"这是我的狗。它叫博斯威尔，我叫塞缪尔。"

博斯威尔一听到自己的名字，立马摇起了尾巴，但一想到他可能会变得残忍凶猛，便露出牙齿，再次咆哮起来。

"貌似它很不乐意见到我，"纳德说，"而且没人乐意见我。"

"嗯，你确实有点像不速之客。"

纳德耸了耸肩："很抱歉，这不是我的错。你介意停止蜷缩吗？我要抽筋了。"

塞缪尔对人类的直觉一向很准。他通常在所提及的人物说话之前，就能分辨出他是好人还是坏人。虽然他和恶魔的接触有限，但直觉告诉他，即使纳德不怎么友善——是个恶魔，不关乎职位描述（"诚聘：恶魔。品行端正……"）——也不会无恶不作。和大多数普通人一样，他就是……他自己。

"行，"塞缪尔曾经看到电影里有句礼貌性的说辞，便添了句，"但是，麻烦动作不要太突然了。"

"迅速离开，然后去往其他地方可以吗？"纳德问道。

"不行。"

"那好吧。"纳德坐在椅子上，四处打量了一下房间，"真好看。"

"谢谢。"

"是你自己装修的吗？"

"大部分是我爸爸弄的。"

"哦。"

沉默了片刻。

"如果你不介意我这样说的话，感觉你看起来不是很快乐。"塞缪尔说。

"我觉得自己处于休克状态,"纳德说,"你试过从一个地方被拧到另一个地方吗?试过被卡车撞倒吗?试过再次被遣送回去,然后经历长时间伤痛的折磨吗?然后,这一连串的事情又要循环不断地继续上演。告诉你,这致使我的人生观很不健康。"

纳德用双手撑住大大的下巴,注视着塞缪尔。

"不管怎样,我也不喜欢你看起来很开心。"他说。

"我并没有很开心,"塞缪尔说,"我的爸爸离开了我们,留下妈妈在无数个夜晚哭泣,而且,我觉得不久之后有个女人会杀了我。你确定不是她把你送来的?"

"我确定,"纳德说,这是这么多年来,他第一次除了对自己以外而对别人感到抱歉,"她不怎么友好吧?"

"是的,不友好。"

"嗯,就像我说的,我住在荒原之国。那儿既没什么可看的,也没什么可做的,我和沃尔姆伍德聊得都没话聊了。但是,实际上,这个内次元世界照亮了我年复一年的时光,或者说,如果我没有被金属物弄伤,我的生活就会阳光灿烂,充满美好。这真是一个有意思的地方。"

他走到窗户边,向外望去。"看!"他说,声音里带有无限的期望与哀伤,"你每天能看到朵朵白云和灿烂阳光,而我什么也看不到。"

塞缪尔从床边的桌子上拿起一袋酒胶糖。

"你喜欢吃糖吗?"

"什么?"

"糖,酒胶糖。"

纳德试探性地把手伸进袋子,拿出一颗长长的红色糖果。

"噢,它们看起来真可爱。"塞缪尔说着,把一颗橘色的糖果往嘴里一塞,略有所思地咀嚼着。纳德也跟着照做,糖果在嘴里融化的感觉让他欣喜不已。

"噢!太好吃了!"他说,"这感觉真是太好了!有白云,有酒胶糖,还有飞速移动的金属物。你生活的世界真是太美妙了!"

塞缪尔坐在床上，纳德回到椅子上。

"你不打算伤害我，是吗？"塞缪尔问。

纳德震惊了："我为什么要这样做？"

"因为你是恶魔。"

"我是恶魔，但并不意味着我心肠恶毒。"纳德说，一块酒胶糖卡在牙齿缝里，他想用长指甲把它弄出来，"我并不想成为恶魔，只是命运使然。某天，一睁开眼睛，自己就变成这样了。纳德，长得丑，又没朋友，连其他恶魔都不想跟我做伴。"

"为什么，你给我的感觉挺好的。"

"我是这样猜想的。我从未变得凶残恶毒。我不想折磨别人，不想制造混乱，也不想变得恐怖吓人。我只想逍遥地生活，管好自己的事情。但是，他们告诉我必须得搞破坏，不然自己就会有麻烦。于是，我试着不打草惊蛇，或者给他们制造小麻烦，但是，这些事都有恶魔做了。你知道吗？有个恶魔看管你的牙膏，这牙膏已经用到底了，挤不出了，但是房子里已经没有别的牙膏。甚至有的恶魔很害羞，或者应该有害羞的恶魔存在。没人看到过他，所以很难确定他是否存在。我就很想做这样的事儿。最后，我惹怒了其他的恶魔，他们非要强行插上一脚，于是我被驱逐出境了。那时的我万念俱焚，心灰意冷，后来突然就出现在这儿。我感觉自己能在地球上取得成功，因为这儿的机会很多。"

"在这里生存同样艰辛。"塞缪尔说。听了男孩说的话，纳德想和他结交朋友，于是，他拿起这包酒胶糖，掏出一颗绿色的糖递给塞缪尔。

"你也可以拿一颗。"塞缪尔说。

"你确定？"

"当然。"

纳德笑容满面。他试了颗黑色的糖，感觉味道有点儿怪，但除了他吃的第一颗酒胶糖以外，这是他有史以来吃过的最好吃的东西了。

"继续说嘛。"纳德说。

"这无关紧要。"塞缪尔答。

"说嘛，我真的想知道。"

于是，塞缪尔向他娓娓道来。他提到了自己的妈妈和爸爸；提到了爸爸是如何离开的；提到了爸爸的离开可能是他的错；提到了这个世界不愿倾听孩子们说的话，即便有的时候确实得听；还提到了博斯威尔，如果没有这只小狗做伴，他会迷失自己。

然而，纳德无父无母，从来没有爱过别人，也没有被爱过。所以，他对于这种打开心扉去接受伤痛的感觉大为艳羡。奇怪的是，在他看来，自己是在嫉妒塞缪尔。他太想关心别人了，以至于会伤到别人。

男孩和恶魔聊了几个小时。天渐渐亮了，他们俩也靠得更近。他们聊着自己见过的和没见过的地方，聊着希望和恐惧。在他们的交谈中，唯一的阴影便是塞缪尔提到的发生在阿伯纳西地下室的事情，这让纳德感到惴惴不安，尽管他没能了解他们的意图。因为在他看来，这听上去似乎这个世界还存在其他恶魔，这些恶魔似乎在谋划着什么。纳德也有自己的计划：如果他能找到永久待在人类世界的方法，那么，他的余生就不用在两个时空维度中痛苦地飞来飞去了。

最后，纳德的指甲再次刺痛起来。

"我必须要走了。"他很遗憾地说道，他笑了笑，这个动作实在太陌生了，以至于一开始笑的时候，脸部肌肉都很僵硬，"真的很开心能与你交谈。等我找到了统治地球的方法，我保证你会安然无恙。"

纳德正准备离开的时候，塞缪尔将这袋酒胶糖猛地一下子塞进了他的手里，希望纳德回到荒原之国的时候，这个东西能对他和沃尔姆伍德起到一点点激励的作用。

纳德又出现在宝座上。他睁开眼睛，发现沃尔姆伍德正焦虑地盯着他。

"你的脸怎么了？"沃尔姆伍德问道。

纳德用手摸了摸嘴巴。

"沃尔姆伍德，"他说，"我好像笑了。看，这里有一袋酒胶糖……"

第13章　伯纳德主教

塞缪尔决定向专家请教有关恶魔和地狱的问题，但毫无头绪。

星期天的早晨，阳光明媚，亚瑟牧师和教堂司事伯克利先生站在圣提米德斯教堂外，向陆续退场的会众问好。

该教堂以比德尔科姆镇的圣人提米德斯的名字命名，他受人推崇，逝世于公元1380年，享年三十八岁。1378年，他决定住在比德尔科姆教堂外面的洞穴里，这样一来，他就不会受到诱惑而做坏事，因为这件事，他从此变得赫赫有名。洞穴不是很大，所以，当人们过来送东西给他时，有时他能看到他们的身影，或者听到他们在说话。于是，他决定在自己居住的洞穴旁边再挖个洞穴，好让自己完全不知道他人的行迹，这样就能避免受到诱惑而犯罪了。（不怎么清楚提米德斯到底害怕犯什么罪，因为他从未提及，很可能跟女性有关。在此情形下，通常如此。）

不幸的是，当提米德斯在挖第二个洞穴时，把第一个洞穴弄塌陷了，他被活生生地埋在了一大堆石块下。因此人们决定把他当做圣人，这不仅因为他承诺过不做坏事，而且还因为当时的比德尔科姆教堂没有圣人，并且，不可能有善良守旧的圣人将信徒带往某处，鼓励他们花钱。所以，朴素的提米德斯成为比德尔科姆教堂的圣人。

现在，你和我或许都在想，提米德斯离开洞穴为他人做善事，是不是也好不到哪儿去？例如，帮助老太太过马路或者给穷人散发食物，而不是把自己藏起来，不跟任何人交流。毕竟，不做坏事不等于做善事，但这也是我们都成不了圣人的原因。另一方面，我们也不可能会因为差劲的施工而被埋在一大堆石头下，所以，最终的因果关系也就出来了。

当时，比德尔科姆教堂的主教叫 Bernard（伯纳德），但他广为流传的名字是 Bernard the Bad。这显然不是他父母为他起的名字，因为听起来有点儿傻。言下之意是，如果你给某人取名为"the Bad"（差劲的），那你真是自找麻烦。对话情景如下：

伯纳德父母：你好，这是我的儿子 Bernard the Bad，我们希望他将来能成为一名品行高尚而不是道德败坏的主教。

旁人：额，为什么给他取名为"the Bad"？

伯纳德父母：噢，亲爱的……①

因为他恶毒凶狠，所以人们给他起个绰号叫 Bernard the Bad。伯纳德主教不喜欢别人与自己的意见不一，尤其是当别人不赞成他的这些提议时：偷钱、杀掉那些拥有自己想要的东西的人和有孩子的人，即便他是主教，不能生孩子。实际上，以上事情伯纳德主教都不能做，但这都无法阻止他。他还相信，只要将一根通红的拨火棒插进别人的屁股，就没有什么问题是解决不了的。如果这还不起效的话（这种概率很小），那么，他就会把敌人放在刑架上，拉扯他们的身体，直到他们大声叫"噢！"，或者用残酷痛苦的方式慢慢将他们折磨致死。伯纳德知道人们在背后称他为 Bernard the Bad，但他并不在乎，反而很喜欢人们惧怕他。

---

① 纵观历史，许多人的名字里都带有"the"。其中有些人受世人爱戴。例如，英国国王狮心王理查（1157—1199 年），虽然他英语说得不多，而且讲得很蹩脚，但是他擅长讲法语；在十六岁的时候发起了十字军东征，但宽恕了给他致命一箭的青年；阿尔弗雷德大帝（849—899 年）成功地抵御了丹麦侵略者对韦塞克斯的入侵，同样也很伟大。

而还有一些名字带有"the"的人则臭名远扬。例如，弗拉德四世（1431—1476 年），因其用长钉将敌人统统钉死，所以也被称之为"Dracula"——源于著名吸血鬼的名字。俄国沙皇伊凡雷帝（1530—1584 年）严酷残暴、威如雷霆，暴死于下棋时，但这并不是由于比赛过于激动；而是很有可能死于水银中毒。最后一些历史人物含"the"的名字则有点儿难听。例如，Hencage the Dismal，Hugh the Dull，Charles the Silly，Chideric the Stupid，Wenceslas the Worthless，他们曾经因为主厨煮过一道难吃的蔬菜炖肉，而将其活生生地给炖了。

等到心肠善良的圣人提米德斯带着点儿困惑死于洞穴时,伯纳德主教正在慢慢变老。他决定建一座教堂,并以圣人提米德斯的名字命名。这样一来,伯纳德死后,他的遗体就能埋在教堂的特殊墓穴里。伯纳德以这种方式假装自己和圣人在某些方面有共同之处。随着时间的流逝,人们会忘记他做的坏事,因为他早已是一具埋葬在教堂里的尸体了。

但是,人们没有这么愚蠢。

相反,在伯纳德主教死后,人们将其埋在教堂旁一间小屋的地下,唯一能证明他埋在那儿的标志是地板上写有他名字的石头。后来,游客们来到这座陈旧的教堂里参观时,只听到他做过的坏事儿,因为,他从来没做过什么好事儿。

因此,你得到了有关圣提米德斯教堂的历史信息。该信息的重要性,我们会在下文进行探讨。现在,我们只要知道这些就足够了:亚瑟牧师和伯克利先生恭恭敬敬地站在门外,这时,伯克利先生看到塞缪尔正朝这边走过来,轻轻地推了推牧师。

"牧师,当心!这个叫约翰逊的男孩儿看起来很古怪。"他说。

牧师提高了警惕。塞缪尔才十一岁,但他有时问的问题,对年长的哲学家们来说,都是一种挑战。最近,有个关于天使和别针的长时间讨论,他难以想象这不是神学大学,而是像他这样年纪读的小学,就得讨论天使的体型和性质了。说实话,连亚瑟牧师都被弄得晕头转向。所以,他觉得塞缪尔·约翰逊可能是个神童或者奇才。他也有可能只是一个非常惹人讨厌的小男孩,以亚瑟牧师的经验来看,这个世界上的小讨厌鬼已经够多了。

如今,塞缪尔再次来到这儿,他的眉头紧锁,说明牧师对于神学和天使的学识要受到严峻的考验了。

"塞缪尔,你好。"牧师伪装成善意的样子说道,"早上在想些什么呢?"

"牧师,你相信世界上有地狱吗?"塞缪尔问。

"呃,"亚瑟牧师停顿了一下,"你为什么要问地狱呢,塞缪尔?你在担心自己会下地狱,是吗?无法想象像你这样年纪的小男孩儿会害怕永久地待在地狱,或者暂时待在地狱。"

站在他旁边的伯克利先生清了清嗓子,如果看到塞缪尔在炽热的地狱受罪,他将高兴不已,要是在那里待一段时间,可以阻止他向牧师问难以应付的问题就好了。

"我并不是那么害怕下地狱,"塞缪尔说,"我只是害怕地球这儿会变成地狱。"

牧师一脸困惑。他知道自己会在谈话的某个时刻陷入困惑,但没想到会这么快。

"我好像没听懂。"

"我的意思是,这儿有可能会成为地狱吗?"

"来这儿?"教堂司事插嘴说道,"那是地狱,不是47路公交车。"

塞缪尔没理他。塞缪尔对伯克利先生没什么好印象,因为他总是愁眉不展,即便是在无忧无虑的圣诞节早晨。

牧师挥挥手,示意伯克利先生安静下来。

"不,塞缪尔。即便地狱是存在的,而且对此我还不能完全确定,但是这跟地球毫无联系。很显然,它是独立、自行发展,且自成一界的。人们可能会下地狱,但是,我有信心说,这儿绝对不可能会成为地狱。"

伯克利先生朝塞缪尔笑了笑,但塞缪尔没有回应,似乎想进行进一步的讨论,可伯克利先生已经受够了。于是,他抓住牧师的手肘,朝挑战性较小的比林斯·盖茨夫妇推去,他们俩经营着一家炸鱼和薯条的食品店,不会问多难的问题,最多只会问要不要在炸鱼和薯条里加醋。

伯克利先生和亚瑟牧师走开了,塞缪尔闷闷不乐地望着他们。他原本还有很多话想和牧师说,但似乎没办法再说了。牧师很确切地知道自己有些事情并不了解,塞缪尔却觉得,这是成为一名牧师所必备的能力。不然,牧师也不可能在星期天的时候站在教堂的会众面前,问大家有没有什么问题。所以,牧师得博学多才,才能赢得大家的信任。

塞缪尔回到妈妈身边，妈妈正在和朋友们聊天。阿伯纳西夫人靠在教堂的墙边，注视着塞缪尔。她小心地待在教堂庭院外，也不参与仪式。

阿伯纳西夫人向塞缪尔打招呼，塞缪尔只摇了摇头，不想搭理她。

"塞缪尔。"

头顶上传来了阿伯纳西夫人清晰的声音，就像她站在他旁边似的。他又瞥了她一眼。阿伯纳西夫人没动，面带微笑。

"塞缪尔，"她的声音再次传来，"我们要好好谈谈。如果你不过来，我就会找到你的小狗，然后把它给宰了。聪明的塞缪尔·约翰逊，你觉得如何呢？难道你想因为不敢面对我而牺牲自己的小狗吗？"

塞缪尔咽了口唾沫。阿伯纳西夫人就像《绿野仙踪》里的女巫，威胁小狗"托托"报复多萝西。塞缪尔从妈妈的身边走向这个靠在墙边的女人。

"最近还好吗，塞缪尔？"阿伯纳西夫人问道，就像一对在愉悦的星期天早晨偶遇的朋友。

"我很好。"塞缪尔回道。

"听到这个我觉得很失望，"阿伯纳西夫人说，"事实上，我一点儿也不希望你在这儿。"

塞缪尔耸耸肩。阿伯纳西夫人的眼睛呈蓝色，似乎要把黑暗照亮，吸引了塞缪尔的目光。

"那个藏在我床下的恶魔是你派来的吧？"塞缪尔说。

"是的，等我发现他，我得好好责怪责怪他。我可是花了很大力气才把他弄到那儿的。至少，他也得活生生地把你吃了。"

"但他没这样做，"塞缪尔说，"事实上，他看上去很正直。"

阿伯纳西夫人脸上淡定的表情瞬间消失了。尽管她可能是个恶魔，但和大多数碰到塞缪尔·约翰逊的成年人一样，阿伯纳西夫人不确定他到底是故意装调皮，还是一个不同寻常的小孩儿。

"我是来讲和的。我不知道你那晚在我家的地下室看到了什么，或者说,这都是我猜想的,但是,我想你弄错了,这没什么好让你关心的。我们只是……随便逛逛罢了。"

塞缪尔摇了摇头。阿伯纳西夫人的声音听起来特别诡异。塞缪尔回忆起自己在学校里读过的书,其中有一本书写道:有个国王因遭他人在耳朵里偷渡而被谋杀。听到阿伯纳西夫人的声音,他仿佛感受到国王临死时的感觉。

"我……"

"塞缪尔,我不想再听了。你必须乖乖闭嘴。如果你对我没有影响的话,我会放了你,好好生活。但如果想挡住我的去路,那你连后悔的时间都没有。明白了吗?"

塞缪尔点点头,虽然他知道阿伯纳西夫人是骗他的。只要她的计划一成功,他就不得安宁,或者说任何人都不得安宁。但她的声音实在是太甜美、太有魅力了,弄得塞缪尔的眼皮都开始打起架来。

"塞缪尔,靠近点儿,"阿伯纳西夫人轻声说道,"靠近点儿,我得在你耳边小声告诉你……"

窃窃私语、耳朵、毒药。

就在那时,塞缪尔感觉到自己正处于危险之中。于是,他用指甲使劲地抠自己的手,疼痛剧烈,鲜血溢出。但是,塞缪尔的头脑还是清醒的,他朝阿伯纳西夫人后退一步,只见她的脸被气得煞白。阿伯纳西夫人像是不由自主地将一只手伸向塞缪尔。

"你太调皮了!"她说,"不要觉得你能轻而易举地逃出我的手掌心。最好小心点儿,除非……"

"除非什么?"塞缪尔说,现在,阿伯纳西夫人已经完全被激怒了,"除非我想自找麻烦是吗?还有什么比在我床下藏个要吃我的恶魔还要糟糕的呢?"

阿伯纳西夫人强压怒火,面带微笑。

"噢,你根本不懂,"她说,"好吧,就这样吧。无论你做什么,灾祸都会降临到你头上。问题是事情会糟糕到什么程度。到那时,你就会一睡不醒。不过,我也能选择让你永不能寐。可怜的你,无时无刻都觉得痛不欲生，大口喘气，央求着能停止痛苦。"

"这听起来像在上体育课。"塞缪尔说道，但心里却五味杂陈。他很开心自己的声音没有颤抖，这让他显得比之前更勇敢。

阿伯纳西夫人朝塞缪尔看过去。塞缪尔大胆地向同一方向扫去，看到他的妈妈正朝他走来。

"真有意思，塞缪尔，"阿伯纳西夫人说着，开始慢慢走开，"等我的主人来了，看他会不会觉得你很逗。同时，闭上你的嘴巴。还记得我说过要把你的狗给宰了吗？如果你把这事儿告诉你妈妈，那么，我就会把她给杀了。我会在她睡觉的时候，让她窒息而死。昨天，我在超市碰到她了。我知道你已经把我的事情跟她说了。塞缪尔，记住：祸从口出。"

阿伯纳西夫人朝着小镇的方向走去，留下一股浓浓的香水味儿和一点儿烧焦的味道。

"她想干吗？"约翰逊女士问道，她盯着阿伯纳西夫人的后背，不加掩饰地表现出对她的厌恶。

她想不起自己讨厌阿伯纳西夫人的原因，但就是觉得讨厌。

"没什么，妈妈，"塞缪尔无可奈何地说道，"她只是打个招呼而已……"

那晚，塞缪尔肯定了一点，把自己知道的有关比德尔科姆教堂的事情跟大人说是完全没有意义的。因为他们根本不相信。但是，和他年龄相仿的伙伴们可能会相信。他不想再独自解决这件事了。明天，即便是冒着被嘲笑的风险，他也要向他的朋友们求助。

第 14 章 黑暗之物降临

有时,害怕黑暗是明智之举。

那晚,塞缪尔的爸爸打电话到家里,想跟儿子说说话。塞缪尔试着告诉爸爸发生在阿伯纳西夫人地下室的事情,但爸爸只回了句:"真的吗?太有意思了!"之后,他问起塞缪尔准备如何度过学期中休假,还问了妈妈过得如何。

塞缪尔想做最后一次努力。

"爸,"他说,"我是认真的,没有胡乱编造。"

"你觉得阿伯纳西一家人是在地下室做实验吗?"约翰逊先生问。

"不是做实验,"塞缪尔说,"我觉得他们是误入歧途了,想搞砸他们本不应该搞砸的东西。现在,他们已经把门道打开了。"

"进入地狱的门道?"

"是的,但是还没有完全成功。门道打开了,但是大门却还没打开。"

"难道你通常不是先打开大门,再打开门道的吗?"约翰逊先生问。

"是的,但是……"塞缪尔说。

他语塞了。

"你在取笑我,是吗?"他说,"你根本就不相信我。"

"你又玩打怪兽的电子游戏了吗?让你妈妈来接电话,塞缪尔。"

塞缪尔照做了,他听到他们的一部分谈话似乎是围绕着塞缪尔是否分得清现实和虚幻的区别,是否这一表现是他们的婚姻问题所导致的，是否塞缪尔需要看心理医生。后来，谈话的主题转移到其他问题，塞缪尔便慢慢走开了。

他的妈妈挂上电话之后，面色很难看，好像她感觉到自己应该想起某些重要的事情，但又想不起来。

"塞缪尔，今晚早点上床睡觉，"约翰逊女士说，"不要再读一些和恶魔、鬼魂、怪兽相关的书了，好吗？我呢，得留心你和别人说了些什么，亲爱的。"

她开始号啕大哭。

"你爸爸准备和那个女人买房子了，塞缪尔。"她说着，眼泪夺眶而出，"他说他要离婚，还决定把他那该死的车子取走！"

塞缪尔抱着妈妈，一言不发。不久，妈妈告诉他是时候该休息了。于是，他走进卧室，盯着窗外看了好长一段时间，没有哭泣。突然，他觉得怪兽和恶魔不再重要了，因为爸爸不会再回来。而且，他还只是个小孩子，没有人会听他说话，包括他的爸爸和妈妈。九点后，他就换上睡衣，爬上了床。

最后，睡着了。

这是博斯威尔第一次察觉到黑暗之物的来临。它睡醒了，自从那个污秽黏糊的东西在地板上待过以后，它决定永远睡在塞缪尔的床尾。突然，博斯威尔鼻子抽动，汗毛竖起。

虽然它和大多数的狗一样很灵敏，能把世界分成两部分，一部分是好吃的东西，另一部分是难吃的东西，但是，中间还有一小部分空间是有可能好吃也有可能不好吃的东西，对于它们，博斯威尔无法准确地判断清楚。

所以，博斯威尔一起来，第一感觉就觉得这不是好吃的东西，但又没有十足的把握确定这是什么。它不仅听不出也闻不出任何不寻常的东西，而且还看不见任何不寻常的东西，不过，即使是在最好的情况下，它的视力也不是很好。所以，除非它们能闻得到或者听得见，不然，一大群坏东西就站在离它们不远的地方，它们都不知情。

第14章 黑暗之物降临

博斯威尔从床上跳下来,四处嗅嗅,然后小跑到窗前,前爪趴在窗台上,向窗外张望。

最靠近拐角旁边的街灯闪了几下后熄灭了,漆黑一片,黑暗延伸到距离旁边街灯一半的地方。博斯威尔把头一侧,轻轻地哀嚎着。接着,旁边的街灯也熄灭了,几秒过后,第一盏街灯又亮了起来。由于博斯威尔视力差,它只能看到这边暗了一片后,那边又暗了一片。第三盏街灯坐落在他们家门前,吧嗞吧嗞地响着,后来也熄灭了。这次,街灯没有再亮起来。博斯威尔盯着这一片暗流,黑暗中,有个身影似乎也在盯着它。

博斯威尔咆哮起来。

接着,暗流开始蔓延,就像流过山丘的油,哗哗地从街灯的尽头流向501号花园的大门。它从门口淌过,涌到街道上,最后到达他们家门前。于是,博斯威尔不能继续追踪它的踪迹。

博斯威尔顺着窗台跳下去,朝大门的方向走去,门是半开着的,它侧着身子,从门缝中穿了过去。它站在楼梯顶部,看着暗流淌过门边。暗流停留了一会儿,似乎是在找寻方向,之后,它速度越来越快,流到了第一层阶梯,再逐渐向上蔓延。当暗流最远的一端流过门前时,博斯威尔听到了轻轻的爆破声。于是,它眼睁睁地看着一个大约三英尺长的液体,正势不可挡地朝它驶来。

博斯威尔开始大叫,但没人过来。约翰逊女士卧室的房门紧闭,博斯威尔能听到她轻微的鼾声。如今,暗流已经漫过楼梯的一大半,听到博斯威尔的吠声,它还在加速上升。博斯威尔别无选择,只能撤退。它从门缝中挤进塞缪尔的卧室,然后用鼻子轻轻地将门关上,一边后退,一边咆哮。门与地毯之间出现一条细细的光线,这只聪明的小狗感觉到,这光线准不是好吃的东西。

光线从左至右逐渐消失。不久之后,一切照旧。只听得见塞缪尔的呼吸声和远处传来的约翰逊女士的呼噜声。

博斯威尔跳上床,在塞缪尔的耳边大叫。

"干吗!"塞缪尔恼怒地说。

博斯威尔舔了舔他，眼睛盯着门口。塞缪尔把它推开，继续睡觉。

"太早了，今天没课。"他含糊地说着。

不久，暗流飞速涌进门来，以迅雷不及掩耳之势流到塞缪尔的床上，博斯威尔吓得向后一跃。它像蛇一般蜿蜒曲折地绕过床脚，流到毛毯上。博斯威尔闻到那气味就和旧衣服、臭水沟、尸体发出的恶臭一样难闻。虽然它和油一样黏稠，但没有油那么有光泽。它既不是固体，也没有形状和目标。

当暗流要盖住塞缪尔时，博斯威尔知道自己该出手了。

它站在床边，死死地咬住暗流的一端，并往后拉，感觉就像口里含了块富有弹性的橡胶一样。博斯威尔的舌头开始慢慢失去知觉，牙齿也受了伤，但是它依旧紧咬住暗流，把爪子伸进毛毯里，开始往床尾的方向拉。暗流朝塞缪尔蔓延，现在已经到达他的脖子。为了保持姿势不变，博斯威尔的爪子把毛毯都给撕破了，它使出全身力气用牙齿向后拉。虽然它的后腿开始滑落，从床沿那里掉了下去，但它依旧死死地咬住暗流不放。

由于听到博斯威尔撞击地板的声音，加之感觉毛毯从身上滑落，塞缪尔醒来了。

"发生什么事了？"他揉了揉眼睛问道。

地板上传来挣扎的声响，随后，博斯威尔发出呜咽的声音。

"博斯威尔？"

塞缪尔坐起来，朝床边看过去。他看到，毛毯被黑暗笼罩，里面浮现出一只挣扎的小狗的身影。最后，暗流，或者说是操控者，意识到自己受到了一条小猎狗的威胁，于是，正在竭尽全力地干掉它。

"博斯威尔！"塞缪尔喊道。

他下床开始拉扯暗流，但是暗流很快冻住了他的手指，他惊恐地看到，暗流开始沿着他的手臂向上流动。

"啊！"塞缪尔叫道。

此时，博斯威尔不再感到窒息，正在大口喘气。看到主人有危险，它便发起攻击，再次用上自己受伤的牙齿。这时，塞缪尔也向后退，最后，暗流被他们俩扯住了。

"别让它跑了，博斯威尔。"塞缪尔说。于是，他将暗流和博斯威尔拉到卧室右边的小卫生间里。虽然这个卫生间只有一个马桶和一个脸盆，但对于塞缪尔来说，这点儿空间已经足够让塞缪尔做脑子里想的那件事了。

"别动，博斯威尔。"塞缪尔说着，他站在马桶边，而博斯威尔站在门边。塞缪尔一只手抓住暗流，这样，它就能保持完全延展的状态，再将马桶圈抬起，深呼一口气，叫博斯威尔把嘴巴张开。

暗流从博斯威尔的口里弹出来，朝塞缪尔的方向飞去。塞缪尔赶紧松手，暗流碰到蓄水箱，再掉进马桶里。于是，它立即张开触须，向上延伸，想把自己拉出去，但塞缪尔迅速将其制止了。他拍拍脸蛋儿，心满意足地望着暗流在马桶里打转，然后涌进下水道。

塞缪尔气喘吁吁地倚在脸盆旁。

"我再也不用这个马桶了。"他对博斯威尔说道，此时，博斯威尔已不在门边，它回到了卧室的窗边，现在，塞缪尔也跟着到了这儿。他们俩看着房子对面的街灯再次亮起，旁边的街灯又开始熄灭，以此类推，到拐角时瞬间变暗，有什么东西逃进了斯托克小巷。

塞缪尔和博斯威尔瞥了一眼，之后它便消失了。

它看起来像一个女人。

事实上，是看起来很像阿伯纳西夫人。

第15章　写给欧洲核子研究委员会的邮件

塞缪尔·约翰逊开始反击。

第二天早上吃早饭的时候，塞缪尔没怎么说话。他妈妈纳闷这孩子今天竟是这般的安静。

"亲爱的，没什么事儿吧？"她问道。

塞缪尔只是点点头，吃着玉米片。他想告诉妈妈，在一股暗流来临前发生的事儿，但他不能告诉她。她不会相信他的，而且他又没有证据。他不知道暗流是在何处消失的，起初他有点担心它会卡在某户人家的管道中，等待机会来临。他曾想过一会儿，但他最终觉得它很有可能是迷失在了一个又臭又旧的污水管道里，而这个管道恰好被塞缪尔处理过。不过，他采取了措施，用超强黏合剂把马桶盖粘住。无论如何，他是唯一一个曾用小浴室的人，只要他小心翼翼，在短时间内不会有人能发现他的所作所为。

但是塞缪尔也非常害怕，既是为他妈妈，也是为他自己。他记得阿伯纳西夫人威胁说，如果他还试图告诉妈妈他所知道的一切，并极力想让她相信的话，就会杀死他的妈妈。床下的恶魔已经够坏的了，但至少它们还讲理。而暗流却完全不同，还好昨晚塞缪尔很幸运，博斯威尔勇敢地救了他，但下一次，无论是从什么东西手上，博斯威尔可能都没法救他或是他妈妈了。

因为塞缪尔确信一件事：阿伯纳西夫人是不会放弃的。暗流只是阿伯纳西夫人最近的新花招，就是为了让塞缪尔缄口不语。这样其他人也会随之沉默,最终她就能成功。

塞缪尔不想死,他很想好好活着。但是当他试着让自己接受,他是真的很害怕这个事实的时候,他开始生自己的气了。阿伯纳西夫人变成恶魔了。她要做些可怕的事,可怕到一旦门打开了,可能世界永远都不会是从前的模样了,世界上的任何一个角落都会变化。必须有人阻止她才行,塞缪尔就算只剩下最后一口气,仍决意要与她战斗到底。

就在那一刻,好运就降临到塞缪尔的头上了。

在厨房的一角,摆放着一个小的便携式电视。塞缪尔的妈妈有时在吃早餐的时候,喜欢看看电视。她把电视的音量调低了,但新闻还在接着播报。塞缪尔抬起头,看见一个身穿白大褂的人在说话,他身后是一连串像管道一样的大玩意儿。塞缪尔知道那是什么:瑞士的大型强子对撞机。今年早些时候他在纪录片里看过这个,尽管那时他还不明白其中讨论的问题,但他觉得一切听起来都相当让人着迷。他伸手拿遥控器,又把音量调大了。

这个科学家,叫斯特凡教授,看上去有点窘迫。很明显他在试图解释为什么对撞机被关闭了。塞缪尔知道,对撞机起初打开的时候就无法正常工作,使得科学家们被迫修理了它一段时间。后来,对撞机开始正常运转了,他们才满意。这个机器花光了他们所有的钱,但现在,它似乎仍然不能按照它本来的方式运转。

记者向斯特凡教授指出了这一情况,那时他说道:"嗯,但也并非完全如此,它现在运行得很好了,但那个时候因为,嗯,某种不为人知的能量,出乎意料地泄漏了。"

"这到底是什么意思呀?"记者问道。

"好吧,尽你们所能来理解吧,就是有一点能量飞走了,现在我们试着把它找出来。"

"一点?"记者问道。

斯特凡教授说:"一个粒子的能量,但之前我们不曾遇到过,似乎有些不寻常的特点。"

"什么样的特点？"记者问。

"嗯，对撞机里的环境是真空的，因此也是密封的空间。不可能仅仅在那里就能找到所有问题的解决办法。"

"但现在，你认为有些问题能从中找到解决办法是吗？"

"我们相信是可以的。这可能只是一次泄漏事故，所以我们要检查对撞机的各个角落，以免存在任何缺口。可以想象，这是一个费时的过程。与此同时，为了精确地测定我们处理的东西，我们还回查了我们的系统。"

记者想了想刚刚斯特凡教授和他说的话。

"有没有可能，这个'能量'会是危险的呢？"

"噢，完全没有这个可能。"斯特凡教授说。

塞缪尔认为，相较于那些完全不知道这个能量是什么的人来说，他非常确定有这个可能。

"那你究竟是什么时候意识到这种能量泄漏的呢？"

"恰好在 10 月 28 日晚上七点三十分的时候。"斯特凡教授说，"对撞机在那不久后就被关闭了。"

塞缪尔一下子怔住了，一勺玉米片还悬在他的嘴和碗之间。10 月 28 日七点三十分！就是在 10 月 28 日七点三十分的时候，塞缪尔和博斯威尔一直坐在阿伯纳西家的墙边，那时他们听见阿伯纳西家地下室里传出爆炸声，他们还看到了蓝色的光，闻到了一种难闻的气味。当然，这可能只是巧合，但这是塞缪尔第一次觉得或许会有人，他们可能打算听他说些什么。

塞缪尔坐在他的电脑旁，浏览欧洲核子研究委员会的网站。他一个电话号码都找不到，但他看到了标题为"专家咨询"的那部分，塞缪尔不知道专家需要多长时间才能回答他的问题，甚至他都不知道，他要问的那些事情算不算得上是问题。他苦思冥想后，向欧洲核子研究委员会发了封邮件：

欧洲核子研究委员会尊敬的教授：

您好！我叫塞缪尔·约翰逊，今年十一岁。

我有理由相信，我可能找到了泄漏的能量粒子，或者说我知道它是在哪儿消失的。我猜测是在英格兰比德尔科姆镇的一家地下室内，它位于克劳利大街666号。这家地下室为姓阿伯纳西的一对夫妇所有。这个能量粒子是蓝色的，还带着臭鸡蛋的气味儿。能量粒子并不等同于比德尔科姆镇。它只是恰好在10月28日七点三十分的时候出现了。随函附上一张图，绘上了我所见到的发生在地下室里的事儿，我把它扫描进电脑发给您，仅供参考。

此致

敬礼！

塞缪尔·约翰逊

附：我相信阿伯纳西夫妇已经为恶魔控制了，并且他们可能在用能量粒子来打开地狱之门。

塞缪尔写完邮件，检查了一下拼写错误，再把这封邮件浏览了一遍，确保其涵盖了所有重要的细节。他考虑过删掉一些关于地狱的内容，但他觉得这个内容可能会为他的邮件增添一种紧迫感。毕竟，他不知道每天还会有多少人写信给"专家咨询"，不知道是只有一个专家回答问题呢，还是整个团队在回答？他一概不知。不管怎样，他都觉得吸引欧洲核子研究委员会教授们的眼球是相当重要的，如果没有别的办法的话，那就提到恶魔和地狱吧，这可能会让他的邮件更引人注目。

他按下发送键，邮件通过网络传递出去了。他思索着，一直待在电脑旁，等待着回复。他猜想，即使他的消息立刻就被看见了，仍然需要一定的讨论才能有答复。

塞缪尔不打算就干坐在那儿。这可是在万圣节呀，他听到阿伯纳西夫人说，她和一群恶魔们只需四天时间就能扫清道路、排除障碍开路。塞缪尔不知道"开路"究竟意味着什么,但不管如何计算,四天都是从10月28日起到11月1日。他有一种害怕的感觉,第二天的某个时候地狱之门就会打开。

于是塞缪尔走到电话旁,开始打电话。

塞缪尔在学校不受欢迎——这一定不是真的。班里的一些男生和女生只是觉得他有点奇怪,尤其是那天表演秀,他开始谈论天使和别针的时候。可是一般情况下,他几乎和每个人都相处得融洽。但是,他也很享受自娱自乐,特别是在与一群和他一般大小的孩子们共享过小教室后。两个月的时间啊,他宁愿独自享受期中假期。他最亲密的朋友是汤姆·霍布斯和玛丽亚·梅耶。汤姆的爸爸为当地的一家乳制品厂送货,他妈妈也是干这个的;而玛丽亚的爸爸则是在电话公司上班。塞缪尔、汤姆和玛丽亚曾计划那天晚上一起去做恶作剧("不给糖就捣乱"的把戏),但让汤姆和玛丽亚感到些许惊讶的是,那天还很早他们就收到了塞缪尔的消息。

塞缪尔说有重要的事要告诉他们,他们都很好奇。于是,他们相约在市中心的馅饼店外见面。塞缪尔和博斯威尔一起早早就到了,一直在等汤姆和玛丽亚,而他们到齐的时候都差不多下午一点了。馅饼店名叫皮特饼屋,皮特已去世多年,现在所有的馅饼或者派都是他的儿子奈杰尔做的,但不管怎么说,奈杰尔饼屋听起来都不那么自然,人们还是愿意一直叫它皮特饼屋,尽管奈杰尔早已将其更名了。小镇上的人们都觉得这么叫很有趣。

皮特饼屋外总是有几张桌子和椅子,即使是冬天,这也是人们青睐的相约之所。皮特也好,奈杰尔也罢,都不反对人们搬把椅子到这儿来。就算他们没打算进来买块馅饼或者派,但是从饼屋中散发的香味也能让他们垂涎三尺,通常在一分钟不到的时间内,他们就会进去买个馅饼或者派"稍后享用"。约一分钟后,他们就会一边吃着馅饼或者派,一边思忖着要不要再来一个,要么是苹果馅的,要么是树莓馅的,把它们当作饭后甜点。

汤姆和玛丽亚慢悠悠地朝桌边走来，这时塞缪尔也在吃着同样的苹果派和树莓派。汤姆比塞缪尔高几英寸，一直以来他们看上去就相处得不错。汤姆总是一副精神抖擞、兴高采烈的样子，但学校板球队输了比赛，那就不一样了，因为他是其中的一个明星击球手。就算失去大多数东西，汤姆也不会介意，但是他对板球可不一样，他无法接受输了板球赛。汤姆和塞缪尔只会在板球场上争论。塞缪尔是个很好的投手，拥有强壮的右臂，但他的视力不好，防守时他很难抓住球。这意味着他在板球场上既能创造价值又会是个包袱，不只一场比赛，都是以他和汤姆声嘶力竭的相互咆哮而结束。不过，他们仍是朋友，汤姆私底下是有点敬畏塞缪尔的，即使汤姆并没有完全理解塞缪尔脑子思考的方式，但汤姆还是很佩服他。

还有玛丽亚，她比他们年纪都小一些，每天扎着个很长的马尾辫，还精心挑选一个漂亮的蝴蝶结来搭配。有时候，在不熟的人面前，她就略显害羞、文静，可是塞缪尔知道她是个既聪明又有趣的姑娘，她只是不喜欢太过张扬罢了。玛丽亚长大后想当一名科学家，她是塞缪尔和汤姆所知的唯一一个因为感兴趣或者觉得是一种享受而做作业的人。

博斯威尔摇摇尾巴，向刚到的这两个人打招呼，接着，他的注意力又回到桌上的那个派上。他知道最终塞缪尔会和他分享一些派的。几乎所有的食物，塞缪尔都会和博斯威尔分享，除了巧克力，因为博斯威尔吃多了巧克力会不舒服，而且要是它吹点风，着凉了，又吃错了东西的话，博斯威尔可能会散发出难闻的气味。

"好啦，那么……"汤姆和玛丽亚买了要吃的派，坐到座位上，汤姆立刻开始进入状态说，"那个惊天大秘密是什么呀？"

博斯威尔吃完塞缪尔喂他的那块派，舔着最后的一点碎屑沫沫，就开始望着汤姆的鞋子流口水。汤姆决定给博斯威尔一些派，以分散它的注意力，不然它的唾液都要渗透到汤姆的袜子上了。

"嗯，事情是这样的。"塞缪尔说，"或许，你很难相信我所说的，但我真的不知道要怎么证明我说的都是真的。现在只要你们听我说，因为我真的需要你们的帮助。"

他说话严肃认真的样子让汤姆停了一会儿,在这点上汤姆和博斯威尔一样,他们不喜欢在吃东西的时候无缘无故地停下来。

"哇,听起来很严肃的样子。"他说,"那你说吧,我正听着呢。"

他看了看玛丽亚,玛丽亚点了点头,说道:"我们都在好好听,你说吧。"

于是,塞缪尔向他们说了所有的事,一直说到发邮件给欧洲核子研究委员会这儿。他说完了,一时间大家都沉默不语,然后汤姆说了句:

"你是疯了吗!"

"汤姆!"玛丽亚向他斥责道。

"不,你疯了吧。你想告诉我们,这个阿伯纳西夫人不是真正的阿伯纳西夫人,而是一个长着触角的恶魔,还有她家的地下室里有一个蓝色的洞,不知怎么的,就变成了通往地狱的隧道,而明天地狱的一些门将打开——还有什么?还有恶魔会从里面出来?"

"是的,大概就是这么回事。"塞缪尔平静地说。

"你真是疯了呀!"汤姆再三说道。

塞缪尔朝玛丽亚望了望。"那你呢?"他问她,"你怎么看?"

"我也有点难以相信。"玛丽亚轻声说。

"我没有撒谎。"塞缪尔说,他看着他们两个,一副很认真的样子,"我以我的生命发誓,我向你们保证我没有撒谎。而且……"

他停了一会儿,没说话。

"什么?"玛丽亚说。

"我害怕。"塞缪尔说,"我真的很害怕。"

塞缪尔这么说的时候,他们都相信了,他是真的很害怕。

"嗯。"汤姆说,"要究其原因,我们只需做一件事。"

"什么事?"玛丽亚问,但实际上她已经知道是什么事了。

汤姆咧嘴一笑。

"我们只要看看阿伯纳西的房子就知道了。"

与此同时,欧洲核子研究委员会的技术员,一直在监视着网站的"专家咨询"部分,他负责处理这个版块。希尔伯特教授拿着一叠打印好的信息,这一叠信息的最下面有一幅画,画上有一个蓝色的漩涡。

"教授。"他有些紧张地说,"这可能什么都不是,但……"

第 16 章　阿伯纳西房子里的恶魔

我们参观阿伯纳西的房子，并下定决心不住在那儿。

经决定，他们应该要到黄昏时分才去参观阿伯纳西的房子，所以正午刚过，塞缪尔和玛丽亚就一直陪着汤姆练习击球。天色渐渐暗了下来，他们去了一趟塞缪尔家，看了下他的邮件，但是没有欧洲核子研究委员会的回信。

"也许他们很忙。"汤姆说，"因为他们那个大的对撞机现在坏了。"

"它没有坏。"塞缪尔说，"唉，确切地说，是没完全坏。他们只是在调查能量泄漏的时候，把它给关了。"

"你说的那个东西，在阿伯纳西家的地下室里出现了。"汤姆说，"但是要到瑞士的话，我们得走很长一段路。他们不是瑞士人，对吧？"

塞缪尔想了一下说："是的，我觉得他们不是瑞士人。我和阿伯纳西先生说话的时候，他的口音听起来不像瑞士人。阿伯纳西夫人说话只是让人觉得挺有趣的。"

再说，在塞缪尔的印象中，他从没跟瑞士人说过话。他只是怀疑瑞士人说话会不会就像阿伯纳西先生那样，带着一种粗鲁的北方口音，而阿伯纳西夫人，感觉是个时髦的女人。

玛丽亚从塞缪尔卧室的窗口向外张望。"现在天黑了。"她说，"我们确定要这么做吗？这样不太好吧，漆黑的夜晚，在陌生人家的花园里鬼鬼祟祟的。我的意思是，你究竟希望我们看见什么呢？"

塞缪尔耸耸肩："只是……一些东西。一些能让你们相信我的东西。"

"如果我们真的相信你呢?"玛丽亚问,"那又怎么样?"

"好吧,你们知道我不是疯子。"塞缪尔说,"也不是骗子。"

玛丽亚天真地笑了。"我知道你从来没有对我们撒过谎,塞缪尔。"她说。

"虽然你可能有点疯癫。"汤姆补充道,但他也微笑着,"好吧,那我们去吧,可我还得回家喝茶呢,不然的话,妈妈一定会把我臭骂一顿的。"他突然意识到自己刚刚说的话,"挨骂?明白吗?看,我这幽默是与生俱来的。"

玛丽亚和塞缪尔翻着白眼。

"噢,拜托你们!"汤姆说,"有些人真没幽默感。"

他们到了阿伯纳西家,似乎家里没人,博斯威尔有些不情愿地紧随其后。

"屋子里貌似没人,是吧?"汤姆说。

"看上去让人毛骨悚然的样子。"玛丽亚说,"我知道这只是一个普通的房子,但也许是因为,你告诉过我们住在那里的人……"

"不。"汤姆说,他的语调柔和了些,"你说得对,我能感觉得到。我脖子后的毛发都竖起来了,我感觉那儿有点不舒服。"

"博斯威尔也感受到了。"塞缪尔说。的确,博斯威尔正在呻吟。这条狗把屁股稳稳地定在花园门口,好像在说:"好吧,我就只能走这么远了。如果你还想让我再走远些,你得拖着我走才行。"

塞缪尔牵着博斯威尔的链子,走到花园门口。"我们最好把它留在这儿。"他说。

"我可以陪它吗?"汤姆问,不过,只是半开玩笑。

"来吧,傻瓜。"玛丽亚挽着汤姆的胳膊,把他拖到花园里,塞缪尔紧随其后。

"刚刚那一分钟,你难道不害怕吗?"汤姆小声地说。

"我一直都害怕。"玛丽亚说,"但这还挺有趣的。"

玛丽亚脸上的表情变了。她看起来很兴奋。休谟先生曾经说过，她脑子灵活，相当聪明，当一名科学家再适合不过了。她既充满好奇心，做事又小心翼翼，一旦让她察觉一些能激起兴趣的东西，她就会锲而不舍地一直钻研它，直到弄明白了为止。

塞缪尔带着他们走向地下室的窗户边。天花板上只有一只灯泡，发着橙色的光，为房间营造了一种昏暗的氛围。他们蹲下来，窥视着屋内，但除了一般人们堆积在家中地下室里的杂物外，没发现一丝不寻常的地方。

"就是在这儿发生的。"塞缪尔说，"那个蓝色的圈，有大爪子的手，还有所有的……"

"好吧，现在安静了。"汤姆说，"你们发现没有，来，注意！这儿的气味真难闻！"

他说的是真的。地下室和花园附近弥漫着一股臭鸡蛋味儿。阵阵微风吹来，散发出一股浓烈的恶臭，好像这堵大墙上被钻了一个洞，而一股风正好刮过。

"你能感觉到吗？"玛丽亚说。她抬起手，为了能更靠近玻璃。这两个男孩也照着这么做。

"感觉就像静电。"汤姆说。他把手伸得更靠前，好像要碰上玻璃了，但是玛丽亚伸出了手，阻止了他。

"不要。"她说，"我觉得那不是个好主意。"

"这只是静电。"汤姆说。

"不。"玛丽亚说，"不是的。"

她指着窗户的边框。那儿有肉眼几乎看不见的、一道微弱的蓝光。

玛丽亚沿着屋子的墙边，继续往前走。

"她要去哪里？"汤姆说。

塞缪尔不知道，但他决心跟着玛丽亚。汤姆不想落单，立刻小跑起来跟在他们后面。

阿伯纳西家的房子坐落在大花园的中心，所以人们围着房子前前后后逛来逛去，都没什么障碍。玛丽亚指着窗户的方向，走了过去。

"那儿!"她轻声说,"还有那儿!"

如果他们全神贯注的话,每次他们都能看见微弱的蓝光,萦绕在每扇窗檐的周围。

"我认为这可能是一种警报。"玛丽亚说,"而从某种程度上说,它们是在这儿守卫。"

此刻,他们已经绕到了房子的后面。后门的左边是厨房,里面空空如也。右边是起居室,里面摆着电视、沙发和一把扶手椅。房间里亮着一盏灯,射向草坪,形成了一道矩形的光影。

三个孩子一起走到窗前,窥视着屋子里的动静。

博斯威尔被绑在了花园的门口,对此,它一点儿也不高兴。和大多数的狗一样,它不喜欢被绑到任何东西上。如果你被绑到某个东西上,本就难以反抗,如果再有一条更大的狗出现,简直连逃跑的可能性都没了。再说,博斯威尔也不擅长打斗。说老实话,看它不仅腿短,身子还特别长,甚至连逃跑它也不行啊。

但如果说还有什么比被绑在花园门口更糟糕的话,那就是,它被绑在了这个特别的地方。大房子里充斥着博斯威尔讨厌的气味。这臭味远远臭过孩子们玩耍时碰巧沾上的那种气味。博斯威尔的嗅觉敏感度可比任何人类都要强。和人类相比,它的嗅觉感受器是人类的25倍,它能闻到的气味浓度低于人类的1亿倍,甚至更低。它闻了闻大房子周围的空气,深深吸入鼻子后部的感受器内,它闻到了变质的肉味儿、疾病的气味以及无生命的气息;为了不生病,那些本就不应该再触摸或品尝的甚至不能闻太久的东西都被它闻到了。还有种特别的气味在它们身后潜伏着,任何动物都讨厌它、害怕它。

这是一股烧焦的气味。

博斯威尔突然站了起来。它听到了什么,脚步声正逼近。一种难闻的气味渐渐变浓,虽然与另一种不那么难闻的气味混杂在一起,但也能闻出这种难闻的气味,好像不那么难闻的气味正在掩盖那种真正难闻的气味。博斯威尔熟悉那种没那么难闻的味道,但这并不意味着它就喜欢这种味道。这味道太浓了，还带着一股甜味儿，简直令人作呕。它想起来了，这气味约翰逊夫人身上有时候也有过，是从一小瓶香水中散发出来的，闻起来有股各种花儿被糅杂在一块儿的味道，她一直把它放在卧室里。

即使博斯威尔的眼神不好使，那个女人一拐弯，它也能立刻就认出来了。它能用它的鼻子勾画出这个女人的样貌图，现在它最担忧的事情都被证实了。

就是这个讨厌的女人，是她带来了那股暗流。

博斯威尔开始抱怨道。

起居室里坐着三个人：两个男人和一个女人。墙上满是一些奇怪的橙色的霉点，从地毯到天花板，到处都是。三个人坐的椅子上也全是霉迹斑斑，这些椅子在腐烂，蔓延到整个房间，所有东西都腐化了。他们一动不动、一言不发，但是他们脸上都挂着一种古怪而僵硬的笑容，就像见到了什么东西一样，这些东西只有那些有古怪幽默感的人才会觉得有趣。塞缪尔认出了那两个男人就是阿伯纳西先生和他的朋友兰菲尔德先生。那个女人是兰菲尔德夫人。

自上次见到他们，塞缪尔就发觉他们变了。他觉得他们看上去变胖了，不知怎么的，甚至都有些臃肿，好像是因为身体里的器官肿胀得厉害。他可以很清楚地看到阿伯纳西先生。阿伯纳西先生的皮肤是灰绿色的，上面还长着水泡。他看上去像是病了。实际上也是如此，塞缪尔怀疑他可能比看上去的情况更严重。尽管房间里常年有苍蝇横飞，但塞缪尔还是马上明白了，是屋子里的人发出的如此难闻的气味。塞缪尔看见，一只苍蝇落在了阿伯纳西先生的眼球上，还在上面爬着，乳白色的眼睛里有黑色斑点。阿伯纳西先生甚至都不眨眼。

汤姆一直在问，塞缪尔究竟在想什么呢？

"他们……死了吗？"他问。

他说话的当儿，苍蝇从阿伯纳西先生的眼球上飞离了。同一瞬间，长舌头从阿伯纳西先生口中伸出来，像是想参加聚会了。这舌头是粉红色的，上面满是小刺，看上去很锋利，还黏糊糊的。它从半空中抓住苍蝇，接着滚回阿伯纳西先生的嘴里，阿伯纳西先生咀嚼了一会儿就把它吞下去了。

"噢，我觉得我要吐了。"玛丽亚说。

"那是舌头吗？"汤姆问，"那是舌头！人怎么那么长时间都没舌头呢。而这些怪物却那么长时间地享有了舌头。"

接着他们听到，从房子前面传来一阵疯狂的叫声，他们明白他们遇到麻烦了。

博斯威尔一看到阿伯纳西夫人，它就开始奋力挣脱它的项圈。它从没被缠得那样紧过，主要是因为博斯威尔的脖子太细了，都没有适合它的项圈。它拼命地拽那根绑着它的链子，还感觉到项圈也开始反抗它的后脑勺了。这样一来，把它耳朵都刺疼了，但它还是没有停下来。它知道如果它还是被绑在门上的话，那个坏夫人就会伤害它，接着她便会去伤害塞缪尔。绝对不允许有人伤害塞缪尔，哪怕博斯威尔和他没关系，也不行。

项圈扯到耳朵那儿了，这时可恶的夫人脚步声开始加快了。

阿伯纳西夫人一到拐角处，就发现有条狗。瞬间，她就认出这是塞缪尔·约翰逊的宠物。

"噢，你这个淘气的孩子！"她低声说它"你这个淘气的，淘气的小男孩。"

她开始跑起来。

博斯威尔大胆地向左边瞥了一眼，看到那个可恶的夫人越来越近。它最后再用力地拽了拽项圈，终于挣脱了，项圈差点把它的耳朵给拧了下来。它狂吠着，来来回回地望着通向大房子花园的小路和那个坏女人。它盼望着塞缪尔和他的朋友们能来救它，但他们没有来。

跑！它叫着。可恶的夫人！跑！

但是仍然没有他们的身影。它看看左边，又看到可恶的夫人开始变形了。在她的外套下，有东西在动。突然，布料开始撕裂，粉红的长长的触角冲出洞口，每条触角的尾端都是锋利的钳子，在寒冷的空气中啪啪作响。有一个朝它的方向伸展开来，钳子发出嘀嗒的声音，还产生了难闻的液体，滴在了地上。出于本能，博斯威尔愤怒地猛咬它，它就退了回去。但只是一会儿，它又起来了，像一条蛇一样，要回击它。博斯威尔感觉到了危险。

别无选择，博斯威尔把尾巴夹在双腿之间，飞快地跑，快到像是它正被它的小腿抬着跑似的。它感到有东西摩擦它的大衣，但直到逼近角落，它才回过头。它躲在一辆车后面，从车轮后方向外张望。那个可恶的夫人在花园门口站了一会儿，长长的粉红色的触角在夜空中挥舞着，接着就转身离开，进入了花园。几秒钟后博斯威尔听到了一个可怕的响声，十分尖锐刺耳，刺疼了它的耳朵。这一声响，音调简直太高了，对人类而言都能轻易地听到，但阿伯纳西夫人无意用这个来和人类取得任何联系。

她是在警告她的恶魔同伴们。

第 17 章　遭遇阿伯纳西夫人

阿伯纳西夫人改变了她的计划。

汤姆盯着房子的各个角落,看到阿伯纳西夫人进入了花园,随后她小心翼翼地关上了身后的门。一条条触角在寂静的夜空中动来动去,月光下,钳子下滴落的液体清晰可见,汤姆数了数,一共有十二个钳子。阿伯纳西夫人的脚恰巧踩到了博斯威尔的项圈上,她向前走了三步,接着停了下来。她的头歪向一侧,好像在听些什么,但是她没有再向房子靠近。

她在那儿等着,守在门口。

塞缪尔和玛丽亚在窗下等待着,汤姆也跑过去了。

"我们有麻烦啦。"他说,"花园里有个女人,她背后能伸出触角来。"

"是阿伯纳西夫人。"塞缪尔说,"那博斯威尔呢?"

"它毫无踪影。它的项圈还在这儿,但是不知道它去哪儿了。"

塞缪尔看上去有些担心。"她不会已经把它……?"他开始说道,然后声音变得低沉了。他不愿去想,阿伯纳西夫人会不会对他的狗做了些什么。

几秒钟之后,他听到博斯威尔的吠声。从声音上来判断,它现在所待的地方比之前的要远,但这绝对是它的声音。

"它没出事!"塞缪尔说。

"嗯,是的,但是现在我们要出事啦。"汤姆说,"如果她认出了博斯威尔的话,她就会知道你在这儿。"

塞缪尔的喉咙一阵发紧。"但是她不知道,你,还有玛丽亚正和我一起。我可以分散她的注意力,这样你们两个便可以逃脱了。"

汤姆看着塞缪尔,更加敬佩他了,然后又重重地拍了下他的胳膊。

"哎哟!"塞缪尔说,"你这是干什么呀?"

"你这个傻瓜。"汤姆说,"我们是绝不会抛下你,让你独自一人留在这儿的。"

突然,玛丽亚把她的手推到塞缪尔的嘴边,示意他别说傻话了。她把一根手指放到了嘴唇上,然后又赶紧把手指抽回来,指着从窗户那儿射出来的矩形光区。现在,可以看到一个男人的影子在那儿。他们一动不动,甚至都不敢喘气。影子开始变化了。他们看着,八条腿,还带刺,就像蜘蛛的腿一样,浮现出来了。接着影子转过身,开始后退,他们不知道它是谁,也不知道它是什么东西,它从窗口离开了。

"我们必须逃离这儿。"塞缪尔说。

"我们不能沿原路返回了。"汤姆说,"那个女人在把守着门。"

"我们也爬不过花园的围墙。"玛丽亚说,"它太高了。"

此时,屋子里传出一阵噪音来。他们听到了花瓶打碎的声音,接着是蹒跚的脚步声,仿佛有个跛脚的人正朝后门走来。

在他们的左边,汤姆看到了两个塑料筐,里面装满了空酒瓶,这是准备回收的。

"你觉得,你能用一块石头砸那些酒瓶吗?"他问塞缪尔。

塞缪尔说:"要是我有一块石头的话,我觉得我可以。"

汤姆示意塞缪尔看右边,那儿有一座用植物装点着的小假山。塞缪尔立即伸手拿了一块石头,和一个板球差不多大,他吸了口气,高举手臂,朝装有瓶子的筐子扔去。石头恰好落在了中间,打破了瓶颈最长的那个瓶子,玻璃碴在地上飞散开来。

"现在快跑!"塞缪尔说。

他们沿着房子的一侧朝向右边跑,经过假山。他们身后传来后门打开的声音,但那时他们已经到房子的拐角处了,前门就在他们面前。

阿伯纳西夫人不见了，玛丽亚冒着危险环顾拐角处的时候，她看到了一个女人的身影，它正朝着与他们相反的方向移动，到房子的另一侧去了。

他们抓紧时机，全速冲向那扇门，跃过花圃和灌木丛，此前它们被阿伯纳西先生悉心料理过，但现在他被这个恶魔控制了身体，而这个恶魔丝毫不懂得园艺欣赏。汤姆落在了最后面，因为他的脚被常春藤长长的枝蔓绊住了，他跟跟跄跄，接着摔了一跤。塞缪尔和玛丽亚在门口停住了，玛丽亚准备回去帮助汤姆，但此时，阿伯纳西夫人被这个声响惊醒了，她又在房子的一侧出现了。

"坏孩子！"她说，"你们不能践踏别人的地盘。"

有两个比其他的要长得多的触角，在汤姆正试着站起来的时候，迅速地伸向汤姆。他看到了它们的钳子是多么的锋利。钳子动的时候，他还能闻到滴液的气味，像唾沫一样。他举起手来保护自己，突然有个东西猛地出现在他面前。是一个草耙，它抓住了触角，并给其重重一击，将它们击倒在地。触角还在草耙的齿下，无力地打着滚，在草坪上喷洒出一层厚厚的黑血。阿伯纳西夫人尖叫了一声，她感到震惊和痛苦，此时玛丽亚松开草耙，把汤姆拉了起来。

"来，快起来。"她说道。然后这三个孩子，还有一条开开心心、如释重负的狗，一起消失在了暮色中。

阿伯纳西夫人穿过草坪，她的脸因愤怒和痛苦而扭曲了。触角又回到了她体内，除了那两条被那个讨厌的女孩儿用草耙刺穿的触角。阿伯纳西夫人跪了下来，将草耙从触角上拔了出来，然后扔掉了。慢慢地，像受伤的动物一般，那两条触角变得越来越小，缩回到她的肉体内，在身体表面留下一连串的小洞，黑色的血从中冒了出来，染脏了她那件破烂的外套。

兰菲尔德先生拖着脚走向她，现在八条带刺的腿也回到他体内，看似下颌骨的东西又回到了他嘴里，消失不见了。他脸上还是挂着那种冷漠和一本正经的笑容。在他身后，阿伯纳西夫人和兰菲尔德先生出现了,紧随其后的是一团团苍蝇。

阿伯纳西先生停在了他妻子身旁。他把目光转向她,茫然地看着她,她用手背重重地给了他一巴掌,他的脖子断了,他的头以一种奇怪的角度悬挂在他的肩上。他举起手,试着把头放回原处,但他的头却一直往下掉。最终他放弃了,任由它挂着。这似乎也没有造成什么不适,而且他的微笑依然不变。

阿伯纳西夫人说:"你这个傻子!现在,他们三个都知道我们了。"

兰菲尔德夫人也跟着说道:"那我们该怎么办?"她问,"杀了他们?"

"我们不能再等了,我们得开始行动了。"阿伯纳西夫人说。

"但是一切还没准备好呀!"

"到时候我们将聚集足够的恶魔。"阿伯纳西夫人说,"门会打开的,第一批恶魔会通过门。他们要为恶魔之王开路,之后的事情就都交给恶魔之王了。走吧!到时候我会与你们一起并肩作战。"

兰菲尔德夫妇走开了,紧随其后的是阿伯纳西先生和他那晃动的脑袋。阿伯纳西夫人则漫步到花园门口,朝三个孩子和狗逃跑的方向望去。她看到天空中还飘浮着他们幽灵一般的身影,之后,他们就像雾一样慢慢散去。

也许其他人是对的,她想。还没到时间。恶魔之王本来想光荣地进入这个新世界,他的到来要引起敬畏和恐惧,还有一列恶魔军团站在他身后。然而,他们对人类世界的进攻将被放缓。随着恶魔们蜂拥而过,大门将变得更大。他们会从对撞机内吸取所需的能量。门融化只需要几个小时的工夫,之后,恶魔之王将会挣脱束缚,来到地球。

一个小孩儿出现在她面前,戴着魔鬼的角和面具。

"不给糖就捣蛋。"面具后传来这个声音。

阿伯纳西夫人好奇地打量着他,接着开始对他微笑,那笑变成了一种令人感到恐怖的、可怕的大笑。她还用手背捂着嘴,说:"真可爱啊!噢,这简直太完美了!"

像世界各地的其他小男孩儿一样,面具背后的这个小男孩,他的名字是迈克尔，并不怎么喜欢那种"可爱的"东西或是成年人可能觉得有趣的东西，而实际上，他们对这些东西根本就不感兴趣。

"瞧，你要给我一些东西，是吗？"他不耐烦地问道。

"噢，我会给你一些东西的。"她说，"我会给你所有的东西，这将是你收到的最后一件东西。我会送你去死。"

"那，没有糖果……"小男孩说。

阿伯纳西夫人的笑声渐渐消失了，她跪在了小男孩的面前。他看见一道微弱的蓝色光照向她的眼睛。这道光变得越来越亮了，直到女人的眼窝里什么也没有，除了那道冰冷的蓝色光，这一幕让他痛苦地畏缩起来。她张开嘴的时候，他闻到了她身体内污秽的臭味。

阿伯纳西夫人说："没有糖果。再也不会有糖果了。"

她看着小男孩跑开了，心想：跑吧！现在你可以逃跑，但你将无处可逃，至少不能从我这儿逃走。

更没法儿从我的主人那儿逃脱……

第18章　会飞的骷髅头

门开得大大的。

约翰逊夫人坐在沙发上，她向客人微笑着，表情有些局促不安，客人是名叫普朗克的一位博士。普朗克博士个头矮小，皮肤黝黑胡须尖尖的，戴着一副黑框眼镜。约翰逊夫人请他喝茶，还拿了块饼干给他。现在她正试着理解为什么博士首先想到要见她。她能确定的是，这一定和塞缪尔脱不了干系。这些事总是和他有关。

普朗克博士在当地的一所大学工作，作为试验性的粒子物理学研究项目的一分子，数年来，他一直都参与欧洲核子研究委员会。一收到来自瑞士的与塞缪尔有关的邮件，他就立刻冲向比德尔科姆镇。他还不确定这个小男孩是不是真的能帮到他，但是他画的那些东西，还有关于臭鸡蛋味儿的描述，都引起了欧洲核子研究委员会科学家们的注意。现在，他在这儿边喝着茶，吃着波旁奶油饼干，试着想想塞缪尔描述的情景，要是这时候，约翰逊夫人的儿子真的能提供一些他们一直在寻求的帮助就好了。

"塞缪尔没做错什么事儿，是吧？"约翰逊夫人说。

"嗯，是的，他完全没做错。"普朗克博士说，"他只是向我们发了一封非常有趣的电子邮件，所以我们想和他谈谈这事儿。"

"你说的是'我们'，你指的是欧洲核子研究委员会的人。"约翰逊夫人说。

"没错。"

"那么,难道说塞缪尔解决了宇宙中的一个谜题……"

普朗克博士礼貌地笑了笑,轻轻咬了口他的波旁奶油饼干。"但还没完全解决。"他说,"告诉我,你知道住在……666号的那群人吗?"

阿伯纳西夫人站在地下室里,阿伯纳西先生和兰菲尔德夫妇站在她身后。恰好一道蓝光挂在空中,轻轻地闪动着。兰菲尔德夫人像是对什么有异议,正咆哮着。

"这道光一直就在这儿?"她对阿伯纳西夫人说,"还没找到办法,让我们躲开它?"

"你没必要知道。"阿伯纳西夫人说。

"你是个什么玩意儿啊,要你做主?"

阿伯纳西夫人突然冲着她,将嘴张得奇大无比,露出了一排排牙齿,兰菲尔德夫人感到了威胁,似乎阿伯纳西夫人要把她的脑袋整个吞掉。巨大的颌骨冲她咬来,她惊慌地向后退,步履蹒跚。她几乎就要现出原形了,怪物那张巨大的嘴突然消失了,阿伯纳西夫人又变回她以前美丽的样子。

"讲话要文明!否则你连自己的脑袋和舌头都会保不住。"阿伯纳西夫人警告她说,"记住你是在和谁说话!我可是咱们主人的红人儿,特派到地球的使者。你若对我有任何不敬,我都会让他知道,那么你会受到巨大的惩罚。"

兰菲尔德夫人一想到自己可能会遭到惩罚,就战战兢兢、偃旗息鼓了。较之阿伯纳西夫人[1],她在恶魔中的等级略低一些,她羡慕阿伯纳西夫人的权力,她嫉妒阿伯纳西夫人能接近恶魔之王。因为对恶魔们来说,越是邪恶就越惹人妒忌,他们不断追求,力求超越本身的邪恶。现在她的愤怒表明,他们的主人有可能会为她复仇,因为阿伯纳西夫人一定会向他告状,兰菲尔德夫人对她是多么的无礼啊。但是如

---

[1] 一本书,名为 *Le Dragon Rouge*(《红龙》),可能写于16世纪,把地狱的恶魔从官员到将军分为了三个等级。像这样的书被称为"魔法书",这种书必须用红墨水书写才能产生法力,有人说,这类书用的是人皮做封面。

果有朝一日，兰菲尔德夫人能超过阿伯纳西夫人，并取代她的地位，如果是她，而不是阿伯纳西夫人能为主人开路的话，那么她会得到奖励而不会受到惩罚。

想到这儿她移开了身子。她的下巴变宽了，同时她的双唇间出现了蜘蛛般的铗角，还有两个皮肤附属器，尾端是空的，里面装满了毒药。她从阿伯纳西夫人的身后慢慢靠近她，眼睛紧盯着阿伯纳西夫人脖子那片苍白的皮肤。

突然，兰菲尔德夫人僵住了，她没法再向前。她觉得她的喉咙变紧了，好像有一只手抓住了她，慢慢要让她窒息。阿伯纳西夫人转过身来，眼里冒着蓝色的火焰。

"你这个蠢家伙！"她说道，"现在，你要受到惩罚。"

阿伯纳西夫人在兰菲尔德夫人面前挥舞着她的手指。兰菲尔德夫人嘴里的铗角继续生长着，但现在它们开始朝她脖子的方向蜷缩。兰菲尔德夫人的两只眼睛瞪得很大，她惊慌失措，但无法阻止接下来要发生的一切。两个皮肤附属器的尖端刺穿了她的皮肤，开始往她体内注入毒药。她双眼鼓起，脸色都黑了，差点儿她就摔倒在地。在化为尘埃之前，她的身体猛地痉挛了一下。

阿伯纳西夫人把注意力转回到蓝色的光线。

"主人。"阿伯纳西夫人说，"您的仆人需要您。"

蓝色的光线变得更大，地下室变得更冷了。阿伯纳西夫人的气息如白色的羽毛一般微弱。她的指尖太冷了，变得都能害人了。

接着，不知从哪里响起了声响。它似乎无处不在，却又无影无形，在地下室里回响着。这声响时而低沉，时而尖细，发出咝咝的声音，就跟一条巨大的蛇在潮湿的山洞里发出的声音一样。

"我在。"它说道，"说，什么事儿。"

阿伯纳西夫人又叫了一遍。"主人，"她连声音都颤抖了，即使到了现在，她在这个恶魔之王面前待那么长时间，和这个不死之身这么近距离的接触，按理说应该没什么太大的差别，但它还是有魔力，能威慑到她，"现在我们必须采取行动。我们不能再等了。"

"为什么?"

"已经有……麻烦啦,"阿伯纳西夫人说道,她仔细地斟酌着才说,"已经有人知道我们的存在了。"

"谁?"

"一个小孩。"

"为什么不把他处理掉?"

"我们试过。但是他很幸运,现在,他都把这个和其他人分享了。"

陷入一阵沉默。阿伯纳西夫人几乎能感觉到,她主人的愤怒在积聚。

"你太让我失望了。"他说,"为此,我们要发动一次大清洗。"

"是,主人,我知道了。"阿伯纳西夫人低下了头,好像恶魔之王正站在她面前,打算将他的愤怒迁怒于她。

"那就这样吧。"一个声音说道,"开始吧!"

但是,他们还没来得及迈出第一步,门铃就响了。

欧洲核子研究委员会的内部深处,一群主要的科学家们聚集在斯特凡教授的办公室里。

"普朗克博士有消息了吗?"斯特凡教授问。

希尔伯特教授看了一眼手表,说道:"他现在应该和那个男孩在一起了吧。"

"如果这只是个玩笑的话,我只希望这个孩子平安就行。"斯特凡教授说。

他伸手拿钢笔,要是能让他的手做些事就好了。这支笔在办公桌边缘的位置,他的手指还没来得及抓住它,它就掉到地上了。

斯特凡教授好奇地打量着它。"真奇怪!"他说,好像他开始感到,震动声在他的书桌内回响。巨大的嗡嗡声充斥着整个办公室,一会儿,所有的灯都暗了下来。整间办公室的电脑屏幕都开始显示着大量的数据,还是亚拉姆语混合二进制代码。

"发生了什么事?"斯特凡教授说。

但他已经知道了。

不知怎么的,对撞机又再次运转了。

阿伯纳西夫人去开门。台阶上站着一位小个子的男人,他留着尖尖的胡须,正在舐着一副黑框眼镜的镜框。

"阿伯纳西夫人吗?"他问。

"什么事啊?"

"我是普朗克博士。如果方便的话,我想和你谈一会儿,行吗?"

阿伯纳西夫人说:"老实说,我现在很忙。"

普朗克博士嗅了嗅,他闻到空气中有股臭鸡蛋味儿。接着,他注意到一道微弱的蓝光从地下室里射出来,在房子的窗框和门的周围,光似乎在闪烁着。风吹到他的脸上,风力渐长了。这样,蓝色的光也变得更亮了。

"你在做什么?"普朗克博士说,"这不对呀。"

"我在跑。"阿伯纳西夫人说。

"什么?"

"我说'我在跑'。"

她的眼里满是冷酷的火焰,她张开嘴,光线照耀着,就像有一束光从里面出来。感觉像冰块在普朗克博士的皮肤上一样。

他跑了。

666号的地下室里被一个巨大的漩涡充斥着,它忽明忽暗,有蓝色的光束和暗流,它们是那么的强烈,几乎都能被摸到。一小卷一小卷的电闪烁着,在地下室的深处,就像夜空中的闪电一样,接着它射出来,要击中阿伯纳西先生和兰菲尔德先生。他们开始变形了,脱去人类的皮肤,再次展现出他们真正的恶魔形象。阿伯纳西先生看起来像一个灰色的蟾蜍,他的眼睛连眨都不眨一下,从他的头部伸出,还带着长茎。兰菲尔德先生变成了一个蜘蛛的样子,他全身都是毛,还带着刺,他头上有八个黑黑的眼睛:两个大的在前面,两个小一点的在两边，后面还有四个。八条长长的腿突然从他体内蹦出来，每条腿的末端都有一个锋利的爪子，但他还能凭借他的人腿站着，这两条人类的腿，甚至比其他的腿都更强壮更厚实。他的牙齿尖尖的，从嘴里露出来，牙齿的末端闪闪发光，还有毒。

阿伯纳西夫人也过来了，但她还没变形，她的眼睛一边冒着蓝色的火焰。她不想露出她真正的样子，而且还没露过。虽然她为这个人类的躯体所限制，但这个躯体还是有它的用处的。如有必要的话，在早期进攻阶段，这个躯体能允许她在人类世界自由地横行。除非胜利可以得到保证，她才打算呈现自己真实的面目。

房子的墙壁开始震动了。地下室的天花板上，灰尘不断地落下，旧油漆罐和装钉子的盒子也从货架上掉了下来，东西撒了一地。墙壁的砖里面的砂浆也粉碎了，砖块开始漂移。随着房子的倒塌，出现了更多的卷须形状的蓝光，它们透过间隙，瞬间又消失在地里。风强盛了，从一个宇宙吹到另一个宇宙，越过现在开着的门。阿伯纳西夫人看着，那些罪恶至极的门，开始发出白色的炽热的光，金属因热而熔融，她的主人利用对撞机的能量从中逃脱了。

现在第一批恶魔出现了。他们是一般的实体，和头盖骨差不多大，还有双黑色的翅膀。而他们嘴里的牙齿似乎太多了，嘴巴上上下下都被牙齿给划破了，牙齿排列不一，但却如针头一般锋利。其中有四个恶魔，在空中徘徊着，在阿伯纳西夫人面前，他们的嘴巴在猛咬着，翅膀在拍动着。

"我有事要你做。"她说。她伸手抓了一个离她最近的恶魔，用手指告诉他那三个孩子的事儿，那几个孩子让她受了伤，还让她在主人面前颜面扫地，还有留胡子的那个小个子的男人，她感觉到，他也有一种杀气。

"找到他们。"她说，"把他们都给我找到，再把他们撕碎。"

塞缪尔、玛丽亚和汤姆都在塞缪尔的卧室里，坐在电脑前面，塞缪尔登录了他的谷歌邮箱，他们都盯着邮件看。塞缪尔的妈妈看着他

们。来自普朗克博士的邮件如下:

你的邮件,我非常感兴趣。今晚五点三十分,我会到你家来,讨论这个事儿。希望你方便,如果有任何不便的话,可以和我联系,下面附上了我的电话。

"他在这儿等了一会儿,然后他说想看看阿伯纳西的房子。"约翰逊夫人说道,"你都说了些什么呀,塞缪尔?"

"我就说了些我一直想向你解释清楚的东西,"塞缪尔说,"阿伯纳西他们将要做些可怕的事来,我们必须阻止他们。"

这一次他妈妈没有反驳他。听普朗克博士说着,她开始记起在超市曾遇到过阿伯纳西夫人,还有她感到很害怕,她看到塞缪尔和阿伯纳西夫人在墓地旁说话,即使她不明白为什么是在那个时候。现在她明白了,塞缪尔说的是真话。阿伯纳西夫人不是好人,事实上,阿伯纳西夫人还很可怕呢。

有个手机号,还有短信。塞缪尔用家庭电话,拨了这个号码。第二次响铃时,终于有人接电话了。

"你好!"传出一个男人的声音,他上气不接下气。

塞缪尔问:"是普朗克博士吗?"

"嗯嗯,当然是,你是塞缪尔吗?"

"是的,我收到了您的邮件。"

"塞缪尔,我现在太忙了。"

"噢。"

"是的。看样子,我正被一个飞着的骷髅头追赶着。"

塞缪尔还没来得及多说些什么,他们的电话就被切断了。

约翰逊夫人看起来忧心忡忡的样子。

"一切都还好吗?"她问。

塞缪尔试着重拨这个号码,但是无人接听。他把电话递给了汤姆。

"他已经死了。"

"他说了什么啊？"

"他就说了正在被一个飞着的骷髅头追赶。"

"噢，这真是太糟糕了。"汤姆说。

但是他还没来得及说些什么其他的，他们就听到楼下某个地方传来玻璃被打碎的声音。

"怎么回事？"约翰逊夫人问道。

"听起来像是你家的一扇窗户被打破了。"汤姆说着，从卧室的门旁抓起塞缪尔的板球拍。他们屏息倾听，但没有听到任何噪音。慢慢地，他们沿着走廊向前走，来到楼梯那儿，由汤姆带路。

"小心！"约翰逊夫人说，"噢，塞缪尔，这时候，要是你爸爸在该多好啊。"

他们上楼梯，上到一半的时候，一个白色物体飞到拐角处，然后停在了半空中，它的翅膀奋力地拍打着，生怕会掉到地板上。它的嘴一直就在咂巴咂巴地咬个不停，在上下两排锋利的牙齿合拢之前，它的嘴张开了一会儿，张得很大，大到能伸进男人的一个拳头。还有两个黑色的眼睛，眨都不眨，就像骨套里的黑宝石一样。

"那究竟是什么？"约翰逊夫人问。

"它看起来像一个骷髅头，还长着翅膀。"塞缪尔说。

"它在我们家做什么呀？"约翰逊夫人接着问道。

玛丽亚说："我觉得它是在找我们。"

好像在回应玛丽亚一样，骷髅头震颤着，翅膀拍打得更快了。它稍稍改变了一下位置，然后翅膀拍打得更快，几乎是一片模糊，都看不清它了。塞缪尔、玛丽亚和约翰逊夫人倒在地上的时候，汤姆仍然站着。出于本能反应，在这个飞着的骷髅头离他大约两英尺远的时候，他迅速拿出板球拍，击打飞行的骷髅头。只听一声噼啪响，骷髅头倒在了地板上，它的下巴还在动，但现在，大部分牙齿都摔掉了，一只翅膀也折断了，而另一只还在地毯上虚弱地拍打着。汤姆看着它，他再次用板球拍击打它。骷髅头摔成了碎片，下巴磕坏了，没法再咬东西了，两只黑色的眼睛，变成了乳灰色。

"汤姆！小心！"玛丽亚喊道。

第二个骷髅头出现在走廊的尽头，第三个又紧随其后出现。三个孩子和约翰逊夫人不断往后退，他们都快要撞到墙上了。汤姆向前迈了几步，在地毯上轻轻地敲着拍子，然后保持这种姿势，准备随时把拍子抬到肩膀的高度，准备袭击它。

"汤姆。"约翰逊夫人叫着，她把塞缪尔和玛丽亚拉到了就近的卧室里，"你们要小心啊！"

"我知道自己在做什么。"汤姆说，"那么，好。"他对着骷髅头喊道，"来吧，如果你觉得你够强了的话，那我们试一试决斗吧。"

两个骷髅头同时飞向了他，一个比另一个飞得稍微低一点、快一点。汤姆蜷缩着，抓住了领头的那个骷髅头，它的翅膀漂亮极了，用拍子重重地一击，骷髅头立刻粉碎了，变成了三块。但是汤姆还不够迅速，他没能很好地击中第二个骷髅头。他无奈地倒在地板上，骷髅头在他头上急速地向上，飞过汤姆的头撞到墙上了，在墙漆上留了个记号，还蹭掉了一大块灰泥。这么一撞，骷髅头都有点眼花了，但它又迅速恢复了过来。塞缪尔朝它扔了一条蓝色毛巾，想把它给困住的时候，它正准备再次发起进攻。

"现在，汤姆小心！"塞缪尔喊道。

汤姆拼尽全力，用板球拍拍打着骷髅头的顶端。终于它掉在了地上，还被毛巾覆盖着，他还在不停地拍打着，直到把它完全打扁。

塞缪尔、玛丽亚和约翰逊夫人也加入他们，四人盯着骷髅头的遗骸，如今它散落在了走廊里。

"嗯。"塞缪尔说，"我觉得这还只是开始"。

第 19 章　好好恶魔先生

各种怪物都蜂拥而至，纳德体会到驾车的乐趣。

纳德的指尖又开始刺痛起来，但是这次他胸有成竹。他穿着一套生锈的铠甲，还佩戴了流放期间保留下来的几件防身物品，以防遭遇什么不测。因为他即将要冲出这个世界，闯到另一个世界，这就意味着每一件可能发生的事都会是未知的。他的头露在了外面，因为那个头盔已经戴不上了。

"你的头可能是肿了。"沃尔姆伍德说了几句不起任何作用的话，因为他已经试着第三次——也是最后一次——想用力把头盔戴在纳德的头上。

纳德举起权杖敲了一下沃尔姆伍德，这就是他做出的回应。

"现在，是你的头肿了吧，"纳德回答道，"算了，别管这个头盔了，它肯定已经凹进去了。"

刺痛开始蔓延到他身体的其他部位。是时候了。纳德在想自己是否能再次见到塞缪尔。他希望可以见到。塞缪尔是唯一一个真心待纳德好的人，一想到有他的陪伴，这个恶魔便露出了微笑。如果可以不被家电砸到，或被卡车撞倒，纳德便会决定和塞缪尔交朋友。

"再见，沃尔姆伍德。"纳德说道，"我很想说我会想你的，但是我做不到。"

说完后，他一眨眼就不见了，又留下沃尔姆伍德独自一人。

"终于解脱了，"沃尔姆伍德说道，"我也没有喜欢过你。"

他环视了一圈荒原之国，四面八方空空的。他觉得非常孤独。

在欧洲核子研究组织，对撞机正在以惊人的速度造成撞击，产生了接连不断的爆炸。随着碰撞释放出能量，对撞机中的蓝光越来越强。

在主控室里，希尔伯特教授和他的团队正在慌乱地试图关掉对撞机，但是无济于事。

"我们控制不了它。"他告诉斯特凡教授，斯特凡教授在焦灼地踱来踱去，似乎感觉自己的工作将要化为泡影。考虑到对撞机释放出的所有能量，恐怕陷入危险的不只是工作而已。

"我们不行，那谁可以？"斯特凡教授问道。

希尔伯特教授找到最近那台电脑的音量控制键，把声音调到最大。整个控制室里充满了窃窃私语的声音：很多声音在用陌生的语言说话。科学家们虽然很害怕，但是听到这些声音的时候，他们都停掉了手上的工作，一脸困惑，充满好奇。毕竟，这太奇怪了！对全人类来说，这虽然危险，甚至可能是致命的，但是毫无疑问，这也是非常奇妙的。

突然，有个声音从吵闹声中冒了出来，这个深沉的声音充满着永久的孤独、嫉妒和愤怒。它只说了两个字：

"开始。"

"我想，"希尔伯特教授说，他的脸变得苍白，"就是他。"

在纳德的身体就要粉碎成一粒豌豆大小时，他又一次出现在人类的世界。他马上跑了起来，但一想到上次来到这里发生的事情，他又小心翼翼地停了一会儿。他走了三步，突然脚下的地面消失了，他从一个沙井掉到了下水道里。

首先是一声哀嚎，接下来是水溅开的声音，随后是一阵长时间的沉默，接着是一阵难闻的臭气。

最后，纳德的声音从黑暗中传了出来。他有些不高兴地说："我好像掉进屎坑了。"

阿伯纳西家地下室的那扇门每分钟都在变大。更多怪物跟着头盖骨飞了过来。大部分才刚刚出生,还不聪明,但是有的又大又壮,看起来非常恐怖。阿伯纳西夫人看着他们卷进了万圣节的夜晚,出去到处散播恐惧。有一对猪妖,它们的嘴上沾满了湿湿的黏液,两边长了两只大獠牙,目露凶光。有三只带翅膀的怪物,它们长着一副蜥蜴躯体和美女的头部,手指尖端还长出了钢钉。还有四只有角的怪物,它们的工作是给地狱之火加煤炭,所以身上都黑乎乎的,它们已经盯着火焰看了几百年,眼睛都变成了红色魔法球。有的生物就像重生的化石,它们身体内部被坚硬的外骨骼保护着,还拖着一双电镀短腿。其他怪物都是地球动物的扭曲版,它们出现的时候好像曾瞥见过这个地球上的生物,但是并没有得到一个完整的印象。比如有个怪物长着人的躯体和长角的山羊头。有的怪兽长着一副哺乳动物躯体,却是恐龙的头,有的鳄鱼还长着翅膀和狮子的尾巴。

还有一些怪物不像任何存在于地球上的生物,它们面色苍白,给人一种噩梦般的幻觉,只长了腿、爪子和牙齿,除了耗尽生命而别无他求。

"去,"阿伯纳西夫人说,"开始我们主人的伟业吧。摧毁所有建筑,不留一个活口。我们要让这个世界血流成河,到处弥漫死亡的气息。"①

它们稀里哗啦地走开后,阿伯纳西夫人在门口恢复警戒。在迷雾中,她看到有更多恶魔接踵而来,这些恶魔是用来为恶魔之王开路的。大门很快就要瓦解了,他们的主人最终将获得自由,带着他的部队入侵这个世界。

纳德从下水道里爬了出来,身上的铠甲还有一些脏东西在往下滴。

---

① 阿伯纳西夫人并不喜欢尸体的气息。她那恶魔的感官使得她对各种香味特别敏感,以至于她觉得连银河也不好闻。事实上,最近天文学家们筛选了人马座 B2(人马座 B2 是处于银河系中心的巨大尘云)释放的数以万计的信号,发现了一种叫做甲酸乙酯的物质,这种化学物质有树莓的味道,还会发出朗姆酒的气味,这种酒深受海盗的喜爱。因此,我们的银河系尝起来有点像树莓的味道,闻起来有朗姆酒的香味,很好闻。

他的头部受伤了，耳后面长了个大肿块，但是至少他的身体还完整无损。

他往右边看去，很快就忘记了疼痛，忘记了腐臭味正在干扰着他的鼻翼，忘记了他的计划是控制这块领土，并将它占为己有。在他前面出现了一块标牌，上面写着"比德尔科姆镇汽车销售"。这块标牌挂在一座建筑物的屋顶上。建筑物里有许多小金属物，它们借助轮子便可以跑得飞快。其中有一辆两边带条纹的蓝色金属物看起来特别可爱。

纳德兴高采烈地朝它跑过去，脸撞到了橱窗的玻璃上，他往后一个趔趄。这时，他的手压着正在流血的鼻子，痛得他眼泪汪汪的。

"好，"纳德说，"就这样吧，不要再做好好恶魔先生了。"

他用那只穿着铁靴的脚踢碎了玻璃。铃声突然响了起来，但是纳德没注意。他把手放在那辆蓝色条纹的东西上，亲切地抚摸着它，并努力集中精力想，他开始想明白自己摸的是什么。

应该是车，他想，还有引擎，燃料，钥匙。

保时捷。

他在脑海中思考着它的运作方式，终于，他弄明白了。在代理商后面有一个小办公室，里面有一个锁着的盒子。当他摸到它时，他知道里面装了车钥匙。他扯开那扇门，很快就找到了他想要的东西。

保时捷。是我的了。

几分钟后，发出了一阵尖锐的轮胎摩擦声和烧焦的橡胶味后，纳德便来到了汽车的天堂。

第 20 章　地球人与地狱恶魔之战

越来越清楚地发现，恶魔并不能为所欲为。

穿过小镇时，一些很奇怪的事情开始发生了。

当汤姆在用头盖骨当板球练习时，一个住在下水道的黑眼睛怪物在辱骂几个老太太。其中一个老太太用伞拨弄着它，直到它落荒而逃，但是这家伙还是嘴里嚷嚷着骂个不停。有些她甚至从来没有听到过，但是肯定是冒犯的话语。后来，她向当地警察陈述情况的时候，她说这个东西"不论是外观还是气味都像一条患病的大鱼"。

两个打扮成在校学生的男人正在前往万圣节晚会的路上——只有成年人才会觉得穿校服是一件有趣的事。而年轻人们在这件事上别无选择，他们觉得穿校服根本毫无乐趣可言——他们声称碰到了一团拱状物，像一坨青蛙卵，但是长着喇叭似的手臂，正蹲在五金商店的屋顶上吃鸽子。

一辆的士，或者说的士形状的东西，在班森路停下来后载走了一个年轻女士，并试图想吃掉她。女士往它嘴里喷了香水后才得以逃脱。"至少，"她告诉那个迷惑不解的清洁工，"我觉得那是它的嘴。"

与此同时，在红木林的房子里，斯蒂芬妮——塞缪尔非常讨厌的保姆——听到她房间的衣橱里有声音，于是小心翼翼地走上前去，她在想是不是里面有老鼠。但是当她开门时，看到的不是老鼠，而是一条又长又粗的蛇。奇怪的是，这条蛇还长了一对大象耳朵。

"嘘！"这条蛇说道，"哦，我想说，嘶。"

斯蒂芬妮的脸立刻被吓得惨白。有那么一瞬间，这条蛇看起来很开心，至少看起来像蛇状怪物高兴的样子。直到它注意到这个姑娘并不是独自一人，它就再也高兴不起来了，一个高大的年轻人正愤怒地盯着衣橱里面。这个怪物试着变成其他动物的样子来吓唬他，但是这个年轻人好像天不怕地不怕。相反，他伸出手来，抓住了怪物的脖子。

"是因为耳朵，对吗？"怪物说道，"我就是不知道怎么矫正它们。"

年轻人身体向前倾去，朝着两个问题耳朵中的一只，窃窃私语地威胁了它几句。

"你知道吗，"怪物回答道，"我觉得你想把我从这里冲到中国去，但是你根本就做不到。"

结果证明，怪物说对了：你根本没办法把一个东西从比德尔科姆镇冲到中国去。

然而，它为了给年轻人树立榜样，当仁不让地试了一次。

在洛夫林，玛丽亚的妈妈梅耶尔夫人在清洗下午茶餐具时，突然看到花园后部的玫瑰丛中有东西在移动。这个玫瑰丛是她丈夫的骄傲和快乐所在。梅耶尔先生并不是一个擅长园艺的人，说实话，基本上他是那种连杂草也种不活的人。然而，当他开始花心思种植玫瑰时，一些非常奇妙的事情发生了。当他和梅耶尔夫人在洛夫林买房时，房子前面有一个花园，花园的后部有一片萧瑟荒芜的玫瑰丛。根据周围腐坏的树桩可以判断，这儿曾有玫瑰花丛枯萎凋零过。但是尽管无人照料，历经了风吹雨打，它还是莫名其妙地活了下来。梅耶尔先生似乎在那片玫瑰丛中找到了灵魂伴侣，并且决定拯救它。一想到丈夫曾经种树种花的经历，梅耶尔夫人并没有抱很大的期望。但是她保持沉默，也没有劝说让他去养仙人掌。

梅耶尔先生买到了所有可以买到的有关种植玫瑰的书。他走访专家，到花园中心晃悠，宠溺着这一小片玫瑰丛。有时候梅耶尔夫人甚至觉得他为玫瑰丛花费的精力已经超过了自己花在老婆和孩子身上的。

不久后，玫瑰丛里花团锦簇。梅耶尔夫人依稀记得那个早上，他们醒来后，发现第一个花骨朵从枝叶中冒了出来，其他花骨朵也相继火红地绽放开来。那是唯一一次她看到丈夫哭泣。他的眼睛闪闪发光，两行泪珠大颗大颗地沿着脸颊往下掉，就在那一刻，她觉得自己比曾经任何时候都要爱他。

几年过去了，花园里还种上了其他的玫瑰丛。梅耶尔先生开始让它们杂交，繁殖了许多奇怪的新品种。现在专家们都来请教他，他通常给他们泡上一杯浓茶，风雨无阻地在花园里待上几个小时，在那片玫瑰丛做试验。梅耶尔先生很愿意和别人分享自己的种植技术和玫瑰花，所有拜访者在离开花园时，手上都会握着几支剪下来的玫瑰花。梅耶尔先生常常目送他们离开，知道自己种的玫瑰花很快要在陌生的新花园里重新绽放，一想到这些他就很开心。

但是唯有一片玫瑰丛不准触碰，也就是梅耶尔先生在花园里最早发现的那丛。现在枝干长得高大又粗壮，那片花在花丛中开得最艳最美。它真的是梅耶尔先生的骄傲和快乐所在。冬天如果可以每晚带到床上去给它保暖，就算偶尔会被玫瑰刺戳到，他也不在乎。梅耶尔先生爱那片玫瑰丛已经到了这个程度。

现在，似乎有影子在花丛中移动。外面大雾朦胧，所以梅耶尔夫人根本辨别不出这些形状，但是看上去很大。她在想是那些"不给糖就捣蛋"的孩子们的恶作剧，他们故意扮成怪物的模样。这些愚蠢的家伙，她丈夫肯定不会放过他们。

"巴力！"她大声叫道，"巴力——！"

喔，他肯定会给他们点颜色瞧瞧，毫无疑问。

在楼上卧室窗户边的桌子旁，梅耶尔家的儿子克里斯托弗正在组装一架模型飞机。实际上，就当他是在组装模型飞机吧。他的姐姐发了条手机信息过来，导致他有点分心。那条信息有点混乱，但是有几个词特别显眼。它们是"怪物"、"地狱"、"一群恶魔"和"通知爸妈"。

克里斯托弗当然没有通知爸爸妈妈。他虽然年纪比姐姐小，但是他并不愚蠢。如果他向爸爸胡言乱语说什么恶魔和地狱，他肯定会被关起来，或者至少会受到一顿责骂。然而，玛丽亚对此非常认真，如果她是在开玩笑的话，她的确已经在竭尽全力地说服弟弟了。

他一边琢磨此事，一边想着要怎样把不小心粘在一起的模型舱分开，突然他看到玫瑰花园里有几个影子。克里斯托弗的目光很敏锐，加上大雾暂时消散开去，到底是谁在践踏父亲深爱的玫瑰丛，对此他和妈妈的看法并不相同。他们并不是"不给糖就捣蛋"的熊孩子，除非这些孩子莫名其妙地长到了七英尺高，头上长着犄角，眼睛里发出暗红色的光，令人惶恐不安。

"哎呀！"他大声叫道。他明白玛丽亚并没有撒谎。她从不说假话。

这真的是一群恶魔。那里真的有怪物。

"巴力，巴力，巴力！"梅耶尔夫人叫了三次，就在这时她儿子突然闯进厨房。

"妈妈！"他说道，"这是——"

"待会儿再说，克里斯托弗，"梅耶尔夫人说道，"有人在你爸爸的玫瑰园里搞破坏。"一边走到楼梯尽头大叫了一声，"巴力，我在和你说话呢！"

"怎么了？"楼上传来一个焦躁的声音，"我在卫生间呢。"

"有人在玫瑰园里。"

"我说过——"

"妈妈，那不是人，"克里斯托弗插了一句，"它们不是人，是一群怪物。"

"是什么？"

"一群怪物。"

"哦。"她走到厨房门边，"巴力！克里斯托弗说是一群怪物在你的玫瑰园里。它们肯定是组队来的。"

"什么？在我的玫瑰园里？"

楼上传来一阵混乱声，接着听到厕所的冲水声。几秒钟后，梅耶尔先生出现在楼梯顶部，一边还在系着裤子上的皮带。

"但愿你已经洗了手。"梅耶尔夫人说道。

"洗手？"梅耶尔先生说，"这还要你管？"

克里斯托弗的爸爸是个大个子，他曾经以练习拳击作为业余爱好，直到后来常常被人打倒，所以才放弃了。现在他在一家电话公司上班，克里斯托弗和他妈妈曾经开车经过那家公司，看到他爸爸和另一个高个子一起徒手抬起了木质的电线杆，没有借助任何机器。这是克里斯托弗见过的最壮观的场面之一。

不幸的是，虽然梅耶尔先生在能力上不亚于大部分男人，而且身手也相当不错，但是克里斯托弗认为爸爸还没完全意识到，从花园方向冲向房子的危险究竟是什么。

"爸爸，"他说，"我觉得你还是稍等片刻比较好。"

"稍等片刻？"他爸爸难以置信地反问道，"怎么等得下去？我的玫瑰花危在旦夕，儿子，没有谁可以动我的玫瑰花！"

"是这样的，"克里斯托弗说道，他的挫败感越来越强烈，这个家的人难道都不听别人说话吗？"这不是一个'人'，而是一个——"

但是已经迟了。他的爸爸一把推开了后门，想会会刚践踏了他那片神圣王国的倒霉蛋，正准备向它们大发雷霆。这时，他的脸变得通红，嘴巴张开，但是一个字也没有说出来，他直直地盯着五英尺外站着的那个巨大怪物。它看起来像一只长着毛的黑牦牛，并成功地用后腿站立起来，只不过蹄子已经被尖爪代替了。这一路走来，它已经清楚地认识到吃肉比嚼青草有意思多了，它那迟钝的素食白齿已经进化成了可以撕咬肉食的锋利白牙。它的眼睛呈鲜红色，鼻孔里有烟冒出来。它合起嘴唇，朝梅耶尔先生咆哮了一声。

"行，"梅耶尔先生说道，"我们没什么可说的了。"

他关上门，小声地说道："快跑。"

"你说什么，巴力？"梅耶尔夫人问道，丈夫挡住了她的视线，她看不到门那边是什么，她还以为要教训教训后花园那些"不给糖就捣蛋"的熊孩子。

"快跑。"梅耶尔先生说。接着，他的声音稍微大了点："跑！"

一个大块头正在用力撞后门，门框一直发出哐当声。梅耶尔先生一手抓住妻子，另一只手抓住儿子，拽着他们往走廊跑去，突然那扇门挣脱了铰链，摔在厨房的地板上。梅耶尔夫人回头往身后一看，尖叫了一声。但是她的声音淹没在他们身后那只怪物的咆哮声中。

"没事的，亲爱的。"梅耶尔先生一边说，一边使劲关上厨房的门，尽管他并不确定这样做有没有用，因为一想到刚刚后门所遭受的厄运，"别害怕。"他不知道为什么会让妻子别害怕，因为在这种情况下，人们足够有理由去害怕，但是人有时候就是会说出这样的话来。

"害怕？"梅耶尔夫人反问道，一边使劲挣脱出丈夫的手，冲到了大厅里，"我不害怕。那是一个新厨房。我不会放任这个怪物毁了我的厨房，它休想！"

她下定决心走到壁炉那里，拿起了一根拨火棍。

"妈妈，"克里斯托弗说道，"它是个妖怪。一根拨火棍肯定伤害不到它。"

"这就看我怎么使用它了。"梅耶尔夫人说道。

梅耶尔先生看着克里斯托弗，耸了耸肩。

"爸爸，你必须阻止妈妈。"克里斯托弗说。

"我觉得我们不如面对它。"梅耶尔先生说。这时，他的妻子从他身边挤了过去，"你应该知道，当你妈妈下定决心做一件事时，没有谁阻止得了她。"

他抓了一把火钳，跟在妻子后面。厨房门那边又传来一声嘶吼，紧接着听到碗碟摔碎在瓷砖地板上。梅耶尔夫人走进厨房，看到恶魔正站在陶器碎片中，那套陶器仅次于她最好的那套。

"行了，你！"梅耶尔夫人说，"够了！"

恶魔转过身来，露出牙齿，这时拨火棍一下子刺到了它的双眼之间。它打了个趔趄，正当它要重新站稳的时候，另一棍子刺向了它的膝盖。与此同时，另一只恶魔从后门进来了，它的体形比第一只小。梅耶尔先生用火钳夹住它的鼻子后用力一拧，然后向后推它，这时梅耶尔先生左手握住火钳，右手抓着一个垃圾桶盖，用力砸过它的头，恶魔发出了一声痛苦的嚎叫。

"谁让（"砰"）你们（"砰"）糟蹋（"砰"）我们的（"砰"）玫瑰的！"

等他敲完时，恶魔瘫在地上一动不动了。红光渐渐从它眼睛里消失了，直到最后完全消失不见。在厨房里，梅耶尔夫人已经没有力气再用拨火棍打那只怪物了，那只怪物也在不久前没了动静，眼睛也变得一片漆黑。

梅耶尔先生站在庭院里，一只手握着那把火钳，另一只手拿着垃圾桶盖，像一个老骑士，尽管他买不起合适的武器。在玫瑰园里，两个怪物小心翼翼地盯着他，而这时候它们那倒下的同伴开始消失，变成了一缕缕散发着恶臭味的紫烟。

"现在你们听着，"梅耶尔先生说，"我数到五，你们在我数到五之前离开玫瑰园，否则你们和你们的同伴会是一样的下场。一……"

尽管这些恶魔听不懂梅耶尔先生的话，但是它们还是足够聪明能猜得出他的意思。

"二……"

他开始朝它们的方向移动。梅耶尔夫人跟在他后面，挥舞着那根拨火棍。恶魔们互相使了使眼色，同时点了点头，它们决定聪明一点，以恶魔最快的速度消失。它们蹲下身去，轻轻一跃，便跳过了六英尺高的花园围墙，说得不好听一点，灰溜溜地逃跑了。

梅耶尔先生走到玫瑰园里，盯着他那片心爱的玫瑰丛，如今已经被踩蹋成尘土了。唯一的幸存者是最开始的那一株。它已经经受住了人类和自然的折磨，也自然经受得住任何妖魔鬼怪的摧残。

梅耶尔先生放下手中的火钳和垃圾桶盖这一套剑盾，怜爱地拍着它那光秃秃的枝干。

"没关系的，小可怜，"他说，"我们来年春天再卷土重来。"

第 21 章　邪恶主教复活了

教堂司事被袭击，一个讨厌的人复活了。

教堂牧师和司事在圣提米德斯教堂为第二天清早的礼拜做准备，突然他们听到砖头脱落的声音，这是从教堂顶部的石造部分发出来的。紧接着掉到了室外的地面上。两个人看起来都有点担心，这也是意料之中的事。因为教堂很破旧了，已经到了亟待维修的状态。亚瑟牧师总是担心屋顶或者砖砌部分会坍塌。如今，看来他最害怕的事情就要发生了。

"怎么回事？"他问教堂司事，"有块石瓦掉了吗？"

"听上去比石瓦要重。"伯克利先生说道，他长得矮矮胖胖的，另一个也同样如此。年初，他们俩在当地戏剧社上演的《爱丽丝镜中奇遇记》中扮演叮当哥哥和叮当弟弟，广受好评。

两个人走到教堂前门，把门锁打开了。正当他们踏出去的一瞬间，一个受惊的滴水怪突然从附近的冬青树丛中摇摇晃晃地出现了，沉重的翅膀费力地拍打着。它长得极其丑陋，甚至比普通滴水怪更丑。它是在大坏蛋伯纳德主教的眼皮子底下竣工的，正如这座教堂建筑的其他细节一样。这就解释了为什么教堂会如此黝黑昏暗，同时也说明了为什么刻在这些石墙上的雕像如此丑恶可怕。

牧师和司事看着滴水怪在揉着脑袋，吓得目瞪口呆。一些细条状的蓝色闪电闪过它的身体，它咳了一下，吐出了鸽子毛似的东西。

滴水怪觉得有些困惑，它虽然有翅膀却飞不起来。当它复活时，做的第一件事就是试着直冲云霄。不幸的是，石头做的东西根本飞不起来，所以它只能从高处掉下来。即便它不那么聪明，它还是明白飞行和掉落的差别的。它也清楚缓缓降落和摔在地上的差别。

越来越多的滴水怪开始降落在教堂草坪上，一个比一个丑。有的卡在树上，受到冲击而碎裂，但是大多数掉下来依旧还活着，基本上完整无缺。一旦它们从冲击中恢复过来，它们便开始密密麻麻地覆盖在教堂大门上，亚瑟牧师和伯克利先生就站在那里，吓得一动不动。要不是司事的头被锋利的石片砸到，他们可能还待在那里。

"哦，你们有麻烦了。"一个声音传来。伯克利先生往左边一看，发现刻在教堂上的石雕也复活了，一个修道士用双手托着下巴，正在和他说话。至少，他的手本来是托着下巴的，但是有一只手刚刚确实朝司事的头扔了一块砖头。

司事拍了拍牧师的肩膀。

"墙上的修道士在和我们说话。"他说。

"哦。"牧师说。他想表现出很吃惊的样子，但还是做不到。

"喂，"雕像修道士说道，"肥佬！我刚刚说，'你们遇到麻烦了'。"

"怎么回事？"牧师问道，把目光从石雕像上拽了回来。

"世界末日，"石雕修道士说道，"地狱打开了。恶魔之王就要来了，他可不会为你们着想，他讨厌人类。"

石雕修道士似乎在想些什么。

"实际上，他谁都不喜欢，但尤其不喜欢人类。"

"我说，"牧师说道，"你属于教堂石雕的一部分，你们难道不应该站在我们这边吗？"

"不，"石雕说道，"我们身体里灌输的是主教的邪恶，如果我们想站在你这边的话是没有好处的。"

"主教的邪恶？"亚瑟牧师反问道。他想了片刻，这时候石雕拿起另外一片碎石砸向司事，但是司事轻轻一跳躲开了。

"哦！"修道士说道，"这个胖子还会跳舞啊。"

"你这个恶心的石雕！"司事说道。

修道士伸出手指遮住耳朵，呸了一声。

"棍棒和石头，胖子，"它说，"棍棒和石头……"

有一只石雕来到牧师脚边，张开嘴，狠狠地朝他的脚咬了一口。幸亏牧师那天下午在花园里干活，脚上还穿着他那双最爱的钢头工作靴。石雕的尖牙就这么被硌掉了，它马上露出了后悔的神情。

"进去，"亚瑟牧师说道，"快!"

他和司事撤回教堂里，并锁上了门。他们听到外面有石雕在撞击木门，还挠着锁，但是教堂的门非常古老坚实，得来一堆几英尺高的石雕妖怪才撞得破它。

"我们现在该怎么办?"司事问道。

"我们报警。"牧师说。

"那我们该怎么和警察说?"

"就说教堂被石雕围攻了。"牧师说道，好像这是世界上最显而易见的一件事，压根不需要解释。

"好，"司事说，"那就这样说吧。"

他还没来得及多说一句话，便又听到了一个声音，似乎有石雕摩肩接踵地从小房间出来，纷纷涌向主祭台的右侧，那个地方常常储存着旧烛台、闲置的椅子和司事的旧单车。这个房间没有上锁，因为里面没有什么可偷的。地板全部由石头建成，但是其中有一块地板上刻着一个名字，那块地板在上下移动，下面仿佛有东西在推它。

大约九百年后，大坏蛋伯纳德主教苏醒了。

第 22 章　纳德违章被请进警察局

警官们盯上了纳德。

纳德一会儿欢呼雀跃，一会儿又陷入极度恐慌中。他发现保时捷汽车的一个关键细节，那就是它们能高速前进。当他一脚踩上加速器，保时捷就像子弹似地射了出去。纳德的刹车技术就像他驾车技术一样还不够精湛，还有很多进步的空间。纳德第一次刹车时，因为没有系安全带，他的脸撞到了汽车的挡风玻璃上。现在，他那受伤的鼻子开始胀痛起来，手一擦还有血。因此他发现了一个有趣而令人惊慌的事实，尽管他有不死之躯，从理论上来说，没有人可以杀死他，但是他在这里能感觉到疼痛。如果他稍微不小心的话，就会有疼痛和类似死亡的感觉，只不过少了死后的长眠。他依旧可以长生不老，而荒原之国和沃尔姆伍德似乎属于另一个遥远的时代。

马路两边有一对红灯嗞嗞作响，这已经不是第一次了。有时候，这些灯是绿色的，有时候甚至是琥珀色的，但是纳德最喜欢的是红色。红灯让他想起了地狱之火，如果他能威胁一个世界屈服他，甚至是恐吓到一小部分人，那么他可能不必再见到地狱之火了。但是在那之前，他还有很长一段路要行驶。

一对蓝色闪光灯出现在纳德的后视镜里，还伴随着振鸣声。尽管纳德开得很快，但后面的灯追得越来越近了。纳德在想：嗯，他们是谁呢？这时候，蓝灯离得很近了，他看到它们粘在另一辆车的车顶上。纳德在想：这种灯有没有红色的，如果有，他会去找几盏粘在自己的车顶上。这样看起来太酷了。

那辆带蓝色闪光灯的车赶上了纳德。它是白色的，车身还写着字，但是没有纳德的车一半漂亮。车里坐了两个穿制服的人，其中一个在朝纳德招手。纳德不想表现出无礼，即便他是个恶魔，所以他也挥手示意回去。但是那辆车的人似乎对此非常恼火。纳德在想可能是自己挥错手了，他对人类的习惯还不够了解，所以不知道怎么做才对。

白车超到了纳德的前面突然停了下来，逼得纳德用力猛踩刹车踏板。如果纳德这次又没有系安全带，那么他可能要冲到挡风玻璃外面了。这次安全带缠在他身体上，一下子就拉住了他。

尽管纳德还不是很会开车，但是他可以辨别出来刚刚白车里的人做的这个动作非常危险。他都想给他们点颜色看看。这时，两个人从车里走出来，还戴上了帽子。纳德脑中的警告信号消失了，他一眼就认出了这是政府机关人员。他的嘴唇动了一下，他看清了车后的几个字。

警察。

一个警察敲了纳德的车窗，另一个绕着车走，手里拿了一个笔记本，依旧看起来很生气。纳德找到了按钮，把窗户摇了下来。

"晚上好，先生。"站在车窗旁边的男人说道。闻到纳德周围散发的臭味，他皱起了鼻子。纳德看到他肩上有三道条纹，他觉着那看起来非常迷人。

"你好，"纳德说，"你是警察吗？"

"我更喜欢警官这个称呼，先生，"他回答道，"你的穿着真有意思，要去参加化装舞会吗？"

纳德并不知道化装舞会是什么，但是从警察的语气中可以听出，应该要回答"是的"。

"对，"纳德说，"一个化装舞会。"

"你知道你开得多快吗，先生？"

哦，纳德知道这个问题的答案。他可以从仪表盘上面读出来。

"每小时一百一十二英里，"他骄傲地说道，"速度相当快。"

"噢，对，确实非常快，先生。但是太快了。"

纳德想了想。但就他当时的心情来看，不可能有"太快了"这一说法，只可能有"慢"和"非常慢"这样的概念。

"不，"纳德说道，"我不这样认为。"

其中一个警察的眉毛像受惊的乌鸦似地竖了起来。

"请给我看你的驾照，先生。"

"驾照？"

"驾照就是一张纸，上面贴着你没戴万圣节面具时的照片，表明你可以开车的证件。可能你的驾照上也许还有一张火箭飞船的照片。"

"我没有驾照。"纳德说道。他皱起了眉头。他想要一张纸批准他"你可以开车"，但是他想象不到可以展示给谁看，警察就在旁边。沃尔姆伍德肯定会对此大吃一惊，但可惜他不在这里。

"噢，亲爱的先生，"警察说道，这时候他的同事也走了过来，"这就不好了。"

"不，"纳德说，"我想要一个驾照。"他把自己怪异的五官挤出一个类似微笑的表情，"你可以给我一张不是吗？尽管没有贴我的照片，但是我还是很开心能够有一个驾照。"

警察的脸都凝固石化了。

"先生，你叫什么？"

"纳德，"纳德回答道，并继续说道，"五灾之魔。"

"你更像五路之灾吧。"另一个警察说道。

"太机智了，皮尔警官，"第一个警察说道，"说得真是妙。"

他的注意力回到纳德身上。"你是外国人吧？"他说道，"来走亲戚，是吗？"

"是的，"纳德说，"来走亲戚。"

"你来自哪里，先生？"

"荒原之国。"纳德说道。

"那他是来自中部地区，队长。"皮尔警官说道。

那个叫队长的人偷偷笑了。"够了，警官。我们不要逮着谁就得罪好吗?"

"他不仅没有驾照,萨奇,他好像也没有车牌照。"皮尔说道。

队长皱了皱眉。"先生,这是一辆新车吗?"

"我想是吧,"纳德说,"闻起来很新。"

"这是你的车吗,先生?"

"现在是我的了。"纳德说道。

队长后退了一步。"你说得对,先生。请下车。"

纳德下车了。他至少比那两个警察高了一英尺。

"他是个大个子,队长,"皮尔说道,"真是想不明白他是怎么挤进去的。提醒你一下,他闻起来有点臭。"

纳德承认坐到保时捷里确实有点挤,但是他的身体软绵绵的。有的恶魔长着一副硬骨头或者厚厚的外壳。纳德更柔软,主要是因为他几百年都没做过运动。

"你穿得很奇怪,先生,"队长说道,"你到底是谁?"

"纳德,"纳德说道,"我是五——"

"我们已经知道了。"队长说道,"你有任何身份证明吗?"

纳德屏气凝神。在他的前额上,出现了一个火红的标记,看起来像是一个醉汉写的"B"。他皮肤表面还散发出淡淡的肉烧焦的味道。

"这可不多见啊,队长。"皮尔警官说道。他看上去非常吃惊。

"对,没见过,"队长说道,"那到底是什么,先生?"

"这是纳德的标记。"纳德说。

"他是个疯子,队长,"皮尔警官说,"疯子纳德。"

队长叹了口气。"如果你不介意,你得和我们走一趟,先生。"

"我可以开着我的车吗?"纳德说。

"我们会把,呃,你的车暂时丢在这里,先生。你坐在我们的车里。"

"我们的车顶上有漂亮的闪灯,"皮尔警官很有用地解释了几句,"而且它还会发出声音。"

纳德看了一眼警察的车。它依旧没有自己的车好看,完全不能比。

但是它确实与众不同。纳德觉得自己应该开始一些新的体验,尤其是在荒原之国待了那么久后,自己没有过任何新体验,这时候,远处似乎传来沃尔姆伍德好奇的声音。

"好吧,"他说,"那我坐你们的车吧。"

"纳德乖。"皮尔警官说,打开了一扇后门。纳德感到皮尔警官在嘲笑自己,觉得有点不舒服。为了把气味散到车外去,皮尔警官把窗户摇了下来。

"等我登基,"纳德说,"统治着这个世界的时候,你就是我的奴隶,你会受尽痛苦和折磨。我要把你变成红色的果冻,然后用脚后跟剁碎,就这样结束你的生命。"

皮尔警官关上纳德身后的门,看上去好像很伤心。"这可不行,"他说,"队长,纳德先生在威胁我,要把我变成果冻。"

"真的吗?"萨奇说,"什么口味的?"

纳德在车后被挤得扁扁的,他们开始开车回警局。

第23章　万圣节化装舞会

我们学会不要轻易接受那些不劳而获的东西。

无花果和鹦鹉酒吧因万圣节庆典而在村子里远近闻名。酒吧是梅格和比利开的，他们用了蜘蛛网、骨骼等各种稀奇古怪的东西做装饰，让人毛骨悚然。酒吧正门面有一块草格，上面散布着几座泡沫塑料做成的墓碑，草格中央有一棵古老的大橡树，在最粗的那根枝干上悬了一根套锁下来，绳索紧紧地套着一个稻草人的脖子。

酒吧里面，庆典活动正在如火如荼地进行。梅格和比利已安排斯皮格特啤酒厂为身着奇装异服的顾客提供免费啤酒，酒吧的常客们无非就是冲着那几杯免费啤酒而来的。所以每一个人都在服装上花了心思，还包括脏老头儿鲍勃（这个人早已臭名昭著了），他无非是在帽子上粘一根冬青枝，并称自己是圣诞之灵。大部分出席的村民更喜欢守旧的装扮，他们通常装扮成吸血鬼、幽灵或者用绷带和卫生纸把自己包裹成木乃伊，甚至装扮成奇怪的法国女佣。这里必须提一下，法国女佣并不是很吓人，但是明斯基夫人除外，因为她很高大，镶褶边的法国女佣套装那么小，她那魁梧的身材根本就挤不进去。

那天晚上，两个来到无花果和鹦鹉酒吧的恶魔有些笨头笨脑。其实大部分通过跨维度大门涌入村庄的恶魔都有些愚蠢。他们一个个头脑简单，四肢发达，像步兵似的，再没有其他的了。真正令人恐怖的恶魔还没有到来。也不是说这些已经出现的恶魔并不可怕。有时在某些特定的光线下，他们会突然出现，把人吓得屁滚尿流。不巧的是，纳德最近发现,在他们来的那个晚上,人类正好在想方设法把自己打扮成吓人的模样,所以许多恶魔轻而易举地混进去了。

现在谈到的这两个恶魔分别叫尚和迦特。他们的脸长得像疣猪,虽然有一副人的躯体,但是长着一身横肉,以至于他们身上穿的那身皮革衣服一看就知道起码小了几个码。和许多其他正在村子和周边探测的小恶魔一样,由于常年暴露在地狱火坑里,他们的眼睛发出深红色的光。尖牙从下巴底部伸出,翘到了鼻子上面,头和脸上都长满了又短又粗的毛。每只手上只长出两个粗手指,没有拇指。他们行动笨拙,生性恶毒,见一个就伤一个。

斯皮格特啤酒厂派了一个年轻的小女孩出来送免费啤酒券。她叫梅洛迪·普罗赛特,她穿着超短裙,装扮成粉色仙女,但这身装扮根本就藏不住她的开朗和可爱。梅洛迪正在本地大学学习艺术史,这门专业对时间没什么要求,对她来说也不需要费什么劲。梅洛迪(Melody一词的本意就是旋律)就像——噢,好吧——音乐旋律一样甜美,虽然她绝对算不上盒子里那颗最闪亮的灯泡。实际上,就算是埋在无窗煤棚里的一盒暗色灯泡也可以在亮度上和梅洛迪比试几分。

就这样,当尚和迦特进入无花果和鹦鹉酒吧时,第一个遇到的人就是梅洛迪·普罗赛特。

"小伙子,你们的服装太棒啦!"梅洛迪大叫道。尚和迦特看到一个手持纸质魔杖的长腿仙女时,他们露出一副恶魔爱搞破坏时的表情,一脸的困惑。说实话,梅洛迪暗地里在想,这新来的两个人闻起来真有点奇怪(甚至比脏老头儿鲍勃还臭,老头儿鲍勃的口臭可以杀死苍蝇,腋下还长了霉),她转念一想,这可能和他们的服装材质有关。而且,这两个猪脑袋非常逼真。梅洛迪在想,他们是不是把真正的猪头挖空了,然后套在了自己的头上。如果是这样的话,她很钦佩他们的努力。尽管,她自己不愿意这么做,斯皮格特啤酒厂的啤酒也不希望有人这么做。

她有点尴尬地把六张券塞到恶魔那长满裂缝的手里。

"我本来只应该给你们每人一张券,"她悄悄地说道,"但是你们已经这么辛苦了……"

尚把券伸到鼻子那里,小心谨慎地闻了闻。

"图片吗?"他说道。

"噢,我想你们透过面具有点看不清楚,"梅洛迪说道,"吧台在那边,我扶你们一下吧。"

她一手挽着一个恶魔,开始领着他们朝吧台走去。这一路上,尚和迦特经过了各种各样的怪物,有吸血鬼、食尸鬼等等,看起来有点像地狱深处常见的那些怪物。他们那简单的大脑开始在想这些怪物是不是在更好的地方工作呢,因为这里似乎云集了许多邪恶的妖怪。但很不巧,他们现在被梅洛迪·普罗赛特抓得紧紧的,梅洛迪就是这样的女孩,总是下定决心尽可能地帮助别人。梅洛迪·普罗赛特太热心了,以致人们,甚至许多老人,为了避开这个烦人的热心肠,常常一见到她过来就会往反方向逃走。

"现在,每张券可以换一杯免费的斯皮格特酒厂的古特酒(Old Peculiar),"梅洛迪解释道,"这是新出产的酒!我喝过,味道好极了。"

她说的并不完全是事实。斯皮格特酒厂的古特酒确实是新出产的,但是实际上,梅洛迪没有喝过。她有一次把酒端近鼻子,觉得那闻起来有点像猫尿,而且是那种身体不健康的猫。这酒味烧焦了她的鼻毛,有一滴酒洒在手上,就把她的皮肤变成了奇怪的颜色。[1]

斯皮格特家古特酒的这个名字取得非常贴切。啤酒厂里喜爱这款啤酒的工作人员们都觉得酒的气味要做一些改进,而且啤酒酿造师在品尝的时候,把味道定位在"不太好喝"和"非常难喝"之间。事实上,如果酒留在皮肤上太长时间的话,还会灼伤皮肤。但是它的味道非常强烈,抿了第一小口后,味道似乎就消失了,因为斯皮格特家的古特酒可以暂时麻痹人的味蕾,让人觉得好像不小心吞了一口明火。

---

[1] 对那些免费赠送的产品要格外小心,尤其是生产商想测试的新产品。通常,如果他们发现小兔子、狗或者胃超强大的员工试吃过后没有死也没有吃坏的话,他们就会找一些人来做试验,在某些情况下,这些人可能还得付钱。如果你不想成为人类小白鼠,当一个陌生人笑着给你免费试吃时,你一定要三思而后行,尤其一旁还有医生和律师在紧张地走来走去的时候。

但幸好人们很快会有醉醺醺的感觉，并开始对周围人充满善意。等抿第二口的时候，他便倒头就睡了。

尚和迦特从来没有喝过酒。他们作为恶魔，不会受普通人的口腹之欲所影响，他们只吃一块块奇怪的煤炭或沙砾，或者吃掉其他弱小的恶魔，尽管大部分时候他们只是把小恶魔咬碎然后吐出来。梅格小心翼翼地从他们丑陋的手中抽出两张券，然后递给他们第一杯免费啤酒，所以一开始时两个恶魔都用怀疑的眼光盯着他。正在迦特准备拧碎玻璃杯，露出他的魔性时，他看到一个吸血鬼端着一个相似的杯子喝了很久。在那一刻，吸血鬼的心脏似乎被重重地敲了一下，因为斯皮格特家古特酒那独特的味道灼痛了他的嘴巴，让他失去了部分记忆。然后，他的脸上露出一个奇怪而开心的笑容，紧接着他拥抱了身边的木乃伊。

尚把玻璃杯举到鼻子边闻了闻，虽然尚早已习惯了地狱的恶臭，但即便是对他来说，杯子里的东西闻起来还是有些奇怪，他试探性地尝了一口。

尚感觉头要被什么东西敲爆了，他四周看了看，想找到那个打他的人，然后戳瞎他的眼睛。他的目光又转了回来，因为他发现周围没有人。尚意识到是杯子里的酒精在作祟。他本想把杯子摔到墙上去，并大闹一场，把周围糟蹋一番，突然他开始感到全身无力。他又喝了一口，这一次喝的更多了。现在迦特也举起杯子喝了起来。酒精开始击垮他的脑细胞，他打了个趔趄，差点摔倒了。

"呵呵，呵呵。"尚以前从来没有发出过这样的声音，他过了一会儿才明白这就是笑声。

"呵呵，呵呵。"迦特也笑了起来，他也开始恢复过来。

他们又喝了更多。有人开始弹起了钢琴，梅格和比利开始免费分发薯条，这是尚和迦特第一次吃到油腻的炸土豆。迦特用胳膊搂住了尚，尚是他最好的伙伴。他爱尚。不，他是真的爱尚。

他们开始喝第二杯斯皮格特家的古特酒，并把要统治地球的想法抛到了脑后。

与此同时，当阿伯纳西夫人回到克劳利大街时，她有点不开心。派出去追赶塞缪尔·约翰逊和他朋友的那些会飞的骷髅一个个被毁灭了，这引起了她的注意。因为每个从大门出去的恶魔都和阿伯纳西夫人的意识有联系，所以她可以透过他们的眼睛看到并判断进攻的情况。她还意识到，有两个地狱牛魔怪被人用家用器具打死了，因为他们踩躏了一片玫瑰丛，但是那还不是她最担心的问题。渐渐地，她发现自己被约翰逊这个家伙激怒了。为什么他就不能简简单单地一死了之呢？毕竟，他还只是个孩子。他一直拒绝接受自己的命运，就像她手指甲下的一块碎片。

她回想起之前有一个恶魔没有成功占领塞缪尔·约翰逊床底下的空间，她通过折磨和拷问，从他口中得到了一些信息。这时，她的不快开始有所缓解。

哦，对，她想起来了：我知道你害怕什么，小家伙。

她闭上了眼睛，嘴唇动了动，开始发号施令。

第 24 章 警察局遭恶魔围攻

纳德给警察上演了一场意外表演。

当纳德、皮尔警官、队长（纳德后来知道他叫罗恩）离警局还有一段距离时，警车里的无线电话响了起来。

"呼叫探戈一号，呼叫探戈一号。通话完毕。"是一个男人在说话。他的声音听起来有些慌张。

"这里是探戈一号，"罗恩队长回答道，"你那里一切都好吗，韦恩警官。通话完毕。"

"呃，情况不乐观，队长。"韦恩警官说道，"通话完毕。"他加了一句，声音里带有一丝颤抖。

"警官，请说明现场情况，你是个好警察。"罗恩警官说道，"通话完毕。"

"好吧，队长，我们受到袭击。通话完毕。"

罗恩队长和皮尔警官交换了一个眼神。"什么意思，袭击？通话完毕。"

"我们被一个会飞的女人袭击了，队长。她长着蜥蜴的身体……"

比德尔科姆镇的警察局是一座小楼，坐落在小镇的郊区。警局以前是在小镇大街上，如今那栋楼已经成了一家薯条店，那里老鼠猖狂，很少有人光顾，除非是有人醉了或者饿得不行，或者是老鼠前来走亲访友。警局里有一个小小的等候区和一张大桌子，桌子后面是一个开放式的办公室，还有一个单间牢房，但是很少用来拘押犯人。现在里面堆满了圣诞节装饰用品和一棵人造的圣诞树。

整个小镇只有六名警察，其中两名警察几乎一天二十四小时在警局值班。但在这个特殊的夜晚，有四个值班警察，因为这一天是万圣节，人们很容易碰上各种闹剧，比如烟火，偶尔还会遇上火灾。

男警官韦恩和女警官海正在警局坚守岗位。"坚守岗位"是一种措辞，有点像"守护路障"或者"打无望之战"。换句话说，人们通常用它来描述一种很寻常的情况，比如在一个寒夜里看家，或者在店老板打盹儿时帮忙看店。

不巧，警官韦恩和海只是字面意思上的坚守岗位，守护路障或打一场无望之战而已。第一个蜥蜴女妖飞到警局停车场时，韦恩警官正在外面吸烟，他差点吓到把烟都吞下去了。这个女人长着一副绿色蜥蜴似的躯体，留着黑色的长指甲。她的翅膀有点像蝙蝠的翅膀，中间和尾部都长着弯曲的爪子。她的尾巴很长，尾巴末端尖尖的，看上去很恶毒。她的头发乌黑飘逸，就在那一刹那，韦恩警官觉得她还长得不错，如果不在意她那副蜥蜴躯体和丑恶的翅膀的话。突然她张开嘴巴，伸出一根分叉的黑色舌头，夹在她那参差不齐的黄牙中间摇来摇去，她那口黄牙对牙医来说就是突如其来的噩梦，韦恩警官已经完全没有任何和她约会的想法了。

这时候，韦恩警官决定，最佳行动方案就是赶快回到警局里面把门锁起来，他也正是这么做的。门上还有一个大门栓，为了保险起见，他也把它拴好了。

"你在做什么？"海警官问道，"如果队长回来知道你锁了前门的话，肯定会大发雷霆的。"

海警官是个身材娇小的金发女郎，韦恩警官有一点点喜欢她。他觉得她长得挺可爱的，特别是当他看到这个由不同生物片段拼凑出的女人后，他觉得海警官可能是这个世界上最可爱的姑娘了。

"外面有一个女人，"韦恩警官说道，"长了一对翅膀和一条尾巴。"

"这是万圣节。"海警官慢悠悠地说道，像是在和一个傻瓜说话似的。她喜欢韦恩警官，但是他有时候很笨："我还在路上看到过一个装扮成毒菌的男人呢。"

"不，这个女人并不是特意打扮成有翅膀和尾巴的样子的。她是真的长了翅膀和尾巴。"

突然门砰的一声响，吓得韦恩警官后退了几步。

"她来了，"他说道，"蜥蜴女人。"

"蜥蜴女人，"海警官轻蔑地说道，"你接下来是不是要告诉我她还会飞啊。"

突然，门右边的铁栅窗户外面出现了一张女人的脸。海警官坚定地朝窗子走了过去，一边用手指着她。

"听着，小姐，尽管今天是万圣节，我们还是不要胡闹了，否则……"

她突然闭上嘴巴，因为她突然看到那个女人盘旋在离地面两英尺高的地方，为了悬在空中，她那对巨大的翅膀在费力地拍打着。突然，她的脚靠到外面的墙上，爪子抓住窗户上的两根铁条，想把它们扯下来。

"看到了吗？"韦恩警官说道，"我早就告诉你了。"

头顶上突然传来一阵响声，有东西降落在屋顶上。几秒钟后，开始有瓦片落下，掉到停车场里，恶魔正在想方设法地闯进来。

"打电话给队长。"海警官说道。

韦恩警官跑到无线电话那里。"你去哪里？"他问道，海警官从他身边跑了过去。

"去把后门锁上！"

听完韦恩警官对攻击者的一番描述后，警车里很久都没有人说话。皮尔警官做了个拿酒瓶喝酒的手势，又模仿了人喝醉的样子。接着，他们听到玻璃摔碎的声音。

"警官，那是什么声音？你喝醉了吗？"罗恩队长问道，"通话完毕。"

"我倒希望我是喝醉了，"韦恩警官说道，"有一个已经把前窗玻璃打破了，还有一个在屋顶。噢，哎呀，还有一个来到了后门。快来，队长，救命。求你了！我们需要帮助。呃，结束。通话完毕。"

窗户边上的女人在击破玻璃时受了伤，破碎的窗格上沾满了黑血，但是铁条依旧纹丝不动。那个女人似乎放弃了，向上飞去。韦恩警官听到她落在屋顶的声音，接着听到她在屋顶上往警局后方跑去。这时海警官正在用尽全身力气推紧后门，韦恩警官也加入进来。很快问题来了。一个爪子紧紧地抓在门上，外面那家伙想找个办法闯进来。门缝渐渐变宽了，一只粗糙的脚出现在眼前，接着韦恩警官看到有张可怕的女人的脸贴紧在木门上，露出了一口丑牙。

"帮帮我！"海警官叫道，"我没有力气了。"

韦恩拿起他的警棍，开始用它砸向怪物的指关节。怪物痛得大叫，把爪子缩了回去，但是它的脚还悬在空中。韦恩警官试图用他那双两码的鞋子跺它的脚，但是它的爪子又出现了，抽了他一下。

"推紧门！"海警官说道。突然，只剩下韦恩警官一个人了，他在用一己之力和妖怪抗衡。

"你去哪里？"他大叫道。

"你推紧门。我想到了一个主意。"

韦恩警官心想，最好是个好主意。他听到头顶的脚步声越来越多，接着听到第二只怪物飞下来，前来支援第一只。

"噢不，"韦恩自言自语道，"不好了。大事不妙——"

门突然被一股力量撞开了，以至于韦恩警官被撞飞到了房间的另一头。他赶紧爬了起来，看到两个蜥蜴女妖想同时从那条窄门强行闯进来，但她们都被各自的翅膀卡住了。突然，体型更大的那只女妖把她的小妹妹挤到一边，自己昂首阔步地走了进来。她抬起爪子，张着大嘴，朝韦恩警官走去。

海警官出现在女妖身边，她伸出手臂，手里拿了一个小瓶子。

"嘿！"她说道，"看这里。"

这个长翅膀的女人转过身来，海警官把香水径直洒到了她的眼睛里。女妖痛苦地尖叫起来，想试着擦掉眼睛里的刺激物，但是这只会让她越来越痛苦。与此同时，第二个女妖正鬼鬼祟祟地躲在姐姐的身后，这时候韦恩警官拎起一个衣帽架，朝她挥了过去。她头部一侧被衣帽架狠狠地砸了一下。她受到惊吓，有些站不稳，但她依旧很危险。韦恩警官把衣帽架当长矛使，朝她刺过去，逼她退了出去。这时候，海警官一直在往第一个女妖脸上喷香水，毫不手软，直到女妖摸索着摇摇晃晃地朝门口走去。韦恩警官狠狠地踹了她的后背一脚，然后砰的一声关紧了门。

外面传来一阵阵高声尖叫，两个警察透过窗户看到蜥蜴女妖飞到了夜空中，去找更容易捕食的猎物去了。

"太棒了，"韦恩警官说道，"队长绝对想不到我们现在……"

罗恩队长刚打开警灯，皮尔警官正要踩油门加速，这时候纳德轻敲了一下把前后座区分开来的钢化塑料板。他听到了无线电话里的对话，他还注意到警察没有看到的现象。第一个现象是：一小卷蓝色能量穿过田野射向附近的教堂。

第二个现象是：一个两英尺高的小生物，似乎比直立行走的黄球稍微大一点，但是这些黄球大部分没有两只嘴巴，也没有很多眼睛。黄球正在追赶兔子，兔子想往洞穴里躲，而黄球穷追不舍。不巧，黄球比洞穴要大，现在它好像被卡住了，它的那又粗又短的腿正在疯狂地舞动着。

纳德在想，照这样发展下去局势并不乐观。他想起了塞缪尔提起过的那个地下室女人和她那几个已经变成恶魔的朋友。纳德曾经希望是塞缪尔弄错了，或者是四个人类或恶魔——不管他们是谁——只是突然消失，或者回家了。现在看到长了眼睛的黄球在追赶兔子的场景，他觉得非常焦虑不安。他陷入沉思：如果我是这个地方唯一的恶魔就好了，但如果这里还有其他恶魔存在，那就有问题了。那束蓝色能量并不是普通的古老电流，甚至也不是一般的跨时间维度的残留品。不，它是一种特殊的能量……

纳德曾经瞥见过一眼恶魔之王。就在他被流放前不久，他被召集到恶魔之王的巢穴中，受到一个叫巴力的恶魔的审判，巴力是恶魔之王最信任的手下。他看到巴力昏暗的背后潜伏了一个巨大的身影，那个身影看起来比世界第一高楼还要高，比世界最大的峡谷还要宽，有那么一瞬间，纳德看到了他的脸：他的眼睛红到发黑，嘴巴长满大尖牙，头上还戴了一顶角状皇冠。这一幕太恐怖了，以至于纳德庆幸自己只是被流放，否则可能还会有更恐怖的惩罚等着他。他本来有可能被恶魔之王抓到巢穴里，永世遭受撕裂之苦，活受罪却又死不了。相比那种命运，被流放简直是小事一桩。

但是关于恶魔之王，他还想起一件事：他身体的轮廓浮现出蓝色能量的波纹。这是他力量的体现，如今，他的力量入侵到这里——地球，恰好在纳德所在的地方，也可能是纳德最不应该来的地方。

"在吗？"他说，又敲了一次玻璃，"我觉得出现了一些问题。"

"现在不是说这个的时候，先生，"罗恩队长说道，"我们有点忙。"

"你不明白，"纳德说道，"我很想回家。你可以忘记车子的事。其实你也可以把它占为己有。我不想要它了。"

"先生，我还不确定这是不是你的，你就要送人。请你现在安静下来。我们这会儿有点担心警局的同事。"

纳德又靠着椅背坐了回去。"这不是乔装打扮。"他轻轻地说道。

两个警察忽视了他的话。

纳德又说了一遍，这一次声音大了些："这不是乔装打扮！"

"再说一遍，先生。"队长说道。

"听着，我穿着夸张的服装，这不是'奇装异服'，这就是我。"

"很滑稽，先生。"队长说道。

"如果这是化装服装，"纳德耐心地说道，"我可以这样做吗？"

纳德的头从中间平均分成两半，露出了头盖骨。他的眼睛从眼窝里爆了出来，拖出了一条粉红色的肉，正专注地审视着罗恩队长。突然，纳德的头盖骨也裂开了，露出了大脑，大脑由12块弯曲的紫色肌肉固定而成，这些肌肉马上立了起来，并开始左右摆动。最后，纳德把舌头也伸了出来，总长度大概有三英尺。舌头顶部有一个洞，他还用它吹了个口哨，最后头部才恢复到正常的形状。

皮尔警官吓得把车开出了公路，突然一下急刹车，赶紧和罗恩警官从车上跳了下来，害怕地往后退。

"队长，"皮尔结结巴巴地说，"他是……他是一个……他是一个妖怪……"

"对，他是的，警官。"罗恩队长说道，一边努力使声音听起来比实际更镇定。

"恶魔，事实上，"纳德说道，为了让他们听到，他大叫了一声，"别想混淆视听，妖怪和恶魔可是有区别的。"

"你在……"

"……这里做什么？"纳德帮他说完了这句话，"好吧，我本来打算征服你们人类世界，并永远统治这里，但是我认为这已经不可能了。"

"为什么不可能？"罗恩队长问道，小心翼翼地又朝车子移动了一点。

"你这么问还真有趣。有个人在监视这里，我觉得他不希望任何人和他竞争。他来这里的话，我不想在附近，所以如果唯一的办法就是把我放出去，我这就离开。"

罗恩队长盯着纳德。纳德礼貌地朝他笑了笑。

"到底发生了什么？"罗恩队长问道。

"好吧，这只是一个猜测，"纳德说道，"但是正如你所知道的，世界末日就要来了……"

第 25 章　圣提米德斯教堂人魔大战

大坏蛋伯纳德主教现身了，邪恶的亡灵从坟墓里爬出来。

玛丽亚、汤姆、塞缪尔和塞缪尔的妈妈躲在漆黑的房子里，他们看到形形色色的恶魔从克劳利大街 666 号涌了出来，有的在滑行，有的在跳，有的在爬。周围房子的屋顶上笼罩着一束蓝光。他们已被迫抵挡了两次袭击，第一次是一对长脚蛞蝓恶魔，他们长着类似蚊子的吸血口针，从信箱里爬了出来，朝着他们的目标猎物前进，身后那条黏糊糊的尾巴大片大片地腐蚀着地毯。幸亏塞缪尔的妈妈机智地用了一罐调味盐，撒到他们身上，导致他们严重脱水，成了一副副枯萎的躯壳，最后化成一阵烟雾消失了。

第二次袭击还没结束。房子外有一对巨型苍蝇，腹部长着一张嘴，围在房子外面嗡嗡作响，时不时撞一下窗户，在玻璃上可以看到它们腹部尖牙留下的印记，它们那粉色的唾液粘在上面，就像血水似的。约翰逊夫人注意到它们企图攻进来，于是一手拿了一罐灭蚊剂。从各方面看来，塞缪尔认为他妈妈已经能很好地应对这些恶魔的进攻了，但是他还是对她先前说的话很气愤。她说要是他爸爸在就好了，就在那一瞬间，当他看到一个个会飞的头盖骨时，他也萌生了这样的想法，但是现在他已经不这么想了。他提议朝蛞蝓撒盐，而且他还在碗橱后面找到了灭蚊剂。在汤姆的帮助下，他关好了所有门窗，并实施了监控措施，他安排三个孩子和自己的妈妈分别盯着房子的四个入口。自从他父亲离开后，这是他第一次觉得，自己可以在关键时刻照顾好自己和妈妈。

他不能做的似乎就是阻挡阿伯纳西夫人。他们被困在房子里，也没有得到任何关于普朗克博士的消息。

塞缪尔害怕这一切很快就要化为乌有。

回到圣提米德斯教区教堂，阵阵重击声从大坏蛋伯纳德主教最后的栖息地不断传来，但是事实显然不是这样，因为他最不愿意做的事情就是休息。刻着他的名字和生卒时间的石头下冒出了一团团尘土，石头一端从地里翘了起来，悬在空中，司事和牧师几乎可以感觉到地下的亡灵在竭尽全力把石头推得更高，但石头突然又掉了下来，四周变得鸦雀无声。

"他非常强壮。"司事说道，这时候他和亚瑟牧师正透过门上的小窗窥视。他大惊失色。毕竟，伯纳德主教现在只是一堆一击就碎的老骨头。他不可能移得动那些巨大的石板。情况根本就不对。

"石灰岩。"牧师说道。

"什么？"

"教堂下的石头是石灰岩，"牧师说道，"石灰岩可以保存尸体。不仅如此，它还可以把尸体制成木乃伊。伯纳德主教被埋在那里很久了。我怀疑，如果你摸摸他，他的骨头将硬得像磐石似的。"

"我才不想摸他，"伯克利先生说道，"真不愿意。"

埋葬板又开始移动了，但是这一次它翘了起来，再也没掉下来了。一只骨骼手通过裂缝冒出来，试着抓住石头的边缘。

"你不想摸他，"牧师说道，"但是我怀疑他会很想来摸摸你。"

亚瑟牧师打开了小房间，扑倒在石头上，希望自己的重量可以把它压下去。他伸出右手，摸到了司事的自行车打气筒，开始用它砸向伯纳德主教的手指。砸了四五下后，终于主教不得不松开手。石头又砰地掉了回去，四周又沉寂下来。

"快点！"牧师说道，"过来帮帮我。"

伯克利先生不情愿地加入进去。房间里有个角落是一尊圣提米德斯的雕像。去年冬天，它从教堂前门旁边的基座上掉了下来，右手脱落。因为雕像和基座没钱修理，于是被搬到储存室与旧单车和椅子存放在一起。司事和牧师费了点劲，二人合力把雕像移到了伯纳德主教的墓碑上。

"好了，"牧师说道，"应该可以把他关一会儿了。"

司事斜靠在墙上，一边努力喘过气来。

"为什么会发生这种事？"他问道。

"我不知道，"牧师说道，"我甚至都不明白到底发生了什么。"

"就像那个修道士说的'世界末日'，你真的相信吗？"

"我认为世界末日倒还没到，伯克利先生。"牧师说道。他试图使自己的声音充满信心，但是他其实很心虚。一切太令人不安了：滴水怪在教堂草坪上东奔西跑；大坏蛋伯纳德主教试图从坟墓里逃出来。如果这还不算是世界末日的话，也算是世界末日的开端了。

伯纳德主教又开始对着地板猛敲起来。

"噢，我真希望他能消停下来，"司事说道，"他让我头都痛了。"

他蹲在地板上，嘴巴凑近那块石头。

"听着，伯纳德主教，阁下，做一个好主教，乖乖睡吧。"他说，"可能有点误会，但我们尽快解决好，这样你就可以安心躺着了。这主意不错吧，对吗？你绝对不想来我们人间。这里已经发生了天翻地覆的变化，和你的那个时代截然不同了。现在的人们都听流行音乐、玩电脑。你也不能到处朝人举着滚烫的拨火棍了，就算是主教也不行。你待在地底下会比较明智，请你相信我。"

司事看了看牧师，然后点头笑了笑。

"看到了吧，"司事说道，"他就是需要有人和他平心静气地聊几句。"

这时候，从地下传来一阵低沉的怒吼，紧接着，石头砰砰作响，伯纳德主教在用自己的身体向上撞，圣提米德斯雕像稍微移动了一点。

"噢，很好，伯克利先生，"牧师说道，"这真管用！"

伯纳德主教又撞了一次石头，雕像又移开了点。司事想用力压住它，可惜于事无补。于是他放弃了，退到了窗户边上。

"我们得赶快逃走，"牧师说道，"这些滴水怪看起来笨重又缓慢。我们可以轻易地跑过他们，而且我的车就停在后面。"

但是司事好像没有在听，他只是往那个小侧窗外看。

"伯克利先生，我说，"牧师说道，"你听到我说的话了吗？我觉得我们必须赶快逃走。"

"我觉得这不是个好主意，牧师。"司事说道。

"为什么？"牧师问道，他的计划未经商量就被否决了，为此他有点恼火。

司事转过身来，面色苍白。

"因为我觉得那些死人正在复活，"他说，"都是些心怀不轨的死人……"

圣提米德斯教堂扎根在今天所在的位置已有几百年了。古老的墓碑占据了它大部分地面，镇上世世代代的居民死后都被埋葬在教堂边上。

不幸的是，并不是每个人都被埋在了教堂的草坪下。教堂场地一直被誉为"神圣土地"，这意味着它们具有神圣的用途。但是那些因犯下严重罪行而被处死的人不能被葬在神圣的土地里。因此，老教堂旁的不远处另有一块墓地，就在靠墙的那边。那里没有墓碑，也没有任何标记，但是所有人都知道这个地方。镇上的人把它叫做死葬场，没有人在那里建房子、遛狗，夏天也没有人在那片绿茵上野餐。甚至连小鸟也不在那片灌木丛和树上筑巢。每个人都认为这里是个不祥之地。

现在，牧师和司事看到蹒跚的人影从死葬场里爬了出来，借着教堂地面的灯光，可以看清楚它们的行程。有的依旧穿着破布旧衫，身上零零星星地没剩下几块碎布。幸亏它们看上去还算端庄，大部分人都瘦得只剩下骨头了。司事看到一架骨骸，它的脖子上系着绳索，一看便知他是被吊死的。绳索的末端荡在骨骼的胸前，好像是戴了一条领带。另外一架骨骸似乎没有手臂，它绊倒在一块石头上后就再也起不来了，于是开始在地面蠕动着前行，就像一条长了脚的瘦虫。那些骨骼空洞的眼窝里时不时闪着蓝光。

"我在想，那些蓝光是什么？"牧师说道。

"他们也许只是插了根蜡烛在那里，"司事讽刺地说道，"毕竟，今天是万圣节。"

"我们现在不能出去。"牧师说道，没有理会司事说的话。

"是的，我们不能出去。"司事说道。

这时候，他们的脚下面传来一阵像笑声似的声音。

第 26 章　敞开的地狱之门

皮尔警官后悔成为一名警察，普朗克博士又出现了

皮尔警官和罗恩队长正在讨论该怎么办。他们可以：a. 让纳德走，但是这好像并不是个好主意，因为很明显他并不是人类，照他说的话来看，他还是一个恶魔。b. 把纳德带回警局，等更有权威的人来决定该怎么处置他。c. 逃走，这是皮尔警官的建议，因为他不想再看到纳德拿自己的头玩变戏法，他现在想起来还有些恶心。

"他是个恶魔，队长，闻起来又那么臭。"皮尔警官说道，"我不确定我愿意在后座载着一个臭气冲天的恶魔到处跑。"

"你好，"纳德透过开着的车窗朝外说道，"我听得到你们说话。我没那么臭吧，我刚刚掉到了一个洞里。"

"你一直在后座载着一个臭气冲天的恶魔到处跑啊，"罗恩队长回答道，一边试图忽视纳德说的话，"什么事也没发生啊。"

"什么事也没发生？"皮尔警官说道，"他的头裂开了，队长，他的舌头会奏曲子。我不知道你晚上通常做些什么，但是在我的字典里，这算是'有事情'发生了。"

"小心点，小子，你太激动了，这……"

他正要说"没什么"的时候，突然意识到这样说对安抚皮尔警官的情绪没有任何好处。

"……这，呃……"

皮尔警官抡起手臂等他说出来，然后说："究竟是什么，队长？"

"……这……"

"……这个……，让我想想，坐在车后面的恶魔？"皮尔说完，"差不多是这个吧，我觉得。噢，他还说世界就要灭亡了。这也算得上'大事'了吧。"

"好吧，你都知道了。"罗恩队长说道，"既然世界末日到了，我们就不能坐视不管。"

"我们该怎么做，队长？"

"我们要阻止这一切，警官。"罗恩队长说道，他带着一种自信——仿佛可以让大英帝国比它原本的寿命存活得更久。

队长走向车子，朝窗户靠了过去，纳德正充满希望地等待着。

"先生，你说说，"他开始说话，"世界末日是怎么回事？"

"好吧，"纳德说道，"我以为我是唯一一个成功穿越过来的。"

"从哪里穿越过来，先生？"

"地狱。"

"地狱？"

"对，就是地狱。"

"地狱里是什么样子啊？"皮尔警官问道，他不情愿地加入了这段对话。

"不怎么样，"纳德说道，"你不会喜欢那里的。"

"这真是令人意外啊！"罗恩队长说道，"你觉得他会怎么回答啊，警官？你希望他说那里阳光明媚，气候宜人？你要知道，那里可不是伊斯特本的沙滩。"

"我只是好奇地问一问。"皮尔警官说道。

"不管怎样，言归正传。"罗恩队长说道，"那么，你来自地狱，你以为只有你一个人出来了，但其实不止你一个。"

"对，不止我一个。"

"那些，呃，那些袭击我们警局的'女人'，她们是你的朋友吗？"

"不是，她们是通过别的途径出来的。"

"具体是什么途径？"

"我不知道!"纳德说道,"肯定是有人打开了一扇门,现在他们都往外面涌了出来。"

"一扇门?先生,那道门是什么样子?"

纳德想了想这个问题。"我觉得它可能是蓝色的,"他最后说道,"一开始时,它很小,但是现在变得越来越大。当它足够大时,然后……"

"然后会怎样?"

"然后,他就会穿越过来。我们的主人,恶魔之王,万恶之源。他还会带着他的部队。千真万确。他绝对会把人间变成炼狱。"

"你觉得你找得到这扇门吗,先生?"

纳德点了点头。他觉得自己已经感受到它了。他感觉到蓝色能量的存在,这股能量让他脖子后面的汗毛都刺痛起来。他知道离能量源头越近,他就越能注意到它。他就像一个行走的恶魔能量检测器。如果离源头足够近的话,他想借机偷偷地溜回到荒原之国。如果地狱空了,所有恶魔都来到人间,他也许可以想到办法离开荒原之国,这样岂不是更好?他可以去别的地方生活,比如住到一个舒适的洞穴里,在那里还可以欣赏湖面冒热气的壮美景色。

"就这么决定了,"罗恩队长说道,"这位先生将带我们去找那道门,我们可以停止废话了。警官,请你接通无线电话。确保警局里一切恢复正常。然后通知海警官进入戒备状态,我们需要所有支援。"

皮尔警官正准备按照队长的吩咐去做。在他准备拨出电话时,海警官已经打了过来。

"呼叫探戈一号。通话完毕。"

"这里是探戈一号,"皮尔警官说道,"莉兹,一切都还好吗?通话完毕。"

"那些会飞的女人已经走了,我们已经把门锁好了,但是从各个地方打来了报警电话,人们的房子受到了袭击,到处有恶魔爬来跑去。教堂也出现了一些麻烦。通话完毕。"

"什么麻烦?结束。"

"司事说，死人开始爬出来了。通话完毕。"

皮尔警官本来看上去就有些不高兴了，现在他看起来更加不开心了。他加入警队是为了阻止银行抢劫，破解千奇百怪的谋杀案件，但是这两样他一样也没有做成。比德尔科姆镇非常寂静，镇上发生银行抢劫和谋杀案的概率几乎为零。① 皮尔警官成为一名警察，根本不是为了和恶魔作战，除非他们有额外的加班费、危险津贴，还可以配一支大枪。

他正要问另一个问题，还准备大声召唤罗恩队长召集空军、美国海军、瑞士卫队，或许还有罗马教皇、吸血鬼猎人以及其他任何人，只要他们有能力消灭那些从地底下冒出来的死人。突然一道蓝光划过无线电话。几秒钟后，无线电话爆出一片火花，之后就断开了。他抬头看到路边的电话线连接处也闪着蓝光和火花。他伸手去拿手机，发现它也死机了。

皮尔警官把前额撞到方向盘上。情况本来就不乐观，现在变得更糟糕了。

阿伯纳西夫人站在克劳利大街666号的花园里，她伸开双臂，蓝色能量从她的指尖和眼睛里发射出去。她一直在笑，因为她已经成功地中断了镇上方圆十英里以内的通讯设备。她觉得有一阵力量穿过自己的身体，此刻她在小镇周围构筑了一个屏障，肉眼虽然看不到，但是无法逾越。这个屏障会一直存在，直到恶魔之王亲自出现在这个悲惨的星球上释放自己的能量。在她身后，房屋剩余的墙壁开始扩张，整个结构似乎深吸了一口气，接着大部分墙体坍塌成了碎片，那里出现了一条二十英尺长的巨型蓝光隧道，越来越多的怪物从那里涌了出来：小魔鬼、小恶龙、蒙面蛇，还有的像驼着背的地精怪，它们还带着刀片和斧头。这些怪物还可以找到熟悉的术语描述出来，但其他怪

---

① 电视侦探节目中的小镇和这里相比截然不同，那里通常有很多人死去，以至于第一季结束时镇上竟然还有人被杀，真是个奇迹。你想象一下，有的居民可能会这么想："嗯，我们镇上好像到处都是谋杀犯，老是有人被杀，既然我们不是杀人犯，那就成了潜在的受害者。马乔里，带着孩子牵上狗，我们要移民新西兰……"

物根本不像地球上见过或想象得到的任何生物。这些恶魔在黑暗中潜伏了太久，他们在努力使自己适应新环境，有些怪物根本不成任何形状，因为它们太黑了，以至于根本看不见。现在他们在努力构建自己的形状，就像一个个肉球似的，手臂、爪子、尾巴和大腿一会儿出现，一会儿又缩了回去，还长出了奇怪的眼球，这样就可以看到自己的样子。

阿伯纳西夫人转过身去看到他们从身边经过。她盯着门口，这时大门几乎已消失了一半，中心敞开了一个很大的裂口。

很快。很快他就要来了，到时候她就会得到奖赏。但是首先，还要解决一个小问题。她转过身去看阿伯纳西先生，他现在变成了一个蟾蜍怪，身边站了一个蜘蛛精。这个蜘蛛精曾挤到兰菲尔德先生的皮肤里，带领他们找到了塞缪尔·约翰逊。

要找到那个多管闲事的男孩，他怕蜘蛛。要把他整个身体吸空。

汤姆正紧盯着大街，玛丽亚和塞缪尔盯着后门，突然普朗克博士出现在前门。

"约翰逊夫人，"汤姆叫道，"有个人沿着花园小路走来了。"

"你确定那是个人吗？"约翰逊夫人问道。

"非常确定。"汤姆说道。

普朗克博士没有看到大苍蝇怪，但是苍蝇怪注意到了他。它们发出嗡嗡声，落在科学家的身上，普朗克博士太过专注以至于都没看到前门打开了，玛丽亚和汤姆一人拿着一瓶灭蚊剂出现了。苍蝇怪还没来得及咬到普朗克博士便摔在了地上，它痛苦地扭动，还吐着口水，接着完全没了动静，最后像其他蓄意谋害别人的恶魔一样，消失不见了。

塞缪尔手上抓了一个扫帚柄，跟着约翰逊夫人朝前门走去。汤姆在大厅门前等候，手里握着塞缪尔的板球拍。

仿佛是为了证实她最大的疑虑，一个蝙蝠似的影子飞到房子上方。几秒钟后，出现了一只老鹰大小的怪物，身上没有羽毛，长着体刺，头上长满了几十只蠕动的虫子，每只虫子末端长了一只眼睛。这个怪物被电话线缠住了，随后摔倒在地上。博斯威尔一直抱着怀疑的态度看着这一切，它开心地吠了起来。

普朗克博士欣慰地端详着它的死亡，直到门被砰的一声关上了，这不仅切断了他的视线，也差点切断了他的鼻子。

"谢天谢地，"他说道，"从我把骷髅锁在棚屋起，那家伙就一直在追赶着我。"

"好了，"约翰逊夫人说道，一边挥舞着手上的扫帚柄，气焰逼人，"怎么回事？别讲什么科学术语，都是屁话，说简单点。"

事实上，普朗克博士说得非常简单："我不知道。"

"好啊，那你是起不到任何作用喽。"约翰逊夫人说道。

"其实，我希望塞缪尔可以在那方面帮到我。"普朗克博士说道。

塞缪尔向前踏了一步："我就是塞缪尔。"

就在这时，所有的灯光都熄灭了，因为阿伯纳西夫人把全镇的电力都夺走了。塞缪尔和普朗克博士坐在厨房的桌子边，约翰逊夫人在点蜡烛，塞缪尔把所有发生的事情告诉了博士，包括在阿伯纳西家"不给糖就捣蛋"的那次，也包括和会飞的骷髅搏斗的事。普朗克博士静静地听塞缪尔把话说完，尽管当塞缪尔描述到阿伯纳西夫人的触须时，他还有些不相信，他靠着椅背坐好，用食指敲着自己的嘴唇。

"真是难以置信，"他最后说道，"无论如何，对撞机的能量可以用来制造时空的裂口。我的意思是，一方面，这样做非常好。我们已经证明有其他时空维度的存在，即便是偶然被证明的，但是我们已经找到了在不同时空维度间穿梭的方式。另一方面，如果真的存在阿伯纳西夫人这个怪物的话，这就是人间和——用一个好一点的词来形容的话——地狱之间的通道，那我们就有大麻烦了。"

"大麻烦"这个说法对塞缪尔来说还太过委婉，但是他并不是科学家。约翰逊夫人对这个描述也没什么反应。

"所以这全都是你的错？"她说道。

"事实不是这样的，"普朗克博士说道，"我们正在努力找到宇宙本质的真谛。"

"好吧，现在反倒是有东西找上你了，而且实际上，它讨厌我们所有人。你满意了吧。"

"我们该怎么办？"塞缪尔问道。

"如果电话打得通，或者有电脑的话，我可以联系上欧洲核子研究组织，"普朗克博士说道，"不巧我刚刚听说连他们都出问题了。"

"你这是什么意思？"塞缪尔问道。

"我在去阿伯纳西家的路上接到一个电话，好像对撞机又重新开启了，而且他们关闭不了它。"

"有可能是阿伯纳西夫人捣的鬼吗？"

"是阿伯纳西夫人，或者是那个对她发号施令的人。"普朗克博士说道，"倘若两件事情有联系，那么如果可以关闭对撞机，大门就也可以关闭。"

"我们只能干等了？"约翰逊夫人说道。

"恐怕是的。"

"如果他们不能及时关闭它呢？"

"我们只能祈祷他们可以做到。"

玛丽亚也加入进来，她接着说了一句。

"但是它还没有稳定下来，对吗？"

"什么？"普朗克博士问道。

"大门。"玛丽亚说道。

"对，还没稳定。"塞缪尔说道，"床底下的恶魔和我讲了很多，他说阿伯纳西夫人要耗费许多能量才能把门撑开。"

"床底下的恶魔？"普朗克先生说道。

"说来话长了。"塞缪尔说。

"我的意思是，可能性太多了，"玛丽亚继续说道，"它有可能是爱因斯坦-罗森桥，但是考虑到它的尺寸和持续时间也不大可能，或者是一种虫洞，又或者是前面二者的结合。不管怎样，它的稳定性取决于对撞机中的爆炸所产生的能量。当我们监视阿伯纳西家时，我们感受到一股风……"

"风，"普朗克博士若有所思，"对，我也感觉到了。闻起来像……来自其他地方。"

"它可能来自大门的另一边，"玛丽亚说道，"但是风的力量不强。普朗克博士，你是专家，从理论上讲，那扇门只允许往一边开吗？"

"根据某些理论，并考虑到门有足够的稳定性，是这样没错。这和地心引力有关。"普朗克先生继续说道，约翰逊夫人满脸困惑，汤姆看起来更是云里雾里。

"但是那种力量会把人甩出去很远，是吗？"玛丽亚说道，"本来会有狂风呼啸把小镇分裂开来，但是并没有发生。"

"你有可能是对的，"普朗克博士说道，"我的意思是，这些都只是推断。"

"那么，现在没有这样一股地心引力。"玛丽亚说道。

"好像是没有。有小一部分人认为，地心引力和离心力之间达到了完美的平衡。"

"如果我们摧毁它呢？"

"怎样摧毁？"在他问出的时候，好像也同时想出了答案，因为从他来到屋子里的那一刻起，他的脸色第一次放松下来。但是，需要玛丽亚来猜一猜。

"朝反方向发送一个东西？"

"就像两辆汽车在窄桥上相遇，最终车和桥都会同归于尽。"塞缪尔说道。

"两辆车窄桥上相遇，窄桥不稳定。"玛丽亚纠正道。

"你知道，"普朗克博士说道，"这也许能起作用。问题是我们去哪里找辆车，谁来开这车呢？"

第 27 章　战胜伯纳德主教

我们终于见到了那个大坏蛋伯纳德主教,皮尔警官玩得非常高兴。

在无花果和鹦鹉酒吧里,尚和迦特欢度了一段难忘的时光。有人开始弹起了那首《我的老爸是清洁工》的曲子,尚和迦特就竭尽全力跟着曲调咕哝哼唱起来。在这之前,还有人唱了《单尼男孩》,尽管他们之前从未听说过,但尚和迦特觉得这是一首很悲伤的歌。迦特听了后,泪流不止,于是尚给了他一个安慰的拥抱。

"还要来最后一杯吗?"有人问,这个人在他们俩面前挥舞着一把啤酒券。

为什么,尚和迦特心里想着,一边盯着啤酒券,我们不介意如果我们……

阿瑟牧师和伯克利先生真的有麻烦了。首先,死尸复活了,这证明了它们比那些骷髅头要聪明得多,骷髅头的大脑已经腐烂了,确切地说,几个世纪之前它们就烂了。教堂的窗户离地面约八英尺,如果不借助梯子的话,它们很难爬过去。因为没有梯子,一部分死尸用骷髅堆成了金字塔,金字塔底部有三具死尸,它们上面站着两具尸体,站在最顶端的那具尸体用滴水怪在砸玻璃,滴水怪气得像炸开了锅。两扇小窗格都被打破了,阿瑟牧师通过间缝,看到一张嘴正对着他咧开大笑,满嘴只能看到几颗黑色的坏牙,这说明平日牙齿的护理多么重要啊。

同时,在教堂的前门和通向教区委员会的后门那里,有更大一群死尸在捶打着，教堂司事打电话给警察，要告知他们发生了什么事儿。教堂司事觉得警察在这种情况下并没有他想象的那么惊讶。实际上，听他的意思，好像觉得死尸复活是不必担心的事情。

牧师和教堂司事已经采取了预防措施，如果死尸们要设法突破的话，他们就用椅子和长凳抵着门，拼命地抵制死尸们的进攻。在大坏蛋伯纳德主教的墓地附近，还在传出令人担忧的声音。在墓地的石碑上面，堆满了所有能用的家具以及原本放在小房间里的雕像。在重击声和欢笑声中，他们还可以听到一些像"我要自由"之类的话，偶尔还有些脏话传出来。

"伯纳德主教似乎怒不可遏。"阿瑟牧师说道，那时，伯克利先生刚检查完库房回来，"我真的希望，你不要再试着跟他这样的人讲什么道理了。为了当主教，他还发过很多誓呢。"

"他根本就没有办法说话。"伯克利先生说，"无论有没有石灰岩，他都不过是一具尸体罢了。"

"伯克利先生。"阿瑟牧师耐心地说，"以防你没注意到，这群死尸复活了，还有石像怪在教堂的草坪周围跳来跳去，我们被其中一个石像怪修道士欺负了。在这种情况下，伯纳德主教的谈话技巧根本就无关紧要。"

"我想你是对的。"教堂司事说，"但是，我们需要做点和这群骷髅相关的事儿，来对付这群骷髅。如果我们不小心一点的话，说不定就一分钟的工夫，它们就会出现在我们头顶上。"

牧师抓着一个黄铜烛台，走到教堂的墙边，说道："帮帮忙，把我举起来！"教堂司事俯下身托着手，费力把阿瑟牧师往窗台上推，阿瑟牧师拼命地抓着窗沿。现在，四扇玻璃窗都被打破了，死尸们成功地突破了包围圈，还留了一条很宽的缝隙。阿瑟牧师站稳了后，突然一只瘦骨嶙峋的手伸了过来，一把抓住了他的裤腿。

"噢，不不，不要……"他叫道，一边用烛台死命地砸这只骷髅手，把它砸得稀巴烂，骨头的残骸散落得到处都是，手臂的其他部分迅速地缩了回去。

透过教堂的彩色玻璃，阿瑟牧师可以看到，那些骷髅堆成的金字塔摇摇欲坠。阿瑟牧师等待着骷髅头再次靠近，等待着撞到玻璃上的第一个骷髅头。终于等到了，他从里面打开了窗户的下半边，重击骷髅的头顶，如此一来，金字塔就完全失去了平衡。最上面的三具死尸重重地摔倒在地，各处的肢体都摔断了。阿瑟牧师在为胜利欢呼雀跃着，但他的喜悦只是短暂的。数十具腐化程度不一的死尸盯着牧师，又看了看破碎的骷髅，接着目光又回到牧师身上。没有肉身，很难从这群骷髅头的表象看出它们实际上怒火中烧的表情，但不管怎样，它们真的愤怒了。

"哎呀！"

"哎呀什么？"伯克利先生在下面问。

"我认为我惹怒了它们。"

"一开始，它们是有点生气。做得真好，牧师！"

阿瑟牧师赶紧去关上窗户，但这时，窗户似乎卡住了。他用力地拉，但是根本就动不了。

"噢，天哪！"他又说。

"别告诉我……"教堂司事说。

"我真的觉得我应该……"阿瑟牧师说。

"嗯，继续吧！"

"窗户关不上了。"

在他下面，死尸堆成了两座金字塔，而不仅仅只有一座。死尸们将以两条相同的队列进攻。同时，一个巨大的撞击声从储藏室里传了出来，有个声音在吼着一个简单的词。

这个词是："自由！"

"噢，天哪！"阿瑟牧师和教堂司事一起说。

就在那时，随着两座金字塔开始向墙边靠，拐角处，一辆警车疾驰而过，直冲冲地开向它们，把十二具有"创造力"的死尸变成了一堆腐烂的四肢还有断裂的骨头。汽车飞奔过去，在一群骷髅面前停了下来，罗恩队长的声音回荡在教堂墓地内。

"好了，你们死定了。"他叫道，"我们是警察。给你们5秒钟的时间，滚回你们老家去，否则的话，有你们受的。"

死尸们一动不动。客观地说，是因为它们的耳朵不好使。再说了，之前，它们都没见过警车，或者，说得更准确些，这种不用马或公牛拉的四个轮子的玩意儿，它们压根没见过。

"你们看着办吧！"罗恩队长说，"别说我们没提醒你。"

皮尔警官加大油门，松开刹车。他受够这群恶魔和地狱了。他也厌倦了这车里充斥着的屎一样的气味。这是需要还给它们的。

汽车朝着死尸们冲过去，现在，死尸可能还不太了解机械化车辆是什么玩意儿，但它们见过，就在上次，一群死尸被一辆白色的大货车袭击了，可以十分确定的是，它们一定不希望悲剧重演。不幸的是，作为死尸，它们没法很快地移动。事实上，它们只能以这样的速度移动了。就这样，阿瑟牧师看到警车正追赶一群在墓地窜来窜去的骷髅们，没有一具能够逃过车子的碾压。当牧师正在享受这出好戏时，伯克利先生提醒阿瑟牧师，一些麻烦才刚刚开始呢，他很享受这样的场景。

"呃，阿瑟牧师。"伯克利说，这时候储藏室的门被某种力量劈成了两半，裂开的两片掠过教堂的地板，撞在远处的那面墙上。这时，一个影子出现了，然后变成了一个身形，大坏蛋伯纳德主教进来了。

伯纳德主教从来都算不上是个英俊的男人。老实说，他比蟾蜍屁股上长的疣还要丑。几个世纪以来，他一直被埋在教堂底下，但他的外貌没有任何改善。他的皮肤很脏，是棕色的，像旧的皮革一样。他的鼻子也不见了，只剩一个洞，他的眼窝是空的，现在，里面除了还闪着冰冷的蓝色光之外，什么也没有。他一直就有很多牙齿，又长又黄，阿瑟牧师觉得，他的牙齿比本来的样子要尖锐许多，好像伯纳德主教花了大把时间在地下用锉刀锉过一样。一只皮革似的手，抓住了一根长长的东西，即和主教一起深埋于此的权杖。他还穿着工作时的长袍。头上是他的主教法冠，它有点破损了，前半部分像舌头一样向前耷拉着，但不可否认的是，它确实是在那儿。

很遗憾，伯纳德主教正从那些空洞的眼窝向外看着教堂司事，当司事想躲在长凳后时，主教还在跟随着他。

"他能够看见！"教堂司事说，"他怎么能够看见呢？他没有眼睛。这不是真的。"

在他的上方，阿瑟牧师靠在墙边，躲在主教看不到的地方，用手指按着双唇示意。

"噢，太好了！"伯克利先生对自己说，"丢下我一个人独自面对他，甚至没有……"

伯纳德主教举起手，这只手和他身体的其他部位一样，就像是包在牛皮纸里的老骨头，接着他伸出一根手指指向司事的方向。

"你！"伯纳德主教说道，听起来就像果汁机在搅拌碎石一般，"你就是那个人！"

他开始向教堂司事前进，司事立刻明白了，在这种情况下成为一个"那个人"并不是一件好事。他从来没有赢过彩票，但是如果他赢了，他倒希望自己不曾买过，因为奖品并不那么令人愉快。

"我真的不是……"教堂司事说。

"囚禁在黑暗中。"伯纳德主教继续说，一边向前进，"我的名字，就是个笑话。这些话都是你说的！"

伯克利先生不得不承认，他对伯纳德主教开了个古怪的玩笑，但他觉得主教似乎并没有在听。毕竟，他应该已经死了呀。这真是不公平啊！

"我很抱歉，阁下。"教堂司事说，"我以为你，嗯，正在休息。这种事不会再发生了。"

"是的，它不会再发生了。"伯纳德主教说，他离得越来越近，"你会受到惩罚。我会把滚热的拨火棍插进你的屁股。你将……"

阿瑟牧师直接跌落在主教的头上，感觉有东西裂开了。他在地板上打了个滚儿，然后爬了起来，一手举起烛台来保护自己。

大坏蛋伯纳德腰部那里裂成了两半。值得称道的是，这并没有使他气馁，但这并不是说伯纳德主教一开始就气焰很大。他松开了权杖，开始在地上匍匐着,他的手紧紧抓住长凳的末端,往前拖着自己的身体,他的注意力却仍然在教堂司事身上。同时,他的脚不小心勾到了屁股,又撞上了什么东西。

"阿瑟牧师!"伯克利先生哭喊道,"他还是来了!"

"屁股。"伯纳德主教喊道,"拨火棍。"

牧师从身后靠近伯纳德主教。

"我感到十分抱歉。"阿瑟牧师说,"但你真的必须得停下来。"

他把烛台向下,重重地砸向伯纳德主教的头。哐当一声巨响,伯纳德主教的法冠掉了。主教停止了爬行,接着,他把头一扭,向后看阿瑟牧师。

"屁股,"他又说,"你的屁股!"

"噢,请安静点!"阿瑟牧师说,他又砸了伯纳德主教一次,接着再来一次。他不停地打他,直到伯纳德主教动弹不得为止,甚至打到他的腿都断了,再也不能动了,两腿刚刚一倒,就像两根柱子从顶上崩塌了一样。

牧师擦去了额头上的汗水。他把手放在膝盖上,试着屏住呼吸。

"我觉得。"他说,"不应该把主教打死啊,更不应该在复活后把他打死。"

伯克利先生俯看着伯纳德主教的遗骸。

"如果有人问起,我们就说他摔倒了。"他说,"无论问多少次,都这样回答。"

此时一阵敲门声响起。

"里面都安全吗?"罗恩队长说,"我是警察。"

牧师和教堂司事去开了门。罗恩队长和皮尔警官站在台阶上,疑惑地看着他们。

"我们很高兴能看到你,警官。"阿瑟牧师说,"我们真的很高兴,终于松了一口气。"

"队长——"教堂司事开始说,但他被打断了。

"请让我说完,伯克利先生。"阿瑟牧师说。

"扫兴的家伙！"从他们头顶，石怪修道士发出声音来。

"只要无视他就好了。"牧师说，"现在，也许——"

"警官先生。"教堂司事又说了一遍。

"我说，'让我说完'。"牧师坚持道，"拜托！罗恩队长，就在刚才，我们经历了一件不同寻常的事，如果你没有亲眼看到，你肯定不敢相信——"

伯克利说："警官先生。"用一种咄咄逼人的口吻，甚至连阿瑟牧师也被迫把发言权让给了他。

"好吧，你要说什么？"牧师问。

"警官先生，"伯克利先生说，"我觉得你的那群恶魔正在逃跑……"

第28章　可爱的恶魔纳德

纳德结交了一位新朋友，还遇到了一些老熟人。

纳德非常享受他的警车旅行，开着闪光灯，听着汽车疾驰而过的有趣声音。此外，就开车而言，皮尔警官的技术可比纳德好多了。不过，为了保护自己，纳德还是掌握了一些驾驶保时捷的技巧，尽管如此，他还是被警车拦住了，车也被没收了。不过，他看着皮尔警官操控着这个家伙，学了很多，当他们进入墓地时，纳德也见到一群死尸复活了，他想知道，要编些什么借口才能撇开那些警察，把所学付诸实践。

那样不好，但对恶魔们来说却很好，从它们原来的地方到进入这个世界，这一切都是很好——但实际上，这根本就不好，你想想看就知道了，不过和坟墓里出来的死尸相比，它们不过是在公园里野餐罢了。恶魔们花了大量的邪恶能量才把这群死尸举起来，它们真的特别让人讨厌。要是纳德戴了手表的话，他一定会在经过这儿之前（这儿有各种小偷还有杀人狂魔），把它藏在口袋里。

但那和纳德无关。他见到这个世界和地狱的差别，这不是偶然的结果。是的，在这儿是有目的的。邪恶的死尸没有如愿地爬起来，它们得返回原地。但是，只有一具（死尸）能从坟墓中，四处召唤强盗、杀人犯，这是在向纳德暗示，恶魔之王的人形即将呈现。

已经证实了，纳德不在恶魔之王的好部下之列。事实上，纳德也不确定恶魔之王有什么好部下，因为他没有经受过邪恶的洗礼。就有点像，有些人讨厌鲜花，却还悄悄地用三色堇去装饰他的房子。然而，大多数恶魔都让他失望了，他虽不宽宏大量，但是他也并不在乎那群真正的恶魔违抗他的命令。被恶魔之王流放在外的时候，如果你受够了放逐的日子，又想溜回地狱的那个圈子里，希望找到一个舒适的黑暗处，做你自己的事，你将不可避免地会被恶魔之王发现，因为他就是这样的家伙。恶魔是不会死的，但是它们要承受痛苦，而想保持不死的难题之一便是，你要能承受很长一段时间的痛苦。

纳德不喜欢承受痛苦。他很敏感，尤其是对恶魔很敏感。他意识到了恶魔之王的阴谋，他显然计划已久，打算进攻地球，而纳德对此并不了解。毕竟这不是说他收到一张纸条，上面写着：

亲爱的纳德：

嗨，是我，恶魔之王，我希望你一切都好，我很好。我正在考虑向地球发起一场进攻，我要永远统治整个地球，就像我长久以来统治地狱一样。希望你能加入进来。跟我联系。

你的汤姆

不，纳德没有收到过任何类似的信，这就意味着他不在恶魔之王的计划里。如果那个大家伙来的时候他还在这儿，纳德就有机会发现，他真是很敏感，因为如果纳德违抗命令，恶魔之王定会尽力给他施加更多的痛苦，即使他非故意所为。

纳德决定要回家了，要假装什么事儿也没发生过。他的计划，如果可以这么说，就是找到地域之门并借此溜回地狱，回到那美丽的荒原之国，直到一切都平静下来。纳德不确定要怎样溜出去，假设他与其他恶魔或邪恶的怪物的方向相反，也许他会告诉它们，他忘了带钥匙，或者说忘记了带干净的内衣。无论如何，只要到了那儿他就舒服了。

所以，当警察把死尸处理完，跑去瞧教堂里发生了什么事儿，那时，纳德只是溜出了车窗，说得不好听点，他溜之大吉。

皮尔警官迅速地追捕，但似乎他很快就放弃了，纳德是这样觉得的。纳德怀疑皮尔警官很喜欢看他的背影，尤其他那个臭臭的背影。但现在，纳德讨厌自己身上的气味，所以他做的第一件事，就是去池塘里泡个澡把自己洗干净，结果把附近的一只鸭子吓得半死。

他只是刚洗完腋下，胳膊尾端吊着的一个大眼球，突然在黑暗中跳了出来对他眨了眨眼。第二个胳膊迅速地跟着露了出来，正在玩弄着一张嘴。

"我说。"其中一个用礼貌的语气说道，"不好意思！这是我的家，不是公共厕所。"

"非常抱歉。"纳德说，"我不知道这个池塘是私人的。"

"或许我应贴个标志，真的。没事儿，老兄。我只是想低调一点，你知道吧。这里有很多掠夺和恐吓事件发生。没有哪儿可以见到温柔的恶魔。不过，恶魔汤姆、迪克和哈利可不一样，他们和你一样也在我的水池里洗袜子，当然，他们毫无冒犯之意。"

"请勿见怪。"纳德说，"那我要上路了。"

"悄悄告诉你，如果有人问的话，你可以告诉他们，这个池塘已经宣告……"

第三只手臂出现了，他拿着一面自制的红旗，上面画了一个眼球。他举着红旗在空中飘扬。

"我自己做的！"恶魔自豪地说，"全都是我自己设计的。"

"非常好！"纳德说，"太有想象力了。但是，或许你可以把它放在人们看得见的地方。"

"这个主意不错。"恶魔说，"先生，你真聪明，没错！"

第四只手臂抓住一只路过的鸭子，并用池塘里的杂草把旗子系在鸭子的脖子上，之后，他把这只惊慌的鸭子沉到水里。鸭子企图飞走，但恶魔又把它拉回了原处，最终鸭子放弃了，它划不动了，红旗还在它的脖子上无力地挂着。

纳德走到岸边，隐约闻到池塘的气息，这比之前散发的气味香多了。

"祝你万事大吉!"纳德说。

"不胜感激!"恶魔说,"欢迎你随时来访。"

手臂扑通一声掉到水里,池塘却依然一片寂静。

"多好的一个小伙子啊!"纳德说,"要是所有的恶魔都像他这样就好了。"

不幸的是,并非所有恶魔都像池塘里的这个家伙一样。纳德溜过小镇,试着走向那扇门,可以清楚的看到恶魔之王的前锋守卫,主要由一些极其邪恶的家伙们组成。他们的邪恶证据确凿:他们三个老男人,是比德尔科姆镇射击俱乐部的成员,在侵略开始的时候,肆意地射杀黏土鸽子,曾用散弹枪误击了蛇发女怪,女怪的头上有很多蛇,嘶嘶地叫着,蛇的眼睛很黑,与其说是视觉器官,倒不如说是真空吸尘器,或是透明的胶球体。然而,子弹从蛇发女怪的身上反弹回来,三个老男人看到了那个怪物的脸,立刻就变成了石头,所以现在,他们还在邮局外做一尊古怪的公共雕塑。

屠夫的店里的血比预期的要多,鲜肉气味吸引了一些令人讨厌的食肉动物。它们弯腰驼背,肉是白色的,从外形来看,它们像一根正融化的蜡烛,头部光滑,可是没有眼睛,它们的鼻孔朝骷髅头的背后伸,像是有莫名的手指在头上插了几个洞并用力地挖它。屠夫莫里西还没来得及记住这群侵犯他地盘的可怕的怪物,才几秒钟的时间,它们张开嘴,露出坚硬又锋利的牙齿,突然袭击挂着的肉,还像疯子一样冲向莫先生。它们吃完了,只剩下光秃秃的骨头、一些动物和人类,还有扯破了的草帽。

比德尔科姆镇的第一支15号橄榄球队的两名队员在晚上训练时被吞噬了,就此而论,这有些违反常理。一对鳍从地里蹦出来,不幸的球员被它拖了下去,它像鲨鱼一样,手臂上长着带刺的蹼状爪子。团队的其余成员便迅速用角旗叉把这个怪物捕获了。

一排小鬼,两英尺高,它们是红色的恶魔,手持小干草叉,袭击了一家花店,却发现对花粉过敏。现在,它们在街上跛着脚徘徊着,含着泪水,还流着鼻涕。结果,它们更易成为人类的猎物——或许是,愤怒的老板，穿着围裙的胖女人，围裙上有朵微笑的向日葵，他们用扫帚打小鬼，让它们屈服。

纳德注意到另一件事：恶魔军团没有独自的体系。人类在向其反击。他看见割草机上，一个男人在追一条蛇妖，蛇妖在他的刀刃下变得软弱了。一群学生打扮成食尸鬼，在公园里遇到了六个真正的食尸鬼。食尸鬼单薄而苍白，看起来一点儿意思也没有，还没这群学生吓人呢，而学生还在继续吸食人造血。这种印象形成是在学生们向真正的食尸鬼掷石头的时候，想迫使它们仓皇撤退，自己就固守在糖果店。在停车场，比德尔科姆镇女士合唱团的成员们，诱捕了一批突袭的小矮人恶魔，她们用手袋和赞美诗的书把恶魔捻成了一小堆肉浆。纳德看到一群群人拿着干草叉、拍子还有刷把，他们神情坚定，在路上游行，要收回他们的小镇。他祝他们好运，因为他知道恶魔之王来临之际，这一切都将结束。

纳德走过小巷，那里小鬼气喘吁吁的，走起路来步履蹒跚。小鬼打了个喷嚏，接着就消失了，变为一缕一缕的烟，飘散在夜晚的空气中。纳德想知道，恶魔之王是不是预料到了，一旦他的军队从它们的世界进入这个世界，会发生什么：它们可能会被杀死。噢，但不是永久地死去，而是暂时按照这个世界的方式处理。这个世界的法则是——终有一死。只是军队没有足够的恶魔能量来维持它们的躯体，所以它们死后灵魂飘散，可以被重新吸回到更大的能量中，而这个能量围绕着恶魔之王，然后，它们又被重组送回战场。人类不可能赢，最终是不能赢的。他们只能希望，取得小小的胜利，而敌人很快就会回来。

只要恶魔之王横扫过，一切都会发生改变，因为他会带着他所有的邪恶力量，那么这个世界将会变成另一个地狱。

远处，一些房屋后面，纳德模模糊糊地看到一道蓝光，他知道地狱之门就在那里，这是世界之间的门。这也是他回家的路，他几乎是深情地怀恋着比德尔科姆镇。然后，他记起塞缪尔，希望那个男孩安然无恙。他不知道是不是应该去找他，但那又能怎样，纳德如果真的找到他了又能怎么样呢？带他回荒原之国吗？不，那样塞缪尔就要自行谋生了，可是一想到这个男孩儿会处于危险或痛苦之中，纳德就感到悲伤和内疚。

纳德离开了小巷，开始迎着光走。他决定，最好远离街道，所以他爬上了一个花园的墙，是用篱笆和灌木覆盖的，他从一个花园走到了另外一个，专门躲在阴影下面。

他到第三个花园的时候，他的皮肤开始有刺痛感。他可以感觉得到这附近有强大的力量。他透过树篱的缝隙，发现了两个怪物，一个呈蜘蛛状，另一个像只巨大的蟾蜍，在路上着急地跑着和跳跃着，他认出了它们。

纳德跌倒在地上，试着让自己尽可能地小一点（不被发现）。这是重大新闻。这些恶魔已经够坏了，但他们仅仅是更高级别的恶魔的仆人。他们要是进入了更糟糕的地方，不可避免地，就会被一个家伙跟着，而他对纳德及其一举一动都了如指掌。他是巴力。巴力是恶魔之王的心腹，他惩罚纳德，要永远流放纳德。这时，纳德想到了那些高级恶魔会在哪里。

巴力会在地狱之门，等待主人的到来。

第 29 章　纳德不是个坏家伙

事实证明，纳德实际上很正派。

此时，塞缪尔发现有个看起来像恶魔的家伙，这个家伙躲在花园前的篱笆后面。蹲在篱笆后面，对塞缪尔而言，似乎不是什么恶魔行径。他和恶魔有关的经历告诉他，恶魔是相当可怕、令人费解的家伙，或者说，那些曾一度占领了他床下空间的家伙，只是不太擅长自己的工作罢了；但迄今为止，他遇到了唯一一个看起来胆小的恶魔。

"对此，你怎么看？"玛丽亚问他，他们站在漆黑的厨房里，看着恶魔。

"也许，它打算从某人的身体里跳出来。"汤姆说。

"是他，而不是'它'。"塞缪尔说，"他的名字是纳德，他突然出现在了我的卧室。显然，他很害怕。从这儿你就可以看出。"

"好吧，我真的不喜欢问这个纳德关于他的问题。"汤姆说，"打扰一下，恶魔先生，你很害怕吗？你这一天过得很糟糕吗？"我的意思是，他是一个恶魔。他应当怕我们呀。让恶魔感到颤抖的东西肯定非常可怕。

他们沉默了，在思量着汤姆刚刚说的话。是什么东西如此可怕，连恶魔也要抖三抖呢？塞缪尔看着纳德。现在，他似乎在咬指甲。纳德可能是一个魔鬼，但塞缪尔知道他不是坏家伙，即使纳德曾妄想统治世界。不管怎样，敌人的敌人是朋友……是吧？

他走到厨房的门边："我要和他谈谈。"

"你确定吗,塞缪尔?"约翰逊夫人问道。普朗克博士试图抗议,但其他人则示意要他闭嘴。

"这值得一试。"塞缪尔说,"如果他变邪恶了的话,我们可以再锁上门,或者汤姆可以用拍子击打他,但我认为这不会发生。老实说,我很喜欢他。"

塞缪尔打开门,把头伸进门缝里。

"呲……!"(门夹着东西的声音)

纳德紧张得声音都沙哑了。他四处张望,透过门缝,想找一个头上戴着眼镜的小男孩。

"你在我的花园里做什么?"塞缪尔问。

"它看起来像什么?"纳德答道,"我躲在这儿。走吧,塞缪尔,这儿很危险。"

"你为什么要躲起来?他们不是你的朋友吗?"

"那群家伙?"纳德说道,竖起大拇指,"他们中没我的朋友。事实上,如果他们中的一些人发现我在这儿的话,我可能就有麻烦了。"

"那群让我们都躲起来的家伙?"塞缪尔说。

"正是。"纳德说。

"看。"塞缪尔说,"如果我们让你躲在这儿,你会帮我们阻止这一切吗?"

纳德大胆地透过篱笆又瞥了一眼,他立刻点头了,显然,他不喜欢自己所看到的一切。

"我会尽力的。"他说,"我真的只是想回家。"

"好吧,那来吧。"塞缪尔说。他把门开得更大了,站在一边,纳德拖着脚穿过草坪,穿过这缝隙。此时,身后的门关了,纳德松了一口气,看了看四周。塞缪尔在深思着什么。汤姆拿着拍子,貌似他感到哪里疼痛借口要用它。玛丽亚,嘴里叼着一支铅笔,一股怪味袭来,这怪味是纳德从池塘带来的,嗯?那是屎吗?约翰逊夫人,她手里紧握着一个煎锅。在厨房的一角,一个留着胡子的人想躲在毯子下。纳德知道那个人想干吗。

"你好!"纳德说,"我是五灾之魔——纳德。实际上,这只是远古的那个平庸的纳德,而我不想成为五灾之魔。如果我再不去看看那个恶魔的话,不久,他便会出来。你们介意我从地板上起来吗?"

厨房里,大家看起来都半信半疑的样子。

"老实说,"塞缪尔说,"我们可以信任他。"最终,汤姆说:"好吧,但要慢慢来。"

纳德慢慢地做了,主要是因为他潜进厨房的时候,不小心碰到了膝盖。他坐在桌旁,手顶着下巴伏在桌上休息。他看起来非常痛苦,毫无威胁感。一滴滴的眼泪扑簌簌地从他脸颊上往下掉。

"我真的很抱歉。"纳德说,尴尬地擦了擦眼泪,"这真是一个难忘的夜晚。"

人人都有同情心,即便他是一个恶魔。约翰逊夫人放下煎锅,指着正在无罩的煤气炉上煨着的水壶。

"想喝茶吗?"她说,"一饮过后,一切都会变得好起来。"

纳德不知道茶是什么,但它总不可能比下水道中的东西尝起来还要差吧。

"太好了,"他说,"谢谢!"

约翰逊夫人给他倒了一杯浓茶,还加上一碟消化饼干。纳德慢慢含吮着,如果大声地啃饼干,就太吵了。他很惊喜自己能有茶喝,还有饼干吃。

"如果把饼干蘸在茶里吃,味道会更好。"塞缪尔用手指着茶,说道。

纳德把饼干浸在茶里。

"确实好吃。"他说。他又一次把饼干蘸了蘸,但这一次他把饼干浸得太久了,一半都落入了他的杯中。貌似,他又要哭了。

"运气真差。"他说。

"没关系的。"约翰逊夫人用匙子舀起浸湿的饼干,说道,"这样的话,看上去是不是比原来还多了呀。"

"那么,"塞缪尔说,"现在,你应该告诉我们发生了什么事儿吧。"

"嗯,那是地狱,你知道吗?"纳德说,"地狱之门已经打开,恶魔正喷涌而出。世界末日就要来了,就是这些。"

"我们可以阻止这一切吗?"

"我不知道。如果你想做点什么,你最好尽快去做,因为这只是些前面的防守工作。恶魔之王真的到来的时候,那就太迟了。他会非常强大,任何人都没法阻止他。"纳德闷闷不乐,又咀嚼了一块饼干,"他真的一点也不友好。"

"但你和那些家伙通过了门,不是吗?"塞缪尔说。

"是的,那是。"纳德说,"我是自己出来的,就像我之前和你说的一样,我不停地从一个维度进入另一个维度。在荒原之国,有那么一分钟,我坐在我的宝座上,想到了沃尔姆伍德,想着我的事儿,接着,我就在这儿了。现在,似乎我会永远留在这儿。我想好好把握在这儿的时光。事实上——"纳德羞愧地用手捂着嘴,清了清嗓子,"我曾妄想统治世界。噢,但现在我改过自新了。那些恐吓的事儿和恶魔都是无稽之谈。我真正想要的是一点点的崇拜感和一辆漂亮的车。除此之外,我几乎没侵犯过任何人。不幸的是,我觉得,有人要抢夺我的王位,因此我决定放弃我的妄想,回家算了。"

"所以你只是瞬间移动到这儿来了,是吗?"汤姆问,他是《星际迷航》①的忠实粉丝,幻想着能立刻从一个地方被带到另一个地方。

纳德耸了耸肩,然后看了看玛丽亚,她仍然叼着一支铅笔,盯着他看。

"为什么她那样看着我?"纳德问,"我做什么了?"

"撇开你是个恶魔,想谋划着统治世界不说,你觉得还有呢?"汤

---

① 实际上,瞬间移动并不是像你想象的那样遥不可及。马里兰州联合量子研究所的科学家,最近成功地将一个含原子的量子传送到了另一个几英尺远的地方。然而,人类之间的瞬间移动——还有很长的路要走,因为在每1亿次实验中,可能只有一次成功。因而,你被传送到像有趣的咕咕(goo)那样的另一端的可能性,如果你到了的话,确实非常高。你一定不想成为像下面对话中的主角吧:

"他在这儿吗?"

"嗯,他有部分是在……"

姆说。

"是的,除了那些以外。"纳德说。

"玛丽亚?"塞缪尔问,"你在想什么?"

"在此,纳德说他在两个世界里来回移动。我只是想知道,这对我们的计划可能意味着什么。也许我们弄错了这扇门的性质。"

"什么计划?"纳德说。

没人说话了。

"噢,我明白了。"纳德说,"不要相信恶魔。"他叹了口气,"嗯,我要说,都怪你和那群恶魔在外面。关于你说的,我想说虽然我是一个长有两条尾巴的快乐恶魔,但我不只是来回移动。第一次,我被压碎了,发现自己回到了荒原之国。第二次,一辆大卡车撞了我,同样的事发生了。第三次,我和塞缪尔一起,接着,我又和他分开了。那是唯一一次什么事儿都没发生。"

他朝塞缪尔尴尬地笑了笑。

玛丽亚看上去很高兴:"噢,所以其他时候你都是死了的。从某种程度上说,是这样。后来,又没事了。"

"非常感谢!"纳德说,"这对我来说一点儿也不好。某个时候,你也可以试一试死亡的感觉,我保证你不会喜欢的。"

但是现在玛丽亚真的很感兴趣:"穿越那道门是怎样的感觉?"

"那很难受。"纳德惆怅地说,"感觉就像被拉伸了数英里远,然后又被挤进一个非常小的球里面。"

"那是因为……"玛丽亚说,她指着一幅画,上面画着一个沙漏状的东西,而她的铅笔悬在沙漏最窄的位置,"这就是挤压的地方。你本不能顺利通过它的,因为你被撕裂了,或者压扁到几乎不见了的地步。听起来,这扇门有黑洞和一些蛀洞。理论上来讲,不应该有啊,再说了,恶魔也不应该在那儿呀,可是,就在此刻,有人在和我们喝茶。"

"你的意思是?"汤姆不耐烦地问,因为玛丽亚的话,大部分他都没听懂。

"我的意思是……"玛丽亚说,"现在纳德可以解决我们的问题。"

"解决?"纳德紧张地说,"不会伤害什么吧?"

"也许会,有一点。"玛丽亚说,"从科学的角度说,这扇门有很多洞,那它就起不了作用呀。"

"嗯,订个计划吧,有总比没有好啊。"塞缪尔说,"要是纳德愿意试一试的话。"

"没有什么比我经历过的那些事儿更糟了。"纳德忧郁地说,"你们说吧。"

他们说了。

他们一说完,纳德就说:"好吧。这听起来太莽撞了,又这么危险,完全不可能行的样子,但就这么做吧。现在我们需要一辆车。"

他从桌上抬起头,表情变了。

"还有一个问题。"他说。

"什么?"塞缪尔问。

纳德指着窗户边一个颤抖的家伙,那儿有一对恶魔,一个像蟾蜍,另一个像蜘蛛,它们站在花园门口。

"是它们!"

第 30 章　阿伯纳西夫人落荒而逃

阿伯纳西夫人输了，打算赢回来。

孩子们聚集在窗边，注视着恶魔。

"嗯，"玛丽亚看到一只十条腿的蜘蛛和一只大蟾蜍，便鼻翼微皱，"它们太吓人了。"

"这都是巴力的仆人，"纳德说，"它们不但看起来可怕，而且本来就很恐怖。然而，巴力就像一千个这样的怪物合成体，甚至更加污秽不堪。我现在真是岌岌可危。"

塞缪尔盯着这两个恶魔，发现它们俩有些相似之处，不久后才意识到，它们都穿着黑色碎布睡衣。

"它们没有来找你，"他对纳德说道，"但是，我不确定它们是否知道你在这儿。"

"它们在找谁？"汤姆问道。

"我觉得在找我，"塞缪尔说，"它们就是在阿伯纳西夫人地下室的那两个人，或者说曾经是。肯定是阿伯纳西夫人派它们来的。"

"为什么？"汤姆问，"你没能阻止到她。地狱之门打开了，她已经得到自己想要的东西了。"

"我妨碍到她了。因为我觉得她不喜欢别人对她耍花招。我不确定之前有没有人以其他形式对她耍过花招。她想惩罚我，如果你们和我一起被抓，那么，你们也同样会受到惩罚。"

塞缪尔转向玛丽亚和汤姆："对不起，我不应该把你们卷进来的。"

汤姆拍拍他的后背，说："对，你真不该这样做。"

"汤姆！"玛丽亚惊讶地叫道。

"开玩笑而已，"汤姆说，"不过，我真的是被卷进来的。"他添了句，玛丽亚依然对他怒目而视。

"所以，我们现在该怎么做？"玛丽亚说道，"逃跑？"

"这主意不错。"普朗克博士的声音从毛毯下面冒了出来。

"不，"塞缪尔说，"我们要正面和他们搏斗。"

"看，"汤姆说，"如果可以击中会飞的骷髅的话也不错，但是，我觉得它们不会给我们任何靠近的机会，不然我们可以用球棒敲它们的脑袋。"

"按计划行事，"塞缪尔说，"把纳德送往那扇门。"

"有件事儿，"纳德说，"最好不让它们知道是我。假设当大门坍塌时，我一半都还没有穿过去，那我肯定在那一端会碰到些麻烦。有一些能用于隐藏我身份的东西吗？"

约翰逊女士从普朗克博士那里抽走了毛毯，用剪刀剪了两个孔，然后递给纳德。

"但是，我们从哪儿弄一辆车？"汤姆问。

"从我妈那儿，"塞缪尔说，"当心点儿。汤姆，负责盯紧我妈。纳德、玛丽亚，跟着我走。"

"你要去哪儿？"汤姆问。

"去偷我爸的车。"塞缪尔说着，看到他妈妈笑了。塞缪尔、玛丽亚和纳德站在房子后面的车库里，望着塞缪尔的爸爸花了几十年时间才复原的爱车。

"阿斯顿·马丁。"纳德说，他轻轻地拍了拍车子："太美了，不觉得它像保时捷吗？"

"比保时捷要好，因为它产于英国。"塞缪尔说。

"好吧。"纳德并不是很赞同这种说法。他真是太喜欢保时捷了，不过，这辆车真的很棒。

"你确定你能开车?"玛丽亚问。

"我开过保时捷,而且又快又准地掌握了开车的窍门。"纳德说。

对于让纳德开这辆车,塞缪尔还是三思过的。要是被他爸爸发现了,他肯定会抓狂。

"你会照顾好它的,对吗?"塞缪尔问纳德,"这真的是一辆好车!"

"塞缪尔,"玛丽亚说,"他要把这辆车开进跨越时空维度的那扇门,如果一切进展顺利,那么车能安然无恙地从地狱回来;但是一旦出现问题,那么车子在穿过蛀洞的时候就会散架,甚至会连碎片都不剩。所以,问他会不会照顾好车子,对他来说不太公平。"

塞缪尔点点头,说:"可能不知情会更好。"

塞缪尔将爸爸的备用车钥匙递给纳德,再把车库门打开,车库门坐落在房子后面的一条小路上。纳德坐到驾驶座椅上,把钥匙插进点火开关。玛丽亚站在副驾驶座打开的窗户旁,对纳德做最后的嘱咐。

"你知道自己要去哪儿吗?"

"朝蓝光的地方开去,"纳德说,"这不难找。"

"不,我觉得不是的。如果加快速度能起到作用的话,你不妨试一试。"

"没问题。"他说。

"行,祝你好运,"玛丽亚说,"还有……"

"什么?"

"请不要让我们失望。"

"不会的。"他说。

塞缪尔打开车库门返回来后,玛丽亚对他说道:"等你爸爸发现的时候,会不会崩溃?"

"如果纳德失败了,或者你出错了,我爸就有得担心了。"塞缪尔说。

"你也这么觉得,"玛丽亚说,"但是他还是会找个时间宰了你。"

"无所谓。"塞缪尔说。他不害怕,也不像之前那么生气。可怕的是,他准备报复爸爸,因为爸爸离他们而去。即便他们还没有两清,但是也差不多了。

"等我们几分钟,你再走,"塞缪尔对纳德说,"我们得让地狱之门的那些恶魔分散注意力,以防他们找到你。"

纳德满怀期待地紧握方向盘。

"我会倒数一百秒。"他说。

"好,"塞缪尔说,"正如玛丽亚所说,不要让我们失望。"

他又拍了拍车子,以示再见。

"你爸不会恼羞成怒吧?"纳德问。

"他会平复心情的,毕竟我们有这么好的理由。"

"希望他能理解,"纳德说,"因为你看起来就像是会被人理解的人。"

"真希望你能永远待在我身边,我还想继续了解你呢!"塞缪尔说。

"你是第一个对我好的人,"纳德说,"无论发生什么,这都是至关重要的。"

他们握了握手,塞缪尔给了纳德一个大大的拥抱。令人惊讶的是,这个恶魔也抱了抱他。纳德第一次感受到与友人分别的悲伤与痛苦,虽然这感觉不好受,但他还是很感谢塞缪尔让他感受到成为人类的感觉。

"走吧,去帮助他人,这会让你排除杂念,集中注意力。"玛丽亚说。

"我想,被一只蜘蛛或者蟾蜍吃掉的话……"塞缪尔说。

恶魔们一动不动地看着这栋房子,其中,有只大蜘蛛盯着塞缪尔,嘴巴动了动,滴下几滴透明的毒液,这种毒液能使树叶变黑。塞缪尔脑子里满是让自己快跑的尖叫声。因为自打他小时候起,他就很怕蜘蛛,连他自己也说不清缘由。而如今,他不得不直面这只蜘蛛,它从屁股里伸出一对突兀的人腿,即使是糟糕透顶的噩梦,也梦不到这样的事儿。

塞缪尔打开前门,走进花园。这时,房子后面传来阿斯顿·马丁发动的声音。

一个忽隐忽现的身影,四周环绕着蓝光,出现在他身前的小路上,就像电影屏幕上的画面似的。这是阿伯纳西夫人,或者说是她的幻影。

"你好,塞缪尔,"她说,"不能亲自见证你的死亡,实在抱歉,但是,我确保我的仆人们会尽可能地折磨你。"她把头一转,像是在听什么东西,然后打响手指,蟾蜍听到她发号的命令,跳走了。

"这是你的小伙伴试图逃走的声音吗?"阿伯纳西夫人不屑一顾地说。塞缪尔肯定:阿伯纳西夫人没有意识到纳德的存在。

塞缪尔耸了耸肩。

"他们不会走得太远。拉罗斯会找到他们并把他们杀了。比起我对你的打算,他们的死算是快的了。"

她那可怕的双手触摸着蜘蛛的残骸,蜘蛛身上的汗毛竖了起来。

"科隆,"她说,"吃了他,慢慢地吃。"

纳德正准备开向爱伦坡街的尽头,这时,一个又大又黑的东西出现在他面前,身体绷紧,准备跳起来。拉罗斯面无表情,但是,如果可以有表情,他肯定会大吃一惊。车轮后面的身影既不是小孩子,也不是成年女性,他身上裹着一床剪有两个洞眼的毛毯。拉罗斯感觉这身影很熟悉,但不确定是什么。

纳德停下车,望着拉罗斯。

"太吓人了。"纳德说道。

听到拉罗斯跳到引擎盖上的声音,纳德害怕地尖叫起来。他踩下油门,车子猛地向前开动了。但是,拉罗斯用脚趾紧紧地将车扣住,又在挡风玻璃上吐了口毒液,于是,玻璃开始冒烟,逐渐熔化。

"噢,不要!"纳德说,"我不能让你把车给毁了。"

一个急刹车,拉罗斯就被重重地甩了出去,只剩下一条腿还抓在后视镜上。拉罗斯仰面摔在地下,开始用力把身体扭过来。听到车子轰隆隆的叫声后,他使出双倍力气,发现自己的脚和头一样,也撞到了阿斯顿·马丁的车头上。接着,拉罗斯的身子被拽到车轮底下。他原本还有足够的时间去思考:"噢,那个……"突然,他不能思考了,一切都变得黑暗起来。

纳德从后视镜里看到了拉罗斯血肉模糊的残骸,还有在爱伦坡街道的后半部分上,蟾蜍留下的绿色的黏稠物。

"这是你们搞砸我车子的报应,你们本应该以德服人。"纳德说。

科隆翻过花园的围墙,篱笆因它身体太重而坍塌。它重重地落地,笨重地走向塞缪尔。一支箭从塞缪尔耳边嗖的一声飞过,射到蜘蛛的身体里,黄色的液体从伤口处喷出。蜘蛛跳起,继续前行时,第二支箭朝它飞去。这次,蜘蛛头上的黑色眼睛被刺中,它疼得弯起了身,一只脚抬起,仿佛是要竭力将箭从身体里拔出。

玛丽亚出现在塞缪尔的身旁,塞缪尔举起玩具弓,搭好另一支箭,箭的顶端用刀片削得锋利无比。

"就是现在,汤姆!"她叫道。

汤姆从厨房里出来,肩上扛着一箱液体,插进液体里的塑料管连着他手里的喷嘴。他挤压喷嘴,一股液体喷到了科隆脚边的草上。当他大腿顶部的敏感味蕾被液体碰到时,蜘蛛跳了起来,好像地上火辣辣的。汤姆继续喷射液体,越来越多的液体喷到它的身上、眼睛里、嘴里。蜘蛛想后退,但汤姆还是不停地喷着,最后,蜘蛛翻滚挣扎、四脚朝天。它的腿都卷到身体上,一动不动。

塞缪尔鼻翼微皱。

"这东西是什么?"

"氨水,"汤姆说,"是玛丽亚想到的。"

但是,玛丽亚没听到他们俩的谈话,突然,塞缪尔没继续听下去。他们都将注意力集中到阿伯纳西夫人身上,她正勃然大怒地望着他们。

"来抓我啊。"塞缪尔说。他想分散阿伯纳西夫人的注意力,以免她想到地狱之门的事。因为他不得不为纳德争取点儿时间。

但是,阿伯纳西夫人还是消失了。

第 31 章　勇敢的纳德

阿伯纳西夫人现出原形。

阿伯纳西夫人站在破败的房子外面。是时候了。她想杀了塞缪尔，但是必须等待时机。她会找到他，他最好祈祷她下手的时候蜘蛛已经把他吃掉了。他一次又一次地挑衅她，阿伯纳西夫人不是一个能容忍挑衅的人。

大门破得不行，房间里仅剩两面墙和一个壁炉腔。门窗都不见了，取而代之的是中心带有黑洞的旋转漩涡。各种生物不再由此出入。所有这类活动都暂时停了下来，那些魔鬼和怪兽不再专心于给这座小镇制造混乱，它们正满怀期待地等着主人恶魔之王到来。它们带着紫色的翅膀在灯柱上像大蝙蝠般倒吊着，它们的头拉长了，嘴巴力长满了锯齿般的牙齿。在它们周围，许多和海鸥一样大的昆虫飞进来了，这些昆虫身体的颜色是荧光绿的，身体尾端长着长长的刺。一群隐约像人形的东西聚集在德莱斯新月的角落，穿着华丽的金色盔甲，盔甲就像有生命一样，用龙头和蛇头装饰，在夜里蜿蜒爬行、大声尖叫，盔甲既可用来防御也可用来进攻。盔甲没有护面罩，每个镶有宝石的头盔下一片黑暗，只看到一对忽隐忽现的红色眼睛，充满着敌意。它们的头顶飘着一面火焰形状的旗帜，为迎接来访者而燃烧着。

阿伯纳西夫人抬起手臂，闭上眼睛，眼前的魔鬼使她欣喜若狂。

纳德注视着附近街道上发生的一切，阿斯顿·马丁在他下面轻轻地响着。当那个女人抬起手臂，周围环绕着蓝色能量时，他颤抖了。

地狱里有许多等级的魔鬼,但是最坏的已经和恶魔之王一齐藏起来了,剩下的魔鬼很少见到他们。他们身体畸形,相貌吓人,于是隐藏在黑暗之中,因为不能忍受其他次一级的魔鬼对他们凄惨处境作出的反应。

然而这其中有一个魔鬼,并未感到这是耻辱,于是不寻求地方隐藏自己。它成了恶魔之王最信任的得力助手,这个魔鬼知道恶魔之王所有的秘密,并向后者透露了其想法:一个魔鬼如果痴迷于研究人类,那么它的思维会变得既像男性,又像女性,大多数时候是偏向女性,因为它觉得女性比男性聪明狡猾。

即使打扮成阿伯纳西夫人的模样,纳德还是认出了面前的实体。毕竟,他的流放该归咎于它。

是巴力。

他倒下去靠在墙上。

"我永远摆脱不了她",他痛苦地说,"我完了!我们都完了!"

阿伯纳西夫人开始说话。

"我们的时机来了,"她说,"我们长期以来的流亡就要结束了。今晚我们开始宣称这个世界是我们的了,很快我们就把它烧为灰烬。看!我们的主人要来了!看他的威力!感受他的威严!他就是世界的摧毁者!"

她退到一边,漩涡越来越大,中心的黑洞同时越来越亮。门几乎都消失不见了,熔化的金属煮沸蒸发了。慢慢地,透过黑暗,它们的形状开始呈现。刚开始它们模糊不清,笼罩在迷雾之中,但是渐渐地就变得清晰可见了。

来的是一支军队,这个世界乃至整个宇宙都未曾有过如此庞大的军队。地球上所有的民族在这支军队面前都不算什么。它的队伍超过了这座星球上的所有沙子、所有树上的叶子、所有海洋中的水分子。各种形状、各种尺寸的魔鬼,有形状没形状的东西,都聚集在门的废墟后面。这支巨大的军队上方矗立着一座黑色的大山,这座山非常高,没人看得到山顶,山的底部非常宽,要想走过这座山,穷尽一生也做不到。山的正中央是一个巨大的洞穴，里面燃烧着看不见的火。

洞穴入口出现了一个黑影，头上长着一个骨头做的王冠。这个黑影穿戴着黑色盔甲，盔甲上刻着地球上每个已经出生或即将出生的男男女女的名字，目的是为了铭记对他们的憎恨。他右手拿着一支烈焰熊熊的矛，左手握着一面头骨和骨头做成的盾牌，因为每个邪恶的男人和女人都有着恶魔之王的成分，他们死时，他要了他们的遗体。他登上军队的上方，这样军队在他面前有如昆虫一般。他扯开喉咙，咆哮着，整个军队都在颤抖，他的光芒让人无法直视。

聚集的人群又传来一片欢呼声。阿伯纳西夫人陶醉在这欢呼声中。她沉醉在入侵即将成功的喜悦中，沉醉在主宰即将来临的兴奋中，没有注意到欢呼声开始减弱，人群开始困惑，小声嘀咕，一个声音非常礼貌地说："不好意思……"

阿伯纳西夫人睁开眼。塞缪尔·约翰逊站在她面前。

"我有个问题。"塞缪尔说。

阿伯纳西夫人吓得往后退，来不及作出回答。她皱了皱眉头，张开嘴想要说点什么，但是一个字也说不出来。地狱的大门就要打开，地球即将毁灭，地球上所有的居民都将被撕得粉碎。坦白来说，现在有个小男孩似乎有个问题要问。

最终，阿伯纳西夫人以她特有的方式回应道：

"噢，什么问题？"

"我只是不知道这有什么意义。"塞缪尔说。

"意义？"

"嗯，意义，"塞缪尔说，"我的意思是，如果你已陷入可怕的地狱多年，而你现在来到这里，为什么你要把它变成废墟，使它跟你逃离的地方一样糟糕呢？这似乎并没有什么意义。"

在他旁边，一个四条腿的粉色魔鬼满脸困惑地挠了挠自己。它的形状就跟棉花糖一样，手指挠头的过程中不见了，都塞进了魔鬼的大脑，但是至少它还在思考，或者说给人的印象就是在思考。

"你要我们做什么？"阿伯纳西夫人问道，"顺其自然吗？"

"嗯,是的。"塞缪尔说,"我是说,树啊,鸟啊,大象啊,这些都已经存在了。每个人都喜欢大象。你肯定喜欢大象,或者喜欢长颈鹿。就我个人而言,我很喜欢企鹅。"

粉色魔鬼耸了耸肩表示同意,像是一个没有脖子的东西做出来的动作,根本就看不出来。

"如果你毁灭它,"塞缪尔继续说道,"那么你将回到你开始的地方,在一大块岩石里什么都没有,只有魔鬼。这一点都不美,是吧?"

阿伯纳西夫人向他走近了一步。

"为什么你觉得我们会想要美?"她说,"美嘲笑我们,因为我们什么都没有。善良使我们害怕,因为我们没有善良。我们就是要和这个世界、和你们截然不同。"

她举起手指着她头顶的星星。

"这个世界只是开始。我们还有整个宇宙要征服。我们还有很多太阳要熄灭,我们还有很多星球要粉碎。到那时,天空中的每道光都会渐渐消失,最后什么也没有。我们会熄灭这些灯,就像熄灭我们指缝间的蜡烛一样,最后只有黑暗弥漫。"

粉色魔鬼还在想着企鹅,听到这番话失望地叹了口气。阿伯纳西夫人晃了晃手指,然后粉色魔鬼化作一股粉色和红色的烟散去了。

"他去队伍的末端了。"阿伯纳西夫人说着,塞缪尔擦掉袖子上的恶魔碎片,"至于你,见到你我出奇地开心。这意味着我现在就可以杀了你,享受我们的胜利,因为我们知道你再也不能活着来破坏我们的计划了。"

阿伯纳西夫人狰狞着狂笑不止。她的身体开始膨胀。她的皮肤在压力之下扩张,脸上、手臂上都满是眼泪,但是没有血。空隙之中有个可怕的东西在移动。

"现在,塞缪尔。"她说,"看看我,看看巴力,然后尽情地哭吧。"

纳德用指缝夹着点火钥匙。他看到阿伯纳西夫人退离了大门,但是还不够远。"快点,塞缪尔。"他小声说道。这个小男孩非常勇敢。

纳德希望塞缪尔别死，但是对塞缪尔有利的几率并不高。对纳德有利的几率也高不了多少，但是他还是决定试一试。就算不为自己，他也必须为塞缪尔勇敢一次。阿伯纳西夫人向这个男孩又走近了一步，塞缪尔后退。阿伯纳西夫人开始发抖和膨胀。

"不要啊，"纳德说，"我们就要……"

阿伯纳西夫人的皮肤成片成片地往下掉，落到地面就枯萎成干干的薄片。一个灰黑色的影子出现了，包裹在触须中，触须脱离了皮肤的束缚，现在开始延伸移动。只有脸和头发还保持原样，像橡胶面具一样，但是延伸太猛，以至于跟这个曾经拥有它们的女人没什么相似之处了。一根触须向上拉伸，分离出许多爪子，把这张面具扯了下来。

巴力仍在扩展：六只脚，然后八只脚，然后十只脚，不停地增长，越来越大。两条腿出现了，弯曲在膝盖后面，膝盖后面不断冒出尖尖的骨刺。四条腿出现在躯干上，但是只有两条腿末端有爪状的手指，另外两条末端是骨片，发黄且伤痕累累。许多触须从魔鬼的后背冒出来，像蛇一样蜿蜒爬行。

最终巴力达到了其高度的极限——塞缪尔上方二十英尺。从巴力身体里发出了爆裂声，它胸部的肿块原来是它的头，现在已分离出来。它没有嘴巴，只有两只黑色的眼睛，深深地埋在头骨里，但是头骨前部分离出了四个部分，就像一个分割的橘子。塞缪尔意识到这全都是嘴巴，四个部分连着一排排的牙齿，中央有着一个红色的大洞穴，许多黑色舌头从这里涌现出来。

塞缪尔吓得动弹不得。他想跑，但是腿不听使唤。他的后背靠着庭院的篱笆。他不能再往后退了，只能往左右两边走。他感觉有什么东西在舔自己的腿，然后他低下头，原来是博斯威尔，它从那所房子里逃出来了，追随它的主人。即使到了现在，这条小狗还是想靠近塞缪尔。

"快跑，博斯威尔！"他小声说，"好孩子，快跑回家！"

但是博斯威尔不为所动。它也很害怕，但是不想抛弃心爱的塞缪尔。它对着眼前未知又恶心的东西狂吠，还紧追着这个东西的脚后跟猛咬。后者射出一条锋利的腿去刺博斯威尔，但是它及时躲开了。但这根长长的骨头牢牢地扎在地板里，一动不动。巴力想要收回这条腿，但是骨头被卡住了。

塞缪尔从恍惚中清醒。他看了看周围想要找个武器，他看到了大门扩张时房里有半块砖移出。他捡起那半块砖，举在手上。这半块砖不大，但是有总比没有好。

巴力拿着一个大扳手，成功地拔出了那把锋利的刀刃，博斯威尔继续对着它狂叫猛咬。巴力用其中最大的触须把这条小狗抓起环绕在胸前，接着把它丢向空中。触须尾端的螯要把它撕成两片，但是还差几英寸，博斯威尔掉到地上，它惊呆了。博斯威尔想站起来，但是有条腿受伤了，站不起来，只有痛苦地尖叫。塞缪尔听到尖叫声，火冒三丈。

"你伤了我的狗！"他咆哮道。此刻他分不清自己是恐惧多于愤怒，还是愤怒多于恐惧。这没关系。他憎恨面前的东西；憎恨它伤了博斯威尔；憎恨它对阿伯纳西一家和他们的朋友的所作所为；憎恨它想要对整个世界胡作非为。在它后面可以看见大门，塞缪尔可以看到恶魔之王正在靠近，他可以指挥部分军队，领导这支黑暗的军队走向新国度。

巴力在塞缪尔面前弯下腰，用触须包围着他，四条腿保持平衡想要结束他。它的头骨又一次打开，发出嘶嘶声，朝他身上呼出臭味，塞缪尔看到自己被这团黑色的球状物包围了。

他把那半块砖径直扔进它的嘴里。

扔得太准了。这半块砖安稳地落在了魔鬼的喉咙里。它吐不出来也吞不下去。巴力跟跟跄跄地往后退，黑色的血和口水从下巴流出，它开始窒息了。它周围聚集的生物正看着这场不公平的战斗，等着那个男孩被毁灭，然后它们集体发出震惊的喘息声。巴力将触须伸进嘴里，想要清理阻塞，但是缝隙太窄，进不去。它摔倒在地，机灵的魔鬼跑过去提供帮助，它们纷纷爬上它的身体，努力进入它的嘴巴。三个魔鬼小心翼翼地进入了它的下颌，开始动手清除那半块砖。塞缪尔感觉有手正抓着自己的手臂。两个穿着金色盔甲的人牢牢地抓住他，他们把他放下时，眼睛耀眼夺目。他想极力反抗，但是他们太强大了。

砰的一声，他面前掉下一个物体。是那半块砖。塞缪尔抬头看到巴力正站起来，在巴力黑色的眼睛中，他看到了自己死期将近。

就在这时，有个头部像月亮、身披毛毯的身影开着那辆阿斯顿·马丁，在巴力身后加速移动，消失在大门中，留下的只有废气和渐渐减弱的"再见……再见……再见……"。

过了一会儿，就像什么也没发生。每个人、每样东西，只是盯着大门，不敢确信他们刚才看到了什么。大门的四个角闪现一道白光，大门往顺时针方向不断旋转，然后颠倒方向往逆时针方向旋转。有什么东西在往外吸，仿佛打开了吸尘器，但这似乎只影响到了魔鬼，对塞缪尔并没有什么影响。刚开始这股吸力很小，然后越来越大，从魔鬼的脚底往上升，把它们无情地往大门里拉。有些魔鬼想抵抗这股力量，抓住灯柱、庭院大门，甚至是车子，但是大门旋转得越来越快，然后一个接一个地，它们从一个世界回到了下一个世界，最后大门似乎缠满了腿、触须、爪子和下颌，魔鬼们快要被吸到中心的时候，它们借助彼此的力量弹跳了起来。其中有两个古怪的魔鬼在竭尽全力地抓住一杯杯啤酒。

最后，只有一个留下来了。那个曾在阿伯纳西夫人体内的东西比进入这个世界的任何东西都要沉重和强壮，它不想离去。每条腿、每个触须都拉伸到了极限，它们紧紧抓着一切可以抓的东西，费力地与大门的这股力量作斗争，大门现在旋转的速度快得惊人。最终，只有一个触须还黏在庭院大门下面，巴力身体的其他部分都悬在半空中，腿指向空洞的那端。

塞缪尔走向前。他盯着巴力那冷酷的双眼，然后抬起右脚。

"下地狱去吧！"他说，然后用脚后跟重重地踩踏那根触须。

这个魔鬼松开了大门，马上就被吸回去了。大门坍塌成一个小蓝点，之后就消失得无影无踪了。

塞缪尔跪在博斯威尔跟前，把这只小狗的头抱在怀里。一辆警车来了，人们开始从家里出来，但是塞缪尔只关心博斯威尔。

"你太勇敢了！"他小声说着，博斯威尔听到塞缪尔说到了自己的名字，于是忍住疼痛，对塞缪尔摇了摇尾巴，"勇敢的孩子。"

接着塞缪尔看着夜空，说了另一个名字，声音里充满悔恨、爱怜和希望：

"勇敢的纳德。"

第 32 章　一切远未结束

后来，人们都过着幸福的生活，或者只是表面现象。

过了好长一段时间，比德尔科姆才恢复正常。人们死去了，就像阿伯纳西一家人和兰菲尔德一家人消失了一样。几个月后，科学家、电视工作人员和记者都蜂拥而至聚于此，问着各种各样的问题，镇上的人们一下子就不耐烦了。疯子和痞子来到此镇，想看看曾经打开地狱之门的地方。有个问题是：所有受伤的人们、损失的财务以及那些遇到恶魔的人所说的故事，都没有实际的证据得以佐证，除了三位老男人用猎枪打过的石像。那些拿着手机拍下飞行生物的人或者用摄像机记录下踩踏当地公园的花坛的人，他们发现，除了静电干扰，这儿什么都看不到。哦，每个人都接受了这样的想法：比德尔科姆的确发生过一些事情，但是，如官方所言，没人有十足的把握确定这儿到底发生了什么。甚至连研究大型强子对撞机的科学家们也不能确定，他们在事情发生以后，决定密切关注实验。眼下，对撞机没了电，艾德和维克多留下来继续玩海军棋，然而，希尔伯特教授梦想着能遨游其他空间，因为只有那儿才没有恶魔。

几周过后，对撞机迎来了三位特殊的参观者，他们是塞缪尔、玛丽亚和汤姆，在参观设备时，人们对他们都投来了好奇和尊重的目光，于是，他们尽可能礼貌地回答科学家们问的问题。塞缪尔和玛丽亚希望以后能成为科学家，因为他们深信，在做事方面，他们比欧洲核子研究组织更为细致认真。

"我一直想成为一名板球运动员，"参观过后，汤姆说道，"至少我对板球有所了解。而且，没人能在板球锦标赛时，可以偶然地将地狱之门打开。"

最后，比德尔科姆逐渐从头条上消失，镇上的人们都适宜过这样的生活。他们希望能重新回到以前的比德尔科姆，那儿枯燥无味却风景如画，这才是他们想要的。

或多或少是这样。

密根池塘边，一个名叫罗伯特·奥本海默的男孩儿向鸭群扔石子。他并不是对鸭子有特别的厌恶感。如果这儿有狗、孤猴或者猫鼬，那么他也会很乐于这样做。但是，这儿没有什么特别的动物，所以，只能对鸭群扔石子了。

他打到了几只鸟，于是在找寻更多的石子。突然，他被一只脚举了起来，在池塘的水面上晃来晃去。茎秆的底部现出一双眼睛，盯着他，彬彬有礼地说：

"我说，老兄，我真的希望你不要这样做。鸭子不喜欢你这样，老实说，我也不喜欢。如果你执意而为，那我不得不先把你拆开，再用错误的方式把你拼凑起来。你能想象，这得有多痛。清楚了吗？"

尽管罗伯特一直上下摇晃着，但他还是艰难地点了点头，说："好。"

"现在向鸭子们道歉，好小伙儿。"

"对不起，鸭子们。"罗伯特说。

"好了，你走吧，再见。"

令人惊讶的是，罗伯特被轻轻地拉回到岸边，他看见所有的鸭子都望着他，嘎嘎地叫着。如果他不知情的话，可能会认为鸭子们正在嘲笑他。

随着时间的流逝，有人报道了在密根池塘发生的与之相似的奇怪现象，但是比德尔科姆镇上的人们既没有召集调查人员，也没有兜售门票，而是让此事沉寂，尽可能对密根池塘敬而远之。

休谟先生坐在蒙塔古詹姆斯·罗兹中学的教研室内，专心致志地盯着针头。万圣节期间，他被迫将自己锁在橱柜里，一群六英寸高的恶魔打扮成精灵的模样，透过锁眼朝他大喊大叫。这次经历把休谟先生吓得半死，然而，当他听说塞缪尔也卷进此事时，他猜想，这个男孩儿可能知道一些他所不知的有关天使和别针的故事。

所以，他死死地盯着别针，思考着。

针头上有两个跳着华尔兹的天使，它们的四周还围绕着许多其他跳华尔兹的天使。突然，它们一个个停了下来，说道：

"别看了，这个男人的背后……"

万圣节过后的一个月，人人都在为圣诞节做着准备，塞缪尔在卫生间刷牙。博斯威尔在门道望着他，一只脚裹着石膏，但是机灵的它对自己很满意。塞缪尔洗完澡，镜子上蒙上了一层雾气，他伸手将雾气擦掉，扫了眼镜子，发现自己的身后还站着另一个人。

那个人就是阿伯纳西夫人。

塞缪尔胆战心惊地环顾四周，卫生间里空无一人，除了镜中的阿伯纳西夫人。她的嘴巴动了动，说着一些塞缪尔听不见的话。他看见，阿伯纳西夫人向前走了走，伸出一只手，在玻璃后面的沾满水蒸气的镜子上，写下清晰可见的几个字：

事情还没完

她的眼睛里闪烁着蓝光，随后消失了。

第33章　离开荒原之国

暂时与纳德告别。

沃尔姆伍德在荒原之国目不转睛地盯着阿斯顿·马丁——这个让纳德回归王位的东西。

"这是什么？"沃尔姆伍德问。

"这是一辆车，"纳德说，"名叫阿斯顿·马丁。"

纳德对于这辆车能完好无损地来到荒原之国，感到惊讶万分，但更让他惊讶的是，自己只受了点儿小伤。毕竟一个人能裹着毛毯，开着飞车，成功地穿过内次元的地狱之门，实属罕见。他决定了，如果有哪个充满好奇心的恶魔想研究荒原之国，那么他会告诉他，一望无际的地狱更有意思；如果他还想知道车子是如何开到这儿的，那么，他会告诉他，车子是从天上掉下来的。毕竟大多数愚蠢的恶魔、阻挠恶魔之王的恶魔以及大批涌入的对手，有谁会怀疑纳德呢？

"它是用来做什么的？"沃尔姆伍德问道。

"它能跑得非常快。"

"噢，我们能看看有多快吗？"

沃尔姆伍德觉得很有趣，虽然并没有那么有趣。实际上，对于纳德的回归，他还是非常欣喜若狂的。因为，纳德不在，这儿实在是有点儿安静，宝座坐着也不舒服。真好笑！曾经梦寐以求的宝座，如今一到手，却也没那么渴望了。

"不。沃尔姆伍德。"纳德耐心地说道，自从体验过人类世界，遇见了塞缪尔后,他的心肠变得柔软了,不会再因为沃尔姆伍德的一点点愚笨就马上打他,虽然他感觉自己下次可能还会这样,"只要一坐下,我们也能跟着跑快。"

虽然沃尔姆伍德感到困惑不已,但最后还是坐到了乘客座椅上,系好安全带,屏气凝神。纳德坐在他身旁,发动车子。车子轰隆隆地叫着。

"我们要去哪儿?"沃尔姆伍德问。

"某个地方,"纳德说,"任何地方都比这儿好。"

"我们要去多远?"

纳德指着那些冒泡的黑色池塘中的一个,正是这些池塘才让荒原之国变得不那么单调。

"看到这些池塘了吗,沃尔姆伍德?"

沃尔姆伍德点了点头。他盯着这些池塘已经看了很久了,它们就像是沃尔姆伍德的老朋友。如果他知道自己的生日,他一定会邀请这些池塘来参加自己的生日聚会。

"好,"纳德继续说,"池塘里的某样东西和车子的发动引擎很像。地狱是我们的牡蛎。"

"牡蛎是什么?"

纳德也不知道,但是在车展厅的海报上看到过这个词语,并且很喜欢它的发音。于是,他再次决定,不能老是打沃尔姆伍德了。

"没关系。"他说着,从口袋里拿出一个纸袋,里面装着一些塞缪尔给他的酒胶糖,但是已经没剩下几颗了。纳德一直留着,但现在,他拿出一颗给沃尔姆伍德,最后一颗留给自己。

"给塞缪尔吧。"他说。沃尔姆伍德经常从纳德那儿听到有关这个男孩儿的事情,于是重复着主人的话。

"给塞缪尔吧。"

纳德附和他说,多元宇宙浩瀚无边,但它也小到能使像塞缪尔和他自己一样的两个陌生人找到彼此,成为朋友。

纳德和沃尔姆伍德驾车离去,渐行渐远,直到消失在远方。这些留下的东西都表明,有人曾经来过这里,一张宝座,一个权杖,还有一顶陈旧且褪了色的王冠……

地狱之魔

刘雅彬　黄清湄　李汝幸　译

第 1 章　地狱的门卫

我们发现自己身处地狱,但这只是暂时的,所以也不全是坏消息。

这个常常被称作地狱的地方,还被冠上了其他各式各样名字,比如冥府、炽焰帝国、撒旦之穴[①],等等。这些千奇百怪的名字向我们暗示着,这里压根不是一个可以待一辈子的地方,就连来度个假,你都不会情愿。这里简直是乌烟瘴气,一片混乱。这里的统治者黑暗国王也只能用"疯疯癫癫"来形容,他发起疯来就像一群发情期的野兔。

这个万恶之源——一个把自己藏在地狱最黑暗之处的老家伙——也拥有着诸多名号,但他的随从们都称他为恶魔之王。他的坏心思可多了:他盼着所有宇宙里的星星像烛焰一样在他的指缝中熄灭;盼着一切美丽的事物都消失殆尽;他盼着刺骨的冰寒、无尽的黑暗,也盼着永恒的沉默。

最重要的是,他盼着人类灭亡。他已经厌倦了一个接一个地去腐蚀人类,因为这既费时又不讨好,而且许多人类依旧举止得体、与人为善,公然挑衅他。虽然,他还没有真正铁了心要自甘暴弃,但是,毁灭地球似乎是个一劳永逸的方法,于是,他构想了一个计划。当时,这个计划看起来天衣无缝。在恶魔之王和他的随从们看来,这个计划绝对不会出岔子。绝对不会。根本不可能。这个计划绝对不会失败,

---

[①] 不要把撒旦之穴和圣尼克之地混淆在一起,后者是指北极。你绝对不想犯这种错误,最后还得向撒旦出卖你的灵魂。

这一点毋庸置疑。

然而，它就这么失败了，突如其来，始料未及。

如果您对我们的故事还不够熟悉，这里给您补充一下。① 上一本书中写到，恶魔之王在恶魔巴力的帮助下，试图通过驾驭大型原子对撞机的能量，开启地狱之门，并强行闯入人类的世界。大型原子对撞机位于瑞士，是一个大型的粒子加速器。宇宙大爆炸之后，宇宙开始形成，人类设计出这个对撞机是为了再现宇宙大爆炸后宇宙形成的瞬间。换句话说，大型原子对撞机实际上处理的是最原始的力量，而在这些力量的某个地方，隐藏着邪恶的种子。因此，恰好这个对撞机在宇宙之间创造了一条裂缝，而恶魔之王刚好瞄准了这个机会。

巴力——他最信任的仆人——穿过了那扇连接地狱和地球的大门，伪装成一个生活在英国的比德尔科姆镇、名为阿伯纳西夫人的女人。巴力一开始就把真正的阿伯纳西夫人给杀了，随后披上了她的皮囊。在最后的关键时刻，就在恶魔之王和他的军队即将统治地球时，阿伯纳西夫人的计划却被一个叫塞缪尔·约翰逊的小男孩搅乱了，捣乱计划的还有塞缪尔的那条达克斯猎犬博斯威尔，以及五灾之魔纳德，纳德是一个有些无能但心眼很好的魔鬼。恶魔之王把这一次的失败怪在阿伯纳西夫人的头上，因此拒绝和她会面，这让阿伯纳西夫人感到很丢脸，并为自己的未来感到忧心忡忡。

故事的来龙去脉都清楚了吗？很好。

恶魔之王还不清楚计划究竟是如何失败的，他也压根不在乎。就在那一瞬间，他瞥见了维度之间有一个洞，从那里可以逃离地狱。正当他打算离开他那沉闷的王国时，那扇大门却突然关闭了。他那些血腥的希望和阴暗的梦想都化为乌有，离胜利的咫尺之遥要把他逼疯了。

---

① 顺便问一下，你是什么人？居然连这一系列的第一本书都没读过就开始读第二本书？说真的，难道你是先穿鞋子再穿袜子吗？又或者你是先穿长裤再穿内裤？现在，当我在特别关照你时，其他读者都得出去闲荡一会儿，一边百无聊赖地吹着口哨，一边玩弄一下自己的手指甲。我敢打赌，你肯定是那种在电影放映后才姗姗来迟的观众吧，一边撒着你的爆米花，踮着脚尖往前走，坐定后，拍拍你旁边小伙子的肩膀，问他："我是不是错过了什么？"就是像你这样的人会惹出乱子。

当然，这并不是说他以前不疯狂：一直以来，恶魔之王比装在袋子里的一群獾还要狂暴，甚至比一群困在饼干罐里的蝙蝠还要发狂得厉害。然而，现在他已经完全进入了另外一种疯狂的状态。自从大门突然消失后，地狱里便到处回荡着他的哀嚎。那是一种可怕的叫声，夹杂着愤怒和悲伤，一成不变，不绝于耳。即便依据地狱里的标准来判断，那声音也是特别恼人的。声音从绝望之山深处的巢穴中传出来，越过隧道和迷宫，穿过地牢和异色龙的内脏，最终到达了这个通往可怕的外部世界的门口。

这扇大门尤其令人毛骨悚然。门上错综复杂地刻着一些狰狞的脸孔和恐怖的体形，那些脸上的表情变化莫测，那些肢体相互交织缠绕，乍一看，这个入口像是有生命似的。这时候，门口还站着两个恶魔门卫。这两名门卫就是一对活脱脱的相声演员。他们俩的体型刚好相反。其中一个门卫又高又瘦，一副哀怨的表情，他的下巴上就像一直悬空吊了个生气的小胖子似的，脸被拉得老长。相比之下，他的同伴看起来又矮又胖，确切地说，他看起来就像是吃了那个生气的小胖子似的，权当给同伴帮了个忙。

瘦一点的那个是布朗普顿。他在这个门口守护了很久，久到他已经忘了自己守卫在这里究竟是要抵御什么，毕竟他能想到的最可怕的妖魔鬼怪已经住在这座山里了。几百年来，他就靠在自己的长矛上，偶尔打个盹，挠挠痒，但通常懂礼貌的恶魔是不会在公众场合挠痒的。虽然有些家伙没有通行证却企图强行闯入，但在这几百年里，这样的家伙却是屈指可数，近来倒是有些频繁。噢，有几个恶魔试图从山里逃出去，主要是为了躲避因某事而被处以被撕裂的惩罚，或者偶尔就是为了打个赌。除此之外，这里很长一段时间都相安无事，当然是地狱式的相安无事。

他的同伴是新来的，叫埃奇法斯特。布朗普顿透过头盔满心疑虑地盯着他看，埃奇法斯特并没有为了迎合布朗普顿，便一直倚在自己的长矛上，他也从未提议要翘班去喝杯茶或者打个盹。相反，埃奇法斯特似乎总是站得笔直，眼睛里闪烁着一种令人惶恐不安的光。事实上，眼里散发着光芒的人通常喜欢自己的工作，更糟糕的是，这种人还打算尽可能地把工作做得漂亮。相比之下，布朗普顿还没有找到一份自己喜欢的或者想去做好的工作，他认为这种合他心意的工作压根就不存在。在他看来，工作就是当你什么都不想做但被人强迫着去做的事情。

埃奇法斯特紧张地瞥了布朗普顿一眼。

"你干吗一直那样盯着我看？"他问道。

"你挺精神的啊，"布朗普顿说。

"什么？"

"我刚刚说'你挺精神的'。和你一比，我看起来敷衍了事，衣冠不整，好像我压根儿不在乎这份工作。"

"呃，但是，你的确不在乎啊。"埃奇法斯特说道。从见到布朗普顿的那一刻起，他就明白，这个恶魔身上到处写满了"废物"这几个字。

"也许吧，"布朗普顿说，"但是我并不想弄得人尽皆知。你对待工作如此热情饱满，铁定会让我丢饭碗。我可能谈不上喜欢这份工作，但比它更差的工作多的是。"

"我又何尝不知道。"埃奇法斯特说道，好像自己曾经做过地狱里最糟糕的工作似的，仿佛对他来说，除了那份工作以外的其他工作都太美好了。

"是吗？"布朗普顿问道，不由自主地产生了兴趣，"那么，你之前是做什么工作的？"

埃奇法斯特叹了一口气。"你还记得那次科巴尔公爵丢了一枚心爱的戒指吗？"

布朗普顿有印象。在这群有爵位的恶魔中，科巴尔[①]还不算最差劲

[①] 科巴尔公爵是喜剧演员，不过，他是属于那种硬充滑稽的喜剧演员。编造圣诞拉炮的笑话是他的额外工作。你知道的，比如，英语中最长的单词是什么？微笑（smiles），因为在首尾字母之间夹着一个单词——英里（mile）。不对，是一英里长。是的，在距离上。没错，我知道这个单词并不是真的有一英里长。但是——好了，别说了。我是认真的，你开始惹恼我了。不，我并不想在头上戴一顶纸帽子。我不在乎是不是圣诞节，这些帽子弄得我的脑袋奇痒。而且我也不想看你赢了什么东西。不想看。我是认真的。那好吧。噢，太好了，指南针。如果我把它拿走，你会不会迷路？看，滑稽吧。好吧，我觉得挺搞笑的。

圣诞节：科巴尔公爵的心头之爱。

的。这意味着,当他把尖针刺到你的血肉中,或者在弄清楚你的嘴里一次性可以塞多少只蜘蛛时,他总是给在场的每一位观众提供咖啡和蛋糕,正当他努力往你嘴里塞最后一只蜘蛛时,还会为事情发展到这个地步而向你道歉。科巴尔最珍贵的骷髅戒指被弄丢在地狱的下水沟里,之后便再也没找到过了。这件事情发生之后,地狱通过了一项新的法律,规定地狱里所有腐烂的蔬菜,变质的食物,身份不明的肢体和恶魔的各种排泄物在排入不悦之海前,都必须用手搜查一遍,以防遗失任何有价值的物品。

"咳!"埃奇法斯特继续说道,"你听说过那种搜查工作吗?"

"你是说,趴跪在地上,在粪便里翻来翻去吗?"

"对。"

"为了确保不丢东西,还要把鼻子凑到里面去吗?"

"是的。"

"而且没有地方洗手,休息的时候,要尽量用手爪的边缘抓着三明治吃,还总会担心食物会掉下去?"

"没错。"

"但是手那么臭,三明治不是也会很臭吗?"

"对啊。"

"太惨了,简直惨无人道啊,"布朗普顿打了个哆嗦,"简直不敢想象。这简直是地狱里最糟糕的工作了。不管怎样,继续说吧。"

"咳,这就是我以前做的工作。"

"不可能吧!"

"这就是我的工作,做了一年又一年。直到现在,我一看到便池,还有把手伸到里面去的冲动。"

"难怪我以前觉得你身上的气味有点怪,即便是恶魔,这个味道也有点过了。"

"这不能怪我。我已经想尽了一切办法,不论是用水、香皂还是酸性液体,这个气味还是去不掉。"

"你真可怜,但我不得不说,要是谁站在你的下风方向也算是倒霉。那么，现在这份工作对你来说肯定是一次相当不错的晋升吧。"

"哎呀，是啊，肯定是啊！"埃奇法斯特激动地说道。

"有人看上你了吧。"

布朗普顿用肘推了推他。埃奇法斯特咯咯地笑了起来。

"应该是吧。"

"是的，你就是个特别的家伙。撒旦的小宠物！"

"你不知道，自我出生以来，"埃奇法斯特说，"我最快乐的事就是摆脱了那份苦差事。"

埃奇法斯特满脸堆笑，布朗普顿也朝他笑了起来。就在那时，他们头顶上的那条大槽沟打开了，地狱排水渠开始排污水，一共得持续几个小时，这些要多臭就有多臭的废弃物淋到了两个门卫身上，最后冲到山脚下那个发臭的垃圾池里。当最后一滴污水落下来后，槽沟关上了。一个脚蹬雨靴、鼻子上戴着桩钉的小恶魔来到垃圾池里，开始翻找刚刚冲进来的废弃物。

"那就是我过去做的事，"埃奇法斯特一边说着，一边小心翼翼地把挂在耳朵上的那条烂菜叶拿开。

"你这个幸运的家伙，"布朗普顿说道。

他们看了那个恶魔一会儿，没有说话。

"但幸亏他们给我们提供了头盔，"埃奇法斯特说。

"这就是这份工作的特别待遇，"布朗普顿说，"如果没有头盔，这份工作可要难受得多，不止难受一倍。"

"我想问一下，"埃奇法斯特说，"之前做我这份工作的家伙怎么了，他怎么不干了？"

布朗普顿根本没有机会回答这个问题。有一条漫长又阴沉的路穿过了垃圾池，通向了远处那片单调的旷野。自打埃奇法斯特第一天来这里工作起，这条路就人迹罕至，但是现在这条路再也不空荡荡的了。有个身影正朝这边走过来。随着这个身影越来越近，埃奇法斯特认出那是个女人的身影，或者说是很像女人的身影。那个女人穿着一条镶着红花图案的白色裙子，头上戴着一顶草帽，帽子的顶部环绕着一条白色的缎带。她穿了一双白色的鞋子,鞋跟踩在石路上,不断地发出咔哒咔哒声。她左手挽了一个白色的包,包上系着金色的扣子。女人的表情非常坚定,只要哪个恶魔比埃奇法斯特聪明一点,看到她或许会踌躇不敢向前。但正如布朗普顿所料,埃奇法斯特是一个狂热分子,和狂热分子谈简直是白费工夫。

这个女人慢慢朝这边走过来,埃奇法斯特看到她身上的裙子比最初看起来的更破旧,像是自己做的,缝合线也不均匀。鞋子是由黑色涂成了白色,尖鞋跟也是磨出来的。提包边框是骨制的,骨框上还耷拉着一层皮,上面还有斑点和毛发,细细一看,扣子实际上是一些金色的牙齿。

尽管这些装饰本身就很奇怪,但它们算不上是这个女人外貌上最奇特之处。最诡异的地方在于,这个女人本人比她裙子上的针脚还要难看。她的脸、手臂还有大腿上的皮肤似乎什么时候被撕开过,这些大小不一的皮肤碎片又被缝合起来,勉勉强强算是个女人的样子。她其中一只眼窝比另一只小,嘴部的左边比右边高,左腿下侧的皮肤松松垮垮地像穿了一条旧紧身裤。她的头上顶着一团凌乱的金发,像飞过的小鸟扔下的一团稻草。埃奇法斯特意识到,与其说他看到的是一个女人,不如说他看到的是一套女装,这不禁让他好奇隐藏在这套女装下的是什么。

不管怎样,埃奇法斯特得做点什么,这是他的工作。布朗普顿还没来得及阻止他,他就已经向前迈了一步。他伸出长矛,摆出一副稍稍有些吓人的架势。

"你知道,我不会——"布朗普顿正要开始说,但是已经太晚了。

"站住,"埃奇法斯特说道,"你想去哪里?"

不幸的是,埃奇法斯特并没有得到这个问题的答案,接下来发生的事情却回答了他之前问的一个问题——之前做这份门卫工作的家伙怎么了,因为埃奇法斯特即将亲身体验那个家伙的命运。

女人停下脚步,盯着埃奇法斯特看。

"噢,天啊。"布朗普顿把头盔拉下来遮住自己的眼睛,并且尽可能缩小自己的身体。"噢,天啊,天啊,噢……"

可怕的触须撕裂了她的裙子,从她的后背冒了出来,还往下滴着毒液。她的嘴巴张开,露出了一排排参差不齐的尖利牙齿。长指甲从苍白的指尖射了出去,卷起来像钩子似的。触须抓住了埃奇法斯特,把他举到了空中,然后从四面八方狠狠地用力一拉。随后传来一阵痛苦的尖叫声,埃奇法斯特的身体被撕成大大小小的碎片,抛向了空中。其中一块碎片落到了布朗普顿的头盔上。他低头一看,埃奇法斯特的脑袋就掉在他面前的泥地上,眼里露出了困惑的神情。

"你应该警告我的。"脑袋说道。

布朗普顿把脚踩到埃奇法斯特嘴巴让他闭嘴。那个女人整理了一下她那更加凌乱的外表,拍了拍头发,然后继续穿过那扇大门,往绝望之山走去。一路上再也没有人询问她的去处。

当她经过的时候,布朗普顿拉着头盔朝她倾斜了一下表示致敬。

"早上好……"

他停了下来,试图找一个合适的词。女人黑色的眼眸朝他闪了一下,他感觉有一股寒意进入了自己的腹部,这种寒意预示着马上有人要把你撕裂成碎片,然后把你的头甩到距离最近的那堵墙上。

"……小姐。"他说完,女人朝他笑了一下,仿佛在说"是的,我很漂亮,谢谢关注",随后消失在绝望之山的深处。

布朗普顿松了口气,把脚从埃奇法斯特的嘴上移开。

"真的很痛。"埃奇法斯特说道,这时候布朗普顿开始把他的四肢捡起来,堆在一起,希望可以把埃奇法斯特拼凑回去,至少可以拼凑成和以前差不多的样子。

"这要怪你自己。"布朗普顿说道。他开始交叉双臂,然后意识到他两只手还分别拿着埃奇法斯特的手臂,这一切让他非常混乱。布朗普顿只好握着埃奇法斯特一根断指冲着他的脑门指指点点。"你不应该问一位女士私人问题啊。"

"但我是门卫啊。而且我不确定那是一位女士。"

"嘘——!"布朗普顿焦急地转过头去看,好像担心那个女人又会突然出现,把他们俩都撕成只有蚂蚁才能找得到的碎片。"你知道吗,我觉得你不是做门卫的料,"他说,"你对整个门卫工作太认真了。"

"难道我们不应该认真吗?"埃奇法斯特反问道,"我们的工作是守护这个入口。我只是在努力把它做好。"

"你现在做好了吗?"布朗普顿说道,带着一副不确定的表情,"你知道我擅长守护什么吗?"

"不知道。是什么?"

"我的健康。"

砰地一声,他重新把头盔戴到埃奇法斯特的头上,然后回去重新靠在他的长矛上,等着有人过来把那些垃圾收走。

"不管怎样,那个……呃,女人是谁?"埃奇法斯特问道。

"这,"埃奇法斯特带着某种情绪说道,"说来话长……"

第 2 章　艰难的相爱

我们有点明白了相爱有多难。

时间是很有趣的东西。以时间旅行为例吧：随便问一类人，看他们是想回到过去还是去到未来，答案可能会平分秋色。有的人想见证大金字塔的建造过程，有人想和恐龙玩捉迷藏，而有的人却想去看看漫画书中所预见的那些喷气式背包和激光枪是否最终在商店有售了。①

不幸的是，对于那些想回到过去的人，这里有一个坏消息。假设当我既没有写书，也没有在闲暇之余练习低音管惹恼邻居的时候，在自家地下室里制造了一台时光机器，给那些幻想一场时光之旅的人提供免费的旅行。让那些想拜访伊丽莎白女王一世的人去看看女王究竟有没有长出木头牙齿（并没有：她的牙齿只是腐烂而变黑了，而且化妆品中的铅也在慢慢腐蚀她，所以很有可能大部分时间她的脾气不好），或者让他们去看看"仓促王"埃塞尔雷德是不是真的没有准备好（并非如此："仓促王"这个昵称是由意为"不明智建议"的古英语单词错译过来的），这些回到过去的人肯定会大失

---

① 事实上，不论是回到过去还是去到未来，你或许都可以从中获知与做决定者相关的一些重要信息。英国作家阿诺德·本涅特（1867—1931 年）曾经以这句话而著名："活在过去的人必须向活在未来的人屈服让步。否则，世界就会退步。"本涅特的意思是，与其回忆过去，不如展望未来，如此才可以进步。另一方面，美国作家乔治·桑塔亚纳（1863—1952 年）曾经说过："不能牢记往事的人，注定要重蹈覆辙。"换句话说，这只是一个度的问题：过去是一个可以偶尔回去看看的好地方，但不适合常驻。

所望。

为什么会出现这种情况呢？因为你不能回到时光机器制造之前。根本不能。你把两个不同的时间点连接起来，最早的时间点必须是时光机器出现的时候。抱歉，规则就是这样。这些规则不是我制定的，我不过是在书中执行罢了。因此，之所以没有来自未来的访客，是因为还没有人制造出属于我们这个时代的时光机器。如果不是这样，那就是有人暗地里造了一台，所以才没有人去敲他的门，要去试试他的时光机器，否则会多么烦人啊。①

如果可以回到过去，那么在试图入侵地球的过程中，阿伯纳西夫人可能对很多事情会有不同的做法，但其中最重要的就是不要低估那个叫塞缪尔·约翰逊的男孩和他那条叫博斯威尔的小狗。不过，话又说回来，她又怎么能想到一个小男孩和他的达克斯猎犬可以识破她的诡计呢？也许她是一个恶魔，但是她也是一个成年人。大部分成年人很难想象得到小男孩或是小猎犬竟然能以某种方式凌驾于他们之上。

如果阿伯纳西夫人了解到这个给她造成诸多麻烦的人正在遭受拒绝和难堪，她或许会感到些许的安慰，因为塞缪尔·约翰逊刚刚试着邀请露西·海默尔和他约会。

从塞缪尔看到露西的那一刻起，他就爱上她了。那是他刚到比德尔科姆镇的蒙塔古·罗兹·詹姆斯中学上学的第一天。在塞缪尔的眼里，露西头部周围有一群蓝色的知更鸟不停地飞来飞去，它们哼着小夜曲，歌颂着她的美貌，还叼着花瓣落在她的秀发上。还有天使帮她

---

① 还有一个被称为"祖父悖论"的小问题：假设你回到过去，在你父亲或母亲出生前就把你的祖父杀死，将会发生什么呢？你是否就停止存在了呢？但问题是，你已经存在了，因为你正准备活着穿越了回去，所以如果你尝试杀死你的祖父，那么很明显你会失败。等等，可是：如果你的确杀死了你的祖父，有没有可能你当时"突然"不存在？不可能，因为那暗示了两种不同的事实，一种是你存在的事实，另一种是你不存在的事实，而两者根本不可能同时存在。因此，杰出的物理学家史蒂芬·霍金提出了一种时间旅行的虚拟禁令——时序保护猜想。霍金教授认为，肯定存在一条阻止时间旅行的物理定律，否则我们会遇到很多来自未来的访客，他们为了证明某个观点，总是乱七八糟地突然出现，试图杀死自己的祖父。但最后，如果第一次谈到时间旅行你就提及杀死祖父的可能性，那么你或许不该靠近时光机器，而且也不该接近你的祖父。

分担书包的重量,当她遇到数学难题时,天使还会在她的耳边轻声告诉她答案。细想一下,那并不是天使:而是班级里其他的男孩子们,因为露西·海默尔是那种男生会幻想结婚生子的对象。而女孩们则幻想着哪一天露西·海默尔会从陡峭的楼梯间摔了下来,掉在一堆豪猪毛和生锈的农具上面。

塞缪尔足足花了一年多的时间才鼓起勇气要约露西出去:几个月来,他不断地在找合适的词语,为了不结巴,他在镜子面前反复练习。只要一想到她也许会愿意和他在皮特饼屋吃馅饼,他就自嘲是傻子,但马上,他就会正一正肩膀,绷紧上嘴唇,提醒自己懦夫不会赢得芳心,尽管懦夫也从来不会遭受致命的拒绝。

塞缪尔·约翰逊并不是懦夫:他曾经平息了地狱的怒火,他的勇气是毋庸置疑的。但是一想到要把他那颗年轻的心袒露在露西·海默尔面前,一想到这颗心有可能会被冷漠这把钝剑刺穿,他的胃就开始翻腾,两眼发晕。他不知道哪种情况会更糟糕:是邀请露西·海默尔约会但被拒绝,还是压根不开口,永远不了解她对自己的心意;是被露西拒绝,知道她不可能会爱上自己,还是活在一个永远无法得以实现的希望中。经过了一番深思熟虑,他决定最好还是去弄清楚露西对自己的心意。

塞缪尔是戴眼镜的:而且,碰巧,他戴的眼镜镜片相当厚。不戴眼镜的话,周围看上去会有点模糊。他觉得自己不戴眼镜会更帅,虽然,他对此并不十分确定,因为当他取下眼镜照镜子时,他看到自己就像是一幅掉在水坑里的自画像。然而,他还是很肯定露西·海默尔会更喜欢他不戴眼镜的样子,所以,在那重要的一天——他后来回想起来,那就是灾难的一天——他一边向她走近,一边小心翼翼地取下眼镜,稳妥地塞进口袋里,脑海里不断在重复这几句话:"你好,我在想,我有没有这个荣幸邀你去主街上的皮特饼屋请你吃馅饼,或再喝杯橙汁呢?你好,我在想——"

有人撞到了塞缪尔,或者是塞缪尔撞到了别人,他不确定是谁撞了谁。但是他道了歉,接着继续往前走,又被别人的包绊了一下,差点没站稳。

"喂！你怎么走路的。"包的主人说道。

"对不起。"塞缪尔又道了一次歉。

他眯眼一看，前面就是露西·海默尔了。她穿着一件红色大衣。这件大衣很可爱。露西·海默尔的一切都是那么地惹人喜爱。如果她叫露西·洛芙丽（小可爱），而且住在洛芙丽镇的洛芙丽路，那她就再可爱不过了。

塞缪尔站在露西的前面，清了清嗓子，连珠炮似的说道："你好，我在想，我有没有这个荣幸邀你去主街上的皮特饼屋请你吃馅饼或许再喝杯橙汁呢？"

他等待着答复，但是什么也没有等到。他更用力地眯着眼，努力锁定露西的身影。她是不是很激动呢？她是不是正吃惊地盯着自己看？甚至，现在是不是有一滴幸福的泪珠正从她的眼里滑落下来，如钻石般，当小翠迪鸟——

"你刚刚在约那个信箱吗？"旁边有个人问道。塞缪尔听出来那是他最好的朋友托马斯·霍布斯的声音。

"什么？"塞缪尔一顿瞎摸找到眼镜，把它戴上，他发现不知怎么回事自己走错了方向。他踏出了校门，来到了现在所在的街道上，就在这里，他刚刚邀请了一个红色信箱一起去吃馅饼，甚至连同那个正在清空信箱的邮递员也一起邀请了。邮递员用一种警惕的目光看着塞缪尔，仿佛怀疑站在他眼前的这个人是个疯子，随时都有可能造成危险。

"它不吃馅饼，"邮递员缓缓地说道，"只吃信件。"

"对，"塞缪尔说道，"这个我清楚。"

"那就好。"邮递员说道，语速依旧很缓慢。

"你的语速为什么那么慢？"塞缪尔说道，同时，他发现自己的语速也开始放慢起来。

"因为你疯了。"邮递员说道，语速更加慢了。

"噢。"塞缪尔说道。

"而且,信箱可不能跟着你去馅饼店。它只能待在这儿。因为它是一个信箱。"

他轻轻地拍着信箱,朝着塞缪尔微笑,仿佛在说:"看吧,它只是一个箱子,不是人,走开吧,疯子。"

"我带他走。"汤姆说道。他开始把塞缪尔往学校里带。"我们回校园里,好吗?你可以躺下来好好休息。"

校门附近的学生一直在围观塞缪尔。有的在吃吃地窃笑。

看到了吧,这就是那个叫约翰逊的男孩。我早就说了,他很奇怪。

至少,露西不在那群人当中,塞缪尔想到。显然,露西去别的地方散发她可爱的魅力了。

"无意冒犯,冒昧问一句,你为什么要请一个信箱吃馅饼?"汤姆问道,这时候他们正朝操场里面走去。

"我以为它是露西·海默尔。"塞缪尔说。

"露西·海默尔长得不像信箱啊,而且,如果她听到你这么说,肯定会不开心的。"

"都怪她今天穿的那件红大衣。我搞混淆了。"

"你有点配不上她,不是吗?"汤姆说道。

塞缪尔伤心地叹了口气。"何止配不上,我们连一起做运动的机会都没有。但是她很可爱。"

"你这个傻子。"汤姆说道。

"谁是傻子?"

玛丽亚·梅耶尔加入了他们的谈话,玛丽亚是塞缪尔在学校另一个最亲密的朋友。

"塞缪尔啊,"汤姆说道,"他刚刚向一个信箱发出了邀请,以为它是露西·海默尔。"

"真的吗?"玛丽亚说道,"露西·海默尔。那……挺好的。"

她的语气与其说是冷淡,还不如说是冷漠。"挺好的"这个词就像一座冰山,而露西·海默尔这艘蒸汽船正在不知不觉地撞上去。但是汤姆一直在幸灾乐祸,而塞缪尔尴尬得有点难受,他们俩都没有注意到玛丽亚说话时的语气,也没有看到她脸上不悦的表情。

就在这时,塞缪尔发现露西·海默尔没有在别的地方,就在她一群朋友的身后,他们还在窃窃私语。塞缪尔的脸涨得通红,因为他意识到露西亲眼见证了刚刚所发生的事情。他继续往前走,一边心里默默估量着这次错误的严重性。当他从露西这一群人旁边经过时,他听到她的朋友们开始咯咯地笑,然后他听到露西也开始笑了起来。

我想回到过去,他寻思着,回到我还没有向露西·海默尔提出约会之前。我想要改变过去,改变过去发生的一切。

我再也不想做那个奇怪的约翰逊家的小孩了。

很奇怪,人们可以很快地忘记那些离奇的事情,如果忘记能让他们过得更开心的话,即便是地狱之门打开,从中还涌出了最凶神恶煞的魔鬼这种难以置信的事情,人们也可以很快忘记。这件事情就发生在十五个月前的比德尔科姆镇上。你可能以为,经历了这件事情之后,人们每天早上醒来,打呵欠,挠着头,然后在惊慌中睁开眼睛,尖叫:"地狱之门!恶魔!他们在这里!他们还会回来!"

但是人们并非如此。这也许是一件好事,否则生活会变得非常艰难。时间不会抚平所有的伤痛,但是它可以舒缓那些痛苦的记忆。否则人们一旦去看了牙医就再也不愿意去第二次了,除非,牙医能对他们的个人舒适感和安全做出重要保证。①

几个星期过去了,几个月又过去了,人们开始淡忘发生在比德尔科姆镇上的这件事情。没过多久,人们开始在想这一切是否真实地发生过,又或者只是做了一场离奇的梦。说得更确切一些,他们觉得事

---

① "什么意思,你只给我注射一小剂麻药?我要大剂量的,就是给大象做手术前注射的那种剂量。我希望我的下巴像是石头雕刻而成,就像是拉什穆尔山的一部分。我不想感觉到任何疼痛,否则你就会有麻烦,听到了吗?你究竟是怎么当上牙医的?你就这么喜欢弄疼别人吗?是吗?你这个怪胎,你就是个怪胎!"

不好意思,但是你知道我想表达什么……

情的确发生过，但是以后不可能再次发生，所以他们不再担心，可以继续忙于更重要的事情，比如踢足球，看真人秀，说邻居的闲话等。至少，他们是这样告诉自己的，但偶尔在夜深人静的时候，他们会从奇怪的梦魇中惊醒，梦里出现的都是牙齿肮脏，爪子有毒的怪物。而当孩子们告诉大人自己因为床下有东西而睡不着时，他们不会告诉孩子这是在犯傻。绝对不会。他们会小心翼翼地朝床底窥探，而且手上还拿着板球拍，刷柄，或者菜刀。

因为世事难料……

但奇怪的是，塞缪尔·约翰逊觉得人们把一切都怪罪在他的身上。他并没有因为无聊而在地下室里召唤出恶魔，他也没有制造出一个无意中打开地狱之门的机器。那个叫恶魔之王的魔鬼痛恨并且还想摧毁地球，这也并不是他的错。但是，由于他参与了整个事件，所以大家一看到他就会想起这件事。然而，人们并不想记起这件事。他们想把这事忘得一干二净，并且说服自己已经忘记了，即便他们并没有真正忘记。他们只是不愿意去想这件事了，然而，不愿意想起和真正忘记根本是两码事。

塞缪尔对此事倒是记忆犹新，因为他偶尔会在镜子里，商店橱窗中，或者公共汽车候车亭的玻璃上瞥见一个女人的身影。这个人就是阿伯纳西夫人，她的眼睛闪着一束诡异的蓝光，塞缪尔能感觉到她对自己的憎恨。但是，从来没有其他人见到过她。他试图告诉科学家们关于她的情况，但是他们不愿意相信他。他们认为塞缪尔只是一个还在为见过的那些怪物所困扰的小男孩——虽然聪明勇敢，但是还很稚嫩。

塞缪尔明白事情绝对没有那么简单。阿伯纳西夫人想复仇：她复仇的对象包括塞缪尔，整个地球，以及所有生灵，无论是地上走的，水里游的，还是天上飞的。

塞缪尔对此事难以忘怀还有一个原因。他并不是单枪匹马地打败了阿伯纳西夫人、恶魔之王以及地狱里的妖魔鬼怪。有个运气不好但还算正派的恶魔助了他一臂之力，这个恶魔就是纳德。纳德还和塞缪尔成为了朋友,但是现在纳德藏身于地狱的某个角落里,躲避着阿伯纳西夫人的追捕,而塞缪尔在地球,他们互相爱莫能助。

塞缪尔只能祈祷着,无论纳德在哪里,希望他平平安安。①

---

① 既然我们提到了时光旅行这个话题,还有一点不得不提。量子理论认为有这样一种可能性:所有可能事件,不论有多奇怪,都可能发生,而且每个事件的可能结果都存在于自己的世界中。换句话说,所有可能的过去和将来——比如你没有读这本书而是读了另一本——都有可能是真的,而且它们都相互共存。现在,假定我们发明了一台可以帮助我们穿越时空的时光机器。这样你就可以回到过去,开始随心所欲地动手杀死你的祖父,在你对祖父莫名其妙的憎恨中,置他于死地,然后继续前行来到另外的时空。

如果你认为这些关于平行世界和其他维度的想法只是胡言乱语,请注意,旧金山一位实验哲学家乔纳森·济慈已经开始出售其他时空的房地产。实际上,他一天之内卖出了位于旧金山海湾地区的172套这样的房产。我并不确定这证实了什么,但是事实在于,在旧金山有人愿意花一大笔钱购买可能并不存在的东西,也许这件事的重点在于旧金山而不是这个科学理论。同时,当我还付了一大笔钱去看这些人实施产权时,突然出现了一个来自其他时空,拿着机关枪的怪物。"听着,我花钱买了这块地——"砰!

第3章　地狱深处

我们走向地狱的深处，这是父母常常会担心孩子的读物上出现的这类标题。

上一章节，我们转移了话题，简要地谈到了地球。我们了解到关于爱情和人生的道理，了解到良好视力在一段关系中的重要性，了解到杀死祖父存在的危险。现在，让我们重新回到地狱。

或许，你已经猜到了，那个穿着破烂不堪的印花裙子、毅然大步流星地踏入绝望之山幽深处的女人正是阿伯纳西夫人，也就是以前的巴力。自从入侵地球的计划落空后，阿伯纳西夫人便每日朝着恶魔之王的巢穴朝拜前行。她想亲自到主人面前，向他解释哪里出了问题，并想办法重新得宠。阿伯纳西夫人几乎和恶魔之王一样古老、邪恶，他们在这荒芜之地共同生活了千万年，慢慢地将这满布灰烬、烈火熊熊的污秽之地变成了一个王国。

然而，恶魔之王如今正沉浸在悲痛中，疯疯癫癫的，显然不愿意见他的下属。阿伯纳西夫人被迫中断了和恶魔之王的联系，她为此心烦意乱。她既担心，又害怕。没有恶魔之王的保护和宠溺，阿伯纳西夫人不堪一击。她必须采取行动。一定要让恶魔之王听她解释，这就是阿伯纳西夫人坚持要回到这里的原因。每次她来到这儿的时候，一些邪恶的小魔鬼都会躲在暗处，饶有兴致地观察着她，这个最伟大的恶魔之一——地狱军队的指挥官——沦落为了一个求饶的乞丐，令人费解的是，这个乞丐似乎热衷于穿女人的衣服。

说来也奇怪，阿伯纳西夫人一开始并不愿意接受一个四十多岁的女人的皮囊，但她渐渐地喜欢上穿印花裙子，也开始为自己的发型而发愁。部分原因是阿伯纳西夫人过去没有性别之差：她只能被称为一个极其恐怖的"它"，这种情况直到最近才结束。现在她有了身份，而且身体也不全是牙齿，爪子和触须。刚开始或许是巴力掌控了阿伯纳西夫人的身体，可现在，阿伯纳西夫人身上的某些东西也影响了巴力。破天荒的，巴力开始照镜子，穿漂亮衣服，化妆。她开始担心自己的容貌。说句不好听的话，她变得爱慕虚荣了。① 她不再把自己当成巴力。巴力已成过去，阿伯纳西夫人才是她的现在和将来。

她往山里越走越深，周围开始传来窃笑和私语声。她行走的那条大桥下是万丈深渊，如果有人不小心从桥上掉下去，便会一直往下落，即便最后老死了，也可能无法触到悬崖底端。金属和锁链固定住桥的位置，和山的内壁连在一起。内壁上有无数处拱形穹隆，全部笼罩在阴影中，每一处都住着一个恶魔。穹隆在不断向上下两端延伸，一望无际，在更远处，燃烧着的火炬杂乱无章地镶嵌在山的内壁上——这是深渊中的唯一光源——火炬慢慢地变成了星星点点，最后被吞噬在黑暗中，完全消失不见。到处都有怪兽从它们的穹隆往外窥探：咧嘴笑的红色小鬼；火焰恶魔和冰冷恶魔；畸形恶魔，还有一些根本不成形的恶魔，在烟雾的衬托下，它们几乎只剩下一对发着光的眼睛。曾经，这些恶魔为了避免惹怒她，它们连看都不敢看她。但是现在，它们开始嘲弄她，因为她辜负了她的主人。迟早有一天，主人会停止哀嚎，到时候她就会因为自己的过错而受到惩罚。

到那个时候，他们就等着看好戏！

但是，到目前为止，哀嚎声还在继续。阿伯纳西夫人走得越近，

---

① 为了避免有人要为女人正名而跟我置气，我在这里强调：虚荣心并不仅限于女人。诗人兼散文家乔纳森·斯威夫特（1667—1745年）曾说，"虚荣是傻瓜的食粮；/但你们这种聪明人/时不时也会屈尊尝一点。"对虚荣心最好的解释是太骄傲了，骄傲的反面是谦逊，后者的意思是看到真实的自己，不和别人攀比，甚至不与坏人，或者其他穿裙子的恶魔攀比，如果你碰巧也是一个穿裙子的恶魔的话。

声音就变得越大。她看到有些恶魔为了挡住主人的悲鸣声，往耳朵里塞了煤炭，而有些恶魔则被逼得像恶魔之王一样疯疯癫癫的，要么嗡嗡地喃喃自语，要么沮丧至极，一直把头往墙上撞。

终于，走过了穹隆之地，来到了一个四处都是黑暗石壁的地方。在她眼前的黑暗中，有一个身影在移动，试图从阴影中脱离出来，就像有人想把鞋子和黏稠的焦油分离开来那样。黑暗的卷须似乎从那身影后方一直延伸到黑暗中，那身影仿佛和黑暗交融在一起了。它迈步到一个闪烁的火把下面，只见它咧着嘴，露出难看的笑容。从这一侧来看，它看起来像一只秃鹫，即便它身上有一些人类的特征。它头上的皮肤是粉色的，秃顶，虽然在火光的照耀下可以看到头上有几根细小鬃毛。它的鼻子又长又肥，弯得像食肉鸟的鼻子一样，和下嘴唇一起构成了一个鹰钩鼻子。它黑色的小眼睛闪烁着怨恨的幽光。身上的那件黑色斗篷像石油一样顺着它弓着的肩膀滑落下来，它的左手握着一根骨制的制杖，制杖顶端有一个小骷髅头。他朝阿伯纳西夫人举起制杖，阻止她继续前进。

这个怪物叫奥西穆斯，他是恶魔之王的大臣[①]。早在巴力还没自称为阿伯纳西夫人，也没有穿上奇怪服饰之前，奥西穆斯就一直对巴力心怀恨意。奥西穆斯的权力在于他是恶魔之王的亲信。如果有恶魔需要帮助或者谋求升职，他们得通过奥西穆斯来接近恶魔之王。如果他们得到恩惠或者成功升职，他们便反过来欠奥西穆斯一个人情。不仅地狱如此，人类世界也是这么运转的。这并不好，这种事情不应该发生，但它确实存在，这一点，你必须明白。

[①] 大臣是统治者或国王的秘书或者顾问。这是一份有风险的职业，因为手握大权的统治者往往对身边提供意见或者指出错误的人非常苛刻。英国国王亨利二世的大臣托马斯·贝克特（1118—1170年）与亨利二世在国王对教会拥有多大的权利的问题上产生了争执，后来被骑士劈成碎片。众所周知，英国国王亨利八世命人斩首了他的大臣托马斯·摩尔（1478—1535年），因为国王想和第一任妻子——阿拉贡的凯瑟琳——离婚，从而再娶更年轻漂亮的安娜·波莲为妻，而摩尔对此持反对意见。最后，亨利八世还命人斩首了安娜·波莲。这两个故事并不是告诉我们——因为那些叫亨利的国王似乎都有砍别人头的癖好，所以不要为他们卖命，而是要我们看看他们是如何对付那些和他们作对的家伙：如果他们的处置方式非常残暴，那么你可能就要另寻高就了。

"你不可以过去。"奥西穆斯说道。粉色长舌头从它的鹰钩鼻子里伸出来,舔着它皮肤上的不明物质。

"你有什么资格告诉我什么能做,什么不能做?"阿伯纳西夫人说道,语气里充满着蔑视,像她嘴巴里滴下来的酸性液体一样明显。"你就是主人身边的一条走狗,仅此而已。你不给我放尊重点,我就把你撕成粉碎,拼回去后再撕碎。"

奥西穆斯窃笑了一下。"你天天来,你的威胁听起来一天比一天空洞无力。你曾是主人的心腹,但是那已经是过去时了。你曾经有机会取悦他,但你没有珍惜。如果我是你,我会找一个地洞把自己藏起来,待在那里盼着主人忘记自己的存在。因为当他停止悲痛,就会想起你给他带来的痛苦,相比他对你的惩罚,被撕成碎片就显得是小巫见大巫了。你风光的日子过去了,阿伯纳西夫人。瞧瞧你!你变成什么样了!"

阿伯纳西夫人的双眼冒光。她咆哮着抬起手,似乎要把奥西穆斯击倒。奥西穆斯弯腰屈膝,把脸藏在斗篷下。在那一刻,这两个宿敌就这样一直僵持着,突然奥西穆斯的斗篷里发出一个奇怪的声音。是笑声,嘶嘶的笑声就像管道漏气或煎培根的声音。

"嘶嘶嘶嘶嘶嘶,"奥西穆斯笑道,"嘶嘶嘶嘶嘶嘶嘶嘶,你在这儿没有这个权利,如果你打我,就等于打了我们的主人,因为我是他的发言人,我代表他说话。马上离开,放弃这愚蠢的朝拜。如果你还来这儿,我就叫下属用锁链把你押下去。"

他举起制杖,制杖上的小骷髅头呈现出病态的黄色。他的身后出现了两只带翼的巨型野兽。在微弱的火光中,他们看起来像刻在墙壁上的恶龙,一动不动,现在正俯视着站在走道上的这两个宿敌。其中一只俯下身来,露出了它那爬虫类动物的头骨,双唇往后卷起,把锋利的菱形长牙暴露出来。它朝阿伯纳西夫人低声咆哮,威胁她。阿伯纳西夫人把包甩到它的鼻子上反击。恶龙低声呜咽着,看上去有些窘迫,然后转向它的同伴,仿佛在说,"好吧,看你的了。"另一只恶龙耸了耸肩,假装盯着旁边墙上的东西。它暗自寻思着,那个包比看起来重多了。

"这事我还没完呢,奥西穆斯,"阿伯纳西夫人说道,"我一定会东山再起,我会永远记着你今天的傲慢无礼。"

她踩高跟鞋转身离去。她又听到了恶魔之王的哀嚎声,其他恶魔(无论是有形还是无形)的窃窃私语,以及奥西穆斯嘶嘶嘶的笑声。她经历长途跋涉,穿过绝望之山的羊肠弯道,饱尝伤害和屈辱。她穿过入口,回到地狱的荒芜之地,突然从她的鞋子周围传来了一个声音。

"祝你度过愉快的一天。"埃奇法斯特那已经和身体分离的脑袋说道。

阿伯纳西夫人无视他,继续往前走去。

奥西穆斯看着那个离去的身影,他的笑声渐渐停了下来。黑暗中出现了另一个身影,看上去高大威严。火炬的光照耀在他苍白的面容上,神情傲慢专横,残酷无情。他黑色的长发上绑着金色的发箍,衣服的材质是深红色的天鹅绒,就像用血编织而成。即便空气是静止的,他那件同样是红色的斗篷在他身后飘动,仿佛是它的主人生命的延续。他伸出一只戴着宝石的爪子,漫不经心地摸着其中一条恶龙,这条恶龙就像一只长着鳞片的大猫,咕噜咕噜地,发出满足的叫声。

"尊敬的亚必戈公爵。"奥西穆斯说着,一边低下头,摆出一副毕恭毕敬的姿态。这个举动非常明智,因为只要亚必戈公爵在场,那些忘记向他低头行礼人常常被迫向他低头,通常是以脑袋被大刀从肩膀上削下来的方式。

人们常说大自然不能接受空缺,权力同样如此。当一个人失宠时,很快就有人排着队来取代他的位置。所以,当阿伯纳西夫人令恶魔之王失望的时候,许多有权有势的恶魔开始暗自思忖如何利用阿伯纳西夫人失势之际来为自己谋求加官进爵。在这群恶魔当中,要数亚必戈公爵最为野心勃勃、诡计多端。

"你怎么看,奥西穆斯?"亚必戈说道。

"她很固执,公爵大人。"

"固执,而且危险。她的顽固不化让我心烦。"

"我们的主人是不会见她的。我已经确保了这一点。我只要一有机会,就在主人耳边说她的坏话。我提醒他,她是怎么让他失望的。我遵从了你的命令,添油加醋,让他的愤怒之火越烧越旺。"

"你是个忠诚可靠的仆人。"亚必戈说道,他的语气充满了讽刺。亚必戈心里记着,一旦达到目的就把奥西穆斯放逐,因为不能担保任何背叛过主人的下属不会背叛另一个。

"我对恶魔之王忠心耿耿,公爵大人,"奥西穆斯小心翼翼地说道,仿佛他听到了亚必戈公爵的心里话似的,"对我们的主人来说,下属没有办事不力,也不会不合时宜地穿女装,这样会更好。"他继续说道。

亚必戈盯着大臣的那奸诈的表情。亚必戈不习惯被纠正,不论纠正的方式多么委婉。这只会让他更加坚定自己的想法,一旦有这个能力,就要把奥西穆斯处理掉。

"我手握大权的时候一定不会忘记你的,"亚必戈说道,他留下了这句模棱两可的话,"我们的时代很快就要来临了。很快了,奥西穆斯,快了……"

亚必戈退回到黑暗之中,消失不见了。奥西穆斯长长地松了口气,气息长短不一。他正在玩一个危险的游戏,他很清楚,如果他失去了亚必戈公爵的信任,那他对阿伯纳西夫人会更加怀恨在心。他紧握着制杖,将它深深地插进绝望之山的土地里,当听到主人的咆哮声越来越大时,他开始畏缩起来。在通往内室的入口处,他停了下来。在黑暗中,他锋利的双眼认出了恶魔之王的巨大身影,那身影正悲痛地蜷缩成一团。

"主人,是我,"他说话的时候毒液从嘴巴里滴了下来,"我给您带来了悲伤的消息:您那忠诚的下属,阿伯纳西夫人,还在诋毁您……"

第4章 "五灾之魔"

我们重新认识纳德，前"五灾之魔"，这个名号完全是误会。

在地狱某处，有一个不毛之地，那里有一座平平无奇的山。山脚下有一个平平无奇的洞穴。一阵修修补补的声音从洞穴里传出，穿过地狱。或许你意识到了，修修补补的声音基本上是男人的追求。大多数情况下，女人是不修补东西的。这也就是为什么最早发明了花园棚和车库的是男人而不是女人。这两个场所是供男人们休息的地方。他们在这些地方并没有做什么特别的事情，不过是让他们的双手干些吃吃喝喝或摆弄电视遥控器之外的事情罢了。一阵捣鼓就能发明有用的东西，这种情况很少。大部分情况下，捣鼓不过是在摆弄本身已经正常的机器零件，然后中断，结果什么事情也干不成。接着，又开始一阵捣鼓，最终还是不尽如人意。于是他们便开始捣鼓更多的东西，一件接一件，一直到死，多数情况下，他是被妻子拿用坏的水壶或冰箱零件殴打致死的。

洞穴里有一辆车。这车本来是一辆原装的阿斯顿·马丁，得到塞缪尔·约翰逊的父亲的精心保养。平日里，塞缪尔·约翰逊的父亲把车放在房子后面的车库里，每到周日才把它开出来。不幸的是，这辆车在恶魔攻击比德尔科姆镇的时候成了牺牲品。虽然，如果没有这辆车，也许就没有比德尔科姆镇了，或者说，如果没有这辆车，比德尔科姆镇或许就会被恶魔们占领，但是，当塞缪尔的父亲发现他的车不见了的时候，他可不是这么想的。

"你的意思是车被恶魔偷走了?"他问道,眼睛直盯着空荡荡的车库。这间车库里曾经摆放着他的骄傲和快乐。塞缪尔看着父亲在搜查车库后边成堆的旧油漆和割草机的零件,似乎在期待车会从一罐白色的乳状漆里跳出来大喊"惊喜吧"。

"没错。"

塞缪尔的母亲回答道。丈夫为失车感到难过这件事似乎让她感到十分高兴。塞缪尔的父亲抛下他们母子二人与别的女人一起生活,却还指望他们替他照顾车,约翰逊夫人认为这种行为过于自私。

确切地说,车并没有被盗。事实上,是塞缪尔自己把车钥匙给了恶魔纳德,好让纳德能够一路开到连接地狱和比德尔科姆镇的大门口,摧毁大门,从而阻止恶魔之王逃到我们的世界来。塞缪尔十分感激他的母亲模糊了真相,虽然他觉得把纳德描绘成一个小偷对纳德不公平。

而纳德此时正双手抱在胸前地站着,眼睛盯着那辆曾经属于约翰逊先生的阿斯顿·马丁。如今,这车是他的了。令纳德感到惊讶的是,这车穿过大门的时候没有受到很严重的损坏,他还以为他和这车都要被撕成碎片,最终被压碎成小虫的眼珠子般大小的东西。同时,让他感到欣慰的是,散落在地狱之中冒泡的黑色黏液是碳氢化合物和其他有机成分。换句话说,这些黏液是可供使用的小型加油站。

美中不足的是,这些石油混合物较为天然,而地狱的地形并非为老爷车而设的。更糟糕的是,纳德压根儿不知道内燃机的工作原理,因此对于可能发生的问题,根本无从下手。纳德自诩自己是一个好司机,然而,在地狱开车要求的不仅仅是要把握好方向盘、脚踩刹车和油门、避开岩石和原油,因此,纳德并没有自己想象中那么会开车。

然而,好运常常发生在最令人意想不到的人身上。好运降临在脸如一弯绿色新月的纳德的身上更是让人出乎意料。由于特别招人厌,纳德被恶魔之王放逐到地狱的一个荒野之中。为了给纳德找个伴,恶魔之王把纳德的仆人沃尔姆伍德也送了过去。沃尔姆伍德长得像一只头发刚被一个瞎眼的理发师用钝剪刀剪坏了的大白鼬。沃尔姆伍德的身上有很多特质——易怒,气味很奇怪,并不怎么聪明——但最令人意外的是，他在机械方面很有天赋。因此，凭借那本在阿斯顿·马丁的车尾箱里找到的小手册，他就揽下了照顾和保养这辆车的任务。这车的车速比以前快了，开得更稳了，而且非常灵巧，运转自如。

噢，可是这车现在看起来像一块巨大的岩石。

纳德知道阿伯纳西夫人和她的主人恶魔之王肯定会因为入侵地球计划的失败而大发雷霆。他们俩可不像是那种轻易原谅别人的人，换句话说，他们肯定会把气撒在别人身上。恶魔之王会怪阿伯纳西夫人，因为他就是那样的恶魔，而且这个计划是由阿伯纳西夫人负责的。而阿伯纳西夫人呢，则会找个替罪羊，把责任推到那个躲在毛毯下，把那辆老爷车开到地狱的恶魔身上。纳德不清楚阿伯纳西夫人会对自己做什么，但是他觉得她一定会把他身上的每一个原子都分离开来，然后逐个用小大头针刺破。一想到这里，他就感到不舒服。

因此，他做了两个决定。首先，要一直处于移动的状态，因为移动的物体更难被瞄准[1]。同时，他觉得最好把车乔装一下，因此，他们弄来一个用木材、纱布和金属做成的框架，然后将它涂成类似大圆石的样子，只不过，这个大圆石可以在 7 秒钟之内从零加速至六十迈。

此时，沃尔姆伍德在引擎盖下费力地研究着，捣鼓一个只有他知道是什么东西的零件。纳德或许也能叫出那个零件的名字，如果他愿意动脑筋的话。可他不愿意，至少他是这么告诉自己的。毕竟，他是整个行动的指挥官，所以不能因为汽化器和火花塞而分心，也不能弄脏自己的手。他从未想过，像沃尔姆伍德这种真正懂得一些汽车工作

---

[1] 有趣的是，这或许可以看作是物理学中的海森堡不确定性原理的一个变异。海森堡不确定性原理指的是我们无法精确确定某一个亚原子粒子的准确位置——的确是一个非常小的粒子——除非我们愿意以一定的不确定性来确定它的速度（其在某一特定方向的速度），我们也无法精确确定某个粒子的速度，除非我们愿意以一定的不确定性来确定它的位置。仔细思量，不无道理：基本上，当某个非常非常小的东西移动的时候，你无法准确判断其位置。要准确判断其位置，你不得不干扰其运动状态，因此会限制你对其的认识。同理，观察其速度意味着其准确的位置会变得不确定。实际上，海森堡不确定性原理比这还要复杂，但这已经是该原理的精髓所在了。当然，若有人问你是否了解海森堡不确定性原理，你跟他说你不确定，这个答案在某些场合上可以算是一个很好的有关科学的笑话。巧的是，提出该原理的德国物理学家维尔纳·海森堡认为这个答案是正确的，这暗示了他作为不确定性原理的提出者对某些不确定性的不确定。

原理的人或许比他自己更适合做指挥官,但是担任指挥官的通常是那些不愿意弄脏手的人。想要成为国王,你不一定要聪明,但一定要有聪明的人在你身边[①]。

"弄清楚是哪里出毛病了吗?"纳德问道。

"点火线圈有问题。"沃尔姆伍德说道。

"真的吗?"纳德问道,他试着让自己的语气听起来不那么无趣,可是没有做到。

"你连点火线圈是什么东西都不知道,对吗?"沃尔姆伍德说道。

"不就是跟点火有关的线圈吗?"

"呃,是的。"

"那我知道,你知道一根大棍子会在你的头上留下一个怎么样的包吗?"

"知道。"

"很好。如果你不想试试的话,就给我闭嘴。"

沃尔姆伍德从引擎盖下探出身子来,在他的工作服上擦了擦他的手。这件工作服背后还有一个故事:在汽车用户操作手册的封面有一张照片,照片里,一个男人穿着工作服,手里拿着一个工具,摆出一副吓人的样子。他左胸的位置上写着自己的名字:"鲍勃。"沃尔姆伍德认为这是懂引擎的人才会穿的制服,所以就用自己的那一小袋布料给自己也弄了一套。他甚至把自己的名字也缝在上面,或是自己名字其中一个版本:"沃朗姆伍德"。

"线圈上的铜线出了问题,"沃朗姆伍德说道——呃,沃尔姆伍德说道,"有点耗电,我们最好还是换了它。"

纳德转过身来,站在洞穴口呆呆地望着远方。与他们以前的放逐之地不同,显现在他们面前的一大片火山岩不是灰色的,而是黑色的。天空阴沉沉的,由于地狱总是烈火炎炎,云层上总是点缀着一点红色。

[①] 如果他们太过于聪明,开始怀疑自己能否成为一个优秀的国王,那么你就可以找人把他们杀了。这基本是作为国王的首要原则。这是你成为国王以后最先学习到的一点。

"我们找不着铜线,沃尔姆伍德,"纳德说道。

沃尔姆伍德加入谈话:"我们到底在哪里?"

纳德摇摇头。"我不知道,但"——他指着右边,那里的火似乎烧得更旺了,目之所及,云雾缭绕——"我猜那边是绝望之山,这意味着我们要往——"

"往别的地方去?"沃尔姆伍德建议道。

"除了它的任何地方。"纳德同意道。

"我们要一直逃亡吗?"沃尔姆伍德问道,他的语气几乎让纳德想要给他一个拥抱。后来纳德重新想了想,敷衍地拍拍沃尔姆伍德的后背。他不知道抱抱沃尔姆伍德会怎么样,但不管结果如何,那都不是他想要的。

"暂时是这样。"他说道。当他想继续往下说的时候,一道阴影从他面前的岩石穿了过去。影子越来越小,越来越小,最后旋转地落下来了。

"把火光灭掉!"纳德说道,沃尔姆伍德马上把火把上的火苗吹熄。洞穴随即陷入一片黑暗。

一个红色的身影落在地上,离洞穴仅投石可及的距离,它有八寸高,长了一副人的躯体,背后的蝙蝠翼张开,叉状的尾巴从脊椎尾部处卷起来,光秃的头顶上长着两个弯曲的角。它跪着,伸出爪子在前面的岩石上乱抓,然后把爪子伸到鼻子处,小心翼翼地嗅着。一根分叉的长舌头从嘴里伸出来,舔着地面。

"噢,糟糕。"沃尔姆伍德说道。他觉得自己仿佛能看到岩石上的橡胶痕迹。那是为了让车能开进洞穴,纳德不得不给车加点油的时候留下的。

岩石上的那个东西安静了下来。它没有耳朵,头的两侧只有两个洞,但很明显它在留心周围的动静。后来,它转过头来了,那是他们第一次瞥见它的脸。

他有八只黑色的眼睛,像巨型蜘蛛的眼睛似的,它的上颚连着下巴。鼻孔歪歪扭扭长在尖尖的鼻梁上。纳德看着它的鼻孔一张一合,鼻子上还挂着鼻涕。有一会儿，那个生物在直直地盯着他们藏身的洞穴口，他们看到它准备跳跃时腿上的肌肉在收缩。它的上颚发出咔嗒的声音，一阵吮吸的声音从它的下巴处发出来，仿佛它已经可以开始品尝他们了。然而，它并没有往前走，它把翅膀极度地张开，快速地飞上天空。翅膀噗噗拍动的声音传到了他们的耳边，随着生物渐行渐远，翅膀拍动的声音渐渐消失。它朝着火光明亮的北方飞去了。

"它看到我们了吗？"沃尔姆伍德问道。

"我想它看到了轮胎的橡胶，"纳德回答道。"我不知道它是否知道我们就在附近。如果它真的意识到了的话，为什么不来追杀我们呢？不管怎么说，我们得离开了。"

"它是——？"

"是的，"纳德说道，"它是阿伯纳西夫人派来的。"

他的声音即便在他自己听来也显得疲惫和害怕。他们一路躲躲藏藏，已经逃亡很久了。有时候，他觉得被抓住或许是一种解脱。至少，在他想到被抓后的下场之前，他是这么想过的。可是，通常一想到他们被抓以后会被慢慢地大卸八块，直至变成一个个原子，然后再不停地被刺，他就不会再有放弃的念头了。然而，最终他们可能还是会犯下一个致命的错误，也许厄运还是会降临在他们身上，到时候，阿伯纳西夫人的怒火便会如暴雨般落在他们身上。唯一让纳德感到慰藉的是塞缪尔·约翰逊在地球上安然无恙。纳德非常想念他的朋友，但他愿意牺牲自己来换取塞缪尔的平安。他只能希望事情不会沦落到那个地步，因为他可不想自己身上的原子搬家。

第 5 章　麻烦的小精灵

遇见梅里韦瑟先生家的小矮人们——或小精灵们——不如不见。

梅里韦瑟先生疲倦地感慨道，这世上很少有比和一群野蛮好斗[①]的小矮人待在货车里更能腐蚀灵魂的事情了。这辆货车上面贴着"梅里韦瑟先生的精灵——小身材，大能耐"的字样。字样旁边是一幅图片，图片里的一个小矮人穿着一双尖尖的鞋子，头上戴着一顶帽子，帽子的顶端有一个铃铛。那个小矮人正开心地咧着嘴笑，一点也没有攻击性，和货车上真正的小矮人们完全不同。的确，若仔细观察那诸如精灵和能耐的字样，就会发现那"精灵"二字是刚被人用油漆写上去的，那地方原先写的好像是"小矮人"。

我们会在合适的时候告诉你发生这一改变的原因，现在先让你看看梅里韦瑟先生的小矮人们是多么难搞。当时在高速公路上，一家四口正好驾车超过这辆货车，车上有两个小孩子，一个男孩，一个女孩，他们把脸贴在车玻璃上，想看看可不可以看到小精灵。精灵倒是没见着，他们瞥见一个小家伙的屁股，那屁股从货车的一块玻璃窗突了出来。

"爸爸，那是精灵的屁股吗？"那个小男孩问道。

"这世上没有精灵，"他的父亲回答道，他根本没有注意到那辆货车，也没有注意到那个屁股，"不要说'屁股'这个词，太不礼貌了。"

[①] 野蛮好斗是个可爱的词。本意是指自作主张且破坏力强。这个词恰如其分地形容了梅里韦瑟先生的小矮人们。这些小矮人们在攻击维京人时，还可以好好教训他们一顿。

"可那货车上写着他们是精灵。"

"都跟你说了,这世上没有精灵。"

"可是,爸爸,有一个屁股从精灵货车的车窗里突出来,那一定是精灵的屁股。"

"好了,听我说,不要用'屁——'"

这时,男孩的爸爸朝右边望去,映入眼帘的是一个悬在空中的苍白屁股,旁边有很多小矮人在冲他做鬼脸。

"快报警,埃塞尔。"他说道。他朝着鬼脸和屁股的方向挥动拳头。"你们这些小鬼!"他大叫道。

"哚哚哚哚哚!"一个小矮人回敬他,当货车急驶而过时,还伸出了自己的舌头。

"看吧,我是对的,"男孩说道,"那就是精灵,那就是屁股。"

货车里,梅里韦瑟先生正专心留意路况,完全忽略了货车车尾发生的事情。

"外面真冷。"乔利一边说道,一边把他的屁股从窗户边挪回来,让自己看起来更体面些。乔利是这群小矮人的老大。他其他的同伴多丝,安格力,马布尔也坐了下来,开始打开斯皮格特家的古特酒。货车里的气味本来就不是特别好闻,现在还散发出一股工厂里的味道,而且是生产脏袜子和死鱼头的工厂①。说来也奇怪,这让人感到不舒服的烈酒除了让这些小矮人们更加暴露本性外,似乎不起任何作用。乔利变得更欢快了,醉醺醺的,特别闹腾;安格力更生气了;多丝更瞌睡了;而马布尔呢——他变得更笨了。

"喂,梅里韦瑟,"安格力喊道,"我们什么时候才能拿到工钱?"

梅里韦瑟先生的手紧握着方向盘。他身材肥胖,秃顶,身穿着一

---

① 斯皮格特家的古特酒近日来成为多起法律案件的主角,被指与短暂性失明、失聪以及手掌心的毛发生长过旺有关。由于法律上的漏洞,该酒依然在售,但要求在瓶子上贴上一个警告标签。任何购买这种麦芽酒的消费者都必须签署一份一次性协议,承诺万一因喝了该酒而导致受伤,甚至死亡,都不会提出控告。斯皮格特家决定好好利用这次事件,它的广告语是:"斯皮格特家——追求带有生物危险标志的啤酒!"

套浅棕色的格子西装。他总是戴着红色的领结，长得就是一副管理着一群靠不住的小矮人的样子。至于是因为他干这一行，所以才长得像，还是因为他长得像干这一行的，所以才干这一行，我们就不得而知了。

"什么工钱？"梅里韦瑟先生说道。

"当然是今天工作的工钱。"

货车突然驶离了高速公路，梅里韦瑟先生一时没有握好方向盘，也没有好控制好自己的情绪。

"工作？"他说道，"工作？你们这群人哪懂什么叫工作。"

"小心开车！"多丝大叫道，"差点害我把啤酒给洒了。"

"我不在乎！"梅里韦瑟先生大喊道。

"他说什么？"乔利问道，"有人在大叫，我没听清。"

"他说他不在乎。"多丝回答道。

"噢，行啊，真够可以的，真行啊。我们为他做了那么多——"

货车突然打滑，停在了路边。梅里韦瑟先生站了起来，朝着那群小矮人挥动拳头。

"你们为我做了那么多？你们什么都为我做了。让我来告诉你们，你们为我做了什么。你们让我的人生变得一塌糊涂。这就是你们干的。你们让我破产，还搞得我神经衰弱。你们看看我的手。"

他举起了左手。他的左手在不由自主地颤抖。

"真糟糕。"乔利附和道。

"这还算好。"梅里韦瑟先生一边说着，一边举起他的右手。他的右手颤抖得太厉害了，连一品脱的牛奶都拿不稳，仿佛那牛奶马上就会被摇晃成奶油似的。

"心情有点别好（心情有点不好）。"马布尔说道。

"什么？"梅里韦瑟先生说。

"他说你今天心情不好，但你一旦冷静下来，好好休息，心情就会好起来。"乔利说道。

尽管梅里韦瑟先生怒不可遏，可他还是感到疑惑。

"他这样说？"

"是的。"

"但是他说的好像是'心情有点别好'。"

"呃。"马布尔说道。

"他说他就是那个意思,"乔利说道,"你的心情不——"

梅里韦瑟先生用手指指着乔利,一副想要了他的命的样子。如果梅里韦瑟先生的手指是一支枪的话,乔利的脑袋早就冒烟儿了。

"我警告你,"梅里韦瑟先生说,"我警告你们。今天是压死骆驼的最后一根稻草。今天是——"

今天本来应该是美好的一天。连续几周,甚至是几个月的哀求,梅里韦瑟先生总算是给这些小矮人们找到一个工钱不错的活儿。那些工钱足够重新给这货车上漆,并且换一个招牌。终于,一切总算是有个盼头了。

正如货车上字母修改的痕迹显示,梅里韦瑟先生的精灵以前被叫做梅里韦瑟先生的小矮人们。但是,后来发生了一系列的不幸事件,包括几起民事诉讼和刑事诉讼案件,让梅里韦瑟先生的小矮人们暂时低调了一阵子,随后慢慢变得悄无声息。这些事件包括:在奥尔德肖特的一次舞台剧上客串白雪公主的七个小矮人时其中的四个攻击了白马王子,并让白马王子吃自己的假发,随后这次客串仓促结束;在两个晚上扮演《灰姑娘》中的老鼠和车夫,害得扮演巴顿斯的演员没了一根只手指;在《绿野仙踪》里的一场表演导致梦趣郡的居民暴乱,一只飞猴被一只麻醉镖打了下来,翡翠城起了大火,用了当地三辆消防车才把火扑灭。

所以,梅里韦瑟先生家的小矮人就被重新打造成梅里韦瑟先生家的精灵。不知怎么地,这一狡猾的把戏居然把那些聪明的人耍得团团转,他们以为这群精灵和那些酗酒纵火,射下猴子,差点单手终结英国舞剧季的小矮人是完全不同的。精灵没有小矮人那么具有攻击性,只要梅里韦瑟先生尽可能地把他们小矮人的那面隐藏起来,还让他们大多数时候保持干净、清醒的状态,他相信自己或许就可以蒙混过关。

那天,梅里韦瑟先生的精灵们开始做他们目前为止最赚钱的工作:他们将主演深受喜爱的男子组合男孩星乐团的音乐视频,该视频将在洛莉莫尔城堡拍摄。如果一切进展顺利的话，小矮人们还会出现在以后的视频中，或许还有机会加入男孩星乐团的巡回演唱会。到时候还会有他们的周边 T 恤出售，甚至会有人谈论他们自己的电视节目。梅里韦瑟先生心想，这一切似乎太美好了，看起来不像真的。

正如大多数美好得令人难以置信的事情一样，这件事也是如此。

首先，他们不愿意干这活，甚至还不知道这"活儿"是什么，他们就拒绝了。

"我给你们找了一份活儿，"他告诉他们，"是个好活。"

"呃，不会又让我们做小矮人吧，是吗？"安格力问道。

"嗯，是的。"

"真让人感到意外啊，你知道的，我们又不是每天早上起来就会想，'噢，看啊，我们是小矮人。真没想到啊。我还以为我个子没那么矮呢。'不，我们也是普通人，不过就是个子矮小些罢了。这不代表我们就是小矮人。"

"你到底想说什么？"梅里韦瑟先生疲惫地问道。

"我们的意思是，"乔利回答说，"我们不想老是扮演小矮人。打个比方，我们为什么不能扮演哈姆雷特呢？"

"因为你们只有三尺八高。这就是原因。你们演不了哈姆雷特。演乳猪雷特或许还行，但绝对扮演不了哈姆雷特①。"

"别讲了，"乔利说道，"这就是我说的，懂吗？就是你这种态度让我们感到压抑。"

梅里韦瑟先生心想，就这态度，再加上你们酗酒，不愿意花心思去记台词，却情愿掏自己的口袋来打发时间，这才让我感到压抑呢。

"这个世界就是这样，"梅里韦瑟先生说道，"不是我的问题。我一直在尽我最大的努力，但你们的行为一直都在帮倒忙。今年我们甚至连《白雪公主和七个小矮人》的舞台剧都演不成，因为你们和多丽丝·斯多特夫人家的神气小矮人们打架，所以我们少了三个人。没有

---

① 看到我刚刚做了什么吗？这就是幽默。

人想看《白雪公主和四个小矮人》。这名字听起来就怪怪的。"

"你可以跟观众说由于经费有限,只能这么演了。"安格力说道。

"我们可以一人分饰两角。"多丝说道。

"你们能扮演好一个角色就不错了。"梅里韦瑟先生说道。

"你说话注意点。"多丝说道。

他们又争吵了半小时后,梅里韦瑟先生才终于有机会告诉他们工作的内容,他们勉强同意去赚点钱。梅里韦瑟先生一边爬到司机座位上,一边在想,他明白为什么人们喜欢把小矮人抛来抛去,而且他还在想能否劝服别人来折腾他的小矮人,最好把他们从高崖上扔下去,这已经不是他第一次这么想了。

第二天一早,他们就抵达洛莉莫尔城堡,那里离比德尔科姆镇不远。天气寒冷潮湿,小矮人们还没下货车就已经开始抱怨了。可是,还是有人给他们热茶暖身,给他们穿上专门定制的衣服:小小的盔甲服,小小的锁子甲外套和轻型钢盔。

随后,还有人给他们递了剑和钉头槌,梅里韦瑟先生从货车上冲了过来,阻止他们伤害别人。

"搞什么名堂,干嘛要给他们武器,"他一边说着,一边一把抓住乔利的手臂,成功阻止了他用钉头槌敲碎助理导演的脑袋。"他们可能会,呃,伤到自己。"

他轻轻拍着乔利的脑袋。"他们不过是一群小家伙,你知道的。"他拥抱着乔利,就像慈爱的叔叔在抱一个受宠的侄子一样,接着他的胫骨被踢了一脚。

"滚开,"乔利说道,"把我的钉头槌还给我。"

"听着,不要拿它打人。"梅里韦瑟先生小声地说。

"这是钉头槌。钉头槌就是用来打人的。"

"可这不过是假装打人,我们这是在拍视频。"

"可是他们想要逼真的效果呀,不是吗?"

"不完全是。并不是真的要'死人'那么逼真。"

乔利承认梅里韦瑟先生说得有道理。导演要给小矮人们指出拍摄时在墙垛那里站位的记号，小矮人们顺着导演的指点去视察城堡了。

"我们在这儿的动机是什么？"安格力问道，"我们为什么要在这儿？"

"什么意思？"导演说道，"你们在保卫这座城堡。"

"这座城堡？"

"对啊。"

"这是我们的城堡？"

"当然是你们的。"

"我不同意。这些阶梯太高了。爬这些楼梯时差点害我受伤，韧带差点儿都撕裂了。如果是我们修建这座城堡的话，我们会把这些阶梯弄小一点的。这城堡不可能是我们的。说不通。"

导演用力地捏着自己的鼻梁，然后闭上了眼睛。

"好吧，这城堡是你们从别人那里抢来的。"

"从谁那里抢来的？"乔利问道。

"从卡普斯莫德娃那里抢来的吗？"马布尔说道。

"没错，"安格力说道，"我们是从更矮小的小矮人那里抢过来的吗？我们是小矮人——呃，我们是精灵。我的目光都没办法越过墙垛，我们四个怎么可能攻下这座城堡？我们是怎么做到的？一点点地攻下来的吗？"

"或许这是一座废弃的城堡，你们碰巧占领了。"

"不可以这样做。你不能趁别人出去买牛奶或打仗的时候，一声不响就直接闯进别人的领地，然后把那里称作自己的家。这是不对的。他们会把你告上法庭的，你要知道。那是非法闯入。要被监禁六个月呢。这我可知道。"

导演睁大着眼睛，抓住安格力的锁子甲，把他从地上拎起来，平视着他。

"听着，"导演说道，"今天将会是非常漫长、非常潮湿的一天。如果有必要，我就把你从这些墙垛上扔下去，一个牙齿洁白和金发碧眼的男子组合试图从一群身穿塑料盔甲的小矮人手中夺下城堡，我会让你的朋友看看质疑这个视频逻辑的人会有什么下场。听明白了吗？"

"听明白了，"安格力回答道。"不过是想帮帮忙。"

导演把他放了下来。

"很好。现在，我要下去了，我们马上开始拍摄。清楚了吗？"

"一清二楚。"安格力，多丝和乔利说道。

"好。"马布尔说道。

小矮人们目送导演下楼走到城堡门口，然后气冲冲地脚踩泥巴来到视频背景中的帐篷和货车堆里。

"很明显，他很有艺术家的范，"安格力说道，"艺术家们都那样。稍不顺心就发狂。还有摔跤选手也是这样。"

"为什么他们给我们塑料盔甲和真刀真剑？"多丝问道。

"不知道，"安格力说道，"他没怎么提到战斗策略。"

"不过，这城堡倒是挺漂亮的。"

"噢，是呀。工艺真不错。修建这个城堡的人都是行家。"安格力赞赏地用剑轻轻地拍打着墙垛，看到一块墙脱落了下来，差点儿砸死了底下的一个灯光师。

"对不起。"安格力说道。

他看见导演直盯着他，还举起了手中的剑。

"有点脱落了，"他大声地解释道，"我们晚点再修补。"然后又对同事说："那东西很劣质。肯定是法国佬修的。英国城堡就不会这样。英国城堡是可以长久使用的。所以我们是大英帝国。"

但是没人听他说话。大家都在目瞪口呆地看着男孩星乐团。他们刚从大篷车里出来，那里被当作他们的更衣室。即便按照普通的男子组合的标准来看，男孩星乐团看起来也有点柔美：他们的头发完美无瑕，他们的皮肤干净透亮，他们的牙齿洁白如玉。盔甲的重量似乎让他们有些不舒服，其中一个还在抱怨手中的剑太重。

导演陪着他们走到城堡墙外几英尺的地方，然后将他们介绍给小矮人们。

"好了，这是男孩星乐团。"他说道。一听到有人提及自己乐团的名字，加之几个月来的训练，包括被打骂、被诱惑和断食的威胁，这几个年轻小伙子内心深处的某种本能被激发出来了，于是每人都小秀了一段舞技。

"你们好，"第一个男孩说道，"我叫星光。"

"我叫闪烁。"

"我叫双子。"

"我叫菲尔。"

小矮人们看着第四位成员，他没有其他三位那么英俊，而且好像有点心不在焉。

"为什么这些男子组合里总有一个像是来浑水摸鱼的，不知怎么地被逼入团了呢？"乔利问道。

"不知道，"多丝说道，"也不怎么会跳舞，是吧？"

这倒是真的。菲尔跳起舞来就像有人想把一只老鼠从腿里抖出来。

"我们要把自己这么漂亮的大城堡拱手让给这些人吗？"安格力说道，"那就像向那些浅薄无聊的女人投降一样。"

"不，"乔利轻声说道，"不，这世上还有骄傲和尊严。我们不能这么做。我们不能。"

"他们在说什么？"闪烁紧张地问导演，"他们看起来很吓人。"

"我想回家，"星光说道，"我不喜欢这些小个子。"

"这地板感觉很奇怪，而且闻起来像大便。"双子说道。

"我叫菲尔。"

导演已经走开了。他不在乎这些精灵露出的眼神，他一点儿也不在乎。

嘿，他心想，他们不是精灵。他们是小矮人。他们不是梅里韦瑟先生家的精灵，他们是梅里韦瑟先生家的——

小矮人！

他已经跑起来了，四个吓坏了的男子乐队成员跟在他的身后。因为第一批岩石已经开始朝他们滚过来了。梅里韦瑟先生家的精灵们已经下定决心要好好保卫洛莉莫尔城堡，即便要把整座城堡一砖一瓦地拆掉也在所不惜。

第6章 "你今天过得好吗?"

塞缪尔和博斯威尔重聚,我们明白为什么不能相信镜子。

正如这类故事的套路所说的那样,放学铃声还没响起,塞缪尔·约翰逊邀请邮筒跟他一起约会的事情就已经传遍了整个学校。

"嘿,约翰逊!"当他朝校门口走去的时候,莱昂内尔·哈希姆冲他大叫,"我听说雪莱路那边有一个很漂亮的交通灯。你可以邀请它和你一起去看电影。不过,你可不要亲它。它可是会脸红的!"

有趣,塞缪尔心想。真有趣。他的书包还有他的心,都沉甸甸的。

校门外,塞缪尔的宠物小达克斯猎犬博斯威尔在等着他。博斯威尔一副心事重重的样子,好像察觉到坏事即将来临,如果没有坏消息,只可能是更多的坏消息会接踵而至。几条皱纹爬上了他的额头,每隔一段时间他就叹气。人们常常在比德尔科姆镇上看到他,尤其是在学校里,因为博斯威尔是塞缪尔忠实的朋友,每当四点的放学铃声响起的时候,他总是出现在校门口迎接它的主人。

博斯威尔一直都有点敏感,喜欢沉思[①]。即便当他还是一只小狗的

[①] 英国作家霍勒斯·沃波尔(1717—1797年)曾言:"世界对于只思考的人来说是喜剧,对于只感受的人来说是悲剧。"不幸的是,我们大多数人都既思考又感受,所以我们注定要耗费大多数的时间来纠结我们该笑还是该哭。笑,或许更好,可你不愿意成为那些一直笑的人("快看,那边的那个家伙刚刚掉下悬崖了! 啊—哈—哈—哈—哈!")因为那样会显得你冷漠无情,或精神失常。同理,如果你一直哭泣,那么你就会显得太女孩子气,或者像一个专业的哀悼者,你的全身会开始散发出沉闷的气息。最好露出一个苦笑,优雅地去忍受那狂暴命运无情的摧残,同时能够慎重地为悲伤的电影或葬礼落泪。巧合的是,霍勒斯沃波尔长得有点像戴假发的马,人们曾经指责他导致诗人查特顿自杀。因此,他或许也是那类"世界是悲剧"的人。

时候，他也会小心翼翼地盯着自己的球，似乎在等它长出腿来跟着别的狗逃跑。他对悲伤的古典音乐情有独钟，大家都知道他会跟着莫扎特的安魂曲悲伤地嚎叫。

但最近发生的事情更让博斯威尔觉得，这个世界甚至比他以前想象的还要奇怪，还要让人担忧。毕竟，他曾亲眼目睹怪物从空间的洞里冒出来。他救主人时还曾被一只怪物打伤。他的一条腿受伤了，从此以后走路就有些跛脚。作为一只狗，虽然是一只聪明的大狗，博斯威尔并不是很清楚那次侵略的真正性质是什么。他只知道那是一件很糟糕的事情，他不想让它再次发生。最主要的是，他不想让塞缪尔再次受到伤害，他深爱着塞缪尔，所以无论天气如何，博斯威尔每天早上都会小跑在他挚爱的主人旁边，陪他一起上学，并且会在放学的时候等他从学校里出来。房屋前门的拍打声意味着他可以随意进或出。博斯威尔的职责是保护塞缪尔，他决心要尽到一只小狗最大的努力来完成这一职责。

那天，博斯威尔察觉到塞缪尔不像往常一样开心。在这种情况下，一些小狗或许会努力让自己的主人高兴起来，比如追着自己的尾巴跑，或者给他们看一些气味奇特的东西，但博斯威尔是那种分担主人情绪的狗。如果塞缪尔高兴，那么博斯威尔就会感到心满意足。如果塞缪尔伤心，那么博斯威尔会安安静静地陪着他。在这一方面，博斯威尔比大多数的人还要聪明。

因此，这个男孩和他的小狗都肩负着这世界的某些重担，迈着沉重的步伐踏上回家的路。如果有人花点时间去看看他们，而不仅仅是匆匆扫一眼，那么他们或许会注意到男孩和他的小狗走路的时候，头都是低着的。他们没有看路边商铺的橱窗，也特意避开了水坑。他们似乎不愿与人打照面，好像害怕看见自己的倒影，也害怕被别人注意到似的。

人们偶尔还是会用奇怪的眼神看着塞缪尔和博斯威尔，不过不像以前那么频繁，或者更准确地来说，那奇怪的眼神传达的是一种普遍的意味——"他是个怪孩子,他的狗让我感到难过"——而不是某种特定的意思,比如,"那是塞缪尔·约翰逊和他的狗,他们跟恶魔入侵的事情有关,天啊,我希望我能忘记那件事情。事实上,现在看到他们,我就有点生气,因为我不想记起曾经发生的那一切,可他们的出现总是让我想起,所以我想我只能把一切怪罪于他们,而不是那些恶魔,因为对一个小男孩和小狗生气总不至于让自己被吃掉,被掸到地狱,或者类似的后果。"

反正大意如此。

塞缪尔几乎不再注意别人对他的出现所做出的反应,但那并不是他和博斯威尔低头走路的原因。的确,他们不想引起注意,但并不是担心比德尔科姆镇上的邻居。他们担心的是远在天边的那些人。

远在天边,却又莫名地近在眼前。

我们大多数人都不会认真思考镜子是什么。我们在玻璃上看到房间的倒影,或者我们自己的倒影,然后在想:"噢,瞧,那是长沙发,"或者,"噢,瞧,那是我。我还以为我是一个更苗条/更丰满/更貌美/更丑陋的女孩呢①。"但是,那并不是你的长沙发,那也并不是你。那不过是你的翻版。这就是为什么艺术家勒内·马格里特能够画出一个烟斗,然后在下面用法语写上 Ceci n'est pas une pipe,意思是"这不是烟斗"。因为这不是烟斗:这只是烟斗的意象。正如马格里特本人指出的:"你能够给我的烟斗装烟丝吗?不可以,它不过是一幅画。因此,如果我在我的画上写上,'这是一只烟斗',那么我就是在说谎!"

所提到的这幅画,从 1929 年开始就被命名为《形象的叛逆》(叛逆

---

① 如果有时候你感到无聊,想要迷惑你的父母:
　　1)在一个小的塑料玻璃杯里装一点水。
　　2)拿起那个杯子,假装要喝杯里的水。
　　3)绕过嘴巴,把杯子移到你的额头。
　　4)洒一点水在你的脸上。
　　5)告诉你的父母你以为你长高了。
　　6)鞠躬。让其他顾客给小费给女侍应,并且告诉他们你一整周都会光顾这里。
　　7)离开。

的意思是戏弄和欺骗,这又是一个伟大的词语,尤其是当你念第一个 r 的时候卷起舌头,然后把它伸平,疯狂地念出:"trrrrrrreachery!",同时朝着你的邻居挥动着一把剑,吓一吓他们)。换句话说,你不能相信意象,因为它们不是表面表现出来的样子。

塞缪尔已经对这个概念十分熟悉,但这不是一件好事。他开始怀疑镜子的确是个奇怪的东西,它们不仅给我们提供这个世界的倒影,事实上,它们本身或许就是一个世界①。他这么想是因为他偶尔会在镜子中,商铺的橱窗里或者其他可以反射的平面上瞥见一个不该出现在那里的身影。那是一个身穿花裙子却风韵不再的女人的身影。那是阿伯纳西夫人。

塞缪尔觉得阿伯纳西夫人在镜子的世界中行走。她无法回到现实的世界,但不知怎么地,她能通过在玻璃后面移动来观察这个世界。塞缪尔曾经多次瞥见她,在他家浴室柜上的镜子里,在他家前门的玻璃上,甚至有一次,非常奇怪,在一个勺子上,勺子上的阿伯纳西夫人是扭曲的,倒立着的。她似乎更喜欢在晚上出现,当窗户昏暗时,玻璃上的倒影更加清晰,仿佛她自己的影子越清晰,她反而越能看清自己正在注视着的那个世界。

而每当她的双眼布满蓝光,眼睛里面燃烧着的全是她对塞缪尔的仇恨。

塞缪尔打开前门,把书包扔在大厅,这时他的母亲从厨房里出来迎接他。

"塞缪尔,你今天过得好吗?"

"如果'好'这个词对你来说意味着尴尬和心灰意冷,那么,是

---

① 事实上,在最好的情况下,即便是相当特殊的情况,我们也往往把自己的倒影视为理所当然。在夜晚,当你在一扇窗户上看到你的倒影,也许还能看到玻璃外面的整座城市,那是因为 95% 的光会直接穿过玻璃,而 5% 的光被反射,因此你幽灵般的脸庞会浮现在玻璃上。这就证明了光是粒子,但令人困扰的是,构成你的映像的那 5% 的能量粒子或者光子能够被反射并不是出于任何我们所能理解的特殊原因,这表明宇宙中心的随机性。一个光子只有 5% 的几率会被反射而非被传送,这意味着我们无法确定某一特定的光子会如何运行。这一点,对科学家来说是一大难题。如果你想要让你的科学老师精神崩溃的话,问问他这个的原理是什么。

的，我今天过得很好。"塞缪尔说道。

"噢，亲爱的，"他的母亲说道，"坐在桌子这边，我给你冲一杯好茶。"

塞缪尔心想，天底下的母亲是怎么回事，为什么她们会相信这世上的所有问题都可以靠一杯好茶就可以解决呢？就算塞缪尔今天进门的时候，头夹在胳膊下，血液从脖子里喷出来，背上插满了箭头，他的母亲也会认为一杯好茶就能治好他的伤。或许她还会试着在他的断头上涂点茶，再努力把它粘回到他的肩膀上。

但有趣的是，通常母亲泡的一杯茶和她说的一些安慰话就足以让事情至少变得没那么糟糕，因此，塞缪尔坐了下来等待，直到一杯热气腾腾的茶放在他的面前。那杯茶闻起来的确很香。他几乎能感觉到那茶已经温暖了他的喉咙。今天是糟糕的一天，但或许明天会变得更美好。茶：我们困境中的朋友。

"噢，糟了，"塞缪尔的母亲说，"我们没牛奶了。"

塞缪尔的额头砰的一声重重地撞在厨房的桌子上。

"我去买。"他说道。

"真是个好孩子，"他的母亲说道，"我会泡好一杯新的茶等你回来。既然都出去了，再买点面包好吗？我也不明白：你爸走了以后，我们吃得居然和以前一样多。"

塞缪尔皱了皱眉。他不知道哪一个让他更难受：听母亲伤心地说起父亲离开的事，还是如此不经意地听到她提起这件事。他的母亲似乎注意到了他的不安，因为她走过来把他抱在怀里。

"噢，你啊，"她一边说着，一边亲吻他的头发，"我不介意你吃东西。你在长身体。你的爸爸和我，嗯，我们在进行一些交流，这是一个进步。我不再像以前一样跟他置气，虽然现在如果给我机会的话，我还是会拿煎锅敲他的头，可是我们现在过得很好，你和我，不是吗？"

塞缪尔点点头，他闭上眼睛，闻着母亲裙子里散发出来的让人感到安心的花香和香水味。

"是的,我们过得很好。"他说道,虽然他并不是很确定这是不是真的。

他的母亲轻轻地把他推开在一臂之远的距离。她严肃地看着他。

"我们这儿不会再有,呃,奇怪的东西了,是吗?"她问道。

"你是指恶魔吗?"

现在轮到他的母亲感到不安了。

"是的,如果你想这样子叫他们的话。"

"他们就是恶魔。"

"好了,我不想为了这个和你争吵,"他的母亲说道,"我不过是问问。"

"没有了,妈妈,"塞缪尔说道,"再也没有那些奇怪的东西了。"如果不把他瞥见的那个脸部被缝在一起,从镜子和玻璃门里盯着他看的女人算进去的话。"再也没有奇怪的东西了。"

第7章　邪恶的历史

我们参观了阿伯纳西夫人的家，玩得很开心，才怪。

在继续讲故事之前，我们先简单地聊聊邪恶吧。

邪恶在很久很久以前就存在了。数十亿年前的大爆炸导致宇宙的形成，邪恶亦随之诞生，成为万物的一分子。不幸的是，大爆炸之后，邪恶一度无所事事，因为地球上生物稀少，仅有的生物也是些单细胞生物或即将变成多细胞的生物体，谢天谢地，这些生物心思单纯，不会勾心斗角。即便当这些多细胞生物逐渐演变为复杂生物，变成鲨鱼、蜘蛛或肉食恐龙，它们仍不能为邪恶带来多少乐趣。这些生物单靠本能活动，而它们的本能仅限于进食和生存。

但后来人类出现了，邪恶就变得有些振奋，因为总算有一种生物能够用头脑做出选择。诚然，这一点让邪恶觉得人类是有意思的生物。做好人还是坏人不是一种被动的状态：你必须做出决定成为其中的一种。邪恶竭尽全力怂恿人类做坏事而不做善事，同时，由于邪恶狡猾且善于伪装自己，因此，人类在做坏事时总会想方设法说服自己他们的所作所为并没有多坏。人类需要更多的钱来让自己更快乐，于是他们就去偷钱或者偷税漏税；然后他们便说谎来掩盖自己的所作所为，毕竟他们对此还是心怀一些愧疚，但还没愧疚到承认错误或者停止犯错的地步。最终，这些行为被归结为源于自私，对于这个，邪恶一点儿也不在乎。在它看来，只要你一直做坏事，你爱把这种行为叫什么就把这种行为叫作什么。

同时，邪恶不仅仅活跃于我们这个宇宙，它也存在于其他众多宇宙之中，我们的宇宙只是由众多宇宙组成的多元宇宙中的一个，每一个宇宙中的行星和恒星都像泡沫一样延伸开来。或许你会认为，宇宙如此浩瀚无垠，定会使邪恶分身乏术，毕竟邪恶的力量有限，但你会发现邪恶一旦下定决心，它的能力会让你大吃一惊。然而另一方面来说，不管邪恶多么努力地尝试，它的力量也不能和善良的力量相提并论，因为邪恶的本质是自我毁灭。或许，邪恶一开始是想要毁灭他人，然而在毁灭他人的过程中，它把自己也毁灭了。这就是邪恶的行事方式。从各方面考虑，最好还是站在善良这边，即使邪恶时不时会披着比善良更好看的外衣。

　　邪恶至极的阿伯纳西夫人坐在宫殿的高堂里。她的宫殿由圆材和一些尖锐边缘建构而成，那些锋利边缘是从一大块黑黝黝的火山岩中切下来的，让人毛骨悚然。阿伯纳西夫人正聚精会神地盯着她面前的一块玻璃碎片。这碎片是她很久以前从恶魔之王那里"借"来的，因为恶魔之王有许多这样的碎片，阿伯纳西夫人坚信多一块或少一块对恶魔之王不会造成任何损失。这些碎片是恶魔之王审视人类世界的窗口，每一块碎片揭示了生命存在的某些方面，这些东西都是他所厌恶却又在内心深处偷偷渴望的。他会凝视着夕阳西下，落日余晖把湖面染成金色。他会看着孩子长大成人哺育自己的下一代，和自己爱的人一起变老。他会注视着丈夫们和妻子们、兄弟姐妹们、小狗们、青蛙们以及大象们。他甚至会盯着鱼缸里的金鱼、那些为了忘记自己深陷牢笼而不停地在轮子里跑来跑去的仓鼠、挣扎在蜘蛛网里的蚊子，他嫉妒着每一个自由的生物，哪怕它们只有死亡的自由。

　　一直以来，阿伯纳西夫人和她的主人一样，一心想把地球变成另一个地狱，但是某些变化已经悄然发生。我们可以从以下的事实中瞥见"某些变化"的端倪：客观来说，一直以来，阿伯纳西夫人那阴森巢穴里的窗户几乎和恶魔之王的绝望之山一样恐怖，只不过阿伯纳西夫人的窗户相对而言小很多，但风景却更佳，上面还装饰着网状的窗帘。窗帘是黑色的，仔细观察会发现，这窗帘似乎曾被用来捕捉过可怕的变种鱼，因为有些鱼的残骸还卡在网绳中，但至少被清理过了。那张全由墓碑打造的长桌子正中央现在正摆放着一个黄色的花瓶，而且花瓶上刻着一只正在打瞌睡的猫。很明显，花瓶里装着丑陋的血红色的花，花瓣里藏着尖锐的牙齿，如果任何一只活着的猫不小心在牙齿活动的范围内睡着了，花瓣里的尖牙会马上把它吃掉。但和那个窗帘一样，这是一个不错的开始。除此之外，阿伯纳西夫人的巢穴里还有一块带有"请擦净你的分趾蹄"字样的门垫，以及由毒虫壳制成的、闻起来像臭水沟的百花香罐子。

即便阿伯纳西夫人不愿意承认，她发现有时候你去到一个地方，一门心思想改变那里，最终却有可能反过来被那个地方所改变。虽然她已回到地狱，但她沾染了一些人类的气息，如今，她的某些方面已经被改变了，就连她自己都无法理解。

注意，她依然憎恨塞缪尔·约翰逊和他那条小狗。单单因为阿伯纳西夫人想把她的巢穴装饰得更漂亮些或者在出门前多花几分钟打理发型，并不意味着她会放过任何把他们大卸八块的机会。因此，她从玻璃碎片中看到他们俩拖着沉重的步伐从家里出来，男孩低垂着头，小狗专心致志地跟着他的主人。她心想，太好了，塞缪尔看起来不大开心的样子。阿伯纳西夫人喜欢见到他不开心，她希望塞缪尔在经过那些窗户的时候能够抬起头来，在其中一扇窗户里瞥见她。虽然她并不能真正伤害到他，她暂时还做不到，但塞缪尔看见她时惊慌失措的样子总是让她欣喜不已。可塞缪尔似乎下定决心不去留意她。

她伸出自己那苍白的手，凝视着自己的手指。她的指甲是血红色的，且有些缺口。一旦她弄到了足够多颜色合适的血，她一定会把指甲再涂一遍。

阿伯纳西夫人的头顶上传来翅膀摆动的声音。她的大堂中央逐渐变窄，像尖塔一样高高地凸起，四周平坦。尖塔顶端有个开口，开口处开始变暗，一个身影飞了进来，开始降落。她的瓦彻归来了。

当阿伯纳西夫人失宠于恶魔之王的时候，许多以前忠于她的恶魔都另寻新主了。毕竟，要是有人让恶魔之王失望到要和她断绝一切往来，甚至都不愿看她一眼，那么恶魔之王迟早会觉得无视她这个惩罚太轻，必须要采取些更有新意的惩罚。如果是这样的话，恶魔之王或许还是决定看她一眼，但前提是她的脸皮要被扒下来钉在墙上，身体的其他部位以一种有趣且奇怪的方式摆在脸皮的旁边。大多数头脑比较聪明的恶魔似乎都认为这种惩罚的可能性越来越大，如果恶魔之王真的采取这样的方式去惩罚阿伯纳西夫人，那些曾经和阿伯纳西夫人走得近的恶魔很有可能也会落得相似的下场，只不过他们挂在墙上的位置会比较低一点而已。

在某种意义上，物质守恒定律也适用于恶魔，物质守恒定律表明物质不会产生也不会消失，只能由一种状态转化成另一种状态[①]。如果将该定律运用在恶魔身上，则意味着恶魔不会死亡，但可以转换成其他种不同的痛苦的存在，它们的痛苦将永远伴随它们。没有人愿意让自己脸被永远地钉在墙上，还让自己的腿被切断了交叉摆在下巴下面，这就像可怕的盾徽一样。因此，地狱里的聪明的人一致认为跟阿伯纳西夫人扯上关系不是一件好事，因为阿伯纳西夫人注定要完蛋了，而且她还会拉着身边的人一起同归于尽。

但，依然还有人对阿伯纳西夫人忠心耿耿：有的是因为他们太愚蠢了，不懂得识时务，有的是因为他们希望阿伯纳西夫人或许能找到东山再起的方法，有的是因为他们和阿伯纳西夫人一样残忍恶毒、一

[①] 伟大的科学家阿尔伯特·爱因斯坦发现物质和能量可以相互转换，正如原子弹爆炸的过程。爱因斯坦的发现基于物理学家约翰·科克罗夫特和欧内斯特·沃尔顿的研究，科克罗夫特和沃尔顿在1932年实现了人类第一次人工核嬗变，他们的研究对大型强子对撞机的设计起到奠定的作用，而且证明了能量和物质果然是守恒的。然而，此领域常被人遗忘的一个先驱是法国人安托万-洛朗·拉瓦锡（1743—1794年）。拉瓦锡在其业余时间里一直为地球上所有的零零碎碎的东西——狮子、老虎、虎皮鹦鹉、树、鼻涕虫、铁等等——都属于一个相互联系的整体的可能性感到着迷。他和他的妻子玛丽·安娜开始在封闭的仪器里腐蚀金属片儿，然后对它们进行称量。他们发现生了锈的金属的重量并没有变轻或者不变，而是变重了，因为金属吸收了空气中的氧分子。换言之，物质从一种形式转化成另一种形式，但物质并没有消失。拉瓦锡最后的下场不好：他冒犯了一位心灰意冷的科学家让·保罗·马拉，在法国大革命后的恐怖统治时期（1793—1794年），马拉的地位很高，他报复了拉瓦锡：拉瓦锡一日之内被审讯、判刑、斩首。当民众请愿赦免拉瓦锡的时候，法官回答说："共和国不需要天才。"下一次你点火柴的时候，想想拉瓦锡吧。

样聪明，即便是在地狱这种地方，他们也找不到比她更好的主人了。瓦彻就是其中一个。瓦彻力量强大、任劳任怨，而且它似乎无条件地忠诚于它的女主人，虽然它对于自己的女主人最近容貌的变化感到有点困扰。它已经习惯于伺候那个身材是它四倍的、长着触须的恶魔，而不是这个穿着印花裙子、个子矮小的金发女人。不过，人总得以开放的心态对待新的体验，只要新的体验和过去的体验一样，都是对他人造成伤害。这是瓦彻的人生哲学。

瓦彻对自己很满意，它知道阿伯纳西夫人也会对它满意的。可还没等它开口，它的女主人就一阵发作。她张开双臂，佝着背，张开嘴巴，眼睛也睁得很大。蓝色的光束从她的下巴、耳朵和眼窝里射出来。更小的能量束从她皮肤里的每一个毛孔里迸射出来，她像一个蓝色的太阳似的飘浮在空中。

瓦彻望着她，它知道自己做出了正确的选择。

阿伯纳西夫人一直以来都很有耐心：活了那么久，不会不知道耐心的重要性。她忍受着恶魔之王将她拒之门外，忍受着别人对她的嘲笑，继续定期到绝望之山请求恶魔之王接见她，她要提醒所有人，她不会被恶魔之王遗忘。除了在自己和主人的宫殿之间来往之外，剩下的时间她都在等待。她在等她的瓦彻找到那辆冲进大门、导致大门毁灭的车，那辆把所有恶魔重新拽入地狱的车。她在等塞缪尔·约翰逊不经意地瞥一眼镜子，然后看到她在盯着他看，表现出一副惊慌失措的样子。她在等待报复塞缪尔的机会。但，大多数时候，她都在等人类做那件事情，那件她知道他们很可能会做的事情。

她在等他们再次开启他们那台伟大的对撞机。

第 8 章　聪明的科学家们

我们想知道聪明的人有时候到底能有多聪明。

科学家是一群有趣的家伙。噢，他们做许多伟大而神奇的事情，没有科学，我们就不会有各种有用的东西，比如治疗疾病的方法、灯泡、核导弹、致命的细菌战，以及……

好了，还是不要再继续往下说了。我们这么说吧，一般而言，科学给人类带来了许多好处，并且很多科学家在他们的研究中表现出了非凡的勇气，虽然有时候，如果我们有机会亲眼见证他们的一些实验，我们当中那些比较理智的人或许会暗自思忖，"噢，如果我是你，我可不会这么做。"[1] 这就是为什么我们不能成为一名科学家，也不能发现一些有趣的东西，不过，我们也不会意外咽下温度计里的水银，让自己中毒。

在瑞士日内瓦附近的一个隧道深处，一群科学家正有些焦虑地看着一个开关，他们周围的大型强子对撞机再一次开始运作。如果你还不了解它，我来给你普及一下，这台对撞机是世界上最大的粒子加速器，能够以超快的速度——99.9999991% 的光速——使原子微粒光束发生撞击，再现 137 亿年前宇宙大爆炸后十亿分之一秒后的情况，从

---

[1] 例如，亚历山大·波格丹诺夫（1873—1928 年）做输血实验，或许是为了发现永葆青春的秘密。不幸的是，有些血液感染了疟疾和肺结核，所以他马上去世了。而卡尔·舍勒（1742—1786 年）发现了钨、氯等化学元素，而且他喜欢品尝所发现的元素。在品尝氯化氢的时候，他侥幸逃过一劫，但最终因为品尝水银而死。

而发现宇宙的本质。不幸的是，上次启动对撞机时，对撞机的能力为阿伯纳西夫人所利用，打开了连接地狱和我们这个世界的大门，一切麻烦由此而生。自此以后，对撞机就被严禁启动，科学家们做了大量工作来确保通往地狱的大门将永远不再打开，保证不再发生。"拉钩"保证。拉钩上吊，一百年不许变。①

"有情况吗？"欧洲核子研究委员会粒子物理学主任斯特凡教授说道。他的声音听起来既紧张又焦虑。那次恐怖的恶魔事件发生的时候，斯特凡教授在场，许多人都把那次事件的发生怪罪于他。他觉得有点不公平，因为他之前并不知道地狱之门之所以能够开启，是因为他那可爱的、光芒四射的粒子加速器。如果他早知道——

天啊，问题就在这儿。如果他早知道这件事的话，他或许依然会选择启动对撞机。他们费了那么大的劲儿才把对撞机建出来，他们花了那么多钱：最后一次统计显示共花了 70 亿。他们不可能就这样锁上门，把钥匙放在门垫下，给送牛奶的人留下一张字条说要取消订单，然后回去做建成对撞机之前所做的事情。那样会显得很愚蠢。不管怎么说，没有人能保证地狱之门一定会打开，因为没有人确定地狱是否真的存在。这就好像在说，"不要启动那个东西。不然的话，复活节兔子会跳出来的"，或者"仙女的翅膀可能会掉下来"，或者"独角兽可能会摔跤"。那不是科学。那纯粹是无稽之谈。

另一方面，科学家们现在知道（a）地狱，或者类似地狱的地方，的确存在；(b) 地狱里全是不喜欢他们的生物，不过那些生物讨厌的不止是科学家，地球上的一切东西他们都不喜欢；以及（c）不知怎么的，对撞机让这些生物出现在人类世界并且开始吃人。那些知道欧洲核子研究委员会和最近这起灾难有关的人，还有那些压根不想被恶魔

---

① 事实上，除了科学家和恶魔交锋那次不幸以外，对撞机实验还遭遇了许多困难，包括鸟粪掉在机器里的那个小灾难，当时一位著名的科学家甚至认为机器是被未来世界所破坏，未来世界不希望机器被启动，把整个行星吸进一个大黑洞里，或把整个行星化为灰烬。另一方面，对于那些不怎么接触天马行空的科学家，或者时不时从家里溜出去的人来说，未来世界破坏机器的想法似乎有点牵强。

吃的人一致认为——谢天谢地,那些恶魔怎么不去吃沙拉呢?——再次启动对撞机或许并不是一个好主意。科学家们认为他们已经弄清楚问题出在哪里(某种程度上),并且他们确定(某种程度上)过去发生的类似事件再也不会发生(或者在某一特定的误差范围内可能不会再发生。什么误差范围?噢,很小的误差范围。几乎不值得在意。什么,你想看看我计算误差的草稿?什么草稿?噢,这张草稿。呃,你不能看,因为——吧唧吧唧——我刚刚把它吃了。事情就是这样)。

最终他们决定或许可以再次开启对撞机,但科学家们不得不小心一点,一旦发现有爪子、尖牙的,脾气暴躁的生物出现,他们就会马上关闭对撞机,然后去通知负责任的成年人。科学家们很有信心他们不会走到这一步,因为他们已经努力改善造成潜在问题的源头了。连接对撞机中铜制稳定装置的接头不够强大,不足以支撑释放出来的力量——每平方米 500 吨,这等同于每平方米有五架大型喷气式飞机以全速度撞击的冲力——如今,科学家们已经加强了稳定装置,他们相信一切都会顺利进行。

但是,与此同时,科学家们对对撞机所做的改进增加了对撞机的能级。对撞机中质子对撞所产生的能量以兆电子伏,或者 TeV 为单位计算,每一兆电子伏相当于 10 亿电子伏。第一次"事件"发生的时候,对撞机发送出 1.18 兆电子伏的双光束,产生的能量是 2.36 兆电子伏。而新改进的对撞机产生的能量是原来的两倍有余,相当于 7 兆电子伏,这是迈向其常规的产出能量——14 兆电子伏的第一大步。

以上便是一群科学家们围在一起,一边看着开关,一边暗中求神保佑,而斯特凡教授在询问是否有情况的缘由。斯特凡教授的助理希尔伯特教授对一切关于地狱和恶魔的事情感到好奇,因为它们证实了他的理论:除了我们的宇宙之外,还有其他的宇宙。希尔伯特教授一边咬着他的铅笔,一边在想,他是否应该坦白希望大门能再次打开的想法,因为他已经错过上次的机会了。

"一切正常。"希尔伯特教授说道,他尽量让自己的声音听起来不那么失望。

斯特凡教授深深地松了一口气。"谢天谢地,"他说道,"从现在开始,一切都会好起来的。"

其他的科学家们盯着他看,因为通常这句话说完,屋顶就会坍塌,地板就会裂开,所有东西都会被装在手推车然后被拉到地狱里。现在这个情况下确实如此,如果有人记得带一辆手推车的话。然而,斯特凡教授却没有注意到大家的神色。他也没有注意到希尔伯特教授已经悄悄地走开了。希尔伯特教授走进了一个写着"清洁间——仅供清洁工人使用"的小房间。

"瞧,"斯特凡教授说道,他是一个从来不知道要停止冒险的人,"早就跟你们说了,没有什么可担心的。"

希尔伯特教授进去的那个清洁间其实不再是清洁间了。现在,那里已经安装了一批监控设备,两个技术人员正专心致志地盯着那两个屏幕。屏幕之间有一个扬声器,这个扬声器当前没有出声。

"怎么样?"希尔伯特教授说道。

"看起来一切正常。"第一个技术人员说道,他的名字叫做艾德。他正盯着一个影像,那影像像是一只装在电线导管里的蜘蛛,而且导管上还沾着砖块碎片。

"没错。"他的同伴维克多说道。他们的身后是一盘没下完的战舰棋。希尔伯特教授假装没有看到。"有一点能量流失了,不过可能又是接头处导致的。不管怎样,这点能量都会保留在真空里。"

"你确定吗?"

"不确定,不过,没有别的可能了。我的意思是,不然,那些能量能跑到哪里去?我们已经检查过对撞机的每一英寸的地方。毋庸置疑,现在对撞机是没有一丝缝隙的。"

"真的吗?"希尔伯特教授说道,"我好像记得你们上次也是这么说的。"

"好吧,我们上次错了,"艾德说道,语气里充满肯定,仿佛他明确地知道他的敌人把潜水艇和航空母舰藏在了哪里,只要他能够回到棋局的话。"但我们现在是对的。"

他亲切地笑了。希尔伯特教授并没有回以微笑。

"好好监控，"希尔伯特教授一边朝门口走去，一边说道，"下次再让我看到你们玩战舰棋，你们会情愿自己真的在一艘下沉的航空母舰上……"

阿伯纳西夫人扑通一声跪了下来。蓝色的光束退回到了她的身体里，但她的眼里依然还有蓝光。自大门被破坏后，那蓝光便一直留在她的眼睛里，可现在这道光似乎更炽热了。她颤抖了一会儿，然后一动不动，没了动静。慢慢地，她的脸上划过一个微笑。

瓦彻没有移动。后来，它终于明白了。是的，阿伯纳西夫人被人类世界改变了，她把人类世界的一些东西带回到了地狱：窗帘、花瓶、门垫；印花裙、金色的头发以及涂指甲油。

但同时也正是阿伯纳西夫人首先认识到了对撞机实验的重要性。创造宇宙的最原始力量也存在于最古老的恶魔身上。地球上再现的那些力量连接了她和恶魔之王可以利用的那些宇宙。大门的破坏以及他们侵略地球计划的失败似乎永远断开了这种联系，但现在看起来似乎并非如此。世界之间的联系依然存在，只不过只能通过她。她是第一个穿过大门的人，也是第一个单凭意念打开大门的人。她依然能够存取一小部分对撞机的能量。她必须慢慢地吸收，小心翼翼地不让那些控制对撞机的人发现，因为她不想他们把对撞机关闭。现在这些能量还不足以发动另一次侵略，不过只要有足够的时间，或许就能集够能量。现在的力量还不足以让她从地狱去到地球，因为对她这样古老而强大的恶魔来说，需要巨大的能量才能来往于宇宙之间。不过，这力量足以让她从人类的世界里拉一个人进地狱里，她知道她想要的那个人类是谁。她要把塞缪尔·约翰逊抓到地狱来，把他当做礼物献给她的主人。然后，她会把蓝光的秘密告诉她的主人，这样她就可以再次得宠。

当她站起来的时候，瓦彻开口了。它告诉她，它在泥土里发现了奇怪的痕迹，还发现岩石上有黑色的物质，而且闻到空气中飘浮着燃烧过后的烟味。当它说完的时候，她用手摸了一下它的头，它感激地弯下了腰。

"好东西都属于那些耐心等待的人，"阿伯纳西夫人说道，"好东西……"

她开始笑了，这笑声让人毛骨悚然。笑声回荡在她的大堂，穿过平地，传到那些背弃她的恶魔的耳边。有的恶魔逃跑了，因为害怕她会因为背叛而报复他们，而其余的恶魔则准备再次投入她的门下，因为如果阿伯纳西夫人在笑，那么说明形势发生了改变，他们或许还可以从中得到好处。污秽的东西从地洞、黑色山峦的洞穴、灰坑以及火坑里冒出，从藏身的地方摇摇晃晃地爬了出来，黏糊糊地缓缓朝她前进。

那个地方的生物——地狱之魔——正在响应战争的号召。

第 9 章　新的旅程

梅里韦瑟先生家的小精灵们踏上了新的旅程。

梅里韦瑟先生家的小精灵们在高速公路上快速前进。开货车这件事一开始就出了问题，因为他们当中唯一能开货车的是乔利，但他的腿比他的小矮人同伴们的腿短，所以根本就踩不到刹车或油门。这个问题后来解决了：他们用特强胶水将一瓶斯皮格特家的古特酒固定在货车的刹车板和油门板上，乔利只需要把脚踩在玻璃瓶盖上就可以加速或减速。

自梅里韦瑟先生怒气冲冲，跺着脚走掉以后，小矮人们就感到有些闷闷不乐。梅里韦瑟先生挥舞着他的拳头，喃喃自语，发誓再也不要跟那种要站在椅子上才能与他平视的人合作。你爱怎么说梅里韦瑟先生就怎么说吧——小矮人们基本上把能说的全都说了，连脏话手册上没有的那些话也骂出来了——他至少给他们找到了工作，而且当他们斗殴、纵火，甚至密谋推翻当选政府的时候，他一直在他们身边。没有他，他们会很难找到工作，也难免不进警察局。

马布尔和多丝悲伤地看着装有斯皮格特酒的酒杯。虽然货车悬架的减震能力不好，造成他们很难喝到酒杯里的酒，但是，人们普遍认为直接从酒瓶里喝斯皮格特家的酒是不明智的[①]。首先，这是不文雅的行为，因为麦芽酒一般是倒在酒杯里喝才更好喝。其次，斯皮格特家

[①] 事实上，我们已经确定，人们普遍认为喝斯皮格特家的酒本身就是一件不明智的事情。

的酒往往有一种奇怪浑浊的东西沉淀在瓶底，那些沉淀物很像是居住在海底深沟里、伺机咬住海底那些不当心的家伙的不明生物。乔利有一次做试验，喝了一些沉淀物①。直接的结果是他在卫生间里待了很久，久到他似乎可以按揭买下这个厕所。三个月后，他告诉那些愿意听他说话的人，他的身体依然不太对劲儿，在他消化器官的某些位置，斯皮格特家的古特酒依然在活跃地发酵，因为这种啤酒的生命周期很长，通常能有效预防致命辐射。他依然会偶尔短暂性失明，有时记不起自己的名字，有时还会大声地打嗝。大声打嗝这个毛病就是导致纵火事件的原因：他打嗝的时候离明火太近了。

所以，马布尔、安格力以及多丝紧紧地抓住他们的麦芽酒酒杯（尤其是斯皮格特家的酒，斯皮格特家的酒若被洒在皮肤上或衣服上，五秒钟之后便会燃烧起来），他们想知道没有梅里韦瑟先生的帮忙，他们该如何买吃的，买喝的。这是一件相当紧急的事情，因为他们的货车后车厢只剩下12箱斯皮格特酒，两盒薯片和几个快要变质的三明治。有人建议他们扔了那两盒薯片，把位置腾出来装更多的啤酒，但是，他们听取了更明智的意见，只扔了一盒薯片，把三明治留了下来。

"我们完蛋了，"安格力说道，"我要重操旧业了。"

"你以前是做什么的？"多丝问道。

"我以前是失业状态。"

"做这个要花很多时间，是吗？"

"一整天。不过，我周末双休。"

"是的，你周末要双休，不然的话，你会累垮的。"

"你呢？"

多丝耸了耸肩。"想都不敢想。儿童电视节目。"

"不可能！"

"真的。记得那个叫《牛肉仔和面条》的节目吗？"

---

① 好吧，我说的"实验"是指他的小矮人同伴直接坐在他的身上，把那些沉淀物灌进他的喉咙里，然后马上后退几步观察情况。虽然严格来说这是一次实验，但这也算是一种折磨，因为几乎任何一次被迫饮用斯皮格特家的古特酒都是一种折磨。

"就是那个在汤碗里拍摄的节目吗?"

"就是那个节目。我演豌豆珀西。"

"不记得你有说过什么台词。"

"我是一颗豌豆。豌豆是比较安静的蔬菜,因为它豆荚里的空气不多。胡萝卜的话忒多,简直没办法让它闭嘴,更别提西兰花了。我讨厌做一颗豌豆。而且那件服装闻起来也很奇怪。之前演豌豆珀西的人死的时候就是穿着那件服装。"

"真的吗?"

"他被那碗汤感染了。我们在那碗汤里待了好几个小时。那次的经历太糟糕。不管怎么说,他就是从那碗汤里感染了一种疾病,然后死了,但他们是周末休假回来以后才发现他已经死了。他们当时以为那件服装里面没有人,所以就把他扔回到豆荚里面,然后没管他了。从此以后,那件服装就闻起来怪怪的。"

"当然会闻起来怪怪的,不是吗?"安格力说道,"把一个死人扔在一件豌豆服里两天,怎么可能会没有味道?这是理所当然的事情。一天的话,或许还不会有味道:一天的味道可以洗掉,但是两天的话肯定洗不掉。你呢,马布尔,你之前是干什么的?"

"胖白(旁白)。"马布尔说道。

"噢。"安格力说道。

"没想到啊。"多丝说道。

"他说他是念旁白的,"安格力说道,他一边想努力掩饰自己的不解,却看起来更困惑了,"你知道的,帮那些商业广告、电影预告片等念旁白。"

这些小矮人陷入了沉默,他们在消化这一信息。

"真是份不错的工作,如果是真的话。"多丝最终开口说。

"这份工作要有天赋的人才能做。"安格力说道,当他想要理清马布尔的职业发展路径时,他的额头上又爬出了一条皱纹。

"安格力说得对。"马布尔同意道。

"的确,"安格力不置可否地回答道,"标准的发音是关键。"

"你呢，乔利？"多丝说道，"你打算做什么？"

"做什么？"乔利说道，"做？听听你们都说了些什么。我们还没有完蛋。我们经历过比这个更糟糕的情况。我们被拘捕过，我们被驱逐出境过，而且还差点被卖了当奴隶。我们一定要乐观。我保证事情马上就会有转机的。"

他是如此令人信服，以至于大家都举起了酒杯欢呼。

事实上，事情并没有出现转机。真正出现的是一辆没有标志的警车。警车上坐着的是比德尔科姆镇的两位警察：皮尔警官和罗恩队长。他们在一边喝水瓶里的茶，一边检查路上过往车辆的车速。

"这是好茶，"罗恩队长说道，"这茶怎么这么好喝？"

"加了蜂蜜。"皮尔警官说道。

"太棒了。从来没想过还可以加蜂蜜。"

"蜂蜜，"皮尔警官继续说道，"还有……精灵。还有啤酒。"

罗恩队长闻了闻他的茶。"没有啊，我没有闻到精灵或者啤酒的味道。没错，是有蜂蜜的味道，不过没有小矮人的味道。"

"我说的不是这个，队长。那辆货车里有精灵。他们在喝着啤酒呢。"

当那辆货车经过的时候，罗恩队长眯着眼望着货车的车身。他看见一杯啤酒被小小的手举起。"梅里韦德先生家的精灵。"他大声地念出来。他想了一会儿。不，不可能。不可能是那群家伙。完全不一样。不过，不得不承认，这车看起来的确像是同一辆货车。看起来完全一样的甚至还有——

小矮人。

"警官，拦下那群小矮人！"

多丝在他的座位上动了动。"我们能在哪儿停一下吗？我想上洗手间。"

"是啊，我还想吃点东西呢，"安格力说道，"我快饿死了。"

"伙计们，附近没有服务站，"乔利说道，"不过，那里的出口是比德尔科姆镇。我们可以在那解决我们的问题。"

乔利把车开离高速公路，没有注意到紧紧跟在后面的警车。他马上就开到了雪莱·杰克逊路，这是比德尔科姆镇的中心。当他继续往前开的时候，他经过了一辆雪糕车、一个牵着一只达克斯猎犬的小男孩。乔利喜欢小狗。小狗的身高跟他差不多，所以当他遇到体型比较大的狗时，他不得不特别小心。

现在，在他的后视镜和倒车镜里出现了蓝色的光，有趣的是，似乎到处都有蓝色的光。那是——

"不见了！"阿伯纳西夫人大声叫道，"他不见了。"

她正专心致志地盯着那片玻璃，监视着塞缪尔·约翰逊和他那条小杂种狗的一举一动。她用尽所有的能量把注意力集中在他们身上，企图把他带到她的身边，但是某种交通工具挡住了她的视线。她再次集中注意力，此时她感觉到自己的某部分力量已经减弱了。

"小心点，"她自言自语地低声道，"小心点……"

她举起了她的手，仿佛那个男孩已经站在她的面前，她要掐住他的脖子。两道蓝光从她的指尖像子弹似地迸发出来，穿过玻璃。她意识到人类世界里有某股力量，那股力量让她不得不紧闭双眼。但她张开眼睛的时候，塞缪尔·约翰逊还在比德尔科姆镇上，不过现在他已经停下了脚步，一脸迷惘地四处张望。

塞缪尔困惑不已。他可以发誓，几分钟以前，一辆载着小矮人的货车正要从他身边开过，但是现在这辆货车似乎已经消失了。然后，一辆警车也要朝他这边开来，也消失了。而且，附近不是有一辆雪糕车吗？他还在想着给自己买个甜筒，虽然天气还是比较冷。或许是他学习太累了，不然的话，就是他该换眼镜了。

在他的前面的路上有东西在转。当他越走越近的时候，那东西停了下来。那是一瓶斯皮格特家的古特酒。一道淡蓝色的光在瓶盖周围移动,导致瓶里的酒迸发出来,洒得路边到处都是。更多的蓝光出现在他旁边那辆车的挡泥板上、在他左边的那扇花园门上,还有地上的那一滩油渍上,从那滩油渍上他可以看到他自己的倒影,以及博斯威尔的倒影。

还有阿伯纳西夫人的倒影。

"噢,不。"塞缪尔说道,此时阿伯纳西最后一次伸出她的双手。一道道蓝色的光从她的指尖射出,随后从那一滩油渍喷射出来,包围着塞缪尔和博斯威尔。刹那间,一股寒意席卷而来。突然,塞缪尔感觉他身上的每一颗原子都被撕扯开来,他正在降落,降落在黑暗之中,在无尽的黑暗之中。

第 10 章　多丝与甲子·博德金争论

梅里韦德先生家的小矮人们发现了一些不好的事情。

多丝是第一个醒过来的。他的名字叫作多丝是因为他任何时候都能睡着。他可以在过山车上睡着，可以在正在下沉的远洋班轮上睡着，甚至当他的脚被火烧的时候，他也可以睡着——事实上，这些事情他全都干过。多丝是那种能够在睡着的状态下再睡着的人。

多丝伸了伸手臂，打了一个哈欠。他觉得自己的身体仿佛在拷问台上被拉伸，分解，然后重组。那个将他重组的人并没有特别在乎身体的这些部分是否能够正确安装在一起。置身于类似的情景之下，大多数的人或许会好奇为什么会发生这样的事情，可多丝已经喝了好长时间的斯皮格特家的古特酒，他已经习惯了醒来的时候是这种感觉。

他望着车窗外，目之所及的似乎是广袤的白色沙丘。他挠了挠脑袋，想要记起他们本来要去的地方，就在——好吧，就在不知道发生事情的时候。他们来到了海边演戏了吗？多丝挺喜欢大海的。他决定不管那些还在熟睡的人，自己出去走走，活动活动筋骨。

头顶的天空乌云密布，云层中还渲染着一丝红色。由此，他推断现在要么是日出时分，要么是日落时分。看天色，似乎马上就会下雨。他深深地吸了一口气，但并没有闻到大海的味道，也没有听到海浪声。多丝试图回忆比德尔科姆镇附近是否有沙漠，得出的结论是没有。邓恩斯特德镇附近倒是有个沙滩，不过那里主要是石堆和破旧的购物车，跟这里一点儿也不像。他脚下的沙子又白又细。不过，天空有些奇怪。天上的云朵不停地变换着形状和颜色，有时候天空似乎布满了脸孔，有的呈现壁炉般的橙色，有的却呈现烟囱般的红色。如果他没什么常识的话，或许会以为天空着火了呢。空气中确实有一股燃烧的味道，但是是一种烧焦的臭味，那味道就像是大型烧烤后剩下了很多牛排，后来慢慢腐烂发臭的气味。

他开始爬上最近的那个沙丘，希望能弄清自己的方位，他一边爬一边吹着口哨。山丘过后还是沙丘。他爬了一个又一个沙丘。当他到达第三个沙丘的顶端时，他不再吹口哨了。他什么也没有做，真的，除了两眼直盯着前方。

映入眼帘的全是桌子，一直延伸到那像着了火的天际。桌子旁坐着红色的小矮人，那些小矮人的头上都长着犄角。每个桌子的一端都有一个洞。其他的红色小矮人正往这些洞里倒入一些白色的东西，那些白色的东西变成白色的细沙，从桌子的另一端流了出来。还有一群红色的小矮人在桌子之间来来往往，将沙子装进桶里搬走，而那些坐着的小矮人则认真地在很大的本子上记下运作的细节。

在他的右边，有一张更大的桌子，桌子旁坐着一个高个子。那人身上穿着一件内衬为猩红色的黑色斗篷。与下面那些小矮人不同，他的皮肤很苍白，头上的犄角更大，而且似乎被打磨得更有光泽。他的上唇处长着稀疏的胡子，下巴处的胡子格外浓密。那种胡子通常是那些不怀好意却毫不掩饰的人才会留的。那种胡子会让人联想到卑鄙的阴谋，被绑在火车轨道上的女人，还有被剥夺继承权的孤儿。那把胡子似乎在大叫"我是被污蔑的，千万别搞错了"。

那个留胡子的男人现在正双脚交叉搭在桌子上。他的脚上穿着一双尖头的黑色靴子。在他的脚旁，有一个牌子写着："甲子·博德金，恶魔主管。"

多丝注意到恶魔主任甲子·博德金正在阅读一份名为《地狱时报》

的报纸①。报纸的头条是:

恶魔之王在考虑下一步行动

"胜利将属于我们,"奥西穆斯大臣说道,"任何怀疑这一点的人都将被除名。"

一个字体更小的副标题写到:

追究阿伯纳西夫人的责任

"有人必须为此次入侵失败负责,"奥西穆斯大臣说道,"我认为此次失败是阿伯纳西夫人的失职。"

这位奥西穆斯大臣似乎八面玲珑,在哪儿都混得游刃有余,多丝想道。多丝或许不是他们这群小矮人中最聪明的那个,但他隐约不安地怀疑这里的一切有些不太对劲儿。

"早上好,"他说完,停下来想了一下,"下午好,呃,晚上好?"

甲子·博德金朝着多丝站着的方向望了过去。他鼓起双颊,百无聊赖地吐了一口气,一副愤世嫉俗的样子。这一连串动作是所有踏入中年的经理都会做的动作。已过中年,这些经理总是在生活即将好转的时候出点乱子,最后却一点好处也捞不到。这让他们更加百无聊赖、愤世嫉俗。

"嗯?"甲子·博德金说道,"什么事?"

"只是想知道所有这些家伙在干什么。"

甲子·博德金放下了他的报纸。

"家伙?家伙?他们不是什么'家伙':他们是受过严格训练的恶魔技工,不是什么带着午餐盒、傲慢无礼的新来的小鬼。家伙,喊!"

---

① 《地狱时报》通常没有什么值得读的内容:报道的天气总是炎热,太阳偶尔像个火球一样悬挂在空中;描述的每个人要么痛苦、愤怒,要么饱经折磨;而你最爱的足球队在最近的赛事中的表现每况愈下,因为,在地狱里,球队双方都是输,一直输。处罚决定总是充满争议。比赛总是加时,加时赛总是没完没了。

甲子·博德金继续看他的报纸，嘴里念念有词地说着工会、休息上厕所，还说恶魔能找到工作是多么地幸运。

"是啊，可他们在做什么呢？"多丝继续问道。

甲子·博德金抖了抖他的报纸，摆出一副"我很忙，不想被打扰"的姿态，后来意识到他桌子旁边这个讨厌的小个子不打算走开时，他再次无奈地放下了他的报纸说：

"很明显，不是吗？他们在研磨死人的骨头。"

"研磨？"多丝说道。

"是的。"

"骨头？"

"是的，是的。"

"死人？"

"是的。他们不可能研磨活人的骨头，不是吗？那会很麻烦。"

"没错。"多丝说道。他把手伸进他的口袋里，无聊地用脚踢着沙子，随即想起这些并不是沙子，于是便马上道歉。"我想，有生意做是好事。"

他咬着下嘴唇，思考了一会儿。

"这儿到底是哪里？"他询问道。

"噢，你不是迷路了吧？"甲子·博德金说道，"别又来一个这样的。我的意思是说，想清楚这事儿有那么难吗？你是坏人，你死了以后呢，来到了地狱，我们把你处理了，在地狱里给你找了一份工作。过了这么久，还以为总部的那些家伙会处理好呢。喊！说真的。好了，你必须自己去中央处理区。我太忙了，正忙着，呃，监工，没空帮你。"

他举起他的左手，看了看他手腕上的那个沙漏，以示自己有多忙。沙漏上半球里的沙子流到了下半球，可是上半球的沙子并没有减少，而下半球的沙子亦没有增加。

"还有一件小事，"多丝说道，"说实话，是两件小事。很小的事，事实上，也不是什么小事。是有点重要的事，说实话。"

他局促地笑了笑。

"接着说,"甲子·博德金说道,"不过,这是最后一件事了。你让我无法专心工作。就在我们说话的这会儿,产量就已经减少了。如果我不好好监管这群家伙,他们就会抗议,吵着要茶歇,要请假去看望他们的阿姨们,或者去看牙医。你瞧瞧他们:他们马上就要造反了!"

多丝望着他说的那群家伙。与其说他们要造反,不如说甲子·博德金要去照看婴儿却不偷走婴儿车。

"你刚刚提到死了以后的事情,"多丝说道,"你这么说到底是什么意思?"

"哎呦,不好意思。"甲子·博德金说道,可他看起来一点也没有不好意思。"你的意思是说你不知道。悲剧,真是悲剧,"他忍住没有发出咯咯的笑声,"好吧,坦白说,你死了。你不再活着了。真的离世了。如果附近有个桶的话,你已经把它踢翻死翘翘了。如果你是一只鹦鹉,肯定已经从栖枝上跌落下来,一命呜呼了。你想问的第二件事是什么?"

"啊?"多丝说道,他还在消化第一件事,他一点也不喜欢刚刚所听到的事。"噢,你刚刚说到了地狱的事情。"

"所以呢?"

"那是——为什么?"

"因为那是你的所在之处:地狱。"

"是那个地狱?"

"你还知道其他的地狱吗?"

"不,我以为地狱是不存在的。"

"现在你知道了吧。高兴了吗?"

"不,我不高兴。我不觉得自己死了。"

他掐了自己一下。很痛。

甲子·博德金好奇地望着他。

"你看起来也不像是死了,"甲子·博德金说道,"大多数死人看上去都有点死人的样子:你知道的,皮肤惨白,缺根胳膊少根腿,身上有子弹孔，血流成河，啐。"甲子·博德金把分叉的舌头从嘴里奋拉出来，露出了眼白，摆出一副好日子就要到头，再也看不到明天的太阳的样子。"可你一点也不像。"

多丝已经开始往后退。"很高兴和你聊天，"他说道，"祝你的骨头事业一切顺利。再见。拜！"

他小跑着走下沙丘，一路上只回过头一次，他看到甲子·博德金若有所思地使劲拽着自己的胡子，仿佛在想方设法谋害别人。

多丝开始跑了起来。

第 11 章　纳德离开了

塞缪尔抵达，纳德却离开。

塞缪尔感觉到博斯威尔在舔着他的脸。他试图把狗推开，但博斯威尔似乎执意要他起来。塞缪尔不想起来。他的四肢酸痛，头痛剧烈。他在想自己是不是病了。

然后他想起来了：消失不见的货车；蓝色的光；那摊油渍里阿伯纳西夫人的脸……

阿伯纳西夫人。

他猛地睁开了眼睛。

他侧身躺在一条河的岸边。浑浊的河水朝着一片歪斜的树林缓缓流淌。他的脸颊下面是坚硬的土地，土地上长着稀疏发黑的草。他跪坐了起来，博斯威尔安心地吠了几声。塞缪尔把他的狗揽入怀里，轻轻地抚摸着他，同时四处张望，想要弄清楚自己究竟在哪里。他的记忆里有坠落的场景，他记得自己曾经从某处坠落，但当他想要停止的时候，却发现自己坠落得更快了。他还记得曾经被压缩，他记得那种痛，然后就什么也不记得了。

他的头顶上乌云满布，云层中渲染着一片火红。他抬头望天，有一种张望火山口的错觉。他感到一阵晕眩，因为，有一刹那，天旋地转，地转天旋。他看到自己跪在一个大球体的底面，那球体悬挂在熔炉里。他不得不竭力克制住自己往后倒的冲动，牢牢地贴紧地面。他把博斯威尔抱得更紧了，说道："没事的，一切都会变好的。"他这句话是在安慰博斯威尔,更是在安慰自己。

他知道,这是阿伯纳西夫人干的好事。因此,他们的所在之处只有一种可能:地狱。她不知用了什么法子竟把他们从人类世界猛拉到她的世界。她之所以这么做,只有一个目的:她想要报复。她现在一定已经在找他们了。

虽然塞缪尔现在只有十三岁,虽然他已不再把自己当成小孩儿,但此时此刻,他很想哭。他想要他的母亲;他想要他的朋友。在比德尔科姆镇的时候,他之所以能够直面阿伯纳西夫人的怒火,是因为那是他熟悉的地方,那里有他爱的和爱他的人在支持他。而在这儿,除了博斯威尔之外,他孤身一人。塞缪尔就是这种男孩,即便在伤心害怕的时候,他也希望在自己被卷入这个世界之前能松开博斯威尔脖子上的牵引绳,从而保证它的安全。他那忠诚的小狗不应该在这儿受罪,可塞缪尔依然很感激博斯威尔跟他一起来到了这里,因为在这个恐怖的地方,至少他不是孤立无援的。

不,那并不完全准确。在这儿,并不是只有博斯威尔才关心他。还有其他人。问题是:塞缪尔要怎么样才能找到他?

沃尔姆伍德轻轻地拍着纳德的肩膀。

"主人,我们为什么停下来了?"

那辆乔装成岩石的车已经一路开过了无果之谷,因为纳德想要尽量驶离他们之前躲藏的那个洞穴,越远越好。山谷是由巨大的棕色石板构成,车子在上面行驶不会留下痕迹。往西行驶(或者可能是往南,方向这个概念在这儿几乎没有任何意义,因为在这儿,一切都是不确定的),他们来到了畸形之林。畸形之林里住的都是些自诩自己样貌出众的生物,他们对自己眼里那些样貌不佳的人不屑一顾,于是被诅咒以丑陋之木的形态苟活于畸形之林中。然而,往西行驶离绝望之山太近了,纳德并不喜欢,所以他们又往另一个方向前进,或者说往他们以为的另一个方向前进,鉴于地狱总喜欢让一切事与愿违,所以当你满怀希望地从点A出发,结果却发现自己没有任何偏离地又快速回到点 A。最终，他们希望到达了蜂窝山庄，在瓦彻，或者更糟糕地，在瓦彻的女主人阿伯纳西夫人来抓他们之前，他们可以在那里藏起来。

可现在，纳德把车停了下来，眼睛直直地盯着远方，一脸困扰的样子，那神色就像是在担心自己是不是忘了关煤气但又记不起家里是否有煤气炉的样子。

"主人？"沃尔姆伍德说道，现在他有点担心了。

纳德皱了皱眉，一滴泪从他的一边脸颊流了下来，他轻轻地说道："塞缪尔？"

阿伯纳西夫人在亲自经历过人类世界以后发生了变化，但她并不是地狱里唯一一个被改变的恶魔。纳德也变了。首先，相比以往，现在的他对沃尔姆伍德更和善了，原因不仅在于沃尔姆伍德知道如何让车辆保持行驶的状态。在他漫长的放逐生涯中，纳德大部分时间都在以泪洗脸，自怨自艾，基本上在感叹自己命途多舛，除此之外，便是大发雷霆地暴打沃尔姆伍德的头部。可自从他回到地狱以后，他开始将沃尔姆伍德视作"朋友"，没有比"朋友"更恰当的词来形容他们的关系了。诚然，他更想要一个不会在他的鼻子下摇动手指，邀请他看从身体孔里挖出的东西的朋友，但是，要饭的哪能挑肥拣瘦呢。

同样地，纳德已经完全抛弃了想要征服另一个世界，成为一个威严的恶魔的念头；首先，他的这个念头并不是十分地强烈，而且，他现在已经免除了他自立的名号"五灾之魔"，他决定不再找其他的恶魔工作了[①]，因为他更喜欢过不惹麻烦的日子。

但，更重要的是，纳德回到地狱以后，他和塞缪尔·约翰逊的心理和情感联系更深了。塞缪尔是第一个对纳德友善的人，也是纳德的第一个朋友。如果他们生活在同一个世界，或许他们会成为形影不离

[①] 连那些特别逊的恶魔所从事的工作他也不想要，比如，看塔恶魔的工作是上菜前摇铃铛；恶魔小呃的工作是在汤里捞死尸，另外还负责在药膏里捉苍蝇；鲍勃负责除掉那种你不想其漂浮而偏偏要漂浮的东西；格鲁格负责除掉散发着令人厌恶的臭味的东西；而甘格和安格莱则负责破坏老鼠们的完美计划。老鼠们真的很憎恨他们。如果不是他们的话，老鼠可能会统治世界。

的好朋友。然而，他们被时间和空间所分离，不得不面临跨越世界、跨越维度的困难。尽管如此，他们在内心深处珍视着彼此的回忆，有时候，当他们熟睡的时候，他们仿佛在梦里交谈甚欢。每一天，他们都在思念彼此。这种情感总能跨越生活给人们带来的困难。一种无形的力量连接着男孩和恶魔，一如它连接着所有相互深爱的人一样，对纳德而言，这种与塞缪尔的联系突然发生了变化。他感到他们之间的这种联系前所未有地强烈，他立刻领会到塞缪尔就在附近。他就在这个世界，在这个肮脏的地方，在这个传言一切尽是毁灭希望的地方。可对纳德来说，这个世界不一样了。他现在有希望了，他希望拥有更美好的时光，希望有更好的存在方式，而这个希望是塞缪尔给他的。

然而，如果塞缪尔真的在这儿，那么肯定不是他自愿来的。没有人会自愿来到地狱。甚至连那些被困在地狱里的生物也希望自己能身在别处，甚至想一死了之，因为那远比永生永世困在深渊里好得多。

阿伯纳西夫人一直在找纳德，虽然她不知道自己要找的就是纳德。她想要找的是那个神秘的驾驶者，那个人毁掉了主人从地狱逃出去的希望。但纳德知道塞缪尔才是她想要的大目标。她不知找到了什么法子竟将塞缪尔带到了这里。就目前纳德分析，塞缪尔可能早已成为阿伯纳西夫人的阶下囚。他的脑海里浮现一个极其恐怖的画面，他看到自己的朋友被绑锁起来，带到恶魔之王的面前，恶魔之王让他为自己做的一切付出代价。即便塞缪尔还没有落入阿伯纳西夫人的魔爪之中，地狱里还有很多其他邪恶的家伙，想要一尝人类孩子的味道。一定要有人去救塞缪尔，而那个人就是纳德。

不过，纳德在救人方面并没有太多经验。在自救方面，倒是经验十足。他一直在躲避阿伯纳西夫人，避免成为其阶下囚，但如果还要再带一个人逃命，那他可能没办法逃离阿伯纳西夫人的魔爪了。而且，他觉得自己不怎么聪明，也没什么勇气和谋略。可正如大多数这样想的人，纳德实际上比自己想象中更聪明，更有勇有谋，只不过他没有太多的机会向他自己或别人证明这一点。

"主人？"沃尔姆伍德第三次问道，这一次，纳德回答了他。

"塞缪尔在这儿,"纳德说道,"我们一定要找到他。"

沃尔姆伍德并没有露出惊讶的神色。如果他的主人说塞缪尔不知怎么地来到了地狱里,那么沃尔姆伍德也会欣然信之。虽然沃尔姆伍德从未见过塞缪尔,但他久仰塞缪尔的大名了。当纳德驾驶车辆180度快速掉头,回到他们来时的路上时,沃尔姆伍德倒是挺惊讶的。

"呃,主人,"他说道,"你告诉过我的,那边是通往痛苦、折磨和劣质食物的路,还有可能落入阿伯纳西夫人手中被她肢解。"

"没错,沃尔姆伍德,但只有阿伯纳西夫人能将塞缪尔带到这儿,所以阿伯纳西夫人的所在之处便是塞缪尔的所在之处。"纳德把脚放下来,加大油门。车身像渴望开跑的马儿般稍稍腾起,纳德松开了刹车,他们便出发了。

沃尔姆伍德敬畏地望着他的主人。以前那个纳德胆小自私,决心不惜一切代价避免自己受伤。而现在这个纳德勇敢无私,似乎迫不及待想让自己的四肢搬家。

当他们朝着自己的命运飞驰的时候,沃尔姆伍德心想,再三思量,我还是喜欢以前那个纳德。

第12章 一柱神奇的火焰

多丝带来了各种坏消息。

当多丝回到货车的时候,乔利刚刚醒来。
"怎么回事,"乔利说着,痛苦地揉了揉额头,"我们撞上什么了?"
多丝听到货车尾部传来了各种各样的呻吟声、打哈欠声以及从身体里发出的难听的声音。此时,安格力和马布尔从睡梦里醒来。
"仔细听我说,"多丝说道,"你到底是从哪个高速公路出口下高速的?"
"啊?比德尔科姆镇出口啊。这是我们大家都同意的。"
"指示牌上是这么写的?比德尔科姆镇?"
"是的,比德尔科姆镇。"
"不可能写的是'地狱',是吗?"
乔利狐疑地望着他,然后闻了闻多丝的口气。"你已经开始喝酒了?没错,喝上一瓶或十瓶有助于睡眠,但一大早的,至少要先吃了玉米片早餐以后再豪饮吧。照你这个喝法,你的肝脏肯定像鞋底一样脏,记住我说的话。"
"我没喝呢,"多丝说道,"有件事很奇怪。"他指着前方挡风玻璃前一望无垠的白沙丘。
乔利凝视着远方好一会儿,然后从货车上爬了下来。多丝、安格力和马布尔紧随其后。乔利撅起嘴唇,绕着货车巡视了一圈,满心期望能看到教堂尖塔、薯条店或酒吧的踪影。

"不，不可能的，"乔利说道，"我们一定是在哪儿转错了弯。"

"在哪儿转错了，炼狱吗？"多丝说道，"我们现在在地狱里。"

"情况并没有那么糟糕，"安格力说道，"我承认，这里确实有点奇怪，但我们不能自乱阵脚。"他跪了下来，捡起一小捧细沙，看着细沙从他的指间流下。马布尔也跟着这么做。

"瞧，我们一定在离海很近的地方，"安格力说道，"这是沙子。"

"不，那不是。"多丝说道。

"肯定是沙子。不然是什么？"

"闻起来不是沙子。"马布尔说道。他将一小捧细沙放在鼻子跟前，小心翼翼地嗅了嗅。

"没错，"多丝说道，"它闻起来不像沙子。因为它根本不是沙子。"

"那它是什么？"乔利问道。

多丝朝他们弯了一根手指头，做出"跟我来"的动作，然后他们就跟着他走了。

四个小矮人躺在其中一个沙丘的一侧，从沙丘顶部探出头来窥探，他们看到小鬼们正将骨头倒入工作台的一边。

"那是骨头，"安格力说道，"我们躺在骨灰上。其实，还挺舒服的。可谁想得到呢？"

"这些是谁的骨头？"乔利问道。

"不知道，"多丝说道，"那边的那个家伙似乎是管事儿的，可我想连他也不知道。"

他们好奇地打量着甲子·博德金。他正在打电话。那是一部黑色的老式旋转拨号盘电话。

"他是个疯子，"乔利说道，"那电话根本没有连线。"

"我觉得那不重要，"多丝说道，"我有种感觉，正常的规则好像不适用于这儿。"

他们继续望着甲子·博德金。博德金突然激动了起来，虽然他们没办法清楚完整地听到他所说的话，但他似乎对看上去不像死人的多丝的突然造访感到困惑不已。

"所以，他是个恶魔。"安格力说道。

"是的。"多丝说道。

"而那群家伙全都是恶魔。"

"据说是小鬼，但我想这两者并没有差别。"

"那么，这里的确是地狱。"

"我一直想告诉你们这件事。"

"我们怎么会在地狱？我们对别人做了什么坏事吗？"

其他三个小矮人沉默不语，让安格力好好思考自己所说的话。

"噢噢噢！"安格力说道，所有让他们可能下地狱的理由像涨潮时冲上岸的垃圾一样浮现在他的脑海里。他耸了耸肩膀。"好吧。不过，我不记得我们死了。我以为我们要死了才能下地狱呢。"

"或许正如乔利所说的，"多丝猜测道，"我们可能撞了什么东西，然后在车祸中死了。"

"可我不记得我们撞上了什么东西，"乔利说道，"货车似乎完好无损。更重要的是，我自我感觉良好。如果我死了，我相信我的感觉肯定不好。或许，我还会很难闻呢，比现在更难闻些。"

"所以我们并没有死，"安格力说道，"可如果我们并没有死，那么这里不可能是地狱。"

"我不知道，"多丝说道，"不过，那边的甲子·博德金似乎很确定。"

"他可能在跟你开玩笑，"安格力说道，"他看起来是喜欢开这种开玩笑的人。"

突然，一大柱白色的火焰出现在甲子·博德金的桌子旁，从地上的沙堆里直冲向天上的乌云中。它出现得如此突然，以至于连那些坐在桌子旁的小恶魔们都停下了手里的活儿，看看发生了什么事。

火焰中出现一个女人的脸，她的双眼散发出两团明亮的蓝光。

"她看起来有点脸熟，"乔利说道，"我在哪儿见过她。"

"在博德金看的那张报纸的封面上，"多丝说道，"好像说她遇到麻烦事了。"

"可我没有看过他的报纸。"乔利说道。

"嘘，"安格力说道，"我想听听他们在说什么。"

事实证明，想要知道那个女人说什么并不难。她一张口，就像是打雷一样。声音如此之响，以至于小矮人们的耳朵都疼痛不已。

"博德金，"那个女人说道，"你发现了什么？"

"拜托，小点儿声，亲爱的，"乔利说道，"那家伙就站在你身边。"

甲子·博德金一脸迷茫。"阿伯纳西夫人，"他说道，"我没想到您会来找我。"

"我相信你肯定没想到，"阿伯纳西夫人说道，"不过，我的确是来找你了。你报告说有闯入者。告诉我，是不是一个男孩？"

"说实话，我很想帮你，不过，我想我不能回答您的这个问题。您必须通过官方渠道得到答案。"

阿伯纳西夫人的脸阴沉了下来。她张开嘴唇，露出了牙齿。小矮人看着她的牙齿开始变得越来越长，越来越尖。她的脸肿胀了起来，马上变成了半女人半怪物的样子，虽然她那女人的样子还是更恐怖些。

"哎呀，说错话了，老兄，"乔利说道，"接下来，他会告诉她这是男人的事情，不劳她那可爱的脑瓜子操心。"

"不，他不可能会那么蠢。"安格力说道。

"阿伯纳西夫人，"甲子·博德金说道，"我真的不可以让步：这是恶魔高级委员会的事情，呃，也就是说，恶魔委员会的成员们，呃，坚持认为恶魔事宜是男人的事。"

"我收回我说过的话，"安格力说道，"他真的是那么蠢。"

然而，甲子·博德金既然已经说错话了，索性破罐子破摔。"你要理解，自从你，呃，变了样子而且，呃，失宠以后，高层管理人员通知我们说你不再参与决策过程。"甲子·博德金露出盛气凌人的笑容。那笑容真是不可一世。"我相信您一定有更重要的事情要处理，"他继续说道，"比如——"

"他真是豁出去了。"安格力说道。

"噢,天啊,"乔利一边说着,一边用双手挡住自己的眼睛。"我看不下去了。"

"——打扮一下你自己,比如,"甲子·博德金继续说道,"或者,打扮一下——"

他还没来得及说出打扮的对象,阿伯纳西夫人的嘴里就喷出一连串炽热的白色火焰,将可怜的博德金吞噬殆尽,仅留下一双冒烟的黑色靴子。

那柱火焰移动了,转向那群坐着的恶魔。

"现在,还有人要让我应该管好我自己的事情吗?"阿伯纳西夫人说道。

成千上万颗脑袋同时摇起头来。

"有谁想要告诉我是否在这儿见过一个男孩吗?一个带着小狗的男孩?"

前面第二排的其中一个小鬼举起了手。

"嗯?"

"拜托,女士,那人的身材像是个小男孩。可那不是一个男孩,女士。"那个恶魔说道。

"哦,就他话多,"多丝说道,"如果他的身后没有那么多同伴,我一定会一拳把他打倒在地。"

"你这话是什么意思?"

"那是个小矮人,女士。博德金先生认为他还没有死,女士,所以他向上级汇报了情况,女士。"

"那个小矮人是自己一个人?"

"是的,女士,就博德金先生所知,女士。"

"非常好。你叫什么名字?"

"我没有名字,小姐。我只是个恶魔小鬼,是三等恶魔,女士。"

"嗯,你被提升了。从现在开始,你可以叫你自己乙丑·博德金。这张桌子是你的了。"

"噢，非常感谢您，女士。我会乖乖做好乙丑·博德金的，女士，请相信我。"

那个小鬼从它的工作台中站起来，小跑到那张主桌上。那柱火焰渐渐变小，而后完全消失。小鬼把脚塞进甲子·博德金的那双冒烟的靴子里。慢慢地，他开始变高，他的样貌也开始变化。几秒钟后，它竟变得与原来的甲子·博德金惊人地相似，从那乱糟糟的稀疏胡子到傲慢的姿态都一模一样。

"好了，回去工作吧，所有人都回去工作，"乙丑·博德金说道，"好戏收场了。"

他坐在他的新椅子上，把脚搭在桌子上，拿起那张报纸。其余的小鬼一起无奈地耸耸肩，回去继续研磨、搬运、记录骨灰。

"看到了吗？"安格力说道，"这个地方的工人需要发动革命。"

"你下次再组织他们发动革命，"乔利说道。他们滑下了沙丘，朝货车走去。"我们需要找到回家的路。现在我想起来在哪儿见过那个女人了。早在比德尔科姆镇的时候我就见过她。她出现在我的挡风玻璃上，随后出现了一道蓝色的光，接下来我们就发现自己在这儿了。"他停了下来，挠了挠了下巴："那时候还有一个带着一只达克斯猎犬的男孩。"

他回头望着来时的路，似乎盼着能看到那柱火焰冲到他们的上方，而那个恐怖的女人在盘问他们关于那个男孩和那只狗的事情。慢慢地，乔利开始在脑海里把这些线索拼凑起来。

"我在想，"他说道，"我在想，我在想，我在想……"

第13章 一次重逢

我们遇到老拉姆,一些老友重聚。

塞缪尔手里拉着系在博斯威尔脖子上的牵引绳,在克服恐惧之后,他决定要找个藏身之处。距离最近的隐秘之处是一片森林,森林里树干盘虬卧龙,树叶飘零。那就是他和博斯威尔要去的地方。他们一靠近森林,博斯威尔就不停发抖,然后"扑通"一声,重重地跌坐地上,牢牢地抓着地面不走。对博斯威尔来说,这片土地上的任何东西都难闻至极、难听至极,也难看至极,但这片森林则令人格外不舒服。

"过来,博斯威尔,"塞缪尔说道,"我也不喜欢这个地方,但我们现在这样暴露在野外也不是办法,会被人发现的。而且,不是随便的任何人,如果你懂我的意思的话。"

博斯威尔摇了摇耳朵,低下了头。以前他的生活是如此平常:起床,出去闻闻嗅嗅,吃点东西,玩一下,打个盹,然后起床,日复一日。如果他曾听说过用"狗的生活"这个短语来形容一个人过得有些悲惨,他会有点发愁的。对博斯威尔来说,小狗的生活完全没有问题,是人类把事情弄复杂了;是那些人类以及带有触须和獠牙,散发恶臭的怪物把事情弄复杂了。现在,他的嗅觉器官充斥着那些怪物的味道。这是怪物的世界,博斯威尔讨厌这个世界。

塞缪尔拉了拉牵引绳,塞缪尔不太情愿地小跑着跟在他的主人身边。他们头顶上的树枝茂密,枝叶交缠在一起,仿佛在相互安慰。树皮上坑坑洼洼的,有很多洞,这些洞就像它们的眼睛和嘴巴,它们的脸上却是一副痛苦的表情。他听见叶子的低语声，仿佛一阵微风拂过。

然而，此时并没有微风，也没有叶子。

"小男孩，"一个声音轻声说，"小男孩，帮我。"

"小男孩，"另一个声音说道，这一次是女人的声音，"放了我。"

"小男孩……"

"小男孩……"

"……帮我……"

"不，我，帮我……"

"小男孩，我在这儿已经很久，很久了……"

这些树的嘴巴延伸张开，眼睛在木质的眼窝里扭曲。那些树枝在移动，朝他伸了过来。一根树枝抓住了他的夹克衫。另一根树枝试图从他的手里拉过那根牵引绳。

"小男孩，不要抛下我们……"

"小男孩，听我们说……"

他身后的那片树林闭合了起来，那些树形成了一道无法逾越的护墙，挡住了他的退路。塞缪尔抱起博斯威尔，把他护在自己的夹克衫里，开始跑了起来，一路上，树枝划破他的脸，撕破他的裤子，试图把他绊倒。他们不该来这里的。他错了，可是他们已经没有回头路可走了。塞缪尔低下了头，几乎看不清前路，一路上，这些声音一直在叫他：有的向他哀求、有的朝他威胁、有的对他承诺。只要他能让他们的痛苦消失，他可以得到他想要的一切，任何一切东西。

他的前面出现了一个身影，一个声音说道："退后！"

那些树马上变得安静下来，一动不动。塞缪尔抬起头来，眼前是一只弓着背的动物，嘴巴歪斜，长着一口钝齿，古老而弯曲的角从它的头上伸出来，一头蓬松的白发耷拉在它的头上。塞缪尔花了一两分钟才认出那是一种公羊，可这只公羊学会了用两条腿走路。它的前蹄已经突变，变得很长，形成了两对瘦骨嶙峋的手指，其中一只手上拿着一根长长的棍子。他的皮毛乱蓬蓬、脏兮兮的，闻起来夹杂着一股潮味和烟味。

森林深处传来了另一个邪恶的男性声音。

"你有什么权利替他说话?"它说道。

那些树的树枝像臣子见到国王一样分开列队。塞缪尔的眼前是一棵巨大粗糙的橡树。那棵橡树的根十分复杂,不禁让他想起了扭动的蛇,他觉得很不舒服。这就是刚刚说话的那棵树。它的树干上有两个洞,可以当作眼睛,还有一道弯曲的裂缝,可以当作嘴巴。它一张口说话,一股臭气熏天的气味就从缝隙里散发出来。它浑身散发出腐烂蔬菜的味道,更糟糕的是:还有非蔬菜类物质渐渐腐烂的味道。

"你们又有什么权利?"那头公羊回应道,"他不过是个小男孩。"

"他可以帮我们。他可以解放我们。"

"他怎么可以做到?你们都是受尽煎熬的东西。他帮不了你们。"

"给他一把斧头,让他把我们都砍下来。让他把我们砍成碎片和木屑。"

"然后呢?你还认为世俗的规则适用于你吗?恶魔之王随时可以再次施威,把你们变成更加怪诞的形状,供他消遣。那并不会结束你的痛苦,反而会徒增痛苦。"

"那么,把那个小男孩交给我们,或许他还可以给我们做个伴。我们可以一边目不转睛地欣赏他的美,一边回忆我们往昔的风采。"

那头公羊笑了,他发出一阵低沉的咩咩叫。"把他交给你们,好让他在你们的体内慢慢地腐烂,或者说,让你们把自己的部分痛苦发泄在他的身上。他不过是迷了路,并不是被抛弃了。他不属于这里,他也不属于你们。"

那棵大橡树似乎在咆哮。塞缪尔看见了它内心深处那个饱受痛苦和折磨的灵魂。

"你给我记着,老拉姆,"它说道,"我们的根越长越长,我们的树枝也越来越尖。我们离你越来越近,很快,你一觉醒来就会发现你已经被我们包围了,我们的臂膀会把你拉过来,然后用我们的根来探索你的身体,供我们消遣。"

"是啊,是啊,是啊,"公羊不屑一顾地说道,"这话老拉姆早就听过了。别忘了，你们是树。你们生长的速度是如此缓慢，连恶魔之王本人都不再以折磨你们为乐。拿盆水照镜子，想想你们以前是什么样子的。这个小孩和你们没关系。"

他用自己的棍子推了推塞缪尔。

"走吧，小男孩，"他说道，"让他们自怨自艾去。"

塞缪尔照他的吩咐去做了，可当他走的时候，他忍不住回头望了望那棵大橡树；他发誓，有一刹那，他看见大橡树的一些根从地上冒出来。可随后森林将它包围住了，他再也看不见那棵古老的树了。

与此同时，梅里韦瑟的小精灵们，或者说小矮人们，再或者说任何他们现在用来称呼自己的名称，遇到了一个严重的问题。

他们的货车被人偷了。

"你确定这里就是你最后停车的地方？"安格力说道，"你知道的，这些沙丘长得都很像。"

"别这样跟我说话，"乔利说道，"是我们把车停在这儿的。我们大伙儿一起。不仅仅是我一个人。这儿当然就是我们停车的地方：这里还有轮胎痕迹。"

"车钥匙还插在点火开关上吗？不把钥匙从点火开关上拔走就下车是很不明智的做法，这简直就是招贼啊。"

如果一座火山化作了一个小人儿，它濒临爆发的样子一定是像乔利现在的模样。不过，当他开口说话的时候，他表现出无比的冷静，冷静得甚至让人觉得危险。

"是的，"他说道，"是我把钥匙落在点火开关上的。"

"所以你这样做有点粗心大意，不是吗？"

"嗯，或许是的——如果有人把车开走了的话！"

小矮人们望着那辆亮黄色货车曾经停放的地方，那里现在空空如也。

沙地上有四个痕迹，那是货车轮胎的痕迹。可是找不到任何痕迹表明，货车究竟往哪个方向走了。四个小矮人们齐刷刷地抬起了头，用他们的手遮挡着眼睛，打量着头上阴沉沉的天空，希望能捕捉到货车的身影。

"真不敢相信货车居然被人偷走了，"多丝说道，"我的意思是，我们又不是把车停在市建住房群里，还把车门打开着。这儿是沙漠。这儿周边到底住了些什么样卑劣的人啊？"

"这儿是地狱，"安格力闷闷不乐地指出道，"如果你的脚和你的腿分离了，住在这里的人可能也会把你的脚偷走吧。"

"或许吧，"多丝说道，"不过，正因为如此，这个地方才会如此臭名昭著，没有人愿意来。"

"要是有警察就好了。"马布尔说道。

"你说得没错，"乔利说道，"想找警察帮忙的时候却一个也找不着。"

这有点讽刺，考虑到（a）梅里韦瑟先生家的小矮人不是那种随时引起警察关注的人；而且（b）人们普遍认为需要警察帮助的并不是梅里韦瑟先生家的小矮人，而是其他需要躲避这些小矮人的魔掌的人。

这时，就像是约好了的似的，一辆警车出现在附近一个沙丘上。警车上的蓝灯在闪烁。

"天啊，"乔利说道，"不得不说，这儿的办事效率真高。"

安格力斜着眼看着那辆警车慢慢地从山丘的一侧滑下来。

"嗯，我可能说错了，但那些警察看起来不太友善啊。"

警车突然停了下来。车门打开了。罗恩队长从其中一侧的车门里钻出来，皮尔警官从另一边的车门里出来。他们俩都怒气冲冲盯着小矮人们。他们的脸上还留着以下事件的痕迹：攻击事件；醉酒事件；非经授权使用车辆，包括一辆救护车和一辆公车；纵火；非法闯入，尤其是非法闯入比德尔科姆镇的"神奇动物的小小世界"，并从那里带出一只企鹅和两只白鼬；最后，不可轻饶的是，盗走了警察的头盔，就是皮尔警官的那个头盔，并且让那只企鹅和两只白鼬把它当做公共厕所。这些事件的共同之处在于这些小矮人们都涉案了，只不过是程度轻重的问题，是的，没错，就是梅里韦瑟先生家的小矮人们。

"噢，不，"乔利一认出这两位警官，所有和他们有关的糟心回忆全都涌上心头，"一点儿也没错：我们就在地狱之中。"

第 14 章　好心的罗恩队长

警察开始大显神威。

罗恩队长和皮尔警官非常非常郁闷。起初，他们被拖进了那扇跨维度的大门，这让他们疼得厉害。他们恢复意识后，正好看到一只粉色的恶魔，它有三个脑袋，很多只眼睛，嘴巴长在腹部，在逃走前还从屋顶上偷偷叼走了一个喇叭，把它当帽子戴在中间的那个脑袋上。这时，一只体型更小的恶魔从他们身边经过，冲他们招手，随后消失在沙丘的另一端。随后，一个接一个地，跟他长得一模一样的恶魔全都提着一桶白沙经过。罗恩和皮尔试图和他们进行交流，说了一些亲切的开场白，比如"你是谁呀？""这里是哪里？""你们提着桶做什么？"，但是没有得到任何的回应。

"你知道吗？警官。"罗恩队长说道。恶魔的队伍绵绵不绝，每一只从他们身边经过的恶魔都愉快地向他们挥手示意。

"我不想知道，队长。"

"什么意思？"

"我的意思是，我不想听你接下来要讲的那些话，因为我知道你要说什么，而那些话我并不想听。所以，如果你不介意的话，我想，我干脆用手捂住耳朵，然后哼一段小曲好了。"

他就这么做了，直到罗恩队长让他停下来。

"伙计，别太夸张了，"罗恩队长说道，"我们要面对现实。"

"我不想面对现实。现实太肮脏了。'现实'正提着桶沿着那座沙丘往上走，'现实'长了三个脑袋，还偷了我们的喇叭。"

"意思是？"

皮尔警官表现出一副要哭的样子。

"你要告诉我，大门又开了，妖魔鬼怪又要涌出来了。"

罗恩队长朝他笑了笑。"我根本不是要和你说这个，伙计。"

"真的吗？"

"对，这里并没有发生这种事。"

"你确定吗？"

"千真万确。"

"哎呀！"皮尔警官说道。他笑着松了一口气。"啊，谢天谢地。唷，我是不是特别傻？"

"你确实是傻，伙计。"

"我还在担心，大门已经开了，恶魔会从那里冒出来，要把我们吃了。死人又活了过来，你知道的，我就是在担心这种事情。我真是个愚蠢的老皮尔，是吗？"

"你这个老傻瓜，"罗恩队长说道，"妖怪不会从这扇门涌出来的。"

"那我心里的大石头落地了，"皮尔说道，又想了想刚刚听到的那句话，"但是那个偷我们喇叭的恶魔是哪儿来的？还有那些提着桶的小恶魔呢？"

"他们没有穿过地狱之门。他们一个都没有。"

"为什么没有？"

"因为他们本来就在这里。是我们穿过了这扇门，警官，不是他们。是我们到地狱里了。"

罗恩队长在想，一旦皮尔警官不再胡言乱语，冷静下来，他还算是非常坦然地接受了这件事。他们决定离开这群懂礼貌但话不多的提桶恶魔，去找一个可以直接回答他们的问题的人。于是，他们遇到了四个小矮人，这四个小矮人站在沙丘中的一块平地上，挠着脑袋，盯着天空看。两个警察立马认出了他们，心情一下子亮了起来。即便现在身处地狱，但是他们并不孤单。比起梅里韦瑟先生家的小矮人，罗恩队长和皮尔警官更想见到其他人被发落到这里，但是他们还没在这里见过其他人，也许永远也不会见到。

"嘿，嘿，嘿，"罗恩队长一边喊，一边饶有兴趣地看着这四个小矮人在想方设法逃跑却白忙一场，"瞧瞧我们在这里碰到谁了呀？"

"哎呀！这不就是传说中梅里韦瑟先生家的小矮人嘛，队长。"皮尔警官说道。

"真的吗？天啊，天啊。如果我弄错了，一定要纠正我，警官，他们不就是那群偷了你的头盔，还让两只白鼬在你的头盔里面大小便的小矮人吗？"

"两只白鼬还有一只企鹅，队长。"皮尔警官纠正道。

"哦，没错，还有企鹅。我差点忘了那只企鹅，那只企鹅叫做菲尔，对吗？"

"是的，队长。企鹅菲尔。非在我的头盔里大小便不可。"他被自己的这个小玩笑逗乐了。一想到可以向梅里韦瑟先生家的小矮人报仇，他就非常开心。

罗恩队长环顾四周。"小矮人们都在这儿，梅里韦瑟先生去哪儿了？"他重新把注意力放到小矮人身上，并指着乔利，"你，乔利·斯莫尔潘特先生，你是这帮杂牌军的老大，..你们的领班去哪儿了？"

"他抛弃了我们。"乔利说道。

"不能怪他。"罗恩队长说道。

"他已经不爱我们了。"多丝说道。

"我怀疑他是不是真的爱过你们。"罗恩队长说。

"他更喜欢花火（他更喜欢发火）。"马布尔说道。

"无所谓。"罗恩队长说。

"我们只是小矮人。"安格力说道。他装作满脸愁容的样子，睁大眼睛，从眼里挤出眼泪，但是没有成功。"我们太小了，在这个世界上，没有人愿意和我们在一起。"

其他小矮人都低下头，眼睛从眉毛下往上盯着看，嘴唇开始微微颤抖。

"不,你们在这个世界上并不孤单。"罗恩说道,语气里充满着安慰。他把手放在安格力的肩膀上。"我们和你们一块呢。你们被捕了。"

第 15 章　世界的本质

老拉姆揭露了这个世界的本质。

老拉姆领着塞缪尔和博斯威尔穿过杂草和荆棘,当前面堵塞的时候就用棍子辟出一条路来。森林边缘的树木显得更加矮小,老拉姆把它们描述为"新来者",虽然他们的树干上也长着脸孔,但脸上的表情既不是愤怒,也不是憎恨,而是疑惑。他们的树枝过于弱小,以至于造成不了什么威胁。

"在这里,丑陋的东西长得很快,"老拉姆解释道,"每一次走在路上,我都要重新开辟一条路。森林总是跟我作对,但是我从不屈服。"

一间蜂窝状的石头棚舍映入眼帘。它的窗户裂开了,狭小的入口被一扇由树枝编成的门堵住了。缕缕轻烟从屋顶的洞口袅袅升起。头顶上,一团团乌云相撞后又散开,发射出白色、红色和橙色的闪电,划过了天空。和在森林中一样,塞缪尔觉得自己在云团中也看见了脸孔,它们的脸颊在翻腾着,嘴巴发出惊雷声。在电闪雷鸣间,它们的脸孔成形,散成漩涡,又重新成形。

老拉姆顺着男孩的目光看去。

"他们和那些树一样,曾经也是人类,"他说,"天空中到处都是愤怒的灵魂,它们是被恶魔之王变成暴风云的,这样他们就可以永远吵下去。"

"那些树呢?"

"那些树是虚荣的灵魂,这里的一切都被赋予了某种目的,它们都承担着某种角色。恶魔之王给每个灵魂提供了选择：要么加入他的行列成为恶魔，要么成为这个世界的一部分。但是，天空和森林里的那些灵魂要么过于愤怒，要么过于自我，它们不愿意对任何人俯首称臣，哪怕是恶魔之王也不行。所以，恶魔之王找到了适当的方式来惩罚它们——把它们发配到这里。"

"这些可怜的人啊。"塞缪尔说道，博斯威尔发出呜呜声，表示同意。

老拉姆摇了摇头。"你得明白一点，只有最十恶不赦的灵魂才会来到这里：因愤怒而动杀念的人；夺人性命后却毫无愧疚或悲伤之情的人；只顾自己，对他人的疾苦不闻不问，任由他人饱受苦难的人；因贪婪而让他人忍饥挨饿致死的人。这些人的灵魂属于这里，因为他们在别的地方不得安宁。在这里，他们获得了谅解。在这里，他们的错误有了意义。在这里，他们有了归属感。"

老拉姆打开门，示意塞缪尔进去。塞缪尔在门槛处停了下来。他长这么大，已经明白不能相信陌生人，而老拉姆其实就是一个非常奇怪的陌生人。可另一方面，老拉姆把塞缪尔和博斯威尔从树林里救了出来。如果要躲过阿伯纳西夫人的追捕，找到回家的路，他们肯定得寻求别人的帮助。

塞缪尔走了进去。房子里没有家具，没有壁画，除了老拉姆身上那挥之不去的气味，还有脏地板的洞里燃烧着的火以外，这里没有其他任何居住过的痕迹。火堆旁堆着用来添柴加火的黑檀木。

"这里……挺好的。"塞缪尔说道。

"不，并不好，"老拉姆说道，"你能这么说，真是很有礼貌。我觉得很冷，这句话从我这个被困于炽焰王国的人的嘴里说出来，或许你会觉得奇怪。我从不觉得饿，从不会口渴，也从不知疲倦，但是我总是觉得冷。所以我会让火一直燃烧，用树林里的树枝当添火柴。如果找不到掉落的树枝，我会从小树上折一些下来。我需要让我的身体保持暖和。"

"所以，树林里的树才会那么恨你？"塞缪尔问道，"因为你砍了他们的树枝?"

"他们憎恨一切事物,"老拉姆说道,"但是最重要的是,他们憎恨自己。当然,我的确做了一些事情惹恼他们,这是事实。没办法,我只能通过折磨他们来让我的生活不那么单调。"

他盘起后腿在火堆旁坐了下来,然后伸长前腿来暖他的蹄子。塞缪尔和博斯威尔与老拉姆相向而坐,透过火苗看着他。

"冒昧问一句,你是做错了什么事才会沦落到这里?"塞缪尔问道。

老拉姆的视线移开了。"我是一个不称职的牧羊人,"他说道,"我背叛了我的羊群。"

他没有继续说下去了。①

塞缪尔又累又饿。他摸着口袋,找到了一条巧克力和一个小苹果。这点食物并不多。尽管老拉姆说自己没有胃口,塞缪尔还是主动把食物递给他尝一口。但是老拉姆对巧克力视而不见,而是嗅了嗅苹果。

"我对苹果还有记忆,"他说道。他的声音还有他那暗淡的眼睛里都透着悲伤。"我还记得梨子,李子还有石榴。我还记得……所有的一切。"

"你可以吃一点,如果你想吃的话。"塞缪尔说道。

老拉姆似乎动了心,但是马上禁住了诱惑,好像是怀疑塞缪尔要设计毒死他似的。

"不,我一点不想吃。我不饿。你和你的小狗吃。你们吃。"

老拉姆手臂交叉,盯着火堆,陷入沉思。塞缪尔给了博斯威尔一

---

① 从这里我们可以推测,老拉姆是一位神父或者教堂牧师之类的人。谁知道呢,他甚至有可能是一位教皇,因为历年来出现过很多狡猾的教皇。臭名昭著的波吉亚家族的成员—亚历山大六世曾经于1492至1503年期间担任教皇,至少生下七个孩子,被人们比喻为一条饿狼。本尼迪克特九世曾于1032至1048年期间三次出任教皇,为了换取大量黄金,他曾经两度出售教皇职位,最后于1048年被驱逐出罗马。最后,斯德望六世(896—879年)非常讨厌他的前任教皇福尔摩苏斯,甚至挖出了他的尸体进行审判。判罪后,福尔摩苏斯的衣服被脱掉,两根手指被砍断后,才被重新下葬。但是斯德望依旧对福尔摩苏斯恨得咬牙切齿,又命人把他的尸体挖了出来,扔到了台伯河里。要不是斯德望于897年被绞死,他还有可能派潜水员去搜寻这具尸体,这样便可以继续折磨它。如此看来,斯德望担任教皇期间的故事也不值得详述。

些巧克力，然后自己吃了苹果，博斯威尔不怎么喜欢吃水果。

"我们怎样才能回到自己的世界？"塞缪尔问道，这时他已经吃完了苹果，不想再保持沉默。他注意到，博斯威尔已经把头搭在大腿上睡着了。他轻轻地抚摸着那条狗，它睁开眼睛，摇了摇尾巴，然后又睡着了。

"你们回不去了，"老拉姆说道，"没有谁可以从这里出去。即便是恶魔之王自己也无法做到，而且他也尝试过了。"

"但是他们曾经成功地闯入了我的世界。如果以前可以做到，那以后也可以。"

老拉姆的嘴巴卷曲成微笑的样子。

"阿伯纳西夫人，"他说着，小声地笑了起来。"一个沉迷于当人类的恶魔已经不再是恶魔了。她已经垮台了，其他恶魔会取代她的位置，除非她可以想办法弥补自己的过失。"他狡猾地盯着塞缪尔。"你是怎么来到这里的，孩子？"

塞缪尔正要向他讲述所发生的一切，突然停了下来。"出现了一道光，一道蓝光。当时，我和博斯威尔走在回家的路上，这道光从天空闪过，我醒来后就在这里了。"

"你还有没有见到其他东西，只看到一道光吗？"

"只看到一道光。"塞缪尔撒谎了。他决定把阿伯纳西夫人的事情向老拉姆保密。他说不出来为什么，但是他可以确定，告诉他肯定不是一个好主意。

老拉姆点了点头，又一次陷入了沉默。这座石头棚舍的温度已经让人暖和得不太舒服了，烟雾让塞缪尔觉得昏昏欲睡。他的眼皮变得很重。他看到老拉姆盯着自己看，还感受到老拉姆的目光中有一股力量，但是他太累了。他躺了下来，闭上眼睛，很快就睡着了。

塞缪尔做了一个梦。他梦到老拉姆站在自己的上方，往火焰上撒着粉末。空气中传来一股酸臭辛辣的味道，这时候火堆里出现了一张脸孔，那张脸上长着黑色的眼珠和昆虫般的下颚。在梦中，老拉姆说道："你的女主人去哪儿了？"火焰中的怪物发出一串滴答声和嘶嘶声，老拉姆似乎听懂了它的意思。

"如果她回来,你告诉她老拉姆有一个战利品要送给她。我已经厌倦了这种放逐。我想和她共享荣耀。她东山再起之时,便是老拉姆卷土重来之日。你转告她。"

火焰里的脸孔消失了,老拉姆又坐了下来。这是塞缪尔的梦境。但是当他睁开眼睛,那股酸臭味还停留在他的鼻孔里。而且老拉姆已经没有坐他在塞缪尔睡着之前的那个地方了。

"再多休息一会儿,"老拉姆说道,"你要补充体力。我会带你去找一个可以帮得上你们的人,但是首先我们还得等等。"

"我们为什么要等?"

"现在出去太危险了。晚一点会更安全些。"

塞缪尔站了起来,博斯威尔也站起来了。

"我认为博斯威尔和我该离开了,"他说道,"我们已经在这里待了很久了。"

"不,不,"老拉姆说道,"请坐下来。我还有事情要告诉你,很重要的事情。你必须听。"

虽然塞缪尔没有拒绝老拉姆,但是他已经领着博斯威尔走到门边了。老拉姆马上爬了起来,在火光的映照下,他的眼睛散发出红色的光。

"你必须留下来!"他说道,"我一定要东山再起!"

屋顶上空开始电闪雷鸣,仿佛那些好斗的灵魂听到了老拉姆的叫喊声。但是塞缪尔觉得喧哗中还隐藏着另一个声音:就像一个大型马达发出的刺耳的悲啼声。

突然,老拉姆开始移动。他抓着自己的棍子,甩向塞缪尔,差点打中了塞缪尔的头。

"谁也不准离开!"老拉姆大喊道,"在黑暗夫人到来之前,谁也不可以离开!"

他假装又要甩他的棍子,却用蹄子把棍子踢到旋转,用来绊倒塞缪尔。塞缪尔重重地摔倒在地上。博斯威尔牙齿咯咯作响,开始叫了起来。但是现在，老拉姆站到了他们的上方，他高高地举起棍子，准备朝塞缪尔的头盖骨击过去。

就在这时，老拉姆蹄子上的棍子被抢走了，被一根蛇形的木头往上拉，穿过屋顶上的那个洞口消失了。棚舍开始倒塌：石子从天花板上掉下来，墙上开始出现裂痕。黑色树根和树枝刺了进来，缠绕在老拉姆的身体、脖子和腿上。门朝里面爆炸了，塞缪尔在缝隙里看到大橡树那龇牙咧嘴，意图不轨的脸。

"老拉姆，"树说道，"我警告过你。我们已经受尽折磨了，不需要你给我们增添痛苦。现在，轮到我们来折磨你了。"

老拉姆在它的控制下挣扎着，但是这棵古树对他来说太强大了。越来越多的石子开始坍塌，离塞缪尔躺着的地方出现了一个开口。塞缪尔用最快的速度把博斯威尔夹在左手臂下，从那个洞中挤了出去。一到外面，就站起来跑，一直跑，最后跑到一颗大圆石后躲了起来。直到这时，他才敢回过头去看那座房子。

老拉姆的房子已经变成一堆散落的石头，大橡树俯视着那堆石头，它的树枝在疯狂地摆动，树根缠绕卷曲。老拉姆被高高地举起，离开了地面，他大惊失色，和大橡树一样，一脸狰狞。此时，大橡树在嘲笑他，讥讽他。当大橡树抓住自己的战利品回到树林中时，它身后那些弯曲的树木都在摇曳呐喊。废墟中的火焰变成了灰烬，永远地熄灭了。

第 16 章 一次纠纷

地狱迎来陌生人，科学家们愈加好奇。

梅里韦瑟先生家的小矮人们已经不是第一次和警察们发生纠纷了。
"你们不能逮捕我们。"乔利说道。
"恕我不能苟同，"罗恩队长说道，"我可以逮捕你们，而且你们已经被捕了。"
"可有人把我们的货车偷走了。现在那个罪犯正大摇大摆地开着一辆偷来的车，你不去逮捕他，却跑来逮捕我们，这似乎太不公平了吧。"
"但是这里就有四个罪犯，"罗恩队长说道，"双鸟在林不如一鸟在手，大概就这个意思。"
"呃，队长。"皮尔警官说道。
"现在别说话，警官。我正在享受这个胜利的时刻。"
"这件事情很重要，队长。"
"这胜利的时刻也很重要。"
"不，真的非常重要。"
罗恩队长依旧紧抓着乔利的衣领不放，他转向皮尔警官说道："好了，怎么——"
他没有把话说完，开始四处张望。
"警官，我们的车呢？"他问道。
"我正想说这事呢，队长。我们的车被人偷了。"
罗恩队长重新把注意力放在小矮人们的身上，他们把双手举起，一副无辜的样子。这是他们有史以来第一次那么认真。

"不是我们干的。"安格力说道。

"你活该,"乔利说道,"我早就告诉过你附近有小偷。"

"你们什么都没看到吗?"罗恩队长问。

"我们当时正忙着被你逮捕呢,队长,"多丝说,"我们的权利正被人侵犯。"

"我们在地狱里。"马布尔说道。

"对,"安格力说道,"你在地狱里没有这个权利。从你抓住我们衣领的那一刻起,就构成了攻击。我们要控告你。"

罗恩队长举起了一只拳头,这个姿势表明,如果他被告了,他将充分利用这次机会,把小矮人打得遍体鳞伤,在自己的罪行上再多加几条。

"冷静,冷静,"乔利说道,"暴力不能解决任何问题。想一想,我们有一个共同的目标,不是吗?我们都想找到我们的交通工具,然后回去。"

多丝突然露出了一副损失惨重的表情。"酒!"他说道。

"什么?"皮尔警官说道。

"最后剩下的斯皮格特家的啤酒:在那辆货车里呢,现在全都没了。哎,人性啊!"

多丝跪下来开始抽泣,皮尔警官动了恻隐之心,他拍着多丝的背,还给他递纸巾。

"好了,好了,"他说,"这也许是最好的安排。那东西让你发疯,还会把你弄瞎。"

多丝开始恢复冷静。皮尔警官扶着他站了起来。就在这时,他们都听到"橱窗里的小狗多少钱?"的旋律,那旋律很难听,仿佛是从自行车铃声里传出来的。

"我觉得那啤酒又让我幻听了,警官。"多丝说道。

"不,我也听到了,而我一滴斯皮格特家的酒也没喝过。"皮尔警官说道。

"我们都听到了。"罗恩队长说道。这时,一辆雪糕车从旁边一座沙丘的后面出现了,在他们旁边停了下来。

车顶上坐了一个塑料人体模型，那模型戴着鸭舌帽，手上拿着一个塑料甜筒，在夸张地咧着嘴笑。帽子上的红色字迹公布了他的名字——"快乐甜点先生。"

雪糕车司机摇下窗户。他戴着一副非常厚的眼镜，看起来像一只穿白色外套的猫头鹰。

"你好！"他说道，"去海边的路怎么走？"

"什么？"安格力说道。

"海边：海边在哪儿？"司机眯着眼看着安格力，"喂，孩子，想来一个雪糕吗？只要一英镑。再加一英镑还可以在雪糕上撒东西。"

因为被误当成小孩，安格力本来就气得想去打司机了，现在又多了一个让他更加迫不及待想揍上去的理由。

"再加一英镑还可以撒东西，你开玩笑吧。你要在上面撒什么？撒金子屑吗？"

"是上等的巧克力屑，小孩。我们只提供最好的。"

"听着，要我多付一英镑，除非可以洗巧克力浴。不要再叫我'小孩'。我是一个小矮人。"

"你说得对，小孩。不管怎样，往大海的方向怎么走，好孩子。"

安格力回过头看自己的同伴。"我要干掉他，"他说，"我是认真的。他再叫我'孩子'或者'小朋友'，我就把他变成粉末。我发誓。"

另外的三个矮人、皮尔警官和罗恩队长都围在了货车旁边。

"请给我一个巧克力味的雪糕。"皮尔警官说道。

"现在不是吃雪糕的时候，警官，"罗恩队长说道，"先生，你是——？"

"我叫丹，"司机说道，"丹，其实是雪糕侠丹。我买这辆车的时候，就合法地更改了名字。我觉得这或许是一种很好的宣传方式。"

"好的，丹先生。你知道自己现在在哪儿吗？"

"在沙滩上。"

"不，并不是这样。这里不是沙滩。"

"啊？我以为是退潮了。"丹说道。

"我们在哪里,你以为我们是在撒哈拉吗?"乔利说道。

"这里看起来的确有点大。"丹承认说道。

"你在地狱里。"罗恩队长说道。

"不是啊,"丹否认,"我在比德尔科姆镇附近。"

"你不是在那里了。还记得一道蓝光吗?还记得身体的每个原子仿佛都被撕裂的感觉吗?"

"是有那么点儿印象,"丹说道,"我以为是闹着玩,我只是绕了个圈儿而已。"

"你的确绕了一个圈儿:绕到地狱里来了。我们也有一样的遭遇。"

丹想了一会儿。"地狱很热,对吗?"

"据说很燥热。"多丝说。

"那雪糕在这儿很好卖咯。"丹开心地说道。

小矮人们和警察们都盯着他。显然,丹,雪糕侠丹,是一个无可救药的乐观主义者。如果你告诉他,他的鞋子着火了,他也会在上面烤棉花糖。

"你卖雪糕以前是做什么的?"安格力问他。

"是一名殡仪员。"丹说道。

"对你来说,换份工作也不错吧。"

"啊,这太棒了。我可以走出去,可以跟别人见面。我在殡仪馆工作的时候,也会见到人,但是通常只有我自己在说话。"他开心地吹了吹号角。"如果没有人要买雪糕,那我先走了。"

"等等,等等,"罗恩队长说道,"你似乎没有搞清楚事情的严重性。你现在身处地狱。皮尔警官和我在对付这些事情上有一些经验。我可以凭一定的权威这样说,你在这里卖不了太久的雪糕了,你的下场可能会是被一个大怪物把你当成冰棍一样一点点啃完。"

"你是不会喜欢的,"皮尔警官严肃地说道,"会让你很痛。"

"除此之外,你可能注意到了,皮尔警官和我被困在了这里,所以我们不得不征用你的车,这样才可以逃出去。"

"好啊,"丹说道,"我挺喜欢有伴的感觉。"

"那我们怎么办?"乔利问道。

"你们自己找辆雪糕车来征用。"皮尔警官说道。

"是吗?你觉得马上有另一辆雪糕车从这里经过的可能性有多大呢?"

"要我说,几率微乎其微。"皮尔警官说道。他似乎一点也没有因为这个事实而过度困扰。

"拜托,你们不能丢下我们,任由我们困在这里。说不定我们会遭遇什么不测呢。"

"那正合我意。"

"你们这样就太心狠了。"

"你怂恿企鹅菲尔在我的头盔里大小便之前就应该想到了。"

罗恩队长插话了。"警官,尽管我很想认同你的想法,但是我认为,作为警察我们有责任确保公民的安全,即便是像这样心怀不轨的公民。好了,大家都去后车厢。我和丹先生坐在前面,我们一定会把大家安全送回家,好吗?"

大家都照着罗恩队长说的做了,因为队长就是有这样的权威。虽然现在他们被困在这个谁也不想待的地方,对如何到来、如何离开一无所知,但他们愿意跟着罗恩队长,因为罗恩队长有权威。他有 Gravitas 威信(拉丁语),如果你手边没有字典,告诉你,这个单词是庄严的意思。

而且,他故意朝小矮人挥着一根大警棍,催促他们尽快做出正确的决定。罗恩队长发现,在这些场合中,挥着一根大棍子总是有用的。

与此同时,让我们回到那个原先用来储存清扫工具和扫帚的小房间里,希尔伯特教授正在与维克多和艾德展开激烈的讨论。他刚刚和斯特凡教授结束了一次类似的对话,因为在对撞机再次启动后不久,能量发生了轻微的损耗。希尔伯特感觉到,斯特凡教授对于恶魔再次出现的可能性有些异常激动,一方面是因为他害怕被恶魔吃掉,这一点可以理解,另一方面,他担心如果地狱之门再次打开,别人就有理由责怪他。希尔伯特以三寸不烂之舌的功力说服了斯特凡教授不要再次关闭对撞机，至少暂时先不要关闭。现在，他与维克多和艾德在清洁间里，他正在运用其他的技巧，即威逼利诱，来达到自己的目的。

希尔伯特教授是"隐秘世界"理论的信徒，这个理论认为，除了现有的宇宙，某个地方也许存在人类无法察觉到的其他宇宙。他还认为，粒子物理学家花了太多的时间研究原子的本质、折射光线以及其他与这个世界相关的、真实存在却平平无奇的东西，却鲜少思索可能存在于别处的其他世界。

事情是这样的：众所周知，周围所能看到的一切是由一些基本粒子构成的，各种不同力量，比如引力，让整个存在有序地运行，人们既不会飘到天空中去，也不会突然坍塌成一堆原子。但是，假设我们身边还有其他粒子和其他力量在运作，只是因为超出我们能力范围而无法被我们察觉到呢？这就意味着，整个宇宙比其表面上看起来的要复杂得多，也有趣得多。

从某种意义上来讲，我们已经知道，我们的宇宙里有一些隐秘的力量在运行，因为整个宇宙中，只有百分之四的物质才能被人类的肉眼所见。其余有大约百分之七十的物质被称为"暗能量"，这种力量导致我们的宇宙膨胀，星系分离。另外的百分之二十五被称为"暗物质"，只有通过其干扰星体发出的引力和质量才能检测出来。由此看来，暗物质可能属于隐秘世界的一部分。理论上来说，只要有物质，就有星球，也有生命——暗生命——假设其中的力量像我们宇宙的力量一样，强大到可以把它们汇聚在一起。暗物质有什么特点呢？它不会降温，因为如果它能降温的话，它就会释放热量，而我们可以通过这些热量检测到它的存在。

嗯。一个隐秘世界。暗生命。热量。你看，希尔伯特教授聊到哪里去了？艾德和维克多知道希尔伯特教授说的是什么东西，但是，以防他们有任何的疑问，希尔伯特教授还是在一张纸上写下那两个大字，并把那两个字展示给他们看。那两个字是：

地狱

"假设，"希尔伯特教授说，"那扇大门并没有真的通向地狱，地狱和恶魔这类东西都是一派胡言。这只是虚构出来的。地狱并不存在，所谓的'恶魔之王'也是子虚乌有。相反，我们拥有的只是一个暗物质世界，里面填满了暗生命，唯一和暗物质世界连通的方式就是对撞机。如果我们把对撞机关闭，那就是对这个时代，或者说是任何时代，最伟大的科学发现视而不见，让ILC的未来岌岌可危[①]。这里就孕育了一个诺贝尔奖，记住我的话。"

"诺贝尔奖也会有我们的份吗？"艾德问道。

"不会，"希尔伯特教授说道，"但是如果我获了这个奖，我就给你们放一天假，外加一篮松饼。"

"可是，能量损耗的问题怎么办？"维克多问道，他深知他们与希尔伯特教授共享诺贝尔奖荣誉的可能性跟他们长出羽毛，在"可爱鹦鹉"比赛中获奖一样渺小。

希尔伯特教授笑得有些发狂，科学家发出这样的狂笑之后，天空通常开始电闪雷鸣，由死尸碎片组成的怪物复活了，这些怪物要揪出那个把它们插上电源，点亮成圣诞树似的家伙。

"但那就是最精彩的地方！"他说，"损耗能量是正常现象！"

"从真空中？"维克多的声音听起来不太相信。

"就像我和斯特凡教授说的那样，"希尔伯特说，"我们正在找希格斯玻色子，不是吗？"

"对。"维克多说道，一边在想，教授已经失去理智了。

"而且我们认识到，理论上来说，希格斯玻色子可能是这个世界与

[①] ILC，也就是国际直线对撞机，是物理学家们为了参透这个宇宙或是其他宇宙本质所提出的下一个新项目。它是一个长31千米的直线型管道，内部有正负电子从两端相互瞄准，加速度达到光速的99.9999999998%，最后发生对撞。这种碰撞比大型原子对撞机的更加精准，因此更有可能回答以下重大的科学问题：宇宙大爆炸到底是怎么回事？太空中究竟有多少个维度？不同亚原子粒子的本质和作用是什么？希格斯玻色子——赋予其他物质质量和引力的理论粒子究竟是什么样的？这一切当然很好，只是大型原子对撞机已经耗资七十亿，国际直线对撞机有可能又要耗费这么多的资金。用科学术语来说，这就像你的父母省吃俭用，给你买了最新的电脑游戏，结果你却告诉他们六个月后又会出一款新游戏，父母给你买的这款游戏你只能将就先玩玩。不知感恩的家伙，科学家们……

隐秘宇宙之间的链接。"

"好的。"他已经完全失去理智了。

"我们在推测，如果希格斯玻色子的确存在的话，它会不会出现在对撞机中爆炸后的某个地方。"

"当然！"看看他：像榛子饼干的味道一样古怪。

"如果能量损耗是正常的呢？如果希格斯玻色子在对撞机里逐渐衰变，衰变成另一个世界的粒子：暗物质呢？对撞机把衰变显示为能量损耗，但实际上是粒子的本质发生了变化。能耗没有损耗，它们依然存在，只是我们看不到而已。"

维克多目瞪口呆地看着他。希尔伯特教授可能疯了，但是维克多开始怀疑他是聪明得发狂，因为这真的是一个非常非常有趣的理论。

"你把这些都告诉斯特凡教授了吗？"艾德问道，对于希尔伯特教授的野心，他和维克多有同样的感受，但是他很乐意做一个小齿轮，为这个获得诺贝尔奖的计划作出自己的贡献，一方面是因为他很谦虚，不怎么喜欢出风头，另一方面是因为他真的很喜欢吃松饼。

"大部分都说了。"希尔伯特教授说道，① 维克多和艾德明白，在希尔伯特教授心里，诺贝尔奖委员会的嘉奖中只能出现一个名字，他不会过多地与人谈论他的想法，尤其是一个有可能会和他一起出现在嘉奖名单上的人。

---

① 这句谎言背后的真相是："不，我基本上什么都没告诉他，我告诉他的东西足以让我继续追求自己的终极目标，而不需要他来担心自己要穿哪套西装去参加诺贝尔颁奖典礼，因为他并不会有机会参加。只有我才有机会参加。只有我。对此，你有异议吗？不，谅你也不敢。这是我的，都是我的！哈哈哈哈哈哈哈哈！"大笑过后便疯掉了，穿着白色大衣的人朝他走来，承诺带他去一个墙壁装有护垫的精致小房间，承诺他每日三餐都是药丸，承诺他房间里没有锋利的边边角角，不会让他碰伤膝盖或伤到自己。

生活中处处还有许多类似的谎言，你应该留心："支票在信箱里。"（支票或许真的在信箱里，但那不是你的支票，而且那也可能不是你的信箱。）"我会考虑看看。"（我不需要考虑，答案是拒绝。）"你看起来一点儿也不老。"（真的，你看起来一点儿也不老——你看起来老了很多，而且是在灯光昏暗，看不清楚的时候。）"你可能会感到有点儿痛。"（结果比死还要痛，死还更痛快些。）还有那句老掉牙的"绝对安全。都还没打开开关……"，通常这句话才落音，有人就会触电而死，或错误使用绿篱修剪机而导致截肢，或被煤气炉炸飞。

"那我们不需要担心能量损耗吗?"维克多说。

"不用担心。"

"你觉得通向地——呃,隐秘世界的大门没有再次打开的危险了吗?"

"这次的能量损耗远远不能和上一次的相比。"希尔伯特教授说道,他根本答非所问。

艾德和维克多相互使了个眼色。

"两篮子松饼,"艾德说道,"一人两篮。"

希尔伯特教授阴险地笑了笑。"你砍价可真狠啊……"

第 17 章　阿伯纳西夫人重整旗鼓

反叛者的真正嘴脸曝光，还奇丑无比。

阿伯纳西夫人正待在她的巢穴里：她坐在大堂里倾听，一群恶魔正卑躬屈膝地向她走来，希望再次讨得她的欢心。连最大的蜘蛛精科隆和最臃肿的蟾蜍怪纳罗斯在入侵失败后逃走，现在也重新回到她的阵营。她本想惩罚他们的不忠，但是她克制住了。他们现在回来找她，这就够了。况且，她需要他们，也需要其他恶魔。以后，她依旧会严厉处置一些曾经背叛过自己的恶魔，至少要让大家知道自己的底线在哪儿。

阿伯纳西夫人本来打算追拿塞缪尔和博斯威尔，想把他们直接带回自己的巢穴。不巧的是，她疏忽了很多因素，包括：

1）跨维度捉拿目标的难度
2）一个雪糕小贩
3）一辆警车
4）一辆载满陌生小矮人的货车

为了把他们都抓过来，她已经筋疲力尽，而且一度失去意识。当她醒来后，她发现自己无法锁定他们当中任何人的位置，直到讨厌鬼甲子·博德金向他的上级传的信被她拦截下来。至少现在，她大致锁定了那些被她意外抓过来的人的位置，甚至有可能会找到塞缪尔·约翰逊。但是这里是在地狱，正如我们了解到的，这里对方向和地理这类概念往往比较随意,这就好比,有人告诉你干草堆里可能有一根针,还指着一个到处堆满大草堆的田野给你看。对了,那个田野还起伏不定,一望无际,而且它还有点倾斜。

所以如果要找到那个男孩,阿伯纳西夫人需要帮助,这就是为什么她决定不立刻惩罚那些曾经背叛过自己的恶魔。相反,她聆听了他们的辩解和托词,随后才派遣他们去搜寻塞缪尔·约翰逊。大部分恶魔说的话对她没有任何好处,但还是有一些例外,其中一个正站在她的面前。事实上,"站"这个词对它来说有点言过其实了,因为它不过是在阿伯纳西夫人的眼皮底下分泌物质,只是现在没再分泌了,但是依旧有各种物质从气孔中溢了出来,再一次分泌不过是时间的问题。它有点像一条透明的鼻涕虫,只是呼吸声比较大而已。遗憾的是,它总是呈胶状,身高一直都是三英尺左右。所以只有胶状物和比它小一点的生物才对它感兴趣。两只眼球嵌在身体的前部(至少就目前看来,是身体的前部),一眨不眨的,眼球下面是一张没有长牙齿的嘴巴。它戴了一顶黑色的大礼帽,一根触须特地缓慢地从身体里伸出,举起帽子以示问好,随后那根触须很快又缩了回去。

"下午好,夫人,"他说道,"很高兴看到您重登高位。"

"你是谁?"阿伯纳西夫人问。

"克鲁福德先生,夫人。我在绝望之穴工作。但是我有点格格不入。我不是那种绝望的恶魔。我一直都是一个满怀希望的胶状物。我常常说,杯子总是半满的。如果你是胶状物做成的,而且名下的财产只有一顶帽子,事情只会变得更好,不是吗?"

"你的帽子可能会被人抢走。"阿伯纳西夫人说道。

"没错,没错,但这顶帽子原本就不是我的。是我捡来的,所以,严格来说,也不算什么重大损失,不是吗?"

"如果我拿走它,把你塞进去,然后在大火上慢慢地烘烤你,还有这顶帽子,那就是个大损失了。"

克鲁福德想了想。"但是我还是拥有我的帽子,不是吗?"

阿伯纳西夫人决定,在不久的将来要拿克鲁福德先生来杀鸡儆猴,哪怕只是为了灭一灭其他恶魔积极乐观的气焰也好。

"在那之前，你可以为我做什么？"阿伯纳西夫人说道。

"嗯，我可以分泌东西出来。我一直在这一点上苦下功夫。我辛苦地练习，从只会滴水，到变粘滑，直到现在可以稳定地分泌物质。可以说，我已经做得越来越完美了。但是我明白这项技能在大部分情况下的适用性有限，如果您明白我的意思的话。但是，依旧还有进步空间。"

"克鲁福德先生，如果我踩在你的身上，你会受伤吗？"

"会。但是您的鞋子上会沾到分泌物。"

"这个代价我还是愿意承担的，除非你给出一个我不能这么做的理由。"

"假如我和您说说奥西穆斯大臣呢，夫人，说说他是如何在暗地里算计您的。"克鲁福德说。他很高兴看到阿伯纳西夫人的表情从深恶痛绝变成有点不屑，还一副饶有兴趣的样子。

"继续说。"

"事情是这样的，您上次去拜访我们的主人恶魔之王的时候，我也在。这就是会分泌物质的好处，看：你到哪里都可以分泌物质，身体可以融入各种各样的小空间里，而且没有人会注意。不管怎样，我当时在那里，而且我看到了你离开后发生的事情。"

"发生了什么？"

"有人从黑暗中冒了出来，他就是亚必戈公爵。他称赞奥西穆斯大臣在离间您和恶魔之王这件事上做得很好，还夸他在主人面前把您描述成大坏蛋。我要补充的是，我要指出的是，这话有失偏颇。我的意思是，您确实坏，但并不是一个彻头彻尾的大坏蛋。然后，亚必戈公爵悄悄溜走了，我除了分泌更多的东西之外无事可做，于是跟着他到了很深的地底下，最后来到了一间会议室，他们都在等着他。"

"谁在等他？"

"地狱大多数的大公爵。他们围坐在一张大桌子旁，亚必戈公爵在桌子的最前面坐了下来。然后他们开始谈论您。有趣的是，夫人，他们现在又回到那个会议室里去了。我只是在想你可能有兴趣知道这些。您甚至可以说，我对此抱有很大期望……"

亚必戈公爵看上去无动于衷，这已经算不错了，因为他很难被打动，但即便他被打动了，他依旧是一副面无表情的样子。

"再说一次。"他说，这时候，杜斯西亚斯公爵在他面前颤抖了一下。

"她找到了接触人类世界的方式，"杜斯西亚斯说，"她把人类世界的某个东西拖到了我们的世界，现在她正在找它。"

亚必戈公爵不是傻瓜。傻瓜绝对不可能将六十个恶魔军团收入麾下。但杜斯西亚斯是傻瓜，只是他是亚必戈的傻瓜，实际上，杜斯西亚斯的二十九个军团也在亚必戈的掌控之下。

"是那个男孩，"亚必戈说，"只有他才能让她甘冒风险，瞒着我们的主人打开大门。如果她抓住了那个男孩，她就可以把他交给恶魔之王，供其消遣，而她则会重新成为主人的左右手。这样一来，我们就会失去掌管大权的机会，而且她一定会对付我们。"

"怎么可能呢？"杜斯西亚斯说道，"她不可能知道我们的计划。我们已经隐藏得很好了。"

"你这个蠢货，有人会向她告密啊。如果她找到法子重新获得我们主人的信任，到时候，只要能求得一丝加官晋爵的机会，恶魔们就会迫不及待地过河拆桥，互相出卖。"

其他恶魔开始排队进入会议室，他们的头上戴着黑色的大兜帽。他们放下了帽子，露出了脸：奎尔斯公爵，统领三十个军团；多瑟公爵，统领三十六个军团；佩罗斯公爵，同样掌管三十六个军团；波里姆公爵，统领了二十六个军团。这些都是主谋，他们把自己的名誉押在亚必戈公爵身上，相信他能说服恶魔之王让他接替阿伯纳西夫人去掌管地狱军队，如若失败，他们将承受永生永世的痛苦。大家都关心的问题在于，严格来说，阿伯纳西夫人还没有被革职，恶魔之王只是拒绝和她见面，依旧疯狂地沉浸在自己的悲愤之中。所以，这些公爵不仅在背叛自己的将军,还在背叛恶魔之王。

"我们早该把她抓起来的,"了解情况后的多瑟公爵说道,"我们放虎归山,结果她反而更胜我们一筹了。"

"我们不能把她抓起来。"亚必戈公爵用尽了他所有的耐心说道。多瑟公爵当过兵,不会耍什么阴谋诡计。他冲锋陷阵,单凭一股蛮力,奋勇杀敌,战无不胜。如今,他的大多数时间都花在寻找新的对手上,免得自己无聊,为了这个目的,即便背弃盟友也在所不惜。[①]就算他被人算计了,也浑然不觉。"还有很多恶魔没有被我们笼络过来。"

"但是地狱里大伙儿都不喜欢她啊,"佩罗斯公爵说道,"如果她不在了,这对大部分恶魔来说都是喜事一桩。"

"他们可能不喜欢她,但也不见得喜欢我啊,"亚必戈公爵说道,"他们也许惧怕她,憎恨她,但他们也了解她,知道她的能耐有多大。而我还是一个未知数,我们都是。"

"我们拥有两百多个军团的力量,"多瑟公爵说道,"他们只需要明白这一点就好了。"

"这是不够的!"亚必戈公爵说道,"如果没有必胜的把握,我们绝对不能挑起战争,而且我们还不知道恶魔之王从悲痛中走出来后会支持哪一方。一旦走错一步,我们就会被当成叛徒,叛变会受到什么惩罚,不需要我提醒你吧。"

一听到这个,所有公爵都沉默了下来。他们都见过悲叹之湖,整个湖面都结了冰,一直向北延伸,叛徒被永远冻结在此。幸运的话,他们的脑袋或许能从冰里伸出来,然而,作为背叛了国家和主人恶魔之王的叛徒,很可能他们会被全部埋在寒冰和黑暗中,他们谁都不想遭受这样的命运。

"但是恶魔之王的……"奎尔斯公爵在找一个合适的词,然后继续说道,"身体欠佳。也许。他永远不会停止哀嚎。那该如何是好?难道眼睁睁地看着这个我们从岩石和烈火中开辟出来的帝国日渐衰落,陷

[①] 与好人不同,坏人总是与最像自己的人陷入争端,这种争端常常源于野心。

入战乱吗？"

亚必戈公爵警觉地看着奎尔斯公爵。奎尔斯几乎和亚必戈一样聪明过人，甚至亚必戈有时候怀疑奎尔斯是否已经猜到了自己的大计。的确，对他们来说，恶魔之王似乎已经颓废迷失了，但是奎尔斯和其他恶魔每天都盼着恶魔之王可以恢复理智，重新掌管地狱。只有亚必戈想让恶魔之王继续沉浸在自己的悲痛和愤怒之中。而且他希望这种悲痛和愤怒会越来越深，这样恶魔之王将一辈子疯疯癫癫，永远不能恢复正常。这就是为什么他让奥西穆斯大臣参与进来，因为奥西穆斯可以切断恶魔之王和其他恶魔的联系，而且奥西穆斯一直在恶魔之王的耳边窃窃私语：一切都失去了，永远失去了，这一切都是阿伯纳西夫人的错。

"我们要在她之前找到那个叫塞缪尔·约翰逊的男孩，"亚必戈公爵说道，"我们会找到他，然后把他关到一个谁也找不到的地方，封锁他的下落。这样，她重新赢得主人欢心的最后机会将化为泡影，到时候，我们就宣布她不再有资格统领地狱军队，在主人恢复理智之前，以备紧急之需，必须另选恶魔暂时替代他的位置。你们要把我推选为最合适的人选，如此一来，我们的对手就会被杀个措手不及，无力反抗。如果他们执意反抗，我们就将他们一举消灭。"

"那阿伯纳西夫人呢？"奎尔斯公爵问道。

亚必戈公爵笑了，但是这个笑容看上去并不愉悦，他依旧看上去是一个面不改色的恶魔，亚必戈公爵露出了笑容。这个笑容很难看，可是他看上去依旧是那副面无表情的样子，尽管他的手下刚刚端着一个装着脑袋的盘子上来，他还是面无表情。要知道，他可是很喜欢脑袋的。

"她难道不是叛徒吗？这个叛徒在与人类世界的战争中一败涂地，这个叛徒将那个破坏我们大计的男孩带到了这里，带到了我们的王国，结果还把他弄丢了？她会被审判然后定罪的。我们会把她带到悲叹之胡，在她脖子上套一块岩石，然后扔到寒冰里，让她永生永世被冰封于此，警告那些承诺给我们带来新的世界却让我们失望的恶魔。"

亚必戈公爵看着自己的同谋者，每一个人都点头表示同意。随后，他们一个接一个列队离开了会议室。亚必戈公爵是最后一个离开的，一切又归于了平静。

沉默被一堆软绵绵的糊状物打破了。

"不好意思，"克鲁福德说道，"我分泌东西了。"

"把自己清理干净。"阿伯纳西夫人说道，她蹲伏在石墙上的一条裂缝后，看到了一切，也听到了一切。她脸上的表情难以捉摸，但是克鲁福德对情绪十分敏感，他察觉到阿伯纳西夫人的恐惧，惊讶，以及失望。

还有愤怒：纯粹的，不断的，被压制住的愤怒。

"我做得好吗？夫人。"克鲁福德问道。

"你做得非常好，"阿伯纳西夫人说道，"为了奖励你，我甚至要赐你一顶新帽子。"

克鲁福德黏滑的脸庞龇牙咧嘴地笑了起来。新帽子：他以前想都不敢想。

第 18 章　双重身份者瓦彻

那些会给塞缪尔带来帮助的人开始聚在一起。

瓦彻找到了一个安静的山洞，在洞里仔细思考了老拉姆说过的话。最终，它还是找到了阿伯纳西夫人，当它想要和她说话的时候，它发现她淹没在那群迷途知返的恶魔中，他们围绕着她，迫不及待地想要为自己对阿伯纳西夫人缺乏信心作出补偿。他们的话语犹如一帖膏药，治愈了她受伤的虚荣心。虽然，瓦彻或许可以奋勇前进，在那群散发恶臭的躯体中杀出一条路来，走到她的女主人的身边，但他并没有这么做。部分原因是他看到阿伯纳西夫人对于那群恶魔朝自己俯首帖耳的样子感到愉悦。还有一部分原因是，瓦彻在某种程度上仍然对那个小男孩感到好奇，它还想知道阿伯纳西夫人为什么要把小男孩拉到地狱里来。

此外，有消息称那个小男孩可能已经被找到了，这几乎让它忘了自己在平原里发现了燃烧过的橡胶这件事。是几乎，但这并没有让它忘得一干二净，在此期间，瓦彻试图对岩石上的其他味道和它那个奇怪大脑中储存的气味进行对比，从而鉴定那些气味究竟是什么。瓦彻是个与众不同的存在，即便在那些生活在地狱不同层次的肮脏的恶魔中，它也算是个特别的。在地狱形成，最古老的恶魔出现后不久，他便归附于他现在的女主人。没有谁能清楚地回忆起瓦彻是怎么出现的，他的本性对于所有人来说是个谜。甚至连阿伯纳西夫人自己也不完全了解：她只知道它听从她的命令，当那么多恶魔背叛她的时候，只有瓦彻一如既往地忠诚。

但瓦彻听从的并不只是阿伯纳西夫人的命令。自从它存在以来，它一直听命于恶魔之王，亲自向他汇报情况，因为恶魔之王不相信任何人，也不相信任何东西。即便自己力量无穷，他还是怀疑着身边的一切①。然而，瓦彻待在阿伯纳西夫人身边太久了，以至于它都不知道自己究竟是忠诚于谁了：虽然依然听命于恶魔之王，但它并没有把所有情况都告诉他。它也说不清为什么；它不过是本能地认为知识并非都是力量，只有隐秘的知识才是力量。因此，它自己决定哪些消息需要告诉恶魔之王，哪些消息可以隐瞒而不被他发现。从这个角度来说，瓦彻一魔事二主，但这历来都不是一件好事。

随着恶魔之王陷入痛苦和疯狂的深渊，瓦彻的处境变得更为复杂。即便它想要向恶魔之王汇报，却有心无力，因为它的声音不可能盖过萦绕在绝望之山的哭泣声，传到恶魔之王的耳边，而大臣严格地控制门禁，它根本没有机会面见恶魔之王。更何况，到目前为止，它也没有什么可汇报的：阿伯纳西夫人大多数时间都在自己的洞穴和恶魔之王的洞穴之间走动，寻求一个永远不可能实现的接见机会，然后独自在自己的大堂里黯然神伤，直到下一次踏上朝圣的征程。她若不是在走动或沉思，便是透过镜子看塞缪尔·约翰逊，冲他叫喊那些他永远也听不到的诅咒。找那辆破坏大门的车的任务落在了瓦彻的身上，可每一次它都无功而返。阿伯纳西夫人似乎对那辆车愈发没有兴趣，或者至少瓦彻是这么想的。可当瓦彻终于找到了与那辆车有关的线索时，它惊奇地发现阿伯纳西夫人一直都在密谋再次开启大门，只要能把塞缪尔·约翰逊从他的世界里抓到地狱来。她的确是一个奇女子，若抛开她的真实身份（一个古老的长着触须的恶魔）不说的话，这也是瓦彻既忠心于恶魔之王，也忠心于她的其中一个原因。

---

① 苏格兰有一句谚语："干坏事的人怕得凶。"换言之，那些干坏事的人，或者把别人想得很坏的人，自然会以为别人会对自己干坏事。邪恶从不轻易安分，所以，在某种程度上说，我们几乎要对坏人感到遗憾，因为他们注定一辈子都生活在恐惧当中，一辈子囚于心牢。或者，正如法国作家伏尔泰所说的："恐惧源于犯罪，恐惧即惩罚。"

瓦彻嗅了嗅空气，想再现它在平原里闻到的那个气味。它感觉到了附近有什么东西在监视着它，但它不知道是否与岩石上的黑色物质有关。他那凹陷的鼻孔抽搐了一下。

它闻到了一股陈腐的气味，那是一种几乎被遗忘的气味，还伴随着另一股气味：更刺鼻，更浓烈。这些气味似曾相识。瓦彻在自己的记忆中搜寻，回想，一直回想，直到它终于想起两个畏缩的身影，当时，它的女主人还是恶魔的模样，她居高临下地将他们永远放逐到荒原之国。

瓦彻一点也不惊讶。它见过各种大风大浪，已失去惊讶的能力了。可当它意识到是谁导致大门毁灭的那一刻，它几乎震惊地站不稳。

纳德。

纳德，五灾之魔。

纳德，那个几乎算不上是魔鬼的纳德，那个一点儿也不邪恶的纳德。

纳德背叛了所有恶魔。

与此同时，纳德和沃尔姆伍德此刻正站在一片高地上，望着一辆小货车欢快地穿过骨头荒漠，车上放着一首名为《橱窗里的小狗多少钱》的歌。纳德和沃尔姆伍德知道那首歌叫做《橱窗里的小狗多少钱》，是因为至少有四个声音跟着音乐哼唱，每次唱到"橱窗"这个歌词的时候，都会加上"汪汪！"的叫声，每次唱到"那只摇着尾巴的狗"那部分的时候，都会加上"摇呀摇"的声音。

"小狗是什么？"沃尔姆伍德问道，"为什么他们想要一只小狗？"

"小狗是一种很小的会叫的动物，像博斯威尔，塞缪尔·约翰逊的小达克斯猎犬，"纳德说道，"它叫起来是'汪汪'。但是，这只小狗呢，似乎也有一条会摇摆的尾巴，我想，这就是他们想要它的原因吧。"

"他们好像真的很想要它。"沃尔姆伍德说道。

"不过，到处声张想要一只小狗好像并不是一件好事，"纳德说道，

"附近那些摇尾巴的小狗往往还摇晃着它们巨大的身躯,它们的脑袋还有锋利的牙齿也摇来摇去。"

"如果它是来自人类世界,那么或许塞缪尔也在那里。"

纳德摇了摇头。"不,如果他在附近的话,我可以感觉到他。"

纳德竭力读出货车侧边的字。"货车侧边写着什么雪糕,还有糖果。"

"糖果?"沃尔姆伍德问道。

"糖果。"纳德说道。

他们相互对视,两人的脸也明亮起来,他们同时说道:"果冻豆!"

几秒钟后,他们已经在紧紧追赶那辆雪糕车了。

皮尔警官很想去死。不止如此,他还想拉四个小矮人给他陪葬,另外再加上雪糕车司机。《橱窗里的小狗多少钱》这首歌他听了整整四个小时,几乎快要发疯了。

"别再唱了。"他对小矮人们说道。

"不行。"安格力说道。

"别再唱了。"

"不行。"

"别再唱了。"

"说'请'字。"

"请。"

"不行。"

皮尔警官猛地撞在连接前面驾驶车厢和后背车厢的那块玻璃上,罗恩队长和雪糕侠丹坐在前面的驾驶车厢里。

"我再说最后一次,"他请求道,"一定有办法把那音乐关了。"

丹耸了耸肩。"我告诉过你:音乐播放器自动连接引擎。我还没能想出办法在不弄乱线路的前提下让它停下来。"

"可你把我大脑的线路弄乱了,"皮尔警官说道,"那能不能至少让我跟你们一起坐在前面?"

"实在没有足够的空间。"罗恩队长说道,他不喜欢拥挤。

"那我们偶尔换一换位置,换你坐在后面?"

"然后听那群家伙在旁边唱歌?我才不要。坐在前面已经够糟糕的了。"

乔利又给自己做了一个雪糕。他已经吃了 12 个雪糕了,可是因为有时候地势不平,严格来说,他只成功吃到了九个,剩下的三个全糊到了他的脸和衣服上。

"这个雪糕真好吃。"他说道。这已经是他第十三次这么说了。

"嘿,我希望你不要吃霸王餐。"丹说道。

"把它们记在我的账上。"

"你没有账可以记。"

"噢,你现在才和我说啊,你应该在我吃之前就告诉我的,现在已经有点迟了,不是吗?"

"关于巧克力,他说的一点也没错。"多丝说道。他已经开始一把一把地吃起巧克力屑来了。"味道真棒。"

安格力和马布尔又开始唱那首关于小狗的歌,至少安格力是在唱那首歌。马布尔或许在唱关于恐龙的歌,没有人听得出来。皮尔警官的耐心现在已经达到了极限,他伸出手来掐着他们俩或其中一个的脖子。此时,丹把货车停了下来,因为现在有一些东西把他们的注意力从音乐中转移开了。

"真有趣。"多丝说道。他和其他三个小矮人嘴里欢快地吃着丹的雪糕,从货车上跳了下来,那两个警察和丹紧紧跟在他们后面。

展现在他们面前的是成千上万个小工作台,每个工作台旁都有一个小鬼。工作台之间还有其他的小鬼走来走去,搬运着一桶一桶的骨头粉。他们把骨粉倒入每张桌子一端的洞里,坐在工作台旁的那个小鬼按下杠杆,一阵研磨的声音响起,随后,桌子另一端出现干净、完好无损的骨头。那些拿着桶的恶魔装好骨头,踏上了来时的路。

"嗯,这说明了很多东西,"乔利说道,"某种程度上。"

他们右手边的不远处有一张更大的桌子。那些小矮人离开警察和丹，走向那张大桌子。一个长得很像刚刚灰飞烟灭的甲子·博德金的恶魔正坐在桌子旁打盹。他的名牌上写着"丁卯·博德金先生，恶魔主管"。

"打扰了。"乔利一边说着，一边轻轻敲着丁卯·博德金的靴子。

丁卯·博德金缓缓醒过来，然后盯着乔利。

"什么事？"

"你知道那些粉末是从哪里来的吗？"

"什么粉末？"

"那些做成骨头的粉末。"

丁卯·博德金望着乔利，仿佛乔利刚刚问他的问题是天空为什么是灰黑色的，为什么现在会有紫红色的火焰闪过天空。事情本来就是如此。

"你有毛病吗？"丁卯·博德金问道，"四处看看：这里只有粉末。几乎不可能会用完的，不是吗？"

小矮人们咯咯地笑开了。丁卯·博德金怀疑自己成了别人的笑料，而他自己并不知道笑点在哪儿，即便在他心情最好的时候，他也不怎么爱耍幽默，于是他恶狠狠地盯着他们。

"看那边，"安格力说道，"看到那些拿着桶的小恶魔是从那里来的吗？"

"看到了。"丁卯·博德金说道。

"你应该到那边去看看。那里有个家伙愿意见见你。他跟你长得很像。或许是你失散的亲戚。"

"真的吗？"

"我发誓是真的。你和他会有很多东西可以聊。你们都在同一个行业，从某种程度上说。"

"好吧，我会去的，"丁卯·博德金说道，"我想让我这双老腿走动走动。好久没离开过我的位置了，噢——"

他瞥了一眼手腕上的沙漏，那沙漏好像和甲子·博德金先生的沙漏是同一个型号。这个沙漏可以有效地把沙子从一个玻璃球灌进另一个玻璃球，可是上层玻璃球的沙子丝毫没有减少，下层玻璃球的沙子也丝毫没有增加。不过，这表似乎停了，可能是因为堵塞了。丁卯·博德金看起来心绪有些不宁。他用有爪的食指轻轻拍着玻璃沙漏。

"奇怪，我的表好像坏了。"他轻轻晃了晃手腕，然后说："啊，好多了。"

安格力把身体靠过去，然后注意到下层玻璃球的沙子正往上跑到上层玻璃球里，尽管如此，玻璃漏斗上下两层的沙子依旧没有增加，亦没有减少。

"你真的是在这桌子旁待太久了，"安格力说道，回头瞥了一眼他的小矮人同伴们，然后慢慢地在他右边的太阳穴处弯曲一根手指，这个手势普遍被理解为表示某人疯了。"休息一下对你有好处。我们会在你回来之前帮你看着这里。"

"你们不会偷东西吧，是吗？"丁卯·博德金问道，"要是有什么东西不见了，我会很麻烦的。预算问题，你懂的。这世道不见了一根回形针我也要负责。"

安格力装出一副受伤的无辜样子。"这话真是伤人。"他一边说着，一边眨着眼假装挤出眼泪。他在口袋里乱摸，想找一条手帕来擤鼻涕。他找到了一条手帕，望着它，想着这手帕上的病菌只比实际生病时的病菌少一点了，于是便把它放回原来的地方。"太伤人了，我都不知道该说什么。"

"那是诽谤，是诽谤。"多丝说道。

"我们不过是想让你今天开心点，"乔利说道，"可你却拿那些话来侮辱我们。"

"我们也被小偷偷过东西，"安格力说道，"说起这个，你该不会在哪里见过一辆货车吧——四个轮子，车身的图片上有一个和我们相貌相似的英俊绅士在微笑——你见过吗？"

"没见过。"丁卯·博德金说道。

"那你见过一辆警车吗？四个轮子，蓝色的车灯？"

"没见过。不过，我倒是想见见。听起来很有趣。"

"嗯，"安格力说道，"那对我们一点好处也没有。"

他和其他小矮人双臂交叉于胸前，满脸期待地望着丁卯·博德金。乔利不耐烦地轻轻敲着他的脚。

"嘿，"乔利说道，"我们等着呢。"

终于，丁卯·博德金明白了他们的意思。

"我为我刚才所说的话道歉，"他说道。他看起来有点局促。他头上的角发出明亮的红光。他背着手，眼睛盯着沙子，在上面找代表羞耻的图案。"我不该问你们是否会偷东西。可是，你知道的，还是谨慎些好。毕竟，这里是地狱。地狱里全是些堕落的家伙。"

"我们接受你的道歉，"安格力说道，"那你去吧。替我们向那个家伙问声好。"

"好咧。"丁卯·博德金说道，然后开始跟着那些提着桶的小恶魔。

小矮人们挥手相送。

"那家伙不错。"乔利说道。

"不错，"当丁卯·博德金消失在一座沙丘后，安格力说道，"这个世界需要更多像他一样的魔鬼。"

"你指的是傻瓜吧？"乔利说道。

"当然，"安格力说道，"十足的傻瓜。"

回到货车上，乔利清点着他们的战利品。

"十五支铅笔，一个卷笔刀，一个订书机，一块橡皮擦，一个写着'不是只有恶魔才能干这份工作，但是恶魔能干好这份工作'的马克杯，以及一些印章。"乔利说道。

"你忘了数这个桌子了。"多丝说道。

"还有一张桌子。"多丝确认道。他把头伸到货车的一侧，检查了一下那张桌子，他们用一根长绳子把那张桌子绑在了货车的车顶上，那绳子是在丹的应急装备里找到的。

"你们确定他说过你们可以把这些东西带走吗?"皮尔警官说道。他很怀疑,但至少这些小矮人不再唱歌了。

"当然。他告诉我们他要辞职了。这工作没前途。他说如果我们把这些东西带走就是帮了他一个大忙。"

"好吧,如果你们确定的话,虽然我不知道你们要一张桌子来干什么。"

"问题不在于我们需不需要,"安格力说道,"如果这桌子没有被固定,我们就把它带走。如果它被固定了,我们也会想办法把它松开带走。"

皮尔警官皱着眉头。一团尘土似乎在跟着他们。那团尘土离他们越来越近,皮尔警官看到那团尘土的前面是一块飞速前进的岩石。

"看。"他说道。他把那块隔离货车前座和服务区的玻璃撤掉。"队长,我们在被一块岩石追赶。"

"很少看到岩石滚上山,"安格力说道,"真是不同寻常。"

"它快赶上我们了。"多丝说道。

"停车。"罗恩队长说道。丹按照他的吩咐把车停了下来,他们全都仔细聆听着。

"那是引擎的声音,队长。"皮尔警官说道。

"是的,警官。"罗恩队长说的时候,那块岩石在他们旁边停了下来。门开了,一个长得像长着兽疥癣的白鼬的家伙跳了出来,后面紧跟着一个穿着斗篷、脚踩大靴子的魔鬼,他那张绿色的脸上挂着一张期待的笑脸。

"两包果冻豆,谢谢,"纳德说道,"还要一个雪糕加巧克力屑。"

当皮尔警官的头刚出现在雪糕窗口时,他手里挥着一个小金币。

"哟,哟,哟,"皮尔警官说道,"看看是谁来了?"

纳德的下巴掉了。沃尔姆伍德帮他把下巴捡起来,装回去。

"噢,疯了(在英语中,nuts 也可以理解为坚果)。"纳德说道。

"没有,"皮尔警官说道,"不过,我们有巧克力屑……"

第 19 章　不幸的原住民

我们遇到其他一些不幸的地狱原住民。

塞缪尔和博斯威尔胆战心惊地拖着疲惫的身躯穿过地狱。他们走过烈火炎炎的峡谷中的石堤道，穿过了一片片黑暗的湖水，可怕的生物在湖水深处遨游，当它们在追捕和被追捕时，鳍和尾巴时而冲破湖面。他们见过大大小小的恶魔，有的远在天边，有的近在眼前，就算他们不小心挡了其他恶魔的道，那些恶魔也几乎不在意，似乎觉得如果塞缪尔和博斯威尔在那里，那么他们本来就该在那里，因此那是别的恶魔的事儿，与他们无关。

然而，大多数时候，地狱也没什么可看的，因为对塞缪尔和博斯威尔来说，地狱看上去就像是一个未完成品。的确，他们头顶上的天空一直在发怒，塞缪尔有时候觉得云朵一直在俯视他，嘲笑他，然后继续它们永无休止的争吵和闪电，可是，广袤的地狱几乎没有或者说根本没有任何值得观赏的景色①。他们的脚下不过是土，或龟裂的石头，或低矮而死气沉沉的黑色草堆，连一棵杂草都没有。

---

① 因为地狱太大，只有一小部分地方才有人居住。恶魔之王基本上已经放弃尝试合理地装饰每一寸土地。毕竟，在深思熟虑之前，他只草草建造了若隐若现的黑色恐怖高山和建立了供恶魔们辛勤工作的大型燃烧煤矿。嗯，何苦费心经营呢？因此，地狱中的大多数地方就像你家的空房间。你爸爸一直说要把那个房间变成书房，却只往里塞那一箱箱没读过的书，旧账单，还有他买的健身车。你还说那辆健身车现在不好用了，太难骑了，虽然如果他想通了修一下，那车还是挺好骑的。不管怎么说，那车可是花了很多钱买的。

爸爸们总是说：他们本来就是如此。

过了一段时间，地面开始向上倾斜，他们在爬一座小山。当他们到达山顶的时候，他们看到排列在眼前的是一个盛大的晚宴。晚宴上有一张长桌子，一直延伸到塞缪尔看不到的远方，最后消失在地平线处凄迷的白雾中。桌面上摆放着所有你可以想象得到的食物，从饭前的小面包到饭后的甜点，以及在这两道菜之间的一切食物，一瓶瓶尘封的美酒点缀在碗碟之间。这是一场无与伦比的豪华盛宴，虽然塞缪尔和博斯威尔已是饥饿难耐，但他们眼前所见的这盛宴并未刺激他们的食欲。或许是因为食物虽然种类繁多，但全都是灰色的，又或许是因为，即便他们渐渐离食物越来越近，却闻不到一丝的香味。

　　又或许是因为那些盛宴出席者的举止，桌子四边布满了椅子，椅子之间相隔甚小，几乎没有让人挤进去的空间。椅子上坐着身材瘦削，形容枯槁的人，他们不停地强行把食物塞进嘴里，大口地灌酒，下巴不停地发出咯咯的咬牙声音，狼吞虎咽地咀嚼着肉，灰色的液体从他们的下巴滴了下来，弄湿了他们的衣服。

　　塞缪尔和博斯威尔现在站在离盛宴很近的地方，坐在主座上的人可以看得到他们。那人穿着一身无尾礼服，戴着一个歪了的蝴蝶领结。他的衬衫纽扣没有扣好，膨胀的肚子从缝隙里鼓出来，但那不是一个胖子的肚子。塞缪尔在电视上看过贫穷饥饿的人，他知道长期的营养不良会让肚子肿胀。这个男人很饿，可是他怎么吃也吃不饱。塞缪尔看着那人把一个吃了一半的鸡腿扔到了一边，然后开始大口吃一块鲜嫩多汁的板岩色牛排。当吃完一碟菜的时候，新的一碟菜就会出现，所以桌上永远不会出现空盘子。

　　那个男人看到了塞缪尔，但是他并没有停止吃东西。

　　"走开，"他说道，"没有多余的东西给你吃。"

　　"这里的东西刚够我们吃，"坐在他左边的一个女人说道。她正在用一个大木勺子吃鱼子酱，把鱼子胡乱地塞到嘴里。她身上穿着一件讲究的舞会晚礼服，头上戴着一顶白色的假发，假发上点缀着水晶。"而且你并没有被邀请。"

　　"你怎么知道没有人邀请我？"塞缪尔问道。

"因为如果你被邀请的话,这里会有你的座位,事实上并没有你的位置,所以你并没有被邀请。好了,走吧。难道你不知道当别人吃饭的时候,你不应该打扰他们吗?你让我嘴里含着食物说话,这很没礼貌。"

"而且她还洒出来了一些,"一个坐在她对面的大个子秃顶男人说道,"如果她不想吃鱼子酱的话,我想要吃。"

他伸手去拿鱼子酱,但是那个女人用勺子狠狠地打了他的手。

"吃你自己的!"她厉声说道。

"可是这些食物没有香味。"塞缪尔说道,他几乎是在自言自语。

"没有香味,"穿着无尾礼服的那个男人说道,"没有味道,没有口感。没有颜色。可是我很饿啊,我总是很饿。"他快速地吃完牛排,然后开始吃一碟蛋糕,他直接用手挖起一口口的果冻,海绵蛋糕以及蛋奶糊。"我好饿,我饿得可以把你吃了。还有你的小狗。"

他已经在这桌旁待了很长,很长的一段时间了。千百年来第一次,那个穿着无尾礼服的男人停止了吃东西,然后开始思考。他的眼神里流露出一种不一样的饥渴。当他打量着塞缪尔的时候,就像一个大厨打量着一头由屠夫提供的猪一样,在估量着肉质最好的那部分。在他的旁边,那个女人转过身来盯着塞缪尔,她的嘴巴张开,鱼子酱从她到舌头里掉出来。那个高大秃顶的男人放下一个鱼头,拿起一把尖刀。

"不错的食物,"他小声说道,"鲜肉。"

这些话被他旁边的一个老人听到了,那个干瘪消瘦的老太太牙齿都掉光了,只能用嘴巴吮吸骨头上的肉。那些穿得像王子和公主的孩子们一直沿着桌子往前走,直到他们像那些落座在宴会另一端那些饥饿的宾客一样,消失在雾色中。

"鲜肉,鲜肉,鲜肉……"

塞缪尔抱起博斯威尔,开始后退。穿着无尾礼服的男人把手放在椅子的扶手上,准备站起来,却发现自己站不起来。他试图移动自己的椅子,仿佛想要把它移向塞缪尔,可那椅子压根儿没有移动。他伸出手来抓塞缪尔,却够不着。那个高大秃顶的男人愤怒地嚎叫,朝着空中挥舞着手里的那把刀,仿佛他的四肢或许能伸长到足够远,可以砍下塞缪尔的肉。

那个戴假发的女人试图用更聪明的方法。"到这儿来,小男孩,"她一边低声说,一边拿着一块灰色的巧克力给他,"我会保护你的。我以前也有个儿子。我是不会伤害孩子的。"

但塞缪尔并不是傻瓜。他离她远远的,让她够不着自己,怀里紧紧抱着博斯威尔。

"至少把你的狗留给我们吧,"那个穿着无尾礼服的男人说道,"听说狗肉十分美味。"

桌子旁,一阵阵声音响起,人们在大声地威胁、承诺、贿赂,大声地喊出一切能让塞缪尔靠近或者让他把博斯威尔交出来的话语,但塞缪尔只是一味地后退,眼珠子一刻也不敢离开他们,生怕自己稍不留神,他们会找到方法让自己逃离椅子的囚禁。后来,一个接一个地,他们的胃口占了上风,所有人又重新吃起了那些无味的大餐。所有人,除了那个戴假发的女人。她直盯着塞缪尔,一遍遍地自言自语道:"我也有自己的小孩,很久以前……"直到塞缪尔再次走到山顶的时候,她才重新吃起了自己的鱼子酱,再次沉浸在盛宴之中。

塞缪尔和博斯威尔继续往前走。他们看见一只燃烧着的大型木马;坐在它旁边的是希腊士兵,那些士兵都郁郁寡欢。塞缪尔小心翼翼地靠近他们,但那些士兵并没有动,当他试图跟他们说话的时候,那些士兵并没有回答。

"你想干什么,孩子?"一个声音说道,塞缪尔转过身去,看到一个女人从沙子里钻出来:首先是头,然后是身体,随后她整个人站在他的面前,一粒粒沙子从她的头发、手中还有长袍里滚下来。当塞缪尔仔细打量她的时候,他发现她不仅是从沙里钻出来的:她就是沙子,不同的质地和色调结合起来给人一种穿着衣服,有颜色,有生命迹象的感觉。只有她的眼睛不是沙子做的:她的眼睛发出一种深邃而明亮的红光,塞缪尔知道站在他眼前的是一个恶魔。

"这是……特洛伊木马,是吗?"塞缪尔说道。

"是的。"

"那这些就是用木马进城的那些士兵吗?"

"是的。那个不跟别人坐在一起的,那个一个人坐着的,那就是奥德修斯,"她温柔地说出他的名字,"那木马是他的主意。"

"可他们为什么在这里呢?"

"因为那是欺诈行为。是不光彩的,是虚伪的。"

"可那是个绝妙的主意啊。"

"谎言或许绝妙,可谎言就是谎言。"

"可不是有人说过,爱和战争中并无公平可言吗?我听说过这句话。"

"'有人'?谁是'有人'?"

"我不知道。就是有人说。"

"那是胜利者和掌权者说的,失败者和无权者可不那么认为。'一切皆公平。''只要目的正确,可以不择手段'这些是你所相信的吗?"

"我不知道。"

"你有爱的人吗?或许,爱某个女孩?"

"我喜欢一个女孩。"

"为了让她喜欢你,你会对她撒谎吗?"

"不,我想我不会。"

"你想你不会?"

"不,我不会。"

"那如果有人为了挑拨你们的关系,在那个女孩面前撒谎中伤你,你会觉得公平吗?"

"不,当然不公平。"

"你听说过体育竞技是另一种战争吗?"

"我没听说过,不过我觉得这话有道理。"

"你玩游戏的时候,会使诈吗?"

"不会。"

"为什么?"

"因为那是不对的。那不对。"

"公平吗？"

"不，不公平。"

"所以，爱并无公平可言，战争亦无公平可言。"

"或许是吧，"塞缪尔困惑了。他望着那些士兵，但他们似乎都没有注意到他和那个恶魔的对话。"这看起来依旧像个残酷的惩罚。"他说道。

"的确。"那个恶魔说道，她的声音里仿佛有一丝遗憾。

"是谁惩罚他们的？"塞缪尔问道，"是谁决定他们应该在这里？"

"他们自己决定的，"那个恶魔说道，"他们自己选择的。好了，走吧，孩子。他们的忧郁是会传染的。"

她眼里的沙粒形成一滴泪水，从她的脸颊落下。那个恶魔退回到了地面，塞缪尔和博斯威尔转身离开那只燃烧着的木马，继续他们的旅途。

第 20 章　忘记自己名字的铁匠

我们遇到铁匠。

贫瘠的土地开始发生变化,虽然并没有往好的方面转变。如今,地上点缀着一些似乎来自另外一个世界,塞缪尔世界的东西:一身盔甲,空荡荡的,生了锈;一架一战时期德国的双翼飞机;一艘两桨平衡,笔直矗立的潜水艇;还有一支来复枪,这是塞缪尔见过的最大、最长的枪,他花了一个多小时才绕着它走完一圈。这枪是由成千上万支小枪组成的,那些小枪溶化在一起变成了大型雕塑似的东西。当塞缪尔打量着这枪的时候,他看见这枪的零件好像是活的,活像金属蛇似的摇摇晃晃,他意识到这枪还在形成阶段,周围的武器突然出现在空气中,然后慢慢地被吸收,成为一个整体。

一个巨人从一架废弃的坦克炮塔后面出现。他的身上穿着一套肮脏的黑色工作服,脸上戴着焊接防护面具。他的右手拿着一把发出白色炽焰的焊枪。他熄灭了火焰,把面具往上推,露出了脸。他有胡子,眼睛散发出像那把焊枪一样的白光,仿佛他花了很长时间在看着金属融化似的。

"你是谁?"他问道。他的嗓音嘶哑,但语气中没有敌意。

"我叫塞缪尔·约翰逊,这是博斯威尔。"

那双白色的眼睛在往下看那只小达克斯猎犬。

"狗,"那个男人说,"我好久没见过狗了。"

他伸出一只戴着手套的手。博斯威尔躲开了,可那只手太快了,它抓住了博斯威尔的头,然后出乎意料地温柔地抚摸着它。

"乖狗,"那个男人说道,"好乖的小狗。"

他放开了博斯威尔。这有点让这只乖巧的小狗松了一口气。

"我养过狗,"他说道,"人都应该养条狗。"

"你有名字吗?"塞缪尔问道。

"我也有过名字,但我忘了。名字对我来说也没有用,因为好久没有人来这儿了。现在我是一名铁匠。我跟金属打交道。这是我的惩罚。"

"这是什么地方?"塞缪尔问道。

"这是垃圾场。这是放破烂东西的地方,那些破烂东西本不该存在。过来看看。"

塞缪尔和博斯威尔跟着铁匠走到那支不断变化的枪的下面,穿过一排排的战斗机和装甲车,映入眼帘的是一个巨大的弹坑,弹坑里面是各种剑和刀;机关枪和手枪;坦克和战舰还有航空母舰;所有能想象到的,用于伤害别人的武器。像那支巨枪一样,弹坑一直被填充,整堆金属发出各种嘎吱、咔哒、叮当的声音。

"它们为什么在这儿?"塞缪尔问道。

"这儿是他们该待的地方,因为它们夺走别人的生命。"

"那你为什么在这儿?"

"因为我设计了这些武器,是我把它们交到那些用它们来伤害无辜的人的手里,却一点儿也不在意。现在,我把它们都拆了。"

"那支巨枪呢,那把一直在不停变大的枪呢?"

"那是我的警钟,"铁匠说道,"无论我多么努力地工作,无论我拆了多少个武器,那支枪依旧在变大。是我创造出这么一个武器的,我不能够忘记这一点。"

"很遗憾,"塞缪尔说道,"你看起来不像是个坏人。"

"我想我不是个坏人,"铁匠说道,"或许我压根儿没有思想。那你呢:你为什么在这儿?"

塞缪尔依旧十分谨慎,不愿轻易告诉别人自己的真实处境,尤其是在遇到老拉姆以后。可铁匠身上有种东西让他觉得可以相信。

"我是被拽到这儿的。一个女人——一个恶魔——名叫阿伯纳西夫人的女人想要惩罚我。"

铁匠咧嘴一笑。"所以你就是那个男孩。即便身处在这个糟糕的地方，我也听说过你的故事。"他在他的围裙下面乱翻一通，拿出一页报纸递给塞缪尔。那页报纸是从旧版的《地狱时报》上剪下来的，上面放了一张塞缪尔的照片，照片下面有两个字：

敌人！

图片后面的文章是编辑己卯·博德金先生写的。文章详细描述了穿过大门逃离地狱的企图，以及因塞缪尔的介入和一名未知者开车误入大门而导致的入侵失败。塞缪尔觉得这篇文章有点不厚道，不过是一面之辞，可随后他在想，如果《地狱时报》的编辑一开始就暗示派一大群恶魔去侵略地球并不是一个好主意的话，说不定会给自己惹来麻烦。

"我想她一定在找你。"铁匠说道。

"我也是这么想的。"塞缪尔说道。

"嗯，如果她找到这儿来，我什么也不会告诉她的。你可以信任我。"

"谢谢你，"塞缪尔说道，"可我想回家，我不知道怎么样才能回家。"

最后几个字让他的喉咙一紧。他的双眼一热，可是他把眼泪忍了回去。铁匠小心地将目光移到别处，过了一会儿，当他一确定塞缪尔已经控制好自己情绪，他再次把目光聚在这个男孩身上。

"我认为，如果是阿伯纳西夫人把你带到这里来的话，那么或许她有办法把你送回去。"

"可她不会那么做的，"塞缪尔说道，"她想要杀了我。"

"可是，无论她是利用何种力量把你拽到这儿来的，那股力量肯定能把你送回去。"

"所以，我一定要面对她吗？"

"你必须找到她，或者被她找到。毕竟，你必须用自己的聪明才智来帮助自己。"

"可我不过是个孩子。而她是一个恶魔。"

"她这个恶魔曾被你打败过，你一定能再次打败她的。"

"可那时候我有帮手，"塞缪尔说道，"我的帮手有——"

他差点儿说出纳德的名字，可最后一刻闭紧了嘴巴。信任铁匠不会泄漏他的秘密是一回事，可是完全信任他而把纳德的秘密说出来是另一回事。

"你的帮手是纳德。"铁匠说道。塞缪尔无法掩饰自己的震惊。

"你怎么知道？"

"因为我也帮过他。我见过他的车。他的车坏了，我帮他和他的仆人沃尔姆伍德把车修好了。他们坚持一定要把车乔装一番，所以我也帮他们把车乔装了。注意，他们似乎热衷于把车乔装成一块岩石，乔装的理由我没法完全理解，但纳德本来就是个奇怪的人。我十分喜欢他。"

"他是我的朋友，"塞缪尔说道，"如果他知道我在这儿，他会帮我的。"

"噢，他知道你在这儿。"铁匠说道。

"他怎么知道？"

"他能感觉到你的存在。"铁匠拍着他的胸脯说道。他拍的位置是他的心脏以前跳动的地方，或许他的心脏现在也还能跳动，以一种奇怪的方式跳动。"你感觉不到他吗？"

塞缪尔闭上了眼睛，认真地思考。他在脑海里想象纳德的样子，想起纳德第一次出现在他的卧室时，他们聊过的话。他想起纳德吃到果冻豆时高兴的样子，想起自己知道纳德以前从来没有一个算得上的朋友时惊讶的样子。他对纳德敞开心扉，突然，他看到了纳德，一个奇怪的、长得像白鼬的生物在他旁边，那肯定是沃尔姆伍德，纳德的手抓着阿斯顿·马丁的方向盘。阿斯顿·马丁以前是塞缪尔父亲最骄傲的东西。

然后，那个画面变了，他看见纳德和沃尔姆伍德站在——

慢着，那是一辆雪糕车吗？

塞缪尔朝着纳德大喊。他用嘴巴喊，用心喊。他抱着仅余的所有希望、所有对他那个爱车的恶魔朋友的信任大声喊。

他大喊，而纳德回答了。

第 21 章　倒霉的纳德

纳德考虑把名字换成"纳德，倒霉透顶的家伙"。

纳德以前是五灾之魔，现在已改过自新。他很好奇一个恶魔能有多倒霉。首先，他和沃尔姆伍德被放逐到了荒原之国，在那里他们花了很长、很长的一段时间彼此了解，最终却希望彼此从未认识。那是一段无聊至极的时光，唯一的乐趣便是沃尔姆伍德的身体能散发出最神奇的气味，而纳德通过用权杖狠狠地打沃尔姆伍德来娱乐自己。其次，就像是在雨中苦等几个小时只为等一辆公车，结果许多公车同时到达，纳德发现自己至少四次被来来回回送进时空的一个洞里，他的身体被拉伸、压缩，这让他感到十分不舒服。此外，他的身体被真空吸尘器弄得变形，还被卡车撞倒，掉进了下水道，然后因为破坏恶魔之王入侵地球的计划而被迫面对地狱大军的怒火。此外，他还惹怒了两个警察，那两个警察现在正恶狠狠地盯着他，四个不怀好意的小矮人和一个近视的雪糕侠丹正围着他。

这不公平，纳德心想。我想要的不过是安静的生活，或许还有一些糖果和雪糕。

皮尔警官移动他的笔记本，一副"事情我管定了"的姿态，他舔了舔铅笔头，准备开始写。

"好了，队长。"他说道。

"指控清单，"罗恩队长开始了，"逃避逮捕。逃离犯罪现场，即攻击埋葬了各种死人的教堂，并且逃离犯罪现场。弄脏警车。"

"不是我干的。"纳德说道。

"是你让车发臭的。"罗恩队长说道。

"我掉进一个下水道了。"

"可是,我们的车从此以后就有一股臭味,搞得我们的皮尔警官经常感到恶心。"

"还弄臭了我的警服,"皮尔警官说道,"穿着发臭的警服降低了我的威信。"

纳德本想要暗示降低皮尔警官威信的主要原因是他自己,但他还是决定不说。他惹的麻烦已经够多的了。

"还有什么,警官?"罗恩队长问道。

"非法移民罪?"皮尔警官提议道。

"没错。非法入境。无合法签证,无护照进入英国。你是非法移民。"

"我不是移民,"纳德更正道,"我是恶魔。"

"别找岔子。你就是一名非法移民。"

"我没有移民,"纳德说道,"我是被迫送到这儿来的。"

"这一点你可以跟法官聊,"罗恩队长说道,"现在我们要开始聊聊真正有趣的东西了。破坏他人私有财产。偷窃他人车辆。无合法有效驾驶证驾驶。驾驶无保险车辆。超速驾驶。偷窃警车。他们会把你关起来,小子。他们会把你关很久,等你出来的时候,我们已经住在别的星球了。"

纳德双臂交叉。他吹了吹口哨,摸了摸他那尖尖的下巴,然后用手指轻轻地拍着那里,所有动作都传达了下面的讯息:嗯,我在思考呢,我好像在你们刚刚跟我说的那番话里发现了漏洞。

"警官们,请原谅我指出一点,我不认为你们在这地狱里有管辖权。没错,在比德尔科姆镇,你们有管辖权。可这儿是地狱,我可不认为你们还有权管辖。"

"难倒你了,队长,"乔利插嘴说道,一副幸灾乐祸的样子,"这个长着一张下玄月脸的家伙倒有点像牢狱律师。"

"你给我闭嘴,"皮尔警官说道,"你们自己的麻烦已经够大的了。"

"噢,"多丝说道,"记得把'偷雪糕'加到指控清单上面。这下我们要被判无期徒刑了。"

"你听着,"罗恩队长说着,一边朝着纳德摇手指,尽力去忽略小矮人们的希腊大合唱①,"你有很多东西需要解释。你要来警察局一趟,好好解释清楚。"

"你知道的,事实上,我十分乐意这么做,"纳德说道,"可是,不幸的是,我和你一样都被困在这地狱之中,而且眼下有更重要的事情要考虑。"

"比如说?"

"你们不是唯一困在地狱之中的人类。"

"你的意思是?还有谁在这儿?"

"塞缪尔·约翰逊和他的狗。"

罗恩队长皱着眉头。纳德几乎能够听到他大脑里齿轮转动的声音。罗恩队长是在大门关闭之后第一批到达案发现场的,可他却从来没有查出整个事情的来龙去脉。他只知道塞缪尔成功地解救了地球,在一个开着一辆偷来的阿斯顿·马丁的不知名的人的帮助下——

那人勇敢地开着阿斯顿·马丁冲向大门,导致了大门被摧毁。

罗恩队长往前走了几步,打量着这个移动的岩石。他尤其注意到岩石的轮子,然后朝着那辆乔装的车的内部仔细张望。

"皮尔警官,你的笔记本还打开着吗?"他问道。

"开着呢,队长。"

---

① 古希腊的戏剧总是包括一群年龄介于12岁至23岁的演员,他们会对舞台上的动作发表评论,这些演员被称为"合唱队"。如果你无聊,想要娱乐娱乐你的父母的话(我这里说的"娱乐"意思是"让你的父母很生气")。你可以自己一个人组成一个希腊合唱队,在家里跟着你的母亲和父亲,对他们的行踪发表一些评论。你知道的:"妈妈从冰箱里拿牛奶。妈妈倒牛奶。妈妈把牛奶放回去。妈妈告诉我不要再这样奇怪地评论她。"或者:"爸爸去浴室。爸爸脱裤子。爸爸翻看报纸。爸爸让我走开,否则我就拿不到我的零用钱。"我保证,漫长的冬夜飞一般就过去了。

"你还记得你刚刚写满对我们这位纳德先生的指控的那一页吗?"

"是的,队长。我把所有的指控都清清楚楚地记下了,以防法官想要亲自阅读。"

"把它撕掉扔了,这是个好人。"

"可是——"

"没有可是。按照我说的去做。"

"皮尔警官极不情愿地按照他的吩咐去做了。他把那页纸撕成碎片,然后把它们扔到地上。"

"乱扔垃圾,"一个欢快的小声音从他肚子处的纽扣附近传出,"罚款五十英镑。"

"闭嘴。"皮尔警官说道。

"看来我可能欠你一句道歉,先生。"罗恩队长说道。

"不,并没有,"纳德说道,"不管怎么说,你刚刚说的一切都是我干的,或者说大部分是我干的。"

"好了,我想你已经做出了补偿。好了,塞缪尔·约翰逊发生什么事情了?"

纳德尽全力向他解释自己是如何感应到塞缪尔的存在,以及他是如何认为是阿伯纳西夫人将塞缪尔以及警察、小矮人、雪糕侠丹拉进地狱的。

"那你认为我们应该怎么办呢?"罗恩队长问道。

"我们要找到塞缪尔,然后我们要找到地狱之门的位置,这样就可以把你们全都送回家。"纳德说道。

"你似乎很确定地狱之门的存在。"

"一定有的。即便在地狱,也是有章可循的。不管它在哪里,它肯定离阿伯纳西夫人很近。不过,我还真的有个问题要问你。"

"什么问题?"罗恩队长问道。

"那首恐怖的曲子是什么?"

"《(橱窗里的)小狗多少钱?》"皮尔警官闷闷不乐地说。

"汪汪！"安格力习惯性地说道。（他是巴甫洛夫的小矮人①）

"我跟你说过，"丹说道，"引擎开着的话，音乐就关不了。我有点担心要是把引擎关了，我们会困在这里。"

当他还在说话的时候，沃尔姆伍德打开货车的车门，盯着仪表板，摆弄了一下。音乐马上就停了。

"谢谢你，"皮尔警官说道，"谢谢你，谢谢你，谢谢你。如果你不是长得像啮齿动物，闻起来怪怪的，而且还有许多容易传播的疾病，我或许还会抱你呢。"

"这是别人对我说过的最动听的话。"沃尔姆伍德回答道。他抽噎着，擦掉几滴眼泪。

"这让人松了口气，"罗恩队长说道，"好了，塞缪尔在哪儿？"

纳德指向他的左边。"我觉得他在那边的某个地方。"

"那么，那边的某个地方就是我们要去的地方。带路吧，先生。"

纳德和沃尔姆伍德回到他们的车上，而警察、小矮人和丹爬回到雪糕车。

"嘿，那首歌怎么唱来着？"多丝说道。皮尔警官不喜欢这个问题，马上回答"哎哟！"和"别管它了"。

纳德启动点火系统，把阿斯顿·马丁开到货车的前面，货车马上轰隆隆地跟在他们后面。

沃尔姆伍德轻轻地拍着纳德的手臂。

"看看我在货车上找到什么。"他说道。

他的手里拿着一包果冻豆。

"如果你跟别人说，我曾经说过这句话，我会否认的，"纳德说道，"不过，沃尔姆伍德，你是个天才……"

---

① 伊凡·巴甫洛夫（1849—1936）是一位俄罗斯科学家。他在每次给狗喂食之前都会发出信号，摇铃或偶尔给它们电击，这一点非常残忍。他发现狗虽然没有吃东西，但它们听到铃声或受到电击时，就会产生唾液。这种现象被称为"条件反射"。然而，你不得不好奇，狗最后会不会有点厌倦有电击和铃声却没有食物的情况，并且把它们的不满表现给巴甫洛夫看。这种现象被称为"狗咬人"。

第 22 章　虚无的面目

我们懂得希望总是有的，只要我们不放弃。

自塞缪尔来到这个荒芜的地方，他的脸上第一次露出笑容。他转向铁匠，说道："你说得对！纳德听到我了。我知道他听到我了！"

但是铁匠并没有祝贺他，而是一把抓住塞缪尔和博斯威尔，将他们扔到附近一辆型号为 T-34 的俄罗斯坦克后面。那辆坦克是侧躺着的，它的履带碎掉了，装甲上裂开了一个洞，可以看到里面的结构。有一刹那，塞缪尔以为自己信错了铁匠，他和老拉姆一样要背叛他们。直到铁匠低声让他别说话，不要动，他才知道自己错怪了他。塞缪尔看见有一个身影正穿过天空，拍打着破落的翅膀，敏锐的眼睛正在搜索地面。随后，地面开始摇晃，塞缪尔听到马蹄声，接着听到一个声音在说："你好，铁匠。"

塞缪尔从坦克一侧的探出头来仔细看，他的手捂住博斯威尔的鼻口处，以防它突然吠起来。铁匠的上方隐约可见一匹黑马，身材高大，大约是铁匠的五倍，它的翅膀长得像蝙蝠的翅膀，黄色的眼睛像溶化的金子般发光，镶嵌在骨头里的。它的嘴里咬着缰绳，黑色的血液从它的嘴角滴下来，它的马蹄在石头地面踢出了火花。马鞍上坐着一个恶魔，恶魔的头骨处长着两个苍白的角，形状像大公牛的角似的，又长又重，仿佛压得它的脑袋几乎无法直立在肩膀上。他的头发又黑又长，皮肤苍白，明亮的眼睛闪着智慧和狡黠，在某种程度上，这让他本身散发的残忍气质更加恐怖。他身着黄红盔甲，红色的斗篷用一根长长的象牙扣在脖子处，虽然此刻并没有刮风，但斗篷似乎自己有生命似的，在其身后猎猎作响，仿佛自身便是一件武器，一块使人窒息，耗尽他人生命的裹尸布。马鞍上挂满了各种武器：一把佩剑、一根尖峰狼牙棒、一套讲究的小刀还有扭叶片。

"亚必戈大人，"铁匠说道，"万万没想到您会大驾光临。"

亚必戈拉了拉马的缰绳，马用后腿站立在铁匠的面前，它那巨大的前蹄抬得很高，几乎要贴到它的脑袋了，可是铁匠并没有畏惧。亚必戈看到这并没有吓到铁匠，便拨转马头，让马蹄重新落到地面。

"要不是我了解你的话，或许我会说从你的声音里察觉到了一丝嘲讽。"亚必戈说道。

"不敢，公爵大人。"

"噢，你会的，铁匠。我之所以对你有些许的容忍，不过是因为你帮我锻造武器。不要肆意地挥霍我对你的容忍。"

铁匠羞愧地低下了头。"你用更大的痛苦来逼我锻造武器。否则我是不会这么做的。"

"我记得你曾经误入歧途想要反抗我。如果我没记错的话，我威胁着说要弄断你的脚趾的时候，你就放弃反抗了。"

铁匠的下巴一紧，塞缪尔感觉到了他的愤怒。尽管亚必戈让人感到害怕，但铁匠费了好大的劲儿才勉强控制住自己不去攻击他。亚必戈放下缰绳，张开手臂，似乎表示自己愿意迎战，但铁匠并没有上当，亚必戈再次抓住缰绳。

"我发现痛苦能够巧妙地使注意力集中，"亚必戈继续说道，"你需要我助你集中注意力吗，铁匠？如果我发现你有什么事情隐瞒我，我一定十分乐意助你一臂之力。"

铁匠抬起了头。"我不明白您的意思，公爵大人。"

"我在找一个小男孩。他是个侵入者。他绝不能在地狱里随意行走。我有理由相信，他现在就在这一片区域。"

"我没见过什么男孩。自您上次来过之后，我就没有见过其他人。"

"我们这么久没联系，我觉得你一点儿也不伤心啊。"

"我不会对您撒谎,公爵大人。您只有在需要武器的时候才来找我,而锻造那些武器让我十分痛苦。这就是为什么我会沦落到这个地方,要是我以前没有那么急切地去取悦那些有权有势的人就好了。"

"铁匠,懊悔于事无补。懊悔并不能帮你得回你最渴望的东西。"

"我最渴望的东西是什么,公爵大人?"铁匠问道,他觉得亚必戈正等着他问这个问题。

"回到过去,"亚必戈说道,"你是因为过去的所作所为才受到惩罚。如果一个人的过失那么容易补偿的话,那么地狱便不会人满为患了。"

"那是件坏事吗,公爵大人?"

"只对恶魔来说是坏事,铁匠。没有像你这样的人供我们羞辱的话,我们的存在会变得更加无聊透顶。"

亚必戈盯着那些散落在沙里的武器和装置。"而你们这些人所展示的发明,"他说道,"你们所拥有的技术,最终只为一个目的服务:毁灭那些和你们一样的人。有时候,我在想真正的恶魔是否早就已经在统治地球了。"

"我们的技术也被应用到其他方面,"铁匠说道,"我们治疗病人,我们帮助他人,我们保护弱小。"

"是吗,现在还是这样吗?可是,你们人类更重视的是哪一种技术呢:是乐意帮助他人的那颗心,还是毁灭他人的能力?"

铁匠低下头来,他无法直视亚必戈的眼睛。当他低下头来的时候,他看见博斯威尔和塞缪尔留在沙上的痕迹。他稍稍换了个姿势,好让自己的身体挡住这些痕迹,然后慢慢地,他开始一边远离亚必戈,一边用脚擦除那些痕迹。

"你往后退了,铁匠,"亚必戈说道,"你真的这么害怕我吗?"

"是的,公爵大人。"

亚必戈用有爪的手指轻轻拍着坐骑头上的角。

"你知道的,我不相信你说的话。你恨我,几乎和你恨自己一样深,可我觉得你并不是真的害怕我,我也知道你并不尊敬我。你是个特别的人，铁匠，或许这种特别和你的天赋一样是与生俱来的。你刚刚说你没见过一个小男孩是吗？"

"没有，我没见过。"铁匠说道。小狗的爪子印和男孩的脚印现在已经完全消失了。塞缪尔察觉到铁匠的语气变了，他不再尊称亚必戈恶魔为"公爵大人"。

"如果你见到的话，你会告诉我吗，铁匠？我一直在怀疑你的忠诚。有时候我好奇你怎么会沦落到这个地方。我害怕你身上还残留着一丝善意，一点良心，甚至是希望。"

"我没有希望。我把希望留在了过去。"

亚必戈把身体往前倾。他张大嘴巴，露出洁白的尖牙。

"但不要把你制造武器的天赋留在过去。战争马上就要开始，铁匠。或许你以为大家已经把你忘了，可是这场战争会让他们再次想起你。我的敌人会为了你的才能找到你。到那个时候，你会怎么做，铁匠？"

"我会拒绝他们。"

"是吗？我不这么认为。他们施加痛苦的能力几乎和我一样强。我是说几乎，可并没有我的强。即便你是忠于我，可事实并非如此，你的忠诚也不足以对抗那些痛苦。所以我决定要展示我的智慧和怜悯，我要解除你的负担，不让你有机会为了不再承受痛苦而背叛我。"

亚必戈拔出他的佩剑，猛地一击，便砍下了铁匠的头。那把剑不断地上升下降，一遍又一遍，直到铁匠四分五裂地躺在地上。铁匠的眼睛还在眨，他的手还在动，他的手指像昆虫的脚一样抓着地上的土。他的伤口并没有流血，可是他的脸却痛苦地扭曲着。一个小鬼从天而降。它捡起铁匠的手，然后飞走了。而亚必戈低头盯着他的佩剑的杰作。

"即便有人把你的身体重新组合在一起，没有手，你什么也做不到。再见，铁匠。我们永远也不会见面了。"

说完，亚必戈便策马前行。那马疾驰而去，它的翅膀开始拍动，随后便飞上了天空，消失在云端。

塞缪尔从他躲藏的地方走出来，跑到铁匠剩余身体的所在之处。

"你本可以告诉他我在哪儿的，"塞缪尔说着，轻轻地抚摸着铁匠被切下的脑袋上的头发。"你本可以告诉他的，他或许会放过你。对不起，我对不起你。"

"不用道歉，"铁匠说道，"因为我一点也不后悔。"

当他说话的时候，他的表情变了。他一脸迷惑，脸上发出一道柔和的光，隐约夹杂着琥珀色的光，像一轮渐渐西下的落日反射的光。

"一点也不痛苦，"他说道，"不痛了。"他朝着塞缪尔微笑。"我没有背叛你。我拯救了自己的灵魂。我的内心现在很平静。"

慢慢地，他那四分五裂的可怜躯体消失了。现在又只剩下塞缪尔和博斯威尔了。

阿斯顿·马丁和雪糕车藏身在巨大的绿色毒蘑菇下面，那些毒蘑菇长在一片潮湿恶臭的土地上，它们面积很大，像几英里的森林般蔓延开来。纳德和沃尔姆伍德，还有警察和小矮人们望着恶魔们从他们头顶上飞过，一些恶魔盘旋、下降，一旦他们仔细认清了吸引他们下来的东西是什么以后，便又飞上去了。接着，一匹黑色的巨马冲出他们头顶的云团，超过了其他恶魔，那位骑手以前所未有的力气催促着那些恶魔们前进。他的声音甚至传到了那群在下面望着他的人的耳里。

"找到那个男孩！"他大叫道。"把他带到我面前！"

"我不喜欢他的模样。"乔利说道。

"他们所有人的模样我都不喜欢。"多丝说道。

"坐在那匹马上的那个大块头是谁？"安格力问纳德。

"亚必戈公爵。"纳德说道。他有点心不在焉。这不对劲儿啊。他认为亚必戈和他的属下正在找的是塞缪尔，可塞缪尔明明是被阿伯纳西夫人带到地狱来的，而亚必戈公爵和阿伯纳西夫人互相憎恨对方。亚必戈公爵肯定不会帮助阿伯纳西夫人的，可是现在他却在找塞缪尔，还盼咐自己的下属去找阿伯纳西夫人最憎恨的那个人类，这只能说明，亚必戈要找到塞缪尔是有自己的目的的。

"他是哪一边的？"罗恩队长问道。

"他自己那边，"纳德说道，"他在找塞缪尔。"

"为什么？"

"可能是因为如果他找到了塞缪尔，那阿伯纳西夫人就找不到了。塞缪尔是阿伯纳西夫人重掌权利的砝码，而亚必戈公爵不希望阿伯纳西夫人东山再起。他想要自己掌握权力。我想要是他能想到办法摆脱恶魔之王，他也一定会这么做的，可他找不到法子，所以他只好将就着做第二把手。要想成功，他一定要确保阿伯纳西夫人出局。换句话说，他要毁掉阿伯纳西夫人重新获得恶魔之王信任的任何希望，而阿伯纳西夫人现在唯一的希望就是把塞缪尔交给恶魔之王。"

罗恩队长以一种从未有过的尊敬看着纳德。

"你什么时候变得这么聪明？"

"当我意识到我并没有自己所想的那么聪明的时候，"纳德回答道，"我们要行动了。塞缪尔就在附近，这一点我很确定。"

可就在他说话的时候，他对塞缪尔的感应开始变弱，他感觉到那个男孩的气息开始变弱。肯定是哪里出了问题，纳德希望塞缪尔能够继续前进，不要放弃。

坚持住，塞缪尔，他心想。再坚持一点点……

塞缪尔和博斯威尔已经告别了那个武器弹坑以及那段关于英勇的铁匠的回忆。塞缪尔看到了远处的山峦。他决定朝着那个方向前进。或许在那个地方，他和博斯威尔可以找到一个藏身之处，他们在这个开阔的平原太孤立无援了。可他太累了，他现在只能勉强拖着脚走，而且他还抱着博斯威尔。因为博斯威尔疲惫不堪，脚已经开始瘸了。塞缪尔的鼻子好像在燃烧，他的肺部因为呼吸着沾染硫磺气味的有毒空气而隐隐作痛。他的情绪越发低落，头也埋得更低了，因为似乎他回到自己世界的唯一希望就在那个他最想避开的女人身上。他理解铁匠的逻辑，可是他不想再面对阿伯纳西夫人。这一切都不公平。他希望自己从来都没有见过那座破大门，从来没有拯救过地球，也从来没有遇见纳德。

他摇了摇头。这个念头从何而来？那不是真的。纳德是他的朋友。他怎么可以这样想自己的朋友呢？可如果纳德是他的朋友，那他在哪儿呢？塞缪尔已经大声召唤他了，可他还是没有来。也许纳德和其他所有人一样，一点也不在乎他。就连他的父亲都抛弃了他，而他的母亲却没有做任何事情来挽留他的父亲。什么也没有做。如果连你的父母亲都不愿意做好分内的事情，尽好应尽之责，继续坚持下去还有什么意义呢？

他停下了脚步。前面纯粹是一片虚无，一个空洞好像在黑暗中打开了，可那并不是真正的黑，因为"黑"至少也算是某种存在①。他和博斯威尔现在看到的这个时空空洞是虚无的遗迹，是在多元宇宙形成后所有物质的最后痕迹。盯着它看让塞缪尔的头很痛，因为它没有尽头，没有边界，深不可测。这个空洞里没有重力，也不能传递任何能量。塞缪尔和博斯威尔所看到的不仅仅是这个维度的尽头，这个宇宙的尽头，而且是所有宇宙的起源和终点。当他们注视它的时候，一股强烈的悲伤席卷在心头，他们的情绪非常低落，连继续前行的意志也被消磨殆尽，因为聪明的小男孩和机智忠诚的小狗根本抵抗不了这纯粹虚无的荒凉。渐渐地，塞缪尔瘫坐在地上，博斯威尔在他身边，他们一起望着这虚无之洞，而虚无之洞开始进入他们的身体。

---

① 当我们看到颜色时，我们看到的其实是击中我们眼睛的某一频率或波长的光线。光子是光的组成单位。只有光子离开某个物体，我们才能看到该物体是粉色，或蓝色，或只在潮湿土地和校服上才出现的奇怪的棕色。黑色意味着没有光子。我们把没有这种没有光子的情况描述成黑色这种颜色。存在主义是哲学流派之一，它认为生活是没有意义的，因此我们所有人都处于极度悲伤的状态。果不其然，存在主义者并没有获得很多生日派对邀请函。

第 23 章　会说话的大橡树

阿伯纳西夫人大发雷霆，我们再次遇见故事中提到过的讨厌鬼。

阿伯纳西夫人大声尖叫。那尖叫声的音量和强度让瓦彻都大吃一惊。

"纳德？"阿伯纳西夫人尖叫道，"纳德？你是说那个连恶魔都不会做的蠢家伙是这一切悲剧的始作俑者？可我把他放逐了。我不想再看到那个讨厌的家伙，所以我把他还有他那愚蠢的仆人放逐到荒原之国了。怎么可能——？怎么——？我的意思是——"

这或许是阿伯纳西夫人生平第一次找不到合适的词语来表达自己。纳德？可他是如此地无足轻重，如此地无能，至少看上去是这样的。她怎会就这样看走了眼呢？她开始对他产生某种近乎敬佩的感觉，即便在这种感觉之后，你会开始想要施加无穷无尽的痛苦在这个你所敬佩的东西身上。他所取得的成绩，他成功毁掉的那项伟大事业，几乎都是不可想象的。纳德这件事有一刹那让她忘了瓦彻带来的第二个消息——老拉姆说塞缪尔曾经出现在他的附近，但马上，她就想起了这件事。

"我以后再处理纳德，"她说道，"现在，抓住塞缪尔才是我们的当务之急。你早该跟我汇报，瓦彻。我对你很失望。"

如果瓦彻是另一类物种的话，它或许会觉得有必要抗议这件事的不公，哪怕只是为了掩饰它保持沉默的其他原因。毕竟，阿伯纳西夫人总是表现出不同程度地心不在焉，她过分关注自己的虚荣心，急于找出那些正在密谋对付她的人,以至于根本没有召见瓦彻。这么迟才把老拉姆的消息传达给她并不完全是它的错,可瓦彻不是那种爱抱怨的恶魔。就算它抱怨,阿伯纳西夫人也会充耳不闻。所以它就这样在自己的心里想想,它不知道这样子想想是不是也算是一种抱怨。

阿伯纳西夫人转过身来,瓦彻跟在她身后。她的巢穴后面是一座石庭院,庭院里有一条巨型蛇怪①。蛇怪身上配有鞍子,一副蓄势待发的样子。当它的女主人爬上鞍子的时候,它冲着她发出嘶嘶的声音,以示问好。当阿伯纳西夫人鞭策蛇怪朝着畸形之林的方向去的时候,骨刺从阿伯纳西夫人的脚跟处冒了出来,她鞭策着蛇怪朝畸形之林的方向前进,这时候瓦彻在她上方跟着。

塞缪尔不再生母亲的气了。事实上,塞缪尔已经记不清母亲长什么样子了。他知道自己曾经有个母亲,可他的脑海里却浮现不出她的模样。同样的,他的父亲在他的脑海里也是一片模糊,可这不重要。没有什么事情是重要的。那个空洞穿过他的身上,掏空他所有的感觉和记忆,将他变成一副空皮囊,一个空洞的身躯。博斯威尔在塞缪尔的身边发出呜呜的声音,它尝试着舔它的主人的手,但它身上的力气也慢慢消失。塞缪尔听到呜呜声后转过身来。他低头望着那只小狗,努力地想要记起它的名字。博斯——什么?是博斯吗?

接着,随着他眼里的光开始消失,他连博斯都忘记了。

阿伯纳西夫人的蛇怪在畸形之林的边界处停了下来,老拉姆以前的家就在畸形之林旁边,现在那里只剩下一片废墟。阿伯纳西夫人在

---

① 在神话中,这条蛇怪被称为"蛇王",因为它的颈脊处有皇冠状的图案,它有能力用目光、呼吸甚至吼叫声来杀人。甚至有人说如果一个士兵用矛刺穿它的皮肤,它血里的毒液也会沿着那个武器倒流,把那个刺伤它的人毒死。传说中,蛇怪是由一只公鸡孵化蟾蜍蛋或蛇蛋而来的,因此,这就是类似"先有鸡还是先有鸡蛋"那个问题的有趣版本。事实上,科学家们认为他们已经证实了是先有鸡,因为蛋壳中某种特定蛋白质只能在鸡里面产生。注意,很可能是一只受惊的鸡下了世界上第一颗鸡蛋:"咯咯咯!梅维斯,亲爱的——咯咯咯,咯咯咯——你肯定不会相信刚刚有什么东西从我的屁股里掉出来了……"

乱石中寻找，心中既希望看到塞缪尔·约翰逊被掩埋在碎石堆中，又希望看到他安然无恙，可是她没有看到那个男孩的踪迹，也没有看到老拉姆的踪影。她打量着地面，看见大橡树留下来的痕迹，她便知道发生什么事情了。她走进森林，瓦彻跟在她后面，那些树害怕地畏缩在一旁，给她让出一条道，直到她和蛇怪来到了大橡树的面前。和其他那些小兄弟不同，大橡树并不怕她。要说害怕的话，反倒是阿伯纳西夫人在这棵根如蟠龙、枝繁叶茂的大树面前似乎不敢松懈，时刻保持警惕。阿伯纳西夫人或许是邪恶的化身，她行事无情残忍，破坏力强，但大橡树古老而强大，也是个危险的生物。它残余的人性让它变得如此。

大橡树还是个疯子。上千年的苦难以及痛苦扭曲的成长历程让它变得疯狂。它疯狂地让人无法预料到它下一步的行动。阿伯纳西夫人知道大橡树完全有能力伤害她，或者用它的根把她困在这里供其娱乐。它会折磨她，就如它自己被长期折磨一样，它会通过折磨别人来减轻一点自己的痛苦。阿伯纳西夫人知道自己现在特别脆弱，因为她失去了恶魔之王的庇护，所以她很高兴瓦彻在她身边陪着她。

"你很久没有来这儿了，"大橡树说道，"我们以前不欢迎你，现在也同样如此。"

"你对老拉姆做了什么？"

"做了该做的事情。"大橡树说道，它张开的嘴巴下面的树干像垂直的伤口一样裂开，露出一个洞。在那个洞里，老拉姆被悬挂在一根常春藤上，当树枝用力地拽拉、撕扯着他，树根刺进他的身体的时候，他发出轻轻的呻吟声。

"有个男孩跟他一起。"阿伯纳西夫人说道。

"男孩？"大橡树说道，"我没有见到男孩。"

阿伯纳西夫人听到周围的树在笑。

"不要对我撒谎。那男孩在你手上吗？"

"这儿没有男孩。"大橡树说道，阿伯纳西夫人感觉到它说的是真话。

"那放了老拉姆吧。"她说道。

"我为什么要这么做呢?我可十分享受玩弄他的过程。"

"我要和他谈谈,你一直伤害他的话,我就没办法和他谈。"

常春藤舒展开来,树根和树枝也都撤退了,老拉姆摆脱了束缚,从树上的缺口爬了出来,跪在了阿伯纳西夫人前。

"谢谢您,"他说着,用他那有爪的前蹄轻轻地抚摸着她的脚,"谢谢您,好心的女主人,谢谢您。"

"那个男孩,"阿伯纳西夫人说道,"告诉我关于那个男孩的事情。"

"老拉姆本来帮你抓住了他的,他还有他的那只狗。他在睡觉,而且他相信老拉姆。后来大橡树来了,把老拉姆的家拆了,那个男孩就逃了。老拉姆看见他爬走了,可是老拉姆什么也做不了,只能看着他走。都是大橡树的错。惩罚他!惩罚他!"

阿伯纳西夫人转向大橡树。

"他说的是真的吗?"

大橡树发出嘎吱嘎吱和沙沙沙的声音。"老拉姆伤害了我们。该罚的是老拉姆。我不知道那个男孩是你的人。这是……我的错。"

大橡树放低了它两根最大的树枝,那两根树枝就像是它的手臂似的。它伸出那两根树枝,作哀求状。突然,它们猛击阿伯纳西夫人,更小的树枝像尖锐的小刀似的从它们的尾部伸出来。它的根从她脚底处的地面冒出来,缠绕着她的双腿。瓦彻抓住阿伯纳西夫人,想要带她飞起来。可是周围的树都聚集起来,根本没有空间让瓦彻伸展它的翅膀。阿伯纳西夫人的蛇怪吐出毒液,马上腐蚀了树枝和树根,可是树太多了,长长的常春藤盘绕在蛇怪的嘴巴上,让它无法张开;泥土和污秽被塞进它的眼里,模糊了它那致命的目光。与此同时,老拉姆蜷缩在泥土里,他的双蹄抱着头,痛苦而惊恐地咩咩叫着。

六根粗大的触须从阿伯纳西夫人的背部伸出来,触须顶部长着尖尖的喙,那喙折断了树枝,剪断了树根。可大橡树太强大了,太想要趁这个机会伤害阿伯纳西夫人了。慢慢地,阿伯纳西夫人和瓦彻被包围了。瓦彻的手臂已经被绑起来了,阿伯纳西夫人腰部以下的身体已经被弯曲的树根包裹着。

"过来大橡树这儿，"那棵古树说道，"来，来成为我们的一分子。"

阿伯纳西夫人的眼睛开始发出白色的光。她张大嘴巴，舌头发出咔嗒咔嗒的声音，一股蓝色的小火焰出现在她的齿间。她深深地吸了一口气，然后呼了出来。她的唇间爆发出火焰，一股光和热直击大橡树的心脏，将它的体内和体外一起点燃。它痛苦地咆哮着，它的树枝和树干立即开始撤退，放开了阿伯纳西夫人和瓦彻。瓦彻张开翅膀，带着阿伯纳西夫人飞上天空，飞出了森林。其他的树惊慌失措，大声哭喊着逃离这场大火，因为大橡树挣扎的时候把蓝色的火花溅到了它们的方向。蛇怪自己想办法挣脱了出来，从剩下的树中开辟出一条道路，老拉姆四腿并用地跟着它逃离，直到他发现自己跑到了他家的那片废墟旁边。阿伯纳西夫人正在那里等着他。

"那个男孩，"她说道，"他往哪个方向跑了？"

老拉姆指着他的右边说道："他躲在那些大圆石后面。那是我最后一次看见他，不过他不可能走得很远。他一个小孩在一片陌生的土地上，只有他的狗作伴。让老拉姆跟着你吧。老拉姆可以帮你找到他。老拉姆厌倦了这个地方。"

他回头望着那片森林，蓝色的火焰从森林中央升起，他一阵哆嗦。

"大橡树会恢复过来的，到时候他会再来找老拉姆的麻烦。"他低声说道。

阿伯纳西夫人大步流星地走到她的蛇怪身边，然后爬了上去。这时候，她看见两个苍白的恶魔在空中盘旋，它们是被森林里的火焰吸引过来的，她知道它们是亚必戈的下属。

"你想去哪儿就去哪儿，"她说道，"但如果有人向你问起这个男孩，不要泄露任何关于他消息。否则，我一定会知道，到时候，我会把你绑起来，送给大橡树任它处置。"

老拉姆点点头，再次感谢了她。阿伯纳西夫人和瓦彻等到亚必戈的恶魔们降到森林里以后才离开，他们朝着正确的方向快速地移动，直到蛇怪发现了塞缪尔和博斯威尔留下来的脚印和爪印。

他们知道他就在不远处。

第 24 章 老拉姆

我们在思索比邪恶更糟糕的东西,如果这世界有这样的东西的话。

如果这世上有比邪恶更糟糕的东西的话,那就是虚无。邪恶,无论多么卑鄙,至少它是有形的,有声的,有意义的。或许,邪恶之中甚至能孕育出善意:对弱者的恐怖暴力行径或许会导致别人采取行动,从而阻止此类行径的再次发生,然而在此之前,他们也许并不清楚为什么一个人能做出如此行径,否则,他们可能会选择视而不见。邪恶,正如铁匠的例子所展现出来的,总是自身蕴含着自我救赎的可能。希望的敌人不是邪恶,而是虚无。

纳德感觉到塞缪尔的生命特征越来越微弱,与此同时,他也开始意识到那个小男孩现在身处何方。即便是在冷酷荒凉的地狱,也只有一个地方能够让一个人迷失自我,耗尽他的所有,包括所爱所恨的一切,过去以及将来。那个地方叫做虚无之洞,是连恶魔之王都害怕的空虚和永恒的虚无。纳德狠狠地脚踩着油门,他发现自己不知不觉与雪糕车的距离越来越远。货车上载着小矮人、警察,还有已经大量削减的雪糕。可是随着他离塞缪尔越来越近,塞缪尔的灵魂之光也越来越弱。纳德觉得自己仿佛是在努力伸手触及一根即将熄灭的烛火,他觉得或许自己可以用手包围着那烛火,给予它足够生存下去的氧气。纳德知道如果塞缪尔继续注视着虚无之洞的话,他最终会永远地迷失,再也没有人能够让他清醒过来。塞缪尔和博斯威尔会变成一具失去灵魂的骨肉雕像,灵魂一片空白(动物也有灵魂,不要相信别人说动物没有灵魂这类的话）。他们已经忍受了那么多，被时空隔绝到如此地步，只能凭借阿伯纳西夫人复仇的机会才能获得唯一的团聚机会，纳德不希望看到自己朋友的灵魂要贡献给地狱混沌之下的虚无。

他开得越来越快，直到沃尔姆伍德把手放在他的手臂上，提醒他现在车轮下面有很多危险的尖石头。要是现在他们的车胎被刮破，或者更糟糕的，引擎破裂或车轴断裂，那么塞缪尔和博斯威尔就没救了。纳德不情愿地减慢了速度，而在他们头顶的高空上，一双眼睛正窥视着他们的进程，然后将他们的行踪汇报给别人。

塞缪尔几乎完全一动不动。他的眼睛没有眨动，嘴唇没有张开，看起来几乎没有在呼吸。然而，如果一直注视着他的话，还是会看到他稍微地动了动。即便他的一切——他的记忆，他的思想，他的聪明才智，他的古灵精怪——都被消耗殆尽，可他的右手依然轻轻地抚摸着博斯威尔的毛，为了回应他，博斯威尔的尾巴在尽全力地拍打着地面，虽然没有什么声音，但那依然是拍打的动作。要是博斯威尔不在的话，塞缪尔早就已经不存在了，只留下一个男孩的躯壳坐在黑暗的海边；如果塞缪尔不在的话，博斯威尔早就变成了一个失去生气的动物玩偶。但，如果孩子爱动物，动物也爱孩子，那么两者之间总会有一种羁绊：他们的灵魂相互交融。如果虚无之洞有感觉的话，然而事实并非如此，它或许也会因为无法攻破男孩和小狗的防备而感到沮丧。男孩和小狗的内心深处都有一堵高墙，保护着自己的心智。但这堵墙终会崩塌，正如堤坝终将被洪水淹没，很快，他们便会溺水而亡。塞缪尔手部的动作开始变得越来越慢，博斯威尔尾巴拍动的频率也越来越小。随着永无止境的黑夜降临在他们心头，他们的眼睛变黑了。

一只手触摸着塞缪尔的肩膀，温柔地将他从黑暗中拉回来。博斯威尔被小心翼翼地抱起来，安慰的话语低声传入他的耳里。

"乖，忠诚的小狗，勇敢的博斯威尔。"

塞缪尔听到有人在叫一个名字，一遍又一遍，然后他明白那是他自己的名字。

他抬头望，看见了四个小矮人，两个警察，还有一个身穿白色衣服的男人递给他一支雪糕。他看见博斯威尔被一个穿着工作服,长得像秃顶的啮齿动物的东西抱着,博斯威尔正舔着那啮齿动物的脸。

然后他看到了纳德。塞缪尔把头埋在他朋友的怀里,自他来到这个恐怖的地方以来,这是他第一次允许自己哭。

老拉姆离开了森林,一路闷闷不乐地喃喃自语。他把目光集中在自己的身上,集中在自己的遭遇上。有时候,好心帮助他人对某些人来说是最糟糕的事,因为他会恨你让他欠了你人情。阿伯纳西夫人让老拉姆免受更多的苦痛,并且允许他离开他的放逐之地,可老拉姆想要的不止是这些:他想要有影响力,他想得到认可。他想要权力。可他却在这荒野之中游荡。他开始觉得自己现在的处境比之前还要糟糕。毕竟,以前,他的头上有屋顶可以遮风挡雨,还有燃料可以烧火,可他现在有什么呢?没有屋顶,没有柴火,阵阵寒意钻进他的骨头。他把这一切遭遇怪罪于阿伯纳西夫人。

"她讨厌老拉姆,"他低声自言自语道,"她认为老拉姆没用,但这不是真的。老拉姆曾经很厉害,老拉姆可以重振雄风,可老拉姆没有可以施展才能的机会。可怜的老拉姆!可怜而凄凉的老拉姆!"

他是沉浸在自己的幽怨之中,以至于都没有注意到在他面前飞落的那匹飞马以及悄悄降落在他身后的那群恶魔。当那匹马生气地从鼻孔里发出一声怒吼以示警告的时候,老拉姆才抬起头来,他看到亚必戈公爵正低头盯着自己。

"你离家太远了,老拉姆,"亚必戈说道,"你难道不是被放逐到森林,不得离开吗?"

"是的,公爵大人,可阿伯纳西夫人让我自由了。"

"是吗?她为什么要这么做?"

老拉姆牢记阿伯纳西夫人的吩咐,要对这件事保持沉默,因此,他什么也没说,可亚必戈公爵的聪明才智不亚于他的心狠手辣。他很了解老拉姆,而且他知道,和许多被诅咒到地狱的人一样,老拉姆的弱点在于他的虚荣心。如果亚必戈威胁他,或者折磨他,或许他还有可能咬紧牙关忍受这一切的痛苦，只为向亚必戈证明，平凡渺小如他，也有自尊。不，还有更简单的办法可以对付老拉姆。

"喔，那不重要，"亚必戈轻描淡写地说道，"我不过是觉得虽然你那漫长的放逐生活已经结束，可你看起来并不大开心。诚然，阿伯纳西夫人如此慷慨，如此宽宏大量，你理应表现出更多的感激之情啊？"

他看着老拉姆扭曲的脸露出一副混杂着受伤、嫉妒和嫌恶的表情。

"感激，"老拉姆吐出这个词，"感激她什么？她没有任何损失。她没给我任何好处。老拉姆想要帮她。又不是老拉姆的错，那——"

老拉姆闭上了嘴巴。阿伯纳西夫人警告过他不要提及那个男孩，不过她并不在这儿。亚必戈公爵倒是在这儿，老拉姆很好奇为什么亚必戈公爵会出现在这里。老拉姆心想，亚必戈的出现或许能给他带来好处。

"继续说啊，"亚必戈说道，"我听着呢。"

"老拉姆已经独自一人过了太久了，公爵大人，"老拉姆小心翼翼地说，"老拉姆想找一个主人。老拉姆会是一个好的仆人。"

"我的仆人已经够多了。你必须给我提供一些别人没有的东西。"

老拉姆眯着他那黄色的眼睛，露出狡黠的神色。

"阿伯纳西夫人让老拉姆承诺不能说出去，但或许老拉姆不该做出那个承诺。"

"诺言就是用来违背的，"亚必戈说道，"尤其是那些在威胁之下所做的承诺。"

"老拉姆没有义务对阿伯纳西夫人尽忠。"

"是的，他没有。毕竟，对一个放逐你的人，有什么忠诚可言呢？错不在你，而在于她。好了，你能拿什么来证明你的忠诚呢？"

"我可以为您提供消息，"老拉姆说道，"关于那个人类孩子的消息。"

阿伯纳西夫人的蛇怪跟在瓦彻之后抵达虚无之洞的边界。她快速将她坐骑的头转离虚无，这样他们就不会很长时间盯着虚无。甚至连瓦彻在仔细检查地上痕迹的时候，也把头低着。阿伯纳西夫人的脑海里回荡着瓦彻的话,因为她可以听到它的心声。

是那个男孩和他的小狗。他们来过这里。其他人来了,把他们带走了。

"其他人?"阿伯纳西夫人追问道,"什么其他人?"

瓦彻嗅了嗅地面。

纳德。还有人类。七个人类。

"你能追踪到他们吗?"

瓦彻望着多石的地面,寻找那些石头被破坏的地方,分辨出汽车驶过的痕迹。

可以,不过他们移动得很快。

"那我们就移动得更快。"

她继续前行,甚至没有确认瓦彻是否跟上来了,因此,她没有看到它停了下来,也没有看到它红色的眉毛皱了起来。这一切都不对劲儿,瓦彻心想。一切都失控了。我的主人疯了,我的女主人或许更疯。一定要做些什么。钟声沉寂太久了。或许钟声是时候该再次鸣响了……

老拉姆一旦松口,就会把所有的秘密都和盘托出。他告诉了亚必戈公爵关于那个男孩的事情,还有大橡树的攻击,以及阿伯纳西夫人出现在森林里的事情。他告诉亚必戈公爵自己看着那个男孩躲起来,还有那个男孩离开的方向。当他说话的时候,他看到亚必戈的脸色生气地阴沉了下来。

"铁匠撒谎了,"亚必戈说道,"他肯定见过那个男孩,可他没有告诉我。"

他转向其中一个刚刚飞落的恶魔下属,命令它去取铁匠剩余的身体,他还要继续惩罚他。他首先要找来铁匠被砍断的手,他要将这手碾碎,让他以后再也用不了自己的手,但是装着铁匠断手的那个麻袋是空的。另一个最近在空中巡视男孩踪影的恶魔小心翼翼地走上前,它告诉亚必戈说铁匠消失了,因为它曾经经过武器弹坑,但没有发现铁匠的踪影。此外，他还说当时空气中有一股奇怪的气味：美德的气味、体面的气味，人性的气味。在这个恶魔看来，铁匠已经永远消失了。他的灵魂已经不在地狱了。

亚必戈按捺住自己的怒火。他一直就觉得铁匠有问题，铁匠心里仅余的那些希望和体面本早就该被扼杀，可他万万没想到那仅余的希望和体面竟然能使他得到救赎。铁匠的灵魂不仅充满了懊悔之情，而且充满真心悔改之意，即便他深知无望结束自己的痛苦，因为他真心以为自己将永生永世待在地狱。可是，单单有悔改之意是不够的：必须还要有牺牲精神。那个叫塞缪尔·约翰逊的男孩拯救了铁匠，因为他给了那个制造武器的人一个为别人牺牲的机会，而塞缪尔·约翰逊的确值得别人为他牺牲。塞缪尔·约翰逊有着纯洁的灵魂，只有纯洁的灵魂才能在这个地方生存；不仅自己能够生存，而且还能给别的灵魂带来寄托。那个男孩是个危险的人物，比阿伯纳西夫人想象中的还要危险。他的存在，对于地狱来说是有害的。他必须被关起来，与世隔绝。不能杀了他：凡夫俗子是不能死在地狱里的。没有东西是可以死在地狱里的。这是一个充满无穷无尽的折磨的地方，无穷无尽的折磨意味着没有死亡。

一个身影从亚必戈的头上掠过，他的另一个恶魔下属飞降在他的身边。它声称自己跟着两辆移动的车辆进入到那个通往虚无之洞的多石之地，在那里，它看见那个男孩和他的宠物被安全地解救了出来。在向它的主人汇报之前，它一直跟着他们，直到它确定他们行进的方向。

"快！"亚必戈大声喊，"飞起来，飞起来！抓住那个男孩，把他带到我的面前。"

那群恶魔像一群听到枪声的乌鸦似的一飞而散。当亚必戈公爵准备跟着他们一起飞上天空的时候，老拉姆拉住他坐骑的缰绳。

"老拉姆要做什么？"他问道。"老拉姆把一切都告诉了你。老拉姆的奖励呢？"

亚必戈公爵的坐骑后腿站立，前腿扬了起来，其中一个蹄子重重地朝着老拉姆的脑袋一踢,把他踢到了地上。

"我怎么能相信一个违背誓言,卖主求荣的可怜虫?"亚必戈公爵说道,"叛徒只有一个下场。"

他举起一只有爪的手指,老拉姆的世界暂时陷入了一片黑暗。当他醒来的时候,他被困在冰里,只有他那有角的头部在冰封的悲叹之湖上面。目之所及,白茫茫的一片冰封,除了几个像他自己一样叛徒:全都是叛徒,背叛亲友的叛徒,背叛主人的叛徒。

老拉姆的牙齿直打颤,因为老拉姆十分讨厌冰冷。

第25章　神奇的味道

一股熟悉的气味让小矮人们精神振奋。

沃尔姆伍德从来没有想过，这辈子很多东西能有机会见识到——例如，一棵不想把他撕成碎片的树，或者一个只想着要闲聊和拥抱而不想施加痛苦和伤害，也不想让自己变得讨人厌的恶魔——但是在这些他从未想过有机会见识的东西当中，最让他意想不到的是纳德流露出的真诚而积极的情感，这甚至比地狱外界还要让他意想不到。可当他看到纳德和塞缪尔拥抱，听到他们开始叽叽喳喳地聊那些他们上次分开以后发生的事情，看到一大滴眼泪从纳德的一只眼睛里流出来，划过他的脸颊，顺着他的下巴掉下来，沃尔姆伍德想，如果连纳德都能喜极而泣，那没有什么事情是不可能的。

"我眼里进了沙子。"当两个朋友在享受团聚的这一刻时，乔利这么说道。他抽了抽鼻子。

"真感人。"安格力一边说着，一边用一只袖子擦拭鼻子，那只袖子明显已经多次被用来擦拭鼻子了，所以看起来像是被蜗牛爬过似的。

"看到别人开心的时候我总想吃雪糕，"多丝说道，"真的。"

"桶意（同意）。"马布尔说道，看起来好像是表示同意。

他们满脸期待地望着丹，雪糕侠丹朝着他们挥舞着一个空的甜筒。

"没有雪糕了，"丹说道，"你们把它们全吃光了。我以为你们不可能吃完的，可是我错了。你们这群魔鬼，你们全是魔鬼。"

"噢,好吧,"多丝说道,"没有雪糕吃,我还是很开心,只不过没那么开心而已。"

他继续看着纳德和塞缪尔。

"过来,你们全都过来,"罗恩队长温柔地说,"不要像欣赏精彩球赛似的看着他们。"

那些小矮人有些不情愿地转过身去,因为他们虽然个子小,却多愁善感。

塞缪尔和纳德走了一小段路,博斯威尔高兴地小跑着跟在他们身边。他们坐在一个平坦的石块上面,两人都在想对方刚刚说的话。

"所以你这段时间一直在躲躲藏藏?"塞缪尔说道。

"嗯,一边跑,一边藏,"纳德说道,"要知道,我并不确定阿伯纳西夫人是否知道我就是那个破坏大门的人。当然,她知道是那辆车破坏了大门,但她并不知道是我开着那辆车,所以沃尔姆伍德就想到了一个主意,把车乔装成了岩石。"

塞缪尔望着那辆乔装了的阿斯顿·马丁车;岩石的外观——事实上,那是一块薄金属板锻造而成,并且上了漆,使它看起来像石头——在支柱的支撑下,固定在车身上。车窗前的金属板换成薄纱,这样,驾驶员就能清楚地留意车前、车身两边以及车后的情况。这确实是个精妙的主意,只要没有人看见它移动的话。可是,塞缪尔转念一想,这里是地狱,移动的岩石或许可能出现在地狱的深层,那些移动的岩石或许还有坚硬的牙齿,能够吞食着那些无法保护自己的小岩石。

"可你是怎么找到我的?"塞缪尔问道,"我的意思是,地狱是个不小的地方,不是吗?"

"我曾听说地狱是无限的,即便不是无限,也几乎是接近无限,让人感觉不到差别。如果它不是无限的话,那就是暂时还没有找到它的边界所在①。如果你把虚无之洞包含在内，那么……"

塞缪尔一想到自己差点就迷失在那一片黑暗之中，不禁打了个寒颤。他依然能感到他的内心深处有一股寒意，他不知道被虚无之洞所触碰过的那一部分身体能否完全恢复。

"不管怎么说，"纳德继续说道，"你一来，我就感觉到了你。我的一部分总是跟你联系在一起。我不知道是如何联系，或者为什么联系，但我对此充满心存感激。"

"有时候，你会出现在我的梦里，"塞缪尔说道，"我们还一起聊天了。"

"你也在我的梦里，"纳德说道，"我不知道我们说的是不是同一个梦。"

可没等他们继续聊下去，沃尔姆伍德正一脸焦虑地走过来，皮尔警官紧紧跟在他身后。沃尔姆伍德正打算开口说话，但纳德抬起一只手阻止了他。

"塞缪尔，我想把你介绍给一个人。塞缪尔·约翰逊，这是我的，呃，我的朋友和同事，沃尔姆伍德。"

沃尔姆伍德过去曾被纳德以许多不同的词称呼，但纳德从来没有用过"朋友"这个词。他突然停了一下，仿佛撞到了一堵无形的墙。他的脸红了，然后笑了起来。

---

① 无限是个微妙的东西，解释起来比我们想象中要难得多。其中一个关于无限的比较有趣的理论是大卫·希尔伯特提出的，还涉及到和无限相关的一些问题和悖论，这个理论被称为希尔伯特旅馆悖论。希尔伯特旅馆里的所有房间都已客满，可是，无论什么时候来了一位新客人，这家旅馆总能腾出房间来给新客人，因为这是一家有无限个房间的无限旅馆。因此，如果来了一位新客人，他可以被安排住在1号房间，而原先住在1号房间的旅客可以被安排到2号房间，如此类推。此时，又来了一个无限的旅行团，旅行团里有无穷多个旅客，旅馆依旧能够容纳他们。旅馆经理把原来的旅客移到房号为原先房号两倍的房间——所以1号房间的旅客被移动到2号房间，2号房间的移动到4号房间，3号房间的到6号房间，如此类推。这意味着无穷多的奇数号房间被空出来供无穷多个旅行团中的无穷多个旅客使用。不幸的是，希尔伯特旅馆在现实生活中并不存在，因为宇宙中只有10^{80}个原子，因此没有足够的物质来创造一个无限大的旅馆。不管怎么说，你也不会愿意呆在那里：如果你需要客房用餐服务，餐点会费好长一段时间才能送达你的房间，而且送到的时候，餐点都冷了，而如果你忘了带钥匙，你就要走很长的一段路去招待处。

"你好，沃尔姆伍德，"塞缪尔说道，"很高兴终于见到你。"

"我也很高兴，塞缪尔先生。"

"叫我'塞缪尔'就可以了。很抱歉我刚刚在车上没怎么说话。那时候我不在状态。"

"不用感到抱歉。"沃尔姆伍德说道。

塞缪尔伸出了手，沃尔姆伍德握了握他的手。沃尔姆伍德注意到，当塞缪尔收回自己的手的时候，并没有试图把手放在裤子上，或在地上，或任何地方擦拭。今天对沃尔姆伍德来说，真是破天荒的一天。

皮尔警官咳嗽了一下，然后伸出手指指向天空，这猛然让沃尔姆伍德回到了现实。

"噢，对了，我们要马上出发，"沃尔姆伍德说道，"皮尔警官看到有东西在云团下盘旋。我们被人监视了。"

他们全都抬起头。在塞缪尔注视虚无的那段时间里，云层变得更暗淡、更厚重了，雷声也变得更响，闪电变得更亮了。

"不管怎么说，要下暴雨了，"纳德说道。"我们要找到一个可以避雨的地方。"

当他们抬头的时候，一个带着翅膀的身影冲破云层，盘旋了一会儿。塞缪尔觉得那东西给人的第一感觉是一只身体瘦长的大鸟，可随着那东西越降越低，他认出了它那分叉的尾巴，蝙蝠状的翅膀以及头上的角。塞缪尔觉得自己能够感觉到那东西对他们饶有兴趣。随后，那东西在空中旋转，再次冲回云端。

"那里，"皮尔警官说道，"刚刚看到有两个呢。"

纳德皱了皱眉。如果皮尔警官说得没错的话，这意味着其中一个在监视他们，而另一个回去汇报他们的行踪。问题是：向谁汇报？

他们所在之处，一眼望去是一片红色的山峦，是塞缪尔和博斯威尔遇到虚无之洞前所决定前往的那片山峦。

他们和山峦之间好像隔着沼泽地，沼泽地的上方笼罩着一层有剧毒的雾。纳德知道山峦中有大大小小的洞穴。在地狱其他地方，这些大大小小的洞穴或许会变成不知名怪物的巢穴，但即便是地狱的原住民也不愿意走近虚无之洞，而虚无之洞在这山峦高处依稀可见。

"我们可以在那边找个藏身之处，"纳德说道，"然后再想想我们下一步的计划。"

他们全都挤在各自的车辆里，纳德带着他们开往山峦那边，他们小心翼翼地开过散发恶臭的沼泽地。纳德不得不摇下车窗，探出头来看看他们行进的路程，这让车里飘进来一股难闻的气味。塞缪尔看见一只手从湿地里伸出来，手里拿着一只眼珠。

"格特鲁德，那是什么？"塞缪尔听到一个声音说。

"奈杰尔，我觉得是一个乡巴佬正载着另外两个乡巴佬和一个小东西穿过我们的花园。"

另一只眼睛突然从水里突出来。

"我说，伙计们，要点脸吧？"

"抱歉，"塞缪尔说道，"我们不知道这是你的花园。我们会努力不弄乱这里的。"

"这是一片沼泽地，"纳德发出嘘声，"如果我们真的弄乱了它，那反倒更好了呢。"

"听听！"奈杰尔说道。又一只手从湿地里冒出来，那只手握成拳头，并朝着纳德的车的方向挥舞。"我会给你点颜色看看，我绝对不让你好过。你随意对待别人的财产，还侮辱别人打理花园的能力。我在想，地狱里这世道究竟要变成什么样子，格特鲁德？我去拿棍子。"话音刚落，两只手就消失在沼泽地下。

"没错，奈杰尔。"当冰激凌货车出现在雾中的时候，格特鲁德说道，"看，那儿还有一辆。那车里全是小家伙。真可爱！"

那群小矮人挤在货车的服务台上，皮尔警官后来也加入了他们。

"这景象不常见啊。"乔利说道。

"不，"安格力说道，"可常见了。嘿，亲爱的，你在监视我们吗？看到我在那里干什么了吗，呃：还真的是举着'一只眼睛'。"

聪明的格特鲁德开始重新审视这些小矮人。"真是些恐怖的小人儿。"就在她说话的时候,她丈夫的眼睛出现在她身边,各种不同的手里挥舞着棍子、球棒,以及,非常奇怪的,一根大黄。

"不要靠近他们,亲爱的,"奈杰尔说道,"他们不过是些平凡粗俗之辈。你永远也不知道你会感染到什么东西。"

"平凡?"安格力说道,"我们或许平凡,可我们有权利不讨人喜欢。"

"真是令人汗颜啊,"乔利说道,"你和他们一样粗鲁。这一点我们要改。"

"你们是乡巴佬!"奈杰尔大叫道,"你们这群破坏分子!别碰我!"

"咪!"安格力大叫着,伸出他的舌头,双手放在耳朵后面摇摆。世界各地的校园里都喜欢用这个不过时的动作来表示不尊重。"找份体面的工作!"

他们的车开到更坚硬些的地面上,远离了沼泽地。小矮人们看起来一副自鸣得意的样子,连皮尔警官和罗恩队长也似乎很享受这次交流。

"大喊大叫真痛快。"乔利说道。

"我们回来的时候应该拜访一下他们,"多丝说道,"我喜欢他们。呃,乔利?"

可乔利并没有在听。他在嗅什么东西。

"你闻到了吗?"他说道。

"那是沼泽地的气味。"安格力说道。

"不,跟那不一样。"

"是我身上的气味,"多丝说道,"我身上全是雪糕。对不起。"

"不,不是那个,"乔利说道,"是那个。"

他们全都闻了起来。

"不,"安格力说道,"不可能。"

"我们一定是在做梦。"多丝说道。

"那是——"乔利说道,他的心情是如此地激动,以至于他竟说不出话来,"那是——"

"啤酒厂。"马布尔说道。

货车上的所有人都望着他,甚至连视力不好的丹也望着他。

"你刚刚吐字清晰了。"乔利说道。

"我知道,"马布尔说道,"因为这很重要。"

的确,平心而论,这的确很重要。

第 26 章　尚和伽特的实验

我们了解到重新酿造出某种恐怖的东西是多么困难。

我们已经见识过,在地球生活的这段经历给阿伯纳西夫人带来的改变,这种转变不一定是好的。好与不好取决于你如何看待网状窗帘和百花香。地球之行也改变了纳德。纳德发现,如果自己非得是某种恶魔的话,那么他就是速度之魔。

但是,到人类世界的短暂之行也以种种方式改变了地狱的其他居民。一"抖"穴居鲨鱼[①]对橄榄球运动十分着迷,即便它们的橄榄球打得并不好,因为它们一直把球往嘴里塞。为了躲开一些好斗的年轻人,一群食尸鬼把自己关在比德尔科姆镇上的一家糖果店,成为了做巧克力的好手,如今明显比以前发福,看上去也没那么面目狰狞了;一群小鬼在一家商店的电视上匆匆瞥了一眼简·奥斯汀的古装剧,现在喜欢上了戴无边女帽,并试图互相为对方物色合适的丈夫。

入侵失败后,地狱一片喧哗与骚乱,没有人注意到尚和迦特这两只疣猪妖已经消失了。地狱里也就少了两对臂膀往地狱烈火里铲煤。

[①] 这个集合名词用得多好啊,一"抖"鲨鱼,太贴切了。同样,一"啪"海蜇,这刚好是你把一大堆海蜇扔在地上时发出的声音;一"酒吧"的蜥蜴——所以"酒吧蜥蜴"是指那些在酒吧里闲逛,故作老练的男人。一"国会"的猫头鹰,但是这个有点棘手,实际上,猫头鹰比大部分政客聪明多了,他们可能觉得用"国会"这个词来形容它们是一种侮辱。一群"不友好"的乌鸦,它们很聪明,但是在背后讲其他鸟的坏话;一群"爱斥责"的松鸡,它们总是抱怨乌鸦的不厚道;还有一群"侦探"熊,因为熊以其良好的觅食技巧而成为了好侦探。当然,三只小熊除外,因为它们经年累月才查出到它们家入室行窃的盗贼是谁。

不过，反正也没有人给这两只疣猪妖发工资，而且地狱烈火近期内也没有任何熄灭的迹象，所以大家断定尚和迦特只是去别处寻了差事，很快就把他们俩给忘了。

在地狱之门打开之前，尚和迦特一直过着百无聊赖、碌碌无为的生活。他们从未真正经历过饥渴，所以也从不需要进食或者饮水。他们偶尔会啃啃那种特别有趣的岩石，只是为了验证它的坚硬度而已，众所周知，他们还会啃啃其他身形小一点的恶魔，哪怕只是为了看看他们的四肢重新长出来有多快。在地狱里，你得自己找点乐子。

在地球上的这次短暂旅行，让他们发现并"尝到"一个新的世界，那个世界充满着各种可能性。入侵地球的那天，尚和迦特唯一的贡献就是在比德尔科姆镇的无花果和鹦鹉酒吧免费品尝斯皮格特家新出产的古特酒。众所周知，斯皮格特家的酒有点烈，而且对味蕾有点刺激，甚至对于那些蘸着火山岩浆为佐料来啃吃岩石的恶魔来说，也是如此。然而，尚和迦特依然认为这次经历改变了他们的人生，同时也短暂地改变了他们的视力以及消化系统的正常运作。回到地狱以后，他们只有一个目的：想办法酿造出这种一模一样的美酒，然后什么都不做，畅饮一辈子。因此，他们回到一个洞穴里，开始了工作，他们已经从无花果和鹦鹉酒吧的常客那里了解了一些酿酒知识，这些人好酒贪杯，以至于他们的身体都成了直立行走的酒桶。

不幸的是，尚和迦特很快发现，要重新酿造出斯皮格特古特酒那独特味道，其难度远远超出了他们的想象：持续品尝他们的前期成果已经损伤了他们的肠胃，只要超过了三杯，他们的舌头和鼻窦通常要过一段时间才能恢复过来。于是他们决定招募一位品酒师来品尝他们酿造的各种啤酒。品酒师的名字是布罗克，它身形矮小，呈蓝色的球状，性情温和，长着两条腿，两条胳膊，一张嘴巴，三只眼睛。而且它还具备一项有用的技能——不论遭遇了什么不幸的事故，它都能迅速地自我修复。

结果证明，最后一项技能恰恰特别有用。

在尚和迦特的洞穴里，到处都是试管、瓶子、大桶大桶的水，还有大量类似于小麦、燕麦和大麦的种子。为了尽可能模仿斯皮格特酒的独特味道,尚和迦特还不得不找来了各种各样的酸;三种类型的泥浆;不同种类的染料和腐蚀品;沙砾;油;腐臭的脂肪;还有各种不同形态的尿液①。尚和迦特会把每一次略有变化的啤酒按量喂给布罗克。在那个改变命运的万圣节夜晚,尚和迦特在无花果和鹦鹉酒吧喝酒碰到了几个打扮成疯狂科学家的人,于是他们给自己做了几件白色实验大褂,还拿着石制的写字板,在上面认真地记录着自己的试验,记录如下:

第一酿:试喝对象打嗝,随后消失在一股轻烟中。

第二酿:试喝对象从椅子上摔下来。呈死亡状。

第三酿:试喝对象的一只眼睛脱落。

第四酿:试喝对象的两只眼睛脱落。

第五酿:试喝对象声称自己可以飞。对象尝试飞翔。起飞失败。

第六酿:试喝对象再次声称自己可以飞。对象尝试飞翔。对象成功起飞。迦特用扫帚把对象从屋顶上移开。

第七酿:试喝对象求饶。威胁要上诉。睡着。

第八酿:试喝对象身体变绿。难受至极。再次呈死亡状。

第九酿:试喝对象说这是目前最难喝的一次。对象说宁愿真的去死。对象求饶。

第十酿:试喝对象声称舌头着火。迦特检查。对象的舌头确实着火了。

如此等等。每次没有酿出可以喝的斯皮格特古特酒,尚和迦特就

---

① 别以为酿酒的时候加入尿液是件很恶心的事情,实际上,有一个动词叫做"添陈尿",意思是往麦芽酒中加陈尿调味。注意,并不是什么随便的尿液,而是时间久的尿,即"陈尿"。奇怪的是,以前,"陈尿"也会被用在羊毛制品的加工中,用来清理地板,以及使糕点色泽光亮("这个小面包吃起来有点奇怪。""太多尿味?""不,太少了!是尿不够了吗?如果是的话,我可以帮忙……"),而最为奇怪的是,"陈尿"还可使人的口气清新,这不禁让人感到疑惑:一个人的口气到底有多臭才要加入陈尿来让它更好闻一些?坦白说,这个问题的答案你还是不知道为好……

郁闷地在旁边画一个大叉。但是他们现在对第十九酿满怀希望。这次的酒看起来像麦芽酒。酒里面起了很多泡沫，呈深红色。它散发的气味让人不用被枪指着头就有想喝的欲望。

他们把石杯递给布罗克，布罗克对它进行仔细的检查。他已经差不多成为行家了。他嗅了嗅，满意地点了点头。

"一点也不难闻。"他说道。

尚和迦特向他点点头，以示鼓励。布罗克抿了一小口酒，在嘴里含了一会儿，然后吞了下去。

"嗯，我必须告诉你，这真的非常——"

布罗克爆炸了，身体的碎片溅到了墙壁上，酿酒工具上，还有尚和迦特的身上。他们擦掉身上的布罗克的碎片，看着地上各种各样稀烂的碎片再次重组还原。当他完成重组而且明显恢复时，布罗克小心翼翼地盯着脚边那摊正在冒烟的液体。

"这个还需要加把劲。"他说。

尚瘫在了地板上，双手抱住自己的头。迦特发出一阵呻吟声。付出那么多的努力之后，他们还是没有成功酿出可以喝的啤酒，更别说仿造出像斯皮格特古特酒那样令人满意的美酒了。他们永远不会成功，绝对不会。第十九酿的另一杯酒正位于石制水龙头下方。迦特正要把它倒进地板的洞里，突然一个小矮人进来了，他身后还跟着三个身材同样矮小的人。

"你们好吗？小伙子们，"乔利一边说着，一边搓着自己的手。"给我来一品脱你们最好的酒，再加一包薯片。"

"来两份。"安格力说道。

"三份。"多丝说道。

"四混（四份）。"马布尔说道，既然已经找到了啤酒，他又恢复到说话不利索的状态了。

此时的尚和迦特看上去一头雾水。他们的洞穴里来了一群让人意想不到的小矮人，同样让人意想不到的是，这群小矮人是怀着求死之心而来，如果他们真的准备喝这里酿制的酒的话。

"如果我是你的话，我不会喝，"布罗克说道，"这酒有点烈。"

乔利看到迦特一副要倒掉那杯第十九次酿制的啤酒的样子。

"喂，喂！不要浪费，"他说道。"把它拿过来。"

他缓缓地朝迦特走去，从他的蹄子中拿过杯子。迦特被吓得惊慌失措，只能目瞪口呆地看着。他在想这群小矮人是否真的存在，他怀疑自己是不是吸入了太多有毒的酿酒蒸汽而出现幻觉了。然而，这个小矮人的确像在和自己讲话，而且迦特手里的杯子已经不在了，所以要么小矮人是真实存在的，要么迦特需要躺下来好好休息了。

"你这样是赚不到钱的，"乔利说道，"如果酒不对味的话，你应该把它倒回桶里。没有人会注意的。"

他闻了闻杯子。

"告诉你们，"他对同伴说道，"这是斯皮格特酒，但是和我们喝过的有点不一样。"

他喝了一大口酒，含在嘴里打转，然后吞了下去。尚和迦特立马蜷缩着身子，抱住头，并不想让身体上沾上任何一块小矮人的身体碎片，布罗克躲到了一块石头后面。

一切相安无事，什么也没有发生。乔利只是轻声地打了个嗝，然后说道："酒劲有点弱了，这酒少了点……苦味。"

他把杯子递给别的小矮人，他们每个人都抿了一口。

"我尝到了一股死鱼的味道。"安格力说道。

"哎呀，肯定是你自己嘴里的味道，"乔利说，"别怪在酒的头上。"

"是汽油的味道吗？"多丝说道。

"柴油，"乔利说道，"味道很淡，但是的确有。"

"少了植物汁液的味道。"马布尔说道。

另外三个小矮人盯着他看。

"他说的没错。"安格力说道。

"太棒了，"乔利说道，"这个家伙，他的味觉太神了。"

"我也许能帮得上忙。"多丝说道。他在口袋里翻出一个苹果核，这个核放太久了，都可以当成古董了。他把核扔到杯子里，然后用手指搅拌了一下。

"现在试一试。"他说道,这时,他注意到自己的手指开始灼烧了起来。对斯皮格特酒来说,这是一个好迹象。

乔利喝了。在那一刻,他什么也看不到,脑袋像被高处掉下来的钢琴砸到似的。他脚后跟着地,走得跟跟跄跄的,扶着放酿酒工具的架子才不会摔倒。渐渐地,他的视力恢复过来,稍微可以站稳点了。

"无与伦比,"他用低沉而沙哑的声音说道,"简直无与伦比,"

尚和迦特出现在他肩膀边上。

"只需要加一些腐烂的水果,"乔利解释道,"通常苹果是最合适的,但是我认为没有什么比一丝草莓味更好的了。注意,越腐烂越好,但这只是个人喜好的问题。"

他把杯子递给尚,尚尝了一口,然后递给了迦特。他们都开始抽搐,于是伸出手来扶着对方,随后就恢复正常了。

"咳咳咳。"迦特说道。

"咳咳咳。"尚说道。

然后他们抓着对方大笑起来,这时候,小矮人们放任他们大笑,就在旁边看着。

"这是喝到斯皮格特酒的感觉。"安格力说道。

"就是那个特别的感觉。"多丝说。

"在那个时刻里,好像是你知道你会活下去的感觉,"乔利说,"也许。魔法,只是魔法……"

第 27 章　意外的忏悔

我们听到一次意外的忏悔。

塞缪尔、纳德和沃尔姆伍德坐在洞口,看着天上下着酸雨,博斯威尔躺在一旁打盹。这真的是酸雨:这雨把其中一个小矮人扔掉的硬币都腐蚀了,在雨水飞溅着地后,空气中还残留了一股烧焦的味道。他们成功地把阿斯顿·马丁轿车和雪糕车移到可以避雨的地方。纳德向所有人保证目前是安全的。在这场酸雨风暴中,没有谁飞来飞去追铺他们。连恶魔也不喜欢遭受这不必要的痛苦,至少不想自讨苦吃。

"雨停了后我们该怎么办?"塞缪尔问道,"我们不可能一辈子躲躲藏藏。"

"我们知道一定有一扇大门,而且阿伯纳西夫人正在以某种方式控制它,"纳德说道,"如果我们找到这扇门,就能把你们都送回去。"

纳德脸上掠过一丝可以形容为悲伤的神情,塞缪尔也露出同样的表情。他们都在思考同一件事情:他们被迫分离,历经重重磨难,现在又重新团聚,但是这么快又要被迫分开,似乎太难以让人接受。尽管塞缪尔迫不及待地想回家,而纳德也希望他可以去一个安全的地方,但是他们互相深爱着对方,这意味着他们共同期盼的结局注定会给对方带来无尽的痛苦。对此,他们两个都心照不宣。

奇怪的是,沃尔姆伍德对此也心知肚明。当他的主人和塞缪尔在默默沉思那个要被时空和不同维度分离的最佳结局时,他轻轻地咳嗽,然后说道:

"我无意冒犯,但是如果可以摆脱那些小矮人,我会很开心。他们有可能会惹很多,呃,麻烦。"

塞缪尔和纳德知道沃尔姆伍德的意图,因此对他充满感激。

"我觉得不能说'有可能',沃尔姆伍德,"纳德说道,"他们惹麻烦可积极了。自打出生起,他们就没消停过。"

在那一刻,小矮人们正在开心地喝着尚和迦特的第十九酿,加入从丹的货车上抢救下来的冰冻水果以后,十九酿的味道好多了。丹已经默认了一个事实——由于他的雪糕和大部分巧克力已经被吃完,当下他的雪糕生意是不会有什么起色了,于是他也加入喝酒的队伍,现在已经有点微醉了。征得了罗恩队长的同意,连皮尔警官也答应喝上"一小杯"。罗恩队长发现自己和乔利竟然在某个问题上达成一致:乔利向他解释说,他们之所以犯罪都是社会的错,罗恩队长对此表示认同,原因主要是社会没有办法把他们抓起来,永远关在大牢里。

与此同时,安格力正在向皮尔警官展示扒窃行为的复杂之处,尽管这主要是因为皮尔警官抓到安格力正在偷他的手铐,并不是安格力本人想和警察分享自己隐藏的技能。

"我忍不住,"安格力以一种近乎真诚的方式解释道,"我生下来就这样。我妈妈说她把我从医院带回家的时候,在我的尿布里找到一个听诊器和两支体温计。我总是会想方设法偷点东西,这大概是天赋吧。"

"我曾经偷过一次东西。"皮尔警官突然说道。

安格力以及一直在听这段对话的多丝和马布尔都大吃一惊。

"真的吗?"多丝说道。

皮尔警官缓缓地点了点头。他的脸颊开始发烫,一方面是因为难为情,另一方面是因为酒溅到了皮肤上,开始产生刺激。

"那是在我四岁的时候,"他说,"在幼儿园,我坐在布里奥妮·安德鲁斯旁边。课间休息的时候,我们每人有两块饼干。我已经吃完了我的饼干,而她还会剩一块。所以——"

皮尔警官用一只手遮住自己的眼睛,强忍住哭泣。安格力拍着他的背，努力忍住不笑出声来。

"说出来吧，"他说，"忏悔对心灵有好处。"

不知怎么地，皮尔警官有了继续说下去的力量。

"所以——"

"我知道接下来会发生什么。"多丝说道。

"可以猜到一点点吧。"马布尔说道。

"全部知道，"多丝说道，"布里奥妮·安德鲁斯接下来绝对要去饼干部门投诉。"

"所以——"

"真是让人捏一把汗啊。"安格力说道。

"我偷了她的饼干！"皮尔警官终于说了出来。

"不可能！"多丝说道，几乎让自己的语气听起来很惊讶。

"你继续说。"安格力说道，一点儿也没有刻意装作很惊讶的样子。

"你就是个铁石心肠的罪犯。"乔利说，他也过来凑热闹。"偷一个小姑娘的饼干？这也太卑鄙了吧。"

"偷偷摸摸。"多丝说道。

"阴险狡诈。"安格力说道。

"鬼鬼祟祟。"乔利说。

"我知道，我知道，"皮尔警官说道，"而且情况变得更糟了：我假装是她把饼干弄丢了。我甚至帮忙组建了一个搜索队。"

"哎呀，就是个伪君子！"安格力说道，他的内心深处却觉得小皮尔的作案手法有些狡猾，甚至让人自愧不如。他开始在想自己是否太小看这个警官了。

皮尔警官把手放下来，露出了脸，眼睛里闪烁出一种狂热。"但是那天回到家后，我发誓我再也不会做违法的事情，不论是偷饼干还是其他事情。从那天起，我就把自己当成了一名警察，法律就是我的情人。我是鲍勃·皮尔，是一名儿童执法官，只要我一走近，学校里那些违纪犯错的人就会吓得打哆嗦。"

小矮人们在沉思着他说的话，突然乔利打破了沉默，严肃地说道：

"你当时肯定是大家的眼中钉，肉中刺。"

皮尔警官盯着他看。他的下巴在颤抖，双手握紧成拳，摆出一副剑拔弩张的样子，仿佛要大开杀戒似的。

"如你所料，的确是的。"皮尔警官一说完，小矮人们哄堂大笑，以至于洞顶的灰尘掉到了他们的啤酒里，还略微提升了它的味道。

在洞口处，沃尔姆伍德在啃一颗酒胶糖，这时候他自己、纳德、塞缪尔在分析他们的处境，罗恩队长也加入进来。

"车受到了重创，"沃尔姆伍德说道，"而且雪糕车也撑不了太久了。燃料也差不多用完了，要合成燃料的话得花一些时间。"

"有没有什么好消息？"纳德问道。

"我们还有果冻豆。"

"他们可以给车带来动力吗？"

"不能。"

"好吧，那这算不上什么好消息啊，不是吗？"

"对，"沃尔姆伍德说道，"并不是什么好消息。看，雨小一点了。"他眉头紧锁。"这也不是什么好消息，对吗？"

纳德疲倦地擦了擦眼睛。"对，不是的。"

很快，天空又一次布满了渴望而带有敌意的眼睛。敌人们知道他们就在这一片区域，等雨一停，便会步步紧逼，而他们却手无寸铁，逃生无望。随着时间的流逝，日子似乎一天比一天更加艰难。找到塞缪尔本来是一件值得高兴的事情，毕竟，纳德一直盼着可以和自己的朋友重聚。现在塞缪尔在这儿了，纳德又希望他离开。他在想，许下心愿的时候要谨慎些：他可不想塞缪尔被拖进地狱里来是因为自己想再和他聊聊天。小矮人和皮尔警官出现在他身边，这一小群人一起注视着洞外，雨越下越小，突然完全停了。

"我们的机会来了，"纳德告诉大家，"雨停后，外面会暂时一片黑暗，没有任何动静。这里就是这样。不会有闪电，所以你可以在不被人发现的情况下继续前进一段路。"

"而我们的计划是找个那个女人,或者说恶魔,或者不管是什么东西的家伙,然后让她把我们送回去?"安格力说。

"或者你找到她,然后她把你撕碎,这样你就再也不用担心回家的问题了,"纳德说,"这得看情况,真的。"

"看什么情况?"

"一旦被她发现,看你逃跑的速度有多快。"

"这听起来算不上什么计划啊,"乔利说道,"而且我们腿短,生来就跑不快。"

"真是不凑巧,"纳德说道,"在这种情况下,速度往往可以助你一臂之力。"

"你看起来也不怎么会跑啊,"安格力说,"穿了一双大靴子,肚子也不小。如果我们被阿伯纳西夫人盯上的话,你也没办法跑赢她。"

"但是我不需要跑赢她啊,"纳德理直气壮地说道,"我只要跑赢你就可以了……"

第28章　幽灵出现

情况糟糕透了。

当塞缪尔在看天上的云打漩时，这些云正准备散开。它们的移动没有之前那么剧烈了，似乎已经耗尽了力气，云层中的脸孔也变得模糊些了。有一束微弱的黄光照到天上，虽然眼前的景色不美，但是给人一种静谧的感觉。多石的山坡向下延伸变成了更加泥泞的沼泽，沼泽上面横跨了一条石头长堤。与之前一样，沼泽上笼罩着一层发臭的浓雾。塞缪尔可以肯定，这可以帮助他们在开车时躲过头顶上那些眼睛的监视。

他想到了自己的妈妈，她肯定在为自己担心。自从来到这里，他已经失去了时间的概念，但是至少已经过去了一天一夜，甚至更久。不过，这里的时间是不同的，说实话，他甚至不确定这里是否存在时间的概念。他在想，如果永恒就在你面前延伸，那么分分秒秒，日日夜夜都将失去意义。但对他来说，时间具有重大意义：它们代表着他和自己所爱的人分离的时刻：他的母亲，朋友们，甚至他的父亲。但是幸好纳德在身边，这一点对他很重要。

在他身边，博斯威尔小声地吠了一下，然后站了起来。它嗅了嗅空气，耳朵抽动着，一副不安的样子。

"博斯威尔，怎么啦？"塞缪尔问道，这时候一个黑影落在他的身上，瓦彻用一只手紧扣住塞缪尔的嘴巴，以防他大声叫喊，然后大力拍打翅膀，把他往天上拉。等到纳德一群人缓过神来，塞缪尔已经被瓦彻牢牢地控制住了，消失在低沉的云层中。博斯威尔沿着山坡追赶他们，一边大叫，短小粗壮的后腿一直在往上蹬跳，仿佛自己可以拽下那只巨大的红色恶魔似的。

但是塞缪尔消失了，纳德只能追上狗然后抓住他，以防他走丢或者被吃掉。博斯威尔一直在用力挣扎，拼命想跟着塞缪尔，拼命想救他。

远处出现了一座崎岖的山峰。纳德觉得自己看到那里有一个身影，正站在一只蛇怪的背上。那个身影回头看着他，然后他听到阿伯纳西夫人的声音，那声音很清晰，仿佛她就站在身边似的：

我会来找你报仇的，纳德。你多管闲事，我一直都记着。现在，我抓了你的朋友，这对你来说已经是个不小的惩罚了，我会把他献祭给我的主人。下一个就轮到你了。

但是纳德压根不在乎她的威胁，或者说一点也不担心自己的安危。他只关心塞缪尔，想着该怎样把他救出来。

瓦彻在高空飞，它抓着塞缪尔，塞缪尔也抓着它，相比被怪物抓着，塞缪尔更害怕摔下去。它的皮肤闻起来有硫黄和灰尘的气味，表面坑坑洼洼的，布满了久治才愈的深度伤口结成的疤痕。塞缪尔感觉到这个恶魔正在试探他的想法，并试图了解他，摸清他的优势和劣势。但是当它在试探塞缪尔的时候，同时也在一定程度上暴露了自己。塞缪尔惊讶地发现，即便按照地狱的标准来判断，它也算是一个非常怪异且孤独的生物，它不仅和塞缪尔自己截然不同，也和地狱里的其他生物大相径庭。

不，并不完全是这样。它的同类，是——

在那一刻，塞缪尔瞥见了恶魔之王，他开始对第一恶魔的邪恶、悲惨和疯狂的程度有了模糊的概念。它太可怕了，以至于塞缪尔的意识马上启动保护机制，屏蔽恶魔之王，以保持神志清醒，结果同时屏蔽了瓦彻。恶魔的飞行节奏突然打乱，似乎是受到男孩的意志力的冲击。结果怪物抓得更紧了，它把他紧扣在自己的肩上，这样塞缪尔可以回头看到来时的方向，看到那缕缕云层中还隐约可见的山丘，看着博斯威尔和纳德的方向，不过他们已经从视野中消失了。

这时候，一个苍白消瘦的身影从上面破云而出，它皮下的肋骨清晰可见，肚子也凹下去了。头光秃秃的，耳朵又长又尖，牙齿多到连嘴巴都装不下了，只能伸到嘴巴外面，看上去参差不齐。它在半空中停下来，似乎对这场相遇感到非常意外，随后它移动位置，开始追赶他们。它是只幽灵——一只比塞缪尔个子高一点的蝙蝠状恶魔。它的翅膀粘在手臂上，翅膀的尖端是锋利的钩爪，脚上也长着爪子。这些爪子现在往外伸，摆出一副进攻的姿势，就像猎鹰俯冲下来捕食猎物的样子。

塞缪尔拼命捶打瓦彻的后背，大声喊了出来以示警告。瓦彻本能地向右转，小恶魔的爪子差那么几英尺就要抓到他们了，当它从旁边飞过去的时候，其中一只翅膀还打到了塞缪尔的脸。瓦彻变换了方式，用自己的左臂抓着塞缪尔，塞缪尔感觉自己肯定会摔下去。他的手指甲扎到了瓦彻那坚硬的皮肤中，然后双腿紧紧地环绕在它的腰上。

那只幽灵又冲了过来，这一次是从下面冲上来的。它不断地高声尖叫，召唤着它的同类一起过来追赶。瓦彻一挥右臂打到了它，指甲在攻击者的腹部撕了个洞。没有血流出来，但是幽灵的翅膀停止了拍打，它就像一架被炮火击中的战斗机，穿过云层，迅速掉到了很深的地底下，发出了痛苦的尖叫声。

被同类的尖叫所吸引，另外两只幽灵出现了。他们一起俯冲，一只想击打瓦彻的脑袋，从而分散它的注意力；然后另一只试图从它手中拉走塞缪尔，但是瓦彻紧紧抓住不放。瓦彻用空出来的手抓住那只正在挖自己眼睛的幽灵，拧断了它的脖子然后扔掉。另外一只幽灵被瓦彻的手一记抢打，头也断了，被一小块皮肤扯住。这次进攻结束后，天空中又只剩下他们了。他们继续往前飞时，塞缪尔闭上了眼睛，以至于瓦彻和他都没有看到那只在他们头顶尾随了一段时间的幽灵。那只幽灵偷偷地溜走了，它要去向亚必戈公爵禀告它所看到的一切。

第 29 章　新的计划

各种大人物摩拳擦掌，开始依计行事。

"咚咚咚"，阿伯纳西夫人的蛇怪穿过那温热的石子路，消失在雨后出现的团团水雾中。空气中弥漫着一股酸味，夹杂着肉的腐臭味，以及草木被酸雨腐蚀灼烧的味道，然而，那些被腐蚀的生物已经开始慢慢恢复。一片片被烤焦的棕色种子稍微变淡了些，曾经变得黑乎乎还冒着烟的矮灌木丛，如今又恢复了往日的沉闷色调。那些没来得及躲过瓢泼大雨的各种小恶魔又开始长出手臂、大腿、脚趾和脑袋。有的甚至额外长出了一两个肢体，以备日后可以派上用场。透过地洞和灌木丛缝隙，它们看到阿伯纳西夫人过去了，她的脸上洋溢着胜利的喜悦，眼睛里闪烁着冰冷而深邃的蓝光。它们并不是全都认识她，因为在地狱的某些角落，恶魔之王只是一个传说中隐居深山的存在，他的公爵们，将军们和军团们，对这些落后的生物来说，都是古老寓言里的角色。但是他们感觉到，这个古怪的生物无比强大，如果可能的话，应该尽可能躲着她。

随后，她消失了。他们立马把她抛到了脑后，因为他们当下有更加紧急的问题，比如什么时候又会下起酸雨，比如如何处理刚长出来的那颗多余的脑袋。

阿伯纳西夫人甚至没有注意到周围的动静。她感觉到瓦彻在头顶上空陷入了一场打斗，但是她从来没有怀疑过它战胜身边任何敌人的能力。有那么一个瞬间,她害怕瓦彻会丢下塞缪尔·约翰逊,这样重新赢得恶魔之王恩宠的希望都将付诸东流。毕竟,如果塞缪尔从几千英尺的高空掉下去,摔到了坚硬的石头上,那么这个男孩也就没有用了。的确,他的意识也许可以存活下来,但是她不确定重造一个人类能否像重造一个恶魔那样简单,她没有办法马上辨认出一摊血、骨头碎片和组织碎片。她在想,本来可以把他塞进一个罐子,贴个标签,上面写着"塞缪尔·约翰逊(大部分的他)",然后交给恶魔之王,但是这绝对比不上直接把哭泣的男孩原封不动地送到主人面前,让主人得以报复这个惹麻烦的小男孩,而自己可以分享他的喜悦。

尽管她的脑子里在想象着塞缪尔·约翰逊即将会蒙受的屈辱,她还是因为亚必戈公爵的干涉感到心烦意乱。她知道亚必戈一直觊觎她的位置,但是,没想到,入侵地球的计划失败后,他竟动作如此迅速,开始暗算自己。和他结盟的一些恶魔曾经是自己的同盟,其中就有奎尔斯公爵和波里姆公爵,他们的背叛让她很难过。一旦重得主人恩宠,她会让他们遭受各种痛苦,一想到这些痛苦,她的心情就好了起来,随后她抛开了这些开心的画面,完全理清了自己的思绪,把心思放在更加重要的事情上。

亚必戈和她作对是冒了极大的风险的:尽管她被禁止和恶魔之王接触,但她没有遭受任何处罚,而且,至少在理论上,她还是恶魔之王军队的指挥官。因此,严格说来,亚必戈犯下了叛国罪,然而,若真要证明这一点,对她来说,还是有一定的难度的,因为到目前为止,亚必戈并没有公然做什么导致她地位不保的事情。

但如果他把魔爪伸向塞缪尔·约翰逊,他会做什么呢?他有可能和阿伯纳西夫人一样,把男孩当做礼物送给恶魔之王,但他肯定很难解释清楚是怎么把男孩抓到地狱来的。不对,亚必戈在打另外的主意,但是阿伯纳西夫人还不清楚他具体的计划是什么。奥西穆斯大臣站在亚必戈那边,如果分泌物质的克鲁福德可信的话,奥西穆斯正在通过加深和延长恶魔之王的悲痛来削弱他的能力。这看似不可能,但是亚必戈想取代的不仅是阿伯纳西夫人。不,他还想取代恶魔之王自己,他想要排挤掉疯狂国王成为地狱的统治者。他一定会把计划进行到底的，因为他已经召集很多公爵参与他的计划，虽然这些公爵还没有完全了解他的背后阴谋。如果他现在放弃，恶魔之王会重新恢复理智，发现这个阴谋的蛛丝马迹——他肯定会发现的，因为即便阿伯纳西夫人不说，也会有其他参与者为求自保而告密。到那个时候，如果他们还算幸运的话，恶魔之王或许会难得地大发慈悲，将他和他的同谋者们永远地冻结在悲叹之湖。亚必戈已经大错特错，回不了头了，所以他必须押下所有赌注，保证恶魔之王继续发疯并且打败阿伯纳西夫人。这两点都和塞缪尔·约翰逊有关，因为恶魔之王看到自己的敌人戴上镣铐来见自己可能会恢复神智，那么亚必戈的计划都将化为泡影。但如果他见不到塞缪尔·约翰逊，他就会继续哀鸣，丧失心智，而阿伯纳西夫人则回天乏力了。

这是一段非常微妙的时期。男孩现在是她的俘虏，在带他去绝望之山前，她要确保亚必戈不能接近他。亚必戈的幽灵袭击瓦彻只是一个开始，更糟糕的还在后头。

好像是为了证明她的疑虑似的，她面前的地板突然裂开，一只肮脏的野兽从一个洞里冒了出来，那野兽的身体是黄色的，没长眼睛，全身在颤抖。它是一个挖洞恶魔，它的下半身像虫子，上半身像人，脸长得像老鼠或者野鼠。除了它的前部和后部，身体其他地方都长着千足虫的腿，而它的前部和后部长着那种强有力且有蹼的爪子。它生活在土里，有必要的时候才会冒险完全出现在地面上，同时和它的同伴形成共同意识，这样大家可以共享信息。尽管这些挖洞恶魔的眼睛看不到东西，但是它们可以通过感受脚步的震动以及极好的嗅觉和味觉来识别他人的存在。这些天赋让它们成为非常有用的间谍，而且它们都效忠于阿伯纳西夫人，因为她有时候会把自己的敌人交到它们手上，这样它们可以把这些不幸的生物拖到地底下然后饱餐一顿。

"女主人，我们带来了消息，"挖洞恶魔说道，"军团们聚集在一起，我们听到有窃窃私语。他们谈到一个男孩，他们打算围攻您的巢穴，然后把他掳走。然后您就会因为密谋与恶魔之王作对而受到惩罚。"

"受到惩罚？"阿伯纳西夫人说道。她几乎不敢相信敌人竟然如此厚颜无耻。

"是的，女主人。趁您不在的时候，由亚必戈公爵钦点的评审团对你进行了审判，他们一致决定您犯了叛国罪。他们说，您自己为了得到地球，在那里建立一个可以和炽焰帝国相抗衡的王国，于是打开了一扇连通地球和地狱的大门。他们会逮捕您，把您带到悲叹之湖的最远最深处，在那里已经准备了一个要把您冻结的地方。"

阿伯纳西夫人浑身发抖。他们对付她的动作太迅速了。

"我还剩多少时间？"她问道。

"所剩无几了，女主人。虽然反对您的力量还没有完全聚集在荒芜之原上的指定地点，但是他们已经派了四个军团前往拿下您的宫殿。"

"谁的军团？"

"分别是杜斯西亚斯公爵和佩罗斯公爵的两个军团。"

"我的同盟呢？我的地狱军队呢？"

"他们在等您发号施令。"

"指引他们聚集到绝望之丘的隐蔽处。给那些保持中立的公爵带句话。告诉他们男孩在我手上，是时候让他们挑边站队了。忠诚将会被无数次褒奖，背叛却永远得不到原谅。"

"是，女主人。那些前往您的巢穴的军团该怎么办呢？"

阿伯纳西夫人想了片刻。

"拖到地下，吃了他们。"她说道。

她蹬了一下蛇怪，突然飞走了，只剩下挖洞恶魔在那里舔着嘴唇，期待着即将到嘴的鲜肉。

第30章 恶魔追袭瓦彻

瓦彻陷入了纠结。

亚必戈公爵的幽灵一直跟随着瓦彻的踪迹，直到快靠近阿伯纳西夫人宫殿才转了个斜弯离开，向它的主人去禀报情况。但是瓦彻一直知道它在后面跟着，一察觉到间谍已经离开，它便改变了路线，利用云层做掩护，朝着绝望之丘的平原飞去。到达以后，他把塞缪尔放在地上，用一只脚轻轻踩在他的胸膛上，以防他逃走。从它的高度可以看到阿伯纳西夫人的军队开始集合。恶魔纷纷从地下和洞里冒了出来，有的从云层里飞下来，有的从阴冷潮湿的黑色潭水里爬了出来。他们是由灰尘、沙土、雪花、水分子以及空气中看不见的原子构成。有的恶魔长了犄角，有的长着翅膀，有的长着鳍；有的常见，有的无形；有的是火和岩石构成，有的是水和冰构成；有的长着獠牙和利爪，有的具备思想和能量。这些妖魔鬼怪都响应阿伯纳西夫人的号召出现了。

有的是出于忠诚，有的是因为害怕，有的纯粹是因为自己太无聊了，拿这场战争的结局在打赌，如果它们失败了，未来还有可能付出痛苦的代价，但这至少打破了地狱里单调乏味的生活。天上闪着雷电，照亮了矛头，锯齿状的刀锋还有成千上万的利器。瓦彻的视线转移到右边。在远处，激昂的蹄子在地面踢出了火花，穿靴子的踏着整齐的步伐前进，金属的哐当声传来，是那些支持阿伯纳西夫人的公爵们领着自己的第一支军团前来助她一臂之力。

瓦彻让自己的意识飘到了更远的地方。它看到杜斯西亚斯和佩罗斯带领着四支军团一脸毅然地穿过一片破裂的平原。曾经，或者说在它有时间意识的很久之前，这里是一座大湖，湖里装满了从周围山峰上的肮脏小河流淌下来的毒水。恶魔之王改变了流水的方向，形成了悲叹之湖，于是在那个时候平原就完全枯竭了。现在，只有尘土在这里穿流通过，最后落到了通往地底下的狭窄裂隙中。

那四支军团小心翼翼地穿过那片险恶的平地。它们徒步前进，一排接一排，每一只恶魔都穿着厚重的铠甲，手上都拿着长矛，矛的顶端是一块薄形的坚硬锯片，锯片旁绕了一个短一点的金属螺丝锥，用它快速刺进敌人的肚子，拧动，再拉出来，连带把体内器官也扯出来，可怜的受害者只能倒在地上痛苦挣扎，但即便受了这么严重的伤，恶魔还可以尽力迅速恢复过来。它们的侧腰戴着短剑，它们的手套，头盔甚至是黑色铠甲的金属片上都装着大钉，这样铠甲本身也成了一种武器。

在军团的旁边，是一群无皮的马，它们血肉被暴露在外，还反着光，肌肉也很精实。马背上骑着上尉和中尉，他们的铠甲更加华丽，武器镶着珠宝，但依旧可以造成重伤。旗帜在冷风中飘扬，有红色，金色还有绿色，这些都是佩罗斯和波里姆家族的颜色。但是在这些颜色上方都飘扬着一个伟大标志，描绘着在黑色背景下衬托的一把火。这是亚必戈王室的旗帜。这些旗帜中没有地狱本身的旗帜，即画有恶魔之王带有犄角的头部的旗帜，那是恶魔之王军队的标志。这些公爵已经公开了自己所效忠的对象，他们不再服务于恶魔之王，而是一个想取代恶魔之王的恶魔。

是那群马最开始感觉到了未知威胁的靠近，它们的眼睛和嘴被体内的火照的通红。它们嘶嘶地叫着，然后用后脚站起来，差点甩开了它们的骑手。小恶魔罗韦的十九个军团和波里姆公爵结盟了，而他本人成了波里姆军队的二把手。他开始大声发号施令，但注定永远没人能够听到，因为地表突然裂开，罗韦和他的战马都被吞了进去，这时候恶魔们都乱作一团。第一排恶魔面前的地表裂缝变宽，迫使它们不得不停下来。发臭的绿色气体从露出的坑里散发出来，边缘的地面开始坍塌，导致二十几个士兵掉进了深渊。那些看到所发生的一切以及已经意识到危险的恶魔开始拼命撤退，但是他们被后排仍在继续前进的恶魔包围住了,于是越来越多的恶魔滚下去了。上尉们发布命令,试图阻止恶魔们继续前进,让前面的恶魔可以后退,但是他们的马一直在甩开他们,军队开始恐慌,地表依旧在破裂,整个军团被孤立在这片干旱的岛屿上,岛屿本身也开始坍塌。

随后,来自下面的恶魔开始攻击。许多触须从深坑中射出来,触须上长着黏糊糊的有毒倒钩,把恶魔士兵扯进黑暗中。大型的红色昆虫涌了出来,它们的下颚可以吞掉一整个人的脑袋,触须抽搐着,喉舌吧嗒吧嗒作响。军队的武器无法刺穿它们的甲壳,也抵不住它们的撕咬。那些长期躲在地底下的虫子张开了下颚,原本坚实的地面现在变成了一个布满牙齿的陷阱,脚被割断,身首也分离了。

但是佩罗斯公爵最出色的士兵在湖床的边缘找到了一席之地,正在小心翼翼地绕着死亡地带走,尽可能利用他们经受过的训练和意志力防止敌人近身。他们差不多绕了半个圆周长,周围的山势高而陡峭,像围成了一座火山,突然头顶的地面开始坍塌,把尘土中那些整齐的圆孔露了出来,有蹼的爪子开始拉扯他们的脚、手臂和脖子,随后挖洞恶魔开始大快朵颐。

干涸已久的湖床被恶魔的血液染成了红黑色。

虽然瓦彻距离很远,但他很警觉,把一切看在眼里。这场冲突即将要把地狱分裂开来。但是瓦彻还不确定要怎样继续下去,因为恶魔之王的哀号声一直传来,好像永远不会停止似的。如果国王都疯了,那他的臣民该怎么办呢?[①] 恶魔之王已经不再让他们惧怕了,他的下属

[①] 大部分时候,臣民们只需要一直隐忍,直到有人杀掉这种疯癫的国王。例如,据说罗马皇帝卡利古拉(公元12—14年)曾经封他的坐骑英西塔土斯为罗马的执政官,最后被捅了三十多刀。瑞典国王埃里克十四世(1533—1577年)被含砒霜的豌豆汤毒害。事实上,当谈及皇室的时候,发疯其实是一个长期存在的问题,因为很多国王明显都有发疯的嫌疑。比较罕为人知的皇室疯子有法国查尔斯六世(1368—122年),他也被称作查尔斯疯子(只不过没有人当面这样呼他)。他认为自己是玻璃做的,为了以防自己破碎,他的衣服上还镶着铁棒,一度有五个月没有洗澡,也没有换衣服。同时,法国路易九世的小儿子克莱蒙伯爵罗伯特(1256—1318年)的头部在一场格斗中被大锤砸了几次,之后就发疯了,不过,谁被大锤砸到头部都会发疯的。

们为了不择手段地争权夺位，必然会产生内讧。但是亚必戈带来的威胁比混乱更可怕，因为他现在正公然反抗他的君王。

地下的恶魔数目在持续增加，因为越来越多的地狱子民开始投至阿伯纳西夫人的麾下。大公爵埃姆带着他的二十六个军团来了，地狱之子艾沛欧斯带来了他的三十六个军团。地狱军队里的旗手阿撒兹勒站在一块巨大的岩石上，展开了恶魔之王的旗帜。

塞缪尔在瓦彻的脚下扭动着身体，看着聚集在一起的兵力，他感到既惊异又恐惧。瓦彻仔细地打量着他，它八只黑色的眼睛像黑暗星球一样，散布在它那红色天空般的皮肤上。尽管这只带翼的恶魔比聚集在下面的任何一只恶魔更可怕，塞缪尔还是鼓起勇气朝它瞪了回去。

"你在等什么？"塞缪尔问道，"想做什么就去做，让一切结束。"

他在脑子里听到一个声音，尽管瓦彻那昆虫般的下颚一动不动，但是塞缪尔确定自己听到了它的声音。

我们等着。

"等谁？"即便在这种危急关头，塞缪尔·约翰逊的语法依旧准确无误。

等阿伯纳西夫人。

塞缪尔觉得自己才鼓起勇气又消失了。他的身体仿佛被掏空，没有了任何力气。他曾经愚蠢地以为自己可以逃离她的魔爪，以为纳德可以救自己。自从那个晚上，在那个原本很普通的地下室里，他第一次看到阿伯纳西夫人和她那可恶的同伴们穿过一个洞，从他们的世界来到了人类的世界，他的命运就被注定了。

所有这一切，都是因为你，瓦彻说道，声音里似乎带着点惊讶。这一切，都是因为一个男孩。

"不是我挑起的，"塞缪尔说道，"我没有让阿伯纳西夫人杀人。我也没有要求她入侵地球。我只是想讨糖果而已。"

但是你看，军队们在集合了，曾经的赤胆忠诚如今已分崩离析，取而代之的是弃旧从新的耿耿忠心。过去的敌人被遗忘了，新的敌人又出现了。我的主人一直在哀嚎，从未停止。钟必须鸣响。我们别无选择。

"你的主人?"塞缪尔说,他在恶魔的语气中捕捉到了一种可以被称作爱意的情感,但时这种爱太扭曲,太具有误导性,以至于差点儿让人无法识别出来。"但你不是为阿伯纳西夫人效力吗?你说的是什么钟声呢?"

瓦彻没有回复,塞缪尔想起了他曾经短暂地瞥见过恶魔之王真实的样子,他他知道这只恶魔的内心矛盾,不知道该效忠谁。

"那么你效力于恶魔之王,也效力于阿伯纳西夫人?"

是。不是。也许吧。

"也许你该下定决心了。"

也许吧。

"我在想那些哀号声到底是怎么回事,"塞缪尔说,"你说这是恶魔之王的哭泣声,对吗?"

对。

"为什么哭?"

因为,毕竟这一次,他差点可以逃出他的牢笼。毕竟这一次,他怀抱希望,但是希望消失了,而且他恨自己曾经心怀希望。他的存在是为了抹杀别人的希望,而他却不能摧毁自己内心的希望。他陷入了疯狂,所以开始哭泣。

"我没办法说我同情他。"塞缪尔说,一边暗地里想,那个哭哭啼啼的大孩子。瓦彻的脑袋稍微倾斜,塞缪尔害怕恶魔看透了自己的心思,但就算它看透了,它也没有露出任何迹象。

"云层里的那些恶魔为什么要攻击我们?"

他们效忠于亚必戈公爵。他不想你被阿伯纳西夫人抓走。

"为什么不想?"

因为阿伯纳西夫人要把你交给恶魔之王,使他恢复理智,同时让自己重新得宠,恶魔之王会原谅她入侵失败,然后把仇恨都发泄在你身上。但是如果亚必戈公爵阻止了这一切,他就会取代阿伯纳西夫人的位置。他将取代——

瓦彻突然停下来，不愿意说出自己最大的忧虑。

"亚必戈公爵会把我送回家吗，如果他抓到我的话？"塞缪尔充满希望地问道。

不。亚必戈公爵会把你禁锢在无尽的黑暗中，永永远远，因为在这里死亡没有统治权。

"唉。"塞缪尔说道。

是的。"唉。"

"那你呢？你想怎么样？"

我想要我的主人停止哭泣，所以我会让阿伯纳西夫人把你交给他。

塞缪尔的希望开始破灭了。

第 31 章 准备战斗

领导有责任，下属有风险。

亚必戈公爵一记铁拳砸到了那张骨制的桌子上，桌子被震碎了，导致很多骷髅开始大声抱怨这种破坏公物的行为，抱怨那些不识古董的恶魔，还有不长在树上的骨头，诸如此类。亚必戈提起其中一个掉下来的骷髅，它还在嘟囔着，直到它似乎意识到自己的运气突然朝更加糟糕的方向发展，换作以前，这根本不可能，因为它只是一个被卡在桌子里的骷髅，这辈子也没什么盼头了。

"我错了，"骷髅说道，"别在意这点损坏。"

亚必戈抓得更紧了，骷髅说，"轻点，现在——"还没来得及说完，它就被捏成了粉碎。

亚必戈穿着他最好的那套战甲，铠甲表面还有装饰着假蛇，在金属上蜿蜒滑动，当有需要时，它们可以立起来，对敌人进行攻击。他那血红色的斗篷在身后猛烈地翻腾着，随着他的脾气变化而变化。

"四支军团！"亚必戈公爵叫道，"我们痛失了四支军团！"

在他面前，佩罗斯公爵和波里姆公爵的脸一下子变得苍白。这两个恶魔胖乎乎，软绵绵的，能出出主意而且雄心勃勃，但是，若要成就大业，他们还不够冷酷无情，也缺乏一股干劲。佩罗斯公爵看上去有点像一根离热源太近的蜡烛，他的脸似乎已经融化了，皮肤皱巴巴地搭在他的头盖骨上，耳朵，鼻子，脸颊之类的五官特征都已经认不出来了，只剩下一堆绿色的眼睛深深地陷在油腻腻的肉体中。然而，波里姆的脸几乎全被一大片棕色的络腮胡须和浓密的眉毛遮住了。他的头发也很难驾驭，谁想剪断它，头发就会反击谁，地狱里很多的理发师都吃了苦头才得到教训。在波里姆的卷毛中就有四把剪刀，不计其数的梳子，还有几只被派进去取这些物品的小魔鬼，结果这群小魔鬼完全在头发里迷失了方向。

这两位公爵的铠甲比亚必戈的铠甲更为华丽，但是在实用性上差了很多，因为佩罗斯和波里姆这一派的军事长官认为，冲锋陷阵是普通士兵而不是公爵的事情。公爵宣布胜利，瓜分战利品，士兵可以享受战争的荣耀，之后还能举杯庆祝他们在战场上的壮举，前提是他们的手还完全连在手臂上，不需要用假肢来举杯庆功。所以亚必戈的铠甲虽然华丽，但是上面有战争的痕迹，而佩罗斯和波里姆的铠甲上装饰着羽毛，绶带，不劳而获的勋章，还雕刻了一些图案，描绘了苗条版的佩罗斯和波里姆以不太可能的方式击退各种各样的敌人，所以这基本上和现实不相符。

"公爵大人，"波里姆说道，他很聪明，察觉到战况出现了问题，但是他还是不可避免地踩到了地雷，"我们只是听从您的指令。是您建议我们穿过无泪之河去奇袭阿伯纳西夫人的。"

亚必戈轻轻摩擦了两只手，去掉手套上最后一点骨灰。在下面的石头上，骨灰和碎片开始移动，穿过地板，渐渐重现了骷髅的形状。

"哎哟。"骷髅说道。

"你的意思是，这都是我的错？"亚必戈轻声说道。

"不，一点也不——"骷髅还没来得及说完，就被亚必戈的金属大靴踩在脚下，又一次变成了粉碎。

"当然不是，公爵大人，"波里姆说道，"我并无鲁莽无礼之意。"

"那，这是谁的错呢？"

"是我的错，公爵大人。"波里姆说道，妄图挽救一个已经注定无法改变的处境。

"还有我。"佩罗斯说道，他太笨了，不知道此时应该保持缄默。

"你们两个愿意为你们的失败承担责任，这很高尚。"亚必戈说道。

第31章 准备战斗

他打了一下响指,他的八个私人护卫立马包围了公爵们。它们是烟雾恶魔,裹在镶金边的黑钢服里,生命迹象的唯一标志就是他们那双红色的眼睛。

"把他们扔到地牢里,"亚必戈说道,"不得释放。派兵大力驻守。"

护卫把佩罗斯和波里姆从房间里押了出去,他们甚至没有反抗。亚必戈双手紧握在背后,闭上了眼睛。在他头顶上,出现了一个拱形天花板,像教堂里的那种天花板。一波波火焰从上面穿过,和地面裂缝里出现升起的火焰融合一体,火光印在墙壁上,呈现出黄白色,整个房间像着了火似的。这是亚必戈住宅的核心所在,也是他大宫殿里最隐秘的房间。在它旁边,阿伯纳西夫人的巢穴几乎显得有点寒酸,亚必戈一直相信没有什么比庸俗地显摆财富和权利更能留下深刻的印象。

他不应该把奇袭阿伯纳西夫人和抓小男孩的任务委托给佩罗斯和波里姆。他们俩傻头傻脑,被逼得紧的时候还会患感冒。亚必戈遇到的难题在于自己周围聚集了一群不忠诚的公爵。如果他派出一位聪明的同盟(比如奎尔斯公爵)去攻击阿伯纳西夫人,那么奎尔斯要么背叛亚必戈,和她结成另外的同盟,要么抓住那个男孩为自己所有,至少亚必戈不用担心佩罗斯和波里姆会背叛自己,只需要担心他们的能力问题。然而,亚必戈自己知道损失四支军团的部分责任在于自己,尽管他不愿意向其他人承认。当领导者开始承认自己的错误,他们的追随者肯定会去寻求失败次数更少,或者没那么耿直的领导者。

房间东墙上一块玻璃窗板打开了,奥西穆斯大臣穿过窗户踏了进来。亚必戈没有转过身去见他,只是说,"你也是来批评我的吗,奥西穆斯?"

"不是,公爵大人,"奥西穆斯说道,"当你在处理那两个公爵时,我听到了,我才不想在他们的新住处陪着他们。"

"你自我保护的本能反应一如既往的敏捷啊,"亚必戈说道,"但是,阿伯纳西夫人比我想象中更加聪明,而且,并非所有的同盟都抛弃了她。"

"她是一个不可小觑的对手。"

"听起来好像你很尊敬她。"

"尊重对手不是一件坏事,但是相比她,我更加尊敬您,公爵大人。"

亚必戈笑了,但是笑声中没有欢乐的意味。

"就你油嘴滑舌,奥西穆斯。我不相信你说的任何一个字。那个男孩现在怎么样了?"

"他和瓦彻在一起。他们在等阿伯纳西夫人回来。"

"她在哪里?"

"我还以为您知道,公爵大人。"

"要么她躲过了我的侦察,要么就是我的密探们已经被逮捕了,因为我没有他们其中任何一个的消息。"

奥西穆斯不安地动了动。他不得不提出那个就到嘴边的问题,但是他有可能会惹怒亚必戈。

"公爵大人,原谅我这么问,但是您依旧在掌控整个局面,对吗?"

奥西穆斯身体绷紧起来。他身后那堵墙上的门还开着,如果公爵要攻击自己,他便随时准备从那里逃走,然后消失在连通亚必戈的宫殿和绝望之山的那条迷宫般的通道。但是相反,亚必戈对这个问题作了一些考虑。

"只要那个男孩还没有被送到恶魔之王那里,那么胜利还在我的掌控之中。埃姆和艾沛欧斯公爵一直对阿伯纳西夫人忠心耿耿,还有一些公爵也是,但是我们的军团数目是他们的两倍。要论打仗的话,他们在战场上不是我们的对手。"

"一支军队聚集在绝望之丘的山脚下,"奥西穆斯说,"恶魔们都响应阿伯纳西夫人的号召来到她的麾下。"

"他们地位低贱,"亚必戈说道,"他们没受过训练,没有纪律。"

"但是他们人多势众。"

有那么一刻,亚比克看上去有些不安。"她会怎么做,奥西穆斯?"

"她会召集她的军队保护这个男孩,然后带着她的战利品朝绝望之山前进。"

"所以我们要确保她无法到达那里。去吧,奥西穆斯:继续在老君王的耳边说坏话。让他疯癫。当我统治地狱时,我会派人'好好照顾'他。"

奥西穆斯深深地鞠了个躬,从房间退了出去,身后的房门默默关闭。当他离开时,亚必戈又打了个响指,他的护卫队长进来了。

"通知公爵们,让他们在绝望之山的入口前聚集兵力,"亚必戈说,"告诉他们准备战斗!"

第32章　阿伯纳西夫人被抓

塞缪尔和阿伯纳西夫人又相遇了，有人欢喜有人忧。

阿伯纳西夫人的蛇怪被拴在柱子上，它鳞状的皮肤上沾满了唾液，眼睛因为疲倦显得有些呆滞。这一路它们遇到了诸多阻碍，虽然都被阿伯纳西夫人迎刃而解，但这仍是一次艰难的旅程。其中一个阻碍就是亚必戈公爵的五个密探，它们的脑袋正挂在蛇怪的鞍座上，还在争论着它们中谁才是这场噩运的罪魁祸首。阿伯纳西夫人不理会它们，她的注意力集中在那个男孩身上，他坐在一个巨大的镀金笼里，那个笼子的不远处便是阿伯纳西夫人小而精致的宫殿门口。

塞缪尔小心翼翼地透过自己的眼镜看着她，其中一块镜片已经裂开了，那是在阿伯纳西夫人越走越近，他挣扎着想要逃离瓦彻的魔掌时摔裂的。现在，面对着这个在多元宇宙里最痛恨自己的女人，他发现自己不知不觉中在仔细地观察她，希望找到她身上的弱点。说实话，阿伯纳西夫人长得一点也不好看，把脸缝在一起的缝线已经有些松了，露出了一些恶魔的真实面貌，她的皮肤也变色了，长出了一块块像面包发霉时的那种绿斑。她的衣服又脏又破，头发乱蓬蓬的。当她围着塞缪尔转的时候，她一边啃着自己的一只手指甲，指甲掉落的时候似乎让她很诧异。

"塞缪尔，你好吗？"阿伯纳西夫人终于开口了。

"我本来可以更好的，"塞缪尔说道，"毕竟，我在地狱里。还和你在一起。"

"这要怪你自己。我警告过你不要干涉我在地球上的事。"

"我不得不这么做。你派了恶魔来杀我。"

"它们失败了,这也让我很不满意。这年头要找到好帮手实在太难了。所以我只好亲自出马,把你拽到了地狱,瞧,不是抓到你了嘛。当初在比德尔科姆镇的时候,要是我肯花点时间来亲自对付你,那该有多省事啊。你的家乡现在可能已经生灵涂炭,化为灰烬了。"

"哦,很遗憾你没有得逞。"塞缪尔说道。

"你别讽刺了,塞缪尔。这是一种非常低级的玩笑①。你知道,现在我抓到你了,你看起来根本不值得我们对你紧追不舍。一直以来,我都在讨伐你,盘算着怎么折磨你,我都忘了你原来只是一个小男孩而已,你不过是暂时有点运气罢了,现在你的好运气用完了。但是你还是给我造成了这么多麻烦,痛苦和耻辱。"

"所以你才会崩溃吗?"

阿伯纳西夫人检查了一下那根失去指甲的食指。

"从某种程度上来说,是的,"她说,"和我的主人失去联系后,我就像一棵没有阳光的树,一朵没有水的花,一只喝不到奶的小猫,——"

她停了下来,因为她突然感觉到自己打的比方和她地狱大恶魔的身份简直是风马牛不相及。花朵?小猫?她比自己想象中更恶心……

她朝一大批恶魔军队聚集的方向伸出一只手,那批军队正在等待她发号施令。

"你就是这一切的始作俑者,"她说道,"就是因为你,军队才要行军打仗。恶魔和恶魔之间针锋相对,公爵和公爵也势不两立。为了保你安全,我下命令歼灭了四支军团。地狱里从未出现过这样的纷争和动荡。这一切的罪魁祸首就是一个偏要多管闲事的小男孩,还有一个自以为可以飞速驾车避开我怒火的恶魔。"

---

① 那些说讽刺是一种低级玩笑的人通常有把柄在那些讽刺他们的人的手中。讽刺是最低级的玩笑?未必吧……

一听到这里，塞缪尔没有办法掩饰住自己的震惊。

"哎呀，这下你可在意了，不是吗？"阿伯纳西夫人沾沾自喜地说道，"你以为我不认识你的朋友纳德，所谓的五灾之魔，是吗？"

"他不再这样称呼自己了，"塞缪尔说道，"他就是纳德。不像你，他从不夸大妄想。"塞缪尔曾经听过他妈妈用这个词来形容布劳波西夫人，布劳波西夫人几乎担任比德尔科姆镇所有委员会的委员长，她的管理风格就像一个独裁者。塞缪尔很高兴自己找到了一个使用这个词的机会。

"妄想？"阿伯纳西夫人说道，"不，我没有妄想。我曾经很辉煌，后来落魄了，但我会东山再起，记住我的话，你就是助我一臂之力的礼物。至于纳德，我把你交给主人后就会全力将他擒拿。他会像你一样，遭受无尽的折磨。但是我能想到的最痛苦的折磨就是让你们两个再也不能相见。你们会永远想念着对方，假设你在受苦受难时还有时间体验这种美好的感觉的话。"

她靠到牢笼栏杆上，朝塞缪尔小声说道："你都没办法想象我会对你那条虚弱的小狗做什么，但是我保证，不论你在哪里，我都会让你听到它痛苦的嚎叫声。"

阿伯纳西夫人转过身去，背对着塞缪尔，走向悬崖边上，俯视着她的军队。她抬起自己的右手，张开嘴巴。

"注意！"她大声说道。聚集在下面的恶魔们安静了下来，聚精会神地望着她。"我们已经看到了胜利的曙光。那个叫塞缪尔的男孩坏了我们入侵地球的好事，还让我们继续在这里受苦，他现在被我抓住了。我们要把他送到我们的主人恶魔之王那里，就像把一只多汁美味的苍蝇交给蜘蛛一样。到时候我们的黑暗领主将会从他的悲伤中崛起，所有忠诚于我的恶魔都会获得奖赏，所有拿起武器和我作对的恶魔就是背叛我们的主人，将永远受到处罚。"

巨大的欢呼声从恶魔队伍中传来，刀刃、魔爪和尖牙也亮了出来。

"但是首先我们必须击败我们的敌人，"阿伯纳西夫人继续说道，"他们已经聚集在绝望之山的入口前，盘算着要制定地狱的新秩序，他们以为自己的野心可以和我们主人的邪恶相匹敌。亚必戈叛徒是他们的首领,我们取得胜利之时就是他痛不欲生之日。现在来看看我们的战利品吧!"

瓦彻开始向上升起,它的爪子抓住了笼子顶端的圆环。镀金的牢笼升到了空中,突然,塞缪尔越过了一排排强壮的恶魔,多达成千上万只,当笼子飞过它们头顶上的几英尺处时,它们朝他呐喊着自己的憎恨,用长矛、匕首和利爪瞄准他,好像希望替恶魔之王把他撕得四分五裂似的。塞缪尔看到恶魔们骑着恶龙和大蛇,有的骑着蟾蜍、蜘蛛还有活化石。他还看到各种战争机器,有发射机、大炮还有带刺的战车。在小恶魔的喧闹声中,他看到规模庞大且井然有序的军团,它们效忠的对象由每个公爵的旗帜区分开来,这些军旗飘扬在那面黑色背景、带犄角的脑袋的大旗之下。

最后,塞缪尔被放到了一个平台车上,阿伯纳西夫人已经在那里等着他了。她命人在笼子上盖一块黑色的布,"更加无穷无尽的黑暗即将来临",在那块布落下之前,塞缪尔最后看到的景象是阿伯纳西夫人那一副得意洋洋咧嘴笑的样子。

瓦彻重新栖息在那群恶魔的上方。它看到领头的军团带领着军队开始朝绝望之山蜿蜒前进,没有经过训练的恶魔正松松散散,有条不紊地跟在队伍后面。有恶魔为阿伯纳西夫人找来了一副新的座驾,是一只魁梧的骑马和大蛇的混种,缰绳被蛇头咬住,她侧身坐在马鞍上,后面跟着她的军队。她甚至为了这个场合穿了一条新裙子,裙子颜色有点蓝,还带花边领。盖着布的笼子放在那辆平台车上,车子被一支方阵军团所包围着,这支军团是由结盟的公爵赠送给阿伯纳西夫人的,现在它们都戴着新的徽章:一个装饰着黄色雏菊的女士的手提包。

稀奇古怪的,瓦彻心想。合适是合适,但是……稀奇古怪的。

第 33 章　新的冲突

第三支力量介入到冲突中。

载着塞缪尔的马车隆隆作响，当粗制的车轮经过凹凸不平的地面时，他的身体被晃来晃去，不断地撞上笼子，导致身上产生了淤伤，所以他尽量牢牢抓住牢笼栏杆，以防自己伤得更重。盖在笼子上的布非常厚，闪电时，塞缪尔的身影依旧可以被外面的恶魔看清楚，但是他只能透过布上的一个洞偷窥到外面的景象。最后，马车终于来到了平坦的地面上，塞缪尔爬到那个洞边，跪下来往外看。

当塞缪尔被抬升，高于周围的恶魔时，他可以看到远处的荒芜之原。绝望之山就矗立在他面前，如此高大雄伟，俯视着整个地平线，它的基底无边无际，不可测量，它的顶峰直冲云霄，高不见顶。山脚处，一个入口隐约可见，和那一大堆黑色岩石比起来，它显得有些渺小，但是它高度依旧可以容纳一百个互相踩着肩膀的人，而且最顶端的人的头顶还有空间，不会撞到脑袋。塞缪尔以前见过那个入口：就在这里，恶魔之王曾经短暂地出现过，仿佛他对入侵地球志在必得。这让塞缪尔想起了他即将要面对的：被多元宇宙里最可怕的生物复仇，那是一个十恶不赦的恶魔，没有爱，没有仁慈，也没有怜悯。

尽管塞缪尔提心吊胆，但是他绝不退缩。在别人面前无所畏惧是一回事，独处时依旧临难不避是另一回事，前者或许是因为害怕被冠以懦夫的名号，不想被人看轻，然而，后者才是真正的勇敢，这是一种顽强的精神和品格，它揭示了自我的本质。当塞缪尔蜷缩在笼子里，慢慢地靠近那个即将宣判他命运的地方，他的表情镇定自若，内心波澜不惊。他什么都没有做错。为了保护他的朋友、母亲、小镇还有地球，他只是挺身而出，做了自己认为是正确的事。他没有对即将到来的不公表示愤愤不平，因为他内心明白，这无济于事，只会让自己更难受而已。

如果阿伯纳西夫人的良心尚未泯灭，能够扪心自问，抑或她对权利和复仇的虚荣和欲望还没有蒙蔽她的双眼，也许她最终可以理解，与其说她痛恨塞缪尔，还不如说是怕他三分。她无法触摸到塞缪尔身上那种本质的善良，这种善良还没有被他短暂的生命里所经历的东西所污染。塞缪尔·约翰逊是一个凡人，他的身上有着所有凡人都有的缺点和毛病。他会嫉妒，会难过，会生气，会自私，但是在他内心深处，人性最好的一面总是闪闪发光，如果我们愿意，它也会照亮我们这些人。阿伯纳西夫人不明白的是，尽管她或者她的主人会惩罚他，但是她永远都无法打败塞缪尔·约翰逊，不论他被埋葬在万丈深渊还是暗幽之地，他的灵魂将继续绽放。

马车爬上了一个斜坡，到达坡顶的时候，塞缪尔倒吸了一口气，因为在他面前的平原上，部署了另一支强大的军队：一排接一排的恶魔军团，他们的长盾上反射着一道道破云而出的闪电，闪电的频率越来越大，威力越来越强，天上那些愤怒的灵魂似乎在激怒那些对立的势力，渴望在下面的战场找到一种发泄愤怒的方式。骑兵们各就各位，准备就绪，他们身下骑着的无皮战马的眼睛像灰烬中火红的煤炭一样，它们的马蹄在石子地上踢出了火花。

在前排恶魔后面大步前进的是下层社会的妖怪：独眼巨人、人身牛头怪、蛇头怪；巨型蛇发女怪，它们都戴着金板制成的面具，接到命令后才会把脸露出来，但是它们的蛇发已经在蠕动，迫不及待地想参与到即将到来的战斗中；还有一个个蹒跚前行的食肉生物，它们长着人类的身体和凶猛动物的脑袋。很多野兽对于塞缪尔来说并不陌生，不仅仅是因为它们曾经是征服地球的主要力量。它们身上还有地球上所有神话和宗教中恶魔的影子，这些妖怪曾经出现在远古祖先们的噩梦中，后来成为了传说和童话里的角色。

和它们结盟的是一群从未想象过的妖魔鬼怪，因为只有疯子才会构思出这幅景象：有的恶魔的脑袋长在腿上，像螃蟹一样横行，锋利的牙齿咯咯作响；有的恶魔是鲨鱼和蜘蛛的混种，有的是蟾蜍和蝙蝠的混种，有的是蠼螋和狗的混种，仿佛地球上所有动物的碎片都被扔到一个大桶里，然后互相融合在一起。

紧接着，出现了一批和塞缪尔世界的生物完全不一样的恶魔，甚至是以转瞬即逝的方式出现：迅速移动的生命体，伸出黑暗触须寻找着猎物；长了上千只嘴巴的肉球；有的生物只是以一种痛苦的声音或者有毒的气味而存在。似乎没有力量可以和这样的恐惧和胜利的气焰相抗衡，但是诸如此类的生物，甚至比它们更丑恶的生物，都蜂拥而至聚集到阿伯纳西夫人的麾下。虽然，和敌军比起来，她的队伍更加参差不齐，纪律松散，受过训练并且认真排兵布阵的军团更少，但是塞缪尔相信，从整体上来说，阿伯纳西夫人的力量更加强大。这场冲突将会是策略和力量的对抗，也是军事训练与纯粹的数量优势的抗衡。

但不管是哪一方赢，塞缪尔最终都会落败，因为这里的恶魔都恨不得将痛苦加诸在他的身上。

瓦彻飞到战场的上方，甚至比阿伯纳西夫人和亚必戈公爵那些有翼的侦察员飞得更高，高到看不清聚集在下面的战士们，低头所见，尽是云层，绝望之山就矗立在它眼前。瓦彻已经下定决心，它不能看着地狱被分裂而坐视不管。它只忠诚于一个恶魔，而且是唯一的一个：恶魔之王。

是时候响起钟声了。

在绝望之山的入口，布朗普顿和埃奇法斯特盯着这群地狱史上因冲突聚集而成的最庞大的军队，他们的样子看起来就像一群有些无聊的男子在看球赛的重播，他们已经知道了那场球赛的最后得分，而且那场球赛的首播本来就没什么意思。

"今天可真忙。"埃奇法斯特说道。尽管他被阿伯纳西夫人撕碎后可以轻易地复原,但他的脑袋依旧躺在那堆支离破碎的四肢和躯体的旁边,只不过他现在多了一个垫子,多亏了布朗普顿一反常态的心软。埃奇法斯特之所以选择继续做一个叽叽喳喳,说个不停的脑袋,因为(a)他宣称自己的经历改变了他看地狱的视角,而且他现在看世界,确切说来,是从另外一个角度;(b)他不用再为洗衣服或者系鞋带而心烦;(c)他可以侦察到任何一个想溜进去的小生物。对布朗普顿来说,这似乎完全可以接受,因为他嫌麻烦,不想再去认识新的门卫。

"算是吧,"布朗普顿说道,一边摸了摸他的牙齿。"如果你喜欢那类事情的话。"

"但,做出了改变,不是吗?恶魔们在那里无目的地乱转,我觉得,还蛮刺激的。"

"我不喜欢改变,"布朗普顿说道,"也不喜欢刺激。"他把身体的重心从一只脚转移到另一只脚上,看上去有些别扭。"说真的,我不应该喝最后一杯茶,它直接穿过了我的身体。我快憋不住了。听着,我离开的时候,你照看五分钟,你知道,我去方便一下。"

"好的,"埃奇法斯特说道,"我会照看的。"

虽然布朗普顿迫不及待想要小解,但是他还是逗留了一会儿。

"你要知道,责任很重大。"

"是的,当然。"

"你不能让禁止入内的人进去,既然按照奥西穆斯大臣的命令,没有人可以进去,那么你就不能让任何人进去,就是这样。"

"明白。"

"谁也不行。"

"无人可入。"埃奇法斯特严肃地说道。

"禁止通行。一个也不行。"

布朗普顿走开后又回来了。

"谁也不行,明白吗?"

"没人。可以。谁也不行。"

"很好。"

布朗普顿拖着脚走开了。埃奇法斯特吹着欢快的小曲。这是他第一次单独守在入口，他喜欢掌控全局的感觉。埃奇法斯特是一名优秀的门卫，他当之无愧。他中途不会跑去打盹，他认真对待工作，而且乐于服务他人。总之，他具备当好一名门卫的素质。

可惜他没有一具争气的身体，完全没有。

他听到翅膀的拍打声，随后两只红色的大脚降落在他的面前。由于无法移动自己的脑袋，埃奇法斯特只能尽力扬起眉毛斜着眼看。瓦彻的八只黑色眼睛困惑地盯着他看。

"禁止入内，伙计，"埃奇法斯特说道，"你得留下口信。"

瓦彻考虑了一下这个提议，然后绕过了埃奇法斯特，径直往山的中心走去。

"喂！"埃奇法斯特大叫，"回来。你不能这样做。我是门卫。是我在守卫这里。你不能就这么绕过我走进去。这不公平。我说真的！你在破坏我的权威。你回来的话我就不再追究你，好吗？"

瓦彻的脚步声越来越远。

"好吗？"埃奇法斯特重复说道。

那里寂静无声，然后传来了更多脚步声，这一次声音更轻了，摇摇晃晃地走来一个不得不回到工作岗位的身影。

"好了，"布朗普顿说道，"感觉好多了，谢谢。忘记洗手了，但是没关系。有没有出什么事情？"

埃奇法斯特认真思考后才给出答案。

"没有，"他说道，"什么事也没有发生……"

第34章 狡猾的伪装者

我们遇到了一些狡猾的伪装者。

在战场的两边布满了很多古怪又可怕的车辆：有战马车，它们的钢圈轮配置了尖钉，车的平台被层层金属保护，从而掩护下方的驾驶员和弓箭手；有原始的坦克，它们装配了长长的回转炮台，汽油会从中泵出，随后被炮台口的火焰点燃；还有像大蛇、恶龙和海怪一样的攻城兵器；战地发射机随时准备战斗，它们的支架上还装满了石头。

来说一说这些石头，或者，其实更确切的表达可能是：说说这些石头说的话：如我们所见，地狱里有很多实体——树林、云层等——它们具有感知能力，但一般情况下，它们是毫无感知力的。在这些实体中，有些类型的石头长出了小嘴巴和一些发育不全的眼睛，还高估了自己在所谓的地狱生态系统中的价值①。发射机支架上的那些石头正在大声抱怨自己的处境，它们指出，受到冲击后，它们会变成沙砾，甚至更糟糕的是，沦落为碎石子，它们的遭遇不亚于被迫住在帐篷里，还要申领失业救助的国王或者皇后。当然，没有谁在听它们的抱怨，因为它们不过是石头而已。石头造成的危害是有限的，除非有人帮个忙，用力把它扔向某人或者某物。很快，这些石头就会被扔向敌人，这些抱怨似乎可以向感兴趣的敌方去诉说，前提是敌方（a）没有被扔

---

① 就像很多故作深沉的生物体一样，石头也创造了属于自己的基本音乐形式。来说说类似的笑话吧。

过来的石头砸死；而且（b）有心情听石头抱怨自己在这场余波中的遭遇，这一点似乎是不可能的。

所以，当一颗长了四只眼睛的大石头竭力穿过阿伯纳西夫人的恶魔军团时，没有谁会多看它一眼，即便它看起来比大部分石头更加怒气冲冲。尾随在石头后面的车子也没有吸引太多注意，它作为战车的效能是有争议的，因为它的武器仅仅由四根粘在车前和车后的木棍组成，其他部分被一块白色的防尘布盖住了，在防尘布上齐眼高度处有一些裂缝。然而，四只驾驶在车背上的小恶魔是相当凶猛的，这一点毋庸置疑。犄角从他们的前额伸出，他们的脸上往下滴着恶心的绿色和红色的不明液体。不知怎么地，它们比那两只守卫着大型车辆的疣猪恶魔更加狰狞可怖。如果有些愚蠢的恶魔想要窥探防尘布下的状况，疣猪恶魔就会拿着大棍棒用力打它们，从而断了它们的这个念头。

"过来，"乔利喊道，"小心你的背。"他用手肘轻推多丝。"别再舔你脸上的树莓糖浆和青柠糖浆了。你这是在破坏效果。"

"我有一只犄角松了。"安格力说道。

"多用点口香糖，"乔利说，"给，用我的吧。"

他从嘴巴里拿出了一块粉色的东西递给了安格力，安格力不情愿地接了过去，把冰激凌甜筒更牢固地粘在前额上。

"啊啊啊啊！"马布尔喊道，一边气焰嚣张地挥舞着丁卯·博德金的订书机。

"冲啊！"多丝说道，"扯掉他们的脑袋，然后用来打保龄球。"

"胆小鬼，那群家伙。"安格力叫道，他提起了精神，朝亚必戈公爵的军队做出了种种粗鲁的姿势，他希望至少有一种姿势可以被对方理解成是一种侮辱。

"放松点，小伙子们，"皮尔警官的声音从防尘布下的某个地方传来，"不要吸引不必要的关注。"

"什么样的关注？"安格力问道，他得到的答案是：一支黑色的弓箭从他的耳边呼啸而过，扎进了雪糕车里。"哦，好吧。说得有道理。"

这支护卫队从载着塞缪尔牢笼的马车旁缓缓经过，多丝和马布尔拿出了一些纸杯，开始给围在马车旁的恶魔倒酒。

"干了这杯酒，小伙子们。"多丝说着，一边把杯子递了出去。"还有姑娘们。呃，不管你们是男是女。你们没有听过战前一杯酒吗？"

恶魔喝完酒后，眼睛一时看不清楚，身体开始摇摇晃晃，只想一杯接一杯地喝冒牌的斯皮格特酒，就各方面而言，这酒味道虽然不大对但还不赖。安格力和乔利趁机从车顶跳到了马车平台上。马布尔朝它们扔了一个麻布袋，那两个小矮人拿着袋子，偷偷地溜到了防尘布下面。

阿伯纳西夫人抬起手，示意自己的队伍停下来。亚必戈的三个私人护卫骑着马从战线后往前迈出。其中的护卫队长手持长矛，矛上飘扬着一面白旗。他们骑到来到阿伯纳西夫人的附近，然后停了下来。

"奉亚必戈公爵之命，叛徒必须投降，阿伯纳西夫人。"队长说道。

阿伯纳西夫人看到在不远处，亚必戈坐上了自己的大骏马，红色斗篷在他身后飘动，和空气融为一体。投降？他是认真的吗？她觉得不然。他只是在为自己开脱，以防日后有人质疑他的所作所为。是的，他可以说，我给了她机会投降，避免冲突，但是她拒绝了，我不得不继续与她斡旋到底。

"我没有听说过名为阿伯纳西夫人的叛徒，"阿伯纳西夫人说道，"我只知道亚必戈公爵是叛徒，他拿起武器对抗地狱军队的指挥官。如果他向我投降，命令他的恶魔属下放下武器并撤退，那么我会向他承诺……事实上，我也没有什么要承诺他。不管怎样，他劫数难逃。他会被埋在悲叹之湖中，问题是他会被埋在多深的湖底。"

"他还要求你交出那个叫塞缪尔·约翰逊的男孩。"队长说道，好像没有听到阿伯纳西夫人说话似的。"他是一个闯入者，垃圾，是这个国度的敌人。亚必戈公爵会安全地监禁他，以防他再搞破坏。"

"这一点我也拒绝，"阿伯纳西夫人说道，"还有其他事情吗？"

"确实还有，"队长说道，"亚必戈公爵命令你坦白连通世界间的那扇大门的位置，之前你瞒着我们的主人恶魔之王，没有经过他的允许便打开了这扇大门,对这片领土的稳定造成了威胁。"

阿伯纳西夫人一时间里什么也没说,似乎在构思一个合适的答复。最后,护卫队长等得不耐烦了。

"我要带给亚必戈公爵一个什么答案?"他说道,"现在就说,否则他会拿你泄愤。"

"好,"阿伯纳西夫人说道,"你就说——哦,没什么,我让你自己找到答案。"

她的背后冒出了那些致命的触须。还没等那三个护卫反应过来,他们就被卷起,几秒钟内,他们的马还有他们自己就被撕得四分五裂了。阿伯纳西夫人把残骸收集起来,把他们碾压成一个有血有肉,还有皮革和金属混杂的球,然后用力朝亚必戈的军队投掷过去。那个球滚到了亚必戈的坐骑那里,弹到马的前脚才停了下来。

"看来答案是否定,"亚必戈说道,"我倒希望是这个答案。很好。看来只能大开杀戒了。"

瓦彻迅速穿过了绝望之山。上次阿伯纳西夫人来的时候,拱桥和壁龛里回荡的笑声和嘲讽现在都消失了。住在里面的妖魔鬼怪都退避到暗处,生怕引起瓦彻的注意,只有瓦彻走过去了,它们才敢盯着它看。尽管瓦彻很久没有从这些大厅穿过去了,但是关于它的记忆还在。它的到来让恶魔们想到了那个旧秩序,它走路的时候,体型变大了而且更有力量,似乎在吞噬着独属于它的能量。

奥西穆斯大臣在堤道的尽头等着它。他举起了制杖,瓦彻停了下来。

"回去吧,老家伙,"奥西穆斯说道,"这里没有你的容身之地了。你的时代已经结束,一股新力量崛起了。"

瓦彻用充满敌意的黑色眼睛盯着他。奥西穆斯在它的眼睛里映出了八个倒影,黑色的眼珠里有一个苍白的身影,奥西穆斯仿佛已经消失不见似的。

"恶魔之王疯了,"奥西穆斯继续说道,"在他恢复神智前,会有另一个恶魔替代他来统治地狱。阿伯纳西夫人必须听天由命,你也要去地狱里找一个布满灰尘、被人遗忘的角落,在那里慢慢地被淡忘,否则你会像你的女主人一样,劫数难逃。如果你还继续和老天作对,悲叹之湖无边无际,深不见底,会有你的一席之地。你为女主人卖命的日子到头了。"

瓦彻的声音回荡在奥西穆斯的脑海中。

阿伯纳西夫人不是我的女主人。

奥西穆斯那干枯的面容挤成了一个咧嘴笑的样子。"那么,你还是想明白了?"

我的主人另有其人。

"你是说亚必戈公爵吗?也许你对他有一些可用之处。"

不,另有其人。

奥西穆斯皱起了眉头。"你的答案像谜语一样。也许你年纪太大了,脑子也变糊涂了。算了!我和你没什么说的了。我们都跟你玩完了。你要倒大霉了。"

奥西穆斯正要把脸转过去,突然瓦彻的一只手抓住他的喉咙,把他从地面提了起来。奥西穆斯努力想发出声音,但是瓦彻抓得太紧了,奥西穆斯被拖到堤道的边缘,只能发出咯咯声,他的眼睛张大,他终于知道了答案。在他身下,出现了一团红色漩涡,就像火山的里面一样,但是它的中心是黑色的,那片黑暗让人看到就觉得可怕。

你监禁了我的主人。是你把我们置身于战争的边缘。

奥西穆斯拼命地摇头,脚到处乱踢,手紧抓着瓦彻的胳膊,然后他听到了生命中的最后一句话。

是你要倒大霉了。

瓦彻松开了爪子,奥西穆斯掉进了万劫不复的深渊。

第35章 拯 救

战争爆发，拯救任务开始。

牢笼的栏杆发出一阵叮叮当当的响声，塞缪尔转过身去。一根火柴点亮了，他看见一些恶魔般的身影，顿时陷入了恐慌之中，直到其中一个甜筒状的犄角又从安格力的额头上掉下来，乔利从他的脸上擦下一点"血"，他舔了舔自己的指尖说道，"原来是树莓糖浆！噢，真甜啊。"

"小子，你没事吧？"安格力说道，"我们马上就把你弄出来，只要这光还能坚持一会儿。"

他从自己身上的某个地方掏出一套凿子，开始撬锁头。

"发生什么事了？"塞缪尔问道，"我在这儿看不太清楚。"

"是这样的，"乔利说着，这时第一根火柴灭了，他又点起另一根火柴，"有人逼着阿伯纳西夫人投降并把你交出去，可她不愿意，所以她把来传话的恶魔撕碎了，揉成肉丸子，又把他们扔了回去。她真是个女强人，是她那类人的典范。不过，没有人能准确地说出她究竟是属于哪类人。我猜，这儿随时会爆发战争，到时候肯定少不了刀光剑影、尖叫不断。"

"纳德呢？博斯威尔呢？还有其他人呢？"

"大家都没事，都在附近呢。"

咔嗒一声，牢笼的大门打开了。

"这东西算不上什么'锁'，"安格力说道，"我曾经开过比这更难开的啤酒瓶。"

"所以,我们的计划是什么?"塞缪尔一边问,一边从牢笼里爬出来。

"计划是纳德先生想出来的,"乔利说道,"简直天衣无缝。"

他打开麻布袋,露出了里面装着的东西。

"你跟我开玩笑吧。"塞缪尔说道。

但,他们并没有在开玩笑。

亚必戈公爵抬起一只手,号角顿时响起。他的身后传来上千支弓箭搭在弦上,弓弦拉紧蓄势待发的声音。

"听令!"亚必戈大声喊道,随后放下了手。弓箭立即脱弦而出。随着弓箭朝着敌方防线射去,天空陷入一片黑暗。

"噢,真卑鄙。"皮尔警官说道,他正透过盖在丹的雪糕车上的那块布的缝隙处往外窥探。"箭真多啊。"

然而,当弓箭射到最顶端准备下降的时候却突然燃烧了起来,阿伯纳西夫人的军队里响起了一阵欢呼声。此时,阿伯纳西夫人正坐在她的坐骑上,她的手臂抬了起来,指尖冒烟。

"我很高兴她是我们这边的。"皮尔警官说道。

"要是她发现我们在她这边,"罗恩队长说道,"那她就不会这么想了。"

又一阵箭雨朝他们射了过来,这一次,弓箭的数量更多了。有些弓箭穿过阿伯纳西夫人的火障,插在了恶魔的身上。不过,这些恶魔似乎并没有为此感到特别不安,大多数恶魔只是有些恼怒地盯着那些插在身上的弓箭。

"好吧,这些弓箭似乎并没有造成多大的伤害。"皮尔警官说道。他的附近有一个长着黑色皮毛、一口坏牙、还弓着背的生物。只见那生物把插在其胸前的一支箭拔了出来,随即爆炸了,血肉横飞,白光四射。

"另一方面,……"

亚必戈命令第一批骑兵发起进攻,那些无皮的马匹载着骑兵朝阿伯纳西夫人的军队冲过去。那些骑兵们挥舞着重型长矛,长矛矛头锋利,有多块带刃的矛叶。虽然,一半的骑兵都倒在了矛枪、弓箭以及突出重围的岩石下,然而,剩下的骑兵以破竹之势突破了第一道防线,在盾墙中打开了一道缺口,将敌兵牵制在后方,随后将长矛丢置一旁,挥舞着狼牙棒和刀剑,开始大开杀戒。

又一批骑兵发动进攻,紧接着,亚必戈公爵和他的私人护卫带领着那些普通的恶魔士兵也发起了进攻。与此同时,他的两个军团开始从两侧包抄,企图把阿伯纳西夫人的军队完全包围起来。为了反击,阿伯纳西夫人的军队释放出熊熊火焰并射出无数弓箭,而阿伯纳西夫人本人则朝着她的敌人发起猛烈进攻。她背上的触须抽打着、扭动着,将骑兵们从马背上拉下来,然后将他们撕开,仿佛像撕碎虫子一样。蛇发女怪们终于露出了狰狞恐怖的面容,将那些来不及转过脸去的人变成石头,而那些掩面的敌人则毫无反击之力。独眼巨人挥舞着他们的棍棒,每挥舞一次就将十个士兵甩到一边。双方战龙的头发、皮肤和肉体上全都燃烧着火焰,而塞壬女妖们则像捕食的鸟儿似的,从上方发动攻势,她们张开爪子,刺穿敌人的盔甲和肉体,留下骇人的伤口。爪子里的毒液感染了身体组织,那伤口马上变成了黑色。成群的恶魔蜂拥而至,迫不及待想要加入战斗的行列,战争的重心越来越靠近机动化石头和那辆乔装的雪糕车。

"守住牢笼!"阿伯纳西夫人尖叫道。亚必戈的军队训练成果开始显现,她觉得战争形势越发对其不利。又一批恶魔包围了马车,那些恶魔亮出刀剑,形成了一道尖锐金属和牙齿组成的坚不可摧的防守墙。几乎没有谁注意到原来守卫在那里的护卫已经摇摇欲坠而且好像心神恍惚,可就在此时,更多的弓箭如暴雨般开始落下,此时,避开弓箭,方为上策。

血肉模糊,尖叫不断,电闪雷鸣,地狱崩裂。

第36章　瓦彻改头换面

有人醒来，头痛欲裂。

多丝现在已经安全地回到了雪糕车里。拯救任务成功结束以后，多丝刚刚帮乔利和安格力回到货车里，他第一个发现情况不妥。

"你们听到了吗？"他说道。

"我只听到战斗的声音。"皮尔警官说道。

"不，不是那种声音。听起来像是回声，不过，是声音还没发出之前的那种回声。"

慢慢地，钟声开始敲响，回荡在深山中，声音愈来愈响。钟声嘹亮，无休无止，所有听到钟声的人都一脸痛苦地捂着耳朵。连续的声波震动导致地动山摇，平地上出现了裂缝。虚无之山里，洞穴坍塌。从白雪皑皑的山峦一路向北，大量雪体坍塌，覆盖了那些把脸冒出悲叹之湖湖面的倒霉鬼。不悦之海被海底的地震撕裂成两半，黑水如海啸般上涨，拍打着荒芜的海岸。战场上，各种武器纷纷被打落，骑兵们接二连三地落马。鲜血从耳朵上流下，牙齿被枪支打松。恶魔们畏畏缩缩，痛苦地哀号起来。钟声一遍遍响起，动摇了绝望之山的岩石，直至地狱本身仅剩下唯一的存在：钟声的悲鸣。这钟声沉寂已久，仅在地狱陷入重大危机时才会响起。

突然，钟声停止。形形色色的地狱之魔纷纷朝绝望之山的方向看去。绝望之山深处的火焰若隐若现，恍如鬼火。一个身影出现在门口。是瓦彻。此时的瓦彻比以往更高大粗壮了。它红色皮肤容光焕发，仿佛刚刚经过烈焰的锻造过，渐渐冷却后变成了灰黑色的金属或石块似的。

"它是怎么进来的？"当瓦彻的身影出现在他们面前的时候，布朗普顿压低声音厉声对埃奇法斯特说道。

"肯定是偷偷溜进来的。"埃奇法斯特说着，尽量不与布朗普顿的眼神接触。

"这儿有四十英尺高！"它是怎么办到的？难道是戴了帽子和黑色眼镜？你真是个了不起的门卫。

护卫们、双方队伍、阿伯纳西夫人和亚必戈公爵对瓦彻的改头换面震惊不已，然而，随后关于瓦彻的一切疑问和讶异都烟消云散了，因为此时，山上很明显出现了另一个身影。那个身影让瓦彻显得格外矮小，正如瓦彻对列队于战场上的大多数恶魔形成居高临下的态势一样。一股浓烈的硫磺恶臭飘过平地，成群的生物步步紧逼，遮挡住了山里的火焰。对战的两军一动不动，陷入了一片沉默之中。甚至连小矮人们都沉默不语，仿佛被其眼前的所见冰冻住了，不能言语，也无法动弹。在纳德的阿斯顿·马丁车里，博斯威尔把自己的口鼻埋在塞缪尔的腋下，惊慌地闭上了眼睛。当他闻到飘过来的恶臭时，鼻子抽动了一下，脑里不禁浮现起散发恶臭的画面，那画面挥之不去。

恶魔之王身形巨大，当他穿过山口的过梁时，不得不弯下腰来。当他终于直起腰来，映入眼帘的是一个高大威严的生物，令人不禁心生敬畏。眼前的这位不仅是最古老邪恶的恶魔，而且是邪恶本身的基本形态。他的存在是所有错误，所有污秽的源泉，是所有世界和宇宙中一切希望的克星。他的王冠是黄色的、呈锯齿状，是从他自己的头盖骨上取下来的骨刺制成的。他高大的身躯裹在一副盔甲里，那副盔甲是他原打算在他征战地球时穿的。盔甲上刻着世上所有男男女女的名字还有所有尚未出世的人的名字，因为他憎恨所有的人类，他想把自己的愤怒发泄在他们每一个人身上。随着越来越多的人来到人世间，刻在上面的那串名单越来越长。名单上有些名字已经被烧毁了，因为他们自作自受，自取灭亡，最后落得和恶魔之王在地狱作伴的下场。

恶魔之王脸上大部分的肌肉早就腐烂了，只剩下薄薄的一层棕色皮革似的皮肤挂在骨头上。他脸颊的皮肤上有一条裂缝，里面的肌肉和骨头清晰可见。他有两排牙齿，牙齿参差不齐，牙龈呈病态的黑色。一条浅桃色的舌头像蛇的舌头一样，在他腐烂的唇上舔来舔去。

然而，尽管他面目狰狞，但真正吓得人打冷颤的是他的眼睛，虽然他的眼底深处还有着一丝人性，里面填满了无休无止的愤怒和拒人于千里之外的悲伤。塞缪尔从纳德的车里往外张望，此刻他终于明白为什么这个生物是如此地憎恨世上的男男女女：他憎恨他们，因为他们与他是如此地相似，因为人类的恶行恰恰是他最真实的写照。他是人类一切恶行的源头。但是，他没有任何伟大之处，没有任何慈悲之心，而这些是人类所拥有的，因此，只有荼毒人类，他自己的痛苦和懊悔才会得以减轻，他才不会过得那么痛苦。

如今，他注视着整个战场，瓦彻在他的前面摆出一副蓄势待发的架势。他一张口说话，所有人都惊恐地发抖。

"是谁胆敢在我的地盘挑衅？是谁让恶魔们相互仇杀？"

仿佛事先安排好了似的，一听这话，所有的士兵都散开了，尽量和他们的指挥官拉开距离。阿伯纳西夫人和亚必戈公爵各自孤立无援地站在那里。

"我的君主，我的主人，"亚必戈低头说道，"很高兴再次见到您。没有您的带领，我们一度迷失，我们遭遇同伴背弃。我被迫采取行动，守卫我们这个伟大的国度，以防那个你曾经宠爱的叛徒，这位"——他一脸厌恶地指了指阿伯纳西夫人——"变节的大红人，这位被拼缝起来的女人。"他似乎还要继续往下说，但恶魔之王抬起了一根有爪的手指，亚必戈公爵就闭嘴不言了。恶魔之王转向了阿伯纳西夫人。

"亚必戈说的是真的吗？"

"不，我的主人，"阿伯纳西夫人说道，"没错，我们曾一度迷失，我们曾遭遇背叛，可叛徒并不是我。看看这些旗帜：我是以您的名义出战的，而亚必戈却是打着自己的旗帜出战。"

"请允许我为自己辩解——"亚必戈开始张口说道，可他一张口，他所说的话就变成了肥大的黑色苍蝇，在他的两颊和舌头里嗡嗡地叫。亚必戈试图吐出那些昆虫，可是他每吐出一只苍蝇，又有两只冒出来，直到他的嘴里全都塞满了苍蝇。这时，阿伯纳西夫人嘴角上扬，露出狡黠的微笑。

"我打算为我的失败对您做出补偿，我就是这么做的。"既然已经让亚必戈暂时说不了话，阿伯纳西夫人便继续说道。

"你的失败太过惨烈，你的补偿可不能少。"

"是的，"阿伯纳西夫人说道，"我已经把那个让我们所有努力付诸流水的小孩带来了，我把塞缪尔·约翰逊带来了！"

她朝着马车司机招招手，那司机催促马匹前行，将盖着布的牢笼带到战场的空地上。站在她身边的亚必戈终于积聚了足够的力量驱走了那些苍蝇，他打断了她。

"她撒谎，我的主人！我打着自己的旗帜战斗是因为她以您的名义来掩盖自己的阴谋。她想用更多的背叛来掩饰曾经的背叛。她从我那里偷走了那个小孩。是我发现了打开大门的办法，但她却把小男孩从我的城堡中夺走，好让自己可以邀功。"

马车越走越近，马车之中的奖品坐等揭晓。一道闪电掠过，照亮了马车里的身影。

"亚必戈公爵，你打开的大门在哪儿呢？"阿伯纳西夫人问道，"给我们瞧瞧，好让我们开开眼界。展示给我们的主人看看，我们可以利用它的能量再次发动进攻。"

"它消失了，"亚必戈气急败坏地说道，"我不能撑开它太久。大门打开的时间只够我抓住一个小男孩。"

阿伯纳西夫人抬起了她的手臂。

"我的主人，让我给您看看他背叛的证据，"她说道，"我知道大门的所在之处。我知道，是因为它就在……我的身上！"

她的双眼发射出一道冰冷的蓝光，她的嘴里也充盈着蓝色光线。她身边的空气似乎在打转，形成一柱尘灰，裹着从她身上发出的光，让她成为了蓝色世界的重心。随着她变得越来越高，她变成既是阿伯纳西夫人，也是以前那个古老的她，那个恶魔巴力。巴力的触须在扭曲着，它巨大的脑袋在阿伯纳西夫人拉长的皮肤下清晰可见，仿佛一个透明的身影重叠在另一个身影上。她那裂开的下巴变得越来越宽——十、二十、三十英尺宽——露出一柱黑色光线，还有一颗蓝色的心脏。

"看，我的主人！"她大叫道，"看看那大门！看看——塞缪尔·约翰逊！"

马车负责人猛然抽开那块黑布，围观的群众望着快乐甜点先生的身影，不禁倒吸了一口气。快乐甜点先生咧着嘴角，冲着地狱中聚集的军队假笑。

就在那时，一块有着四只眼睛的岩石从队伍中冲出来，紧跟其后的是一辆盖着布的马车，马车上装饰着普普通通的号角。遮盖的东西掉了下来，只见丹，那个雪糕侠丹在他那辆爱车的车轮上蹲着，罗恩队长，皮尔警官和四个一脸毅然决然的小矮人们敦促着货车前进，而塞缪尔·约翰逊则在那辆曾经属于他父亲的阿斯顿·马丁车里，一只臂弯里紧紧地抱着博斯威尔，另一只手搭在瞪大眼睛的沃尔姆伍德的肩膀上。

还有纳德：纳德不再是那个无能的纳德，不再是那个胆小的纳德，不再是那个名号为"五灾之魔"的纳德。是的，眼前这个是改头换面的纳德。这是"恶魔的征服者"纳德。这是"胜利者"纳德。

这是"吓坏人"的纳德。

阿伯纳西夫人还没反应过来，纳德已经把车开到了她的嘴巴里，而那辆雪糕车不过在他几英寸之后。当他们穿过大门消失不见的时候，微弱的"橱窗里的小狗（多少钱）"歌声从阿伯纳西夫人的下巴飘出来传遍整块大平地。

在战场上，双方军队对立而站，恶魔之王本人居高临下，想弄清事情的来龙去脉，即便是在这样的战场上，有两辆汽车径直开向一个恶魔的喉咙，而那个喉咙刚刚变成了连接宇宙之间的大门，这样的事依然算得上是匪夷所思的事情。几秒钟内，整个战场都静止了，除了两辆车上的乘客掉进一个虫洞似的东西外。掉入虫洞,身体会被拉伸至痛苦至极的状态,随后又被压缩成同样痛苦的状态。可这一切都不为地狱的居民所知,他们全都继续盯着阿伯纳西夫人,想看看她是如何应对这一突然的变故。

或许吧,阿伯纳西夫人的体内埋藏着打开大门的力量,然而,她并没有打算把这股力量用在塞缪尔、纳德以及刚刚那群人的身上。她原打算将这股力量引出她的体外,然后在主人的帮助下,尽可能将对撞机的力量一次性全都吸收过来,从而改变大门开启的方向,让他们能够将东西从地狱移向地球,而非从地球移向地狱。单单转移一支军队是不够的,如果把恶魔之王和她自己转移到人类世界,他们才能稳操胜券。他们会在地球上建立一个新的地狱,单凭他们俩就足够了。不幸的是,就目前的情况来看,这个计划似乎不得不搁置一旁了,因为阿伯纳西夫人现在有更紧急的事情要处理。

她的身体直打哆嗦。她的嘴巴被塞住了,差点让她窒息。她仿佛是吞下了一块食物,而那块食物却没有被正常咽下似的。这就是现在大概发生在阿伯纳西夫人身上的事情。蓝光变得越来越强烈,越来越明亮,以至于那些聚在一起的恶魔们,甚至连恶魔之王都不得不转头看向别处。蓝光是如此地明亮,明亮到从蓝色变成白色,蓝光是如此强烈,强烈到阿伯纳西夫人尖叫不已。

大门坍塌了,阿伯纳西夫人向内爆裂,只能自己独自忍受,随着她身上的每一颗原子都分离开来,她的身体碎片开始向内螺旋。她乔装成人类的那副皮囊也被吸进去,露出了原来那个老怪物的身躯。她那裂开的下巴被拉入她的喉咙里,她的触须在她的身体前面合拢,仿佛要保护她。"砰"的一声,大门轻轻关上,而她的身体碎片则散落在多元宇宙中。

第 37 章　地球之旅将要结束了

我们来到了故事的结局部分。

安布罗斯·比尔斯大道上出现了一道蓝光，随即两辆车出现了：一辆阿斯顿·马丁，它的车窗玻璃出现了裂纹，以至于看不清楚车里的情况，车子躺在那里，四只轮胎像一只瘫倒的动物的腿一样向外张开；另一辆是雪糕车，破破烂烂的，车上载着四个同样衣着破烂的小矮人，他们从头到脚都是树莓糖浆，还有两个帽子已经熔化了的警察和一个头发冒烟、一脸迷茫的雪糕小贩。

"下次我们还是坐火车吧，"乔利一边说着，一边从货车尾部蹒跚走来，"我觉得自己好像刚被倒着从洗衣机里拽出来似的。"

他的小矮人同伴们也从货车尾部走出来。多丝用他的一个甜筒椅角刮起了最后一点糖浆。刺鼻的浓烟开始从货车底部冒出，紧接着，闪烁的火苗马上蹿了起来。丹，雪糕侠丹悲痛地看着他谋生工具的残骸淹没在火光中。

"也许我不适合卖雪糕，"他说道，"我想，至少保险公司会赔偿这个损失。"

乔利轻轻地拍着他的手臂。"那你会买一辆新的货车？"

"或许吧。虽然我也没想好买新车来做什么。"

"既然你提到这一点，"乔利摆出一副最真诚的神情说道，"你觉得接送四个勤劳积极的人去不同的地方工作的差事怎么样？"

"听起来不错。"丹说道。

"不错,是吧?"乔利说道,"我真希望我们真的认识四个勤劳积极的人,不过既然我们不认识这样的人,换成接送我们四个怎么样?"

罗恩队长和皮尔警官帮纳德、沃尔姆伍德、塞缪尔和博斯威尔从阿斯顿·马丁里出来,因为他们从地狱之门穿过来的时候,车门被紧紧地扣住,打不开了。

纳德伤心地拍着车顶。"我想这是她的最后一次旅程。"他说这话的时候,沃尔姆伍德从眼角拭去一滴泪水。沃尔姆伍德已经开始喜欢阿斯顿·马丁了,几乎和喜欢纳德的程度一样;甚至喜欢它甚于喜欢纳德,因为它从来不用权杖打他,没有用恶语伤害过他,也没有威胁着要把他倒过来永远埋在沙子里。

"至少你还有车,或者说是车的残骸,"皮尔警官说道,"我们该如何解释丢失警车的事情,队长?我们的车在哪儿?"

"我们永远也不会知道,伙计。"罗恩队长说道①。

突然,燃烧的雪糕车里发出一阵骚动声,几秒钟后,尚和迦特从大火中出现了,他们拍着自己皮毛上的火星点儿。

"把他们给忘了。"安格力说道,他的语气很随意,仿佛是在说忘了系鞋带,而不是忘了有两个生物深陷在一场金属和塑料的大火之中。

---

① 在地狱的某处深地,漂浮着一个名叫弗雷德的无形大恶魔,他刚刚回到家,见到他那无形的妻子费莉西蒂以及无形的孩子小弗雷德。"你去哪儿了?"他那无形的妻子问道。"我不知道你以为你自己是谁,无牵无挂地在地狱里四处闲逛,留下我独自一人照料小弗雷德。大多数时候,我们都觉得你好像从来没有在我们身边。"弗雷德想要指出,自己是无形的,即便在家也会好像不在一样,可他认为现在还不是时候,因为虽然自己是无形的,本应该是一个很难击中的目标,可他的太太似乎拥有一种神奇的能力,能够用家里的各种东西直接击中他。他把一辆警车和货车放在小弗雷德身边,或者说放在他以为的小弗雷德的大致所在之处。跟世界上所有的小朋友一样,小弗雷德马上拿起那些车,把它们撞在一起,然后推着它们在地上跑,发出蹦蹦蹦——蹦蹦蹦的声音。
"车上本来还有一些小矮人的,"弗雷德说道,"可我知道他肯定会把小矮人弄丢的。"
"那我呢?"费莉西蒂问道。
"你只有一个吻,我的爱人,"弗雷德说道。
他对着空气深情地一吻。
"我在这里,你这个傻瓜……"

第37章 地球之旅将要结束了

"他们是从哪儿冒出来的?"皮尔警官问道。

"当你、队长还有丹在前面的时候,我们把他们藏在冰柜里,"乔利说道,"对不起,我的意思是,我们不能把他们留在地狱里,尤其是在那个有翅膀的家伙在他们的洞穴里发现塞缪尔以后。那对他们不公平。"

"我们把四个恶魔带到了地球,"罗恩队长说道。他的脸色惨白。"他们会害我降级的。"

皮尔警官咧嘴一笑。"我没级可以降。"

"我知道。他们会抽了你的筋的。"

"噢。"

"没错,'噢'。笑不出来了吧,你?"

"可我们会惹大麻烦的,队长,我这辈子的麻烦已经够多了。局长肯定不会同意我们把恶魔带到地球来的。他这个人连度假都不去国外,因为国外都是外国人。如果我们把我们的所作所为都告诉他,那我们这辈子就只能指挥交通了。"

罗恩队长望着尚和迦特。他们把自己皮毛上的火星点儿扑灭了,现在正在用最后剩下的那点家酿啤酒提提精神。

"那我们就不告诉他。"罗恩队长说道。

"可我们不能放任他们、纳德还有沃尔姆伍德在地球上四处闲逛。这不妥。"

"我们也不会放任他们四处闲逛,"罗恩队长说道,"皮尔警官,我有个想法。"

纳德望着头顶上的那片蓝天,在美丽的琥珀色落日的照耀下,云朵掠过天空。他闻到了花香,草香,还有刚出炉的冰激凌甜筒的气味。他看到一只猫在用它的背蹭一根柱子,看到一只鸟从一个喂食者的手里啄食种子。他感到自由自在,兴奋不已。

也感到惶恐不安。对这个世界来说,他是一个外来的生物,是恶魔。他们可能会恨他,会怕他,又或者会把他关起来。那沃尔姆伍德怎么办呢？沃尔姆伍德在地狱里都不能照顾好自己。没有纳德的话，他会迷失的，可就连纳德自己也不知道他们要如何在人类世界生存下去。

一只手抓着了他的手，紧紧地握着。纳德低头一看，他看到了塞缪尔。博斯威尔在塞缪尔的身边摇晃着尾巴。

"一切都会好起来的，"塞缪尔说道，"你看，一个全新的世界等着你去探索……"

地狱之旅充满了各种痛苦和喜悦，但是对地球而言，不过是过了三个小时而已，塞缪尔的母亲虽然担心，可是并没有着急。可是当塞缪尔跟她解释所发生的事情的时候，她马上就着急了。此刻，一定要来一杯茶。但这次约翰逊夫人出去给自己倒了一杯牛奶，而塞缪尔去洗澡了。当约翰逊夫人回来的时候，沃尔姆伍德正在洗澡，而纳德正穿着约翰逊夫人的一件旧浴袍，从一个小的塑料管里吹泡泡。

"我们要怎么安排他们两个？"约翰逊夫人一边把茶和蛋糕放在托盘上，一边问道。"他们不可能永远待在这儿。我们的房间不够。"

"我们已经计划好了。"塞缪尔说道。

的确是有计划了。

第二天早上，塞缪尔和往常一样上学。对那些像汤姆和玛丽亚这样观察力强的人来说，在塞缪尔把昨天发生的事情告诉他们之前，他们就觉得塞缪尔似乎比以前显得更加成熟，同时也更强壮，更坚定了。随后，塞缪尔戴上他的备用眼镜，大步流星地走到饭堂，在那里，他看到露西·海默尔和她的两个朋友在其中一张桌子上写作业。

"你好，"塞缪尔对露西说道，"我可以跟你聊聊吗？"

露西点了点头，她的朋友们收起书本，笑咯咯地离开了。露西第一次认真地看着塞缪尔·约翰逊。她从来没有对塞缪尔不友善，但也从来没有和他有过深度的交谈。他们俩在不同的班级，只在集合的时候遇到过。如今，两人面对面，没有什么打扰他们。她觉得他长得还算英俊,只是有些奇怪。他们俩虽然同龄,但是他的眼里有一种忧伤和睿智,让他看起来比她年纪大。

"我叫塞缪尔。"

"我知道。"

"昨天我约那个邮筒出去玩,是因为我以为它是你。"

"我长得像邮筒吗?"

"不,不像。说实话,一点也不像。"

"所以,一般人不会犯这个错误咯?"

"是的。"

"那就好。"

"是啊,我也是这么想的。"

他们陷入了短暂的沉默。

"所以?"露西说道。

"所以,"塞缪尔说道,"我希望周五放学后你可以和我一起去皮特饼屋吃馅饼,如果你有空的话。"

露西考虑了一下这个提议,然后遗憾地笑了笑。

"很抱歉,周五我没空。"

"噢,"塞缪尔说道。他咬了咬他的嘴唇,然后转身。他想,至少我尝试过了。

"可我周六有空……"

"怎么样了?"那天晚些时候,玛丽亚在走廊里碰到塞缪尔的时候问道。

"她答应了。"塞缪尔说道。

"噢,那就好。"玛丽亚说道,然后就走开了。塞缪尔觉得她的眼里露出了一丝不安的神色。

生活有时候很艰难。事实上,生活常常是艰难的,尤其是当你还年轻,想要在一件重要的事情上找准属于自己的位置的时候。不过,令人欣慰的是,大多数人最终都能找到属于自己的那个位置。

在斯皮格特啤酒厂，也就是化学武器和工业清洁产品有限公司的地下室深处，尚和迦特穿着崭新的白色外套，专心致志地在实验室里忙活。实验室里有最新的酿酒技术设备。实验室旁边是他们的生活区，里面有舒适的床、椅子、一台电视以及一台弹球游戏机。令人感到意外的是，尚特别擅长玩弹球游戏。当他有时间而且也想玩的时候，他总是能玩得很好，虽然大多数时候他都很忙，也不太想玩。毕竟，尚和迦特发现了一个幸福的秘诀：找一件你本来就要做的事，把它当作一种爱好，然后找一个愿意花大价钱请你做这件事的人①。现在他们的时间都用来研发斯皮格特家精品系列的新酒：斯皮格特家的夏雨麦芽酒，斯皮格特家的柔光琥珀酒，斯皮格特家的旭日草莓啤酒等等。这一系列的啤酒酒香清雅，口感细腻，适合那些有鉴赏力的文雅酒客。

但是，在尚和迦特的眼里，那些人都是块头儿大的娘娘腔。

同时，他们还负责一条独立的啤酒生产线，专门供给那些身板更加"结实"的客人，包括斯皮格特家的奇特酒，斯皮格特家的特苦酒，以及著名的斯皮格特家的古恨酒。因为某一批啤酒里的酵母试图跑出来，所以这些啤酒现在被装在加厚的玻璃瓶里，瓶盖上还加了一把锁。尽管如此，他们的冰箱里，他们的心里，永远给斯皮格特家的古特酒留着一个位置。

毕竟完美是永远不可能被超越的。

几天后，在另一个更大的地下室区域处，在那里还隐约可以闻到斯皮格特工作坊的烟囱散发出的气味，一辆炫酷的红色跑车失去了控制，正歪歪斜斜地行驶，撞到了一面砖墙，用力太猛以至于两个后轮都离开了地面，引擎盖也被撞垮了，引擎零件、车身、或许连乘客都

---

① 大多数人浪费时间在做一份自己并不是特别喜欢的工作，可等到最后把钱攒够，可以不用再做那份工作的时候，也离死亡不远了。不要成为那样的人。生活和生存是有区别的。做你爱做的事情，爱一个愿意让你做你所爱之事的人。

就这么简单。

却也这么难。

被甩在空中。车的后半部分似乎悬挂在死亡的绳索之上 / 似乎悬挂在痛苦的死亡线上，然后"嘭"的一声跌落在水泥地上。

那一刻，整个世界只剩一片寂静。

一阵嘎吱嘎吱的声音从那堆歪曲的金属堆里传出来。司机座位旁的门打开了，或者更准确地说，司机的门掉了下来，看起来有些晕头转向的纳德从残骸中摇摇晃晃地走出来。沃尔姆伍德跑向他，帮他摘下被撞毁了的头盔和手套。纳德狐疑地抬头望着那个长长的车窗，车窗后面坐着各种工程师，设计师和安全专家，他们伸着脖子想要听清纳德的话。塞缪尔·约翰逊坐在离车窗很近的地方，很明显是松了一口气的样子。无论他曾经看过多少此类事情的发生，每当他看到他的朋友安然无恙，他都感到开心和惊喜。

"好吧，"纳德终于说道，"安全带起作用了，但你可能需要检查一下刹车……"

正如我之前说的，大多数人和一些恶魔，最终都能在生活中找到属于自己的位置。

第 38 章　地狱真的存在吗？

故事还没有结束。

当对撞机在轰隆隆地运作的时候，希尔伯特教授、斯特凡教授、艾德、维克多以及资深的对撞机科学家们聚集在欧洲核子研究委员会的会议室里展开讨论。

"那个男孩说他被拽入地狱？"斯特凡教授说道。

希尔伯特教授点了点头。"阿斯顿·马丁，或者说它的残骸的归来，似乎证实了他的说法。"

"跟他一起的有四个小矮人、两个警察、一辆警车、一个雪糕小贩、还有一辆雪糕车？"

希尔伯特教授又点了点头。

"一辆雪糕车？你确定那是一辆雪糕车吗？"

"一辆写有'快乐甜点先生'的货车，"希尔伯特教授确认道。

"快乐甜点先生。"斯特凡教授严肃地重复道，似乎那是一条很重要的线索。

"他们没有带回任何，呃……"

"恶魔？"

"是的，恶魔，他们没有把任何恶魔带回来，是吗？"

"警察，塞缪尔·约翰逊，以及丹先生，丹就是那个雪糕小贩，他现在似乎在管理那些小矮人，都证实这一点。"

"那些小矮人们呢？"

"那些小矮人长得十分难看。事实上,我们一度以为他们是恶魔,"希尔伯特教授说道,"他们当中有一个冲艾德扔了一个啤酒瓶。"

艾德指着他的额头上的那个大包。"不过,他把瓶里的酒喝完了,这一点倒是好的。"

"你们盘问那个男孩了吗?"斯特凡教授说道。

"他的母亲不让我们这么做,"希尔伯特教授说道,"她似乎认为她家孩子失踪的部分责任在于我们,因为是我们再次启动了对撞机。对于这一点,她的态度十分坚决,并且用了一些激烈的言辞来指责我们。"

"警察们呢?"

"警察们不给我们盘问。他们还给我们看了一张警车的账单,一个月内必须付清。"

"小矮人们呢?"

"我们试图盘问他们,但并不顺利。应该说那些小矮人身上太脏了。"

"可尽管他们口供一致,你还是认为他们没有去过地狱?"

"无论他们去的是什么地方,那肯定不是地狱,"希尔伯特教授说道,"地狱根本不存在。他们去的不过是另一个世界,另一个宇宙。我认为那是一个暗物质宇宙。我们离成功不远了,教授,不远了。我们不能关掉对撞机,现在不能。我们对于自己在多元宇宙中的位置的认知马上就要发生翻天覆地的变化。我们并不是多元宇宙中唯一的生物这一事实已经被证实,现在我们有责任去探索那些与我们共存的生物的本质。"

"你认为我们该怎么做?"

"按兵不动。我们什么也不说,我们什么也不做。我们忽视那个男孩和他的故事。我们继续实验。"

"如果他们向媒体透露怎么办?"

"他们不会这么做的。"

"你似乎对这一点很有把握。"

"是的。事情发展到这个地步,那位母亲已经非常担心她的孩子了。假如媒体听信了那个男孩的故事,到他家门口蹲守扎营,他母亲肯定不乐意,而且我们可以想办法让媒体不相信他的话。警察们已经被他们的上司警告,不准对任何人说起他们所经历的一切,而那个雪糕小贩只想要自己的保险金。至于那些小矮人,他们并不是有力的证人。"

斯特凡教授依旧一脸不安。

"风险多大?"

"百分之五。最多。"

"这百分之五的风险包括地球可能被入侵,人类可能被不明物体吞噬,以及整个地球可能被毁灭?"

"有可能。"

斯特凡教授耸了耸肩。"这一点我可以接受。有人要喝茶吗?"

在绝望之山的中心地带,恶魔之王正在沉思。他发疯的时间已经过去了。现在他的脑子再次清醒了过来。

"一个男孩。一个男孩。还有一个恶魔。"

这个恶魔之主说着,仿佛不相信自己所说的话。瓦彻安静地站在他的脚边,等候它的主人的吩咐。它的头上,有一个巨大的钟。这个钟已经把它的主人从疯狂中拉了回来,此刻,那个钟已经安静了下来。地狱之门已经关闭。阿伯纳西夫人死了。亚必戈公爵和他的同伙被冰封在悲叹之湖里,永世不得解脱。只有恶魔之王依旧屹立不倒。

"对撞机还能运转吗?"

瓦彻点了点头。

"很好。"

瓦彻皱了皱眉。地狱和人类世界之间的联结已经断了。随着阿伯纳西夫人的死亡,她用来创造地狱之门的那股力量也已经消失了。想要再次获取对撞机能量的办法一定得花费不少时间,并且负责对撞机的人类这次肯定会更加小心。对瓦彻来说,这个王国再次与世隔绝了。

恶魔之王,似乎读懂了他的仆人的想法,再次开口。

"还有另一个王国。"

和恶魔之王一样古老的瓦彻听明白了。在地球的旁边有一个王国,那个王国充满了黑暗物质,那里的生物和恶魔之王一样憎恨着人类。

影子之国。

"开路。"

瓦彻出发了,恶魔之王闭上他的眼睛,让自己的意识在宇宙间徜徉,接触那些像他一样一心想伤害别人的邪恶生物。他在它们的脑海中留下了一个命令。

找到那些原子。找到那些发出蓝光的原子。找到她……

暗影来袭

方 铁 译

第1章　一场不走寻常路的生日派对

我们要在生日派对上小心蜡烛（还有先行的介词）。

在英国的比德尔科姆小镇上的一间小排屋里，正在举行一场生日派对。纵览历史，比德尔科姆几乎没出过大事件。不幸的是，通常情况下，当那些一贯籍籍无名的地方一旦发生了有趣的事，那就真的会惊天动地的；实际上，要比所有人能想到的还要轰轰烈烈。比德尔科姆的一个地下室里敞开了地狱之门，眼下整个镇子遭到了恶魔入侵。

也许正如人们预料的那样，自此，比德尔科姆就是个非比寻常的地方了。自从几个队员被"穴鲨"吞吃后，橄榄球队就不再在镇子的老球场上打球了；比德尔科姆高尔夫球队队长在十五层洞穴底部的某个地方大声呼喊的声音偶尔仍能被听见；谣传一只怪物已经在鸭塘定居，据说它还蛮害羞的，看起来鸭子们还挺喜欢它的。

不过池塘里的这个生物不是来自地狱、如今在比德尔科姆长期定居的唯一存在，说到此处我们不禁得回过头再来讲讲那场生日派对。不得不说，那不是寻常的生日派对。我们谈到的寿星叫沃尔姆伍德。他看上去像是一只害了严重疥疮的雪貂[①]，总穿一条上面绣着他名字的亮蓝色工装裤。这些工装裤代替了以前也绣着他名字的裤子，不过先前的裤子上，名字可从来没拼对过。这一次，所有字母总算完整也正

[①] 对不熟悉疥疮的人来说，那就是个引起掉毛的小病。想想你被剪过的最丑发型，就有点儿像那种意思，不过还得是全身性的哟。

确,还摆对了顺序,因为那是塞缪尔·约翰逊的母亲亲自缝的,如果说约翰逊夫人还在某桩事情上追求细节完美的话[1],那就是漂亮的拼写了。因此现在工装裤上的名字读上去是沃尔姆伍德(WORMWOOD)而非先前弄成的沃罗姆伍德(WROMWOOD)。

沃尔姆伍德,准确说来,是个恶魔。但他却没做好成为恶魔的打算。他只是草草进入了角色,因而也没得选。他终归成不了好恶魔。谁让他太善良啦。有时候人就是因为把功夫用错地方而一事无成[2]。

一阵合唱声突然围绕着餐桌响起。

"祝你生日快乐,祝你生日快乐,祝你生日快乐亲爱的沃沃尔尔尔姆姆姆姆姆伍伍伍伍德,祝你生日快乐!他可是个好,呃,家伙……"

沃尔姆伍德露出了此生中最大最灿烂的笑容。他望着围在桌边他如今认为是他朋友的人们:有塞缪尔·约翰逊和他的腊肠犬博斯威尔,塞缪尔的校友玛丽亚·迈耶和汤姆·霍布斯,有勉强开始同意让恶魔定期坐在她餐桌边的约翰逊夫人,还有尚和迦特,两只以啤酒鉴定师和产品开发师的身份受雇于当地斯皮吉特啤酒厂的恶魔同事,他们要负责提升啤酒厂百分之五十的利润,同时让还在实验阶段稳定性不足的"斯皮吉特666"的爆炸数量翻番,这款酒也被称作"坦克杀手",

---

[1] 严格地说,那句话应该说成"如果有一件事,在那件事上约翰逊太太追求细节完美的话",可没人喜欢前置的介词,而我说的是约翰逊太太追求漂亮的拼写,而不是漂亮的语法。——作者原注

　　此处涉及英语中定语从句携带先行介词的现象。严格按照语法来讲,此句"if there was one thing for which Mrs. Johnson was a stickler"中,for which 不能省略,但作者为了行文需要,在原文中省略了 for which。——译者注

[2] 像奥古斯特二世(1694—1733 年),波兰国王和立陶宛大公,也以"强力王"之名著称。他因为把所有的钱花在了琥珀和象牙上,输了几场本来赢的概率很大的战争,生了超过三百个小孩,从而搞垮了自己的帝国。从他打的诸多败仗和收集的小玩意儿上看得出来,他有大把的时间在悠哉,不过他在派对上的保留助兴节目却包括:赤手空拳把马蹄铁掰直。如果他能193掰直马蹄铁和吹热玻璃瓶为生的话说不定会活得很开心,但却意外地出身帝王之家。真是糟糕。你不得不忍受脑中随时记得你爸或你妈的名字前是以"陛下"这样的字眼开头,而你自己要被称为某某"王子"或"公主"什么的。当然啦,除非你的名字就叫"某某",那这种情况下你就什么都不用操心了(关于定语从句的先行词"那"还是要操心的——真讨厌),因为你父母对你不够关心,都没给你取个恰当名字,因而你也不太可能有出息。真遗憾。

谣传军队正考虑将之纳为一种野战武器。

接下来还有纳德,他以前叫做"纳德,五灾之魔",现在有时候叫做纳德斯特,纳德迈斯特和纳德曼,尽管指的都是纳德本人。除了纳德自己没人这么叫过他。纳德曾经因为特别招人讨厌,被放逐去了地狱最偏远贫瘠的角落,而沃尔姆伍德作为他的仆人,随他一块儿被放逐了。既然来了比德尔科姆,沃尔姆伍德更愿意把自己想做是纳德忠实的助手而不是仆人。偶尔纳德喜欢用些硬家伙敲沃尔姆伍德的头让他长长记性,提醒他不管把自己想成谁,都别大声说出来。

不过,纳德终究也成了沃尔姆伍德朋友中的一个。他们一起经历了太多事,如今又在比德尔科姆汽车测试中心并肩共事,在那儿纳德测试新车的安全性,拜他的不死之身所赐,他能从最恶性的撞车事故中脱身,仅仅偶尔有些小擦伤的问题。

沃尔姆伍德之前从来没过过生日。在他来到地球之前都不知道世上有生日这回事。看起来生日对他来说是大好事。你有了蛋糕、礼物,还有朋友们围坐在身边,唱着你这家伙是个多么好的人。这一切都太、太棒了。

歌唱完了,每个人都期待地坐等。

"我现在该做什么?"沃尔姆伍德问。

"吹灭蛋糕上的蜡烛。"塞缪尔说。

当他们问沃尔姆伍德几岁了,他想到自己大概就比宇宙年轻了几十亿年,噢,这一来他大概十亿岁吧。

"蛋糕才一英尺宽!"约翰逊夫人指出,"没法在上面插十亿根蜡烛。肯定插不下,如果我们硬要尝试,会把整个镇子烧光的。"

所以他们决定每根蜡烛代表一亿年,这看起来是个挺合理的折中办法。

纳德坐在沃尔姆伍德桌子的正对面。他正戴着个红色的派对纸帽,怎么都没法把一个气球吹起来。在比德尔科姆期间纳德变了很多,沃尔姆伍德想。当然他的皮肤还是绿的,却不像以前那么绿了。他现在看上去像某个刚吃了个臭蛋的人。他的头原先是新月形的,如今慢慢收缩了。那个头仍然看着又怪又长，但过街的时候已能不吓着太多小孩或引起交通事故了，尤其如果他把头遮起来的话。

"这气球好像破了，"纳德说，"我要是吹得再狠点，眼珠子都得弹出来了。再吹一次试试看。"

那情形有些窘。塞缪尔用一把调羹从纳德盛柠檬水的杯子中舀回了眼珠。

沃尔姆伍德深吸一口气。

"许个愿吧，"玛丽亚说，"但你只能默默在心里许愿，说出来就实现不了了。"

"哦，我想我现在找到吹气球的窍门了。"纳德说。

沃尔姆伍德闭上了眼睛。他许下了自己的愿望。他吹了蜡烛。有很响的"嗖"的一声，接着是一声"砰"和浓烈的燃烧味道。

沃尔姆伍德张开了眼睛。桌子对面，纳德的头着火了。他的一只手里拿着烧焦融化的气球残片。

"噢，谢啦，"纳德一边忙着浇灭火苗一边说道，"可真是太谢谢你了。"

"抱歉，"沃尔姆伍德说，"我以前从没吹过任何东西。"

"哇，"塞缪尔说，"你的呼吸燃点好低。我总觉得闻起来像汽油。"

"蛋糕没烧坏，"汤姆说，"就是糖衣化了一点。"

"我没事，"纳德说，"别担心我。我喜欢被点着。挺驱寒的。"

塞缪尔轻拍纳德的背。

"说真的，我没事。"纳德说。

"我知道。不过你的背上有火星。"

"哦。"

"你的斗篷上有个洞，不过但愿我妈妈能补好它。"

约翰逊夫人切了蛋糕，分给每人一块。

"你许了什么愿，沃尔姆伍德？"汤姆问。

"如果你告诉我你希望我的头着火，咱可得谈谈。"纳德说。

"不是不能说出来吗？"沃尔姆伍德说。

"那是在你吹蜡烛之前,"汤姆说,"现在可以告诉我们了。"

"嗯,我希望所有东西依然各就原位,"沃尔姆伍德说,"我在这儿很开心。我们都是。"

尚和迦特点点头。

而在接下来的欢乐愉悦的气氛中,没人注意到纳德对这个愿望并不认同。

第 2 章　见鬼录

某人见到鬼啦！（真无聊，忍不住打个呵欠）

　　自从被确定为地狱出口之后，小镇比德尔科姆就比以前更为诡异了，当然了，就算在受到来自地狱图谋不轨的侵略之前，比德尔科姆已经有那么一点点奇怪了。正因如此，比德尔科姆的居民选择对小镇上各种奇葩现象不予评论，大概希望这些奇葩最终会在人们的忽视中没了兴致，转而到其他地方作怪吧。

　　比方说呢，众所周知，如果你在梅钦街右转，再到山坡广场左转，然后会回到你刚才出发的梅钦街的同一个拐角。比德尔科姆的居民只好彻底不走梅钦街那个特殊的拐角，而是抄小路穿过玛丽·雪莱弄，来避开这个罕见的地形学反常现象。但是来比德尔科姆的拜访者不大知道那条小路，所以他们常被发现花了好多时间在梅钦街和山坡广场之间来回乱撞，直到某个当地居民经过时来解救他们。

　　然后是比德尔科姆的总设计师希拉里·莫尔德的雕像闹起了幺蛾子。没人记得是谁下令造的塑像，或它是怎么到了比德尔科姆的，反正塑像在十九世纪的某一天出现了，就在莫尔德在那件被传得神乎其神的事件中消失不久之后。如果有人在乎他的话应该会怀念他，但事实上没人怀念莫尔德，因为他设计的房子都特别丑。

　　希拉里·莫尔德的雕像不比他设计的房子可爱多少，莫尔德本人就不算人类里长得最帅的，因而那雕塑老让人觉得碍眼。不过希拉里·莫尔德的雕像有四处游逛的习惯，所以你每天也不知道下一天它会出现在哪儿。通常它会在比德尔科姆那六幢莫尔德设计的大楼边出没，貌似设计师不能忍受跟自己的作品分离。

由于比德尔科姆的诡异事件实在太多，居民们决定最好的办法就是无视雕像，随它爱干什么就干什么。

我们将知道，这样一来，是犯了多么可怕的错误。

偶尔，希拉里·莫尔德的雕像会潜伏到一条僻静的小路上，路边有一家古老的糖果工厂，厂里有一个秘密的实验室。在实验室里，新来的茶童布莱恩，刚刚见了个鬼。

这件事对布莱恩可谓影响重大。他先是变得脸色苍白，以至于他本人都有点像鬼了。接着，他扔了手中的托盘，那托盘里放着三杯茶、两杯咖啡和一碟饼干拼盘——其中包括几块粒子物理学权威斯蒂芬教授最爱的杰米道奇小酥饼①，托盘和托盘里的东西都掉到了地上。最终，随着脚踝一点点发软，布莱恩也跟着托盘摔到了地上。

这不过是布莱恩在比德尔科姆的欧洲核子研究委员会分部上班的第二天。欧洲核子研究会是一个坐落于瑞士、装备了大型强子对撞机的先进研究机构，机构的工作人员试图用这台巨型粒子加速器重建宇宙大爆炸后的时刻，以此来揭开宇宙之谜。这台对撞机运行的成效显著，似乎已经证明了希格斯波色子的存在，这种粒子被认为是赋予宇宙以质量的根源所在。②

---

① 给你们那些说美语而不是英语的人普及一下：杰米道奇是一种很受欢迎的英式饼干，由两片酥饼当中夹着果酱组成。美语里叫曲奇（cookie）的，英语里叫饼干（biscuit），尽管两者没什么区别（一块扁平的饼干似的东西）。你们叫饼干的我们叫司康（scone），但我们用的是黄油和鲜奶油，而你们用的是起酥油和牛奶。就此话题我们还能延伸开去聊聊：英语里铝的拼写有两个 i，不是一个，尽管实际上有证据表明你们美国人的拼法更确切，可既然英国发明家汉弗莱·戴维 1808 年已经采用了两个 i 的拼法也就只能将错就错啦，但是在把词尾 -re（像 centre, spectre）改成 -er 这件事上仍然是你们错了哟。事实上，连 minister, monster 和 November 这些词一度也是拼做 -re 结尾的，所以这一点没什么好争论。还有，读成"Wooster"的酱汁名字，却要拼成"Worcestershire"。别问我为什么。我只不过是个爱尔兰人。

② 简单地说，这就是种让材料成其为材料的材料。

比德尔科姆的机构分部已经在着手调查小镇上问题重重的混乱状况了,包括到目前为止发生的死人复活,有计划有组织的恶魔之王及其恶魔手下的入侵,还有对一个小男孩和他的腊肠犬、一群小矮人、两个警察和一个卖冰激凌小贩的地狱诱拐事件。科学家已经明确了比德尔科姆处在我们的宇宙和其他平行的宇宙之间的接合部位,那些宇宙都不及我们世界的一半儿好,科学家们已经决定在这边设立一个办公室,盼望着出点乱子,以便他们能进行观察,做做笔记,说不定还能拿个奖。

问题是比德尔科姆的好人们不太希望科学家们到处潜伏,带着渴望询问是不是有人被诱拐,发了疯,或被长着好多胳膊的玩意儿袭击。比德尔科姆的居民希望的是,不管宇宙间开过什么洞,最好现在都关上了,或是被市议会给填上了。至少,他们希望能忘掉此事,因为这样一来,洞也会忘了他们。生活里有这个洞的日子他们可是受够了,老是要去把旅行者从梅钦街的拐角救出来,还要避免不慎遇见那些老雕像。

结果是,科学家们不得不鬼鬼祟祟溜到比德尔科姆,还自作聪明地隐藏到安全地点。当然,比德尔科姆芝麻绿豆大的一个地方,镇上每个人都知道科学家们回来了。现在他们只能祈祷科学家们会被风吹走,或随便消失到另外哪一个维度的空间中去。

秘密设备坐落的地点,比瑞士欧洲核子委员会的那个大排场,要稍微小一点,呃,小很多。它设在佩尼法新先生的古早糖果①厂②里(Mr. Pennyfarthinge's Olde Sweete Shoppe & Factorye),自从佩尼法新先生遭遇了由一架没站稳的梯子和十七罐硬糖构成的悲惨事件后,这儿就一直

---

① 再来一次,如果你们说的是美语,那我们叫做 sweets 的东西你们叫做 candy。只要你们给我一粒你们的糖,我就不跟你们争。
② 有这么一种商店,就喜欢在店名结尾加上 e,希望以此让店家显得更老牌,更有声誉,卖蜡烛、糖果、圣诞装饰和仙女娃娃的尤其乐意这么做,尽管现实中这些加了 e 的商品仅有的区别在于每样都额外贵上百分之十的价格。佩尼法新先生对于"老字号"的热爱已经极品到神经病的地步了(因而在店招的每个词后面都额外加了 e)。

空关着。为了继续打幌子,科学家们重开了糖果店,并一天几小时向各种小人轮流供应冰冻果子露、甘草什锦糖和达布尼叔叔的"酸爽想不到"口香糖①。

严格说来,布莱恩实际上不是茶童,而是实验室助理。然而,由于他还是新手,所以他的工作目前为止仅限于烧烧开水,泡个茶,并且看紧杰米道奇小酥饼,因为斯蒂芬教授确信有人从饼干桶里偷过小酥饼。对这件事史蒂芬教授失算了。不是"有人"偷了杰米道奇小酥饼。

而是所有人都在偷。

布莱恩的正经职称是"粒子物理学主管助理的助理的助理的副助理助理",或者简称 ADAAAAHPT。

说来奇怪,这也是布莱恩瘫软在地之前发出的最后呼声。

"Adaaaahpt。"布莱恩呼喊。砰然摔倒。

这声响引起了正专心致志分析一组数据的斯蒂芬教授的注意,他丢下了钢笔。斯蒂芬教授可恨丢钢笔了。它们总是滚到墙缝边,随后他不得不双手双膝跪地去找,或者让"粒子物理学主管助理的助理的助理的副助理助理"去帮他找。不巧的是,这位 ADAAAAHPT 现在正瘫倒在地,轻轻地呻吟着。

"ADAAAAHPT 在地上做什么?"斯蒂芬教授问,"你要管好他,希尔伯特。你不能让助理们就这样躺在地上。会把屋子弄得一团乱的。"

希尔伯特教授,粒子物理学主管助理,迷惑地看着布莱恩。

"他好像已经昏厥了。"

"昏厥?"斯蒂芬教授说,"昏厥?听好了,希尔伯特:老太太们会

---

① 达布尼叔叔的"酸爽想不到"口香糖在其极致的酸爽让好几个小男孩儿的脸整个儿里外翻了面之后,在好几个国家被禁止销售。相同案例参见:达布尼叔叔的危险太空炸炸灰(爆炸导致牙齿被炸飞),达布尼叔叔的黑暗辐射亮彩口香糖(辐射中毒导致掉头发),以及达布尼叔叔的蛙型软果糕(导致整群青蛙的神秘消失)。已故的达布尼叔叔的确挺疯狂的,不过做了一手稀奇古怪的好糖。

昏厥。心性敏感的年轻太太们会昏厥。助理们不会昏厥。告诉他立刻停止所有这些无聊举动。我想要我的杰米道奇小酥饼。他得给我拿点新鲜的来。我不要吃那些掉在过地上的。那些我们可以送给做技术支持的人吃。"

"我们一个技术支持人员都没有啊,"希尔伯特教授说,"只有布莱恩。"

他帮着布莱恩站起来,也就意味着此刻希尔伯特教授正给技术支持人员提供技术支持。

"咕——"布莱恩叫道。

"不不,不太妙啊,"希尔伯特教授说,"一点儿都不妙。"

"咕——"布莱恩又叫道。

"我猜他可能撞破头了,"希尔伯特教授说,"他喋喋不休地在说好。"

"你的意思是说,他头撞得太厉害,导致他已经不辨是非了?"斯蒂芬教授问,"我们可不能听之任之。接下来他会四处闲逛乱杀人,然后拿着一串头颅向我们邀功的。他会把事情搞得一塌糊涂。"

布莱恩举起了他的右手,伸出了食指。

"那是个咕——是个咕——是个咕——"

"他在做什么,希尔伯特?"

"我猜他在表演说唱,教授。"

"噢哟,让他停下来。我们这儿可不需要嘻哈音乐。太吵了。如今,像歌剧这样……"

"那!是!个!鬼!"布莱恩尖叫。

希尔伯特教授注意到布莱恩的头发都竖了起来,满身都是鸡皮疙瘩。实验室中的气氛变得越发冷凝了。希尔伯特教授看得到布莱恩的呼吸。他也看得到自己的呼吸。他甚至能看到斯蒂芬教授的呼吸。然而,他看不见那个半透明的女仆装的年轻女人的呼吸,她站在角落里,摆弄着一些只有她看得见的东西。她的形象轻轻地闪烁着,好像是附近某处不清晰的投射。

希尔伯特教授松开了布莱恩,他又向后倒了下去,如果没有那些杰米道奇小酥饼起了大部分缓冲的话,会把头撞得痛死。

"原来如此,"希尔伯特教授说,"我意思是,又来了一个鬼。"

斯蒂芬教授透过自己眼镜片的上方瞧着那个年轻女人。

"又来一个新的。之前没见过她。"

希尔伯特教授小心翼翼地靠近那个鬼。

"你好呀。"他说。他在鬼的面前摆了摆手,但她好像没注意到。他考虑着自己该怎么办,随后拨弄起那女人的肋骨。他的手指直接穿过了她的身体。

"你有点儿粗鲁了吧,"斯蒂芬教授不赞同地说,"你可一点儿也不认识那姑娘啊。"

"没事儿,"希尔伯特教授说,"她一点反应都没有。"

"就跟其他鬼一样。"

"的确如此。"

渐渐地,那姑娘的形象开始消失了,直到最后只剩下一缕蒸汽暗示她曾经在那儿出现过,如果,现实中,她的确曾出现过的话。哦,她人肯定是身在某处的,这点希尔伯特教授确信。他只是不能确定这姑且存疑的某处,是不是在二十一世纪的比德尔科姆的一个实验室里。

布莱恩努力地跟自己的腿做着斗争,并从自己的头发里拣出杰米道奇小酥饼的碎屑。他紧盯着那姑娘出现过的角落。

"我想我见了鬼了。"他说。

"是的,"希尔伯特教授说,"你啊,干得不错。对于你的第二天当班来说,也蛮不错了。但是你不能每次见了个鬼就四处昏厥呐。否则你躺地板上的时间比站着的时间都多。"

"但那是个鬼啊。"

"好孩子,把这次遭遇记下来吧。看到那边台子上的硬面笔记本了吗?"他指着一本巨大的皮面黑本子,"那是我们的'见鬼录'。记下你所见之鬼出现的时间,消失的时间,你看到的情况,然后签个名。斯蒂芬教授和我在你写完之后也会签上我们的姓名缩写。为了帮你省点时间，就直接翻到第二百七十六页吧。我想那是我们正写到的一页。"

布莱恩看上去像是又要昏厥了。

"第二百七十六页？你意思说你们已经记了二百七十五页的见鬼录了？"

希尔伯特教授笑了起来。甚至斯蒂芬教授也跟着笑了，虽然他仍然在为弄碎了那么多好吃的杰米道奇小酥饼而分心。

"两百七十五页！"斯蒂芬教授说，"年轻人的想象力就这一点，呃？"

"两百七十五页！"希尔伯特教授说，"亲爱的哦亲爱的，我们从哪儿搞来这些孩子的？不，布莱恩，你的样子太傻了。"

他用手帕抹了一把眼中流出的激昂的泪水。

"那是第三卷了，"他解释道，"我们已经填了一千两百七十五页见鬼录了。"

一听这话布莱恩再次跌倒。当他最终缓了过来，就像被要求的那样，把自己的见鬼经历写在了本子里。他把自己看到的每个细节都写了下来，包括鬼消失之后悬于空气中的袅袅黑色蒸汽。如果希尔伯特教授和斯蒂芬教授花时间看了布莱恩的记录，他们就会发现黑色的蒸汽是个疑点。

在外面，希拉里·莫尔德的雕像一动不动地冷冷盯着旧工厂。一朵云遮住了月亮，将阴影投在了雕像身上。

当月亮再次出现时，雕像消失了。

第3章 黑暗之旅

我们去一个极其、极其遥远的星系旅行，但既然这场旅行才开始不久，人们不能把掀起星球大战的事怪在我们头上。

有些话还是不说为妙。这些话中包括"情况坏得不能再坏啦！"，往往在这之后还要发生断胳膊、汽车冲下悬崖或是某个人按下了带有"不要碰这个按钮"标记的按钮，诸如此类的事情。历来如此。我们没开玩笑。还有一句是"嗯，他看上去是个挺好的人"。此话一出，紧接着那个叫人吃不准的家伙就被捕了，还从他家地下室搜出好些失踪者的尸体，可能也包括你自己的。最后，还有一句最不该说的话，"你看，我觉得一切都进行得挺顺利"。因为那意味着一切都肯定不会进行顺利了，别妄想。

所以，一切都进行得挺顺利的。这句话的意思我们明白了吧？

好极了。

....

在多元宇宙的另一个部分，离开比德尔科姆几个维度之外，有一个绿色的小行星围绕着一颗缓缓衰亡的恒星运行。恒星正在衰亡的消息也许能验证小行星上居民的担忧：这颗行星上是否有人快速具备了理解这个问题的能力。不过到目前为止，这颗星球尚未产生任何一种生命形式，能做出比"吃饭，并且还不把自己吃掉"更复杂的举动。行星的大片区域被厚厚的针叶林覆盖，这决定了它在宇宙中显示的颜色——尽管星球上的人自吹也有那么几片很美的海,以及一座山。也许在未来的某一天,假设恒星在那之前还没陨灭的话,某些物种的代表会想办法爬上去,因为山就在那儿。

从那颗行星上的一片海的深处,有个生物浮上海面,它还没有名字,因为像我们已经知道的,行星上没人拥有必要的、富有智慧性的好奇心去给它取个名字。并且,鉴于这个生物体态巨大,尖牙霍霍,而且饿得非常、非常厉害,任何与它接触的人都会沿着这样的遭遇发展:"看,新物种呢!我要给它命名——啊啊啊!我的腿!救命,救命啊!哦不,啊啊啊!我的另一条腿!"不一而足。这副尊容上正经学术期刊也不太好看。

海里面没什么东西是这生物以前没碰到过的,也没什么东西是它至今没试着好好尝尝的。不过在这个特殊的时刻,它的注意力被一个发着亮光的小质点吸引了,那是一坨隐约有点像一簇蓝色鱼卵的原子。这总是饥肠辘辘的生物发现了新食物,将蓝色质点狼吞虎咽而下,并且按照它永不满足的劲头,立马寻找起更美味更有趣的东西来了。

它是游出了一英里左右之后开始思考所有这些捕食到底有着怎样的意义的。我的意思是说,它游动着,所以能够有食物,又因为它吃了东西,才能够继续游动,这就成了它存在的全部意义,起码这是它自己能够意识到的全部。当你思考人生之前,人生无足轻重,而你一开始思考,意义就非比寻常。它想知道,如果它让其他生物代替自己去狩猎,而它自己甩着鳍规划未来,能否因此奴役整个行星的居民呢——嗨,我们是在同一个行星上,对吧?随着建造宇宙飞船和奴役更多其他行星上的人,它是不是就能填饱自己的肚子了呢?听上去真不错!哦,显然那颗恒星——恒星?——它所在的行星围绕运行的那颗,正在衰亡,那建造飞船的事宜,或诸如此类的,最好趁早开始。

在那只生物能够实施宏伟蓝图之前,我是说,在身体被咯咯咬成肉末、在另一只生物体内开始精彩的消化道之旅前,一只更大、牙齿更尖,也饿得更厉害的怪物就已经把它咬成了两半,它都没来得及弄明白是怎么回事儿呢,呃,好吧,还是没弄明白的好。

由此，那只饿得发慌的庞然大物也开始思考世间本原的善恶了，而且就各方面而言，恶的东西感觉要有趣得多。它的思考持续了一会儿，直到海底传来一声陌生的爆炸响，一只独眼的怪物颤巍巍地从爆炸中出现。它戴着一顶很好看的帽子，由于对帽子万分喜爱，还用一根橡皮筋把帽子系在了下巴上，以确保它不会漂走。

这只巨大的海怪，全身的牙齿、鳃、眼睛、角和鱼鳞，都看着这新来的，张开大嘴准备咀嚼，不过在它能嘎嘣嘎嘣嚼起来之前，那戴帽子的小家伙直射入它的嘴，沉下了它的食道。海怪像鱼那样摆了摆，继续游起来，心思仍在刚才想到的激动人心的邪恶计划上，没被最近这顿奇怪餐食的出现分心。

在海怪的肠胃深处，一团凝胶状的物质开始在半消化的肉和骨头间寻觅，他的名字叫做克鲁福德阁下。那儿散发着阵阵可怕的恶臭，但克鲁福德天性开朗欢快，一点儿也不介意。事实上，他甚至吹起了欢快的小调来打发时间。最终，在一条刚刚消化的大鳗鱼肉段的残余里，他找到了一直在寻觅的东西：一团闪着蓝色亮光的原子。克鲁福德举起了他的帽子，橡皮筋因为他的动作而伸长了，他从头顶取出了一只玻璃瓶。瓶子塞了一只橡木塞，里面有一团跟海怪胃里的蓝色原子有着相似的反光、体积却更大的原子团。克鲁福德拔出瓶塞，在重新将瓶子密封起来前，小心翼翼地把新的原子加到旧的原子里，然后稳妥地放到自己的帽子里。他凝胶状的面容裂出一个深深的笑容，高兴地拍了拍自己的帽子。

"你在这儿呀，阿伯纳西夫人，"他说，"我们很快又能把你一块块拼回去了。"

然后，他再次砰的消失了，而刚刚吞了他的大海怪已经忘了要做坏事的念头，回头又吃起了东西，对它来说可能还是这样最好。

成为一只完全由透明凝胶物质组成的物体有许多好处。其实，也没多少好处，但有着无限乐观精神的克鲁福德阁下，试着在任何情况下都找寻光明的一面，甚至对他本人并不光明的身体也是一样。从外部看起来，他的样子就跟一摊烂泥没什么两样①，全部的财产仅是一顶帽子。但在克鲁福德自己心中，他是一条鼻涕虫模样的冉冉上升的新星，正在屁颠屁颠地走向更伟大事物的道路上。终有一天，有个机会要出现，而仅有一只凝胶状恶魔能担当重任：克鲁福德阁下。

令人非常惊讶的，那天阿伯纳西夫人，恶魔之王麾下的左撇子恶魔，多元宇宙中最邪恶的存在，突然发觉组成自己身体的亿万亿万个原子个体突然跟它的邻居们分了家，四散在了多元宇宙中，②这完全是由于和她跟塞缪尔·约翰逊、他的狗、两个警察、四个小矮人以及一个卖冰激凌的小贩的重重纠葛，哦，还包括她自己的四个恶魔手下，以及每个人都觉得作为恶魔来说太没用了、连克鲁福德都比之可怕的"五灾之魔"纳德。

克鲁福德想象着身体从原子层面爆裂开来一定痛苦难耐。而不幸的是，对阿伯纳西夫人来说，正如克鲁福德发觉的，她不仅仅是在原子层面爆裂了：组成她身体原子的质子、中子、电子也相互分离了，随后这些质子和中子里的微粒，我们知道的叫做夸克的东西，随之四散。每个质子和中子里有三个夸克，由另外一种叫做胶子的微粒束缚，而现在所有这些鸡零狗碎散布得满多元宇宙都是。在亚原子层面爆裂开来肯定更是痛得不得了啊不得了，克鲁福德想。但是仍向光明的一面看的话：至少阿伯纳西夫人在探索新领域。

不过时间过得越久，身体胶质弹性越足，你这戴着帽子的胶状生物呐。③因而克鲁福德总能娴熟地硬挤进一些小地方，并从小孔里渗透出来。整个地狱没人知道克鲁福德到底是什么材料做的，不过肯定是无与伦比的材料，没有哪种生物在这等可怕的方面能够稍微比得上

---

① 那样子大概挺让人期待，那些黏液大多是他自己分泌的。"我制造的黏液、泥泞、面糊、泥巴、泥沼比你们吃过的热乎乎的饭都多。"他会对任何可能听他说话的人骄傲地吹嘘。这通常足够打消一个人正准备坐下吃顿热饭的念头。

② 这是在《地狱之魔》中讲到的一场冒险，书在所有卖好书的店和部分卖差书的店里都有售。如果你没读过，请去找一本，翻到第1章的第2条脚注，你这样读系列丛书却跳开前面一本直接读后面一本，会被人不以为然地摇着手指批评哦。

③ 看看我在这儿都做了什么？

他的。

克鲁福德并不能从岩石、木头和金属的缝隙间挤过去；但是，克鲁福德可以在各宇宙间的裂口，以及维度间的缝隙里渗透。由此他成了把阿伯纳西夫人的夸克、胶子和偶然间重聚一处的原子团聚合起来的最佳人选，是他的出现使得把她重新拼好的工作得以开动。至少，克鲁福德找到了自己的使命。再造阿伯纳西夫人成了他的职责，他独自一人去担当的职责。他几乎是在多元宇宙满世界的干草垛里找寻针一样细小的亚原子，好在这是他爱干的活儿。

克鲁福德甚至可以在各个宇宙之间的中空地带进行探测，尽管他不太喜欢在那种地方待太久。跟地狱里的其他恶魔一样，他总觉得恶魔之王，那个所谓世上能想到的最邪恶最肮脏的生物，无非是给可怕的事物里又多添了一出——其实了解多了还蛮可爱的，克鲁福德这么认为。

不过克鲁福德已经意识到各个宇宙的裂口间有东西，连恶魔之王都相形见绌，搞得它看上去像只会喷绚丽仙尘的小独角兽。跟恶魔之王待在一起，你起码知道自己身在何方。就算那儿不是在无垠的火坑边缘，就是在深不见底的冰湖上，恶魔之王会视心情而定把你扔进其中一个，对它老人家来说那都不算事儿：它讨厌任何会呼吸的东西，尤其是地球上会呼吸的东西，它的终极理想是让生命受到永久的折磨，并把多元宇宙摧毁成一片烟火焦土。这样挺公平的，克鲁福德想。志存高远。每个人都需要一份野心。

但是在各个宇宙的间隙里，有些实体却没有任何感官知觉，甚至连仇恨都没有。它们没有形状，也几乎没有意识。它们只为不存在而存在。它们把"事物"置于"无物"中。当克鲁福德接近它们的虚无地盘时，意识到它们对他毫不在意，漠不关心，在它们面前，他一直保持着的乐观精神都要枯萎了。不过最坏的不可知实体，住在暗影帝国里。它们吸取了虚无的概念——空虚的痛苦——并掺入混合了一种简单的成分。

黑暗。

不是以往老旧的那种黑暗，而是一层厚重、令人窒息的黑色，包覆在身体、意志和灵魂的表层，一种像是永远沉溺的黑暗，一种任何对光明的渴望都消失不见、来自未曾知晓光明的存在的黑暗。甚至把它们潜伏的地方称作"暗影帝国"都是一种错误，因为真正的阴影也需要光线来塑形。见多识广并将之皆记录在案的恶魔之王，已经对克鲁福德揭示了多元宇宙被黑暗入侵的命运，而它最初的征兆就是阴影出现在了阴影本不该出现的地方。

所以克鲁福德在宇宙的间隙里小心翼翼地移动，观察着每一片阴影。他也在倾听，因为他可以听到时间和空间裂口正在变宽的声音，就像他能看见新出现的豁口间透出的光一样。现在，当他利用亮蓝色的禀赋从多元宇宙穿越回地狱时，渐渐感觉到一种有节奏的脉动自远方某处传来。这声音他很熟悉。

是心跳声。

克鲁福德的感官敏锐至极，以至于他能区分每个人的心跳声，因为每颗心脏都有自己独特的律动。但这是一颗很特别的心脏。只有比其余恶魔都敏感的他，才在地狱中听见过这神秘的节奏。那是一颗没有血液、而仅有怨毒流经的心脏。

在多元宇宙的某个地方，阿伯纳西夫人的心脏正在跳动。

第4章 墙的声音

我们去购物了,要是没去才好。

在这个寒冷的暗夜,让我们飘荡回比德尔科姆,像烟那样。像暗影那样。

"乌里奇特&儿子们"商店是比德尔科姆最大的商店了。所有人可能会想买的东西在店里几乎都有售:针线和茶壶,面包篮和自行车,电视机和茶盘。这家店有四层楼高,在镇子中心占了整整一个街区的位置,货架绵延几英里。它的地下室实在太大,光线又暗,因而一个叫厄内斯特·塔特尔的人有次在里面找网球拍和套筒扳手时迷路并迅速消失了。他的鬼魂——一个苍白悲鸣的身影——据说在店里作祟,直到后来被发现实际上不是厄内斯特·塔特尔的鬼魂,而是厄内斯特·塔特尔本人。他花了两年的时间找出去的路,而且不明白为什么人们总要从他身边逃开。当人们指出他白着脸哼哼时,他回答说,如果他们被困于一个地下室两年,仅靠年糕过活,可能也会哼哼唧唧。他告诉记者,他的脚很痛,而且他相信老鼠们把他当做了它们的国王。他至今还没找到网球拍或是套筒扳手呐。

这个商店是另一幢希拉里·莫尔德设计的建筑,但它没有其他建筑丑得那么糟心。"乌里奇特&儿子们"商店甚至可以说有点宏伟。在恰当的光线下——有点昏暗、阴郁时——它会像一座教堂,或是一座庙宇。亚瑟·邦斯,那个一开始请希拉里·莫尔德设计商店的男人,才看了一眼就立刻发疯了。莫尔德反过来自己买下了这幢楼,并在买下楼之后不久消失了。在一个叫做乌里奇特的绅士爱上这幢楼,并在里面开百货公司之前,它闲置了好多年。

不过如果说"乌里奇特＆儿子们"商店卖很多人们想要的东西的话,那它也卖很多没人会想要的东西。当乌里奇特先生年纪渐长,他也变得越来越古怪。首先,他把店名起成"乌里奇特＆儿子们"商店,这让他的女儿们非常恼火,因为他根本没一个儿子。他的购物习惯变了。比如,他买了两千张中国制造的这个男人的三维立体照片:

这男人名叫马克斯·斯莱克,他因为在一部叫做《诺斯费拉图》的老电影中演吸血鬼而闻名于世。马克斯·斯莱克长相实在太奇特,以至于很多人私下里讲他可能是个真的吸血鬼。由于乌里奇特先生买来的照片是3D的,所以马克斯·斯莱克的眼睛会在房中跟着你转,而没人愿意他的眼睛在房中跟着自己转。乌里奇特先生居然卖出了其中一张照片,那是他自己买的。他把它藏在了一张毯子下面。

乌里奇特先生也买了一百辆独轮车,但直至他收到了那批车之后才发觉它们不算真正的独轮车,而不过是少了一只轮子的自行车。如果说骑独轮车已经够难的了,那显而易见,骑一辆一半的车身往下坠的自行车就更难了。乌里奇特先生试了试。结果脑袋"砰"地开花,让他看上去更奇怪了。

他买没有壶嘴的茶壶,没有洞眼的筛子,有条投钱进去的狭缝却没法把钱取出来的存钱罐。他买来的电视机只能收到朝鲜的电视信号,而收音机放出来的声音频率只有狗听得到。他卖手套给有六根手指和三根手指的人,就是不卖给有四根手指和一根大拇指的人。他的灭火器会点火,而他的打火机点不着。他的冰箱把牛奶煮沸了,他的烤箱实在太冷,以至于一只从比德尔科姆的"小小动物奇异世界"中逃出来的企鹅,后来被发现住在其中一只烤箱里,住一块儿的还有它整个一大家子,外加一只单身的傻头傻脑的鸡。

看上去没人能劝住乌里奇特先生。他已经是个彻底的疯子了。他癫狂成性。然而,由于他是"乌里奇特 & 儿子们"商店唯一的资产所有人,没有亲生儿子嘛,又拒绝和女儿们沟通,因为她们不算男人,所以他任由生意一塌糊涂,而任何人任何事都没法阻止他。

因此,最终,乌里奇特先生真的把生意搞垮了。商店歇业了。乌里奇特先生破了产,发了疯,退隐到了德文郡海岸边的一间小农舍里。当有人问他怎么会中邪自毁生意时,他回答得很奇怪:"这是个好问题。我怎么中邪的呢?"

不过他无法回答这个问题。在他临终之时,他向他的女儿们道歉。他最后的遗言是:"是墙里的声音让我这么做的。"

他去世后没人想接管"乌里奇特 & 儿子们"商店,大楼也一直空着。它坐落于比德尔科姆主街尽头一个巨大的虚实难辨的街区,因为老店的精气似乎仍旧存在,浸润于建筑的砖瓦与缝隙间,木头与窗户上,等待着某个门再次被打开、人们再次在地下室迷失的时刻。

但是没有人进来过,精气也湮灭了。

所以,就这样,商店好像关门了很久很久——实际上,就是很久。① 比德尔科姆两代孩子的成长中,对"乌里奇特 & 儿子们"商店

---

① 呃,很久以来,人类的语言系统决定了大多数人会关注的全部事物。不过这样是有一点狭隘的。如果你仅仅在特定语言系统中思考,可能就该在镜子前长时间地反躬自省一下了。老实说吧,你不是多元宇宙的中心,尽管你妈或你爸可能会这么说,或者是你的奶奶,又或者是你的从未嫁过人的贝蒂姨妈——按你爸爸的说法,没人能在偶尔请她做做"临时看顾保姆"时让她(接下页)

的记忆，除了一幢底楼窗户紧闭、大门紧锁的大楼空壳外别无其他。最终人们都不再注意到它了，只有外乡人有时穿过镇子时可能抬头望它一眼。当他们问起谁设计了这么一幢楼时，比德尔科姆的居民会耸耸肩，指指希拉里·莫尔德的雕像，假设他们能找到雕像的话。

但是，虽说"乌里奇特&儿子们"商店有段诡异的历史，可当妖怪和恶魔开始侵入比德尔科姆后也就显得波澜不惊了，即使除了池塘里的妖怪和高尔夫球场的鬼魅声响之外，它们再度离开后没留下太多痕迹。精神病医生们谈到了集体性的歇斯底里症，而喜剧演员们则调侃镇上的居民。专家们来了，四处勘测。他们在地上挖坑，检测空气，去戳不想被戳的人，他们受到对天发誓的警告说，如果再继续乱戳，就会发觉他们的探测棒插进了某个不见天日的地方。① 由于奇葩事情发生太多了，乌里奇特的老店忽然就让人觉得，毕竟也不算多诡异了。但它其实是诡异的。非常、非常诡异，而且诡异的事物有种特性，会吸引更多诡异事件上身。

· · ·

"乌里奇特&儿子们"商店的地下室里，有东西在蠕动。它不仅

（接上页）别话痨，还不在睡前喝掉很多你爸妈的雪莉酒的。

抱歉，我们说到哪儿了？哦对，命长命短的问题。反正，对你来说似乎很长的时间，对很多其他生物来说只是眨眼之间。尼维紫杉是欧洲最长寿的树，有的都活了四五千岁，而某种黑角珊瑚的标本被发现超过四千二百岁了。与此同时，生活于加勒比海的巨型珊瑚 Xestospongia muta，是地球上最长寿的动物之一，像这种珊瑚有些现在超过两千三百岁了。留心啦，那些黑黑的珊瑚，它们可不太购物，所以实际上对"乌里奇特&儿子们"商店的开门营业也帮不上什么忙。但反过来说，"乌里奇特&儿子们"商店是卖珊瑚的，所以要是黑色珊瑚知道此事，大概很高兴看到它关门吧。活了上千年的东西记性大多不错，而且容易记仇。

① "山洞里？"
不是。
"海底深处？"
不是。
"嗯……某人的臀部上？"
大概是吧。

苍白,还一丝不挂,不过最终找到了一件合身的外套,一件颜色不太黄的衬衫和一条漂亮的灰领带。像是有数以千计的目光追随左右似的,它拂拭了一下一面古镜上的灰尘,顺了顺头发。

"我的名字叫什么?"它问。

墙里的声音告诉了它。

你应该叫圣·约翰-乔姆德利先生。

"你怎么拼这个名字?"

墙里的声音拼出了那个名字。

"不过你说它发音是斯金-乔姆莱?"

是的。

"你确定这样发音是对的?"

是的。

墙里的声音听上去有点恼火。如今要找个好手下太困难了。

元气满满的新晋圣·约翰-乔姆德利先生看上去有点怀疑。

"如果你这么说就听你的吧。"

我就是这么说的。

墙里的声音指引圣·约翰-乔姆德利先生到了一只保险箱前,告诉了他密码。保险箱里有大量黄金,以及许多秘密的银行账户资料。所有银行账户都在圣·约翰-乔姆德利先生名下,虽然它们都是一个多世纪前开立的了。

"你想要我做什么?"圣·约翰-乔姆德利先生问。

墙里的声音告诉了它,圣·约翰-乔姆德利先生开始投入工作了。

"乌里奇特&儿子们"商店要重新开张了。①

---

① 你们现在是坐在椅子边缘上吗?如果我们让这本书发出音轨的话(以后会更多),那伴随一章结束时顺着字行发出的应该是三拍节奏的"当—当—当"的旋律。

关于座椅边缘的问题:在某种意义上说,我们因为电磁斥力的作用,总是在座位边缘的,这就是说组成原子的材料从来不能真正地相互触碰。原子们相互靠得越近,每个原子间的电荷排斥力越强。这有点像让一对电磁铁的相同两极相互触碰:那是办不到的。所以在当下这个瞬间,你可以设想你坐在一把椅子中读这条脚注,但实际上你不过是在它的上方悬浮,被一比重力强大几十亿几十亿几十亿倍的电磁斥力吊在空中。你已经正式成为了一个失重的人。

第5章 塞缪尔的约会

我们去约会，呃，这个"我们"不是指你和我，因为那多尴尬，所以是我们和其他人去约会。不，打住，还是不对。噢，没关系。继续读这章就是了。

在你的人生中或许会有这样的时刻——为你着想，我希望这样的时刻不要到来，但它有可能是会来的——你发觉你可能跟错误的人搞在了一起。我不是说在俄罗斯气候开始变寒冷时跟拿破仑在一起，或是在一张伸起的高台上，和一个脸上蒙着头巾、举着把大斧子、看神情是要让你约摸矮去一头的家伙在一起，当然那些事儿也算不得好。①

不，我的意思是，你可能叫了个人出来约会，而在约会过程中，你才发觉自己犯了个大错误。你甚至可能已经明确意识到，大错已经酿成。坐在你桌子对面的人，或是电影院里挨着你坐的人，可能会宣称自己记不清约会日期了，因为她肯定陪审团会认定她有罪，但她其实并没谋杀哪个人，因为她最后一个男友无非是跌倒了，摔在了一把那时她正好握在手里的刀上，哈哈哈，多蠢的男孩啊！还有，别妄图让我发疯！其他意味着你晚上的约会可能约错了人的微妙表现包括：

---

① 同样地，一个世纪以前，你也不会乐于发现你同船的某位乘客是"紫罗兰"杰索普。杰索普女士是位乘务员和护士，当1912年"泰坦尼克"号沉没时正在船上。她也在"布列坦尼克"号上，它1916被一枚水雷击中，而且她也上过泰坦尼克号的姐妹船"奥林匹克"号，它1910年和英国皇家海军舰艇"老鹰号"相撞了。如果"紫罗兰"杰索普是你旅途中的一个同伴，你也可以在旅途之初就跳下甲板，把整个行程取消了。

因为侍者打翻了汤就开枪；每次电影里死个人都放声大笑，尤其片中人物死相悲惨，其他观众都为之悲泣；或者告诉你他们以前从未跟任何像你这样的出去过，而当你问他们这话什么意思，你得到的回答是："你懂的，像你这样真正的人。而不是我想象中的，或是用乐高积木搭出来的人。"①

塞缪尔·约翰逊就遇到了上面所说的一茬子事儿。实际上，他摊上这事儿已经有一阵子了，但他总是希望情况会有转机。毕竟，他迷恋露西·海默尔已经太久，以至于都记不得是什么时候爱上她的了。有时候在生活中，我们会想得到一些对自己并没什么好处的东西，仅仅因为能使自我感觉良好，或让人貌似在世界中更受瞩目。这就是为什么人们买并不需要的豪车，或戴比他们头还要大的金表。这也是为什么人们经常单纯因为某个人富裕、有名或美丽就跟他或她约会。万一你还不是很明白这个道理——只要你的智力足够阅读一本书并毫不磕巴地说出超过五个单词的句子的话，对理解此事大概就足够了——还是让我讲给你听吧：别做无用功了。你试图把问题推卸到某人身上来遮掩自身的瑕疵什么的。这就像你割破了手指，却在脚趾上缠绷带。这就像你觉得好饿，却希望给自己买顶帽子来充饥。

一个聪明人曾说，对你渴望得到的事物应该谨慎才是，因为你是有可能得到它的。塞缪尔希望见见那个聪明人，问问他为什么当自己开始想约露西·海默尔跟他出去时，不给他提提建议。那就是聪明人的问题：当你需要他们的时候，他们从来不在身边，而当你自己成为一个聪明人时已经太迟了，你用不上自己的智慧了，而且没其他人愿意借鉴你的智慧。

---

① 引用一首著名歌曲的歌名"分手艰难"，人们找寻各种方法来分手。如果某人跟你分手，他们可能会跟你说，"不是你不好，是我不好。"那是个谎言。如果有人为了不再跟你约会而这么说，那肯定就是你不好。不管他们给出什么理由说，不是你不好，他们想离开此地是为了去世界上某个生存条件恶劣的地区帮助小孤儿，或是签署了一项危险的宇宙实验任务，或是要去当修士或修女，实际上仍然是因为你不好。你，你，你，都是你的问题。相信我，我是过来人。虽然，我不觉得多痛苦。说不好，好吧，也许有点儿痛苦的。

露西·海默尔不是特别喜欢塞缪尔的朋友。她不喜欢他住的地方，她也不喜欢他的穿着。她不喜欢阳光，因为会毁了她的肌肤，而且她不喜欢寒冷，因为，怎么说呢，那让她感到冷飕飕的。她不喜欢出门，也不喜欢宅着。（当塞缪尔建议，他们可以站在她家前门边，一只脚在门里，一只脚在门外时，她看他的眼神充满了困惑。）她不喜欢塞缪尔的狗博斯威尔，因为它的味道很搞笑。博斯威尔能体察人心的程度比人类明白它的程度要强，它觉得这样非常不公平，因为它不是喜欢在臭东西里打滚的狗啊。它还没找到过一只动物死尸或一坨鹿粪，会让它想，哇哦，现在干吗不在上面睡个大觉？我打赌睡过之后每个人都会想跟我抱抱，也不会让我洗我根本不想洗的澡。而且，对博斯威尔来说，露西·海默尔的味道也很搞笑，但它对此无能为力。她闻上去有种特别的香水味，那些香水有听上去类似玛瓦-玛沃或泽金这样的法语名字，这些名字只有被一个声音低沉的隐形男人念出来时才令人印象深刻。她闻着还有股轻微的蔬菜味，因为那好像是她全部的吃食。她可以靠一棵芹菜和半根胡萝卜活上一周，骆驼比她还多喝点水呢。

他们第一次约会时，塞缪尔带露西去了皮特饼屋。每个人都喜欢皮特的馅饼。这个小饼屋是由——此处你们的思路已经比我超前了——一个叫做皮特的人经营。皮特的馅饼是完美的荤素混合馅儿的油酥馅饼，或者如果你喜欢素食，就只放蔬菜馅；或者只放肉馅，如果你真的、真的那么爱吃肉的话。馅饼皮金黄得像是最美的晨光，饼馅儿从来不会太烫或太凉。皮特也做他所谓的"甜品派"，混合了苹果、大黄和梨子，那会让成年男人为他们的纯爱啜泣，让成年女人陪着他们啜泣。没有人——我意思是，没有人类——会不喜欢皮特的馅饼。没有人。你不爱吃就是个疯子。就是无法取悦的人。你就是——

露西·海默尔。

第一次约会的时候，露西礼貌地拒绝了来一小块馅饼的提议，而是单单一小口一小口地抿着一杯水——实际上也太小口了，连自然蒸发造成的杯子水面下降都要超过露西啜饮的水量。

如今，几个月之后，她和塞缪尔仍然在一起，但他们两人都开始觉得他们不该在一起的,虽然两个人都没找到合适的话说出来。他们也会再去皮特饼屋。既然露西似乎从来都吃得不多,那他们上哪儿其实也无关紧要。反正她能够跟在其他任何地方一样,在皮特饼屋轻而易举地选择什么都不吃。今天他们是饼屋仅有的顾客,除了他们,店里只有把整天时间花在《牛津英语词典》上以便提高词语能力的老布洛伯先生。他从字母 A 开始,每天读一页。这意味着跟布洛伯先生对话,可能会涉及以下转换:

"你好,布洛伯先生。天气真好,不是吗?"

布洛伯先生可能会回答:"食蚁兽(Aardvarks)笨拙地(awkwardly)漫步(amble)。"①

塞缪尔凝视露西的双眼,露西也凝视着他的双眼。

"你知道,"她说,"你该换新眼镜了。"

"是吗?"塞缪尔说。

"是的,现在这副让你的脸型很滑稽。也让你一副看不太清东西的样子。"

"不过我确实看不太清东西啊。"塞缪尔说。

"但你不想让人人都知道,是吧?"露西说,"就像丑人和帽子。"

"是吗?"塞缪尔说,搞不清关于丑人,还有帽子,是语出何处。

露西轻拍了拍塞缪尔的胳膊。老实说,"轻拍"是比较保守的说法。连摔跤冠军被露西·海默尔轻拍之后都会"啊哟"尖叫。对于一个骨瘦如柴的女孩儿来说她实在是臂力惊人。

"丑人戴上帽子,因而人们看不出他们有多丑,"露西解释,"帽子投下一片阴影,所以能遮住他们的丑陋,而漂亮的人就不会因为美貌太过意不去。"

"但是……"塞缪尔说,摩挲着自己的胳膊。他试图找到自己思绪的列车,但它太久之前就载着个胖胖的、拿着条手帕挥别远去的女士开出了站台,把塞缪尔困在了"困惑站"的站台上,"但是漂亮的人不

---

① 等到他开始看 B 打头的词条,他的回答就变成"食蚁兽笨拙但活泼地(briskly)漫步……"

也戴帽子吗？"

"是啊，小蠢瓜。"露西说，塞缪尔但愿她不要再拍他了。他的手指仍然没有知觉。"但他们是因为不一样的理由戴帽子的。漂亮人头上的帽子让他们更漂亮！任何东西在漂亮的人脸上都看上去漂亮。就是这回事儿。"

"好吧。"塞缪尔说。如果你顺着这话的逻辑推论，那塞缪尔的眼镜应该让他看上去更漂亮——呃，更帅——但必须是以他本人漂亮——呃，帅——为前提。但如果眼镜没能让他看上去更帅——那，第三次推出正确结论——就意味着，他本人一点也不帅？塞缪尔隐约猜到自己不帅，但他希望这种情况等他长大后会改变。而露西·海默尔同意跟他出来约会这一点，助长了他的希望。

某种程度上说，露西和塞缪尔犯的是同一个错误的两个方面。露西同意跟塞缪尔约会是因为，不管某些比德尔科姆的居民怎么想怎么说，他算是个英雄。他使地狱群魔自惭形秽。他跟恶魔们战斗。他可能长得有点丑，明显也比较笨拙，还跟他的狗黏得太紧，约会都带着，但他仍然跟比德尔科姆绝大多数普通男孩不一样，从而露西·海默尔跟他在一起时觉得自己也有点儿不普通了。也是因着同样的道理，她总是确保离开家时发型完美，总是穿最漂亮时髦的衣服，总是与稍微不及自己漂亮完美的人在一起。她这么做是因为，在内心深处，她怀疑自己不像自己认为的那么有趣、聪明甚至是漂亮，但她装得很自信，还尽量不跟那些更有怀疑精神的男孩女孩们打交道，以便让每个人信服她的确比他们更棒。如果她非常、非常努力，甚至都能让自己信以为真呢。

不过露西同意跟塞缪尔出去的主要原因是玛丽亚·迈耶，她是塞缪尔最亲近的朋友之一，对他不是一点点的喜爱。每个人都知道这点——每个人，换言之，除了塞缪尔，他在跟姑娘们有关的事情上有点大条。如果玛丽亚喜欢塞缪尔，露西想，那塞缪尔一定有值得她喜欢的地方，即使露西根本想不出到底是什么。

那塞缪尔呢？呃，塞缪尔总是能自得其乐。我不是说他会自鸣得意或骄傲自满。他知道自己很笨，没眼镜就看不太清东西，而且，就个人而言，他最好的朋友的确是条狗，不过他本人倒不在乎。他跟自己的妈妈处得不错，跟他爸爸也是，即便他爸爸如今绝大部分时间跟一个叫艾斯特的女士住在诺维奇，那个女人妆容也太厚了，当她微笑或是皱眉头的时候，甚至是说话的时候，脸上都沟壑显现，搽的粉扑簌簌雪崩般掉落一地。她第一次见塞缪尔时吻了他一下，然后他左半边脸就变成了棕色。

但是他望着在整个恶魔事件发生之前瞧都不瞧自己一眼的露西·海默尔，想知道跟她在一起是不是能让自己觉得不那么笨拙了，也不那么像个局外人。大家懂的，她能帮他打理出理想的发型。（塞缪尔的头发好像除了像只扁平的黄色动物那样懒懒地趴在他的头皮上外，从来没有其他形状；有一次他试着用了发胶，结果看上去像只正准备从一个小男孩的头顶攻击他人、却不知怎么被冰冻在了原地的扁平的黄色动物。）她能给他提出穿着方面的建议，以便他的衬衫跟长裤、鞋子和外套能搭调，或起码是一只袜子能跟另一只配套。到最后，塞缪尔一边想让露西把自己打理得更出色，一边却忽视自己优秀的本色。而这种关系的结果是，由于她私下里比他更不开心，所以打造塞缪尔的形象时也心不在焉：他的发型、穿搭、他自己，甚至是博斯威尔，看上去都比以往更加糟糕。

露西·海默尔不是个坏人。她有点儿自负，但并不刻薄。塞缪尔也不是坏人。他只是没有安全感，并对做一个怪小孩感到厌倦。他们俩的小错误合并到一块儿，却迅速变成了一个更大、更复杂的错误。

"如果你喜欢，"露西说，"我跟你一起去帮你挑新眼镜。那会挺有趣的。"

博斯威尔正躺在皮特饼屋的地板上，在它挚爱的主人身边，把头埋到它的两爪之间，长长地叹了一口气。

第6章　初见四个小矮人

我们和一些老友重聚，但钱包要看紧。

比德尔科姆的居民一天早晨醒来，发觉"乌里奇特&儿子们"商店的窗子黑灯瞎火的，店里却传出电钻和锤击的声音，可是没人知道是哪个建筑工程公司在负责，也没看见进出大楼的人。但是工程却在继续，夜以继日，而在长长的材料订单的某处，有玩具娃娃、游戏道具和模型火车。

有谣传，"乌里奇特&儿子们"商店要以玩具店的样子重新开张。

有时候，丹想知道他一贯乐观开朗到底对不对。他的性情总是很阳光。如果生活给了他磕坏的水果，他就做果酱。果酱瓶永远是半满的，因为就算瓶子里没多少果酱，丹也会跪在地上从一个滑稽的角度斜着眼看，使得瓶子看上去比实际要满一点。而即使根本没有果酱瓶，丹也会假定那只是因为有人把它拿走再去加满了。如果丹被告知明天是世界末日，他会耸耸肩，耐心等待着什么东西出现去阻止此事发生。要将地球撞毁的小行星已经肉眼可见，像个火球划过天际的话，丹会在叉子上叉块司康饼准备就绪，这样他不开烤炉就能烤饼了。

但是最近，让丹脸上保持笑容就有些难了。他多年来是个快乐的殡葬师，①但厌倦了没人说话的生活。（呃，他的确主动跟人们交谈，但没人回应他，如果有人回答，恐怕连丹自己都要有点担心了。）因为他很喜欢吃冰淇淋，就买了辆冰淇淋车，而很多镇上居民也喜欢冰淇淋，所以他就喜欢靠卖冰淇淋来向他们传播快乐，一边他的自鸣钟还反复唱着"那只橱窗里的小狗狗多少钱"。至少，情况好像是，人们仅仅为了让他赶紧走人会买上一支冰淇淋，免得再听"那只橱窗里的小狗狗多少钱"。

对丹来说很不幸的是，他和他的冰淇淋车被拖进了地狱，虽然两者都返回了人间，但是车子回来时破损得相当严重，而丹买的保险不覆盖去地狱的意外旅程。不过，就跟往常一样，有某个东西出现了。实际上，是四个东西出现了：乐乐、困困、愤愤和咕咕，合称梅里威瑟先生的小精灵，或是梅里威瑟先生的小矮人，或是在警察们没能在哪个特定时刻及时找到他们时，随便叫什么名字。当前，他们被称作"丹的小矮人"，这叫法听上去不错，梅里威瑟先生因为好多原因已经抛弃了他们，而最主要是因为对他们恨之入骨。

所以，丹现在开着一辆很旧的冰淇淋车，载着小矮人们，想给他们找点事情做做。同时让他们保持头脑清醒，并且阻止他们偷东西。所有这些事情比听上去难度要大，虽然听上去难度已经挺大了。

今天，丹的小矮人们正在赴诚实艾德②的二手车展示厅开业仪式的

---

① 这未必是件好事。很多职业里，微笑和开怀大笑都是加分的，但殡葬师可不是其中之一。眼圈红红，哀哀悲泣地送他们挚爱的埃塞尔姑姑去另一个世界的路上的人们，最不愿意看到的就是葬礼上来了个一身黑衣，却像蠢瓜一样傻乐，还发表意见说今天天气不错的人。

② 这里简单谈一下那些在自己的名字前加了"诚实"或"开朗"字眼的人们：他们通常缺什么想什么。任何一个要将自己的开朗广而告之的人，都可能比一只身在鸟食厂却没长嘴的鸟更悲伤，而一些不得不对自己的诚实自吹自擂的人，可能会在你擦眼镜的时候在你面前偷梁换柱。提醒你哦，这不是说，比如有人叫自己"不诚实鲍勃"，自然会是个诚实的人。他只是在自己不诚实这件事上比较诚实而已，如果你能理解我的意思。"穿刺王"弗拉德（1431—1476 年）仍然四处钉死人，德国"残忍王"亨利（1165—1197 年）还是很残忍。他们只是觉得这些特质值得广而告之一下。总而言之，如果有人给自己的名字前加了优秀品质，他们大概是在撒谎，如果有人加上一些恶劣品质，那估计他们讲的是真话。

路上，这个展示厅就在比德尔科姆镇子外面。为什么诚实艾德觉得粗鲁的矮子四人组能帮他卖出更多道奇车的原因不明，而丹抱的态度是：不问缘由，在坏事发生前捞到钞票跑路——有小矮人搅和的事情基本没有好结果。

这就是为什么，当丹用他嘎吱作响的冰淇淋车载着小矮人去做最新工作时，他想知道如果要对四个不断在证明小包装总没好事儿的小矮人负责，是否真的能继续保持乐观。

"今天交通挺堵的。"从来都不开心的乐乐说。

"但今天车速挺快。"常常生气的愤愤说。

"任何一辆跑得快的车肯定都不是从诚实艾德那里买的，"同样人如其名的困困说，"他的车也太旧了，跟在它们前面挥着面小红旗步行的家伙一个速度。"①

"呜哩呜哩。"咕咕说，这名字就是对它本人的诠释。

"听着，伙计们，"丹说，"我们别惹任何麻烦，好吗？我们进去，围着车子跳舞，显出点喜气来，然后我们拿着支票走人。没什么更复杂的事情要做。"

"你说'我们'是什么意思？"愤愤说，"你又不用戴着顶滑稽的帽子四处跳舞，只有我们跳。一点儿尊严都没有。"

"但是每个人有五十镑工钱啊。"丹说。

"话是如此，"愤愤说，"但仍然没什么给成年人干的活儿。"

"你可不是成年人，"丹说，"那就是重点。如果你是个成年人，他们就不会付钱请你戴着有铃铛的帽子，穿着写有'诚实艾德的车——周边最低价'字样的衬衫，在汽车展示厅四处跳舞了。"

---

① 1865年的《英国机车法案》(也被称作"红旗法案")很有趣地要求自行推进的交通工具(包括汽车)在乡村行驶时不得超过每小时四英里，在城市里行驶时不得超过每小时两英里。每辆汽车要求三人一组，其中一人必须拿着面小红旗在车前方一百八十英里处行走。到了1878年，拿旗子这一项就变得可有可无了，因为汽车的速度变得越来越快，可能因为车里的人不耐烦以每小时两英里的速度前进，就超过了拿旗子的家伙，导致从那时起就很难找到接替的摇旗之人了。

"实际上我们可不低①呢,"乐乐说,"我们只是娇小。没理由要我们穿打着低价广告的衬衫。也许可以说价格比较小,但绝对不是我们低。"

"你们是既小也低,"丹说,"你们'海拔很低'。你们不站在椅子上能拿到高处架子上的东西吗?不能。所以你们就是低嘛。"

"但我还是不太喜欢这说法。"乐乐说。

"别管它啦,"丹说,"我们快到了。当地报纸派了个人去拍照片,还有个比德尔科姆电台的DJ——'大B'先生,他会播放音乐并分发奖品。"

"什么样的奖品?"乐乐问。

"马克杯。贴纸。钢笔。"丹说。

"太好了,"愤愤说,"我可以看到有人赢了支钢笔然后乐死了。"

"或是为了只马克杯,"乐乐说,"可能会有个终其一生梦想拥有属于自己的马克杯的老太太在那儿。这些年来她一直从地上的洞里喝水,然后突然——砰!——她赢了只马克杯。他们会为此写歌,而人们会以这样的开头世代告诉他们的孩子:'你要晓得,老班伯里太太赢了只马克杯的那天,我也在现场。'"

丹把方向盘握得更紧了。他试着找点开心的事情想想,并下定决心要让小矮人们在诚实艾德的店里闯的祸别太大。那里没有啤酒,他们也没武器。又能出什么岔子呢?

"呃,一切都还行,"事发之后乐乐说,那时冰淇淋车正全速驶离现场,"起码有一部分还行吧。"

在他们身后是一声爆炸,一辆大众甲壳虫——行驶里程两万英里,一个最大的女客户——像是一团巨大、饱满的烟花,拖着滚滚黑烟和

---

① 此处作者用了一个幽默的双关语。艾德之所以请小矮人来为自己的汽车店做广告,是因为他们的身材是普通人中最矮的,正形象地诠释了什么叫"周边最低",但在小矮人看来,这有伤自尊,故而十分在意。也是这个原因,此处译文里乐乐会说自己个子低,而不说个子矮。——译者注

汽油燃烧的火焰飞向空中。第二声爆炸很快跟上，比第一声更响，与此同时诚实艾德剩下的整个店毁于一旦。

"我跟你说了我闻到了汽油味，"愤愤说，"汽油这玩意儿太危险了。"

"绝对的，"乐乐说，"你不能随便乱弄汽油。"

"不能拿它冒险。"

"绝对不能。"

他们沉默了一两分钟。在远处，从诚实艾德原先的汽车专卖店方向的地平线上，有火焰发出的光芒。

"而且，大概也不该擦亮火柴去找汽油的。"丹说。

他比安全行驶速度开得更快，不过把小矮人们和诚实艾德隔得越远越好。当他们最后一次见到他时，诚实艾德正在找枪。

"呃，但是手电光有点暗嘛，"愤愤说，"东西照得不是很清楚。"

"我想我们把问题解决了，"乐乐说，"看上去现在诚实艾德已经被照得透亮了。"

"我们有预付酬金吗？"愤愤问丹。

"我们总是要求预先付酬的，"丹说，"否则我们永远别想拿到报酬。"

他们继续往前开。小矮人唱起了歌。丹试图恢复乐观精神。事情嘛，他想，只会越来越好，主要因为事情大概已经糟得不能再糟了。

在"乌里奇特＆儿子们"商店的地下室里，圣·约翰-乔姆德利先生坐在一张桌子前，听写墙中的声音叫他写下的话：

招聘，他写道，四个为店里工作的小矮人。

薪酬从优，前途大好。

圣·约翰-乔姆德利先生停了笔。

"他们真的会前途大好吗？"他问墙里的声音。

是的，墙里的声音回答，他们会有最好的前途。

死亡降临。

第7章　寻找谋生之道

"音乐"变奏来了，真是不忍卒听！

翌日早晨，丹把小矮人们集中到了"丹，丹人才管理及其有限公司"的办公室后院里，他最近给自己和他的公司改了名。"及其有限公司"指的就是小矮人们，他们每个人在人才管理公司中都有相同的利益份额，所以说也承担相同的事务。这让公司的月度会议总是吵吵闹闹，气氛紧张，还有咕咕的问题，他的话太难懂了。在丹的身后，是一个大致呈现冰淇淋车形状的物体，盖着一块白色的帆布。

"现在，"丹说，"你们要记得，在我们的八月份会议上，我们决定了要买一辆新车。"

小矮人们对此有点茫然。他们不太关注公司事务。他们就是喜欢叫嚷、争论，并举手为自己并不理解的事情投票。① 他们可能的确投了买辆新车的赞成票。但同样的，他们也可能投了买艘宇宙飞船，或是入侵中国的赞成票。由于是小人儿，小矮人们都是不太关注细则的。

"你再给我们说一遍：为什么我们要买辆新车？"乐乐问。

"因为那辆老车上的漆要掉光了，"丹说，"而且你们也不想再被称为'丹的小矮人'或'丹的小精灵'了吧。"

"那是因为精灵并不存在，"愤愤说，"那感觉就像是被叫成'丹的独角兽'或'丹的龙'似的。"

---

① 议会也是这么运作的。

"对极了。"丹说。

"而且我们不是'你的'精灵,"乐乐说,"听上去我们像奴隶一样。我们可不是奴隶。"

你们当然不是,丹想。奴隶偶尔还会干点活。

"你们不喜欢被叫做'小人儿',"丹说,"又犹豫要不要叫'矮人',所以我必须想出个不一样的名字,如今我想到了。我现在就给你们看——新车!"

丹猛地揭开帆布,车身显露了出来。它是亮黄色的,很耀眼。

丹容光焕发。

车子也熠熠生辉。

小矮人们却一脸黯然。

"那是什么?"愤愤说。

"一辆车啊。"丹说。

"不,不是那个,是那个!车身上写的那个。"

"是你们的新名字:丹的小个子明星(Dan's Stars of Diminished Stature)。"

丹对自己给小矮人们起的新名字很骄傲。他花了好久才想出了这名字,并且每天都去监督油漆工的工作,以确保他们每个细节都落实正确。每个字在车身两边斜着顺次排下。他们甚至找到了把字刷到窗上时也不影响视线的办法。这车真是件艺术品。

丹的
小个子
明星!

小矮人们看着车。丹看着小矮人们。丹和小矮人们看着车。丹的眼力不太好,如果不是愤愤开口的话,这大眼瞪小眼的情况可能会持续到晚上:"这么说,你没觉得这车有什么奇怪吗?"

"没有啊。"丹说。

"一点都没有?"

"可能字母还不够大。是吧?"

"不,不,首字母大过头了。有人可能会说,太大了。我都担心人们看不看得明白这标语。"

丹又看了一遍。他嘴唇翕动着,拼读出那些字。他后退了一步。眯起了眼。

他看出问题了。

"噢。"他说。

"是啊,噢,"愤愤说,"实际上,不仅仅是 O,而是'S,O,D,S'吧。我们车上的标语看上去是'丹的讨厌鬼们'!①"

"那是不太好。"丹说。

虽然不太好,他想,但是绝对准确啊。

小矮人们和丹一起坐在丹的办公室里。他们的气氛并不和乐。那车只不过是一连串灾难中最新的一桩。他们已经导致了一起严重的汽油爆炸,而现在又有了一辆把他们描述成讨厌鬼的车。

哦,还有最近他们一度被拖去了地狱。不能把这件事忘了。

不过此刻最重要的问题是,虽然他们有了一家人才机构,却没有一个真正的人才可以去推销。

"你们觉得劲爆的钢丝行走艺人韦斯利怎么样?"丹说,"他是我们的人才资源。他可是个天才。他能沿着一段蜘蛛网漫步而不掉下来。"

"他恐高啊,"困困说,"一个在离地才六英寸的钢丝上表演的人引不起大家的兴趣。何况他还有点怯场。"

"杂耍人吉米?"丹建议,"你们可得承认那人真会耍把戏。"

"他能耍把戏,"乐乐说,"他有天赋。但是,如果他长着两条胳膊

---

① 此处是作者的一个文字游戏。由于车身标语的首字母过于突出,会让远处的人把 Dan's Stars of Diminished Stature 看成 Dan's SODS,变成了"丹的讨厌鬼们"的意思。——译注

就更好了。严格来说,他不是耍把戏:他是在抛球。"

"小丑波波?"

"他看到小孩子就生气。向他们撒花是一回事,但可没让他连花篮一起扔啊。"

"那接下来是,呃,*他们*。"丹说。

"他们!"乐乐说,摇着他的头。

"他们!"愤愤说,把自己的眼睛朝天翻。

"他们!"困困说,把头埋在了双手之间。

"啊啵!"咕咕说。

该说的都说了,真的。

他们跟着丹走下了一组地下室的陡峭楼梯,沿着走廊,来到了一扇巨大的挂着锁的门前。丹抖抖索索地从口袋里摸着钥匙。

"你真的需要一直锁着这门吗?"乐乐问。

"这么做是为了他们好,"丹说,"如果我不锁门,他们就会四处游荡。"

"他们脑子总是不好使,"愤愤说,"能活到现在真是个奇迹啊。"

"说真的,这挺惨的,"丹说,"你要想,他们在野外可活不过一天。"

他把钥匙插进锁孔,打开了锁。

"现在开始,可得留点神,"丹警告道,"他们对光线反应很大。"

他解下挂锁,移开了门闩。门嘎吱嘎吱地开了。里面的房间宽敞、舒适,但是很黑。当门继续打开,一束矩形的光线投射在地板上,并且越来越宽,像一束沿着舞台一路打出的聚光灯的光线。

一个身影跳到了光线里,接着跳进来第二个,接着是第三个,还有第四个。他们看上去都有点近视。他们曾经金光闪闪的衬衫如今破旧不堪,他们的裤子上溅满食物的污渍。他们的嗓音听上去也有种嘶哑的感觉,不过这也不稀奇。

"嗨,"第一个说,"我是星光。"

"哦，阁下你好。"乐乐说。

"我是亮晶晶。"第二个说。

"哦，天哪，这下惨了。"愤愤说。

"我是双子座。"第三个说。

"他们没完没了了是吧？"困困说。

"我是菲尔，"第四个说，"而我们合称——"

"星辰男孩！"他们齐声大喊，在开始唱一首十分纯美的关于压榨机怎么榨葡萄的歌曲前，还微微转了个圈。

"叫他们停下来，"乐乐说，两手捂着耳朵，"求你了！"

"这个难度蛮大的，"丹说，"他们一看到光，就开始表演。我都试过用电击了，但看起来只会让他们更兴奋。"

对"星辰男孩"这个男子乐队组合来说，有过很多艰难时刻。首先，他们不复当年的青春了，"星辰爷们儿"听起来可没那么响当当呢。尤其是菲尔，看上去像人们总会在里面遭谋杀的那种夜店的门卫，而星光、亮晶晶和双子座三个人头发的发量总和只够两个人分的。自从恶毒的流言四起，中伤"星辰男孩"根本不会唱歌之后，他们的事业就一蹶不振，只能翻唱一些更有天赋的歌手录过的歌。因为这个，促成"星辰男孩"签约进行一场特别的巡回演出，来证明质疑者的错误。从某种程度上说，他们做到了。这次巡回演出证明了"星辰男孩"会唱歌。

唱得难听至极罢了。

有个评论家称"星辰男孩"的歌声，活像一艘正要沉入波涛、无人生还的轮船的最后一声悲鸣。另一个形容说，听这歌声只比跟一群受了惊吓、慌张地呱呱叫着撞墙的鹅关在同一间屋子里稍微好那么一点点。第三个写道："如果死亡能发出声音，差不多就像'星辰男孩'的歌声。"

"星辰男孩"继续努力尝试。他们出现在大型购物中心开业典礼上，但没人来看。随后他们开始现身个体小商店的开业典礼，但还是没人来看。最后，他们变得绝望了，以至于如果有人打开一张报纸或是一袋薯片,"星辰男孩"会突然在他们身边冒出来,颤声唱起爱情如何像一朵花儿,或是一只蝴蝶,或是一片艳阳天。人们开始抱怨不停。那些"星辰男孩"曾经开着豪华敞篷车去过的地方,如今他们会骑着自行车去,直到有人偷了他们的自行车,以便阻止他们令人猝不及防地冒出来。整件事挺悲剧的,不过要是你没那么真心喜欢音乐,不是很在乎歌曲有没有唱准调子的话,这件事也算不了什么。

小矮人们觉得要为"星辰男孩"承受的诸多倒霉事情部分负责,因为就是他们毁了"星辰男孩"的圣诞单曲《爱像一座城堡》(为两人而建)的电视拍摄。他们是这样搞砸的:把在建的城堡扯成一小块一小块的,从城垛上扔出来,直到为两人而建的城堡看上去成了为一人而建的小屋。于是当小矮人们决定跟丹一起建立人才机构后,似乎理所当然应该由他们来帮"星辰男孩"找到工作。到目前为止,他们帮这四个人找到的唯一工作是在一家汉堡包店里,但即便这个工作也仅持续了一天,因为他们坚持要吟唱爱如何像一片生菜叶,或是一块鸡肉,或是一块圆面包。

"好了,小伙子们,"乐乐说,"歌已经唱得够多啦。是时候休息休息了。"

"星辰男孩"停止了鬼哭狼嚎。

"你们帮我们找到工作了吗?"双子座问。

"我们会再次成为明星吗?"亮晶晶问。当他说到"星"这个字眼的时候,往空中抛了一把仙尘。

"他们从哪儿搞来的仙尘?"愤愤问,"好像从来用不完,是吧?"

"我搜查过他们的牢房——我是说,他们的房间——没找到任何线索,"丹说,"我猜他们是靠毛孔来制造这玩意儿的,就像汗那样。"

"你拿什么来喂他们?"困困问。

"基本就是奶酪。"

"呃,那解释不通啊。你再怎么吃奶酪也分泌不出看着或闻着像仙尘的东西吧。"

"我们什么时候再唱歌?"星光问。

"他说的'再'是什么意思?"乐乐问,"还有为什么他们分不清单复数啊?①"

"我想他们变成一个整体了,"丹说,"当然,菲尔不算在内。"

"哦。"

他们都看着菲尔,他跟其他三人的关系,仿佛一只鸸鹋跟三只鸭子在一起似的。每个男生乐队都必须有一个像菲尔这样的成员在里面。这是规则。

"我们到底拿他们怎么办?"愤愤说,"我们不可能把他们永远关在下面。最终总会有人来找他们的。"

"是吗?"乐乐问。

愤愤思考了一会儿。

"可能不会吧,"他说,"但我们仍然要给他们找点事做,或者把这四个住在我们地下室里,又不会唱歌、闻着一股奶酪味、好像部分由仙尘构成的老家伙弄走。"

他们头顶传来一声轻轻的"砰"响,是一份《比德尔科姆哭泣人晚报》被投入了信箱。

"也许能帮他们从报纸上找份工作。"困困说。

"呜咿。"咕咕说。

"你说得对,"困困说,"看着十分不靠谱。但你又怎么能确定呢。有时候好人有好报。"

"那我们呢?"愤愤说。

"有时候我们也有好报的,"困困说,"虽然只是阴差阳错。或是因偷窃而得。"

他们把"星辰男孩"关在了门里。

"再见,小人儿们。"一个声音说。听上去像是星光。没人能确定。他们看上去都差不多。

---

① 此处原文中,星光说的是"When is we going to sing again?"动词用的是单数形式,而主语是复数形式,不符合语法规则。汉语中没有这种语法现象,无法在翻译中体现出来。——译注

除了菲尔。

透过门，传来了四种歌声嘹亮的嗓音，唱着爱如何像是一个小人儿，算不得唱多好。

小矮人们坐在丹的办公室里，思考着他们的未来。前景看着一片暗淡。

"这太可怕了，"乐乐说，"我们破产了，只有一个没有人才的人才机构。"

"也许我们可以把'星辰男孩'卖去做奴隶。"愤愤说。

"他们可当不成好奴隶，"乐乐说，"他们太柔弱了。除了菲尔。"

他看着丹。

"那怎么办？"他说，"报纸上可能会有适合'星辰男孩'的工作吗？"

丹对着他微笑。最后，出现了一点点转机。

"没可能，"他回答，"但有份给你们四个的工作哟！"

第 8 章 警车丢了

维护正义的警察在此,决不允许尔等无法无天对阵。

罗恩警长和巡警皮尔正在皮特饼屋享用着一壶好茶和两份豌豆猪肉派。阳光耀眼,馅饼美味,世界一派祥和。

"你好呀,警长,"一个过路人边遛狗边打招呼,"罪犯们今天请假了是吧?"

罗恩警长笑了。

当他选择笑起来时,他的笑容就像一记致命枪击。

"你那只狗办了饲养许可了吗?"他说。对方立刻灰溜溜走开了。

巡警皮尔小口抿着茶。

"你觉得罪犯们真的会请假吗,长官?"巡警皮尔说,"我意思是说,如果他们正好在休假,遇到有人忘了锁车或落了钱包,罪犯们会想'不,那东西我不偷,我正在休假'吗?"

自从被拖去过地狱,又得以逃脱之后,巡警皮尔开始换了个角度看待生活。就他而言,他坚信任何一天只要没有跟恶魔啊、不死之身啊、或被拖去地狱这类事情搅和一起,就是上上大吉了。

"我不知道,巡警,但有个罪犯朝这边来了。我们去盘问一下。"

罗恩警长伸直一只手,抓住了一个过路小矮人的衣领。

"上帝保佑,"他说,"如果这不是乐乐·小裤衩先生的话,就找不到板上钉钉的东西了。"

"好吧,罗恩警长。见到你总是很高兴。"乐乐撒谎道,他的脚尖快挨不着地了。

"我的同事正想知道罪犯们是不是会休假,"罗恩警长说,"我猜你能帮他回答这个问题。"

乐乐就这个问题想了想。

"我有次偷了条游艇。这算吗?"

罗恩警长提醒自己绝对不要跟乐乐·小裤衩握手,如果握了,之后一定要数数手指,看是不是都还在。

"我说的是'休'假,不是'偷'假,①"他说,"我是指消磨一些不涉及犯罪举动的时间,如果你能想象得出这种情况的话。"

"哦,不,警长,"乐乐说,"如果你有天赋,就应该认认真真地使用它。我们喜欢这条法则:我们从不休息。呃,除了你和皮尔巡警。你们喜欢休息。然后拘留。②"他咯咯窃笑。"看到我在那儿做什么了?"

"我看到了,"罗恩警长说,"如果你再这么干,我就把你的脑袋拧下来。快说在我逮住你之前,你这么匆匆忙忙是要去哪儿?有没有被拆了棚子的奶牛站在田野里?"

"没有,长官,"乐乐说,"我正去找工作。"

罗恩警长震惊万分,因而他把乐乐放了下来,而巡警皮尔被一块馅饼噎个正着,还是乐乐过分热情地帮他拍着背把饼弄出来的。

"谢谢,"刚能再次感觉到自己的背脊骨,皮尔巡警就道了谢。

"把他的哨子还给他,小裤衩先生。"罗恩警长严厉地说。

"抱歉,"乐乐说,"习惯的力量。"

他把哨子递还给巡警皮尔,因为感觉到了自己的慷慨大度,就把他的笔记本、铅笔和帽子也还了回去。

"你提到了工作。"罗恩警长说,而巡警皮尔正把自己的财物都放回原位,直到此刻他才发觉乐乐掏了他的一只口袋。

"是啊。"乐乐说。

---

① 此处原文"take holidays",作为词组是休假的意思。但 take 也可解释成取走、拿走,此处乐乐理解成,警长问他有没有偷拿过别人的假期。——译注
② 此处有一个谐音的文字游戏。Rest(休息)和 arrest(拘留)词尾谐音。——译注

"一份正经活儿?"

乐乐看上去有点羞愧。"只是暂时的。时局艰难啊,就这样呗。"

"什么活儿?"

"在乌里奇特的店里扮演圣诞小精灵,"乐乐说,"一个让孩子们快乐、同时点燃他们家长热情的机会。"

"我看更像是点燃他们的口袋,好偷走里面的钱包吧。"罗恩警长说。

"说到口袋……"巡警皮尔说。

乐乐递过去一块深蓝色物质的碎片。

"再次抱歉哪,"乐乐说,"有时候我甚至都不知道自己的手在干什么。"

这时,愤愤、困困、咕咕和丹也加入进来,他们笑容灿烂地向两位警察问好,并偷了他们还没吃完的馅饼。

"你们几个是不是搞了辆新车?"罗恩警长问,"我好像记得看到它昨天给送来了。"

他皱了皱眉,一根手指塞进嘴里。

"现在,车两侧写什么啦?是不是'丹的小丑们',还是'丹的小蠢贼们'?哦不,等一下,别告诉我,车来了。哇,现在我看见啦。原来是'丹的讨厌鬼们'!起码你们不会被指控散布虚假广告了。"

"这样一来,当我们来找你们时,逃起来就没那么容易了吧。"罗恩警长说。

"你干吗要找我们呀,警长?"愤愤问。

"因为上一次你们几个扮演圣诞精灵的时候,就闹出了几个大麻烦,别指望我会忘记啊。估计那头驯鹿也忘不了。"

"我们只是喂了它一根胡萝卜。"困困说。

"几根从另一头塞进去、从嘴巴里出来的胡萝卜。"

"那个鹿棚太黑了嘛,"乐乐说,"又不是我们的错。"

"还有扮演圣诞老人的那个可怜的小伙子。"

"我们确信那胡子不是真的,"愤愤说,"我的意思是,百分之九十九确信。我本想在上面押点钱的。"

"但你没真的押钱,对吧?"罗恩警长说,"你在上面弄了胶水。你趁他不注意粘上胶水,又叫一个小孩去扯。你们以为会是一个小男孩粘了一手胡子,但结果是一个圣诞老人粘上了一个小男孩。圣诞老人只好把他的胡子剪了,而那个孩子的手看上去像是老狼人的爪子。"

"这事儿不会再发生了,警长,"丹说,"他们都洗心革面了。"

"唯一能使他们洗心革面的只有死神,"罗恩警长说,"就算到了那时,他们大概还想偷他的镰刀呢。"

丹开始催着小矮人们快走。

"呃,我们必须得走啦,"他说,"我们快迟到了。很高兴再次见到你们。也许我们还会在盛大的开业典礼上碰面的。"

"我都等不及了。"罗恩警长说。

他拉开椅子,面朝巡警皮尔。

"我们得看着他们,巡警。我们得像老鹰一样盯紧他们。不,不仅是像老鹰那样,而是像举着望远镜的……老鹰那样。我们……"

他顿了顿。

"我剩下的馅饼哪里去了?"他说。

"警长——"伴着引擎发动的声音,巡警皮尔说。

"我的茶也不见了。还有茶壶!"

在引擎发动之后,响起了一声警笛,但立刻又一片寂静。

"长官——"

"他们连茶杯都拿了!"

"长官!"巡警皮尔语气更凝重了些。

"怎么了?"

"我想他们偷了我们的车。"

第9章 寻找偷车贼

乔装打扮也是技术活。

纳德步履艰难地回到了约翰逊太太的家,他的头低垂。沃尔姆伍德选择在汽车测试中心待到很晚。那天出了几场叹为观止的撞车事件,而沃尔姆伍德没比修理撞坏了的车更爱做的事情了。

纳德穿了件笨重的夹克,头上罩个风帽。他的手深深插在口袋里。好像下雨了,但他决定还是不乘车了,因为乘车的话意味着靠近人群。虽然在地球的日子里,纳德的外貌已经改变了很多,但他的样子还是奇怪得足以引起路人和乘客惊悚的瞥视。有时候小孩子当着他的面就哭了,他也已经数不清有多少老太太因为他的相貌害怕到昏厥了。还是走回家好过一点,就算走回去要花上一个小时。

家。纳德对这个词的感情简直是五味杂陈。约翰逊太太的房子算不得家。哦,它很舒适,塞缪尔和他的妈妈也竭尽全力让纳德和沃尔姆伍德感到是家里的一分子,但随着时间推移,纳德只是越来越清醒地意识到自己是多么格格不入。地球比地狱好,但纳德仍然不属于此地,而且他也不觉得自己最终会获得归属感。

一只鸟在临近的树上鸣唱。纳德停下来倾听。鸟看了他一眼,发出一声受惊的粗声怪叫,突然决定了飞去南方过冬,即便它本不是只候鸟。

纳德调整了一下风帽的位置,直至他的脸只能被看见小小的一圈,继续前行。

两位警察一找回他们的车——在罗恩警长对着乐乐就"借"与"偷"之间的区别发表的长篇大论后,但由于没受到丢失其他贵重物品的指控,他怀疑对方只是一个耳朵进,一个耳朵出——就决定驾车去佩尼法新先生的糖果厂,看看科学家们在人人都知道的秘密实验室里捣腾个什么劲儿。这是比德尔科姆警队每周的日常工作:突然造访,打招呼,假装认为科学家们单纯只是糖果制造商,夜以继日地研发完美的新星冰冻果子露,同时确保他们没有打开任何一个连接各个世界的入口。

"我们应该以偷了我们的车的罪名逮捕他们的。"当来到佩尼法新先生的糖果厂附近时,巡警皮尔说。

"有些事情不值得花时间和精力,"罗恩警长说,"起码我们在他们卖掉车前把它找回来了。"

"你太纵容他们了。"

"对这些跟你一起在地狱待过的人只能这样。"

"跟他们一起在地狱里待过,好吧,"巡警皮尔说,"跟他们一起待在地狱里,那地狱的糟糕程度就翻了个倍啊。"

"你要知道,我觉得他们挺喜欢你的。"罗恩警长说。

就算是巡警皮尔也情不自禁乐了。

"你为什么这么说,长官?"

"他们上你家偷过东西吗?"

"就我所知还没有。"

"看到吧。我说的多有道理,是不是?如果他们没去你家偷过东西,那肯定是因为很喜欢你。"

"我不觉得他们知道我住哪儿。"

"是吗?那就确保不要让他们知道。别诱惑他们误入歧途。"

他们把车开到了佩尼法新先生的院子附近。那工厂(factorye)——抱歉,工厂①——在一座由希拉里·莫尔德设计的庞大、阴郁的维多

---

① 此乃传染性也。

此处原文为 It reallye is catchinge. 作者在单词词尾额外加上 e,体现了佩尼法新先生追求语言的古老用法,近乎于舍弃现代汉语,使用古代汉语的习惯。——译注

利亚式怪异建筑里。希拉里·莫尔德设计的所有建筑都好阴郁啊,罗恩警长想。它们一开始的设计理念未必如此,但结果殊途同归。希拉里·莫尔德有本事把一个儿童游戏室设计得像太平间似的。他设计出来的房屋都是要在天国的报纸上登广告的:

可立即入住:征鬼来作祟的建筑。各种幽深的角落、诡异雕刻、嘎吱作响的门、没人想得起来的亲戚们的可怕肖像,以及不在原规划中的秘密房间,皆配备齐全应有尽有。适合食尸鬼、幽灵、恶作剧鬼或其他不具实体的存在。可永久性买入,但也接受短期租赁。有意向请以意念咨询精神错乱、哭号不止的希拉里·莫尔德。

为什么佩尼法新先生一开始会把自己的工厂选址在一幢"莫尔德设计"的建筑里是一个谜,不过反正厂子在那儿确实一派欣欣向荣。它的成功得益于佩尼法新先生和神秘的达布尼叔叔实则同一个人的事实,这一真相是佩尼法新先生被大糖球罐砸死后才浮出水面的。他工厂的地下室里被找出存放了上千包还没卖掉的达布尼叔叔的产品,其中还包括好些尚未向公众发售过的未定型产品:达布尼叔叔的"炸弹橘子"(后来被证实是加了点橘子香精的真炸弹);达布尼叔叔的"子弹巧克力"(裹在一层厚厚黑巧克力里的真子弹:至少百分之五十的可可粉和百分之五十的火药);还有达布尼叔叔的"核爆太妃糖"(这个还是少说为妙)。那儿也有达布尼叔叔的咳嗽糖的样品,这糖治不了咳嗽，反而加剧咳嗽；以及足够爆发一场流感的达布尼叔叔的"流感糖粉"。有人说是那幢建筑把佩尼法新先生逼疯了。通盘考虑下来，大糖球罐在佩尼法新先生头上着陆是件好事，因为谁知道如果他没被砸死的话，他可怕的发明将止于何处。

当然啦，这一切科学家们都不会放在心上。他们只是很高兴能找到一个可以便宜租下来的地方，而售卖糖果——包括达布尼叔叔留下的没有被销毁或归为武器的存货——都给他们的运营以资金上的支持。为确保他们的隐蔽之所安然无恙，他们戴上了大把的假胡子来遮掩自己的脸，因为希尔伯特和斯蒂芬教授之前都造访过比德尔科姆，很担心被当地居民认出来。他们的助手，多萝西，也很喜欢戴假胡子。科学家们不知道是为什么，也没多问。

就这样，当罗恩警长和巡警皮尔敲着工厂的边门时，出来招呼他们的是三个戴假胡子的人，其中有一个明显是女人。在他们身后是布莱恩，那个新来的茶童。他没戴胡子，这有点儿不走运，因为有胡子在的话，还能帮着遮掉点他非常苍白、惊骇的脸。

值得称道的是，警察们对科学家们奇特的外表连眼睛都没眨一眨。罗恩警长很久以前就悟到，如果你每天都以指望人们举止怪异开始，那也就没什么可失望、惊讶或震撼的了。

"你们好呀，呃，做糖的。"罗恩警长说。

"你们好！"三位科学家用人们有事情要瞒、并竭力确保瞒得严丝合缝的那种过分热情语气说道。

"这儿一切都好吧？"警长说。

"都好，绝对都好。"斯蒂芬教授说。

"没发生什么怪事？没有无法解释的入口敞开了？没有恶魔想占领地球？"

"哈哈哈！"希尔伯特教授皮笑肉不笑，"果冻宝宝们可打不开入口。"

"呵呵，你从三叶草花瓣里可找不出恶魔。"斯蒂芬教授说。

"这里仅有的奇怪东西是我们的焦糖的形状。"多萝西说，一开口声音上扬,闭嘴时又突然降调,看样子就像个从山上垂直降落的滑雪者。

"而且我们什么鬼都没看见。"布莱恩说。

一阵尴尬的沉默。

"有鬼?"巡警皮尔说。

"是的,"布莱恩说,意识到自己的错误时已为时过晚,就像一个驯狮人走进狮笼时发觉自己穿了件肉做的外套,"我们没见到鬼。我们没见它们。那些东西。我现在能走了吗?我感觉不大好。"

布莱恩走开了。

"他有没有到喝酒的年龄?"罗恩警长问。

"没有。"斯蒂芬教授说。

"你不觉得他应该来点儿酒?如果我是你,我就会让他来点烈性白兰地,尤其如果他没见鬼的话。"

罗恩警长是个身材高大魁梧的人,他向斯蒂芬教授俯下身去,教授身形娇小,因而他看上去像是站在了一座正要倾塌的大楼的阴影里。

"因为,"罗恩警长说,"如果我听说清清白白的糖果生产员,并非——让我说,绝对不是——科学家的话,在我的辖区里碰上了怪事,却觉得没必要告诉我,我可能会非常、非常生气的。你们懂我的意思了吗?"

"是的,警长,"斯蒂芬教授说,"非常清楚了。"

"好的。那我们走了。请随时让我知道你们没见着鬼,好吗?祝你们一天愉快,先生,还有你,先生,以及你,呃,小姐。"

"先生。"多萝西说。

"不要,"罗恩警长说,举起一根手指警告道,"绝对——不要。"

他和皮尔巡警回到车里,开走了。

"鬼?"当佩尼法新的厂远远退至身后,巡警皮尔说道。

"鬼。"罗恩警长说。

"很幸运他们什么也没看见,是吧?"

"非常幸运,巡警。"

"因为,如果他们看见了,我们就不得不做点什么,是吧?"
"我们当然要做点什么,巡警。"
"那会是什么情况,长官?"
"我们会很害怕,巡警。我们会怕得要死。"

第10章　到地狱的短暂拜访

我们去地狱来场小旅行吧。

"绝望山"是地狱里的最高峰。它以一种绝对、绝对可怕的姿态雄踞那恐怖之境，使地狱原来的恐怖更胜一筹。即便地狱中太阳从未照耀，天空被雷电交加的阴云永久遮蔽，但"绝望山"仍然能够给所有东西再抹一层阴影，只要是那些命中注定或被诅咒下了地狱的人，就逃脱不了它。它实在是太雄伟了，不管你能站得多远，它都丝毫不会显小。你终其一生想绕着它走上一圈也未必能成功。如果你想短命的话，倒是可以去爬一次这座山，因为有些非常可怕的生物住在它的山石裂缝或洞穴中，它们总是饥饿地张着血盆大口。

不过留心了，地狱里有些居民，是不抵触"绝望山"若隐若现地存在的。它为那些同意以帝国完全在邪恶、痛苦的掌控下，各类邪恶活动顺利进行为前提的生物，提供了就业机会。一份工作，在他们看来，只是讨生计而已，就跟大多数活儿一样，你只要在尽量少干活别累着和适度勤劳不被解雇间找到完美平衡就好了。

就有两个这种生物目前守护着"绝望山"精雕细刻的巍峨入口。他们的名字叫布朗普顿和艾格法斯特。严格说来，艾格法斯特只是个没有身体的脑袋[①]，而布朗普顿当门卫的能力就跟一只带轮子的玩具狗

[①] 在《地狱之魔》的第一章中，艾格法斯特因为斗胆质疑了阿伯纳西夫人进入绝望山的权限而被碎尸万段。旧话重提，如果你已经看过那本书的话，对此早就了如指掌。看，为什么我们不安排一下，让我给你打个电话，把故事读给你听，或者我也可以在你家的后院里为你和你（接下页）

差不多,但无论如何,尽管他们一直能力平平,却都继续受雇做着保安。这是因为布朗普顿和艾格法斯特是"恶魔雇员和施虐者联盟"(保安分会)的成员,这个联盟竭力保护其成员站班时倚靠在长矛上和眼皮一沉就打瞌睡的权益;还有在任何不适宜的时机仍享有茶歇的权利,像是战斗中啊,入侵时啊,还有特大火灾的时候;以及如果他们觉得可能自身安全不保,可以不尽任何守卫之责的权利。所有这些规定把布朗普顿和艾格法斯特变得跟一尊巧克力大炮一样难以开火。即使"绝望山"在他们的鼻子底下被偷走,并且摔碎了用来做成地精,托联盟的福,布朗普顿和艾格法斯特仍然可以在必要的打盹和茶歇间,在山原本矗立的地方进行守卫。

"今天挺安静的。"艾格法斯特说。

"照我说,太安静了一点。"布朗普顿说。

"是吗?"

艾格法斯特禁不住有些惊讶。布朗普顿是艾格法斯特见过的最懒的恶魔了。布朗普顿可以在摔倒时,连触地看上去都费了很大力气。

"不不,我是开玩笑的,"布朗普顿说,"如果你问我的话,还不够安静,谁让你每隔几分钟就要感叹一番多么安静。"

"真是抱歉。"艾格法斯特说。

他只说过一次真安静。他不像是那种一遍一遍重复安静这个词直到没人记得寂静长什么样的人。

艾格法斯特的鼻子有点痒。他想挠一下,但他没有胳膊。这就是没有身体的麻烦之一。好在布朗普顿能确保他有根吸管可以用来喝茶,通常也会记得在完成一天的守卫工作后带艾格法斯特回家。

(接上页)的朋友表演故事情节。或者也许,我是说也许,你可以去读读《地狱之魔》,也许还有《地狱之门》,然后当我提到一个像艾格法斯特这样的名字,你就会说:"啊,那是被阿伯纳西夫人在上本书里撕碎的那个家伙。"这会让你自我感觉良好,而不用为了让你不致受到冷落,迫使我在新故事说到紧急关头的时候停下来。要知道,你这样让每个人都得停下来等着了。我希望你们都开心。我打赌你这本书甚至都不是买的:这大概是你收到的礼物,或是你偷来的。说实在的,我不知道我干吗操这份心。

"你介不介意帮我挠挠鼻子？"艾格法斯特说。

"哦，就你事儿多，不是吗？"布朗普顿说，"我，我，我，我满耳朵听到的都是这。我倒是想知道，是谁把你捧得像个国王似的。肯定是在我不知道的时候。好吧，我的阁下，我会帮你挠鼻子的。好啦，现在满意了吧？"

实际上，艾格法斯特不怎么开心。他怎么开心得起来呢，布朗普顿的长矛堵住了他的一只鼻孔。

"啊哟，"他说，"我叨鼻纸，危熊。"①

布朗普顿收回了矛，又重新倚靠了上去，忧郁地盯着该死的地狱之境。

"抱歉，"他说，"家里有点儿烦心事。"

"是布朗普顿太太？"艾格法斯特问。

布朗普顿先生和太太的婚姻不太美满。即使是患者和绝症之间的关系，也比他们夫妇俩的关系好上一点呢。

"是啊。"

"她又搬出去了？"

"不，她又搬回来了。"

"哦。"

沉默持续了一会儿。

"我以为你离开她了。"艾格法斯特说。

"我是离开她了。"

"发生什么了？"

"她老跟着我。"

"哦，"艾格法斯特又叹息了一次。没什么其他的话好说了。布朗普顿跟布朗普顿太太在一起时好像总是不开心。但问题是，没有布朗普顿太太在，他要更不开心。

---

① 由于艾格法斯特的鼻孔被堵住，所以发音有点不清晰。他想说的意思是："我的鼻子，危险。"——译注

"你不是知道她没有你会迷路的吗?"艾格法斯特说。

"是啊,我试过啦,"普朗普顿说,"但她找回来了。"

"哦,"艾格法斯特第三次感叹,随后又"哦?""哦哦!"了两下。

在一盘果冻被扔到石头地板上似的声响中,克鲁福德直接在两个保安面前现了身。他用左手举了举自己的帽子,说道:"晚上好,先生们。"他右胳膊里兜着个罐子,罐子里有许多蓝色原子翻来倒去,慢慢地成型,当他凑近艾格法斯特,那东西变成了一只被苍白、淤紫的皮肤围着的邪恶独眼。那眼睛似乎在盯着艾格法斯特,他如果不是没有腿的话,一定会吓得后退一步。艾格法斯特对那只眼睛有着清晰的记忆。这只眼睛在他被某个尖利的身躯撕成碎片前,曾用相似的眼神看过他。

克鲁福德把帽子戴回头上,像是拍着一只舒适的手提篮中可爱的小宠物那样拍了拍罐子。

"我们到了,夫人,"他说,"回来的感觉很不错,不是吗?"

恶魔之王,这诸恶之源,坐在"绝望山"中心位置上满是烈火和岩石的巢穴里,火焰映射在它的双眼中,看上去真像从体内燃烧而出。它现在除去了自己的盔甲,但依然留着骷髅护盾和火焰长矛。骨质的堂皇冠冕自它的头部长出,由于围绕四周的地狱高温,散发出荧荧红光。它那布满伤疤的畸形恶魔身躯,斜卧在王座上。

它的王座是由大量骨头盘缠扭结而成,像是苍白的树枝上挂着发黄的葡萄藤似的。坐在此等王座上一点儿也不舒适,但那正是恶魔之王喜欢的:它从未安于被放逐地狱,也不希望地狱有一刻安生的时候。在恶魔之王诞生的一毫秒之后,一股形成于创世之时的毁灭力量就出现了。据说,它曾经是能变成好人的,但它是个嫉妒的存在,一个愤怒的存在,它与多元宇宙中一切善良高贵的事物为敌,直到最后一股比它自己更强大的力量对它的邪恶生出了厌烦。恶魔之王被永久地贬入地狱,而从那之后,它就一直秘密筹划着如何重获自由。它曾经几乎就要得手了,但计划却被一个叫塞缪尔·约翰逊的小男孩以及他的狗博斯威尔给破坏了。

恶魔之王也失去了它的助手,恶魔巴力。是巴力领导了对地球的入侵,占据了一个叫阿伯纳西夫人的女人的身体,随后,又因为一些不明原因,觉得做一个女人要比做一个恶魔总体上好太多了。当入侵失败之后,恶魔之王决定怪罪于阿伯纳西夫人,剥夺了她显现形象的躯壳。当她试图打开另一扇通往地球的大门来找回美丽的容颜时,塞缪尔·约翰逊又一次介入,就是那个时刻导致阿伯纳西夫人身体里的原子相互分离,并被抛得整个多元宇宙都是。

恶魔之王是个自怜自艾的存在。如今它很后悔放逐了阿伯纳西夫人,倒并不是因为它可能对她施加的任何痛苦,而是因为她是那么能干而忠诚,没有她的辅佐,恶魔之王的魔力也折损了不少。① 这就是为什么它命令叫做克鲁福德的生物去找寻她的所有碎片并带回地狱,也许就此能将她重新组合起来。克鲁福德看上去毫不起眼,但结果就像很多表现得谦卑和无关紧要的生物那样,克鲁福德比他给人的第一眼印象要重要、能干得多。

现在克鲁福德在恶魔之王面前渗透出自己的形象,并把罐子中的眼球放在了阿伯纳西夫人已拼凑成型的身体部分旁边,这些部分当下正排列在宫殿石头平台上。克鲁福德被恶魔之王召唤来,详细描述他追寻阿伯纳西夫人的亿万原子的过程。克鲁福德对此很是紧张。他觉得到目前为止,在收集尽可能多的原子方面,他做得很好。在多个宇宙间渗透来渗透去,找寻微小的蓝色原子不是件容易的事情。你需要

---

① 这是国王们的魔咒。有时你或我可能会生朋友的气,但我们不会单纯因为他们不小心踩了我们的脚就判他们死刑,如果我们这么做,也没人理我们,这样就最好了。但问题是,对一个国王来说,当你对某个人发了脾气,命令砍下他的头时,一个拿着斧子的家伙就出现迅速地把事儿办了,或是某人会在他脖子上缠一套绳索——呃,那画面你懂的。然后,当国王宣布他想念"那个叫什么"的老家伙,因为他总是很搞笑,想知道他到底去了哪里时,朝臣不得不跟他做尴尬的解释工作:"那个叫什么"的老家伙,最近或长远的未来里都不大可能再搞笑了,因为他已确认死亡。比方说,亨利八世,1509 年到 1547 年间统治英格兰,在统治末期身边围绕的是一大批男宠,原因很简单,他的老臣们都被流放或杀掉了。单单 1532 年到 1540 年间,亨利就下达了 330 条政治性死刑命令,可能比英国历史上任何统治者都多。如果你为亨利八世工作,那就真的不用操心把钱存入你的养老基金了,因为你大概活不到那么老去用它了。

下手准，眼力好，而且运气也不错。再说，恶魔之王不乐意听解释，它习惯把那些令它不满意的人扔进无底深渊，或是送去寒冰地狱封冻。

"下午好，我的魔王，"克鲁福德举了举他的帽子打招呼道，"外面天气挺好的。不是那么地冻天寒。"

恶魔之王的声音在整个房间里隆隆作响，震得尘土、石子和偶尔打个瞌睡的恶魔纷纷从墙上坠落。它的声音真是威力无穷。

"给我看看你都找到了什么。"它说。

它像座铁塔般朝克鲁福德罩下来，那小小的凝胶状生物感觉自己在恶魔之王的阴影中冷得瑟瑟发抖。

"呃，"克鲁福德说，"我们取得了巨大进展，魔王大人。"

他伸出一根黏糊糊的手指，沿着排开的罐子逐一指了指。

"如您所见，这儿是只眼睛——还有，我猜它也看得见我们，哈哈。这是半个胰腺。那看上去像是耳朵的一瓣碎片。那个——"

克鲁福德住了口，眯起了眼。他拍着罐子，好像希望那些原子能自动重新组合，给他一点儿线索。但它们没有。

"老实说，我不确定这个是什么，所以我们就把它放一边继续看下一个吧，"他说，"那是根手指。这是四分之三个肺。这边是部分的嘴唇，还有绝大部分下颌。这边这个——实际上，你甚至都不希望知道是什么。说正经的，你不会想知道的。还有那边那个是……"

就这样说了好一会儿。当克鲁福德说完，恶魔之王看上去不是很满意，但就克鲁福德仍然身首没分家这点来说，恶魔之王也不算不满意。

"你还要多久能把她剩余的部分都找到？"它问，"我想把我的副手重新找回来。"

"很难说。"克鲁福德讲。

"要是我把你冻成了冰就更难说了，或者把你扔进火坑。"恶魔之王说。

"有道理，"克鲁福德说，"我会加倍努力。"

克鲁福德打算再说点什么，但又打消了主意。恶魔之王又出口威胁了几句，警告克鲁福德如果不尽快把阿伯纳西夫人的剩余部分找回来有他好受的。克鲁福德没有生气。恶魔之王只是在撒气。毕竟，只有克鲁福德能够找到阿伯纳西夫人的原子。恶魔之王没法拿他怎么样：如果它这么做了，就永远也找不回它的副手了。

但是搜寻工作比克鲁福德预期的要困难，而且每次他找到阿伯纳西夫人的原子时，都能从中发现仇恨的情绪。就好像阿伯纳西夫人并不希望被找到。这就是他差点儿要告诉恶魔之王的，但很明智地在脱口而出之前闭了嘴。恶魔之王不想听这个，就像他也不想听关于那种跳动之声的事情，那种在多元宇宙的某处、克鲁福德确信是出自阿伯纳西夫人心脏的声音。

因为阿伯纳西夫人本该是没有心的。

第 11 章　小矮人们找工作

别给小孩取稀奇古怪的名字，像珍妮、约翰这类简简单单就很好，——尤其是约翰，那可是个好名字。有男人味儿。甚至还有点英雄气。

"乌里奇特＆儿子们"商店仍在内部装修中，但丹和小矮人们已经可以看出，等完工后，里面定是一派富丽堂皇。有些设备已经安装好了：一只起码二十英尺高的巨型泰迪熊傲居令人占有欲爆棚的玩具区，而一辆在环形轨道上行驶的火车模型从二楼的天花板上悬垂下来。玩具娃娃被塞满各个角落，还有玩具士兵、玩具汽车和卡车、玩具太空船。里面有各种桌游，还有运动区和阅读角。根据乐乐的观察，看上去好像没有配备任何电脑游戏。步入"乌里奇特＆儿子们"商店，像是回到了旧日时光里。

"它肯定维持不了一个星期，更别说圣诞节了，"愤愤说，"像索尼PS游戏机这种东西怎么一样都没有？"

"应该有人告诉他们电力已经被发明出来了，"困困说，"虽然可能会令他们大吃一惊，但他们知道这件事会高兴的。"

除了不知所踪的各种游戏机外，丹和小矮人们也看不到任何有工人出没的迹象。

"我有种很滑稽的正在被监视的感觉，"乐乐说，"我在考虑是不是要顺手牵羊，好让手别闲着，但我觉得最终还是不会拿什么吧。"

他们都有跟他一样的被监视的忐忑，虽然他们看不出哪里有摄像机或保安的踪影。一个人的踪影都没有。在丹致电广告下方的号码之后，他们按照所接到的指示，到达了侧门边。在那里，他们发觉门没有锁，还有一张手写的纸条，指示他们从主楼梯上到顶楼去。

当他们马上要踏上最后的台阶时，是咕咕注意到了角落里有一闪而过的身影。

"看哪咋！①"他说。

他警惕地朝着角落走去。在墙根处有个小洞。他跪下朝里盯着。他很不自在地感觉到，在墙后的黑暗中，有什么东西在回瞪他。

"是什么东西？"愤愤问。

"小咪呜。"咕咕说。

"小什么？"愤愤说，"那大概是只老鼠。这种老楼里多得是老鼠。"

但咕咕不觉得那是只老鼠。因为它溜得太快，他只匆匆瞥到一眼，但还是能看出那是个很小的人。

要不是咕咕不太懂行，他就会说那可能是个小精灵了。

当小矮人们走到顶楼时，都震撼得说不出话来了。整个空间正在被改建成一个最为辉煌的圣诞会场。支撑着天花板的巨大银色树丛的枝干上，闪烁着冰霜，还有一条像是要穿过地板的大理石小径，上面覆满了白雪。

"雪会融化，"困困轻声道，"当它碰到你的皮肤，它就化了。"

的确如此。

不知怎的，整个空间灯火通明，因而看上去比实际要更宽敞。给人的感觉像是在隆冬时节的北方大森林里。甚至能感觉到寒冷。当小矮人们继续往里走，还能看到有驯鹿模样的东西从身边经过。它们看上去实在太逼真了，以至于小矮人们产生了伸手触摸它们的愿望，让手指在驯鹿的皮毛间游走。

---

① 在本书的人物设定中，咕咕是一个始终口齿不清的小矮人，说出来的话让人不明就里。在原文中，作者有意为他的对白制造、杜撰了新词和不合乎语法的句子。此处咕咕的意思是："看那是什么？"

在森林中心部位，有一幢不是用木头而是用石头建造的小屋。它的烟囱里冒出的炊烟，消失在了黑暗之中，跟星星一起闪烁着微光。抬头仰望，乐乐有种感觉，自己只是这苍茫冰封的宇宙中一颗渺小行星上的渺小人类。这让他依稀感到绝望，所以他转而回头去看那小屋了。

愤愤正用手丈量那些石头。

"这小屋肯定有一吨重，"它说，"它的下面是什么？"

困困试着回忆商店的平面建筑图。

"我想大概是许多柔软的玩具。我可以再去查看一下。"

"呃，如果我是你，就不会在那下面闲逛，"愤愤说，"如果这东西压穿了地板，就不仅仅玩具是软软的了。它会把小孩子们压成果冻。"

一个男人出现在了他们右边的门里。他穿着一件黑色的西装三件套，戴着条灰色领带，以及一件有点脏兮兮的白衬衫。他的脸上是空洞的和气表情，就像是一张没写私人祝福语的贺卡。

"先生们，"他说，"有什么能帮到你们吗？"

乐乐看了看自己手上的便条。

"我们来这里找乔姆德利先生。"乐乐说。

"乔姆莱。"那位绅士说，脸上表情纹丝不动。

乐乐又查看了一下便条。

"不，绝对是乔姆德利。"

他递给愤愤核实。

"就是啊，"愤愤说，"乔姆德利。白纸黑字写着。"

"是乔姆莱。"那个人说，前额微微皱起一条线。

"听着，朋友，"愤愤说，"你是怀疑我们不认字吗？"

"才不是。那名字就该读成'乔姆莱'。"

"那它为什么要拼写成'乔姆德利'呢？"乐乐问。

"没有为什么，就是这样。"那人说。

"呃，胡扯，"愤愤说，"这就像你的名字拼写成史-密-斯，却读成琼斯。"

"不对，"那人说，加重了语气，"不是一回事。"

"是的，"愤愤也用相同分量的语气回敬他，"就是这么回事。"

该是丹出马来调停了。

"如今这是时髦。"他对小矮人们解释道。

"哦哦哦，"他们异口同声，点头表示理解。时髦的人行事总归不同一般。每个人都知道这个。乐乐听说，时髦的人出生时嘴里都含着银调羹，这大概能解释为什么他们说出的话总是很滑稽。

"那你说什么就是什么吧，老爹，"乐乐说，"我们是来这里找乔姆莱先生的。圣·约翰-乔姆莱先生。"

"斯金。"那人说。

"上帝保佑你。"乐乐说。

"不，我没打喷嚏，"那人说，"我是说'斯金'。"

"对不起你说什么？"乐乐问。

这下，那个人显然有点怒了。

"那是我的名字！"他说，"是斯金·乔姆莱。这事儿有这么难吗？"

小矮人们聚拢到乐乐周围，四个人都检查了一遍便条上的名字，用手指在下面指着逐字拼读每一个音节，还不时瞥一眼站在他们面前的这个人，好像是为了把他的名字跟眼前这混乱奇怪的字母组合等同起来。

"还真是，够难的，"愤愤最后说道，"你可能每次都会愣愣神。别误入歧途啊，朋友，像这样有个读起来跟拼起来不一样的自创名字，生活里走到哪都不方便。这份工作你可得把握好了。如果你丢了这份工作，就很难再另外找一份了。别人总是更愿意雇用那些名字不拗口的人。"

圣·约翰-乔姆德利先生严厉地瞪了愤愤一眼。

"我想你们不会是为了工作来的吧。"他说，听口气他希望自己说错了。

"我们是'受邀来参加面试的'。"乐乐说。

"果然如此。好啊，来吧。不会花你们太多时间的。"

圣·约翰-乔姆德利先生让出道来，让小矮人们进了办公室。办公室很小，里面只有一张桌子和一把椅子。架子上空空如也，桌子上只有一张白纸，一支钢笔和一棵小小的忧郁的人造圣诞树，树根处有一枚红色按钮。愤愤，每次看到红色按钮都不能自已，就按了下去。圣诞树立刻蹦跶起来，"铃儿响叮当"的歌声不知从哪儿冒了出来。

"这是什么语言？"愤愤说。

"我也说不清，"圣·约翰-乔姆德利先生说，"我想可能是乌尔都语，或者也可能是塞尔维亚-克罗地亚语。很难说。当我们开始装修商店时，在储藏室里找到一盒子这玩意儿。"

"你觉得它们会是畅销货？"困困很怀疑地问。

"可能吧，如果这是一家位于乌尔都语地区或塞尔维亚-克罗地亚语地区的商店，"圣·约翰-乔姆德利先生说，"否则的话，大概畅销不了。然而，我是不希望你把它打开的。它要唱上好一会儿才会停呢。"

面试开始了，他们都努力无视那棵树。

"现在告诉我，你们想申请的是什么工作？"圣·约翰-乔姆德利先生问。

小矮人们交换了一下眼神。他们是在一家玩具店里。圣诞节马上要到了。店里有个圣诞会场。他们不可能是来面试扮演复活节兔子的。

"小精灵，"乐乐说，"我们是来这儿扮演小精灵的。"

"不是圣诞老人？"圣·约翰-乔姆德利先生问。

"不是。"

"你们确定？"

"你就不能放聪明点儿？"乐乐问。

"话不能这么说，"圣·约翰-乔姆德利先生说，"我可不能单凭你们这些绅士的，呃，矮小身材，就假设你们来只是为了扮演小精灵。那样就不对了。你们知道的，现在可是机会平等的。如果我对你们说，'哦，你们来肯定是为了申请扮演小精灵的工作的。'那我可就要惹大麻烦了，我会被送上法庭的。"

"但我们就是为了小精灵的工作来的。"愤愤说。

"难道你们连成为圣诞老人的梦想都没有?"圣·约翰-乔姆德利先生问。

"没有。"

"为什么没有?"

"因为我们想当小精灵。我们就是小精灵的合适人选。请你原谅我说句玩笑话,我们不是想入非非的人。"

"呃,但我还是不得不向你们提供申请当圣诞老人的机会。这个是规矩。"

"我们不想当圣诞老人。"

"你们确定?"

"是的。"

"你们就不想小小尝试一把?就尝试那么一小下?"

"不要,"乐乐说,"我们要当小精灵。"

圣·约翰-乔姆德利先生怒视着他。

"当圣诞老人有什么错?你们这么不待见胖子?"

"什么?"乐乐说。

他很困惑。在他身边,那棵圣诞树还在唱歌。貌似它对"铃儿响叮当"的歌词知道得要比乐乐多很多。

"你们难道不是因为圣诞老人很胖所以才不愿意扮演的吗?"圣·约翰-乔姆德利先生坚持道,"你们是胖子歧视者吗?要知道,我们可不接受歧视胖子的人在这儿工作。我们绝不容忍这种事情,听见了吗?我们对这些行为零容忍。你们怎敢走进这家店,说了胖子那么多坏话!"

"但是——"乐乐说。

"不要找借口!你们应该为自己感到羞耻。我好想叫警察呢。"

愤愤眼睛眨都不眨一下地凝视着圣·约翰-乔姆德利先生。那棵唱歌的圣诞树继续愉快地哼哼唧唧。愤愤都有些恨它了。

"很抱歉,"他说,"但你是个疯子吗?"

"噢,我想你也不喜欢疯子吧!"圣·约翰-乔姆德利先生说,"如果我是个又胖又疯的人呢,嗯?那该怎么办?我猜你们会拿着甘草叉和燃烧的火把追我吧。你们会想把我藏在暗无天日的地方,锁在哪个地窖里,只给我点面包和水!"

"锁起来可能只是第一步。"愤愤咕哝。

"我可听见啦!"圣·约翰-乔姆德利先生说,"别以为我没听见。"

他拉开桌子的一只抽屉,拿出一把榔头,狠狠敲在圣诞树上。小矮人们冷眼旁观,他继续敲那棵树,直到它化作一堆绿色的陶瓷小碎片。在它还能运转、尚未解体之前,传来最后一声微弱的铃儿叮当声。圣·约翰-乔姆德利先生把左脚伸进一只箱子里,用右手把圣诞树的残片扫了进去。它们跌落在许多其他圣诞树的碎片上。从愤愤能看到的角度来说,箱子里没装任何别的东西。

圣·约翰-乔姆德利先生把榔头放回了抽屉,打开另一只抽屉,从里面拿出一棵圣诞树。他把树精确地放在前一棵树占据的老位置上。

"好了。"圣·约翰-乔姆德利先生说。他笑了笑。"我们说到哪儿了?"

有一阵悠长而谨慎的寂静。

"一份工作?"乐乐说,"给我们的?"

"当然!扮演小精灵,是吧?"

"呃,随你乐意好了。"

"哦,对我来说可以啊。你们看着正合适。很喜庆。很小。我们喜欢咱的小精灵娇小一点。如果身形太大就不好了。大一点儿都不行。你们这周就开始如何?平时朝九晚六,一小时午餐时间,两次不超过十五分钟的茶歇,但是星期四的盛大开业典礼,你们六点以前都不必到。别吃太多饼干:那会让你们发胖的,我们可不想这样,是吧?对圣诞老人来说挺好,但对小精灵来说就是坏事了。很坏,很坏,很坏!在那儿签个字。"

他把钢笔和白纸推到他们面前。

"上面什么都没写。"丹说。

"没关系,"圣·约翰-乔姆德利先生说,"这儿都是朋友嘛。"

"钱怎么说?"乐乐问。

"噢,我不接受贿赂,"圣·约翰-乔姆德利先生说,"那可不太好。"他身体前倾,一手撑着脸,阴险地喃喃自语。

"你们在得到工作前就想法贿赂我,"他说,"不过这没用。这点可得记清楚了,嗯?"

"哦!我明白了!哈!那忘了贿赂这茬吧。不过是开玩笑。我们之间的秘密,嗯?是的,钱。你们想要多少?很多?一点点?折中一下?十英镑一小时怎么样?"

"听上去——"乐乐刚开口,圣·约翰-乔姆德利先生就打断了他。

"好吧,十一镑。"

"什么?"

"十二镑,但你们开价有点高了。"

"我觉得——"

圣·约翰-乔姆德利先生松弛了一下脸颊,抹了抹眉毛。

"那么十三镑。这是我的最后开价了。"

"如果你——"

"十四镑,但你们这是抢钱,哦哦!你们闭着眼睛偷我的钱。"

小矮人们闭着眼睛偷谁的钱都没问题,但这次他们甚至还没动手呢。这让他们很是不安。觉得怎么着都有点不公平。

"听着——"愤愤说,但圣·约翰-乔姆德利先生开口比他更快。

"十五镑,"他说,"就这么说定了。我可不会出高于十六镑的。十七镑是我的最后出价。绝对是。十八镑是底线。"

愤愤去拿钢笔。圣·约翰-乔姆德利先生在他拿到笔之前夺了过去。

"十九镑!"他说,"我们需要小精灵。"

"给我钢笔,"愤愤说,"有劳你。"

圣·约翰-乔姆德利先生涌出了泪花,把脸埋进了双手。

"好吧好吧,二十镑,"他闷声闷气地说,"二十一镑一小时。但你们得干得比我多。"

最终，小矮人们以二十五镑签了约，但这近乎一场战斗了，他们中的两个按住圣·约翰-乔姆德利先生的胳膊，而另外两个从他手里抢过了钢笔。他们把他留在他的办公室里，在身后关上了门。从里面传来了用某种外语唱的"铃儿响叮当"的歌曲的声音，随之几乎立刻又爆发出一阵猛烈的榔头敲击声。

没有人送丹和小矮人们走出店去。

他们不得不自己找回到街上的路，这次跟圣·约翰-乔姆德利先生的会面可给他们带来了巨大的麻烦，他们是直到后来才注意到，跟他的整个会面过程中，他眼睛都没眨一下。

圣·约翰-乔姆德利先生靠坐在他的椅子里。小矮人们走了真是让他如释重负。

"我觉得进展不错，"他对墙里的声音说，"我觉得他们没有起疑心。我表现得一切如常。"

二十五镑一小时，墙里的声音说，你当我是钱铸的？

圣·约翰-乔姆德利先生摇摇头。不管墙里的声音是用什么铸的，都肯定不是钱。钱闻上去没有那么邪恶的味道。

"他们是些顽固的小谈判家，"圣·约翰-乔姆德利先生说，"真的很顽固。他们让我很崩溃。"

他们不能活着拿到一个子儿，墙里的声音说，毕竟，这是原则。

"下次我会更加小心的。"圣·约翰-乔姆德利先生说。

那很好，墙里的声音说，而圣·约翰-乔姆德利先生，他记不得自己的过去，也没预见到在不久的将来，他非常不幸的结局。

第12章 神秘的邀请函

收到邀请函。

"乌里奇特&儿子们"商店开业典礼的邀请函在典礼的前几天发了出去。塞缪尔收到一张,上面有条便笺,特别注明了因为塞缪尔从恶魔入侵中拯救了比德尔科姆和地球,将被奉为贵宾。他还被热情要求带上他勇敢的博斯威尔一起。邀请函是圣·约翰-乔姆德利先生代表商店的新老板,一位神秘的格里姆里先生签署的。

"他人很不错,不是吗?"塞缪尔的妈妈一边看着便条一边说,"来看看这份邀请函!印刷在这么奢华的卡纸上,字也写得那么好看。但好奇怪啊,居然是用红墨水写的,你们觉得呢?他们应该用黑墨水或蓝墨水吧。也可能他们觉得红墨水更有节日气氛。"

邀请函却让塞缪尔有种说不出来的忐忑。可能是因为博斯威尔对它才嗅了嗅就显出一副满不在乎的样子,或是因为那字迹看上去不太像是用墨水写的。说实话,那颜色看上去有点像血,塞缪尔也是那样跟他妈妈说的。

"别傻了,"约翰逊太太说,"你总是看到事情最坏的那一面。"

"跟恶魔作战,又被拖去过地狱,就会对人造成这种影响嘛,妈妈。"塞缪尔说。

"哦,轻点声。"约翰逊太太说,她不太想被提醒曾经发生在她儿子身上的这些可怕事情,即便她客房里正住着两只把厕所搞出很奇怪味道的恶魔。她决定把纳德和沃尔姆伍德就看作一对稍微有点奇怪的房客，其他事情不予考虑。

"无论如何，"约翰逊太太继续说，"你为这镇子做了那么多事，是时候获得认可了。要我说，他们应该给你立尊雕像。"

除了四处逡巡的希拉里·莫尔德的雕像外，比德尔科姆只有一座准将查尔斯·麦卡锡先生的雕像，这位绝望的十九世纪英国指挥官在1820年去接受授勋的路上，在比德尔科姆停下来喝了杯茶，并留下了小费。① 常常有人觉得小镇需要增加一两座雕像，尽管这建议通常来自市长或本地政客，这些人觉得如果雕像看上去跟他们本人有点像，下面还刻着他们的名字的话，会挺不错的。

"谢啦，我可不想有尊纪念我的雕像。"塞缪尔说。他觉得没什么事情，比有尊青铜版的自己，为鸽子在其头上拉屎提供便利更糟的了。生活本来已经够艰难了。

上方传来一声巨响，过了一会儿，纳德和沃尔姆伍德出现在了厨房里。他们都非常兴奋。塞缪尔能一眼看出这点是因为，沃尔姆伍德把自己莫名其妙点着了还没注意到，火已经蔓延到了纳德的外套上，但他也没有注意到。塞缪尔小心翼翼地用一块湿茶巾把火扑灭了，等着看到底发生了什么。

"我们收到了一份邀请。"纳德说。

"去参加镇上新玩具店的开业典礼。"沃尔姆伍德说。

他一脸容光焕发，大概这也是火烧起来的原因。沃尔姆伍德最近养成了一个坏习惯，当他生气或是尴尬的时候，或甚至是咳嗽咳太久的时候，都会突然着火。他会发出明亮的红色，随后你就能在他头上

---

① 应该有人给查尔斯先生本人提个小建议，也就是，1824年他在非洲黄金海岸当总督时，别卷入那场带着五百个士兵跟一万个挥舞长矛的土著人的战斗里去。麦卡锡命令他的士兵高唱"天佑君王"，希望能把土著人吓跑。但无济于事。土著人一进攻，麦卡锡的军队几乎全军覆没，他们恰巧带了通心粉而不是武器补给这一点也救不了他们。麦卡锡的心脏被获胜的土著人分而食之，并且他们把他的头当做战利品，在特别场合和奇怪的节日上都会拿出来展示。

此处有个一语双关的文字游戏：留下小费英语里说 leave a tip，而 give a tip 是"提建议"的意思，两个短语正好彼此相对，所以作者会在注解中提到"应该给查尔斯先生本人提个小建议"。——译注

烤面包了。

沃尔姆伍德之前没受邀去过任何地方，除非你想约人出去打架，或是让他离开以便屋子里味道好闻一点。纳德也没怎么收到过邀请，大部分是因为他几亿年来一直密谋着统治世界，而没人想邀请一个正试穿他们的拖鞋是否合脚、并宣称自己是他们房子的统治者的人来参加派对。

"这事儿有点怪啊。"塞缪尔说。

他查看了一下这两个恶魔收到的邀请函。抬头写着库欣先生和李先生收，这是纳德和沃尔姆伍德在比德尔科姆居住时用的姓氏。只有屈指可数的几个人知道纳德和沃尔姆伍德不是人类：甚至大多数比德尔科姆汽车测试中心的同事也只是以为纳德有不同寻常的防火性和柔韧性。①

"怎么怪了？"沃尔姆伍德问，"我们是好人！"

他思忖了一会儿。

"呃，也许吧，如果房间里没有其他人的话。"

"这的确是怪事，"塞缪尔说，"对大多数比德尔科姆居民而言，你们只是两个碰巧跟我们住在一起的长相有点奇怪的人。你们没让自己引起太多注意，不是吗？"

"没有，"纳德说，"沃尔姆伍德一直吸引苍蝇的注意，但那也不是新鲜事了。"

"我喜欢把它们当成宠物，"沃尔姆伍德说，"有的时候，当成零食。"

约翰逊太太几欲作呕，但一声没吭。

---

① 类似的，只有"斯皮吉特啤酒，化学武器 & 工业清洁用品股份有限公司"的创始人老斯皮吉特先生，知道尚和迦特，他的"危险性饮料实验部"（DEDD）的首席酿酒师，是猪怪。其他人只觉得他们是两个喝了太多自家产的啤酒的大家伙，因为饮用斯皮吉特"陈年怪酿"的样品引发的一连串副作用经常包括：明显发胖、手掌多毛、蜕皮和胡子的反常生长。在女人身上也同样有此效果，并会伴有更多副作用：像是讲话困难、掉牙、额外长牙和爆炸性呼吸。简而言之，基本上就是尚和迦特那副样子。

"那为什么这位格里姆里先生邀请你们两个去参加他新店的开业典礼?"塞缪尔问。

直到他脱口问出了这个问题,才发觉这话有多伤人。他不是真的想这样。他一直是有什么说什么的人。但现在他能从纳德的眼神中看到痛苦,甚至沃尔姆伍德这个比死人还迟钝的家伙,都看上去有点脸色苍白。纳德从塞缪尔手里夺回了邀请函。

"为什么他不能邀请我们?"纳德说,"我们是好人。"

"不,你不是。"沃尔姆伍德说。

"我们还努力工作。"

"不,你没有。"

"我们还——你到底站在哪一边啊?"他问沃尔姆伍德。

"抱歉,"沃尔姆伍德说,"习惯使然。"

"我不是那个意思,"塞缪尔说,"我只是觉得格里姆里先生应该没听说过你们俩。我们不希望人们注意到你们,因为如果坏人知道了你们的存在,就会有各种麻烦,他们可能会想把你们弄走。你们明白吗?"

纳德的肩膀垂了下来。他想争辩一下,却找不到词。塞缪尔是对的。

"是啊,"他说,"我懂。"

"我不懂,"沃尔姆伍德说,"不过,反正我从来都弄不懂。"

"我之后会跟你解释的。"纳德说。

他在沃尔姆伍德的肩头安慰性地拍了拍,随后要去找点东西来擦擦手指。约翰逊太太给了他一块布。

"没关系,"纳德说,"说真的,没事儿。但某些特定时刻,我们会觉得自己是某样东西的一分子。"

"你们就是,"塞缪尔说,"你们是我们家的一分子。是吧,妈妈?"

约翰逊太太没有立刻接口。

"妈?"塞缪尔催促道。

"是,是,他们当然是啦,"约翰逊太太受到了压力,只能说道,

"我只告诉人家他们是你爸这边的亲戚。"

纳德努力想挤出一丝笑容,却没有成功。他最后看了邀请函一眼,把它撕了,扔进了垃圾桶。

"我们上楼吧,沃尔姆伍德,"他说,"你可以整点不寻常的气味来逗我开心。"

他们离开了厨房。等他们走了,约翰逊太太转向了塞缪尔。

"你知道吗,他说到点子上了,"她说,"我们不能一直在他们不工作的时候把他们囚禁在这儿。如果他们打算继续待在这个世界的话,他们就得找到自己的位置。我不是指物理上的位置:这个家的门永远对他们敞开,就算有时候我真不知道沃尔姆伍德在浴室里做什么,因为他肯定不是在洗澡,或者他洗了澡,也没什么用。不,我的意思是,他们必须在这里有开心的感觉,为了开心起来,他们得去探索什么东西能够令他们开心。也许你应该让他们跟你一起去乌里奇特百货店。他们在那里会玩得开心的,我肯定这会对他们有帮助的。"

塞缪尔点点头,说:"但愿你是对的。"

"去吧,"约翰逊太太说,"把他们的邀请函给他们拿去,叫他们想想准备穿什么。好了,我快误了玩填字游戏的时间了。"

她向走廊走去,抓起她的大衣,冲出了门。塞缪尔跪到了垃圾桶边,准备把撕碎的邀请函的碎片捞出来,但它们不在那儿。

邀请函消失了。

第13章　怪人希拉里·莫尔德

我们意识到希拉里·莫尔德可能比我们先前怀疑的更加怪异。

塞缪尔敲了敲纳德和沃尔姆伍德同住的卧室，一直等到纳德允许了才进去。塞缪尔有意识尽量多地给纳德和沃尔姆伍德留出隐私和空间。这个小小的卧室是这所房子中属于他们自己的家，虽然除了在墙上贴几张海报之外他们没对房间做什么调整。纳德选了些遥远国家中的古老建筑的图片：埃及金字塔、柬埔寨吴哥窟的庙宇群、秘鲁马丘比丘的印加人遗址。与之相反，沃尔姆伍德更喜欢贴一些糟糕的男子乐队组合的照片。他甚至有一张丹和小矮人们送给他的"星辰男孩"的签名海报。根据丹的说法，这种海报简直源源不断。上百张。

上千张。

纳德躺在上铺，浏览着周末报纸的旅游副刊。沃尔姆伍德正戴着耳机听音乐。声音响得连塞缪尔都听得到其中某些歌词：爱如何像一座花园、一丛玫瑰或一只蜗牛之类的。不管是什么，反正难听得要命，但塞缪尔不置一词。这让沃尔姆伍德很高兴，这是最重要的。当确认塞缪尔没反感这些音乐后，沃尔姆伍德朝他笑了笑，跷起了大拇指。塞缪尔也向他挥了挥手，然后爬梯子到了上铺，好跟纳德面对面交谈。

"一切都好吗？"塞缪尔问。

"都挺好的。"纳德说，尽管他的表情看上去事实恰好相反。

"但你最近看上去有点反常，都不像你自己了，"塞缪尔说，"我有点担心。"

面对塞缪尔明显的关切,纳德放下了旅行副刊。

"就那么回事儿,"他说,"我不太确定做我自己又有什么意义。当我在地狱的时候,我是纳德,是五灾之魔。我无足轻重。我真的是极其渺小的存在,不过我有个名字,也有自己的立足之地,就算那地方不是太好。但在地球这边,我顶着个虚假的名字生活,还必须遮着自己的脸。我靠撞车来谋生。别会错意,我喜欢撞车,或者说我习惯了,但是撞车和从熊熊大火中逃生的次数多了也会感到乏味单调,却没什么其他可干的。"①

"我能帮你做点什么吗?"塞缪尔说。

"不用,"纳德说,"不是你的错。是我的问题,就这么回事。有些事我已经看穿了。"

塞缪尔不相信,但他也不知道怎么让纳德好受一点。如果他有钱的话,他会给纳德一笔钱让他能去旅行,多看看这个世界,但塞缪尔和他妈妈一点儿钱都存不下来,就算加上纳德和沃尔姆伍德从汽车测试中心赚来的薪水,也只够勉强维持收支平衡。

"看哪,"塞缪尔说,"也许你应该去参加玩具店的开业典礼。那对你有好处。"

纳德摇了摇头。

"不,你在楼下说的话是对的。我们不应该再引起更多注意了,而且我们也不想吓到谁。"

他又拿起了旅游副刊。封面上,一对年轻情侣在印度的泰姬陵前微笑。

"我很抱歉,"塞缪尔一边从上铺爬下来一边说道,"我本意是希望你在这儿开心的。"

---

① 不管你的工作有多好,也许总会有一天你希望自己能做点其他事情。每个人都偶尔需要一点调剂。你的工作可能是用棒球打破建筑物的窗户,但偶尔也极想抱怨一下胳膊太累了。

"我挺开心的,"纳德说,"我只是希望我会……更开心一点。"①

玛丽亚,由汤姆陪着,那天晚上顺道来塞缪尔家做客。塞缪尔把邀请函拿给他们看,他们俩都觉得挺了不起。

"要是我们一直跟你厮混一起,是不是也能沾沾你的名气,这样也会被邀请去参加开业典礼了。"汤姆说。

"呃,你能沾到什么?"塞缪尔说,"我根本不想当名人。"

"但我还是觉得被人提起挺好的,"汤姆说,"当然,我是说如果成名的奖赏仅仅是时常被恶魔追捕和拖去地狱的话,那就真的一点意思也没有了,不是吗?你准备带谁一起去?我倒是想去,但我爸妈那天不叫我上学,我们要去利物浦看我爷爷。"

"我希望露西会想去。"塞缪尔说。

玛丽亚的脸抽搐了一下,却什么都没说。自从塞缪尔开始跟露西·海默尔约会后,她对塞缪尔的友情的性质改变了很多。露西不喜欢玛丽亚,玛丽亚当然也不喜欢露西,所以当塞缪尔和露西在一起的时候就容不下玛丽亚,而如今甚至当露西不在场的时候,他跟玛丽亚之间也存在着明显的芥蒂。塞缪尔想知道,一伙朋友中有人交了男朋友或女朋友之后,是不是总要面对这种情况。他希望能有个人问问,但平时他能问的人,就是玛丽亚。问汤姆没有意义:汤姆就像和橄榄球队其他的十五个人结了婚差不多,所以在他人生中交换戒指、撒婚礼花瓣这样的重要场合里,可能都不需要他们俩到场。

"既然我们都在这里,"玛丽亚说,"我们也该为自己的课题花点功夫。"

汤姆呻吟了一下。

"我恨死这个课题了。我必须一直看着这些老楼,找点'它们真阴郁,早就该拆了'之外的话来说。昨天我差点被它们当中一块掉下来

---

① 从某种程度上说,这事儿只会在故事里发生。

的砖给砸中。能活下来是我的幸运。话说，研究希拉里·莫尔德是谁的主意？"

"是我的，"玛丽亚冷冰冰地说，"还有，如果你不停止抱怨的话，能活下来就真的是幸运了。我们要么研究莫尔德的建筑，要么就得把每个星期六的时间花在去购物中心闲逛数数有多少鞋店上。至少莫尔德还有趣一点吧。"

"除非你是一只离群索居的忧郁的鸽子，"汤姆说，"那研究他的雕像才算件事儿。"

他们一致觉得那雕像很奇怪。没人曾经看到过它四处移动。它可能在同一个地方待上一个小时，或一天，或一周，随后可能去其他任意一个地方。几周前，玛丽亚建议说，他们的科学课应该对那尊雕像做个研究，但科学课老师鲁格西先生，不太欣赏这个课题。

"谁知道我们开始关注它之后会发生什么情况？"他说，那讲出来的话让玛丽亚怀疑鲁格西先生是不是真的适合教科学。

"可能它是座量子雕像，"汤姆提议，"所以它存在于比德尔科姆每个可能的地方，直到有人发现了它。"

"很聪明，霍布斯，"鲁格西先生说，"只可惜雕像被认为只出现在六个它偏爱的位置上。"

"老师？"穆齐说，他总是坐在教室最后一排，走路微微佝偻着，像是要去面试老教堂里的敲钟人。

"怎么了，穆齐？"

"七个，老师。"

"什么七个？"

"七个雕像好像偏爱的地点。"

"你为什么这么说，穆齐？"

"因为它就在窗外，老师。"

它的确就在窗外。

"别去看它，"鲁格西先生说，"无视它，它就会走了。"

反而每个人都无视鲁格西先生的话，去看那雕像，但过了一会儿雕像开始让他们感到浑身起鸡皮疙瘩,所以大家又挪开了视线。几秒钟后,雕像消失了。

"如果有人问起,就当什么事都没发生过。"鲁格西先生说。

但尤其是玛丽亚,继续痴迷于此事,因而当地理老师富兰克林先生要他们三人一组,提出一个关于比德尔科姆的建筑和公共场所的课题时,她逼着塞缪尔和汤姆同意考虑研究莫尔德。对这个题目的研究如今由于"乌里奇特＆儿子们"商店的重新开业而受到了限制。

"这个叫格里姆里的家伙必须得在乌里奇特店里做点夺人眼球的事情出来,如果他不想让小孩子们哭着回家,并思考人生意义何在的话。"汤姆说。

"把这幢楼改成玩具店太奇怪了,"塞缪尔说,"我知道它就在镇中心,地理位置优越,但似乎还是派别的用场为好。"

"储存死尸。"汤姆建议。

"储存不死之躯。"塞缪尔建议。

"退休吸血鬼的疗养院。"

"狼人的宿舍。"

"你们俩可以闭嘴了吧!"玛丽亚说,"看,我打印出了一张比德尔科姆的地图。我觉得我们可以以它为中心展开这次课题,把莫尔德的建筑标记在上面。然后我们可以给每幢建筑增加一幅图及一段简史。既然塞缪尔要去参加开业典礼,也许他能找到采访格里姆里先生的机会。塞缪尔可能比当地媒体运气更好一点。听上去如何?"

这当然比塞缪尔和汤姆能想出来的任何提议都好。在比德尔科姆总共有六幢莫尔德的建筑,他们每个人研究两幢。塞缪尔和汤姆仅仅是走到交给他们的建筑旁边去看看,然后尽快开溜,塞缪尔研究的其中一幢就是乌里奇特商店,而玛丽亚已经完成了她那一份的简史描述并拍完了照片。现在,当他们坐在桌子边,她在地图上圈了几个点,来表示莫尔德六幢建筑的位置。

玛丽亚坐了回去。她看上去有点困惑。

"怎么啦?"塞缪尔问,"你哪里搞错了?"

"她从来不会搞错。"汤姆说,还真是如此。玛丽亚什么事情都做得很好。

"你们没看出来吗?"玛丽亚说。

塞缪尔和汤姆什么也没看出来,除了街道和建筑的名字,以及六个点。玛丽亚又拿起她的钢笔,抓起一把尺,开始在地图上画线,把各个点连接起来。

"现在你们看出什么了吗?"她问。

他们看出来了。这可能是个巧合,但如果是的话,这也实在太巧了。当点被连成线,组成了一个很清晰的图案。它看上去像这样,"乌里奇特&儿子们"商店位于中心:

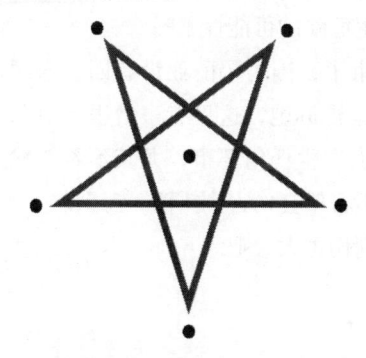

"可能是我错了,"玛丽亚说,"但那看起来非常像一个五角星。"①

塞缪尔、玛丽亚和汤姆就五角星讨论了很长时间。玛丽亚对此最为焦虑,而汤姆最无所谓。塞缪尔则居中游移不定。他必须承认,这很不寻常,但说不准怪人希拉里·莫尔德早就计划好了把他的丑陋建筑按照五角星的形状来选址的呢?这只不过是证实了每个人的观点:他就跟一双鞋有两只左脚的鞋子那么奇怪。

"也许你不该去那个重新开业的典礼,"玛丽亚说,"在我们掌握更

---

① 只有在 19 世纪,五角星——一种有五个角的星形图案——被认为是邪恶的象征,而它在研究超自然现象的手稿中很少被用到。有一点要搞清楚,如果顶部只有一个角,那就是好事情的象征,而如果顶部有两个角,就像玛丽亚发现的这个,就是邪恶的象征。再说一遍,就像生活中的大多数事物,是取决于你从什么角度去看它的,不是吗?

多情况前都不要去。实际上,我们应该让开业典礼推迟举行。"

"你疯了吗?"汤姆说,"明天就是开业典礼了,而且这是比德尔科姆近几年里发生过的最大事件。每个人都盼望着。你真觉得他们会因为你画的这个地图上的五角星就让它取消?"

"汤姆说得对,"塞缪尔说,"这没什么大不了的,事实上希拉里·莫尔德有种不同寻常的幽默感。"

"但如果事情不止于此该怎么办?"玛丽亚说,"如果有危险怎么办?"

"怎么可能呢?"塞缪尔说,"那些建筑在那里都超过一个世纪了,除了让镇子更加难看了一点外,没发生过什么更糟糕的事情啊。为什么现在它们又有发生危险的可能性了?"

讨论到此就结束了,因为玛丽亚没有回答塞缪尔的问题。她只是跟着直觉走,而直觉告诉她,这里有事情很不对劲。她不希望在比德尔科姆的居民们身上发生任何坏事,尤其不希望发生在塞缪尔和博斯威尔身上。她甚至不希望会伤害到露西·海默尔。

或者说,反正别伤害太大吧。

第 14 章　一场非同凡响的开业典礼

有史以来最糟的约会。

开业典礼的那天晚上，当露西·海默尔来到塞缪尔家时，她看上去美极了。她的裙子很美，她的脸蛋很美，她的发型也很美。她的爸爸开车把她放在了塞缪尔家门口，那辆车大得像艘船，而他也沐浴在自己女儿纯粹的美艳容光之下。如果这世上有一座叫"好看"的镇子，里面的居民正在寻找一座能代表镇子的雕像的话，他们会用露西·海默尔做范本。塞缪尔站在她身边微微觉得不自在，好像他往她身边一站，就搞得她不开心了。

露西·海默尔同意跟塞缪尔一起去"乌里奇特＆儿子们"商店是因为那是个大场面，即便不久之后她就会知道，她跟塞缪尔不会一起再去其他地方；塞缪尔邀请露西去这一特殊场合，但是不久之后他就会知道，他跟露西不会一起再去其他地方；而博斯威尔跟着塞缪尔和露西去出席这一特别场合，因为塞缪尔给它拴上了牵狗绳并说："走吧，博斯威尔。"博斯威尔只需按照这句话办就是了。

"你们两个——嗯，三个——玩得开心，"他们出发时约翰逊太太说，"我真希望这对你们来说是个特别的夜晚。"

"乌里奇特＆儿子们"商店的开业典礼的确是比德尔科姆前所未见的盛大事件，但那个夜晚对这两个年轻人及一条小小的腊肠犬来说，都注定了不会好过。随着事情的推进，它注定了是一场非同凡响的开业典礼。

维度正四分五裂。

多元宇宙间裂缝频现。

暗影正在聚集。

永恒的黑暗正在降临。

反正,不是约会的良夜。连个良夜都算不上。

第 15 章 时间之线

豁出命来工作的茶童布莱恩宁愿换个安全点的差事,像是徒手喂大白鲨,或是耍蝎子。

茶童布莱恩对鬼还是不适应。哦,他明白它们本身并不是真正的鬼。当警察们拜访离开后,斯蒂芬教授让布莱恩坐下,向他具体解释了自己的理论,关于为什么死去已久的人在这昔日糖果厂频繁出现。

"把多元宇宙想象成一系列气泡,而每个气泡就是一个宇宙,"斯蒂芬教授说,"但它们不像一杯汽水中的泡泡那样。相反,它们非常紧密地挤在一起,紧密到一个宇宙几乎跟另一个宇宙共用'皮肤',是几乎,不是完全。你可能会问,在这些宇宙中有什么?"

"鬼。"布莱恩说。

"不,布莱恩,"斯蒂芬教授用一种发现自己装耐心的大桶上漏了个大洞、如今极想将这桶敲到某人头上的声调说,"不是鬼。鬼并不存在。来,让我们数到三来说一遍。一,二,三。鬼并不存在。"

"鬼……鬼并不存在。"布莱恩结结巴巴地跟着说,回头焦虑地看了一眼,以防万一有东西决定突然冒出来证明他是错的。布莱恩觉得他已经成了一摊巨大的胶状软骨,等着一记哆嗦便会轰然倒地。

"很好,"斯蒂芬教授说,"如果你说的时候能不结巴就更好了。"

"抱……抱歉。"布莱恩结巴着说道。

"不……不用——他妈的,都被你传染了。不用担心,听着就行。"

"好的。"布莱恩说。

"我认为,我们在糖果厂里看见的,是跟我们平行的各个量子宇宙中的景象,但我们看到的是他们时间轴上的不同时间点,这也是为什么不断突然出现的人们,会穿着维多利亚时期的仆从服饰,或是都铎王朝时期的侍臣服饰,或还有老先生们从浴缸里爬出来这种有点小尴尬的事情,根本没什么大不了的。同样地,完全有可能在他们的时间轴上,有人瞥到了戴着假胡子、假装经营糖果厂的科学家,尽管到目前为止没有证据表明这一点。"

"看,人们认为时间是一条单一的笔直的直线,像这样。"斯蒂芬教授说。他给布莱恩画了一条直线,来帮助理解。

过去　　　　现在　　　　未来

*

"但是假设,"他继续说,"时间根本不是这样的。假设时间其实看上去是这样的。"

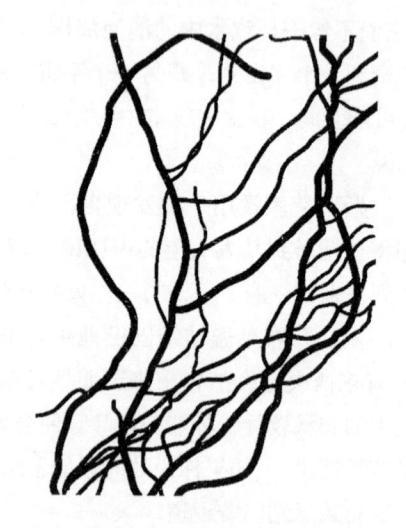

"你正巧手头带着一张树枝的照片?"布莱恩说。
"是的,"斯蒂芬教授说,"我必须时不时把这事解释一番。所

以,想想看,每次你做一个决定,像是要不要到这儿来跟我们一块儿工作……"

"所以说我做了个不明智的决定?"

"是。不。也许吧。总而言之,假设每次你做了个决定,宇宙就分叉了,另一个宇宙出现了。所以说,有一个宇宙,是你在此工作的宇宙,另外还有一个宇宙,是——"

"是一个我在某个没有鬼的地方工作的宇宙,"布莱恩说,"抱歉,没、没鬼。"

"说得对。现在,如果想想你某一天内所做过的所有决定和事情,时间好像突然就变复杂了很多,不是吗?有许多许多相互交织纠缠的线。而且它们可能也都不是直线。可能它们在很多点上交叉打结,就像那些树枝一样。而有时候,机缘巧合,我们就瞥到一眼某个另外的宇宙,那些替代性的现实。"

"你相信这儿发生的就是这种情况?"

"这是一种可能性。"斯蒂芬教授说。他决定不提这些宇宙中,有可能并没有和布莱恩一样迟钝的人,但是或许潜伏着具有毁灭世界的能力的生物。他好不容易让布莱恩清楚了一点,不想因为提到一些从天而降的无名恐怖而毁了所有成果。

"但这怎么会发生的呢?"布莱恩问。

斯蒂芬教授在他的座位上笨拙地挪了挪身子。

"可能发生的是——注意我强调了'可能'啊,因为我们不想让人家为了我们可能没做过的事情指责我们,尤其不能为了那些我们实际做过的事情指责我们——是在对撞机实验的过程中,把一些分隔多元宇宙中的各世界间的'皮肤'给磨薄了一点,由此我们得以透过它们看到其他世界。"

"我们之前不是在讨论树枝吗?"

"我们是讨论过树枝,但现在忘掉它们。我们回到皮肤上来。"

"那为什么当我们看得见那些世界中的人时,他们却看不见我们?"

布莱恩真是在问最傻的问题,斯蒂芬教授想。他开始在脑子里掂量着他空了的耐心之桶,练习该怎么扔出去了。

"把他们想成是在警察局里那种安了老式平面镜的窗子的一边,而你坐在另一边,允许你观看嫌疑犯受审,"斯蒂芬教授是刚刚想到的这解释,并为此沾沾自喜,即便意味着要从树枝跳跃到皮肤再跳跃到警察局,"这样就能解释为什么我们看得见他们,但他们看不见我们。"

"哦。"布莱恩说。

听上去有点道理,却不是很高明。

"所以我们就不再多讨论鬼的事情了,可以吗?"斯蒂芬教授说。

"好的。"

"因为他们不是鬼,不是你想象的那种,而且他们看不见你,也伤害不了你。"

"呃,是,对。"

"而且我们也不会跟警察或是任何其他人提到它们,对吧?"

"当然。"

"真是个好小子。现在,回去工作吧。请给我端杯牛奶,两块糖和一块杰米道奇小酥饼来。"

布莱恩照办了。他泡了一大壶茶放在托盘上,旁边摆了几个马克杯和一碟杰米道奇小酥饼,又放上一罐牛奶和一碗糖,并看了看自己的劳动成果。一切都很齐整。他拿起托盘,却立刻开始双手颤抖,还没走到离门一半的距离,杰米道奇小酥饼上已经洒满了茶水和牛奶。

"哦天哪。"布莱恩说。

他转身退回厨房料理台边,又突然停住了。

房间里有一个"非鬼"跟他在一起。

第 16 章　玛丽亚来访

想跟小姑娘比智商的科学家，智商一定高不到哪里去。

悬在糖果店门口的门铃响了。轮到希尔伯特教授去卖几个小时的糖果了，不过呢，好像轮值的一直都是希尔伯特教授。斯蒂芬教授不喜欢和小孩子打交道，而两次轮到多萝西当班的时候，她都吃了太多焦糖味口香糖，以至于她一边的腮帮子肿了起来，让她看上去像是在嘴里藏了只高尔夫球似的。而轮到布莱恩当班的时候，他的手实在抖个不停，总免不了把糖倒到地上多过倒进纸袋里。如果布莱恩和多萝西被一起留下当班，佩尼法新先生大概一个星期就破产了。

希尔伯特教授正把比德尔科姆及其周边地区被报告发生过怪事的地点绘成地图，这任务不简单，因为关于比德尔科姆的每件事似乎都很奇怪，甚至是那些人们以前认为相对来说还算正常的事情。举个例子，在米基池塘的水底住着个不寻常的东西已经被普遍接受了，但是那到底是什么的探寻受到了鸭子的阻挠，它们对新领地的保护欲很强，任何人企图做比朝它们扔面包威胁性更强的事情，都会受到攻击。那个入土很久的讨人厌的恶人伯纳德主教，他复活的那一小会儿只有一个单纯目的：把火烫的拨火棍戳进人们的下体。这个恶棍已经粉身碎骨了，但在寂静之夜仍能听到他的残骸在教堂地下室里生气地吱嘎作响。有人建议应该让某个人下去检查一下，但由于提出建议的人是斯蒂芬教授，而他提议的人选是除他自己以外的任何人，所以这项提议就被搁置了。

然而，希尔伯特教授仍然在比德尔科姆设法定位了至少五处近期被许多居民抱怨看到了鬼魅之物的地方。希尔伯特教授同意斯蒂芬教授的观点,认为这是瞥见了其他平行宇宙的景象,尽管他也认为在这些宇宙附近仍然有其他未知的维度。从他和叫做塞缪尔·约翰逊的小男孩的晤谈中,希尔伯特教授渐渐明白那些来自其他维度的生物是如何进入我们的世界,还设法从我们的世界诱拐人类去他们的世界的。希尔伯特教授怀疑塞缪尔·约翰逊没有把他知道的事情向科学家们全盘托出,他认为他比其他任何小孩都聪明,而且很有可能,也比绝大多数成年人聪明。当然,就这点来说,他错了。聪明不是指你知道多少,而是指对自己的无知有多少了解。

希尔伯特教授的多元宇宙模型看上去跟斯蒂芬教授的有点像,除了那些泡泡①并不是全都紧紧地挤在一起。在它们之间有小小的缝隙,而且在那些缝隙间有生命存在。生物,智能生物,出现在那些空间里——并且,是的,它们很危险很邪恶,想要消灭人类,但这并不妨碍它们的趣味性。不知怎的,小镇比德尔科姆成了这些生物的一个聚焦点。希尔伯特教授很好奇这是为什么。

但现在他要从自己的重大思考中回过神来,应付一个小孩要买一包"牛眼"②或四分之一磅酸粒糖③的要求。希尔伯特教授戴着假胡子的地方瘙痒难耐,他从自己的桌边站起来走到糖果店里。一个看着有点面熟的小女孩正等在柜台边。希尔伯特教授试着回忆以前在哪里见过她。他猜她可能是塞缪尔·约翰逊的一个朋友。

"有什么能帮你吗?"他问。

"我的名字叫玛丽亚·迈耶,我想跟这里的负责人谈谈。"那女孩说。

"糖果厂负责人?"

"不,科学家们的负责人。"

希尔伯特教授一阵咳嗽,并正了正他的假胡子。

"这里没有科学家,年轻的小姐,除非你指的是制造好吃糖果的科

---

① 或是树枝。或是警察局。
② 达布尼叔叔曾经的招牌"牛眼",后来被发现当中柔软粘牙的部分,实际上是真的公牛眼睛。
③ 同样的,达布尼叔叔曾经的超爽劲爆酸粒糖,直到,呃,你自己脑补吧……

学家!"

玛丽亚严肃地盯着他。

"当真?"她说。

"什么当真?"

"当真你们就做这些?我知道你们是科学家。整个镇子上的人都知道你们是科学家。我有只叫大尾巴先生的宠物兔。就连大尾巴先生都知道你们是科学家,而大尾巴先生还吃它自己的大便呢。"

希尔伯特教授搞不懂大便跟这事儿什么关系,尽管他依稀记起佩尼法新先生的地下室里有好多盒达布尼叔叔的"兔子便便"。它们看着像是有软心的巧克力,但是闻上去有点怪怪的味道,没人急不可耐想去品尝。他们直接就把糖扔了,但现在希尔伯特教授想知道他们是否错过了向全世界的大尾巴先生销售圣诞宴飨的机会。

"如果这里有科学家,实际这里没有哦,你想问他们什么?"希尔伯特教授说。

"我什么都不想'问'他们,"玛丽亚说,"我要告诉他们一些事情。"

"想告诉他们什么?"希尔伯特教授说,好不容易忍住了没在结尾加上"小姑娘"的冲动。尽管他没有大声说出来,但他在脑海中却说了,而且他有种感觉——玛丽亚不知怎的听到他在脑海里说的话了。

玛丽亚的眼睛眯了起来。她的眉毛拧紧了。

"事实上,是两件事。第一件事我要告诉他们,至少他们中的一个需要受点教训,不要自作聪明。"

"好的,那第二件呢?"

玛丽亚把比德尔科姆的地图放到桌上,那地图上标了一个翻转的五角星。

"他是个陷入一大堆麻烦的自作聪明的人。"

布莱恩很仔细地看着"非鬼"。它背对着他,但他能看出来那是个女人的形象。她穿着一件红色的连衣裙,令布莱恩很不舒服地联想到血池喷泉,连衣裙的袖子十分宽大,遮住了她的手,她长长的黑发披散在了背上。她缓缓移动着，好像被一阵看不见的微风吹拂前进，但当布莱恩继续盯着看时，风在她的头部成扇形散开，她的连衣裙开始随风翻滚。布莱恩看清楚了，那样子与其说像是某个人站在风中，不如说像是一个女人不知怎的悬浮在水下，尤其看到她的裙裾下摆没有接触地面时，他的这种印象又加强了。

布莱恩的手现在抖得前所未有地厉害，都很难握紧了。马克杯在一起叮当碰撞。调羹乱作一团。茶水四溅。所有这些声音混在一起，让布莱恩的耳朵感到无以复加的吵闹。"非鬼"的头轻轻转了过来。她似乎在倾听来自茶盘的声响，但情况不该是这样的。斯蒂芬教授说了这是单向的。我们能看见他们，但他们看不见我们。另一方面，斯蒂芬教授也没说到听声音的问题，但当布莱恩第一次看到"非鬼"，他害怕得把茶盘扔了，而那个时候的"非鬼"可是什么反应都没有。布莱恩想，大概这个"非鬼"在听她自己的宇宙中的什么声音吧。是的，就是这么回事儿。她没有听到从茶盘发出来的噪声。她怎么可能听到呢。一切都好。想开点，布莱恩，想开点。

为了确信起见，布莱恩决定把茶盘放到厨房里的小桌子上。这样可能是最好的。如果他不放下的话，就要被茶和牛奶泼满身了。

布莱恩小心翼翼地把茶盘放到了他右面的桌子上。他尽可能地轻手轻脚，但当茶盘碰到木头时，还是闹出了很大动静。

"非鬼"的头轻轻转向了右面。但是，这一次，她的整个身体也慢慢跟着转向相同的方向。

糟了，布莱恩想。糟了，糟了，糟了。

"非鬼"慢慢在空中转了一百八十度，直到面对布莱恩，只不过"面对"大概不是布莱恩会选用的词。要面对某个人，首要条件是你得有一张脸，而"非鬼"根本没有脸。有的只是黑暗，现在布莱恩才看到，他本来认为是头发的东西根本不是头发，而是从原本应该是脸的黑暗中探出的触须状的暗影。

布莱恩采取了所有明智的人都会做的举动。

布莱恩夺路而逃。

第17章 小矮人们换衣服

"星辰男孩"重现舞台，只会越帮越忙。

好大一群人聚集在"乌里奇特&儿子们"商店外，要目睹新商店的盛大开业典礼。有许多小孩做着小孩们会做的事情：说话，哭闹，抱怨想上厕所，甚至有一个小女孩，问乐乐想带着她妈妈的手提袋去哪儿。他们尽情享乐，如果这算用词确切的话，因为由"星辰男孩"掌控下的场面很可能并非如此。

丹说服了圣·约翰-乔姆德利先生允许"星辰男孩"在盛大开业典礼上演唱几首歌。圣·约翰-乔姆德利先生从来没听说过"星辰男孩"。更重要的是，他从来没听他们唱过歌，这也是为什么他会同意让他们靠近商店，还允诺丹会付一些酬劳，即便丹要活着拿到钱是没门儿的。当一听到开唱"爱像一家玩具店"，圣·约翰-乔姆德利先生就后悔自己的决定了，但那时已经太晚了。

丹和小矮人们走到商店后面，在那里，圣·约翰-乔姆德利先生正耐着性子在员工通道口等待。当小矮人们走近时，他敲了敲自己的手表。

"你的手表坏了？"乐乐问。

"不，没有坏。你们迟到了。"

乐乐看了眼他自己的表。至少，现在这块表是属于他的了，但大概五分钟之前，它属于另外一个人。

"我不觉得啊。我们是正巧准时到的。"

"我要告诉你们——"圣·约翰-乔姆德利先生坚持道,但愤愤打断了他。

"来,拿来给我看看。我对手表很在行。"

在圣·约翰-乔姆德利先生拒绝之前,手表已经松脱了他的手腕,来到了愤愤手里。

"啊是的,我知道问题出哪儿了,"愤愤说,"我马上就能修好。"

手表消失去了愤愤的口袋里,再也没被圣·约翰-乔姆德利先生看见过。

"现在,"愤愤说,推着暴跳如雷的圣·约翰-乔姆德利先生进了商店,"我们最好愉快地合作。我们不想让小家伙们等着,是吧?"

"呃,不,当然不啦,"圣·约翰-乔姆德利先生说,"顺便说一句,你们觉得可以让'星辰男孩'不要再唱了吗?"

"什么?"丹说,"让他们别唱了?但他们才刚刚暖场啊。听听他们的歌。他们多像夜莺啊,他们简直就是夜莺。"

"他们更像海鸥,"圣·约翰-乔姆德利先生说,"而且你们也听不真切,因为你们耳朵里塞满了棉花。你们几个全都耳朵里塞了棉花。"

"耳部感染嘛。"丹说。

"传染性很强。"愤愤附和道。

在商店外,"星辰男孩"唱完了他们的第一首歌。有稀稀拉拉的掌声,但仅仅是人们因为他们住嘴了而松了口气。

"快点,在他们开始唱第二首之前赶紧进去。"乐乐说,圣·约翰-乔姆德利先生都没有抗议一声。

他带小矮人们走下了商店的后楼梯。他们身边没一个人经过,"乌里奇特 & 儿子们"商店好像安静极了。

"所有的店员在哪里?"丹问。

"格里姆里先生在给他们临上场前加油鼓劲。"圣·约翰-乔姆德利先生说。

"我们会见到格里姆里先生吗?"乐乐问。

"哦是的,"他们到更衣室门口时圣·约翰-乔姆德利先生说,"你们很快就会跟他见面的，他也急着想见你们。甚至可以说，想见你们想到死。"

他笑对小矮人们的样子，就像一只食蚁兽看着一串蚂蚁，但小矮人们太把心思集中在他们的精灵服装上，都没能注意到这点。过去，他们穿的衣服要么太松，需要用书签来提示穿衣服的人身在何方，要么脖子和腰收得太紧，使得穿的人看上去像块圣诞饼干。大多数那类衣服，经常是用可以传导几乎致命的静电电量的材料制成的。愤愤有一次在工作中被一块地毯黏住了，用上了木勺才得以分开；另一次，乐乐自娱自乐，自己摩擦生电然后用胳膊去戳咕咕。咕咕受到了极其剧烈的电击，以至于眼球都亮闪闪的。

而相反的，这些衣服似乎是用某种感觉像丝绒的材质制成的。衣服是红色的，上面有绿色的装饰，虽然就乐乐的品位来说铃铛太多了点，可它们比普通衣服实在好太多了。

"我会留你们在这儿穿衣服，"圣·约翰-乔姆德利先生说，"穿完之后请你们等在这儿，我会来带你们——"

他想看一下自己的手表，然后意识到它已经不在他的手腕上了。

"抱歉，关于那块手表。"他对愤愤说。

"什么手表？"

"我的手表。"

"噢，那块手表啊。我还没时间去看它一眼呢。"

"是不是可以——？我的意思是，也许我应该——？"

"有话快说，先生，有话快说，"愤愤说，"我们还有扮演小精灵的工作要做呢。"

"好吧，我想知道是否可以请你给我一张收据。"

等小矮人们大笑良久停下来，愤愤又花了更久来抚平自己的受伤之态，最终他才开了口。

"朋友之间要什么收据。"愤愤说。

"我们是朋友？"圣·约翰-乔姆德利先生说。

听上去他不觉得他们是朋友，即使是朋友，他也觉得或许和他的新"朋友"之间距离保持得越远越好才对。

"还算不上朋友吧,但如果我们彼此之间开始谈收据的事儿,就再也成不了朋友了,不是吗?"愤愤理直气壮地问,"友谊就是要相互信任。没有了信任,我们还有什么?一无所有。"

愤愤把他的左手按在心口上。他的眼眶中含有泪水,虽然那可能是刚才大笑之后留下的。他把另一只手按在圣·约翰-乔姆德利先生的心口,神不知鬼不觉地偷走了他口袋中的手帕。

"好吧,既然你们这么说。"圣·约翰-乔姆德利先生说,被房间里其他小矮人们推搡着。

"但我还是想要一张收据,"他说,门在他身前关上了,"甚至你们可以签上'你的朋友'。"他通过钥匙孔喊道。

最终,他们听到他走开的脚步声,但那时他们都已经换好服装了。他们的衣服都很合身,尽管对困困来说,有几个地方比他喜欢的要紧身了一点。

"我觉得那边有东西要绷了,"他说,"我会让自己受伤的。"

"如果那粒扣子从你裤子上绷掉,你会把其他人弄伤的,"愤愤说,"能把别人的眼睛弹出来。"

"我一定长了一两磅肉,自从——"

困困住了嘴,开始思考。① "等等,他们是怎么知道我们的尺码的?我是说,这些衣服剪裁十分精良,做工也很精细。跟我们平常拿到的衣服不一样。"

这是个好问题。这些衣服怎么会如此合身?

"糊屁味?②"咕咕提议道。

"嗯,可能圣·约翰-乔姆德利先生在时尚方面有好品位。"乐乐赞同道。

---

① 困困可以说话,或是思考,但不能两桩事情同时做。对那些说话不通过脑子、又对他们听到的东西很是惊讶的人来说,这不是一个难得一见的缺点。在说话之前,最好考虑一下你开口是否比沉默好。如果不是,也许你应该什么都不说。也有事实表明,很多坏人喜欢留小胡子。

② 此处咕咕想说的是:"好品味"。——译注

"如果真是，那这就是他的唯一优点了，"愤愤说，"我一点儿也不相信他，这是我说的。甚至我也不相信自己，但我信自己比信他多一点。"①

"是小胡子的问题，"乐乐说，"你们应该注意一下留小胡子的家伙。长小胡子的都是一群坏蛋。"②

"我想知道穿上圣诞老人衣服会是什么样？"丹说，"如果按照你们的逻辑推理，他的衣服肯定适合国王穿。"

"话说回来，圣诞老人在哪里？"乐乐问，"我们应该在整个典礼开始前见到他的。我们可不想正式开工时出现任何误会。"

关于"误会"，乐乐的意思是，不想当他们几个小矮人开小差打盹，或是偶尔抿上两口斯皮吉特"陈年怪酿"提提神，或是掌掴牛脾气的小孩时，被圣诞老人抱怨。

"我们应该去找他，"愤愤说，"介绍一下我们自己。告诉他，如果他跟我们站一边的话，我们也支持他。"

"别着急，"丹说，"戴头巾的暴脾气先生让我们在这儿等着。他似乎很在意我们是不是随意乱跑。"

"好吧，可戴头巾的暴脾气先生不在这儿，是吧？"愤愤说，"而且我们去跟圣诞老人打个招呼是很重要的：我们是他的小精灵。没有我们的话，他什么都不是，而没有他的话，我们只是一群小人儿，没理由不在一个玩具店里四处走走，店里有好多东西如果我们不抢先的话就会被别人偷走的。"

于是，丹被强拉硬拽，跟随小矮人们出发去找圣诞老人，他们一边还向他解释"偷窃"和"无明确归还意愿的借"之间的区别。

---

① 愤愤有一次偷了他自己的鞋子。
② 男人为什么长小胡子的问题，困扰了哲学家好几个世纪。从最好的方面来说，小胡子看上去像是某个人决定将毛毛虫搬到他的上唇上；从最坏的方面来讲，它看上去像是一只鸟在鼻子上振翅欲飞。

现在我并不是暗示所有长小胡子的人，都背地里是精神错乱的独裁者，或是嗜血的暴君。那就太蠢了。但是，就我们的研究揭示，长了一把丑陋的小胡子，明显表明你有可能是这样一个人哟。

那幢用来当做"圣诞老人之屋"的石头房子，寂静地坐落在"乌里奇特＆儿子们"商店顶楼的黑暗之中。林中树木好像朝着屋子伸出胳膊似的枝条。常春藤装点着树干，冰霜在树皮上闪闪发光。走远一点看，简直可以乱真。走近了看，很显然那就是真的。树木在地板上扎了根，正在穿透木板并在金属承重结构上固定。有一种味道奇特的汁液从树皮中渗透出来，形成一块块黏糊糊的黄色物体，并从里面透射出光芒。常春藤生长的速度十分惊人，在树干周围盘缠卷绕，并且径自延伸，铺开至整个地板，形成一条绿色的毯子。

而且那里很冷，冷得要命。如果有谁在那附近呼出一口气，他们就会看见呼出的气息形成了厚重的云雾，在空气中冻住，随后落到地上，发出像是水晶碎裂的最轻微的叮当声。墙壁渐渐消失在黑暗的步步笼罩中，天花板上的圣诞小彩灯开始一盏盏亮了起来，并被另一个宇宙中的奇异星辰取代。

慢慢地，一阵微弱的低吟响起。它从四面八方传来，仿佛一只看不见的手拨弄着宇宙之弦的震颤。那是一种邪恶、纷乱的噪声，由刻入了痛苦的音符组成旋律：如果深重的邪恶有主题曲的话，听起来就是那样的。①

从小屋里面，有一抹白光显现。暗影的触须受着自身的驱动，像烟一样在石头的缝隙间蔓延。从其中一扇窗户中，可以看见一个男人的身形，并传来一个直到目前为止还是从墙壁中发出来的、但几乎就要变为人声的声音。

"把他们带来，"它说，"把他们带来给我们。"

---

① 那不是来自"星辰男孩"的声音，他们当时已经在人们自发地捐款贿赂后，停止了演唱。

第 18 章 神奇的影子

目前最清楚状况有多严峻的是玛丽亚，而不是科学家们。

斯蒂芬教授和希尔伯特教授看着玛丽亚的地图，然后面面相觑。在他们右边，多萝西正望着他们仨。她依然戴着她的假胡子。斯蒂芬教授有点受打击地发觉她开始让人不安地喜欢上了戴胡子，即使没有被陌生人认出的危险时也要戴着它。今天她好像也穿着件男人的外套，以及一件男士衬衫，并打着领带。他时时惦记着要跟她认真谈一谈，要是仍然有个"她"可以去谈的话。

与此同时，希尔伯特教授，正懊悔称玛丽亚为"小姑娘"了，虽然他只是在脑子里这么想过一想。她指出了一些之前他完全忽略的东西。这可能是种巧合，但希尔伯特教授是个科学家，他有种看法，尽管有时候巧合只是巧合，没什么大不了的，但更多情况下巧合实际上就是你先前没能发觉的模式。

他们正看到的显然是一个由五幢大楼组成的倒五角星，而五幢大楼都是由神秘的希拉里·莫尔德设计的。它不是一个完美的五角星：占据了星星左上角的火葬场，和右边的角距离稍微远了一点，但如果你把旁边圣提米德斯教堂的公墓算进去，那两个角距离就近多了。同样的，比德尔科姆旅游中心和战争博物馆，距离右面的角有点远，但同样的，要是你把战场本身算进去，距离就刚刚好。[1] 加上老疯人院，

---

[1] 比德尔科姆在 817 年，曾是一场著名遭遇战的地点。交战双方是由机警者波尔维克带领的维京人和未名者奥斯瓦尔德带领的撒克逊人。战役花了很久才打起来，人们相信打斗是由于两拨人在黑暗中撞到一块儿后才开始的。

废弃的监狱和佩尼法新先生的糖果厂,嘿,你看!这就是你的五角星了。

"所有用来造这些建筑的地皮都是希拉里·莫尔德的,"玛丽亚解释道,"他来自一个很富裕的家庭;曾有一度,莫尔德家族向比德尔科姆一半的人收租。然后莫尔德提出来设计这些大楼,并且自己捐出了一半的建造费用。比德尔科姆实际上并不需要监狱或疯人院,甚至是旅游中心——镇上没多少罪犯,仅有的几个够得上罪犯的人也不过是比寻常人稍微奇怪一点而已,而几乎也没人来这里旅游——但是对每个人来说,惠而不费地造几幢新楼挺不错的。随后,当最后一块石头垒完,希拉里·莫尔德就直接消失无踪了。"

斯蒂芬教授困惑地摇摇头。

"但那又怎么了?"他说,"我意思是,在比德尔科姆镇子上弄了个有点抽象的星星能碍着什么?"

在他身后,多萝西咳嗽起来。那是一阵十分剧烈的咳嗽。听上去像是一只大猩猩刚刚进了房间,礼貌地想要吸引大家的注意似的。

"我可能说得不对,"多萝西说,"但看上去好像他在造一个巨大、神秘的发动装置。你知道的,一种超自然力的发生器。"

"但能源从何而来?"希尔伯特教授问,很恼火今天自己已经第二次被女人抢了风头。

"死亡和痛苦,"多萝西说,"其中有一片战场、一个监狱、一座疯人院、一座公墓,以及佩尼法新先生的糖果厂,或者说得更确切些,达布尼叔叔的一系列令人不悦的吃糖经历。"

"这样一来就比较说得通了,"玛丽亚说,对多萝西的洞察力十分佩服,并认为这是女权主义打出的一记重拳,"就像比德尔科姆怎么会成为来自地狱的入侵者的焦点。可能就是因为阿伯纳西之流和他们的同伙,在地窖里瞎转悠时,碰到了什么他们也不能理解的东西。[①]他们

[①] 在《地狱之门》中,塞缪尔发现阿伯纳西之流和他们的同伙试图在房子的地窖中召唤恶魔。我真的需要额外提醒你们这一点。

本身力量不够强大,而瑞士的欧洲核子研究委员会之前在比德尔科姆没有找到问题的症结所在。①问题出在莫尔德和他的大楼上。"

"但是莫尔德不可能知道,超过一个世纪后的未来,有人会造出大型强子对撞机并且把它开启了,"斯蒂芬教授说,"他甚至都不能想象人们会有不需要上发条的手表,或是脚跟上装了轮子的鞋子。"

"也许他是不知道,但另外有些东西知道啊,"玛丽亚说,"一些年纪更老、从很久很久之前就开始关注人类的、有着持久耐心和许多愤怒的东西。它指引着莫尔德建造了五角星,随后为了图吉利又额外多建造了一座。"

她打算将手指指向五角星的中心部位,但多萝西抢先了她一步。

"'乌里奇特&儿子们'商店。"多萝西说。

他们都沉默了一会儿。他们原本可能会将这样的沉默保持得更久,但却被一声尖叫以及茶童飞快、飞快的奔跑给打破了。

"那男孩现在又出什么问题了?"斯蒂芬教授问,"老实说,再这样下去他都会被自己的影子吓到的。"

对布莱恩来说挺有趣的是——尽管"对布莱恩来说挺恐怖的"可能更恰当——他的举动正如斯蒂芬教授所料。首先,他发现穿红裙子的"非鬼"没有追他而感到如释重负。他一边跑一边回头看了好几眼,没有任何迹象表明有人在追他。只有他的影子延伸至他的身后,就是影子应该有的样子。

不幸的是,他的影子飞快地赶上并完全超过了他,最终从他的鞋子下彻底分离开,在他面前站成一个像是在说"到此为止,不要再前进了"的样子。他眼睁睁看着它伸展开来,越来越宽越来越长,直到彻底挡住了他的去路。它也比一条影子该有的成分要多。布莱恩想,如果他用手指去戳戳它,手感会像一个又大又脏的棉花糖,他的手指

---

① 书评人们,接招吧。你们觉得我写到这里难以推进了吧,但我是有计划的,我告诉你,一个计划!(提示,此处有狂笑声,还有一个崇拜者结结巴巴地用敬仰的声音称我为"大师"。)

抽回来之后会粘上黑色的物质,如果还能抽得回来的话。

影子的头部裂开了一条缝。这条缝可能会被误解成笑容,但也只是食人怪在大快朵颐之前可能有的那种笑容。它的嘴巴中露出牙齿;牙齿锋利但细小,仿佛一连串刚刚燃尽的蜡烛冒出的烟凝固而成。一只爪子般的手靠近了布莱恩,他及时躲开了,没有让它攥紧他的头骨。由于自己正面朝地板的方向,布莱恩决定干脆继续前进。他潜到影子的腿部,在它身后双腿一百八十度大转弯,令那生物和他本人都吃了一惊,然后他重新开始一边跑一边尖叫。与此同时,那个生物清楚地意识到两条长着锯齿状爪子的长手臂不足以完成工作,开始伸出第三、第四条手臂,并且随时准备长出另一颗头,尽管你永远也不知道长出第二颗头是不是真的有用。随后,似乎很高兴有了这些进化,它又回过头来要去吃布莱恩。

就在这时,斯蒂芬教授打开了实验室的门,满心想要严厉地责备布莱恩,让他知道不要因为多元宇宙的一点点微不足道的活动迹象就大惊小怪。他才说出"现在看看这儿——",就看到吓坏了的布莱恩被一只巨大的多臂双头影子怪追赶着。

"没关系。"斯蒂芬教授说。

他为布莱恩留着门,当这个茶童一安全地进来,就立刻把门关上了。

"好险,"布莱恩说,"好险,好险,好险。"

但随着一缕缕黑色的东西开始从钥匙孔里渗进来,他当即晕厥,不省人事。

第19章　盛大的开业典礼

"乌里奇特＆儿子们"商店重新开业，一派喜气洋洋。(这章的部分标题可能是个谎言)

恰好晚上六点五十五分，"乌里奇特＆儿子们"商店大门前的千盏彩灯大放圣诞溢彩，让聚集其下的人群，沐浴在绿色、白色和金色之中。大伙儿集体发出"哇哦！"的赞叹声，并且当红色灯泡做成的微笑的圣诞老人出现在舞台中央时，呼声随之越发高涨，人群注视着灯光变换色彩，这令圣诞老人的嘴唇看上去像是在嚅动，虽然他嘴里并没有声音发出——目前还没有。真的，他看上去不像是个很喜庆的圣诞老人。对圣诞老人来说，他那张脸有点苦相，也太瘦了，双眼细得仅有两条缝。随着灯光令他的嘴唇嚅动不停，他看上去好像有事情要威胁小孩子们，而且是比圣诞节早上拿不到礼物更糟糕的事情。而且，不得不说，他长得跟希拉里·莫尔德的雕像也不止一点点的相像。

但是所有对圣诞老人的疑惑，都被比德尔科姆主街上展开的景象给盖过了。至今一直蒙着橱窗的黑布掉了下来，露出令人叹为观止的装置。背上背着礼物的北极熊穿过覆满纯净白雪的地面。童话故事中的场景被模特实景扮演：白雪公主接受了她的扮成不会说话的丑陋女巫的邪恶继母送的有毒苹果；一只穿着睡衣的大灰狼屹立在小红帽的身边；一个食人魔威胁着三只小羊；另一只大灰狼正在证明百分之六十六的小猪不太擅长造房子。这些都恰好不是童话历史中快乐的瞬间，鲜血和伤口的比重严格说来也超过了需要：很明显小红帽的奶奶已是结局悲惨,因为大灰狼一只爪子上抓着她断了的头;食人魔戴了一串用小羊头骨做成的项链;三只小猪中有一只下半身大部分都不见了,另外两只被一台巨大的、蒸汽动力的培根切片机变成了一堆熏肉。但是这些场景都做得非常好,精致到下了功夫去给不同的人物角色配上相应的表情。人偶看上去是用一种黑色的物质做成的,另外一些角色的眼睛也是用这种物质做的,连小羊和小猪的眼睛也像漆黑、深邃的池水。

等等:刚才窗户里不是有三只小羊吗?为什么那个食人魔舔着嘴唇?真是栩栩如生啊。可能有点太栩栩如生了……

与此同时,看上去有成百只小精灵又唱又跳,一边在圣诞老人的工作室里欢乐地工作着,虽然它们就是生产更多的它们自己,随后又有更多小精灵被投入生产线。孩子们把鼻子紧贴着窗户,目瞪口呆。甚至连他们的家长都被迷住了。这是大家前所未见的最恢弘的圣诞装置。不可否认,画面太美有点不可直视,但的确震撼人心。

商店的正门打开了,圣·约翰-乔姆德利先生出现了。在他身后,"乌里奇特&儿子们"商店依然漆黑一片。很显然还策划了另一场惊喜,人们大声评论着,橱窗看上去就这么棒了,想想里面该会是什么样子。

"欢迎光临!"圣·约翰-乔姆德利先生说,"欢迎你们所有人光临!"

他的声音洪亮有力,虽然可见范围内没有麦克风。人群突然安静了下来。

"我谨代表格里姆里先生,要跟大家说,我们对你们能来参与这个特别的夜晚真的非常高兴。我可以向你们保证,这会是一个难以忘怀的夜晚。"

人群中爆发出一轮掌声,虽然他们并不完全确定是为了什么鼓掌。直截了当地说,他们中的绝大多数是希望能拿到免费的小礼品。

"我特别高兴地欢迎我们今晚的贵宾:塞缪尔·约翰逊先生,当然,还有他的狗,博斯威尔。"

又响起几下零星掌声,但是并不热烈。

"为什么是他?"有人问,"他都做过什么事?"

"呃,就是地狱入侵那茬事吧。"

"哦,不过都是多久之前的事儿了。从那之后他做过什么,嗯?我是说,对,他是拯救过世界或诸如此类的,但他不能指望我们为了几个恶魔,此生到处都对他点头哈腰。再说,我听说它们又不是真的。它们被造出来是为了拍电影,或是电视剧,或其他什么的。"

塞缪尔走上前,露西·海默尔在他左手边,他右手紧紧抓着博斯威尔的牵狗绳。一个当地报纸的摄影师突然冒出来,拍了几张照片,虽然塞缪尔发觉他的镜头只对着露西一个人,结果塞缪尔的左耳成为他身上唯一出镜的部分。

圣·约翰-乔姆德利先生一手放在塞缪尔的肩膀上。感觉既沉重,又异乎寻常地轻。

"你能来真好,"圣·约翰-乔姆德利先生说,"真是太好了。"

他朝四周看看,好像希望有其他什么人会出现。

"你的,呃,朋友们呢?"他问。

"什么朋友?"塞缪尔问。

"库欣先生和李先生。他们不来参加我们的活动?"

"我不知道你说的是谁。"塞缪尔撒谎道。

圣·约翰-乔姆德利先生好像有不同意见,但随后他改变了主意。

"别担心,"他说,"可能他们只是耽搁了一小会儿。他们会准时加入我们的:这点我确信。"

他清了清喉咙,举起手示意开始焦躁骚动的人群安静下来。

"今晚我们还有两位贵宾。他们是法律夜以继日的守护者,连夜里也保护我们安宁的人。我能请罗恩警长和皮尔巡警上前一步吗?"

在这种情况下被推出人群,罗恩警长和皮尔巡警感到有点震惊。他们本来只是在维持人群的秩序,也没人提到过,除了加班以外他们还有什么值得称道之处。现在他们的名字被喊了出来,而之前刚刚抱怨过为什么塞缪尔有特殊待遇的相同声音又开始评论,按照事情进展的速度，除了自己外，镇上的每个人都要变得特别了，这到底是什么世道？

两位警察上来，笨拙地站在塞缪尔、露西和博斯威尔身边。第三次响起平淡而礼貌性的掌声，因为每个人都希望跟警察统一战线。

"请你们四个——当然，还有可爱的博斯威尔——进到店里来一会儿，我们想做一次小的展示。"圣·约翰-乔姆德利先生说。

"等我们结束了，"他又再次向人群继续说道，"节日的主要仪式就要开始了，你们会见到为你们精心准备的一切。"

这事儿有点奇怪，罗恩警长一边想，一边和其他人向着黑漆漆的商店内部走去。他再次瞥了眼橱窗里的展示物品，注意到，走近细看时，北极熊看上去不太像熊了，而更像是一些喜马拉雅雪山野人；驯鹿长着凶恶的犄角以及尖利的蹄子；工作室里的小精灵们有着一副刻薄、恶毒的长相；而那些机器正可怕地生产出一大堆小精灵来，数量实在太多，实际上很快橱窗里的空间就要容纳不下了。它们已经挤作一堆，只不过还没有到排成行的地步。但工作室里的机器不断地把它们抛掷到商店的地板上，四周也没人去给它们摆位置——那它们是怎么在橱窗前整整齐齐地排开的呢？

还有，为什么有人会设计长着这种尖牙的圣诞精灵？

不过当时当地，四个人，还有一条狗跟着，已经踏入了"乌里奇特 & 儿子们"商店的门槛。他们一走进去，圣·约翰-乔姆德利先生就消失了，店里的黑暗重重笼罩在他们身上，以至于凑到眼前依然伸手不见五指，而他们只能依稀听到外面玻璃碎裂、人们尖叫的声音。

"长官？"皮尔巡警朝着黑暗中说。

"嗯，巡警。"

"可能我应该告诉那个人，我们并不想要特殊待遇。"

"说这个有点太晚了，巡警，你不觉得吗？"

但是皮尔巡警没能回答，因为黑暗吞噬了他的话语，随后是他的呼吸。

最终，黑暗将他整个人吞噬了。

第20章 复 活

一些早已入土的东西，居然复活了。

纳德躺在床的上铺，盯着天花板。约翰逊太太又出去玩填字游戏了。纳德怀疑约翰逊太太对填字游戏上瘾。随便什么时候有人在谈话间提到数字，约翰逊太太就本能地想把它填入交叉的字格中。

纳德正在生闷气，尽管这一点很难看出来，因为纳德的脸天然长着一副生闷气的样子，就算他高兴的时候也是如此。

"我用小眼来侦查——"沃尔姆伍德在下铺的声音传来。

"我不想再玩这个游戏了。"纳德说。

"行啦。挺好玩的啊。"

"不，不好玩。'我是侦探'只有对那些有东西可以侦查的人来说是好玩的。我讨厌'我是侦探'这游戏。当然啦，你是在下铺盯着上铺看。起码你能侦查到一个床垫，一些木头和一张床单。你又不能找出一头骆驼，或是一艘太空船，不是吗？因而游戏的趣味性是有限的。"

"那我到其他地方找找看。"

"不要。"

"求你了，就再玩一次？哇哦！哇哦！我刚刚又找到点东西。太棒了。我是认真的。求你了，哦，求你了？"

纳德更加生气了。虽然他真心理解为什么塞缪尔不想他一起去参加"乌里奇特＆儿子们"商店的开业典礼，但他仍然觉得很受伤。又一次，纳德想起自己曾经是一个心气甚高的恶魔。他甚至有占领地球的野心。这事儿他们做得不太妙，是因为纳德在恰如其分地表现恶魔性这一点上毫无建树，就算一只对坚果过敏的松鼠都比他更有可能统治世界，但是，至少他曾经有过奋斗的目标啊。

而如今的他，跟沃尔姆伍德分享一间小房间，而沃尔姆伍德是不能住小房间的。沃尔姆伍德能够让整间大教堂都充斥一股奇怪的味道。纳德已经悦纳了沃尔姆伍德，是那种一只狗可能跟某只特定的友好虱子建立起感情的关系，但他真的还是希望能够彼此降低见面频次。

大幅降低见面的频次。

"好吧好吧，开始吧，"纳德说，"但这绝对、肯定是最后一次，我只猜三回哦。"

"明白，"沃尔姆伍德说，"你是我服侍过的最好的恶魔主人！"

"我是你唯一的恶魔主人。"

"你说得对，"沃尔姆伍德承认，"现在，我用我的小眼睛侦查到一个以 e 开头的东西。"

纳德思考起来。他好胜心很强，不喜欢输，就算在"我是侦探"里也不行。他曾经轻而易举猜到了床垫、木头和床单。他不想在最后一击中败给沃尔姆伍德。

"鸭绒被。"他说。

"错！"

纳德抓耳挠腮。这能帮助他思考。他戳着自己的耳朵洞，一直戳到指尖从另一只耳朵中穿了出来。纳德不明白为什么有时候会发生这种情况。沃尔姆伍德有一次曾给出一种可能的答案。为此纳德曾穿上头最尖的靴子踢了他的屁股。

"电热毯。"纳德说。

"又错了！"

他听见沃尔姆伍德暗自窃笑，便揣度起自己可能把尖头靴子放哪儿了。

纳德环顾房间，试图从沃尔姆伍德的角度去观察。电流？不可能是那个。塞缪尔的运动日志？可能吧，但好像有点夸张。

啊，他知道了！在塞缪尔床边的地板上，有一只小小的填充大象。它曾经是塞缪尔最爱的填充玩具，但现在是博斯威尔的最爱了，博斯威尔喜欢由它陪着入睡。

纳德大喝一声，准备好获得最终的胜利。

"那是，"他郑重地说道，"一只大象。"

"错！"沃尔姆伍德大号出声，"错啦，错错错，错误百出先生。"

"肯定是只大象啊，"纳德说，"我看见的。除了那之外，这里没有以e开头的东西了。"

"叮—叮，"沃尔姆伍德说，"你的电话。应该是打给你的，号码却错啦。"

"我警告你。"纳德说，他如今想起来自己把那些尖头靴子放哪儿了。

"你没有右手，"沃尔姆伍德继续说，"你只有一只左手和一只错了①的手。"

"我要用尖头靴子好好给你点苦头吃吃，"纳德警告说，"我要来个超长助跑，长到等我的靴子最终踢到你的时候，你都变老了，我会下足狠劲去踢，当你张开嘴，喉咙口能看得见我的鞋尖。"

"你输了，你输了……"

"告诉我那是什么。"

"如果我不想，就不告诉你。"

"告诉我！！！！！"

火焰从纳德的嘴里和耳朵里喷出来。他的斗篷像蝙蝠的翅膀般翻滚。他的眼睛血红血红，他的眉毛都着火了。

---

① 此处是双关语的文字游戏，a right hand 中，right 既有"右"的意思，也有"正确"的意思。作者利用了 right 的"正确"这一义项，和"错"形成反义。——译注

"是一只小精灵。"①沃尔姆伍德用很微弱的声音说。

"什么？"纳德一边说，一边恢复了自控。

"一只小精灵，"沃尔姆伍德说，声音稍微提高了一点，"我侦查到一只小精灵。"

纳德用手指来来回回擦着自己的前额。他还能感觉到那儿原本是眉毛的位置。

"精灵并不存在，"他说，"世界上有小矮人，但没有精灵。你不可能看到精灵的。"

"我看到了，"沃尔姆伍德说，"而且我现在仍侦查到一只精灵。它就在卧室窗外。"

尽管不相信，纳德还是靠在自己的床沿上看了一眼。沃尔姆伍德是对的。有一只小精灵，戴着明亮的绿色帽子，穿着件红毛毡，站在窗台上。它有异乎寻常的尖利牙齿，红色的小雀斑给脸颊增添了生气。它的眼睛非常幽暗。它们肯定在眼睛上动过什么手脚，纳德想。没人喜欢眼神吓人的小精灵。

"那东西怎么在那儿？"纳德说。

"可能是爬上来的吧。"沃尔姆伍德说。

"那是只圣诞精灵，"纳德说，"是木头做的。除非你相信晾衣夹也会爬墙。"

沃尔姆伍德离开双层床，蹑手蹑脚来到窗边。他瞪着小精灵。小精灵也回瞪着他。

"它真是栩栩如生啊。"他说。

"那是。一只。精灵，"纳德说，"它不可能栩栩如生。没有什么活物儿跟它相像。"

沃尔姆伍德打开了窗。

"你在干什么？"纳德说。

"我想凑近点看看它。"

---

① 此处作者用缩小了的字号，表现沃尔姆伍德压低了声音说话的样子。——译注

纳德忽然有种感觉，情况可能不妙。他说不清为什么，只是他们在一幢房子的二楼，而有只小精灵不知怎么的站在他们的窗台上，这意味着，这小精灵要么像沃尔姆伍德说的那样，会爬墙，要么，更有可能，是有什么人或什么东西把它从上面放下来的。无论是哪种情况，纳德都感到开窗不是最明智之举。

"我觉得不该开窗，"他说，"直到——"但后半句话被打开的窗子嘎吱嘎吱的声音盖过了。一股寒风吹了进来。纳德能听见远处有警报声和——

那些是人群的尖叫声吗？

在比德尔科姆的旅游中心和战场博物馆，看门人卡洛夫先生正要闭馆。他想去参加乌里奇特新商店的盛大揭幕，因为比德尔科姆几乎没发生过什么激动人心的事情，或者说几乎没发生过人们宣称看到恶魔或是死人复活以外的大事情。卡洛夫先生不太确定是不是要相信这一派胡言。比德尔科姆被认定遭地狱军团入侵的时候，卡洛夫先生正在斯凯格内斯探望他的姐姐艾尔莎，因而错过了整起事件。尽管有些非常诚实可靠的人宣称一切都是真的，对天发誓，绝没撒谎，但卡洛夫先生还是认为这有可能是一场集体性的神经错乱。

这天旅游中心并不忙碌，当然啦，那儿也很少真正繁忙过。基于某些原因，旅行者们不想来比德尔科姆盯着一块潮湿的场地，凭吊这个很久以前两小股由谨慎小心的人带领着的军队，最终阴差阳错相互开战的地方。博物馆门上的标签写着"我们把历史带入生活！"，从哪个角度来说都不是真的，无论是方式上，还是形式上。这儿有许多石头，比比德尔科姆的战场博物馆有更多的生活。

卡洛夫先生试图用他自己精心手工绘制的塑料士兵来重现战斗场面，以把参观过程搞得更有趣一点。没有足够的维京人和撒克逊人来使场面波澜壮阔，所以他用家里能找到的所有东西来充数。如果有人近距离观察卡洛夫先生版本的比德尔科姆战役，他们可能会看到一些莫名其妙的被涂得很像维京人的德国士兵，以及半打牛仔和几个被征召进入撒克逊军队的印第安人。博物馆其余部分满是一些矛头、破碎的斧子和经过多次大雨冲刷后探出地表的奇怪骨头。

旅游中心只有周六、周日和每个月的第二个周四开放。夏天的时候，偶尔有非常廉价的旅行团的车队在这儿停留。收入来自于他们的门票，卡洛夫先生有意把售卖明信片、巧克力的摊点以及穿上维京人、撒克逊人的快照摊设立在了一起，这三项的收入，正好够维持旅游中心的运营。

但现在是冬天，那天只来了七个人。其中一个是迷路了，两个只是想借用洗手间，其他几个是来旅游的美国人，问了关于站在撒克逊人一边战斗的牛仔和印第安人是怎么回事的蠢问题。卡洛夫先生告诉说，他们是听说了撒克逊人跟维京人的对决之后远道而来帮忙的，美国人对这个回答很高兴，但却搞得人很头大。不过好在他们买了很多明信片，也乐于穿成古代士兵的样子。

在他小小的办公室里，卡洛夫先生数着当天的进项，并把它们放进了一枚信封，折好放入了口袋。一旦加上周六和周日的收入，不管有多少，一到周一，他都会去银行存起来。当他打算关灯时，前门响起一阵很吵的敲门声，差点让他心脏病发作。

"我们关门啦，"他叫道，"星期六再来。"

他觉得听到了几声咕哝，随后敲门声又响了起来。

"哦，真是的！"卡洛夫先生说，"有些人真没礼貌。"

他把头凑到门框边上。

"我说了我们打烊了。你们只能周末再来了。"

那天是满月之夜。月光照耀在门上两块小小的镶嵌玻璃上，或者说，如果月光没有被一个巨大的拿着手杖的身影遮住的话，应该会照耀到门玻璃上。那个身影的头，被从头发里伸出来的、看着像厚重的羽毛的东西，弄得稍微有一点畸形。

敲门声第三次响起。很显然是那个不知是谁的身影，在外面用手杖撞门。大概是几个小流氓恶作剧。没有哪个正派、自尊的人会用手杖四处乱敲博物馆的门。

"他会把所有的画都震落下来的,而我今年夏天只能再添一件新外套了。"卡洛夫先生说。他在博物馆里独自一人的时间太久了,以至于已经习惯了自言自语。

"好吧,我不买新外套了,"他一边朝门走去一边继续说,"我就是不买了。现在的年轻人哪。把他们往军队里放一放,没什么坏习气是治不好的。"

卡洛夫先生猛地打开门。他的第一反应是,可能参军没法解决这个家伙的问题,因为可能他的问题就是从参军开始的。那些问题包括,但不仅限于:

1. 一张没有下巴、绝大部分白骨森森、只覆盖着一些让人看着抱歉的灰白皮肤的脸。
2. 一只完全空了的眼眶,以及一只被箭镞的尖端穿透了的眼眶,最后且当然不是最不重要的……
3. 一把斧子大半插入了他的天灵盖。

这个不速之客的右手中拿的不是一根拐杖,而是一根长矛,一根尽管跟它的主人一起在地下沉睡千年但看上去仍然有可能致命的长矛。

卡洛夫先生在博物馆工作的时间相当长了,所以当他看见一个维京人,尤其是一个死了的维京人时,立刻就认了出来。在其他情况下,如果遇到这样一个陈列在玻璃柜里的维京人,他可能还挺高兴的。但发现一个死了的维京人站在他的门阶上,显然不想再长眠地下,而是希望能复活一会儿的时候,他就没那么高兴了。

矛头动了动。它没有指向空中,而是移向了暗示着想要跟卡洛夫先生的内脏做朋友的方向,不过它没准备在他体内待太久,因为它会很快穿透他的背部,也许还有些卡洛夫先生的内脏仍然粘在上面。

"哦,天哪。"卡洛夫先生说。

这本可能是他此生说出的最后话语,作为临终遗言来说,这话不怎么令人难忘。不过,他从死前除了一声啸叫、没留下什么至理名言的尴尬境地中被解救了出来。啸叫声之后,是很闷的"当"的一声,然后突然之间,随着身首分家,维京人从天灵盖上插着斧子、眼中插着箭镞的困境中超脱了。他的身体又保持了一两秒站立的姿势,然后像是考虑了一下,老实说,有什么必要呢?然后倒在了门阶上。

卡洛夫先生现在盯着一个撒克逊活尸的脸,他握着一把几乎跟他人一样高的剑。在他身后,卡洛夫先生可以看到更多维京人和撒克逊人把自己从坟墓里挖了出来。那些来到地面上的,已经投入了战斗。

卡洛夫先生向撒克逊活尸露出了最灿烂迷人的微笑。

"我是站你们这边的,"他说,"再接再厉。"

他关上前门,抓起帽子,跑向了后门。他没有关上后门。毕竟,当他一听到身后前门爆裂的声音,这个动作就实在没多大意义了。

第 21 章　小矮人们的新朋友

小矮人们交到了新朋友。算是吧。

丹和小矮人们发现，要离开地下室比预料的要困难。首先，地下室现在看上去比他们刚进来时要大，这不科学，却不知何故。他们已经绕着走了半个小时，但仍然找不到楼梯。这种剧情进展可能会让普通人焦虑，但小矮人们可远远不是普通人。他们是斯皮吉特的"陈年怪酿"的老酒徒了，所以早就习惯了在很小的地方走很久却找不到门，还常常同时歌声嘹亮，看到小小的五彩大象在眼前飞。

可即便在这种情况下，小矮人们仍然百分之九十九确信他们没有喝酒。丹对这点是很明白的：他们需要这份工作。这是一笔到圣诞节为止的稳定进项。再者，如果他们攒够了钱，丹就可以把卡车重新粉刷一遍，这样他们就不用再四处自我宣传是"丹的讨厌鬼"了。

"也许我们应该兵分几路。"丹说。

"为什么？"乐乐问。

"因为这样我们就能扩大搜寻的范围了。咱们分成两组：如果哪一组找到了门，就一直喊，直到另一组过来为止。"

小矮人们对这个提议考虑了一下。

"这建议听上去很高明，"过了一会儿乐乐说，"尽量往好处想想吧，起码没人曾在一个黑漆漆的地下室中因为跟朋友们分开而遇到过麻烦。"

"绝对的，"愤愤说，"不会出差池的。"

所以他们分了组，丹、乐乐和愤愤一组，咕咕和困困一组。

"对我们来说，由丹来负责会比较幸运，是吧？"当伙伴们的脚步声渐渐消失时，困困对咕咕说，"没有他我们会迷路的。"

按照字面意思，这句话是对的。丹刚刚离开他们几秒钟，困困和咕咕就彻底迷路了。

"我们还在那儿吗？"

"不。"

停顿。

"我们现在还在那儿吗？"

"不。"

停顿。

"我们在那儿——"

"不！"丹说，"不，不，不！我们不在那儿。我们在这儿。我不知道那儿是哪儿。我甚至都不确定这儿在哪儿。"

他踮着脚走去下一个墙脚查看，把乐乐和愤愤留在身后。

"我很喜欢那样，"乐乐说，"从不言败。"

"从不言败的精神很有经典性，"愤愤承认，"但我还是希望能够走出这个地下室。我已经有点厌烦查看墙壁跟盒子了。可能我弄错了，但是这儿的确变得更暗沉了。我想你的眼睛大概随着时间久了能适应，但我的视力正变差呢。"

他向一团皱巴巴的报纸踢过去。报纸滚了开去，他们头顶昏暗的灯光照在了标题上。上面宣布了德国战败和第二次世界大战结束的消息。

"我觉得这个地方很久没人来过了，"愤愤说，"要么，二战比我印象中持续的时间要长。"

乐乐的右手边出现了一扇门。一般来说，每打开一扇门，是希望能发现一段楼梯，或是电梯，或是一瓶啤酒。可到目前为止，他们哪儿都没碰上运气。乐乐打开门，默默地希望能有丁点儿运气。

有时候，如果你使劲地闭上眼睛，想着好的、开心的事情——雪花啊，仙女啊，鸣唱的青鸟啊——并且将其绘制成你的梦想蓝图，勾画得好像它如今就在你面前发生，然后整个世界就会想出办法来让它真的实现。

但这次情况并非如此。

现实正在破碎，而当现实破碎之后，奇怪的事情就发生了。

那个在壁橱里的有触角的生物闹不清自己是怎么进到里面的，或进去了多久，它甚至不知道壁橱是什么玩意儿。它知道的全部就是，有一刻它正在多元宇宙的安静一角想着心事，无所事事地思忖用哪根触角把体型小一点的生物喂进自己的哪张血盆大口里，而下一刻它就被挤进一个狭小的空间，有蜘蛛在脸上爬来爬去。由于空间实在太狭小了，这个生物根本没法挪动身子，所以它试着用随便哪张最靠近的嘴去将蜘蛛吹开。它抓住一只落在舌头上的蜘蛛，把它拉进嘴里，想要把它吃掉，但是蜘蛛腿卡在了它的牙缝里，这惹得那生物很火大。蜘蛛吃上去也不太美味。现在那个生物的触角开始痉挛，它真的非常需要马上解手，但它又不想在壁橱里排泄，因为里面味儿已经够难闻的了。再说，为了去解手所需用到的身体装备，此刻正被自己的一条腿压住了，而那生物不确定冒险释放一下自己的话，会发生什么情况。老实说，它想，那些玩意儿会搞得到处都是。

突然之间，它头上亮起了一盏灯。它的一颗头透过一对交叉的触角望过去。另一颗头从它的诸多大腿间望了过去。第三颗头从第一颗头的嘴里弹出来，眯眼看着面前的小东西。

乐乐盯着那个生物看了几秒钟，然后关上了门。他挠着自己的下巴，轻轻啃着一片手指甲。

他把愤愤叫了过去。

"那是什么？"愤愤说。

"把那扇门打开。"乐乐说。

"为什么？"

"打开就是了。"

"不。"

"行啦,为了我,去开吧。"

"不!我知道会发生什么事情。"

"我打赌你不知道。"

"我打赌我知道。"

"那就说吧,告诉我会发生什么事。"

"我去开了门,一条扫把会倒下来,打在我头上。"

"我向你保证,这事儿绝对不会发生。"

"那就是根拖把。"

"不是。"

"一个水桶。"

"我保证,"乐乐说,"如果你开了门,没有任何东西会掉下来砸到你头上。"

愤愤竖起一根手指警告道。

"如果有任何东西砸到我的头……"

"不会的。"

"如果有东西砸到我,我就跟你没完。"

当愤愤去开门时,乐乐向后退了一步。

如果说那个生物在门第一次打开时有些吃惊的话,那门第二次打开时,它已经有了更充分的准备。喉咙咕咕作响。舌头长长伸出。触角徒劳地缠扭着。它发出一种可怕的声音,含混的嚎叫四处回荡。

愤愤向它轻轻点了点头,轻柔地关上了门。

"是你把它放在里面的?"他问乐乐。

"是的,"乐乐说,"我一直把它当宠物养,但我没告诉任何人,因为我觉得他们大概会要我把它送去动物园。"

"你不能把那种东西当成宠物,"愤愤说,没理解乐乐语带戏谑,"首先,你需要一个更大的笼子。把一个——管它是什么——的东西那样禁锢起来太残忍了。我应该举报你的。"

乐乐用胳膊肘猛戳愤愤。

"当然不是我把它放进去的啦,"乐乐说,"我只不过是打开了门,而它就在那儿。"

"那么,它在壁橱里做什么?"

"我怎么知道!"

"我想知道它在里面待多久了?"愤愤说。

从门后传来一声放松下来的叹息声,有液体开始从壁橱里溢出来。乐乐和愤愤飞快地向后退去。

"我想,是有一阵子了。"乐乐说。

"我们不能放任它留在那儿。"愤愤说。

"我们也不能带它跟我们一起走,"乐乐说,"你看见那些牙了吗?好恶心啊。不是素食主义者的牙。那些牙,就没碰上过它们不爱的骨头。"

在旁边的墙上,有一块旧旧的黑板。黑板边的架子上,是布满灰尘的粉笔碎屑。愤愤拿起一段粉笔头,在门上写起字来。字写得有点歪歪扭扭,因为愤愤不得不以一种笨拙的姿势倚着门,以免沾上还在从壁橱里汩汩溢出的液体。

"它都喝了什么呀?"乐乐说,"如果它再尿不完,我们就要淹死了。"

"看哪。"愤愤说。他欣赏地看着自己的笔迹。门上现在写了这样的字:

不要开门!

"做得对。"愤愤说。

"能把粉笔给我一下吗?"乐乐说。

愤愤把粉笔递给了他,乐乐又加上了几个字。

怪物!

"好多了,"愤愤说,"好太多了。"

他把粉笔顺进了自己的口袋。

"现在我们去找丹,以防万一还有更多的门需要我们打开。"

第 22 章　可怕的眼睛

所有的威胁都以字母 E 打头。

与此同时，在本来距离并不远，但由于发生在多元宇宙中的奇怪事情，距离比以前远多了的地下室另一处，咕咕和困困偶然间发现了老乌里奇特先生收藏的没有卖掉的诺斯费拉图的照片。照片有各种形状和尺寸，大部分懒洋洋地依靠在墙上，仿佛正从一场油腻腻的血液大餐和一次拍着蝙蝠翅膀的悠长飞行中缓过劲儿来，另一些照片被钉在墙上，形成一场吸血鬼身姿的图片展。

以防万一你们已经忘记了，或是没有睡眠问题，提醒一下它们中有些长这样：

困困拍拍咕咕的肩，指指最近的照片。

"你妈妈看上去气色不错。"他说。

咕咕朝他小腿上踢了一脚。

有盏灯泡在他们头顶闪烁，围绕着照片上的面孔投下不太悦目的苍白光线。光线也让照片看上去真实无比。与其说是照片，不如说更像一扇扇窗户，有太多太多的吸血鬼透过窗户盯着这边。这让小矮人们觉得自己像是会行走的血库似的，而长着尖牙的生物正要排队提货。

"好像那些眼睛在房间里跟着你呢。"困困说。

千真万确。不管他们站在哪里，纠集一处的吸血鬼们都紧紧盯着他们。

"谁嘛皂片？"① 咕咕说。

困困耸耸肩。

"我不知道是谁买了这些照片贴墙上的，"他说，"可能是你爸，用来纪念你妈。"

咕咕又朝他小腿上踢了一脚。他们头顶的灯泡最后一次闪了一下，然后熄灭了。

"这对我们不太有利，"困困说，"快来，让我们从这儿出去。我感觉我们在这个地下室里已经走了几小时了。我们现在肯定是在海底了吧。"

他们结伴而行，困困因为小腿被踢了好几脚后微微有点跛，而咕咕生着闷气走在他前面。

"我喜欢你妈妈，"困困说，"说真的。你很幸运遗传的是你爸爸的相貌。"

咕咕转向困困的大致方位，瞄准了他的另一只靴子，但踢到一半中途停顿了下来。

"一吱老苏②？"

"听到什么了？"困困问。

"一吱老苏！"

困困细细听着。身后的阴影中，有什么东西落在地板上的声音。听上去不是什么大家伙，这还算好。但另一方面，肯定是有个东西在闹腾，这就有点糟糕了。声音再次传来，再次，再次。看来，不是某

---

① 此处咕咕想说的是："谁买的这些照片？"此处原本做了处理，以表现咕咕口吃不清，单词发音被吃掉的效果。——译注

② 此处修辞原理同上。咕咕想说的是："一只老鼠？"——译注

个东西了,而是一串不知名的东西。

真是糟透了。

"是老鼠?"困困说。他们尚未见到一只老鼠或田鼠,困困对此很觉诡异。老旧的地下室里有几只咬啮类动物倒是稀松平常。

困困更费力地听了听。

"不是,"他说,"不是爪子的声音。更像是熟透的水果掉在了地上。可能有人在做果酱。"

两个小矮人面对暗黑。声音停下来了,但是现在一片迷蒙中有东西在移动。

一个小物件朝他们滚来,并在困困右脚边几英寸的地方停了下来。它抬头望着他。它没法做其他事,因为它只有一只眼球。

"有人会想念这东西的。"困困说。

另一只眼球滚入了视线,然后是第三只。很快,咕咕和困困正看着身下一地的眼球。它们都微微泛黄,还很眼熟,因为上一次小矮人看到它们时,它们尚固定在前一个房间的照片中的吸血鬼的骷髅上。

我就说嘛,困困想。我就说这些眼睛好像在房间中四处跟着你。咕咕的反应也一样。

"它嘛跟咋!"①

"我的意思不是字面上的,"困困说,"我不希望这事儿发生的。好吧,我们接下来要这么做。我们要无视它们。毕竟,它们只是眼球嘛。它们能做什么,把我们瞪死? 我们换个方向,继续搜索,假装它们不在那里,你同意吗?"

咕咕点点头,说:"好呜。"

他们各自深吸一口气,旋转脚跟,开步走。

...

无视那些眼球比他们预计的要难。我们中大部分人,时不时地,

---

① 此处咕咕想说的是:"它们一直跟着!"——译注

会有种被人盯着的感觉。我们会本能地想找出是谁，以及为什么，并且阻止他们继续这么做。如果许多人盯着我们，我们会以为是自己出了什么问题。是不是我们的脸显出了一种可笑的颜色？是不是我们的头上停了一只鸟？是不是在公共场合有条不宜敞开的拉链没有拉好？就算只被盯上一小会儿，也是很不舒服的。

由于困困是殿后的那一个，它比咕咕更深切地意识到眼球的存在。他感觉成百只眼球盯着看进他的背里。这事儿渐渐要把他逼疯了。偶尔越过肩膀回头瞄一眼，眼球又停住不动了。有时候它们会突然发觉天花板或墙上有什么有趣的东西可看，暂时从他身上移开视线。如果可能的话，困困确信它们会无辜地吹着口哨，好像在说："别管我们，我们不是真的跟着你，只不过我们正好顺路同方向。"

"看——"困困说，然后发觉：a）眼球没法做其他事。b）自己实际想做的是让它们停止盯着自己看，因而叫它们看向别处解决不了问题。

"听——"他又尝试了下，但也不顶用。

"哦，赶紧走开！"他说，"我们一只眼球都不想要。我们有自己的就够了。我们每个人只要两只就够了。再多我们没地方放。我们不能把你们揣兜里。我们可没准备这么做。"

那些眼球看着很受伤，这伤痛的程度大概跟眼球脱离了身体差不多。一只只眼球带着疑问相互盯着，随后又以一种茫然恳求的样子把目光投回困困身上。

"不，别妄想求我，"困困说，"我是认真的。你们有你们的乐趣，现在回你们的相片中去。"

他又开始迈步，但只走了几步就又听到眼球滚动时湿漉漉的窸窣声，并且感觉到它们再次在后面盯着他。

困困抓狂地回过身。

"够了！"他说，"我已经受够了！我最后说一次，回你们的照片中去！"

为了让它们明确知道他到底有多生气，他在地板上重重地跺了跺脚。有什么湿漉漉的东西在他脚底下突然爆了浆，发出只有包裹了一层薄膜、主要由液体和胶状物组成的圆形物体挤扁时才会有的噪声。

比如，一只眼球。

"哎哟。"困困说。

他不想往下看，但他别无选择。他抬起脚，畏缩后退。他不是什么专家，但他很肯定单就这只眼球来说，盯着陌生人看的日子算是到头了。

咕咕转身回来看困困为什么停下不走了，还告诉他不用担心：粘到的那些眼球碎片很容易就能擦掉。

那些眼球不可能听到他说什么，困困想。毕竟，它们只是眼球。即使它们听到了，大概也不明白他是什么意思。然而，咕咕的话在眼球中引起了激烈的反应。它们开始摇摆震颤。眼球中布满的红血丝持续扩张，直到眼球已经不够大，容纳不下它们了。它们从眼睛的那层薄膜下爆裂而出，在困困不安地看来，像是变成了一条条腿似的。每一只眼球在视网膜下都裂开了一条缝，露出一张满是獠牙的嘴。上面两枚犬齿比其他牙齿长，像缝衣针一样尖利。

"吸血鬼眼球！"困困说，"或者说眼球吸血鬼！"

咕咕不发一言。他正忙着四处逃窜。

与此同时，在约翰逊家，纳德和沃尔姆伍德正遇上他们自己的麻烦。

现在窗子打开了，但到目前为止窗沿上的小精灵还没有动。沃尔姆伍德把头探出窗缝向下望。

"呃，看看那。"他说。

"看什么？"纳德说。

他仍然牢牢盯着那只小精灵。它把他搞得极其紧张。

"一群小精灵。"沃尔姆伍德说，"好多好多。快堆成一座金字塔似的小精灵。"

纳德从上铺爬下来，来到窗边。他把头伸了出去。沃尔姆伍德是对的：窗子下面，有一金字塔的小精灵，每一层都支撑着上一层的小精灵，直至最上面那只够着了窗沿。但是谁会费心去建一座小精灵的金字塔？纳德扭着脑袋，想找出屋顶上是否有任何活动迹象，但一无所获。

"这可不寻常。"他说。

沃尔姆伍德戳了戳窗沿上的小精灵。

"你知道还有什么不寻常的吗？"他说。

"什么？"

"这只小精灵，是木头做的，但手感却是温热的。"

沃尔姆伍德向后倾了倾身体，以便纳德可以自己测试一下。纳德伸出爪子上的一根手指，猛地戳了戳小精灵的鼻子。

"既然你提到了这个——"他说，这时小精灵张开了嘴，咬住了纳德的手指。纳德抬起手，凑近了仔细地瞧。小精灵依然挂在手指上摆来摆去。

"呃，沃尔姆伍德？"纳德说。

沃尔姆伍德又把自己的头探出了窗外，正欣赏着小精灵们。

"它们不是挺漂亮吗？"他说。

"沃尔姆伍德，如果你有空的话——"

沃尔姆伍德向着小精灵金字塔挥着又短又粗的手，打招呼："你们好呀，小精灵们！"

所有的小精灵都朝着沃尔姆伍德咧嘴一笑。甚至有一两只招手回敬了他。

沃尔姆伍德挠了挠下巴。他没想到会是这样。

"你知道，"他说，迅速缩回自己的头，转向纳德，"可能我感觉错了，但那些小精灵们可能是活的。"

纳德一边咳嗽一边给沃尔姆伍德看他的手指，上面如今多了一只小精灵。他甩着手企图把小精灵弄下来，但怎么也甩不掉。小精灵帽子尖顶上的铃铛发出清脆的叮当声。

"它咬你疼不疼？"沃尔姆伍德问。

"有点儿。"

"你要不要我帮你把它弄下来?"

"能弄下来当然好。"

沃尔姆伍德抓着小精灵的腿,试探性地拽了拽。

"它咬得可紧了。"

"我知道啊,沃尔姆伍德。毕竟是咬在我的手指上。"

沃尔姆伍德更用力地拉了拉。

"啊哟!"纳德叫道,"快停下来!这样不行。"

"试试把它往墙上撞。"

纳德照做了。撞到第三次的时候,小精灵松开了纳德的手指,掉到了地上,它在那儿捧着脑袋跌跌撞撞,像是撞晕了。纳德查看了一下自己的手指。指尖上有一圈细小的牙印。

"好恶心。"沃尔姆伍德说。

纳德提溜着小精灵的一条腿,把它提起来,瞪眼瞧着。小精灵挣扎了一下,试图扭转身子,再咬纳德一口。

"不太合乎圣诞气氛,不是吗?"沃尔姆伍德说。

"不符合,"纳德说,"我怀疑如果你在自己的圣诞长袜中发现这堆玩意儿中的一只,你一定会写一份措辞强硬的信给圣诞老人的。"

外面一片嘈杂。小精灵组成的金字塔,似乎意识到在卧室里的那只小精灵如今成了俘虏,正在重新调整结构。现在处于金字塔顶端的两只小精灵中的一只,正试图爬上窗沿,援助自己的同伴。整座金字塔不安地晃动起来。

"沃尔姆伍德,"纳德说,"请问你是否能拿一下在你床下的那只足球?"

沃尔姆伍德照他的吩咐做了。他把足球递给纳德,纳德把小精灵转交到了他手里。纳德把身体探出窗外。

"哦,小精灵们!"他叫道。

小精灵们纷纷抬头向上看。纳德举起手臂,使尽全力扔出了足球。金字塔分崩离析,小精灵们以及小精灵的碎片,在房子前院里散落一地。

"这只该怎么办?"沃尔姆伍德捏着那只小精灵俘虏问。

"除非你准备养着它。但我建议你把它弄走。"

"我不能把它从窗子里扔出去啊!这样做不太好吧。"

沃尔姆伍德把那只小精灵凑得离脸太近了一点。它一口向他咬来,离他的鼻尖只差了一指宽的距离。

"哦,那好吧,"沃尔姆伍德说,"再见了,小精灵。"

它被抛出了窗外。他们看着它落在了一丛带刺的灌木里。它靠着一些同伴的帮助设法挣脱了出来,向纳德和沃尔姆伍德挥着它小小的精灵拳头。随后它混入了其他精灵的队伍中。纳德和沃尔姆伍德能听到它们咯咯的笑声。在他们的注视下。更多小精灵试图从底楼的门窗中进入屋子。其中一只比较聪明的,找了一块石头,扔向起居室的窗户,但小精灵扔得不够高,没法击中玻璃。可至少,它想到了一个有效的办法。很快,小精灵们会找到进来的办法,然后纳德和沃尔姆伍德就要陷入困境了。

"我们必须在它们进来之前想办法出去。"纳德说。

"但它们的目的是什么?"沃尔姆伍德问。

"你应该明白的,"纳德说,"我觉得他们想要的是我们。"

第23章　一次争吵

女朋友跟塞缪尔闹别扭了，后果很严重。

"乌里奇特＆儿子们"商店的底楼一派寂静。黑暗散开后，可以看清商店的状况。感觉中，为了进入商店，大家好像穿越了一条隧道似的。塞缪尔、露西以及两个警察现在可以一目了然看到窗外的一切，并且可以从一个不同寻常的视角看比德尔科姆的居民们躲避小精灵、喜马拉雅雪人、各种童话反派的样子，那情形看着如烟如幻，不像实景，而且一点声响都听不到。当他们企图从门里出去时，遇到了来自空气的阻碍，它像水波般的涟漪在地板和天花板之间荡漾。没有任何圣·约翰-乔姆德利先生的踪影。

"呃，这一点也不好玩，"露西说，"这算哪门子约会？"

她责难似的怒视塞缪尔。

"又不是我的错。"塞缪尔说。

"哦，是吗？最初是谁请我来参加这个烂庆典的？"露西说。

"我没有邀请你，"塞缪尔说，"你看到了邀请函，某种程度上是不请自来吧。"

"所以说，一切全都是我的错咯，是吗？你就是这意思，就是这意思！"

紧跟其后的是一长串的指责，责备因为塞缪尔才遇到的每一起不幸事件，到目前为止对露西·海默尔的幼小心灵造成的摧残，其中大部分塞缪尔相当肯定不是自己的错误造成的，以及另外许多他绝对肯定不是自己的错误造成的,因为那些事情发生时他还没有出生呢,即使他出生了,那也由不得他做主嘛,像是数次战争啊,世界性饥荒啊,全球变暖啊,以及伊甸园里跟苹果有关的事儿。等她数落完了,露西双手交叠胸前,四处环顾。她的下嘴唇微微颤动。费了半天劲,她终于设法从一只眼睛里挤出了一滴小小的眼泪。它在她脸颊上挂了一会儿,意识到短时间内不太会再有其他同伴了,就迅速地在她下巴附近干枯了。

罗恩警长和巡警皮尔,尽了最大的努力避免牵涉其中,或是引起露西的注意,生怕他们也会挨上一顿批,都敬而远之地望着她。等风暴显然已经自行平息后,巡警皮尔才悄悄凑近塞缪尔。

"你正在和她约会?"

"是啊,"塞缪尔说,"或者应该说,本来是啊。"

巡警皮尔瞪着他。

"为什么?"他问。

"当时约她的时候,似乎是个不错的邀约,她也同意了的。"塞缪尔说。

"你上了人生重要一课,"巡警皮尔说,"现在你明白为什么有些人会去当修士了。"

罗恩警长故意咳嗽了几声。

"现在说这些都无济于事了,"他说,"当下发生了一些状况,必须由我们去把真相弄清楚。快点跟上,巡警。你也是,塞缪尔。还有你,年轻的小姐,闭紧你的下唇。你现在的表情像是有人在你下巴上装了个架子似的。"

露西向罗恩警长投去最为愤怒的目光。

"我要告诉爸爸你都说了什么。他会砸了你的饭碗的!"

"如果他想砸自然会砸,小姐,但是我不知道他有什么理由砸。皮尔巡警,你是在哭吗?"

"没有啊,长官。怎么啦?"

"因为我听到有人在哭,只能认为是你咯。"

"不是我,长官。我不是说我不想哭,但是我忍住了。"

"你真勇敢,巡警。"

"即便如此,我还是能听到有人在哭着叫妈妈。我猜这儿可能有个孩子和我们一起。"

皮尔巡警侧耳细听。

"不止一个,长官。我可以听到好多小孩的声音。"

"哦,天哪!"露西说,"声音全是那些娃娃发出来的!我们是在一家玩具店里。它们可能是被遗忘掉的展示给孩子们玩的样品。"

在他们左边,是商店的娃娃购物区的入口。很显然声音是从那里传来的。

"那我就放心了。"巡警皮尔正说着,一只娃娃蹒跚地走入他们的视线,朝着他们眨眼睛。那只娃娃大约十八英寸高,黑发飘逸。它穿着蓝色的连衣裙,还有蓝色的鞋子。它的眼睛乌黑乌黑。

"妈咪。"娃娃说道,嘴唇嚅动着吐出这个词来。

"还真是厉害,"皮尔巡警说,"挺恐怖的感觉。而且对一只娃娃来说,它的牙齿也忒长了点儿。"

"那种巨齿应该鲨鱼才有,"罗恩警长说,"巡警,如果我是你的话,会先后退一两步。"

皮尔巡警不用被劝说两次。有更多的娃娃加入了第一只的行列。有些走来走去,有些满地爬着。一只娃娃把另一只推进了婴儿车。它们中有几只装备了尖刀。那些不会说话的就哇哇哭号,而那些会说话的,嘴里念叨着"妈咪"、"瓶子"和"改变我"这样的字眼。

还有"杀呀"!

卡洛夫先生停下脚步好久才喘过气来报警。韦恩巡警和海巡警,正开着一辆巡逻车出外勤,意识到比德尔科姆又一次陷入了麻烦。据说从旧监狱那边传出可怕的声响,废弃的收容所里亮着奇怪的光。他们试图联系上罗恩警长和皮尔巡警,但是无果,所以他们锁上了警察局的门,外出调查去了。

凑巧的是,他们回镇中心的路线,要经过战场的遗址。他们停了一会儿,看到几十个无头的维京人和撒克逊人正愉快地相互厮杀,当发觉这样毫无意义,因为实际上他们已经死了的时候,形势就变成相互砍掉对方的四肢和脑袋了。

"咱就放任他们在这边别管了,好吧?"海巡警说。

"这看来是最好的办法。"韦恩巡警说。

他们开车走了,一眼都没回头瞧。

第 24 章　一次大逃亡

纳德和沃尔姆伍德计划了一次大逃亡。

纳德和沃尔姆伍德蜷伏在塞缪尔卧室的阴影里，观察着下面的情况。纳德看向沃尔姆伍德，带着批评性的眼光检视他，不难看出沃尔姆伍德关注的是哪一点。他把沃尔姆伍德的上衣拉拉挺，正了正他的帽子。

"这个计划没用的。"沃尔姆伍德说。

"也许有用呢。"纳德说。

"我看上去太滑稽了。"

"沃尔姆伍德，你看上去总是挺滑稽的。当然必须承认，你现在看上去稍微更滑稽了一点点，如果非要这么说的话。我不觉得你有多滑稽，但好像你刚刚证明我错了。我看上去怎样？"

"你看上去也很滑稽。这事儿肯定不成。"

"那你有更好的计划吗？"纳德问。

"我这辈子就没有过任何计划。"沃尔姆伍德承认，不过现在他忍不住想要提出自己此生的第一个计划，因为不管他想出什么来，都不会比纳德的这个主意更糟了。

他们已经遭到了包围封锁。小精灵把房子围得水泄不通，但目前为止还没能冲入室内。它们发觉约翰逊太太家窗户上的双层玻璃比想象中更难敲碎，这主要是因为它们的小胳膊不够强壮，没法用足力气向玻璃狠狠丢石头造成破坏，而那些企图从上了弹簧锁的信箱缝隙里硬挤过去的小精灵们则徒然负了重伤。

在绝望之中，小精灵们准备放火了。

纳德和沃尔姆伍德在上面看到一群小精灵，奋力抬来一罐汽油，还弄来一些火柴和各种破布，所有这些都是从贾维斯先生的小屋里偷来的，贾维斯先生住在约翰逊家隔壁，最近出去做生意了。[①]

"贾维斯先生会生气的，"纳德说，"他甚至都不准别人借他的割草机用。"

这事千真万确。贾维斯先生特别吝啬。如果贾维斯先生成了鬼，肯定非常招人害怕的。

"它们要拿这些汽油做什么？"沃尔姆伍德说。

"我不清楚，但我怀疑它们是想要放火逼我们出来。"

"它们真的知道我们是恶魔，对吧？"沃尔姆伍德说，"恶魔不是易燃物啊。"

"我们是烧不着，"纳德说，"但这幢房子很容易着火啊，不管我们是在里面还是不在里面。可你想想，塞缪尔的妈妈玩了填字游戏回来，发觉自己的房子着火了，她会怎么说？"

"她会不高兴吧。"沃尔姆伍德说。

"她肯定不会高兴啊。"

"她会责备我们吗？"

"她应该会吧，除非我们能让她看到一些手里拿着火柴的小精灵，不过我宁愿房子一开始就别被点着。"

"我先往桶里灌点水吧。"沃尔姆伍德说。

"这样会好一点。"纳德说。

他继续观察小精灵们。即使按照不算太聪明生物的标准去衡量，小精灵们还是蠢得可以。可能因为它们是超自然性的有生命的木头构成的吧。别跟我说你有多喜欢木头，但如果你在一支竞赛队伍中，你的一个队友是用桦木做的，或者你和你的狱友正试图实施一项巧妙的

[①] 你们千万别玩火哟。马上你们就要知道为什么了。

越狱计划，而你们当中的一员是用橡木刻出来的，这些木头选手能起到的作用就十分有限了。由木头做成的活体生物通常聪明不到哪儿去。这也是为什么小精灵们把汽油洒了一圈之后，不但没能点燃火柴还在自己身上裹满了碎布，搞得像小小的木乃伊的原因。越来越多的小精灵加入进来帮忙，在第一桶汽油上又浇了第二桶，划了更多的火柴，但越发搞得一团糟了。它们开始把所有东西都往前门搬，在所经之处洒了更多汽油。

"啧啧。"纳德叹道。

"情况怎么样了？"沃尔姆伍德提着一桶水赶来问道。

"形势很危急，这样瞎玩火，不管是谁都可能玩火自焚的，而我认为有一大堆木头做的家伙正要这么干。"

火烧不烧得旺这件事挺不好说的，但如果其中有木头的话，会熊熊一片是肯定的。如果同时有木头和汽油的话，绝对火势更旺，要是再额外混合一点点油漆，那就旺到无以复加了。基本说来，约翰逊太太的花园里现在满是小小的、涂了油漆的、浸透了汽油的小木块。

突然，一只小精灵终于设法点燃了一根火柴。

"耶——！"它高兴地说道，把火柴举过自己的头顶，像是一支微型的、不怎么精致的奥林匹克火炬。

"耶——！"其他小精灵叫道。

"耶——！"第一只小精灵又叫道。它看着火焰渐渐贴近了它的手指。

"啊哟，啊哟！"它说，把火柴丢开。

接着是一声"呼"的巨响，一股火焰蹿了出来。约翰逊太太的花园里很快燃起了一场小精灵篝火。在火焰中心的某处，可以看到小小的身影在左奔右突，想要逃出火海。铃铛在融化前激烈地叮当作响。

"我能编个关于小精灵和安全问题的笑话吗？"沃尔姆伍德说。

"不，你别那样。"纳德说。

他们一直等到火焰开始熄灭。有一些小精灵，如今微微有点烧焦，总算全身而退，尽管它们依然被刚才发生的一切震惊到了。但仅短短一瞬，它们好像就从震惊中恢复过来，气愤异常，看上去是要找报仇的机会了。

"现在我们的机会来了，"纳德说，"如果事儿不成，那我想说，这么久以来，很高兴有你这个朋友，沃尔姆伍德。我很想这么说，但我不会说的，因为这本来不是事实。"

"谢谢。"沃尔姆伍德说。他快热泪盈眶了。"这是你对我说过的最温柔的话。"

"的确如此，沃尔姆伍德。作为回报，你有什么想对我说的吗？"

沃尔姆伍德想了一会儿。纳德闻到一股微弱的有东西烧着的味道。他以为是小精灵发出来的，后来发现这是沃尔姆伍德思考的味道。

"我从来没想过找其他更好的恶魔主人。"沃尔姆伍德最终发话。

"真的？"

"真的。我从没想过，因为也没人会在意。"

"千真万确，沃尔姆伍德，千真万确。"

纳德和沃尔姆伍德下了楼，在前门边稍作停留。他们俩都深吸一口气，交叉手指。沃尔姆伍德每只手多一根手指，因而对他来说这事情更复杂了一点。

"准备好了吗？"纳德说。

"准备好了。"沃尔姆伍德回答。

纳德打开门，他们俩一起进入了花园。

小精灵们，根据我们事先的设定，还不算终极武器。直到最近，在被出人意料地注入超自然能量之前，它们不过就是些平淡无奇的木块而已。它们肩负的是两项使命：一是在比德尔科姆尽可能地制造破坏性事端，另外就是抓捕叫做纳德和沃尔姆伍德的恶魔，把他们带到"乌里奇特＆儿子们"商店去。如今看来，前面一项制造事端的使命它们完成得很不错，但抓捕纳德和沃尔姆伍德的计划，实施得就没那么成功了。不计其数的小精灵因为金字塔倒塌及信箱攻击而伤得断胳膊丢脑袋。其中又有超过半打的小精灵，在岩石块被情绪高昂地扔向窗户却悲惨地在袭击的中途坠落时，遭到了碾压。最后，一把大火"关照"了绝大部分还站得起来的小精灵们，仅仅留下屈指可数的几只，百折不挠还能重新集结战斗。

小精灵们的脑海中，被输入了纳德和沃尔姆伍德的形象。它们对通缉的恶魔长什么样胸有成竹。那俩恶魔长得可不是精灵的样子，因而当剩下的小精灵看到先前有两个恶魔的屋子里走出另外两只精灵来，都微微有些困惑。他们是非常魁梧的精灵，即便离得还远，也能闻到其中一只身上的怪味道，但他们身上绝对是有些精灵气质的。他们有尖尖的耳朵，脸颊涂成了玫瑰红色，头上戴着帽尖儿上有小铃铛的帽子。他们甚至有一把白色的大胡子，看上去像是高级精灵似的，这也许能解释为什么他们身量巨大了。

沃尔姆伍德竭力避免去抓他那用棉花做的胡子，以及不时整整约翰逊太太买来准备圣诞节戴的圣诞老人帽的冲动，这副装扮把他搞出一头汗啊。他还借了约翰逊太太的红浴袍。与此同时，纳德腰间束了卫生间里的绿色浴帘，看上去倒是容光焕发。

小精灵们盯着他俩。老实说，每个人看见了都会盯着他们看的。

"我们快要死了。"沃尔姆伍德低声道。

"我们不会死的，"纳德说，"我们是恶魔。"

"那我们往后会快长期一副行将就木的样子。"

"保持笑容哟。"纳德一边咧着嘴笑一边说道，因而说出来的话听上去像是"保持瞎用"。

"保持什么？"沃尔姆伍德问。

"保持瞎用。"

"哦。好吧。"

沃尔姆伍德仍然闹不明白纳德是什么意思，所以他决定继续保持笑容，听天由命吧。他和纳德一块儿走下花园小径，他们的目光定定地落在小精灵们身后的某一处，他们的笑容纹丝不变。当他们经过时，小精灵们敬畏地双膝跪地。

"成功了！"沃尔姆伍德说。

"保持啊即①!"

这法子原本是管用的,而且如果不是纳德的尾巴从浴帘的褶子下面戳了出来的话,还会继续管用呢。近来,这条尾巴正越缩越短,纳德十分确信最终它会彻底消失的,但是每当纳德压力比较大的时候,尾巴好像都要现身。这条尾巴把一只小精灵甩到了地上,因而被发现了。

"咦?"那只被尾巴甩到的小精灵说。

它推了推旁边的小精灵,指指那条尾巴。

"咦!"

惊异之声在小精灵间传开了。此时此刻,纳德和沃尔姆伍德已经走到了花园门口。还有一两步他们就要走到街上了,而纳德口袋里有约翰逊太太的车钥匙。他已经答应过她,未经许可绝不再开车的,除非是受雇于撞毁问题车,但在纳德看来,做出承诺只是要让其他人感觉好些而已。你永远没法知道未来会发生什么事,你也不想到时候自己被承诺束缚。

纳德摸到了钥匙。汽车已经在视线中。他又朝前迈了一步,而后却停了下来:并不是他想这样,而是他的腿没法带动他迈步向前。他回头看到一群小精灵冷酷地把他的尾巴悬吊了起来。其中一只甚至还对它连啃带咬。纳德在内心祝它走运。他的尾巴比皮革还硬,味道也跟那差不多。

纳德叹了口气。他身边的地上有一根被丢弃的火柴。他捡起了火柴,用一根弯曲的手指轻轻弹了一下,让其便于点燃。

"沃尔姆伍德?"他说,"能帮我一下吗?"

他从自己手上竖起火柴。沃尔姆伍德凑近,深吸一口气,狠狠地吹去。

火柴消失在继续喷向小精灵们的熊熊火焰之中。如果它们觉得汽

---

① 纳德想说的是"保持安静",但由于脸上必须维持咧开嘴的大大笑容,安静就发成了"啊即"。——译注

油已经够糟了,那沃尔姆伍德火焰般的呼吸的效果可要糟上一千倍。纳德不晓得沃尔姆伍德的消化系统是怎样的构造,但他相信不管在沃尔姆伍德体内发生了什么,肯定都是非常恐怖的,这也能恰当地解释那许多奇怪的味道都是怎么来的。小精灵们甚至都没有燃烧。它们直接从木头变成了黑色的灰烬,当中连个过渡也没有。

"谢谢,沃尔姆伍德,"纳德说,"干得好。现在想来,真的,我们干得算是不错的。"

沃尔姆伍德停止了吹气。纳德把自己尾巴上剩余的小精灵烧焦的残片抖掉,举起尾巴尖查看了一下。它也着火了。他轻轻地呼了几口气,把火吹灭了。

"现在怎么办?"沃尔姆伍德问。

"我们去'"乌里奇特&儿子们"'商店。"纳德说。

"为什么要去那儿?"

纳德拾起从火焰中幸存的一条小精灵的腿,指指它上了色的小靴子的鞋底。那儿写着:"'"乌里奇特&儿子们"商店'所有。"

第25章 混 战

战斗打响。

困困和咕咕撞上了刚刚汇合一起的愤愤、乐乐和丹。他们在一堆注有标记的老旧黄色盒子边集合，盒子里都是式样怪得不能再怪的鞋子，但相对于他们在地下室刚刚经历的一切来说，就见怪不怪了。

"你们都没法相信我们刚才碰到了什么事！"乐乐说道，然后想起来不久之前，他们还一起被抓去过地狱，"慢着，说不定你们会相信的。"

"你们不会相信仍然在我们身上发生的事儿。"困困设法喘了口气，从拐角处跑过来的眼球中领头的那只骤然停了下来。它本来以为会看到两个小矮人，但现在面对的却是四个小矮人，还有一个人类。如果它长了手的话，一定会揉揉自己，以便确定自己没有看错。

"那是一只长了腿的眼球吗？"愤愤问。

"不止一只，有好多只呢，"困困说，"其余的在来这边的路上。哦，看呐，它们来了。"

更多眼球出现了，也停下来打量丹和小矮人们。

"它们有牙齿，"乐乐说，"那不太对劲儿。它们为什么要追你们？"

"因为我把它们中的一只踩在了脚下，"困困说，"老实说，我那一脚踩得挺重，但那是个意外啊。"

"什么乱七八糟的。"乐乐说。

"我觉得脚后跟上还粘了一点那玩意儿。"困困说。

"真恶心，"愤愤说，"我们明白了，你踩爆了一只眼球，然后其他的生气了，所以你们就被追击了？"

"对，就是这样。"

"那你干吗不把其他的一起踩爆呢？"

"呃，它们有牙啊。"

"但其实它们有牙也派不上什么用场，不是吗？"愤愤说，"可能会咬到你的脚，但你穿着厚靴子。麻烦就是这靴子闹的吧，如果我没猜错。"

困困看了看他的靴子，又回头看了看那些眼球。

"你的意思是——？"

"对，我就这意思。"

"它们踩上去嘎吱作响，"困困说，"搞得我直反胃。"

"你很快会习惯的。"

"我觉得你说得没错。我想我已经快适应了。"

"那就开始呗。"愤愤说。

慢慢地、谨慎地、有所图谋地，小矮人们和丹向眼球们靠拢。眼球们面面相觑。它们可能没有耳朵，但看得一清二楚，而它们看到的是巨大靴子带来的临头祸事。不约而同地，眼球们纷纷掉头就跑，转身向着它们来的方向退去。丹和小矮人们目睹它们溜进了暗影之中。

"看到吧？"愤愤说，"这有何难？"

"是不算难。"困困说。

"打赌你现在觉得自己有点蠢，是吧？"

"有点儿。"困困承认。

"话说回来，那些眼球是打哪儿来的？"乐乐问。

"呃，"困困说，"它们都来自一个大耳长牙的家伙的照片——他是某种吸血鬼吧——然后我说了那些眼睛好像在屋里跟着你转似的，下一分钟这些眼睛真的就在屋里跟着你转了。搞得人心绪不宁，所以——"

"嗯。"咕咕说。他拍拍困困的胳膊。

"不是现在,"困困说,"我正在解释呢。总之——"

咕咕又拍了拍他的胳膊。

"非要现在吗,"困困说,分了点神转而应付咕咕,"你必须认识到……"

咕咕必须认识到的事物注定得另找时机挑明了。有管风琴的音乐声从近处的某个地方传来,有个身影从黑暗中渐渐浮现。它驼着背,穿着一件长长的深色大衣。大衣没有覆盖到的躯干部分极其苍白。其中包括它的手,长长的手指,指尖处还有更长的指甲。它的头秃得彻底,耳朵巨大,长得有点蝙蝠的样子。它的两颗门牙,让人联想起那首著名的歌,① 是任何人都不想在圣诞节碰到的那种。两颗牙探出下唇,有点像蛇的尖牙。而它的眼睛,上一次丹和小矮人看到它们时,还迈着自己的两条小短腿,张着自己的獠牙在跑呢。它们在那张可怕的脸上毫无违和感,而且显得越发狰狞。

"噢。"困困说。

在他的一生中,见过很多骇人的事情。他见识过恶魔。他见识过地狱本身。甚至,通过一扇没有上锁的浴室门,他还见识过一丝不挂的乐乐。但他相信此生从未见过,往后也不会再见到,任何比眼前这个形象更吓人的东西了。

直到他看见它旁边又出现了另外一个身影。因为,跟也许是它同卵双生的兄弟不同,它只有一只眼睛。另一只眼睛的残留物,困困猜,仍然粘在自己一只靴子的鞋底上。

"呃,困困,"乐乐说,"我想这里有位绅士跟你有话要说。"

"我们是不是应该再次拔腿逃起来?"困困说。

"我相信,"乐乐说,"那会是个非常好的主意。"

---

① 《圣诞节我只想要我的两颗门牙》写于1944年,尽管为什么有人想要在圣诞节当天一大早爬起来看圣诞老人有没有给他们种了牙齿还不好说,而且这样很有可能造成长期的创伤啊。接下来会怎样?"圣诞节我只想要被切掉的阑尾"还是"……弄断我的鼻梁再整形"?好好的干什么不要一辆火车模型或是一只娃娃呢?有些人的心态真复杂微妙啊。

· · ·

在小矮人们上方，在商店内部，塞缪尔、露西和两个警察正在竭尽全力与娃娃部队战斗，还不断有各种可爱的玩具补充到它们的行列里。人类这一方已经撤退到了二楼，在那里塞缪尔已经用可以发射塑料飞镖和泡沫弹的枪把众人武装了起来。这些武器已经对狂乱着魔的娃娃们、恐怖的泰迪熊以及张着大嘴汪汪狂吠的恶魔犬产生了一定作用，但它们中的大多数一旦被击倒后，会来一个更疯狂的反扑。而它们中有一些，就是难以对付的强硬家伙了，所以，塞缪尔和露西之间出了问题的关系，在生死攸关的战斗前，被暂时搁置一边，他们开始转而收集足球、篮球、玩具车和各种重物。现在，像是敌军兵临城下的士兵似的，他们用尽最大力气，把弹药扔向他们的攻击者，很满意地看着娃娃丢了脑袋，泰迪熊断了腿。

"我再也不会喜欢娃娃了，"露西说着，她眼角流下一滴苦涩的泪水，却因为正巧投出一记精准的橄榄球而被甩飞了，"它们象征了灌输给年轻的不谙世事的女孩的过时性别观念。"

塞缪尔看着耸了耸肩的皮尔巡警。塞缪尔想皮尔巡警对露西的恐惧可能不亚于对正在进行攻击的娃娃们的害怕呢。

"你们有没有注意到那些娃娃有点诡异？"罗恩警长问。

皮尔巡警朝他转转眼珠。他看上去像是一只要把羽毛从喉咙里咳出来的鹅。

"诡异，长官？诡异？您的意思是，它们看上去像活的一样以及看起来下定决心要杀了我们，这两点还不够诡异？"

"现在，现在，我的孩子，"罗恩警长说，"恐慌对我们一点好处也没有。不不，我的意思是，它们好像已经停止了上楼的脚步。好像它们只是想把我们逼上楼去。"

警长是对的。最初的攻击少了下来，部分是因为许多娃娃和柔软的玩具由于缺胳膊少腿或丢了脑袋，已经失去了攻击能力。救兵不断赶来，但它们并没有接近楼梯，仅仅站成了一个包围圈，很开心地在那儿龇牙咧嘴或是摇晃着尖利的刀叉。有那么一刻挺让人心慌的,底楼一只巨大的足有二十英尺高的泰迪熊挪动着身子像是要加入战斗,但结果它太笨重高大,以至于腿都抬不起来,只好跌坐在一个墙脚里咆哮,像是个吃了过多馅饼的肥仔。

塞缪尔花了好一会儿才摸清自己的位置方向。他们几个正身处游戏区,而棋盘游戏,网球游戏,或是板球游戏,任何一种感觉都不是会致命的样子啊。他看见在四周的墙壁上,装饰着真人大小的童谣人物的纸板模型。他认出了坐在小土墩上的玛菲特小姐,墙上的蛋头先生,小波比和各色绵羊。在这一层楼的尽头,是另外一段楼梯。有个瘦削的身影,正站在楼梯中部瞧着他们。

"看!"塞缪尔说,"那是圣·约翰-乔姆德利先生。"

"他好像并不心痛嘛,"皮尔巡警说,"话说回来,他底楼的娃娃货架区有一半已经成了碎片躺在地上。"

罗恩警长站了起来。他解开夹克左手边最上面的口袋,拿出了他的笔记本。

"哦,他要惹麻烦了,"皮尔巡警对塞缪尔说,"他一旦从口袋里拿出笔记本,不把某个人的名字写上去是不会罢休的。"

罗恩警长咳嗽了一下,舔舔自己的铅笔。它纹丝不动地悬垂在笔记本外,像达摩克利斯之剑似的。[1]

"你在这儿啊,圣·约翰-乔姆德利先生,"罗恩警长说,"我很希

---

[1] 达摩克利斯是公元前4世纪叙拉古的暴君狄奥尼修斯二世朝廷上的一位著名谄臣。可能略不明智地,达摩克利斯溜须拍马地说,狄奥尼修斯是一位十分幸运的君主,有一张很漂亮的宝座,数不清的金子和无边的权力。因而狄奥尼修斯邀请达摩克利斯到宝座上坐一下,试试看大小。很不幸的是,跟大多数暴君一样,那是一个陷阱,狄奥尼修斯在王座之上按了一柄巨大的宝剑,仅用马尾巴上的一根鬃毛固定。不出意料,达摩克利斯不太喜欢坐在那张王座上,因为上面悬垂了一把可能随时坠落在他头上、造成不快结局的锋利的宝剑,过了一会儿,他礼貌地询问狄奥尼修斯自己可否被允许坐到其他地方去。狄奥尼修斯已经找到了乐子,就同意了。这个故事得出的道理是,那些握有权力的人也处于危险之中,尤其如果他们是没人喜欢的暴君的话。从那时起,达摩克利斯之剑就非常著名,比鲜为人知的"不幸之洋葱"以及"厄运之奶油挞"知名多了。

望你能给我几分钟时间,来解释一下到底发生了什么事。"

"恐怕我不能这么做,"圣·约翰-乔姆德利先生说,"你想要寻找的答案,只能去店里更高的楼层处寻找。真相在楼顶。"

"好吧,先生,我们没有时间四处奔走寻找答案和真相。我们是警察,不是哲学家。我认为你必须跟我们去一趟警察局,然后我们会在其中一个单人牢房里来杯茶好好聊一聊。为什么你就不能打开门,停止胡说八道,做个绅士呢。如此,我把你写到我的笔记本上时,就能标记为一个'有趣的人'了。"

罗恩警长正打算这么做时,发觉自己的铅笔不见了。

"说,是谁偷走了我的铅笔?"他开口问,与此同时他的笔记本从手中被猛地拽开,消失在天花板上的阴影之中,只在罗恩警长的手指上留下一抹黏黏的痕迹。他用力扯了一下,看到那是一缕蜘蛛丝。他再次看向天花板,注意到阴影看上去在移动。

"啊,"他说,"好啊。"

圣·约翰-乔姆德利先生站在楼梯上朝着他们微笑,然后蹦着跳着上了楼。塞缪尔几乎没有注意到他走了,因为另一个身影正朝他们移过来。它来自原本玛菲特小姐的纸板模型的方向,只是模型已经不在墙上了。

出现在他们眼前的不是玛菲特小姐,那个著名童谣中最令人喜爱的人物。① 这女人要么喜欢蜘蛛喜欢得要命,要么当第一只蜘蛛出现时她就没能赶快逃走,那只蜘蛛又带了很多朋友来做伴。她穿得一身黑,脸上戴着面纱,当她走近时,能看出那面纱的材质,它不是用布做的,而是用蜘蛛丝做的。小小的黑色蜘蛛在上面爬来爬去,前端露出许多

---

① 这首你肯定知道:

> 玛菲特小姐坐在土墩上
> 吃着酥酪
> 来了一只大蜘蛛,
> 坐她身旁
> 玛菲特小姐被吓跑啦。

被诱捕的死苍蝇。更多的蜘蛛从她的袖子上、裙子下倾泻而出：棕色的，黑色的，红色的，黄色的。她的手指间蛛网密布，这些网也缠到她的胳膊下。在她黑色蜘蛛丝织成的面纱下，她的身影几乎被黏黏的白色蛛丝完全盖住了，只有眼睛和嘴巴处，依稀有扯开的洞。

一只黑色的小蜘蛛从天花板降落而下，掉在了罗恩警长的肩膀上。他迅速把它弹走了，但另一只掉了下来，接着又是一只。他也把它们弄走了。其中一只往露西那儿逃去。她一脚踩在了它身上。当她抬起脚，它仍然在原地。看上去稍微被踩扁了一点，但却安然无恙。露西又踩了几脚，但还是没能把它踩死。显然这不是普通的蜘蛛。

"呕！"露西大喊，"真讨厌！"

小淑女玛菲特的头向她的方向转了过来。踩碎她的宠物们是一回事，但显然把它们形容为讨厌鬼就是另一回事了。

"一点儿不讨厌，"蛛丝面纱后的某处传来一个轻柔的嗓音，"是很美。"

玛菲特小姐不太擅长正常发声。她的声音听上去像是喉咙里卡了个毛团似的。缠绕在她嘴边的蛛丝颤动着，有一只肥硕的棕色蜘蛛从看似她的两片唇间冒了出来。迅速有另一只跟了出来，然后又是一只，再是一只。①

罗恩警长步步后退。在他们头顶上，排成队列的蜘蛛在天花板上穿行，迫使几个人类以及博斯威尔后退得更远，以免蜘蛛掉在他们身上。更为恶心的生物正在席卷整个楼层。它们目标明确地趋近前来。蜘蛛驱赶着塞缪尔和其他人，让他们越来越靠近楼梯。

---

① 吞下一只蜘蛛听上去有点不适，但我们应该留心到，每天我们中的大多数人吞下了不少的蜘蛛和昆虫。在美国，食品和药物管理局发布了一份指南，公布了食物中允许存在的昆虫碎片数量的等级。冰冻蔬菜里每一百克允许存在五十只蚜虫或螨虫，每一百克花生酱中可以有三十只昆虫的碎片，巧克力则是六十只。当然，不用担心：昆虫是优质的蛋白质来源。所以，吃光光吧，它们对你有好处。

顺便说一句，在 1911 年有位叫做 C.F. 霍奇的科学家计算出，如果一对家蝇从四月开始交配产卵直到八月，而它们的后代全部存活的话，那到八月为止，就能在地球上覆盖四十七英尺厚的一层。所以说，偶尔这儿那儿吃下几只奇怪的小飞虫，你是在拯救地球不要被它们给埋了哟。干得漂亮，伙计！试试蘸着番茄酱吃。它们可美味了。(警告：可能实际不太美味。)

以防他们的后退还不够果决，一个庞大的身形把自己从房间最黑暗的角落里解放了出来，稳步朝他们挪来。一束月光捕捉到了它的身影，让它头上的八只黑眼睛闪烁出荧荧微光。它有一辆小型汽车的身量，除了小汽车没有八条腿以及巨型蜘蛛发现猎物出现时滴滴答答淌着毒液的剧毒长牙。

　　"我的宝贝，"玛菲特小姐一边说，她浓密的长发一边在蜘蛛头上轻抚，"宝贝饿坏啦。"

　　"你们看，"罗恩警长说，"也许我们不如去看看楼上有什么玩意儿。"

　　所以他们登上了上一层楼，而那些蜘蛛，谢天谢地，没有跟上来。

第 26 章 "他们还活着"

皮尔巡警为世事不公潸然泪下。

纳德发觉比德尔科姆的圣诞节骚乱场景真是史无前例，即便对某些先前目睹过来自地狱入侵的人来说也是如此。遇见人群被袭击，与不同层级的恶魔、食尸鬼、闪灵[1]对抗作战，只不过就是恐怖而已，因此一切还在你的理解范围之内，这是一回事。而目睹奥古斯特·德莱斯公园中，在比德尔科姆女子足球队和半打长相粗野、从各种圣诞树上爬下来、杀气腾腾的精灵之间展开的持久战，就是另一回事儿了。到目前为止，比德尔科姆的太太们似乎占着上风，主要因为比德尔科姆的太太们比有些比德尔科姆的先生们身材更高大，并且在球场上享有暴力的盛名，导致对手球队一看到她们就弄伤自己，免得太太们自己费力动手。精灵正用它们的魔杖搞破坏，尽管不是依靠魔法，而是通过在加了锁链和带刺的金属球来攻击。

"那些精灵走路的样子有点搞笑。"沃尔姆伍德说。

"如果有人在你身上粘了棵圣诞树的话，你走路的样子也会有点搞笑的。"纳德说。

一大群小精灵拦住了他们的去路，在一根树干下奋力挣扎着，希望

---

[1] 闪灵（Chthonic）（读成"thonic"，跟"sonic"押韵）是个起源于希腊语的大字眼，意指"地下世界"或与之相关的事情。在家里聊天时随意提到这个话题，有很多有趣的作用。比如："妈妈，这棵花椰菜绝对是*闪灵*。"或者："我有点拿不准那条领带，爸爸。它看上去有点像*闪灵*。"当然，还有广受欢迎的那句"我要在浴室里待一两分钟。它闻起来有股*闪灵*味儿。"

能用它来撞开邮局的门。纳德和沃尔姆伍德看得很清楚,那根树干作为破门锤来说分量倒是足够,但是对小精灵来说,就算有一大群,想要提着它走上任何一段距离,都太沉重了。

"咦……!"领头的一只小精灵加油鼓劲,"咦……!"

纳德和沃尔姆伍德看着第一组小精灵被压弯了腿,接着是第二组。等到第三组倒下之后,在这场小精灵和树干的较量并且树干获得压倒性胜利的竞赛中,空留下一声焦虑的叹息,以及许多从树干下伸出来的小精灵的腿了。

"哇哦。"一声微弱的叹息传来。

一只带头的小精灵,成功地用一些巧妙的办法避免了自己被卷入树干之下,正用恳求的眼神看着纳德和沃尔姆伍德寻求帮助。

"咦……?"它说,"咦……?"

纳德一脚踩扁了它。

在更远些的地方,他们看见一只庞大凶恶、顶着一对锋利的犄角、长着一双黑眼睛的驯鹿,正站在本地的鹿群前,试图煽动它们造反。

"起义吧!"恶魔驯鹿叫嚣道,"起来反抗那些对你们的了解仅停留在'小鹿斑比'层面上的弱小人类吧,这些压迫者觉得你们很可爱,但时常把你们用来炖汤,或是跟防风草和少量杜松子果一块儿炖着吃。"

本地鹿群就是本地鹿群的样子,它们紧张地瞥了瞥陌生的怪物,又相互望了望,随后继续低头吃着草,希望它会就此走开,别再打扰它们。

"哦,那随你们便吧。"恶魔驯鹿说。它看了看草地。草地被啃食了不少。哇哦,它想,这草地看上去真不错。它也尝了一点点。它继续欢快地吃起草来,直到另外几只没它那么好运有机会掀起鹿群革命的恶魔驯鹿走近前来。

"你觉得自己这是在干什么?"恶魔驯鹿的首领问。

落单的恶魔驯鹿脑子转得很快。"我们这是在博取它们的信任?"它提议道。

"不!你仅仅是在吃草而已。快别吃了,跟我们走。我们必须散布恐惧和混乱。暗影就快降临了。"

那只恶魔驯鹿轻轻咬下最后一片草叶,加入了其余恶魔驯鹿的队伍。它还停下身来回头望了望本地鹿群,悄声道,"别都吃完了,好吗?给我留点儿。我是说真的,求你们了。你们真是又可爱又帅气的鹿啊。很抱歉刚才吼你们了。"

本地鹿无视它。毕竟,还没到摇尾乞怜的时节。①

许多房子和花园都起了火。在威尔士街上,一匹健硕的狼正想吹倒一幢砖木结构的房子,而屋内有位太太正从楼上的窗户里向它扔茶壶。一个食人妖藏在运河桥底下,企图突然杀出来捉两个警惕心不强的路人,但这是流浪汉比尔的桥,而他是不打算和任何人分享地盘的。比尔把已经失去意识的食人妖绑起来扔进一辆购物车里,把它留在了警察局门外,还附上一张说明的小纸条,上面写着"可能来自国外"。与此同时,蔬果店老板汤普森先生,他可一点儿也不喜欢竞争关系,当他看到有个邪恶的继母正四处转悠兜售一篮苹果后,逼得那女人躲到了一个垃圾箱里以逃避他的盛怒以及投掷精准的水果和蔬菜。

一条自来水总管爆裂了,并且开始结冰。气温越来越低了。纳德之前没注意到这点。他看着沃尔姆伍德。沃尔姆伍德的鼻尖已经变蓝了。

"你的鼻子变蓝了。"纳德告诉他。

"是吗?那感觉有点滑稽啊。"

沃尔姆伍德抓了抓自己的鼻子。它掉在了他的掌心里。他盯着它看了看,然后耸耸肩。这类事情时有发生,或者说时常发生在沃尔姆伍德身上。他从身上某处掏出一块肮脏不堪的手帕,小心翼翼地把自己的鼻子包了起来,随后放进口袋妥帖保存。

"你干吗把它用手帕包起来?"纳德问。

---

① 有个关于 fawn 这个词的很精妙的笑话。这个词的一层含义是:通过奉承获取好处;而它还有另一层涵义,指年幼的鹿,拼写是完全一样的。明白了吧?哎哟,随便吧。感觉有点对牛弹琴……

"以防万一我打喷嚏,"沃尔姆伍德说,"我可不想弄得一团糟。"

"啊,"纳德说,"你考虑得很对。"

他们继续往前走,留给纳德时间考虑刚才沃尔姆伍德说的话。纳德停下脚步,在沃尔姆伍德的耳边重重地弹了一下,然后接着上路。

雪飘落在他们身上。纳德抬头,但视野里没有一片云彩。这一夜分外晴朗,天空中布满繁星,像是黑色绒布上一块缀满了亿万颗宝石的贵重 Swatch 手表。纳德从来没见过那么多星星。它们美得令他窒息,但这天空有点不对劲。它似乎比他印象中要更黑一些,因而使得星星们闪耀得越发明亮。问题是,这些不是正常的星星。星座改变了。不,这么说不太对。纳德觉得他仍然能够辨认出双子座、天龙座、北斗星和北极星、大熊星座和小熊星座,但是有其他星星覆盖在了它们上面。

纳德找到了北极星,这颗北方之星,夜空的中心,自最早的探险之日起,就为陆地和海洋上的旅人们指引着方向。一旦看到了北极星,就很难走丢,因为它总是指向正北方。此刻幸好还能观察到它的存在。

正当纳德看去,这颗耀眼的星星闪烁了一下,消失了。

. . .

丹和小矮人们依旧被追击着,尽管并不是那么紧迫。那些诺斯费拉提,正如丹对它们的称呼,正醉心于一路鬼鬼祟祟前行,它们长长的手指四处乱抓,它们的影子延展在它们身前,几乎触碰到跑在最后一个的困困的脚后跟了。但它们的动作非常,非常缓慢,还喜欢偶尔停下来做做可怕的鬼脸。

毫无疑问,它们既可怖又肮脏,闻起来一股子坟墓的腐朽气息,而更令人不安的是,好像有一架看不见的风琴为它们的一举一动伴奏。每一次举手投足,每一次眼波流动,都宛如有一支旋律伴随。它们是自一部默片中来的怪物,默片时代每家电影院都会请一位风琴手伴随着电影的放映演奏的。凡事都有讲究,就算是这些从照片中解放出来的诺斯费拉提,也应该按照规矩办事。

"我好想让那音乐赶紧停下来,"丹说,"它听上去像是从地狱来的冰淇淋车发出的。"

这音乐同样扰乱了诺斯费拉提。它们中的一些向空中乱抓,仿佛要把音符从以太之中抓取出来,磨成音乐的粉末。可一点儿都没用。看不见的风琴依旧在弹奏。

乐乐大声地询问,诺斯费拉提是否之前听到过管风琴的音乐。事到如今,丹和小矮人们放慢了脚步,从小跑变成了溜达,显然,虽然诺斯费拉提还是蛮棘手的,却不大像是很快能抓住他们的样子了。

"我是说,它们是在一部默片里,"乐乐说,"你们知道的,处于纯粹的寂静中。只有在现实世界里,我们的这个世界里,音乐才会响起。试想,如果你每走一步,某个人就在你身后砰砰按着风琴键。那会让你抓狂。在你要弄死他之前,他们必须把你锁起来才行。"

诺斯费拉提再也不向前挪动一步了。它们现在要么蜷缩成球状,把它们的外套盖过头顶,要么想用手指堵住耳朵,但这样无济于事,因为它们的手指实在太长了。其中还有一只把头不断朝墙上撞去。

"看到吧?"乐乐说,"你们能做的不过就这些,随后——"

那独眼的诺斯费拉提,就是它的眼睛(一只)被困困踩爆的怪物,开始不停打颤了。它举起一根疑惑的手指,好像是问:"等等,有点儿不对劲?"随后,它的头就爆开了。由于它很久以来就是具僵尸,所以也没有多少血或脑浆可以迸溅出来。它的头就这么简简单单在一股喷出的灰色尘埃中消失了,它的身体也很快随之而去。

这引起了一系列的连锁反应,爆头,身体如陈旧的柱子般垮塌,地下室里满是僵尸化的灰。当一切尘埃落定,丹和小矮人们还站在那儿,只不过他们现在从头到脚沾满了许多吸血鬼化的灰。仅有的几只设法塞了耳朵的诺斯费拉提匆匆撤退。

愤愤把灰都咳了出来。

"我觉得我好像吞了些灰,"他说,"对我肯定没好处。"

"看啊,"困困说,"那儿有电梯。"

那儿的确有架电梯。它摇摇晃晃,陈旧不堪,不幸长得跟笼子似的，但那肯定是电梯一类的玩意儿。它的地板是用木头做的，四壁挂着一排排丝绒。代替门的是一道金属隔栅，可以拉起来确保安全。

困困探头进去看了看。

"我一个按钮都没看见，"他说，"但是有根操纵杆。"

他走进了电梯，试探性地拉了一下操纵杆，但电梯纹丝不动。

"我觉得你首先得把门拉上。"丹说。

"先别动，"乐乐说，"在我们都进来之前什么都别做。"

丹，乐乐，愤愤和咕咕跟着困困进了电梯。

"都上来了？"困困说，"好的。启动！"

他拉动了操纵杆。传来一阵老旧机器的轰鸣声。电梯颤动着，慢慢地上升了。

塞缪尔，露西和警察们刚刚来到上一层楼，就听到从地下室传来一阵隆隆声。

"那是什么声音？"罗恩警长问。

"抱歉，"皮尔巡警说，"是我。我感觉不太好。"

"不，我说的不是那个，"罗恩警长说，尽管他小心翼翼地从皮尔巡警身边退开了几步，"那个！"

现在他们都听到了。那是一台电梯上升的声音。

"在那边。"塞缪尔说。

在他们的右边，是一条暗沉沉的带门的电梯井，旁边一个显示楼层的仪表盘上的数字亮了起来。

"有东西从地下室上来了。"露西说。

"肯定又是什么恶心的玩意儿，"皮尔巡警说，"这个店里只有恶心的东西，除了身边的同伴。"

楼层显示电梯已经到了一楼。.

"还有几秒钟就要到这儿了。"皮尔巡警说。

"勇敢点，小伙子。"罗恩警长说。

他紧紧地握住了板球拍。在逃离那些蜘蛛前，他很有预见性地抓了个武器。塞缪尔和露西也杀气腾腾地抓起了台球杆,他们也足够聪明地跟警长做了同样的准备。

皮尔巡警躲在他们身后。

"你带了什么家伙?"罗恩警长问。

"乒乓球拍,"皮尔巡警说,"我只找到了这个。"

"巡警,等这事儿彻底结束了我们要好好谈一谈。"

"是,长官。"

电梯进入了视线。第二层的灯亮了,电梯本身还暗着,但它停了下来,塞缪尔和其他人能够辨认出五个灰色的身影。

"食尸鬼!"露西低声说。

"幽灵!"皮尔巡警说。

电梯门开了。五个身影浮现出来,走进了一抹透过一扇窗户暗沉沉的玻璃投射进来的月光中。是皮尔巡警第一个反应过来。

"是丹和小矮人们,"他说,"看看他们!他们一身灰色,看着像幽灵一样苍白。他们死了,却还能站着。他们只保留了躯壳。哦!哦!"

他双膝跪地,脸埋在双手中,开始啜泣。

乐乐抬起一只手,张开了他的嘴。

"看,"罗恩警长说,"其中一个想说话呢。"

皮尔巡警透过手指尖盯着他们。是真的。他等着听这个虚空、唠叨的曾经是乐乐·小裤衩先生的僵尸说话。

乐乐没说话。他打了个喷嚏。这个喷嚏惊天动地以至于抖落了他身上大部分的灰,同时乐乐趁机跳到一边,免得再次沾到飘落而下的灰。

"没事儿,"他说,"不过是些死了的吸血鬼。"

皮尔巡警盯着他看了一会儿,然后又大哭起来,比之前哭得甚至更大声。

"哦不!"他哀号道,"他们活着。他们还活着……"

第 27 章　惹上麻烦的布莱恩

雌雄莫辨的多萝西。

玛丽亚和科学家们，在糖果厂里被显然完全由黑暗生成的可怕身影给困住了，他们考虑了各种方案，并且做出了明智的选择，那就是尽快离开。他们如今在希尔伯特教授的车里，抄近路穿过奥古斯特·德莱斯公园，朝着"乌里奇特＆儿子们"商店的方向驶去。希尔伯特教授在开车，斯蒂芬教授坐在乘客位上，而玛丽亚、布莱恩和多萝西则挤在后备厢里。布莱恩开始从他遇见黑暗女子的震惊中恢复过来了，尽管他的整个身体继续不自觉地颤抖，偶尔还会发出受惊吓的呜咽。

就算到了此时，多萝西还是戴着她的胡子。玛丽亚试图无视这点，但实在有点儿困难，因为那实在是好大一把胡子。

多萝西注意到玛丽亚在看她的胡子。

"那是胡子，没见过吗？"她用她新的低沉的嗓音说。

玛丽亚点点头。

"我想知道你为什么一直戴着它。"

"我喜欢。它很暖和。"

"好吧，"玛丽亚说。她想在自己和多萝西之间挪出一点点空间，但根本没有空间可挪，因为那布莱恩瘫软得像果冻似的。

"而且我也不想再被叫做多萝西了。"

希尔伯特教授正听着他们的谈话，从后视镜里向多萝西投去焦虑的一瞥。斯蒂芬教授从他的座位上转过身。他脸上的表情,好像一位建筑师被别人递了把玻璃锤过来似的。

"你什么意思,你不想被叫做多萝西?"他问,"那是你的名字啊,一个完美可爱的名字。"

"我想被叫做雷金纳德,"多萝西——呃,雷金纳德说,"在内心深处,我觉得我是雷金纳德。"

斯蒂芬教授皱了皱眉头。

"但为什么是雷金纳德?"他问,"现在没人取'雷金纳德'这名字的。感觉就像我宣布我想被叫成埃尔希,或是博阿迪西亚。"①

"我喜欢雷金纳德这个名字,"多萝西,或是雷金纳德说,"那是我妈妈的名字。"

甚至连布莱恩都因为迷惑不解停下来好久没摇晃,然后才又开始颤抖起来。

"好吧,"希尔伯特教授说,"我很高兴我们把这件事搞清楚了。"

任何与这件事有关的讨论都由于路上一个维京人的出现而被推后了。他戴着一个金属头盔,但浑身其他地方都是赤裸的。但更可怕的是那裸体不过是堆皮革似的皮肤和黄色的骨头。他的右手握着一把生锈的剑,左胳膊上悬着一块盾牌。

"要知道,你真的不是常常能看到这类东西的。"希尔伯特教授说。

尽管是个物理学家,他却有一个科学家通常都具备的对世界上任何新鲜、不寻常事物的浓厚兴趣,而一个光溜溜的维京僵尸在任何世界里都可算是不同寻常的了。跟这种绝对有意思的事情比起来,个人安危就放在第二位了。

"太神奇了!"斯蒂芬教授说,"开慢点,希尔伯特,让我们好好看

---

① 博阿迪西亚是不列颠爱西尼人部落的女王,她在公元 60 年或 61 年领导了一场抵抗罗马帝国的叛乱。战争期间,有三个殖民地被摧毁了,包括刚刚建立的城市伦底纽姆,或者说,伦敦。她最终在一场中西部的战斗中被打败了,但是到死也没有被抓住。罗马历史学家戴奥说她"拥有比女人们通常多得多的智慧"。留心哟,他是在她安然去世后这么说的,否则她会因为他说了关于女人的蠢话而砍下他的头,用鞋跟刺穿。

看他。"

希尔伯特教授把车降至龟速,并摇下了车窗。

"你好!"他跟维京人打招呼。

"你看上去好像有点迷路了。"斯蒂芬教授说。

维京人对他们怒目而视。黑暗在他的眼中翻滚奔腾。

"嘎啦啦,"他说,"呜噜。"

"啊,是的,当然了,"希尔伯特教授说,"你说得没错,说得没错。"

他看看斯蒂芬教授,耸耸肩。斯蒂芬教授转了转眼珠。

"你……从……哪……里……来?"希尔伯特教授问。他说得很慢,很响,就像只会说英语不会说外语的人,想要跟外国人交流时那样。

"哈噜噜噜。"维京人说。

"那是什么地方?"斯蒂芬教授说,"他能给我们在地图上指一下吗?"

"给我们在地图上指一下?"希尔伯特教授问维京人。

他在空中乱涂乱画一气,抱着一线微弱的希望,那维京人也许能借此进行沟通。但相反地,维京人仅仅挥舞着他的宝剑,喝道:"啦噜!"

"恐怕我们从他那里挖不出什么消息来,"希尔伯特教授说,"他的英语还有待提高。"

"太遗憾了,"斯蒂芬教授说,"你说这小伙子是不是应该带本词汇手册在身边,好让交流更顺畅一点。你知道的,像是'你好,我来自挪威。''请问白金汉宫在哪里?'这类话。如果你不会当地语言,去那边旅行几乎没什么价值嘛。当然啦,我说什么不重要。"

他朝维京人挥挥手。

"再见啦!"他说,"感谢来拜访本地。"

"呜噜。"维京人说。

"哈哈!"斯蒂芬教授说,"是啊,绝对的。"

他鼓了鼓腮帮子,希尔伯特教授准备开车离去了。

"实在不懂那小伙子说什么。"

他朝维京人最后挥了挥手,正好目睹了一个拖着一条残腿的撒克逊人从那维京人的背后,用一把斧子朝他头顶上反复砍去。

"难怪旅游者不常来这儿。"希尔伯特教授说。

"那里是战场。"玛丽亚说。

"什么?"

"我们离比德尔科姆的战场所在地很近。希拉里·莫尔德在那里设计建造了游客中心。那是五角星的一个端点。我打赌在那个老旧疯人院里也有超自然力活动,火葬场跟监狱那儿也是。这都让我更加确信,事发中心就在这儿。"

她在地图上按下手指,正对着"乌里奇特&儿子们"商店的所在地。

一小群圣诞精灵在他们驱车前行的道路上经过,迫使希尔伯特教授立刻刹了车。

"你不会也想跟它们交流一下吧?"玛丽亚说。

"别傻了,"斯蒂芬教授说,"它们是精灵。"

"的确如此。"玛丽亚说,"喊。"

小精灵们没注意到他们。它们正忙着飞也似的逃离什么东西。几秒钟之后,一个公园管理员出现了。他扛着一把沉重的耙子,但依旧健步如飞。在小精灵们刚刚逃到马路另一边时,他追到了近前,开始把它们揍得四分五裂。

"看到警示牌写的了吗,"他抓狂地尖叫,"'不许践踏草坪。'上面的字,哪几个字——邦的巨响!——你们——粉碎!——不认识——砰的坠落!?"

等消灭完了小精灵,公园管理员才抬头看见有五个人盯着他瞧。他朝他们掀了掀帽子算打招呼。

"晚上好。"他说。

"晚上好。"希尔伯特教授回答。

公园管理员用拇指示意了一下那堆曾经是小精灵的碎柴火片儿。

"小精灵,"他说,"它们刚刚把草坪给踩了。"
"我们看到啦。"
"还有花坛。"公园管理员补充。他的语调里暗含着这样的意思:可能有人会觉得因为侵犯了草坪就把小精灵当柴火烧有点儿反应过激,但没有精神正常的人会反对揍踩进了花坛的人。

他擦了擦汗津津的额头。
"我挺享受这差事的,"他说,"我想再去多逮一些这帮家伙。"
他一边走远,一边吹着听上去像是"嗨哟,嗨哟"的口哨声。
这令希尔伯特教授想到,如果哪儿都有公园管理员这样的人,比德尔科姆的市民们对这些夜间事件就能从容应对了。当他们碰巧遇上了比德尔科姆女子足球队甩手冷眼看着半打被痛击后用结实的绳子绑在树干上以防发生更多破坏的大个子圣诞树精灵时,这想法很快得到了证实。

希尔伯特教授停下了车。
"你们在干什么?"斯蒂芬教授问。
"看啊!"希尔伯特教授说,指了指西方。
那边的空中有一点微光闪烁。微光之下,玛丽亚能看见更多的树,再离远一些,还能看见最近的拉特福德村的教堂尖顶,但好像一阵迷雾突然降临在了大地上,使得景色晦暗模糊。更让玛丽亚不安的是,他们本来不该看得到拉特福德的。正是夜晚时分,但狂暴圣罗杰的教堂却清晰可见,尽管它周遭有一层银灰色,像一张老旧的照相底片。

希尔伯特教授从车里走出来,朝着微光的地点走去。其他几个人跟着,甚至布莱恩也跟了上来,尽管他不是因为好奇,而是害怕被一个人留下。当他们走近了,看到地面在奥古斯特·德莱斯公园附近的围栏边上到了头。在这边界之外,坚实的地面比记忆中小了许多,而且跟他们这边的草坪面积也不成比例。更糟的是,其他地面成了透明状,在地面之下,玛丽亚能看到点缀着奇怪、孤单的星星的可怖黑暗。在她看来,比德尔科姆某种程度上是在多元宇宙中漂浮,但依然维持了曾经是地球这颗行星的部分相关记忆。边界线就是微光,像是骄阳夏日里从地面蒸腾而起的海市蜃楼，只不过这个海市蜃楼不带热气儿。

雷金纳德/多萝西走过去想触碰它，是希尔伯特教授突然抓住了他/她的手腕阻止了他/她这样做。①

"我不能让你去碰它。"他说。

雷金纳德抽回她的手。希尔伯特教授的手指在触碰到她之后一阵刺痛。肯定是边界的力量吧，他想。

"我们怎么会看到了拉特福德？"玛丽亚问，"我们应该是看不到的。现在是夜里，而且无论如何，拉特福德离比德尔科姆远着呢。即

---

① 看吧，这样做很容易搞糊涂。除非有些人另有想法，让我们还是把多萝西叫成"雷金纳德"吧，但继续使用阴性的人称代词。这样一来，她被叫成"雷金纳德"，但我们依然能够用"她"指称她，如果你能明白我的意思的话。

在一本书里，人物未经计划发生滑稽转变，是很棘手的。他们真的应该按照作者吩咐他们的去做，但这又带我们陷入了自由意志这一痛苦恼人的问题。如果我知道这本书的结尾会发生什么事——此时此刻，我并不知道——那么像雷金纳德/多萝西这类人物就必须按照我吩咐他们的去做，因为那是剧情发展所需要的。

但当下我并不确切知道将会发生什么事，我是一边发现剧情一边写的。这把我搞得有点像神一样，因为我创造了这些人物，但又不是那种预先知道一切的神。事实上，如果我是那种神，而像雷金纳德/多萝西这类人物又是真实的，是否意味着我知道接下来会发生什么等于剥夺了他们自身的自由意志？

一些哲学家争辩说，如果有个神，他知道未来将会发生的一切，那自由意志就不是真实存在的。对这一茬我不太确定，因为如果真是如此，那我们都像是一本知道结局的作者写的书中的人物。也许更靠近真相的说法是，如果有个神，他只是碰巧知道我们故事的结局，而我们所做的每一项选择都是向着那个特定结局的不断趋近。

所以说，我们真的能预言人们将会做什么？也许在这一层面上我们可以：我们都是生物机器，我们每个人都是由——记得吗？——原子组成的，而那些原子是由——对，说对了——夸克和胶子组成的。如果我们能预言每一种这些颗粒在设定情况下是怎么运动的，那我们就能预言由许多这些颗粒组成的一个完整的人会怎么行动，对吧？

理论上，这是对的。但实践中，就要困难一点了。我们喜欢认为自己不仅仅是一群原子的集合体。我们用术语"我"来描述我们自己。我们有意识。（哲学家们把这种精神状态的体验——看见颜色，闻到食物的味道，感觉到疼痛——称为"感知"。）但假使意识只是一种幻觉，是所有那些我们脑中的夸克和胶子运动的另一个产品，又会怎么样呢？"我"甚至可能并不存在，而一旦我对此产生怀疑，那你又该怎么办？你可能也是不存在的。可能只是我的脑子创造了你而已。从这种意义上说，你的真实性跟雷金纳德/多萝西是一样的，而我能对你为所欲为。

对，我希望你们所有人集合起来给我买条游艇。你们可以把它送去给我的出版人。谢啦。毕竟，一条想象中的游艇也比没游艇要好。

使白天我们也看不见教堂尖顶的。"

"你能看见一个拉特福德，"希尔伯特教授说，"这是无数拉特福德中的一个，或者也可能是，所有潜在的拉特福德都绑在一起，直到决定了哪一个应该进入存在。"

"我们被从现实世界割裂了，"斯蒂芬教授说，"我相信发生了一次空间维度变化，而我们是多元宇宙被扯掉的那一小部分。"

"但边界的另一边有什么东西呢？"布莱恩说。

"可能是某个版本的拉特福德，一旦你发现了它，就把它带入了存在中，但另一边也可能一无所有，"希尔伯特教授说，"再说，你也许应该把你的手指深入到另一个空间维度中去，谁晓得那边会有什么东西？也可能你的手指停留在了两个维度之间，这样情况大概也很糟。那感觉像是在宇宙中戴着没有手指的手套，这么做会很不明智哪。"①

"难道是我们做了什么事？"布莱恩问，"我是说，那些不顶用的粒子加速器和现实的本质：它们会导致这种情况发生？"

希尔伯特教授在观察他右脚边发现的什么有趣的东西。斯蒂芬教授吹着口哨，盯着深不可测的宇宙。

最终希尔伯特教授说道，"现在不是为了可能或不可能发生的事情责备人们的好时机，布莱恩。"

"那什么时候是好时机？希尔伯特教授？"布莱恩问。

---

① 最幽深黑暗的宇宙是很冷的，冷到所有的微粒停止运动。这被称为"绝对零度"，测量下来是 −273 摄氏度，尽管宇宙中的气温可能更接近 −270 摄氏度，因为周遭的微波辐射具有产生摄氏度的热量。

所以说，如果你不穿宇航服，能在宇宙中生存多久？首先，你会无法控制呼吸，因为会有空气进入你的肺部，扩张并让不该爆裂的东西爆裂，因而你会痛苦但迅速地死去。如果你已不能控制呼吸，大概还能活上十五秒。一开始你不会像在地球上寒冷的地方那样被冻伤，因为宇宙里没有空气，而冻伤是热量被空气加速带走的结果。但你的皮肤会由于紫外线辐射开始燃烧，你的皮肤组织会起泡膨胀。

总的说来，在真正的永久性伤害发生之前，你会有三十秒时间结结实实地罪受，再过上一两分钟，你就能死了。1965 年，在美国国家航空航天局的载人飞船中心里，有一件宇航服在真空舱里发生了泄漏。涉事的那位先生，被救了出来，并且恢复了健康，在事故中他保持了十四秒的意识。他对事故最后的记忆是，他舌头上的唾液沸腾了。我觉得你们可以自行脑补想象一下。

"当我不在这里的时候，"希尔伯特教授说，"但在我死了、再也不会卷入任何麻烦之后就更好了。我建议你也好好想想自己在所有这些事件中的作用，小布莱恩。你是我们团队重要的一分子，也就是说，你也是需要被责怪的。"

"但我只是泡泡茶而已！"布莱恩说。

"是的，但泡的可是好茶，"希尔伯特教授说，"如果泡的是劣质茶，那我们可能就不会如此高产，所有这些就不会发生了，或者说，就算发生，进展也要缓慢得多。"

"别忘了还有饼干。"斯蒂芬教授插嘴说。

"哦对，还有饼干，"希尔伯特教授说，"别让我提到那些饼干。我所有想说的就是，这事儿跟你是切身相关的，布莱恩，记住我的话。如果世界因为我们的实验玩完的话，你会有大麻烦的。他们会向你扔书，如果还有人有时间扔书或其他什么东西的话，但可能连人都没有了。你要晓得，我现在想想这件事，对我们来说总归挺好。如果世界没有毁灭，我们既自由又清白，如果世界毁灭了，那世上也不会留下什么人来为此事责备我们的了。"

希尔伯特教授开心地笑了。

"好了，很高兴事情解决了。再说，全面考虑，如果我们能阻止世界末日的话，就太好了。就以此为目标啦，我们走。"

他指示他们回到车里。布莱恩纹丝不动。他原地站着，一脸困惑。

"我不过是泡泡茶啊。"他说。

斯蒂芬教授把他推进了车。

"没关系，"他说，"看看好的一面。"

"还有好的一面？"

"不算有吧。"

"噢。"

"但如果你碰上了好的一面，会告诉我们的，对吧？"

此时在他们正上方的高空，星星一颗一颗地被吞噬着。

第 28 章　克鲁福德

克鲁福德堪称房间里最聪明的凝胶团。

恶魔之王，还有地狱看守，已经花了很长时间盯着曾经是巴力的一堆碎片，巴力曾是恶魔之王最恐怖的同盟，是它的副指挥官，是它的左膀右臂，并帮它们摆平闹出的麻烦。

允许巴力利用由大型强子对撞机的试验造成的时空缝隙穿越到地球，原本好像是个不错的主意。巴力就是个绝对恐怖的生物，但它也绝对效忠恶魔之王，而地狱里并没有那么多可以完全信任的生物哪。这就是完全基于邪恶、毁灭和暴怒来干事儿常有的一个毛病。惹来的也绝没好事儿。

不幸的是，人侵地球的计划成功的前提，要求巴力幻化人形，而巴力选择附身的那个特定人物形象是属于阿伯纳西夫人的。但结果证明，(a) 阿伯纳西夫人自身有很鲜明的人格，(b) 她在被恶魔附身之前甚至更加吓人。所以，巴力和阿伯纳西夫人的人格在同一具身体里混合后，基本还是阿伯纳西夫人取胜。于是乎，就留给恶魔之王一个喜欢穿女人衣服、以女性形象出现的恶魔副官。巴力甚至都不情愿再被叫做巴力了。要么叫"阿伯纳西夫人"，要么干脆别叫。这并不算太严重的问题，但挺不寻常的。

恶魔之王很想念巴力——哦抱歉，阿伯纳西夫人。它们之间的情分，不是曾经一起玩过跳棋、绕口令或共同泡吧、带野餐悠长漫步那么简单。不是那样的，简单说来，没有她，整个占领平行宇宙的工作就艰巨得多，而恶魔之王，除了伟大邪恶之外，也挺懒的。它是这样想的：如果你能找到其他人来啃硬骨头，那干吗要自己来做呢？

但如今阿伯纳西夫人留下的只有罐子里成千上万的身体碎片，这些碎片一点用处都没有。很多时候，对地狱里的各类居民来说，你能把它们拆成各种小块，而每个小块还会继续尽力发挥邪恶力量。手指会在地板上匍匐前进，试图去戳离得最近的眼睛；下颌骨会继续四处乱咬；肠子会像蛇一样蠕动，并把自己缠在离得最近的脖子上。的确，在地狱里，要把东西扯成碎片的时候，场面从来都不会平淡无奇呢。

"为什么她的反应不够强烈啊？"恶魔之王问，"为什么这间房间没有因为她的邪恶之力而震颤呢？"

如果克鲁福德能够耸肩的话，那他肯定就这么做了。取而代之的是他提起自己的帽子，困惑地抓了抓脑袋。不过，他抓得稍微太重了点，因而他的手指陷入了脑袋，出现在他眼球后部的某个位置上。他把手指拉出来，想着该把它们擦擦干净，但又觉得，呃，有什么必要呢？他慢慢地挨个检查着每个罐子，把其中的东西记录在他放在帽子里保存的一本小册子上。当他记完之后，继续琢磨起他的小本子来。他写写画画，把内容一项项划掉，不时咬着铅笔头。旁观者们试图越过他的肩膀瞥一眼他都写了点什么，但克鲁福德把小本子盖起来不让人看，就像个担心功课被同桌抄去的小男孩似的。

最终，过了一个小时，在差不多用完了两支铅笔之后，克鲁福德搞定了。

"我想我找到答案啦。"他说。

"我们等着听呢。"恶魔之王说，带着无言的警告：答案可得靠谱点。

克鲁福德把小本子摊到恶魔之王面前。

本子上的内容包括：

恶魔之王看了看这幅图。随后面向地狱看守。地狱看守耸了耸肩，因为跟克鲁福德不同，他有肩可耸啊。恶魔之王，由于没有其他需要环视的地方了，看着克鲁福德，想着有多少种方法可以把这团凝胶扯成更多小碎片。

"这是，"恶魔之王说，"一张女士的肖像。甚至不算画得很好啊。"

怎么人人都这么挑剔，克鲁福德想。

"这不仅是位女士，"克鲁福德说，"而是阿伯纳西夫人。但是，看这儿——"

克鲁福德指着心形图案旁边的问号。

"心脏不见了。"

恶魔之王思量起这茬来。

"巴力可没有心脏，"它说，"地狱里没一个生物是有心脏的。没必要啊。"

"但事实上，巴力不再仅仅是巴力了，"克鲁福德说，"巴力是阿伯纳西夫人，阿伯纳西夫人就是巴力，而阿伯纳西夫人是有心脏的，因为阿伯纳西夫人是，或者说，曾经是，人类。这些罐子里装了人类身体的所有器官，但却没心脏。心脏不见了。就是这样。"

"但心脏为了什么而跳动呢？"恶魔之王问，"又没有血液。因为巴力附上身的时候，阿伯纳西夫人就死了呀。"

"我只是猜想，"克鲁福德说，"但我得说，心脏为了纯粹的邪恶而跳动。我们要找的是一个巨大的、乌黑的、满是污秽的腐烂心形物质。"

"那玩意儿在哪？"恶魔之王问。

"这，"克鲁福德说，"是个好问题。"

克鲁福德一边思考，一边在绝望山的山峰间溜达。说溜达似乎不太准确，严格说来是：到处粘来粘去，或者说到处拖出斑斑黏液比较恰当，但如果克鲁福德说他打算出去在山头上四处粘点黏液，那可能会被勒令换个地方为妙，或者得有个人拿着水桶和拖把跟着他。

他在多元宇宙中寻找阿伯纳西夫人不是完全漫无目的的。他能把搜索范围缩小到特定的宇宙里，或者说这些宇宙的特定角落里，要么是因为他能嗅到阿伯纳西夫人的气息，要么是他敏锐无比的视觉能从黑暗中识别出那些蓝色的原子。如今只剩下两个地方他还没有搜索过：暗影之国，以及地球。

他还没进入暗影之国是因为这么做的话他的末日就到了：暗影并不效忠恶魔之王，如果能够的话，还想把地狱本身给灭掉。他没去地球仅仅是因为他没在那里侦查到阿伯纳西夫人的迹象，但现在他开始觉得可能是自己搞错了。他没在那里查找出她的迹象并不表示她不在那儿，他截获她的心脏泄露出的节律也只是最近的事。阿伯纳西夫人又狡猾又邪恶。他意识到，她黑暗的心脏，肯定充满了仇恨。在这多元宇宙中她最恨的是什么，或说得更确切点，最恨谁？

塞缪尔·约翰逊。

克鲁福德打了个响指。一滴黏液因为这个动作弹飞了出去，落在了黑暗中的某个东西上。

"喂！"那东西嚷起来。

"抱歉。"克鲁福德说。

果真如此吗？只有一个办法能去证实这点。

第 29 章　好心的罗恩警长

对巡警皮尔的安慰，怎样都不嫌多。

人们有时会问这么个问题：为什么好人会摊上坏事儿。这似乎完全不公平，那些试图让世界变得更好更善的人，那些从来不对小狗或受惊的小猫瞪眼或在别人睡着时用火点着他们鞋子的人，却突然发觉自己遭受了一系列不幸，包括并且不限于如下几项：感到困窘，用完了所有的钱，头上被重物砸到或是在黑暗中不慎跌倒坠崖。

同样的，有人可能会问，为什么坏人没摊上坏事。这也是巡警皮尔在那一时刻扪心自问的。在所有这些奇怪事件面前，小矮人们莫名其妙地从一间满是食肉眼球、秃顶吸血鬼、一只至少膀胱有问题的怪兽的地下室中幸存。如果是皮尔巡警被困在那个地下室里，他肯定几秒钟之内就成了某个东西的口中之食，但乐乐、愤愤、困困和咕咕却轻轻松松地安全从那里撤离，就像是那儿不比一块雏菊地有更多危险似的。

"我们好像打击到他了。"愤愤说，看着皮尔巡警为了自己眼下的处境继续淌眼抹泪诅咒神灵。

"他是个很多愁善感的警察，"乐乐说，"我觉得他是因为我们没出事而松了一口气。"

"他正在不断咒骂某些松了一口气的人，"愤愤说，"他好像也在不断愤怒地晃着拳头。"

"他不过是突然放松下来了而已嘛，"乐乐说，"当你发觉一些你很在意的人陷入了危险,这是一种情绪起伏很大的经验啊。想象一下,他得知我们四个——还有丹——差点被杀了的时候,那感觉该是有多糟。"

巡警皮尔的哭号越发嘹亮了。

"我意思是,想想看:只要再背运一点点,我们可能就不会在这儿了。"

巡警皮尔开始拿自己的头往地板上撞。

"皮尔巡警,"乐乐庄严地总结道,"可能就再也见不到我们了。"

乐乐为了这差点要发生的悲剧流下一小滴眼泪。它掉在了皮尔巡警的脖子上。当它顺着他的背往下流时,皮尔巡警抓起了自己的警棍,要不是罗恩警长插手干预,把丹和小矮人们拉开,皮尔巡警可能就会干出眼球和吸血鬼以及怪物没干成的事儿了。

"给他一点点空间,小伙子们,"他说,"可怜的老巡警皮尔有点崩溃了。"

他在正深呼吸以便让自己镇静下来的搭档身边跪下。

"你能调整一下吗?"罗恩警长问。

"长官,这不对头,"巡警皮尔说,"那时都到地狱了,没能摆脱他们。好像每次我们快跟他们永别时,就会发生一些可怕的事情,然后他们就幸存下来了。"

"我知道,孩子,我知道,但我们不能让你用你的警棍把他们打死啊。我们还得找个地方隐藏尸体,而当下我们正陷在一个满是各种恶心玩意儿的玩具店里,所以我们没时间把小矮人们的尸体装进壁橱里或是埋到地板下呀。"

他递给皮尔巡警一块手帕。皮尔巡警大声擤着鼻子,把手帕搞得湿哒哒的,还准备把它还给警长。

"不用了,你拿着吧。"罗恩警长说。

"你真是太好了,长官。"

"其实没那么好。"罗恩警长说。

皮尔巡警把手帕折好,装进口袋里,站了起来。

"等所有这些事情结束……"皮尔巡警说。

"怎么?"

"如果我们能幸存……"

"这可能性存疑哦。"

"我是说如果……"

"怎么?"

"我能杀了他们吗?"

罗恩警长把皮尔巡警的帽子递还给他。

"我们看情况,巡警,看情况……"

在地球上方的高空中,离月球咫尺之遥的地方,时空结构上出现了一个小洞,克鲁福德从中挤了进来。他盯着下方小小的蓝色行星。作为一颗行星来说,它没有什么值得详细记述的。它没有壮丽的光环。它不是由钻石组成的。它跟龙次元的"地狱犬四号"行星不一样,它没长下巴和牙,不会在星系间游荡并嚼碎那些小一点的世界。它只是以一种漂亮的蓝色、湿润的方式存在着。

克鲁福德飘浮着靠近地球。他在英格兰上空盘旋。他缩小了自己的聚焦范围,集中在了比德尔科姆及其周边地带。他看见它在那儿,又不在那儿,仿佛是看见了一座梦中小镇。黑色的烟雾绕着它盘旋,一列一列像是龙卷风。

哦不,不是烟雾:是影子。

但也不是影子,是暗影。

"哎,恶魔之王可不会喜欢这样,"克鲁福德说,"事情绝对不能搞成那样。"

第 30 章　喜马拉雅雪人

救兵来了，戴着一顶很迷人的帽子。

当玛丽亚和科学家们靠近"乌里奇特&儿子们"商店时，比德尔科姆镇中心的街道大部分已经荒芜了。比德尔科姆大部分的居民要么在家里或公司里设了防护躲避起来，要么正在其他地方跟精灵和驯鹿交战。有一小群人在市政厅里避难，在那里黑暗被"星辰男孩"的歌声遏制了，结果就连恶魔精灵跟驯鹿对那无休无止的"爱情就像……"的变奏忍耐力都很有限。其中一些被"星辰男孩"的歌声折磨得受不了的人，试图出去单挑黑暗之力碰碰运气，以便能清静一会儿，但在耳塞和市长酒柜里存货的帮助下，他们的理智战胜了冲动。

希尔伯特教授把车停在了塔普尼先生的冰淇淋店外面，那儿误入了四个喜马拉雅雪人，正大吃特吃商店里的存货。塔普尼先生的冰淇淋以冰多奶油少而闻名。据说他家的"惊讶柠檬冰"唯一的惊讶之处就在于，哪怕最终融化殆尽，其中的柠檬含量都不及一堆煤炭里的柠檬多。有人发誓说他们在五月份吃了塔普尼先生的"特制圣代"，直到九月份仍然有一只冰球在小肠里令人痛苦地缓慢蠕动。塔普尼先生还能有生意，全靠了旅行者和疯子。那些喜马拉雅雪人已经吃了超多的"草莓扭扭冰"，这让它们感觉难受极了，现在的它们除了挥舞着逐渐虚弱的爪子，一副"杀了我，祛除那些冰镇透骨的痛吧"的表情之外，什么有危险性的事情都做不了了。

是斯蒂芬教授发觉了两个身影，他们正行走在破碎的玻璃和毁坏了的圣诞装饰上。

"对小精灵来说,他们是不是太高了点?"他说,"弄出这般高大的身躯似乎有违精灵之道啊。"

"他们才不是小精灵,"玛丽亚说,"他们是恶魔!请快打开车门吧。我想出去。"

希尔伯特教授照办了,虽然跟踪两只巨型的恶魔精灵好像不够明智。那些小身材的就已经够惹麻烦的了。

玛丽亚从雷金纳德身上挪过去,打开了车门,爬了出去。

"纳德!沃尔姆伍德!是我!"

纳德和沃尔姆伍德跟玛丽亚一样高兴看到对方。他们相互拥抱,很快又有斯蒂芬教授和希尔伯特教授加入进来,而布莱恩和雷金纳德跟他们小心翼翼地保持了一段距离。

"当人们说'恶魔'的时候,通常意味着情况比较糟糕啊。"希尔伯特教授对玛丽亚说。

玛丽亚试图解释。

"看吧,又不是所有的恶魔都很邪恶。"她说。

"我曾经有段时间想要邪恶一点,"纳德说,"可好像不太擅长此道。"

"他有点没用。"沃尔姆伍德补充,不忘黑一下自己的朋友。

"我不是没用,我只是……"

纳德努力找寻着恰当的词。

"堕落?"沃尔姆伍德在一旁建议,"不经打?蠢笨?"

纳德勉强能接受的词是"与众不同"。

"与众不同地没用。"沃尔姆伍德咕哝。

科学家们怀着好奇打量起纳德和沃尔姆伍德。斯蒂芬教授用一支钢笔戳戳沃尔姆伍德,收回来时笔尖上粘了一些难闻的东西。当斯蒂芬教授凑近了观察,他的钢笔开始溶解了。

"如果你不够小心的话就会发生这种事,"纳德说,"没戴手套最好别碰他,就算是戴着手套最好也别碰,如果手套你还想戴第二次的话。"

"最好解释一下你们是怎么来这儿的,"玛丽亚说,"在发生了所有这些事情之后,我觉得他们知不知道关于你们的真相已经没什么要紧了。"

纳德就原原本本说了一遍。他提及自己在荒凉之地的流放,他从地狱来到地球的过程,他是怎样仅仅用一辆借/偷来的车成功阻止了地狱势力对比德尔科姆的入侵。然后他解释了塞缪尔和两个警察以及几个小矮人和卖冰淇淋的人①,怎样掉到了地狱里,还有他们所有人用什么办法一起回到了地球②。

等他说完,科学家们有一大堆问题想问。他们想知道关于其他维度的事情,还有虫洞的反面是什么样子,以及地狱里的气候怎样。纳德努力想回答,但貌似每个问题都会生发出十个更多的问题。最后只能由玛丽亚来叫停了。

"我们现在没时间来聊这个了,"她说,"我们必须找到塞缪尔。如果出现了恶魔,并且现实世界出了问题,他肯定会莫名其妙被卷进去的。而且,如果我是对的,他现在大概被陷在那里的某个地方了。"

他们全都看向"乌里奇特&儿子们"商店。在商店四周围裹着一层能量,但是它跟将比德尔科姆同这个国家其余部分隔开的那股能量不一样。玛丽亚朝它扔了块石头,石头硬生生被弹开,但是在触碰到那股能量后变得发烫了。

"你知道发生了什么事儿吗?"她问纳德。

"星星正在消失,"他说,"正有一股黑暗迫近,你没感觉到?好像影子正在变得更阴沉了。"

"不仅仅是更阴沉的问题,"布莱恩说,"它们正在变成活体。我就知道会这样。我还被其中一个追捕过。"

"那是谁?为什么他抖得筛糠似的?"纳德问。

---

① 虽然很不幸那个卖冰淇淋的人不是塔普尼先生。
② 他只用一段话就讲完了所有的故事。我却用了两本书。我是入错行了吧。

"他名叫布莱恩，"玛丽亚说，"他是煮茶的。所以根据希尔伯特教授的说法，这都是喝茶喝的。"

"你好，布莱恩，"纳德说，"也许你应该别再煮茶了。可能你也不该再喝茶了。这样说不定你就抖得不那么厉害了。"

他的注意力又转回到玛丽亚身上。

"我们说到哪儿了？"

"那些黑暗，还有暗影。是恶魔之王捣的鬼吗？"

"不，我觉得不是它。不大像是它的作风。感觉还要更黑暗一点。"

"不管它是什么东西生出来的，反正它就在这个店里，"玛丽亚说，""乌里奇特 & 儿子们"商店是建筑师希拉里·莫尔德设计的某种超自然力发动机的核心。"

"这也是个圈套，"纳德说，"它把塞缪尔引了去，我知道丹和小矮人们也在那里找到了工作。本来沃尔姆伍德和我也要进去的，但是塞缪尔叫我们不要去。他觉得对我们来说不安全。"

"所以说，要找的人是塞缪尔，丹以及小矮人们，"玛丽亚说，"还有你和沃尔姆伍德，如果罗恩警长和皮尔巡警也在那里的话，我一点也不惊讶。任何人都能作此联想。"

"还有阿伯纳西夫人，"纳德说，"但我看到她被撕成碎片了。我感觉得到。我们都感觉得到。可她现在仅仅是一堆充斥在多元宇宙中的原子啊。而且就算此事有她的份，她也没有这种力量。她没法让宇宙陷入黑暗。"

这时，在纳德膝盖处的某个位置上，有个黏黏的东西出现了。

"晚上好，各位，"一个小小的凝胶状的生物说道，举起他的帽子打招呼，"我叫克鲁福德，先生，我觉得我能解答你们的疑问。"

"另外提一句，是只有我，还是每个人都能听见有种像是一颗巨型心脏跳动的声音？"

克鲁福德没有直接降落在地球上。在他瞥见比德尔科姆上方的暗影时，他的第一反应是凑更近了观察一下它们。他看到的景象确认了他最恐惧的事情：在黑暗中有些面庞，这些面庞以前从来没被人看过，因为这些暗影来自一个彻底黑暗的王国。暗影都是瞎眼的——当什么都看不见，要眼睛有什么用呢？——但是跟许多其他住在没有光线之处的生物一样，它们的听觉非常，非常敏锐。几乎从多元宇宙存在之日起，它们就在倾听它的声音了。它们相信自己才是多元宇宙的真正的拥有者，因为在多元宇宙生成之前，只有一片虚无，而它们是能够发现的最接近虚无的东西。它们憎恶光亮，以及居住在光亮下的一切。它们甚至憎恶恶魔之王以及住在地狱里的所有恶魔，因为地狱里也有光，就算这光是来自红色的火焰。使得多元宇宙免受暗影吞噬的唯一理由，是暗影的势力范围被封闭了，与其他世界全然隔离：它们是自己王国中的囚徒，因为多元宇宙有保护自身的方式。①

恶魔之王曾经想要招募暗影作为它的同盟，但是它派去暗影王国的信使没一个回来过。它们被黑暗吸收了，它们的眼睛渐渐失去了视力，最终它们本身也变成了暗影。恶魔之王终于明白了暗影是不会受

---

① 所以说，多元宇宙到底有多大？根据量子理论，粒子能自由来去于存在之中，有科学家认为，我们的宇宙就是从粒子的这种"来去"中生成的。所以说，如果粒子的"来去"能生成一个宇宙，为什么就不能生成很多个宇宙呢？这就要求必须有额外的维度，此时，非常复杂的弦理论就开始起作用了。弦理论提出，我们的宇宙是由非常，非常细小的振动弦组成的，当弦以不同的方式振动时，就产生了不同的粒子。想想吉他不同的弦奏出了不同的音符，于是乎宇宙就可以被想象成由一支看不见的管弦乐队奏出的宏大的粒子交响曲。拨动一根弦，你得到了一个质子；拨动另一根弦，你得到了一个电子。

理解弦理论的难点之一在于，它在我们的四维世界（包含上/下，左/右和前/后的三维空间，而第四维是时间）中不起作用。弦理论要在十一维世界中生效，十维的空间——被埋藏于我们存在的三维空间内——以及一维的时间。大型强子对撞机的任务之一，就是发现能证明这些额外维度存在的证据：如果在对撞机的质子碰撞中，一些被打碎的粒子被发现在真空中不见了，那就表示有可能它们消失去了其他的维度。

再说，回到我们最开始的多元宇宙中到底有多少宇宙的问题上来，有些弦理论学者认为那个数字是 10^{500}，或是弦理论提供的任何一种可能的物理模型给出的数字。（看吧，我跟你们说了很复杂的。它实在太复杂了，以至于弦理论的最新版本，十一维的那个，被称为 M-理论，连提出它的爱德华·惠滕都不能确定 M 到底代表了什么。）提醒你一下，有些科学家说，多元宇宙中的宇宙数量可能远远不止 10^{500}，而唯一能把这个数字降到 10^{500} 的办法，是在凯勒、里奇平坦流形（或卡拉比猜想）的（粗糙的）参模空间上随便搅和一下，随后施以额外超对称性条件，显然，这都是骗人的。我的意思，每个人都懂的。

驱使的，而且也最好别让它们污染多元宇宙，或是干涉地狱想要对其进行统治的努力。

但是，随后多元宇宙的平衡被人类的活动打破了。人类的好奇无穷无尽，而好奇心引领他们去进行各种冒险。他们制造了大型强子对撞机，试图重塑他们宇宙的开端，在此过程中，他们已经打开了联通地球和地狱的一道门，差点给自己的世界带来毁灭。他们也着手调查起了现实的本质，而现实是件很微妙的事情。只有现实和非现实之间泾渭分明的时候，非现实才是有意义的。如果你打开了连接两者的那道门，随后各种混乱就会大行其道。就是这个原因，造成了小矮人们最终被眼球追着跑，长满触角的生物被关在了壁橱里，以及出现喜欢蜘蛛、浑身裹着蛛网、从墙上掉下来骚扰人的小女孩们。

但是在人们的鼻尖还没有戳到暗物质之前，所有这些现实中的混乱还不会反过头来伤害人类。是啊，当他们下定论认为，从光学望远镜里看到的只是宇宙百分之四的物质、另外百分之九十六是由其他什么东西组成的时，事情就说通了。他们把那另外百分之九十六的东西称为"暗物质"和"暗能量"。暗物质是宇宙的隐秘构架，赋予宇宙和星系以结构，而暗能量是不断改变宇宙的力量，迫使星系之间相互越离越远。人类认为宇宙大概有百分之七十的暗能量和百分之二十五到二十六的暗物质。嗨哟，问题解决！在我们下午早早打卡上班前，谁想来杯茶来块饼干？

但那是不对的。他们应该对一个重要的词汇加倍留意：黑暗。黑暗是事物隐藏之所。黑暗是不讨人喜欢的、不想被看见的生物等待时机成熟的地方。

黑暗是暗影们被囚禁的地方。

通过参与暗物质探测实验——包括诸如"多元黑暗"、"暗物质时间投射室"、"冷冻暗物质研究"这类项目——人类使暗影意识到了他们的存在。尽管被隔离在自己的疆域中，它们已经能够听到人类的响动：声音，音乐，火箭，战争，暗影们都历历在耳。当探测实验开始，就等同于有人在监狱墙外用鹤嘴锄轻敲——哒-哒-哒——只可惜敲的人不知道里面有东西被囚禁着，那些东西非常渴望能逃出来，掐灭多元宇宙中的每一缕光。

斯蒂芬教授是对的：大型强子对撞机把维度之间的墙磨薄了，而探测实验就像鹤嘴锄猛地把墙戳破了。墙上被打开了一个洞，如今暗影们正准备倾泻而入。恶魔之王或许想毁灭人类并一把火烧了各个世界。它可能渴望痛苦和毁灭。但它还是希望让多元宇宙继续存在的。它想把宇宙变成地狱的附属机构，而要这么做的前提是多元宇宙得幸存下来。

暗影想要的则仅仅是虚无。它们对人类的威胁和对恶魔之王的威胁是一样大的。这是为什么克鲁福德在快速回地狱禀报了一下之后，又来到地球的原因。现在他相信自己知道为什么暗影们会来比德尔科姆了。阿伯纳西夫人的心脏藏在地球上，而她的黑暗在暗影王国中发出了一声回响。她召唤出了暗影，并组成了一支同盟军。她要把地球，然后是多元宇宙，交给暗影们。

而作为回报，他们会把塞缪尔·约翰逊给她。

第31章　礼貌怪出现了

小丑们的搞笑能力不咋样。

"乌里奇特&儿子们"商店里的情况变得越来越糟，再出现什么更糟糕的事情也不会太让人惊讶了。好像塞缪尔和其他人越是靠近商店顶楼，现实世界的性质就越是扭曲。实际上，从塞缪尔的角度看，现实世界已经放弃了比德尔科姆，去了其他某个稍微脚踏实地一点的地方安顿了。

首先要说到的奇异状况，要数小丑了。每个被困的人都开始意识到"乌里奇特&儿子们"商店是照着这样一个宗旨设计的：制造一系列的威胁，逐渐把人类逼到顶楼去。尽管人类充分利用了能够找到的每一样武器还是无法停下被逼迫上楼的脚步——球拍、球、弓箭、泡沫喷枪——仿佛这家商店里满是火箭发射器或是重型火炮。大概就像塞缪尔发现的那样，每一层楼上的危险不过是为了迫使他们继续往上走，而不是杀了他们，但是丹和小矮人们很确信，如果诺斯费拉提得以把毒牙陷入他们的身体，他们当时很快就得进某个天堂唱诗班了，假设天堂同意让他们进去的话。

他们看到最上面一层楼被布置成马戏团的主题。在一个角落里有一架摩天轮，大得足以让小一点的孩子乘坐了，而马戏团帐篷的外立面是木质的。有招牌写着"投环游戏"，以及有点吓人的"幽灵火车"。在这些东西正上方，盘旋着一个戴大礼帽的马戏演出指挥，他黑色的小胡子快卷到眉毛上了，他笑着咧开的大嘴巴足够吞下一个人了。

这个马戏演出指挥是希拉里·莫尔德。

在他身下，站着三个傀儡，穿得像小丑似的。其中一个谢了顶，完全是个小白脸打扮。他穿着一套黄色宽格子西装，一顶红色的小帽子立在他头顶上。塞缪尔想知道帽子是怎样固定在那儿的：胶水，也许吧，或者有根很细的橡皮筋。直到他又走得靠近那个小丑一点，才看到那顶帽子是用钉子钉进它的天灵盖去的。

第二个小丑戴着一顶巨大的粉色假发，看着就像是从一次棉花糖机爆炸里劫后余生似的。只有他的眼部和嘴唇周围被涂了白色：他脸上其余部分都是一种病态的黄色。他穿着一件绿色的长燕尾服以及一条带粉色波点的紫色裤子，外套的纽孔里别着一朵巨大的塑料花。

第三个小丑是个女性。她穿着白色连体工装裤，上面装饰着大大的红色毛绒纽扣，她的假发是黑色的。同样的，她的嘴唇和眼部涂了白色，而她脸上其余部分的颜色非常苍白。奇怪的是，她没有被画成微笑的表情，而是被画成了悲伤蹙眉的样子。她的指甲又长又尖，涂了一种深而暗的红色，弄得好像刚刚撕扯过生肉似的。

塞缪尔以前从来没见过女性小丑，① 当然啦，他这辈子也只去过一次马戏团。塞缪尔对马戏团或小丑并不是很在意。他并不害怕小丑；他只是觉得他们并不搞笑。②

---

① 在扮演小丑的历史上，直到 1858 年为止都没出现过女性小丑的身影，这事儿挺惊人的，因为小丑最迟从公元前 2500 年起法老达克里·阿西森时期就遍布世界各地。据说第一个女性小丑是阿梅利亚·巴特勒，是尼克森的亚美莉家大马戏团的一员，但是直到 1939 年才出现了第二个女性小丑，露露。当然现在可以在马戏团里看到，很多小丑是女性，同时也可以看到各种女性空中飞人、走钢丝演员和驯兽师。一个很有趣的事实：没有一个小丑是被马戏团的动物吃掉的。这是因为小丑们的口感很滑稽。

② "小丑恐惧症"（Coulrophobia）是一个用来形容对小丑的害怕或憎恶的词，这种憎恶可并不少见呢。很奇怪地，有些恐惧是特定的，但是只要你不是特意想吓唬自己，也未必会造成什么实质性麻烦。比如，"恐鼹症"（Zemmiphobia）就是一种对"大裸鼹鼠"的恐惧，那是一种小巧的（虽然名字里有个"大"字）、几乎无毛的、缓慢爬行的鼠类，它长着突出的尖牙，用来给自己挖地道。它强力回避人类，居住在地下，因而也不太会跑出来挨家挨户敲着门大发嘘声。相似的还有"花生酱恐惧症"（Arachibutyrophobia），恐惧花生酱黏在你嘴里的天花板上，这只要你不吃花生酱或者吃得当心点就能对付过去。不幸的是，对"下巴恐惧症"（Geniophobia）就没辙了，因为不论你走到哪里，下巴总还是要带上的。还有，"恐惧恐惧症"（Phobophobia），是对恐惧的惧怕，或者是害怕被吓到。不幸的是，如果你有恐惧症，说明你已经被吓到了，因而实际上，你是个恐惧恐惧症患者的话，意味着从一开始就有麻烦了。

小矮人们踱步过来，走到他身边。

"他们打扮成这样，没法把大家逗乐啊。"困困说。

"从来没喜欢过小丑，"愤愤说，"它们好像总是用力过度。"

"你们管那种马戏团大象脚趾上黏糊糊的红色玩意儿叫什么？"乐乐问。

"我不晓得。"塞缪尔说。

"一个慢悠悠的小丑，"乐乐说，"看到吗？一个慢悠悠小丑。"

那个女性小丑慢悠悠地把头扭向乐乐的方向。她的手指在空气中张牙舞爪。秃头小丑张开嘴，舔舐着嘴唇，戴绒毛假发的小丑把手伸进外套，挤捏他的塑料花的球茎。一股液体喷射出来，差点射中愤愤。当液体射中地板后，发出嘶嘶的声响，随后在地毯上烧了个洞。其他几个小矮人立刻退出了射程范围，但愤愤没有跟他们一起后退，而是向着小丑们叫嚣。

"你们太失败了！"他说，"我见过有些死人都更搞笑一点。"

戴花小丑又试了一次，朝着愤愤的方向喷出了一股酸性溶液。它再次降落在了地毯上，逐渐向周围腐蚀。

"怎么才能把你走廊上的小丑打发走？"愤愤问，"付它披萨钱？"

事到如今，戴假发的小丑咆哮起来，第三次朝着愤愤源源不断地喷起酸液来。其他几个小矮人试图用他们的手指把愤愤抓过来，但小丑的动作快如闪电。

"你这是在做什么？"塞缪尔大叫道，"你会受伤的！"

现在地毯和木头被灼烧的味道已经很浓烈了，一个几近完美的由酸液腐蚀出来的圆圈在小丑们的脚下嘶嘶作响。塑料花球茎中的液体抽不出来了。那个小丑的酸液供给消耗殆尽。在决定亲手灭掉愤愤和其他人之前，它厌恶地看了自己的塑料花一眼。它向前迈了一步。其他小丑也照做了。

地板连带着三个小丑塌了下去，在它们原本站的位置上只留下一个大洞。塞缪尔和小矮人们小心翼翼地从大洞的边缘向下凝视。小丑们像是遭遇了荒野坠机般四分五裂，就像瓷器娃娃似的。地板也砸在了玛菲特小姐的大蜘蛛上：他们能看到从一大堆杂乱无章的木头和塑料之间醒目伸出的八条腿的尖端，而它的内脏则流出了体外。露西的靴子再结实，连连体型小一点的蜘蛛也踩不死，但三个小丑加上一块厚重的地板好像对大家伙都能奏效。

"就像我跟你说的，"愤愤道，"我从来不喜欢小丑。也没工夫理睬蜘蛛。"

玛菲特小姐出现在她的蜘蛛的残骸旁。她抬头瞪着他们。

"糟糕！"她说，用一根裹着蛛丝的手指指向他们，"太糟糕了！"

"哦哦，"乐乐说，"我们现在完事儿啦。"

他们一边看着玛菲特小姐开始走上楼来。显然她觉得必须有人为毁了她的蜘蛛付出代价，但是他们对她上楼来的关注，被马戏团指挥给打断了。他的木头脸扭曲成了一张愤怒的面具。他的鼻孔里冒出一股股细细的黑烟。在他身边，摩天轮在它的地基上咯咯直响。螺栓忽然爆开，支撑架倒塌了。摩天轮朝向他们倒了过来。

"来了！"乐乐大叫。

塞缪尔和小矮人们躲开了咕噜噜转动着的摩天轮。塞缪尔看到露西和警察们也躲开了，松了口气。他们反应很快，显然比玛菲特小姐快，她刚走上楼来正好被摩天轮砸到。在全速砸到一堵墙之前，它裹挟着玛菲特小姐中途滚下了楼梯，但还是撕裂了砖墙立面。留下的唯一能证明她曾经来过的只有一串压碎了的黑色蜘蛛。

就是在这个时候，"礼貌怪"出现了。

一开始，塞缪尔和同伴们并不知道它懂礼貌。当怪兽出现时，通常的应对方法是假定它们对任何人都做不出好事，并尽力想办法别跟它们扯上关系。如果这招不起作用，最好道个歉趁着还有机会赶紧跑路。"礼貌怪"长着很多角，嘴里长了超多牙齿，有四只眼睛，头两侧各长了两只。它大概有十二英尺高，横向里差不多也有这个数，浑身长着粗糙的红色皮毛。它在一股黄紫相间的烟雾中出场，还伴随着一种最为恐怖的味道，这种味道混合的都是最臭的东西：正在腐烂的鱼、狗屎、被打碎的臭了很久的鸡蛋，被一股脑儿喂给了某个消化功能很差的人，然后排出了更臭的气。

礼貌怪嗅嗅空气，做了个鬼脸，说："不是我干的。"

它的声音很有教养。听上去像是一只爱听轻音乐、可能会参与当地戏剧协会的演出的怪兽，是那种会穿着白色网球服、精心修饰打扮的家伙，人们看到这种人都会说："啊哟，啊哈—哈—哈！"

此时此刻，每个不是怪兽的人都已经找了个地方躲起来。商店的这层楼卖的是书和桌游，要不是礼貌怪出现，每个人都会长吁一口气。一款拼字游戏能造成的损毁毕竟有限：大概最多也就是由拼板拼出一个粗鲁的名字来。

"嗨？"礼貌怪说，"有人在吗？"

塞缪尔从一堆"战国风云"的游戏盒后面探出脑袋来。那些盒子警醒地发出咔哒咔哒声，暗示塞缪尔有些游戏比其他游戏危险程度要高。当他听到从最上面的盒子里传来一声含混的射击声、并有一粒小炮弹穿透盖子从他耳边飞过时，这点就不言自明了。纸盒中隐约传来细细的叫喊声："再次装填！"

"哦，嗨！"塞缪尔说。

"啊，"礼貌怪说，"我十分抱歉不请自来①——九个字母，'没受邀请强行进入'——但我希望你能告诉我，这是在哪儿？"

塞缪尔依旧没有放下戒心。

"我能告诉你刚才我在哪儿，"礼貌怪说，"我正在自己的洞里做填字游戏。正碰到一个棘手的单词。我已经猜错两次了，八个字母：'马儿跑出了栏，现在不安全的意思'。"

"是动荡（unstable）。"皮尔巡警说，他做过许多填字游戏呢。

"动荡！"礼貌怪说，"太好了，好极了。让我先——"

它拍拍身上，想找个能写字的东西，然后有些脸红，或者说是一只巨大的毛怪能做出的最脸红的表情了，这可是不太常见的。

---

① 下文说到礼貌怪喜欢做填字游戏，每次说到一个关键单词都要报出它有几个字母。此处它说到"不请自来"这个词，原文是 intruding，有九个字母。——译注

"哦天哪,"它说,"真尴尬(embarrassing)——十二个字母,'局促不安的意思'。我好像一丝不挂呢。"

另外一颗炮弹从"战国风云"的游戏盒中发射出来。这次它擦着塞缪尔的左耳飞过,让他流了一点血。

"嘿!"塞缪尔说,"够了!"

他拿着盒子使劲地晃了晃。

"是地震!"同一个细细的声音喊道。

礼貌怪现在试图用它的手臂把自己遮掩起来。塞缪尔不明白它为什么如此介意。它真的就是个毛茸茸的大圆球。如果它身上有什么部分不想被看见,厚厚的皮毛已经非常充分地把它们遮蔽起来了。

"怎么了?"塞缪尔问。

"裸露(naked),"礼貌怪说,"五个字母,'没有遮蔽,或不穿衣服的意思'。"

小矮人们走了过来,拖来一张巨大的、被室内设计师留下的溅满油漆的床单。

"这个行吗?"愤愤问。

"哦,好的,"礼貌怪说,"用任何东西来遮都比我现在的状况(situation)好——九个字母,'事态、情形'的意思。"

它用床单尽可能地将自己从双肩到臀部围裹了起来。乐乐找来了一条绳子,礼貌怪用它把床单固定住。现在它看上去像是一只扮演了朱利乌斯·凯撒一角的怪物。

"谢谢,这样好多了。"礼貌怪说。

丹和警察们也加入了塞缪尔、露西和小矮人们的行列。现在已经清楚了,礼貌怪对他们几乎没有威胁。礼貌怪对小矮人们很好奇。

"我说,小人儿们,"它说,"你们是因为某桩事故(accident)才变成这样的吗——八个字母,'一场未能预见的事情或灾祸的意思'?"

"我们是矮人(dwarfs),"乐乐说,"六个字母——'那些暗示我们身材矮小是因为有东西掉到了头上的人,要狠狠教训他们'的意思。""哦天哪,"礼貌怪说,"我好像冒犯(offended)你们了——

八个字母——'让别人觉得沮丧或恼怒'的意思。我真的实在是太抱歉了。"

"接受道歉。"乐乐说。

再说他本也没有去痛打礼貌怪的意图。就算他有能力打,怎么说,这样做也不太礼貌。

"再接着回答你的问题,"乐乐继续道,"你是在地球上,在比德尔科姆,在'乌里奇特&儿子们'玩具店里。现在这里算不上好地方了。"

"哦,是吗?"礼貌怪说,"我必须说,你们看着都挺好(nice)的呀——四个字母,'讨人喜欢或和蔼可亲'的意思——跟洞穴里很不一样,但是我真的要回去了。你们得明白,我正在烤司康饼。我妈妈要来看我。"

"我们全都在设法从这里出去,"塞缪尔说,"但是地下室里有吸血鬼,底楼有杀手娃娃,还有蜘蛛就在我们下面。我们被逼无奈在商店里越走越高,因为我觉得不管怎么回事,顶楼肯定有什么东西在等着我们。"

礼貌怪调整了一下它的帆布宽袍。

"我相信有一个合情合理的解释,"它说,"我们去礼貌地请求被送回去,然后事情就会结束的。我发觉礼貌(politeness)——十个字母,'圆滑或为他人考虑周全'的意思——对解决事情大有帮助。我们一块儿去吧?"

它伸出一只毛茸茸的、爪子般的大手,邀请他们一同前往。

"我们跟着你走。"乐乐说。

"您真有绅士风度,"礼貌怪一边说,一边从乐乐身边走过,"很好,真是太好了。"

"四个字母来形容那个家伙,"礼貌怪刚刚走出听力范围,乐乐就对愤愤耳语道,"听线索:褐……沉……或轰……

第 32 章　恶魔之王

如果你对某件事忍不了又藏不住，就只能在剩下的一条道上走到黑了。

玛丽亚发现很难把两位科学家的注意力集中在当下的局面上。突然发觉自己有两只来自另一世界的恶魔陪伴——科学家们好像很不愿意把那个世界称作"地狱"，而是更愿意使用气候上颇有挑战性的维度空间这一术语，还不止呢，他们现在有了克鲁福德这个额外福利，这个从同一地区来的酷爱帽子的凝胶状恶魔让他们兴趣浓厚至极。但是克鲁福德对他们提的问题所给出的答案，令他们生出其他疑问的数量甚至比从纳德和沃尔姆伍德那儿得来的还要多。

"所以，"斯蒂芬教授说，"你一直都是一团胶状的物质咯？"

"的确一直都是，"克鲁福德骄傲地回答，"我比软泥出现的时间早上十亿年呢。你要明白，它比我出现得晚多啦。"

"是的，我确实明白，"斯蒂芬教授说，他在鲁福德分泌出的黏液里滑了一下，结果差点来个倒栽葱，"你说你为一个叫做'恶魔之王'的生物工作？"

"没错，"克鲁福德说，"它是多元宇宙里已知的最邪恶的存在。它是所有坏事的根源，是最黑暗的思想和行为的源泉。没有一个单独个体能像恶魔之王那样包含如此多脏到了极点的东西。另一方面，我是固定上班制，周末有休息，而且餐厅伙食不坏。"

"这个恶魔之王的目的是什么？"希尔伯特教授问。

"呃,它十分渴望看到地球陷入燎原之火,看到上面所有的生命要么被抹去,要么在痛苦中垂死哀号。此外,它大概很想把塞缪尔·约翰逊的脑袋盛在盘子里。"

"这就是你们想要的?"玛丽亚问,她被克鲁福德用这种方式说她的朋友给震惊了。一旦你认识到克鲁福德大体上是透明的,而且本身显然也具有恶魔特质①,就会觉得他还挺温和厚道的。

"我个人不太了解塞缪尔·约翰逊,"克鲁福德说,"他也没有做过什么伤害我的事。如果是我的头被砍,我是不大乐意的,尽管我很肯定它还会再长出来。但恶魔之王心情好的时候,生活总是轻松得多,但这种情况不常见。如果你担心我会想去砍下塞缪尔·约翰逊的头,那大可不必我不是来扮演刽子手的。再说,我来这里是为了帮忙,因为眼前你们有比恶魔之王更大的麻烦。不知你们意识到了没有,你们的镇子在维度上已经起了变化。它如今嵌在两个维度之间的空间里,那是个你们不会想去的地方。

"从某种程度上说,那里相当于多元宇宙中类似沙发椅背的位置:各种东西都丢在了那儿,其中有些东西黏黏的,不讨人喜欢。但那里也是事物得以隐藏的地方,有些东西本来不应该停留在维度之间,而是应该被妥帖安全地锁在它们自己的维度中。问题是,多元宇宙中有

---

① 这里有个关于"透明"(transparent)和"显然"(clear)的文字游戏,这两个字有词意很接近的地方。我很烦恼每次都不得不解释这些文字游戏——显然,不是针对你:我知道你智商超高,一眼就看出了文字游戏的意味,但不是每个人都跟你一样聪明的。也许在我们允许人们看这本书前,应该来一次测试。我们可以雇人在书店和图书馆里等着,当有人拿起这本书想要读的时候,测试人就上前去问几个简单的问题。就像这样:

1. 如果你看到一扇门上写着"推",你会(a)拉;(b)推?
2. 如果你在街上看到一个标记写着"当心:不要从这里过马路。"你会(a)仍然过马路;(b)找个其他地方过马路。
3. 如果你在动物园,看到狮笼外的告示写着"危险动物:勿将手伸入栅栏。"你会(a)把手伸入栅栏,并且带着邀请性地晃动手指;(b)保持一定的安全距离,因而也保住自己的手。

如果你的任何一道题回答是(a),那你就不够智商读这本书,同时我们还有另外一个问题问你,即:你是怎么活到今天的?

些薄弱之处,而你们用对撞机做的关于暗物质和暗能量的试验,把那些薄弱之处变成了真实存在的窟窿。那就是恶魔之王第一次差点穿越而来的途径,也是这一次暗影们企图进入的途径。"

"暗影?"希尔伯特教授问。

克鲁福德朝天空伸出一根粗短的手指。

他们抬头看。越来越多的星星正在消失,黑暗在原先星星的位置上盘旋。在玛丽亚看来,感觉他们好像被困在了一个里面通常充满了水和人造雪花以及乡村小屋的玻璃球里,而在玻璃之上,整个世界烟雾笼罩。他们观察着,黑暗里似乎能辨认出一张脸。那是一张跟他们能想象出来的任何一张完全不同的脸,一张由只听说过而没有见过脸的存在物构建出来的脸。在那张脸上,嘴是歪斜的,下巴太长了,两只尖尖的耳朵一高一低。只有眼睛不见了。

"那是暗影,"克鲁福德说,"有一点它们的精华已经设法到达这里了,否则不会出现这么多怪事,但是闻到怪兽的气息和感觉它们的牙齿撕裂你的肌肉是不一样的。它们能被挡住的时间不长了,一旦它们进入到这里,整个多元宇宙就危险了。比德尔科姆变成了一个通道,一座连接暗影帝国和你们的宇宙之间的桥梁。但所有的宇宙都是连通的,就像用线串起来那样,一旦暗影介入了一个宇宙,那整个多元宇宙的命运就注定了。它们会让其充斥无边的黑暗,其中所有的东西都会窒息、死亡,或者被变成暗影。"

"而恶魔之王不希望这事情发生,"玛丽亚说,"因为它不想让暗影占有地球或多元宇宙。如果有人将毁灭所有生命的话,那必须由你的主人来,是吧?"

"完全正确,"克鲁福德说,"这就是它存在的全部意义。如果失去了这个目标,它要无聊死的。"

"但为什么事情偏偏现在发生?"玛丽亚问。

"有人制造了允许比德尔科姆在维度间移动的发动机,"克鲁福德说,"但是它必须要能源来发动,而它的能源是从其他地方来的,从外部世界来。如果我没弄错的话,能源来自地狱,它外在显形为一颗跳动的心脏。此外,暗影是瞎的。它们必须靠引导才能到达比德尔科姆,而唯一的可能性就是通过声音来引导。它们是跟随心跳而来的。你们听不见这声音吗?心脏离这里很近,非常近。"

但是他们伸长了耳朵,也什么都没听到。

"商店是发动机的核心,"克鲁福德说,"我们必须进去,在太迟之前,把发动机关掉,并且把跳动的心脏从这个宇宙中弄走。"

"但那是谁的心脏呀?"玛丽亚问,"谁的心脏有能力为一台神秘的发动机提供能源,还给比德尔科姆引来了大队的暗影?"

"是阿伯纳西夫人的,"克鲁福德说,他的声音听上去几乎有点抱歉的语调,"是巴力的心脏。"

在绝望山上,恶魔之王陷入了沉思。

在去比德尔科姆之前,克鲁福德回了一趟地狱,用充足的时间告知他的主人,地球上正发生着什么事。恶魔之王听到这些很不高兴。盛怒之中,它把几只恶魔摔到了墙上,还把一只路过的小精灵扔到了火里。小精灵不怎么害怕火焰,因为它的皮肤是防火的,但它正在去干某件大事的路上,而现在它彻底忘记了那件大事是什么。[①] 由于没其他事可干,它找来一个很不错的用滚热的灰烬做成的眼罩,安顿下来打起了盹儿。

"她已经背叛了我们,"恶魔之王对地狱看守说,"她已经背叛了我。"

地狱看守跟通常一样沉默无言,但从它的八只黑眼睛里能看到一些遗憾的神情。它曾经服侍过阿伯纳西夫人,一直都很敬佩她,但归根结底,它对她的忠诚是基于对恶魔之王的忠诚。忠诚于恶魔之王对你的健康有好处,这能保证你的四肢都稳妥地连在你的身体上。

恶魔之王觉得有点无力。如果有办法,它会派遣一支恶魔军前去跟暗影作战,但是那有什么用处呢?它们可能会用宝剑对着烟雾乱劈

[①] 等你年纪大了以后会有这种经验:当你要上楼去做什么事的时候,等走到了楼上,却想不起来是什么事使得你上楼了。等你年纪非常大了以后会有这种经验:当你上了楼,却想不起来自己是在哪。等你年纪非常,非常大了以后会有这种经验:当你上了楼,就没办法再次下楼了。你现在可能会觉得好笑,但是在驶向衰老的巴士上,人人都有座儿。

一气,或拿着长矛在迷雾中左奔右突。最终,暗影们会不费吹灰之力吞噬恶魔之王的军队,而那些没被暗影消灭掉的恶魔会被投入永久、彻底的黑暗中。但是到底要不要战斗,恶魔之王没得选:自从第一个入口被名叫塞缪尔·约翰逊的男孩和他的朋友们关闭后,就没有把它的军队从地狱送去地球的通道了。只有叫做克鲁福德的小妖怪能够毫无困难地在各个维度间移动,而现在多元宇宙的未来就掌握在他小小的、黏糊糊的手里。

多奇怪啊,恶魔之王想,那么多力量都要栖息于这么个毫无威胁性的、好奇心满满的小身子里。如果克鲁福德身材再庞大一点,或是再恶毒一点、再狡猾一点,他本身就会成为恶魔之王的一个威胁。但相反地,克鲁福德好像只是乐于提供帮助。恶魔之王感觉很困惑。它想不明白克鲁福德一开始在地狱里是干什么的了。不管从哪方面考虑,他真的都不属于这里。

"去吧,"恶魔之王对地狱看守说,"飞到我们王国的最边缘。在那儿等着,当克鲁福德带着那颗心回来,把他们都给我带来。"

恶魔之王发觉自己刚才说的是:*当克鲁福德带着那颗心回来。*

是"当",而不是"如果"。

这太不妙了,恶魔之王想。我变成了一个乐观主义者。只有一个理由能解释这个现象:被克鲁福德先生感染了。这个恶魔的淳良天性开始对地狱本身产生了可怕的影响。恶魔之王不能允许这种情况继续下去。它决定,一旦心脏被带回地狱,克鲁福德就必须被处理掉。当阿伯纳西夫人的心脏被扔进寒冰地狱时——那儿终年都封冻着,它会在痛苦中得到某些陪伴。

克鲁福德会被冰冻在它的旁边。

再回到比德尔科姆,有一阵子大家都陷入了沉默。

"那是谁?"最后斯蒂芬教授开口问道。

"阿伯纳西夫人,"玛丽亚说,并开始尽可能作起解释。斯蒂芬教授和希尔伯特教授看上去好像都不怎么相信她,但是当玛丽亚告诉他们的所有事情都能在两个穿得像精灵似的恶魔和第三只正摩挲着帽子的恶魔身上得到印证时,又很难质疑她。

"她想报仇,"当玛丽亚说完,克鲁福德说道,"她疯了。她总是有点疯狂,但当她来到地球,巴力的身体跟阿伯纳西夫人的身体混到了一起,她就变得彻底不正常了。如果她跟暗影达成了交易,那她就对恶魔之王或其他任何东西都不在意了:她想做的就是殊死一搏,以惩罚塞缪尔·约翰逊以及每个站在他那边的人。她会将复仇进行到底——不惜任何代价。"

"而她的心脏就在这里的某个地方?"斯蒂芬教授指着"乌里奇特 & 儿子们"商店说。

"我想是的,"克鲁福德说,"我能听见它跳动,但是声响太大,我不确定它到底是从哪里传来的了。我只知道心脏离得很近,玩具店是引发这里所有事情的能量中心,所以我猜测它就在这里某处。"

"但我们怎么进去呢?"斯蒂芬教授说,"我是说,有个巨大的神秘力场保护着商店。我们没办法对它动手脚。强行进入可能会有人受伤。比如我就可能会受伤。"

克鲁福德摘下帽子,拿出了他可靠的笔记本和铅笔。他疯狂地涂鸦了一阵子。最后他叫道"有了!"①,并向大伙儿展示他的努力成果。

---

① "有了!"(Eureka)这个说法,来自古典希腊语,意为"我找到它了",因希腊学者阿基米德(公元前287—212年)在一脚踏进浴盆时发觉水面抬升了大声叫出而使这个词闻名于世。这是因为他发现被他的脚排出的水的体积,正好等于他的脚本身的体积。这就意味着,如今通过把形状不规则的物体浸到水里,就可以测量它们的体积了——在此之前,这是不可能的——或者非常、非常困难。

这也使得阿基米德解开了希罗王二世给他出的一道题,希罗王想知道为他做的一顶金质的王冠是纯金的呢,还是被掺了银子,由此判断金匠是不是欺骗了他。阿基米德知道现在他可以称出一块跟王冠差不多重量的金子,随后把两者都浸入水中。如果它们的密度是相同的,那它们也会排出相同总量的水,但如果王冠里的金子中掺了银子,那密度就会降低,排出的水也就比较少,因而国王就会知道自己有没有被骗。

阿基米德由于发现这一点而太过兴奋,以至于在雅典的大街上裸奔。只有在你是天才的情况下这些事儿才不会对你造成影响。如果你不是天才,他们就会把你关起来,或者至少,给你一个非常严正的口头警告。你也可能着凉,或是在门槛上把自己摔伤。

如果是恶魔之王，对于看到克鲁福德展示他的成果时收获那么多一脸迷惑表情绝对不会惊讶，因为上面仅仅只有这个：

$$\uparrow$$

"这是一支箭，"布莱恩说，"我们该怎么做，让印第安人来攻打商店？"

克鲁福德很是挫败地抬眼望着暗沉下来的天空。

"不，"他说，"我们要做的只是这个。"

它把神秘的能量罩弄得嘎吱作响，探到它的底部，像是在舞台上拉起幕布偷看后面放着什么东西那样把能量罩抬了起来。

"很简单，"克鲁福德说，"当你们从下面匍匐经过时，我争取让能量罩的边缘不要碰到你们。如果碰到了，会挺疼的吧——如果你们还能活得够长感觉到疼痛袭来。"

第33章　神奇的啤酒

轮到斯皮吉特大显身手了。

各种逼着塞缪尔一行人往"乌里奇特＆儿子们"商店楼上走去的洋娃娃、泰迪熊以及电动小动物，默默地看着克鲁福德让玛丽亚他们进了商店。争斗后的一片狼藉仍历历在目。地上满是残肢断臂，泰迪熊身体里填充的棉花也漏了出来。一个临时的玩具医院在电梯旁边搭建起来，穿着医生和护士制服的玩具正尽力把胳膊和腿、有时还有脑袋，安回正确的位置去。有些大个子玩具手里仍然抓着刀子，几只毛绒玩具还想与新来的几个人纠缠，但没有一只玩具试图进行攻击。

"这里发生什么事了？"玛丽亚问。

纳德在散落一地的"孩之宝"玩具枪和各种球类之间行进。

"我猜这些玩意儿想攻击塞缪尔和其他被困的人，而它们得到的比指望的要多啊。"他说。

沃尔姆伍德被一只黑色的填充玩具小熊的残骸拦住了去路。它的头差不多已被从身体上拧了下来，仅仅由几根细细的线连着。沃尔姆伍德小心翼翼地、温柔地把它捡起揽到怀里，左手摇着它的头。从沃尔姆伍德的右眼中还掉下一颗大大的泪珠。

"这些都是我们造成的吗？"他说，"我们搞得人类与泰迪熊为敌，娃娃跟人类为敌，而这只小熊却要为此承受代价！它想要的不过就是给几个小朋友带去快乐，在他们欢悦的时候带去陪伴，困难的时候带去安抚。哦，人类啊！"

他举起小熊,把它放到自己的肩头,它小小的黑色身躯粉碎了他的啜泣。

"啊哟,"沃尔姆伍德叫道,声音越来越大,"啊哟!啊哟!"

"怎么了?"纳德问。

"这小熊崽子在咬我耳朵!"沃尔姆伍德说。

他把小熊重重一拉,于是它的身体跟脑袋彻底分家了。不幸的是,那脑袋仍然依附在沃尔姆伍德的耳朵上,尖利的牙齿继续啃啮耳垂。

"把它弄走!"沃尔姆伍德说,"真的好痛。"

纳德试着去拉熊头,但它的牙牢牢嵌在耳朵皮上,他的拉扯不过是让沃尔姆伍德的耳朵越发疼痛。

"没用,"沃尔姆伍德说,"你只是把事情弄更糟。"

"呃,是你自己先把它捡起来的。"

"我可怜它嘛。"

"看看它现在是怎么对你的,"纳德说,"也许接下来你可以给那些娃娃提供磨尖牙齿的帮助咯。"

玛丽亚拿着一支从布莱恩那边借来的铅笔上前来。她设法把铅笔塞进小熊的嘴里,把上下颌撬开一条缝,正好足够纳德把小熊的头从沃尔姆伍德耳朵上取下来。他提溜着它的耳朵在沃尔姆伍德面前晃了晃,那颗头还不断地想咬他,跟之前的小精灵同样不死心。纳德想起了"诗的正义"的命题。他不想成为唯一被疯狂之物咬啮的东西。

"他好像好你这口,"纳德说,"弄不懂为什么。我打赌你吃起来味道不怎么样。"

他把那颗头朝玩具医院的方向扔去,正好打断了一台给一只"海蒂抱抱"娃娃做最后精密缝合的修复手术。"海蒂抱抱"娃娃滑到了一个暖气片下,而玩具医生和护士们投向纳德的眼神只能用"如刀锋般犀利"来形容。[①]

"抱歉!"纳德说,"你们继续。"

---

① 需要我解释这个笑话吗?不用?好极了。

与此同时,科学家们正在观察玩具。除了明显已进入疯癫状态的黑熊啃啮沃尔姆伍德外,其他玩具仍然没有上前来的愿望。

"为什么它们不攻击我们?"斯蒂芬教授问。

"可能因为我们跟恶魔在一起吧,"希尔伯特教授猜测道,"可能让它们有点闹不明白状况了。"

"它们看上去不是闹不清状况的样子啊,"斯蒂芬教授说,"它们看上去虎视眈眈嘛。"

"要不我们试试看,如果我们准备撤了,会发生什么事情?"

两位科学家,拖着布莱恩和多萝西/雷金纳德一起,假装要离开。

"再见啦!"他们说,"很高兴见到你们。祝晚安哦!"

玩具首领转身跟着他们,却没表现出要他们停下,甚至当布莱恩打开大门走了出去,也没有上前来阻止。如果不是希尔伯特教授拽着他的衣领把他拉回店里的话,他可能还会继续朝外面走。

"布莱恩,你今天表现出的胆小懦弱也够了吧。"他说。

"不是我胆小,"布莱恩说,"我还有好多事儿没干呢。"

但希尔伯特教授不容他辩解,因而布莱恩老大不情愿地迈着沉重的步子回到了店里。

"很有趣,"斯蒂芬教授说,"纳德先生,沃尔姆伍德先生,我很好奇,如果你们也向外走,会是什么结果。"

纳德和沃尔姆伍德照他说的做了,但他们刚刚接近门边,玩具就靠近他们,用一堵由塑料和毛皮制品组成的墙拦住了他们的去路,那堵墙像是被一把奇怪的刀捅得千疮百孔似的。

"啊哈,"斯蒂芬教授说,"看来问题好像有了解答,至少部分有了解答。某个东西希望你们俩留在这儿。"

"我们本该知道是谁,"沃尔姆伍德说,"我们被邀请来参加开业典礼,而之前我们从来没受到过任何邀请。如今看来,我们会被邀请的唯一理由,是有东西想伤害我们。"

他和纳德看上去都很伤感。

"别把问题矛头指向自己。"玛丽亚说。

"我试试，"沃尔姆伍德说，"但还挺难的。"

克鲁福德把一只手举到了脑袋的一边，侧耳聆听，尽管他并没长很明显的耳朵。

"你还能听到心跳声吗？"希尔伯特教授问。

"它肯定就在附近，"克鲁福德说，"我说我们该上楼去。很显然不管我们找的是什么，肯定不在这层楼。"

布莱恩不想上楼。他想出去。他想不出任何理由，为什么他要深入这座充满了恐怖的商店中去。就在那时，命运出手了——就像它通常会做的——把他朝正确的方向上推了一把。

"那是什么声音？"斯蒂芬教授说，"听上去像音乐。"

一小撮幸存的诺斯费拉提，用死老鼠堵住了耳朵，来逃避风琴的声音。它们找到了从地下室出来的楼梯，从楼梯口涌出来，张着毒牙舞动着爪子，光秃秃的头在应急信号灯的灯光下闪闪发亮。

"我先上。"布莱恩说。他用破纪录的速度跑上了楼梯顶端。

布莱恩大概是胆小鬼中的最高等级了，斯蒂芬教授心想，但是必要的时候身手倒是很敏捷。他希望那句"我先上"不会是布莱恩的最后遗言。

所有的人都到齐了——基本上。还差两个，不过他们也在来的路上了。

叫做尚和迦特的恶魔，大概比以往任何时候都要开心。在地狱里，他们严格说来从属于第三等级：他们的主要任务是铲煤并照料"末日之巅的永恒真火"，这没什么难的，因为末日之巅的永恒真火以后也不会熄灭。这就是它叫做末日之巅的永恒真火的原因，而不是叫做末日之巅的临时真火，这名字听起来就没那么响当当了哟。偶尔放假的时候，他们会被送去"灰色虚无采石场"，在那里他们敲两个星期的石头，晚上以听听巴里·佩里的卡祖笛欢快的笛音为乐。①

---

① 巴里·佩里一生中大部分的时间都在英格兰北部四处折磨人们，从来没对任何人造（转下页）

随后，在对地球的入侵中，他们从一款叫做"斯皮吉特陈年怪酿"的浑浊啤酒中发觉了奇怪的乐趣，并从此走上了不归路。有一阵子，他们什么都不去看了，因为斯皮吉特会造成暂时的失明以及不可遏制的死亡冲动。回到地狱以后，他们尝试自己来酿酒，但就是酿不出那个味儿来，但他们从不罢休。最终他们设法逃出了地狱，由于具备喝再多斯皮吉特啤酒也不会真的死掉的海量，以及敏感的味觉，他们找到了一份千载难逢的工作："斯皮吉特啤酒厂、化学武器及清洁用品股份有限公司"的首席品酒师和啤酒研发员。①

是的，他们是恶魔。就算视力极差、通常被当成疯子的老斯皮吉特先生，也能打一开始就看出尚和迦特不是寻常的雇员。再说了，跟在地球上其他地方比起来，斯皮吉特啤酒厂是最能发挥他们特长的地方。斯皮吉特酒厂长年受到辐射侵扰，令厂里许多雇员从生理上发生了改变。会计兰伯特先生每周起码要剃两次手掌，而他脸上的毛发实在太浓密，以至于唯一能确定你是正对着他的脸在说话的方法，是找到他鼻子所在之处的突起；销售诺里斯先生长出了第三根拇指；负责质量管控的埃尔姆蒂夫人长出了小而醒目的犄角。但他们对此都不太介意，因为斯皮吉特厂的报酬非常丰厚，再说顶着这副尊荣，其他的工作也不好找。

事实证明，尚和迦特特别擅长照管那些试验性更强的啤酒，包括一款杀伤力超强的"斯皮吉特老歹徒"，这款啤酒实在太危险了，以至于它的一撮酵母菌曾经偷了一辆车，并抢劫了比德尔科姆的银行。那些酵母一直没被抓住，如今可能住在西班牙的某个地方。尚和迦特制止了此类无厘头事件的继续发生。在他们的照看下，再也没有酵母菌

（接上页）成过任何伤害的无辜的曲子，被他用卡祖笛吹出来用作谋杀。当他死后，发觉自己进了地狱，他还发觉他的卡祖笛也在身边，这不过是因为有人在埋葬他之前，把它插在了他的屁眼里。不过，事实证明，再把它从他的屁眼里取出来难度有点大，所以他在地狱中的演出，声音听上去总有那么点含混，反正这也不是什么坏事情。

① 假使你奇怪一个公司怎么能取这样一个怪名字，还很担心斯皮吉特公司如何有能力制造这么多不同品类的产品，那我来帮你放宽心：他们生产的全部是同一类产品，只不过加水的量有多有少。自从"山羊＆洋蓟"酒馆收到斯皮吉特厂派送失误的武器级别的产品后，就鲜有发错货的事情发生了。酒馆后来重建了，虽然店主的碎片，有些至今仍未找到。

引发过骚乱。

很少有事情能诱惑尚和迦特离开他们在斯皮吉特厂里舒适的家，但是几天之前，躺在他们门前的邀请函上有几个充满魔力的词"免费啤酒"，这就是为什么他们现在会站在"乌里奇特&儿子们"商店外，想弄清楚派对在哪儿举行。

尚靠近了神秘的能量罩。他怀疑里面有危险，但是又不能完全肯定。为了证明自己的想法，他把迦特往能量罩上推了过去。一阵嗡嗡作响后，迦特外套的后背不见了，原本是衣服织物的地方只留下了一个冒着烟的洞。

"呵—呵。"尚一边笑，一边看着迦特扑灭了最后一朵火苗。

"呵—呵。"迦特一边也笑着，抓住尚的右手，把它的手指戳进了能量罩里。手指立刻消失了，在它原本的位置上飘过一缕残肢的青烟。

"呵—呵。"迦特又笑了。

"不，呵—痛！"尚说。

他本想朝迦特不以为然地晃晃手指，迦特总是把玩笑开过火，但他还得等着手指长回来才行。等它终于长了出来，他又看了一遍邀请函。

"啤酒。"他说，朝着商店指了指。

"啤酒。"迦特说。

但是在他们和啤酒之间，竖立着能量罩。

有时候，生活中你必须输掉一场战斗来赢得整场战争。尚伸手到他的一个外套口袋里扒拉，拿出了一个黑色的瓶子。瓶子外面装着一个钛支架，用来固定软木塞，瓶身上还写着如下警告：

这个瓶子里装着斯皮吉特"老恨酿"。别打开。说真的。发明这款啤酒就是个错误,但每种销毁它的尝试被证明都毫无用处。你要是真的打开了这个瓶子,那你就放弃了自己所有的健康权益,必须同时放弃的可能还有你本人的存在。在打开之前,让无辜的旁观者们都远远站开,或者建议他们挪到另一个国家去。别在明火附近打开。也别在你的脑子里多想明火这个念头。甚至别笑得太暖。不要吸气。如果吸了气,在五秒钟内去看医生。如果喝了其中的液体,去找掘墓人吧。

使用说明:打开。快跑。

尚和迦特常常满怀渴望地望着保存的最后一瓶斯皮吉特"老恨酿"。这酒是老斯皮吉特先生在被人发觉像是一只在坚果厂里的坚果色松鼠似的之前不久发明的[1]。斯皮吉特"老恨酿"到底有多糟呢?尚和迦特一直想知道。答案是,可能非常糟。斯皮吉特是不会轻易发出这种警告的。想想看谁会在普通啤酒上贴个生物危害的标志,而且标志上的骷髅是个笑脸,这种诡异情形绝对是致命的。

因而,尚和迦特很长时间以来一直把斯皮吉特"老恨酿"带在身边,希望有朝一日能够有借口打开它。现在,似乎时机到了。

尚输入了瓶子上锁头的十七位组合密码,钛网笼啪的弹开了。仿佛意识到它表现的时刻到了,有东西在玻璃瓶里隆隆作响。尚看上去有点紧张。当他看到软木塞在瓶子里面不知道什么东西的压力下自己往外推时,他就更紧张了。像是一个人忽然发觉自己手里拿着一个拉开引线的手榴弹,他唯一能做的明智之举是:把它递给身边的家伙,在当时情况下就是迦特,然后拔腿就跑。而迦特,可能不算聪明,但

---

[1] 此处有一个双关语。Nutty,既有"坚果色"的义项,也有"古怪、狂热"的含义。此处特定使用 nutty 这个形容词,一方面是由于松鼠很容易让人联想到坚果,一方面是要暗指老斯皮吉特先生性情十分古怪。——译注

也不太傻。他把瓶子扔回给尚,而尚接住瓶子又扔还给迦特,这个烫手的山芋在两个人手里传来传去,直到尚看见瓶子里的软木塞只留下一指宽的长度了。

他把瓶子朝能量罩扔去。瓶子没有穿越能量罩,但是在冲击中爆炸了,在上面淋满了深棕色的液体,看上去像泥巴,闻起来像停工好久的青鱼加工厂。尚搞得泪水横流,鼻毛都着火了。迦特则昏厥了过去。

准确说来,能量罩本身并没有知觉。它只是一个由希拉里·莫尔德的超级发动机制造出来、由希拉里·莫尔德力邀加盟的生物体提供助力的能量场,但它也是有某种意识的,因为它是依靠暗黑力量存活的。当斯皮吉特"老恨酿"碰到它并爆炸的时候,那种意识高速运转起来,让能量罩快速做出决定,不管瓶子里是什么东西,离得它越远越好,撤得越快越好。能量罩消失了,撤退到另一个维度去了,在那里生物再怎么刺鼻恶心,也比斯皮吉特"老恨酿"强。

尚在迦特脸上猛扇耳光,让他恢复意识。当那种味道刚刚稀释到能够忍受的地步,他们就走近了那只破碎的瓶子。斯皮吉特"老恨酿"剩下的残迹,只是一堆厚玻璃,以及地上的一个巨大的冒着烟的坑。

尚和迦特遗憾地摇摇头,继续去找他们的免费啤酒了。[1]

---

[1] 简要回到著名遗言的话题上来,这是由于之前茶童布莱恩的关系引发的,如何与生活来一场值得纪念的告别,是一桩伤脑筋的事情。如果死亡不期而至,那遗言可能类似"啊啊啊哟哟哟哟!"或"好痛!"或"当然没超载啊"或"大桥肯定能支撑我的重量"。在压力之下,很难保持睿智。作家 H.G. 威尔士脍炙人口的遗言是:"走开,我很好",但很不幸,显然他的情况并非如此。有人认为最糟糕的遗言是多米尼克·鲍赫斯说的,他是 18 世纪法国的一位散文家,热衷于纠正语法错误,他临终时在床上宣称,"我打算——或我将要——死了;两种表达方式都是对的。"我打赌旁人很高兴看他死了。

第 34 章　多元宇宙

多元宇宙，多么苍茫。

塞缪尔到达冰窟般的顶楼后发现的第一件事是，自己突然得了两种恐惧症：恐高症，对于高度的可怕恐慌，① 随即接踵而来的是恐天象症，就是对天空的恐慌。塞缪尔以前从来没恐高过，而且总是着迷于无垠的苍穹。他会晚上很高兴地躺在花园里，度过快乐的一小时，博斯威尔酣睡在他身边，就这么看看星星，想象自己在其中遨游。

但"乌里奇特＆儿子们"商店的顶楼就完全是另一回事了，部分是因为那里实际上已经没有地板或天花板了。他们的记忆中尚且留存脚下木板以及头顶上方的灰泥天花板依稀的轮廓，但它们好像比慢慢被雨水冲刷抹去的粉笔标记强不了多少。正当心中的恐惧逐渐占了上风时，塞缪尔思忖这是否可算一种成了鬼似的体验：大概鬼认为自己是具体实存的吧，只不过是围绕在他们周围的世界有点苍白褪色而已。

在轮廓近乎消失的老商店以及逐渐遁形的树木上方，多元宇宙静待着自己的命运降临。那是一个光明与黑暗并存的世界，包涵了星辰的诞生与死亡，一簇簇旋转的星系以及星云的气柱。塞缪尔可以通过颜色来辨别星星，蓝色的星星比较年轻，而红色的星星已入暮年。他看到小行星外的云层，流星撞入未知世界的大气层时发出的火花，还

---

① 眩晕这个词，常常被错误地用来描述对高度的恐惧，但眩晕起码说明那个人还能站着。用来描述对于高度的恐慌的正确术语是恐高症。天哪，我听上去有点像那个叫做多米尼克·鲍赫斯的搞文法的家伙了，他的确是很招人烦。抱歉。

有类星体，它们是宇宙中最明亮的物体，发光的能量源自超重黑洞。他看到宇宙次元层层堆叠，像是被大大小小的彩色玻璃分隔出的窗棂。而他本人同时既浩瀚又渺小，因为他目力所及之处似乎都围绕着他运行：他成了悬垂于多元宇宙的中心。

第二件震撼① 塞缪尔的事情是小矮人愤愤，此时愤愤正在前面当领队，发觉如果当领队能有现金或奖品奖励，那是有乐趣的。但如果作为领队，你是第一个不得不去走指望上面铺有地板、却发觉满满排列着好多宇宙、而且看上去下面遍布深渊的地方，就没劲了。愤愤用手肘在塞缪尔的胃部重重地打了一拳，差点让塞缪尔把胆汁都吐出来了。

"留心你脚下，"愤愤说，"很容易掉下去哪。"

其他人也在楼梯上停住了，意识到继续前进的确有些困难，但现在他们身后的楼梯一级级消失了，"乌里奇特 & 儿子们"商店较低的几个楼层逐渐模糊不见了。

"楼梯正在消失，塞缪尔，"玛丽亚叫道，"我们必须往上走。"

但塞缪尔挪不动脚步。他的脚在几乎要消失的楼梯上原地冻住了似的。他驱使着双腿，想给其他人腾出位置跟上他，但他做不到。直到这时他才向下望去，看到身下除了星辰一无所有了。当意识到这点，他等着自己开始下坠，像卡通片里的角色那样栽下悬崖却不摔得粉身碎骨。但塞缪尔没有往下坠，他能百分之百确定脚下有什么坚固的东西。一时之间，他还用脚趾在地上跺了跺。他身下的东西触感像木头，听着声音也像木头，怎么讲呢，从任何一个角度说，都像木头。

他小心翼翼地探了探路，在迈步之前先给其他伙伴腾出空间来跟上他。皮尔巡警是第一个上来的。

"哦天哪，"他看着眼前的一切说道，"我觉得有点晕。"

有片刻时间，他像是要回身找机会踏足已经消失的楼梯，但塞缪尔消除了他的顾虑。

---

① 这里是一个双关语。英语单词 strike，既有"震撼"的意思，也能表示"撞击"。此处愤愤用手肘狠狠揣了一下塞缪尔的胃，给了他一记狠狠的"撞击"，又与前文塞缪尔受到苍穹的"震撼"相呼应。——译注

"没事的，"他对皮尔巡警说，"在我们身下还有块地板。如果你使劲看还是能看到的。"

皮尔巡警不想看。他如果向脚下看的话，等同于看到宇宙的浩瀚无垠。他伸出一只手以保持平衡，愤愤朝他手上拍了拍。

"没事啦，巡警，"他说，"有我呢。"

"如果我掉下去，"皮尔巡警说，"我会把你一起拉下去。起码我有个垫背的，死得开心点。"

在愤愤的帮助下，皮尔巡警开始理解起那既在又不在的地板的概念来。团队里的每个成员加入进来时，这个过程都会重复上一遍，大伙儿的心情在恐惧和对恢弘的多元宇宙的敬畏中跌宕起伏，直到最后他们都站在了一起，看到一个似乎完全不属于多元宇宙的建筑矗立在跟前——圣诞老人的石屋。

塞缪尔不明白为什么之前他们都没注意到过这个。可能是注意力过于集中在不要摔下去因而视觉上受到了蒙蔽，但要忽略一幢烟囱里冒烟、地板上飘雪的石头小房子应该挺难的——是真的下雪哟，因为现在雪也开始降落在他们身上，在他们的皮肤上融化之前，瘙得他们痒痒的。他们看到屋子里的墙面上，闪烁的光芒由白色变成橙色，像是有熊熊烈火在里面燃烧。

门开了，圣·约翰-乔姆德利先生出现了。

"看哪，"乐乐说，"是烟翰-乔烟囱利[1]先生。"

"就是他，"困困说，"噢哟，黏翰-乔筷利先生，我们想跟你谈谈。我们开始觉得可能不太想接受这份工作了，除非，你给我们加薪。"

现在，是圣·约翰-乔姆德利先生脸红脖子粗了。

"是斯金-乔姆莱！"他声嘶力竭道，"我都跟你们说多少遍了？*斯金-乔姆莱！* 就两个单词。有那么难记吗？"

即便身处多元宇宙的嘈杂中，小矮人们还是能听出他恼了。他们

---

[1] 此处是作者的一个幽默桥段。由于圣·约翰-乔姆德利这个名字很长很难念，几个小矮人总是要念错。并且，出于调侃意味，被变形的名字中，会混杂进一些发音相近、又有具体含义的单词。在翻译时尽量挑选在音、意上接近的字来表示。——译注

为自己对他人感受敏锐的体察能力而感到自豪。

"抱歉。"愤愤说。

"是的,抱歉。"乐乐和困困说。

"啊泡千泡千泡千。"咕咕说。

"他说他也感到抱歉。"愤愤说。

"再完整来一遍,我叫什么名字?"圣·约翰-乔姆德利先生问。

他歪着头,等着回复。

小矮人们面面相觑。必须有人出来试一下。愤愤觉得今天自己当头儿已经当得够多了,就推了乐乐一把。

"抱歉,"乐乐说,"斯利姆金先生……"

他已经绞尽了脑汁。轮到困困来尝试了。

"抱歉,索皮-乔安利先生。"

"斯莱特利-乔菲先生。"

"斯新-楚特尼先生。"

"斯丁奇-芝士凯克先生。"

某些时候,有个成语能用来形容人特别生气的样子:"他怒得像白炽灯似的。"我相信你知道的,一盏白炽灯打开的时候,灯丝烧热时会发出炽热的白光。当然这并不是说,当一个人恼怒时会真的发出白热的光来,或者说,至少在圣·约翰-乔姆德利先生之前,情况不是这样的。他们看着圣·约翰-乔姆德利先生,他的双眼变得血红,然后在迸发出火焰之前,从红色变成了熊熊白光。他张开了嘴,烟与火从他的双唇间喷射而出。他的整个身子颤抖着,一边有烟从他的袖子里,裤管里,领子里冒出来。

"是——"他咆哮起来,却没能说完。他的外套起了火,他的身体也爆裂开来,但却没有血肉横飞,而只是留下一堆塑料。圣·约翰-乔姆德利先生获得生命之前,不过是橱窗里展示廉价外套的一个假人儿,而现在他的性命也到头了。他的头由于爆炸的推力,骤然蹿到了高空中,又砰的一声坠落在地上,在几近透明的地上骨碌碌滚了起来,直到被愤愤用脚停住了。

白光从圣·约翰-乔姆德利先生的双眼中逐渐消失，他的皮肤逐渐呈现出塑料的僵硬来。赋予他生命的黑暗力量正在消失，但残存了那么一丁点儿在他体内。

"是——"他再次开口，但咕咕打断了他。

"斯金·乔姆莱。"咕咕说，发音准确至极。

"我们一直知道该怎么发这个音的，"愤愤说，"你搞得这么难受是活该哦。"

圣·约翰-乔姆德利先生用仅剩的力气让自己的双眼最后一次放射出愤怒的橘色光芒，随后眼中的光芒消失了，徒留一颗塑料脑袋。两股细细的纯黑的暗流从他的耳朵里流出来，流淌到圣诞老人小屋的墙脚，暗黑像面镜子似的映照出他们的脑袋。更多星星不见了踪迹，被像是稠稠的黑墨水般打着旋的云朵吞没了。在虚空中出现了很多无眼的面孔，但恰好是这种盲瞎，让其看上去更吓人。长长的张牙舞爪的手指伸向地球，黑乎乎的舌头舔着没有嘴唇的嘴巴，仿佛在享用行星上的光线与生命前，已经先好好端详审视了一番。但是到目前为止，暗影与宇宙之间的屏障还存在着。暗影们不断撞向屏障要摧毁它，但都没能穿透过去。不过，屏障也支撑不了多久了。裂缝已清晰可见，像一股股岩浆般闪烁着红光。

纳德出现在了塞缪尔的右手边。

"所有这些现象都是因为我们，"纳德说，他的声音听上去既吃惊又非常、非常伤感，"为了给自己报仇，她会牺牲整个宇宙，将其拱手相让于暗影。"

"如果我们把自己献给她呢？"塞缪尔轻柔地说。如果说，纳德对于阿伯纳西夫人为复仇走过的漫长之路感到震惊的话，那他对面前这个男孩的话就感到更为震惊了，他觉得能与这样一个人以朋友相称真是荣幸之极。他们的年纪差着亿万年之久。一个是人类，另一个是恶魔。在纳德悠长的一生中，还没有哪次像跟塞缪尔这样心灵靠得如此之近。多元宇宙使他们相逢，而这相逢使他们俩都彻底改变了。塞缪尔在维度间穿行过，如今理解了一些关于存在的真相。他面对过最深重的罪恶,但他也受到过一只恶魔的拯救。

那只恶魔本身也被塞缪尔拯救过:要不是他们相遇,纳德至今仍会在地狱最贫瘠荒凉的地方流放,只有沃尔姆伍德的陪伴,臆想一些永远不可能实施的桥段。纳德可能会成为另外一只失败透顶的恶魔,一个既谈不上善也谈不上恶的实体。

现在这个男孩提议舍弃他们自己的生命,不仅仅是为了他们的朋友,还为了人类整体、为了多元宇宙中一切其他形式的生命——已知的或未知的,在水里游、天上飞或地上爬的。纳德看到博斯威尔,它本站在塞缪尔身后,从主人的双腿间看着所发生的一切,现在换了位置,挪到了塞缪尔的身旁,靠着他的右腿坐了下来。

它听懂了塞缪尔的意思,纳德想,他很早之前就知道不要低估这条小狗。它感觉到了男孩的所思所想,决定对他不离不弃。这只小狗宁可追随主人而死也不愿意抛弃他。如果一只小狗都愿意牺牲自己的生命站在这个男孩一边,那我还有什么理由不这么做呢?

"我们可以试试,"纳德说,"但我恐怕阿伯纳西夫人已经癫狂到我们遭罪都不足以让她满意的地步了,而且她还跟暗影达成了协议。他们不会让她轻易撕毁约定的。但是,也许,我们可以利用她的虚荣心。就算是最残忍的存在物有时候也会显示出仁慈的。要是说有一种巨大的能杀人的力量的话,那就有一种更巨大的力量会来宽宥他们。如果我们能让她相信,整个人类存活下去比允许暗影吞噬一切更能彰显她的力量,或许我们能赢得一线机会。"

塞缪尔从纳德的话里听出了一丝言下之意。

"但胜算不大。"塞缪尔说道,还挤出了一个笑容。

"的确不大,"纳德说,"但总比毫无希望要好。"

玛丽亚凑近了他们。

"你们两个说什么悄悄话呢?"她说,但正巧这时,露西咋咋呼呼地朝前摔在了玛丽亚和塞缪尔之间。露西可能有一点点肤浅,非常自我中心,但她并不蠢。她也许不像自己曾经以为的那样喜爱塞缪尔,显然也并不理解他,但是不管是谁要把他从她身边拐走都没门儿。

"他是我的男朋友!"她说。

"呃,我正想跟你说这事儿呢。"塞缪尔说,尽管他觉得现在并不是提这茬的理想时机。但话说回来,如果宇宙真要毁灭了,他不希望在人生最后的时刻里,跟露西·海默尔做天生一对。

"你什么意思?"露西问道。

纳德小心翼翼地退后一步。据说,地狱里没有像女人被甩之后的那种愤怒情绪。纳德在地狱里待了很长时间,对这种愤怒他才刚刚有了领教。如果甩了露西·海默尔比在地狱里还糟糕,那纳德可不想卷入接下来会发生的各种状况里去。他设法将皮尔巡警和两个小矮人安插在了他自己和那场争执之间。

"嗨,等等——"皮尔巡警说,他可能偶尔有点蠢,但对当下情况的走向却看得很清楚。

"你是警察哦,"纳德说,"你有保护大家安全的责任。"

他紧紧搂着皮尔巡警的肩膀,以免这个警察想出脱身自保的法子来。

"其实吧,只不过我们俩之间没那种感觉了,"塞缪尔说,"不是你的问题,是我的问题。"①

"你胆敢这么说!"露西说,"你这么说就是指责我有问题!"

"不,我不是那个意思,"塞缪尔说,"至少,我自己不觉得是那个意思。好吧好吧,也许我有这个意思。"

"但是以前从来没人跟我主动提过分手,"露西说,"都是我甩他们的。我甚至还要发表一份演说,什么我们仍然是朋友啦,你必须勇敢啦,或诸如此类的屁话。"

"对,"塞缪尔说,他脑子还没跟上,就先开了口,"我们仍然可以做朋友,我猜你应该勇敢一点——"

他关于自己和露西·海默尔未来关系的各种可能性展望,由于她右脚鞋子往塞缪尔左膝盖上的一记猛击戛然而止。

---

① 请看第 32 页的脚注,然后把上面句子中的"你"替换成"我","我"替换成"你"。

"哦哦哦！"露西说，"我很高兴终于跟你崩了！你又奇葩，个子又矮，还时常穿错鞋。顺便说一句，今天的约会是我这辈子里最倒霉的约会！"

她转过脸看着玛丽亚。

"你这荡妇①！"她说，"如果你这么喜欢他，就跟他好呀，我希望他让你也能像让我这么开心呢。"

她朝玛丽亚跺了跺脚，又转身像塞缪尔跺了跺脚。

"以防你不明白我的意思，我再说清楚点，"她对玛丽亚说，"我想说，他让我一点都不开心，我希望他像让我不开心那样，让你也不开心。"

"我听得懂你的意思，"玛丽亚说，"我就是喜欢他。实际上，我觉得也许我爱他。"

"警告你，"露西说，"我可不想收到结婚请帖。"

她再一次跺跺脚，叉着手站到纳德和皮尔巡警身边，像一只火炉上的茶壶那样嗞嗞冒气。

"你们俩看什么？"她问。

"没什么。"纳德说。

"我也是，"皮尔巡警说，"我在想自己的心事。"

"可别想歪了，"露西说，"讨厌的男人们啊！"

与此同时，塞缪尔用困惑的表情盯着玛丽亚，那是男人某一天，实际上，是某一夜，轻信了月亮是由奶酪做的时才有的天真表情。

"什么？"他说，想不出其他可说的。

"没什么要紧的，"玛丽亚说，随后补充道，"你是个傻子。"

"什么？"塞缪尔——又说。

"作为一个聪慧的男孩子，"愤愤对乐乐说，这俩人看着这场好戏，觉得趣味无穷，"他有时候真蠢得让人惊讶啊。"

---

① 这句话侮辱意味很强，但只能是被抢了男朋友的姑娘，用来骂抢她男朋友的姑娘。如果你是个小伙子，却骂人家荡妇，会被认为很奇怪的。

"说白了吧，我喜欢你，"玛丽亚说，"非常喜欢。我一直喜欢你。很喜欢你。你明白吗？"

"什么？"塞缪尔——第三次说。

玛丽亚在塞缪尔的双唇上温柔地吻了吻。

"就是这个。"她说。

"啊哈。"塞缪尔说。

"醍醐灌顶。"愤愤说。

"就像一个穴居人发现了火。"乐乐说。

"现在，"玛丽亚说，"回到刚才的老问题上：你和纳德嘀咕什么？"

塞缪尔能回味到玛丽亚留在他唇上的吻。他心神荡漾起来。他感到好遗憾自己要么会被杀死，要么多元宇宙的末日就要到了，因为他意识到自己一直以来都爱着玛丽亚。他现在绝对不想死了，他不想拿自己的命去做筹码，让多元宇宙得以继续存在，但他立刻又面对现实，明白根本没有万全之策，必须有人勇敢地做出牺牲。

他捧起玛丽亚的面庞。

"纳德和我要把我们自己献给阿伯纳西夫人，以便拯救多元宇宙。"他说。

"除非从我尸首上跨过去。"玛丽亚说。

"这个嘛，"一个满是恶毒的声音道，"我可以考虑哦。哦，哈—哈—哈。"

第35章 塞缪尔和玛丽亚

吊足了你们的胃口，该收场了。

塞缪尔和玛丽亚见过不少希拉里·莫尔德的照片，但显然从没料想会见到他本人，也没为此常常担心得睡不着。可纵使在现实中，希拉里·莫尔德也算不上很帅的人。他长着鱼眼，畸形的鼻子，薄瘦的下巴连跟小孩子打架都会被打碎似的。他那点儿稀疏的头发，以奇怪的角度在头上根根竖起，像一把老旧、磨损的颜料刷上的团团硬毛，他的耳朵耸起的方向和脑袋形成直角，像是两扇被卡着关不上了的汽车车门。他还无比病态苍白，像是一具刚刚被挖出来、随后又被遗忘了的尸体。

从某种程度上说，这可能意味着，真实的死亡好像并没让他比本来的样子失色多少，但任何其他人如果也希望如此，恐怕都要极度失望了。希拉里·莫尔德此时比以往更加丑陋，而自从他如字面意义那般发了霉之后，他的姓氏好像也比以往更贴切了[①]：他脸上仅剩的肉上，正长着一些绿莹莹的恶心玩意儿。他的手指部分看上去至少缺损百分之三十以上，指甲都脱落了使得手指看上去吓人的长，而当他的下巴开合时，可以从他脸颊上的洞里看见筋脉蠕动。他巨大的眼睛满是幽黑，当他说话的时候，一缕缕的黑暗如烟般悬于他的唇上。他身

[①] 莫尔德这个姓氏原文中写作 Mould，与英语单词 moldy（意为"发霉的"）很接近。——译注

上的圣诞老人装,可一点没帮他提升形象。

"我猜,你是格里姆里先生?"罗恩警长说,"或者你更愿意我们叫你莫尔德?"

"你们应该叫我莫尔德先生,"希拉里·莫尔德说,"我等待这一天已经很久了。现在——"

"不好意思。"乐乐说。

希拉里·莫尔德想要无视他。他被埋在"乌里奇特&儿子们"商店的墙壁里已经太久了,虽然他的灵魂能够附在沾了他的血的雕像上四处转悠,但总归跟本人自由来去不是一回事儿。他准备了一番长篇大论。他可不打算被一个小矮人给打断了。

"现在,我伟大的——"

"先生,不好意思,"乐乐又说,"还是我。"

乐乐使劲儿地晃着手,但希拉里·莫尔德根本不愿被打扰。

"现在,"他咆哮道,"我伟大的机器将要展现于——"

"我真的需要跟你谈一下哟。"乐乐坚持道。

"先生,先生,"囡囡摇着他的左手,想引起注意,"我的朋友有话要说。"

希拉里·莫尔德放弃了。老实说,这可让人沮丧透了。他发明了一个巨大、神秘的发动机,把自己封印于它的中心,忍受着无聊,长生不死,等待黑暗力量来唤醒他的时刻,而就在他走上成功之巅时,却发觉自己面对的是一群喋喋不休的小矮人。

"嗯,嗯,怎么了?"希拉里·莫尔德想着是不是能让暗影们看在他私人的面子上,叫这些矮子们多吃点苦头。

"先生,"乐乐说,"你的手掉下来了。"

希拉里·莫尔德盯着自己的左手。手还在那儿,缺了大部分手指,但被塞在坟墓的墙体里超过一个世纪之久,你不能指望一点儿小损伤都没有嘛。不幸的是,当他的视线移向右手时,只看到一截断臂。那只手——他最喜欢的一只,上面还连着大拇指和其他三根指头呢——如今躺在他的脚边。

"哦，搞什么名堂！"他说。

他弯腰捡起自己的手。

"你可以试试把它粘回去，"愤愤提出有益的建议，"我觉得胶水不管用，但如果你用胶带把它缠起来……"

"没关系，"莫尔德牙齿磨得咯咯响地说，不管他嘴里留下的那些算不算牙，反正也不多了。

"你可以试试装个钩子。"乐乐提议道。

"如果你再戴个合适的帽子，人们可能会把你想成一个海盗。"愤愤说。

"闭嘴！"希拉里·莫尔德尖叫起来，"我跟你们说了：没关系。我另外有只手。就让这只掉了好啦。"

乐乐逮到了讲笑话的机会，但希拉里·莫尔德看出了端倪，在他开口之前打断了他。他把断手插进口袋里，用他剩下的手指中的一根指着小矮人们。

"我警告你们。"他说。

乐乐举起双手做投降状——呃，是一只手。他把另外一只手藏进了袖子里。

希拉里·莫尔德表情痛苦而扭曲。按照计划，事情完全不是这样进展的。

"先生。"困困又说。

"听着，"希拉里·莫尔德说，"让我把话说完。我还有很多要讲呢。"

他摸索着另一个口袋，拿出一张折叠得破破烂烂的纸。他想要把纸展开，但很快由于手指不全而陷入了困境。

"要帮手吗？"一个小矮人的声音说道。

希拉里·莫尔德可不会上当受骗。他按捺住火气，设法展开了纸，查阅起罗列好的事项。

"嗯，"他喃喃自语，"有了，'这一天已经等了很久了'——就是这。笑容要真诚。接着描述一下神奇的发动机，告诉他们统治世界的事儿,再次邪恶地大笑,移交给……好了,行,就这样。"

他清了清嗓子。

"啊哈—哈—哈—哈!"他笑道。

"先生。"困困说。

"怎么了?这次又演哪出?"

"你戴眼镜吗?"

希拉里·莫尔德看上去很困惑。

"有时候会戴。"他说。

"那,"困困说,"我很不愿意打断你的,但我得告诉你,今后你可能戴眼镜会有点麻烦。"

"为什么?"

"你的右耳朵刚刚掉了。"

希拉里·莫尔德摸了摸面颊。小矮人说得没错。他的右耳不在了。他看到它落在了他右脚鞋面上。

"哦,真气人!"他说。

他不想让耳朵就这么躺在那里。可能有人会踩到它。但他连手里的纸都快拿不住了。

"很抱歉,"他说,"有人能帮我捡一下耳朵吗?"

乐乐挑起了这副担子。

"我会在下面替你把另外一只也接住的。"他说,因为希拉里·莫尔德的左耳,显然很惦念它的伙伴,摇摇欲坠,也要从他的脑袋上脱落了。

"你想我把它们跟你的手放在一起吗?"乐乐问。

"如果你不介意这么做的话。"希拉里·莫尔德说。

"一点儿也不介意。"

乐乐提溜着耳朵,放进了希拉里·莫尔德的口袋。很不幸的是,口袋已经被手装满了,所以乐乐不得不用了点力气把耳朵也塞了进去。当他这么做时,明显感觉到有东西折断破碎了:而且碎了的不止一样东西。

"轻拿轻放啊,"希拉里·莫尔德说,"我相信总有办法把它们再安回去的。"

"别担心,"乐乐说,小心翼翼地用希拉里·莫尔德外套的边缘擦着沾在自己手指上的耳朵碎屑,"当他们把这些重新安上之后,你看上去会焕然一新的。"

乐乐回到了自己的伙伴身边。

"他再也戴不上眼镜了,"他跟愤愤咬着耳朵,"我也不知道以后他怎么给手表上发条。"

希拉里·莫尔德很焦虑。他刚刚发现了在地下室的墙壁中埋藏太久导致的危险之一:腐烂正逐渐开始。即使在他的残躯里有一点暗影的精华流过,他仍然处于在今晚整个事件结局到来前就完全散架的高度危险中。

"我猜你们想知道为什么我发明了发动机。"他说。

"对,我们是有点想知道。"塞缪尔说。

"我知道,"希拉里·莫尔德说,"在辽阔空间之外的某个地方,有一股强大的黑暗之力。"

他朝着围绕他们身边的星辰猛地一甩。一根手指飞进了黑暗之中。

"就假装什么也没发生。"希拉里·莫尔德说。他继续道:"我感觉到黑暗正召唤我。我听到了迷失的声音。我悟到了自己必须建造的东西:一台发动机,一台五角星形状的伟大超自然力机器,随后暗影们就能到来。"

"那你得到了怎样的允诺作为回报?"纳德问。

"永恒的生命!"希拉里·莫尔德说,并且加上了"哇—哈—哈—哈—哈!"的音效。

"那允诺怎样在你身上起效呢,如今你正一点点散架哟?"

"会没事儿的。"希拉里·莫尔德说。

他的鼻子抽搐了一下。

"腐烂散架只是暂时的,我有把握。"

他忽然明显有打喷嚏的欲望。他能感觉到。

"可恶的灰尘。"

希拉里·莫尔德打了个喷嚏。他的鼻子从愤愤身边射了出去，愤愤想抓住它，却是徒劳，指尖反而还把它戳破了。

"真是帮倒忙，"沃尔姆伍德说，"我能体会你的感受。"

"我一点也不担心，"如今没了鼻子的希拉里·莫尔德说，"暗影会把我恢复原样的，作为回报，他们会让我统治地球。"

塞缪尔怀疑地看着他们头顶上隐约可见的暗影，它们还等待着找到进入这个宇宙的途径。他不相信它们会信守跟希拉里·莫尔德达成的合约。一旦它们得逞，就没地球能留下让他来统治了。

"但发动机不管用，是吧？"玛丽亚说。她站在塞缪尔身边，看上去毫不畏惧。她也让塞缪尔感到勇气倍增。"不像你想的那么管用。"

"显然，出了点，问题，"希拉里·莫尔德承认，"暗影还是没法进入我们的世界。由于发动机仅仅是由一个人类设计的，因而缺少足够的灵力。这就是为什么我把自己藏在地下室里，等待境况改变的原因。暗影让我耐心等待。它们说，在适当的时候，人类自己的发明会削弱维度之间的藩篱。它们是对的：发生的事情正如它们所料，但是，但是削弱得还不够充分。还有最后一个因素要具备：一种比暗影还要厉害，甚至比绝大多数人类制造的机械都要厉害的力量。它是——"

"一颗心。"塞缪尔替他把话说完整了。

希拉里·莫尔德第一次露出了惊讶的神色，还有点失望。这原本是他要揭示的重大真相，而现在一个男孩剥夺了他的乐趣。有一群小矮人已经够受的了，而现在更是糟糕得无以复加。他决定，一旦暗影们进入宇宙，他要先好好睡上一觉，并且永生永世不跟任何小矮人或小孩子说话。

"是的，一颗心，"他说，设法掌控住局面，"一颗只充溢了邪恶的心脏；一颗能够在我的发动机里抽动、为打碎宇宙间的壁垒和藩篱提供燃料的心脏；一颗对地球充满仇恨、与暗影本身相配的恶魔心脏。"

他加上了另一次"哇—哈—哈"的音效，但因为缺了鼻子，声音听上去很滑稽。

"那你和暗影跟阿伯纳西夫人说了给她什么回报呢?"塞缪尔问。

"我们承诺,"他说,"把所有地球上忤逆她的人都交给她。尤其,我们答应给她的是……塞缪尔·约翰逊!"

"那让她来找我吧,"塞缪尔说,"但是让暗影放过我的朋友,放过地球和多元宇宙。"

玛丽亚抓住了塞缪尔的右手,紧紧地握着。

"如果他去,那我也去。"

"听着,"希拉里·莫尔德说,"你们都要去。明白吗?你们每个人,都在劫难逃。她不想跟你们讨价还价。她没必要讨价还价。她得到她想要的,暗影得到它们想要的,我得到我想要的。不过我要说,塞缪尔,她跟你缘分实在不浅。哦,实在是缘分天注定。"

"她想拿我怎么样?"塞缪尔问。他很高兴自己的声音没有颤抖,虽然他害怕得很。

"她要把你的心脏挖出来,再把她自己的心脏放进去。"希拉里·莫尔德说,"你会成为她新的身体,承载她的邪恶。而你会有意识,有感觉,因为她会把你的知觉跟她一块儿囚禁在身体里,就像把犯人锁在监狱里。她要让你看着她毁灭你的朋友们,但她会把你的狗留到最后处置:你的狗,还有你的恶魔朋友纳德。她会慢慢折磨他们。恒星会衰亡,星系会终结,但他们的痛苦会持续,而你会目睹他们受苦的每一秒钟。"

博斯威尔朝希拉里·莫尔德吠了起来。它听到他提到自己的名字,感觉到这个干枯的、臭烘烘的男人对它和塞缪尔不怀好意。博斯威尔就要向他扑过去了,再咬掉几根他的胳膊腿儿,但塞缪尔拉住了它。

纳德走上前来。

"你是个蠢货。"纳德说。

"为什么这么说?"希拉里·莫尔德问。

"因为你相信暗影,还相信阿伯纳西夫人。等暗影攻进来,它们会把你连同这个宇宙里所有的东西一起弄死,而阿伯纳西夫人是不会保护你的。她甚至也保护不了她自己。暗影是多元宇宙里恶魔之王唯一不能使之屈服的实体。如果连恶魔之王都没法使之屈服，那为什么你认为它的一个副官——顺便说一句，是一个两次被同一个男孩和他的狗打败的副官——能成功使之降服？"

"她强大着呢。"希拉里·莫尔德坚持道。

"她很弱小，"纳德说，"甚至在塞缪尔和我们大伙儿把她撕成碎片前，恶魔之王就不搭理她了。她让恶魔之王失望了，它已经不喜欢她了。"

一丝不安的表情在希拉里·莫尔德腐烂的身躯上闪烁。纳德立刻注意到了。

"啊，她没跟你提过这个，是吧？她没告诉你她被她的主人抛弃了。我们比她强大，而且一直如此。你被耍了，莫尔德先生。等暗影到来，你跟她的联盟救不了你的。如果你能借机获得永生，也将是跟紧紧压覆在你身上的暗影一起在虚无中度日，如果我是你，还不如不活了呢。"

希拉里·莫尔德的信心崩溃了，他的身体亦是如此。他想说服自己纳德在说谎，但他不能。纳德的话里有力压千钧的真相。

"她不过是一直在利用你，"纳德说，"她就是这么做的。她既聪明，又无情。等她榨干了你的利用价值——很快就会如此的，我觉得——她会把你出卖给暗影，而你会宁愿自己从来没掺和过此事，多年前就死了，而不是在老旧商店里四处乱晃，谋求某天统治世界。"

话说到这份上，希拉里·莫尔德已经深信不疑了。纳德押宝押对了。

"发动机，"希拉里·莫尔德说道，他对将要临头的可怕厄运看得越来越清楚了，"发动机必须被关闭。"

"怎么关？"纳德问。

但就在希拉里·莫尔德回答前，他的下巴掉到了地板上。他跪下去拾下巴，但左腿膝盖以下折断了，人向一边倒了下去。塞缪尔向他跑去。他想到了克鲁福德。如果克鲁福德能够找到阿伯纳西夫人的心脏并把它偷走，那发动机的能源供给就断了，而暗影就没法从它们的世界侵入到此处的世界里了。

"心脏在哪里,莫尔德先生?"塞缪尔问,"告诉我们,求你了!"

希拉里·莫尔德只剩下一根手指了。他缓慢地将蜷曲的手指伸直,但在得以指向身后的小屋前,他整个人就散了架。塞缪尔差点没能躲过把希拉里·莫尔德砸得粉碎的大石头。

塞缪尔耳朵里响彻石头咔嚓碰撞坠落的声音。他的眼睛里和嘴巴里落满了干巴巴的粉末,有些几乎可以肯定是希拉里·莫尔德的碎片。他把它们吐了出来。

他的头脑中响起怦怦的噪音:一颗不是他自己心脏的跳动声。好像就如希拉里·莫尔德警告的那样,阿伯纳西夫人已经进入了他的身体似的。他试图找出声音的来源。它来自于附近的人群或非人的群体之中。

它来自他们中的某个人*身体内部*。

其他人几乎跟塞缪尔同时意识到了这点。他们慢慢地相互远离——观察着,倾听着——随后又再次聚拢,以此缩小声音来源的范围,直到最后,只有一个人形单影只,而阿伯纳西夫人的身份也就此暴露了。

第36章　黑暗的心脏被毁灭了

到底谁是阿伯纳西夫人？

他们这一小伙人中被孤立的那个成员一言不发。沉默的僵局只好由希尔伯特教授来打破。

"多萝西！"他嚷道，"呃，当然啦，多萝西以及/或者雷金纳德。真的是你吗？"

"叛徒！"礼貌怪说。"八个字母，"它补充道，"'抛弃了一个党派或组织并加入了另一个的人。'"

"不对，"塞缪尔说，"我不觉得多萝西真的存在过。"

希尔伯特教授转向斯蒂芬教授。

"我以为是你雇用了她。"他说。

"我以为是你雇的。"

"我们需要一个更严谨的用人制度了。"希尔伯特教授说。

多萝西/雷金纳德撕掉了她的假胡子。展现出来的是一个开始变黑腐烂的下巴。她扯动自己的头发，头发从她的头盖骨上一撮撮脱落，最后只留下一张光秃秃的、满是斑点的头皮。她的身体开始膨胀，撑破了她的衣服。她的手臂和腿变长了，他们能听到骨头之间相互碰撞的尖利嘎吱声，以及肌肉噼噼啪啪的拉扯声。她的身高超过了他们每个人的头顶，一边后背上暴突出许多触角，触角鹰钩状的尖端在空中张牙舞爪，而她黑色的心脏用毒液把寄生的身体漂浮起来，并且改变着它的样貌。她的头胀得老大，犄角从骨头里长出来，她的嘴巴也越张越开。她的人类的牙齿从牙龈上暴突出来,变成了七扭八歪的尖利獠牙。她让塞缪尔联想到一只巨大的黑螳螂,但还是依稀能看出一点点巴力的影子,还有很多阿伯纳西夫人的影子。她的皮肤有点半透明,骨骼和肌肉在下面清晰可见,而与此同时,她黑色的心脏在身子的中央跳动,被一层厚而坚硬的角质细胞组成的防护盾保护着。

但那双眼睛引起了塞缪尔的注意。它们很大,仍然保持了人眼的形状,但眼神中普通人的痕迹早就消失不见:那双眼睛里只有绝对的疯狂。塞缪尔觉得,这就仿佛向暴风眼里凝视,看到纯粹、无情的死寂。

"你好啊,塞缪尔。"那只怪兽肆无忌惮地说道,声音还是阿伯纳西夫人的。

"你好。"塞缪尔说,憋不出其他更好的说辞来。在他脚踝边某处,响起了博斯威尔的吠叫。阿伯纳西夫人曾经把这只小狗伤得很深。它没有忘记,但也没有惧怕。与之相反,它好像还急于用自己的力量对她进行回击,给她点颜色瞧瞧。

在他们头顶上,暗影聚集起来,它们的分量重重压向地球。它们觉得自己的机会临近了。很快这个世界就是它们的,随后是一个又一个其他世界。它们会吞噬宇宙中的每一颗恒星,将之变得冰冷黑暗,随后再将魔爪伸向多元宇宙剩下的地方。到时候它们会攻下地狱,熄灭地狱之火,因为暗影希望世上再无火光燃烧。暗影只想将黑暗传播四方。

"看看你们大伙儿,"阿伯纳西夫人说,"看看你们如此轻易就上了我的当。"

她环顾丹和小矮人们,罗恩警长和皮尔巡警,尚和迦特,还有玛丽亚,甚至还有礼貌怪,最后将疯狂的眼神落在塞缪尔和博斯威尔,以及沃尔姆伍德和纳德身上。

"你!"她对纳德说,"两次毁了我。两次站在人类一边反对你自己的种族。不会再有第三次了。"

一条长长的分叉的舌头从她嘴里吐了出来,像条蛇似的在纳德身边围成圈。舌头表面张开一个个洞,每个洞都是一张小小的嗷嗷待哺的嘴,嘴里一排尖牙。这条舌头靠近了纳德,却没有触碰他,而他也毫无退缩之意,僵持到最后,她把舌头收回嘴里。

"还没到时候,"阿伯纳西夫人说,"这样有点操之过急,不能这么便宜就让你死了。莫尔德是对的:还有更深重的惩罚等着你呢。"

"他从来都不该相信你,"塞缪尔说,"如果他稍微动动脑子,就会知道最后你会把他杀掉的。"

"杀了他?"阿伯纳西夫人说,"我没有杀他。他已经是死人了。他不过是不想承认而已。我能感觉到他把我唤醒了。他很弱小,就跟你们这种人一样。暗影不会跟他这种人为伍的:至少,关于这点,你们说的没错。"

"它们也不会与你为伍的,"纳德说,"它们对恶魔的仇恨跟对人类的一样多。它们会毫不犹豫地消灭你的。"

"也许吧,"阿伯纳西夫人说,"但首先他们得找到我才行。要知道,从某种程度上说,当你们把我扯成原子颗粒撒得满多元宇宙都是的时候,是帮了我一个大忙。直到那时候,我才知道自己有多强大,因为当我爆裂时,当我体会到前无古人的痛楚时,我也瞥见了多元宇宙的全貌。有片刻时间,我看到了每一个宇宙,每一个维度,因为我是它们的一部分,而对于那一时刻的记忆被我的每一颗原子都吸收了。我了解了多元宇宙:我知道它哪一部分最脆弱,哪一部分最强大。我知道宇宙之间的孔洞在哪里。我可以永远领先暗影一步,因为总会有新地方可以躲藏的。"

"那你想过恶魔之王吗?"纳德问,"它不会原谅你把暗影引来多元宇宙的。它会悬赏捉拿你,以此来宣示自己对多元宇宙的主权。恶魔之王会一直追捕你,直到最后一颗恒星消失。"

"我也总能比我们的主人先行一步的,"阿伯纳西夫人说,"我对多元宇宙的了解程度要高于恶魔之王。那老恶魔在地狱里待的时间太长了,变得又拖沓又疲乏。它只晓得发飙,但我了解多元宇宙的每个角落和每条缝隙。也许有朝一日,其他恶魔会投奔我,只留下恶魔之王守着它的宏伟大计,感到无穷无尽地受伤。而且,是有办法打败暗影的。存在着由纯粹的光组成的宇宙。暗影的贪婪终将把它们引向那些地方,我会在那里等着。也许要等待很久,但我有得是时间。"

她再一次转向塞缪尔。

"你会跟我在一起,塞缪尔:在我流亡期间,你会陪着我,你会活生生地意识到,由于你的瞎掺和,你的家庭、朋友以及很多世界,要遭受深重的痛苦。"

"带我走好了,"塞缪尔说,"我自愿跟你走。你对我做什么都可以,但请你放了其他人。放过所有这些世界。"

"不。"阿伯纳西夫人说。

"你也可以带我走,"纳德说,"我愿意在他身边一起受苦。"

"反正你们总要受苦的,"阿伯纳西夫人说,"你们应该已经听莫尔德说过了:对于尽在我掌握的事情,你们没什么好讨价还价的。"

"但为什么因为我要让他们全都受折磨呢?"塞缪尔问。

"因为我乐意,"阿伯纳西夫人说,"因为这样很享受。"

塞缪尔努力回忆着克鲁福德说的关于利用阿伯纳西夫人的虚荣心的事。

"但是,如果你阻止暗影肆虐,让那么多人幸存,不是更能彰显你力量强大吗?"塞缪尔说,"赋予他人生命不是比剥夺他人生命更伟大吗?"

阿伯纳西夫人挥了挥手撇清这种可能性,就好像驱赶眼前一只很小很小的在飞的苍蝇似的。

"不,"她说,"不会这样的。"

"老实说,"乐乐对愤愤说,"这话我也不买账。"

"理由太生硬了,"愤愤同意道,"就像是告诉我们,最好是花钱买东西,而非不费分文去偷一样。我意思是说,这也许是事实,但相信了却会寸步难行。"

"你要知道,"礼貌怪对阿伯纳西夫人摇头说道,只有最温和的人才能做到像它那样压抑怒火,"你真的是个非常,非常粗鲁——四个字母,'举止恶劣或不礼貌'——的恶魔。"

阿伯纳西夫人咆哮起来,臭烘烘的唾沫星子四处飞溅。

"够了!"她说,"开始吧。"

坍塌的小屋的石块慢慢地升到空中,随之而起的不仅有希拉里·莫尔德灰扑扑的残骸,还有一扇非常古老、破旧的木门。它悬在离地只有一英尺高的空中,门中央有一把锁。

"这是最后一道壁垒,"阿伯纳西夫人说,"只要一把钥匙就能将它打开了。"

她充满威胁地挨个儿扫视一张张脸,直到在玛丽亚身上停了下来。

"你,"她说,"我知道塞缪尔喜欢你。就由你来提供钥匙吧。"

她一边说,背上的两根触角猛地甩出,缠住了玛丽亚,把她带离了地面。

"你就是钥匙,"阿伯纳西夫人说,"钥匙就是鲜血。"

门的表面涟漪骤起。古老的木头上突起很多木钉,每一根都能把人像大头针钉昆虫那样刺穿。锁孔改换了形状,像一张嗷嗷待哺的血盆大口。此时,他们头顶上最后一颗星星消失了,暗影汇聚成了一整团黑色,形成一张包含了很多存在体的脸庞,而星系则被它吞进了嘴巴里。

小矮人们冲向阿伯纳西夫人,她用自己的触角以及细长的、每一根末端带有尖利爪子的手臂反击。纳德和沃尔姆伍德跑向她的腿,徒劳地想要令她失去平衡,来个倒栽葱。警察们也在丹和礼貌怪的掩护下加入了攻击。甚至连露西也冰释前嫌,加入到战斗中来。他们用警棍和拳头,板球拍和网球拍攻打阿伯纳西夫人,但这个恶魔对他们来说实在太强壮了。他们唯一能做的就是分散阿伯纳西夫人的注意力,但至少他们阻止了她继续靠近那扇门,把玛丽亚钉到它虚位以待的木刺上。

即使在一片嘈杂之中,塞缪尔的声音仍然很响亮。

"大伙儿后退!"他叫道。

攻击者们毫不犹豫地听从他的命令,跟阿伯纳西夫人保持距离。

"放下我的女朋友!"塞缪尔说。

一只黑乎乎的东西呼啸着穿过天空朝阿伯纳西夫人飞了过去,它的软木塞已经被拔掉,里面的溶液争相溢出。刚刚到达现场的尚和迦特很伤感地看着溶液洒了出来。

小矮人们也看见了。

"那是——?"愤愤一边说,一边找着掩体。

"不会吧,"乐乐说,他已经藏到了罗恩警长的身后。

"我以为这只是个传说。"困困说,他已经拿定主意,如果必须有人上前去的话,那就让礼貌怪去,因为它大概太过礼貌而不会拒绝,这样还能拿它当掩护。

"斯皮吉特'老恨酿'。"咕咕说,他的声音里有畏怯,以及对自身安全的担忧,因为好像没留下什么地方可以给他躲的了。最后,万不得已,他把自己蜷缩起来藏进一只小球中,并且祈祷老天保佑。

瓶子砸到了阿伯纳西夫人的胸口,炸得四分五裂。这种会发酵的战斗武器洒到了它的皮肤上,并马上像强酸一样起了反应,烧穿了围在她心脏周围的防护盾。阿伯纳西夫人疼得尖声大叫,把玛丽亚扔开了。她的触角和手臂本能地拍打着不断扩散的伤口,想要把皮肤上的液体擦掉。但结果液体反而蔓延到其他肢体上,并且把它们也灼伤了。她声嘶力竭的尖叫越来越响,但这叫声又由于痛苦太过剧烈而逐渐微弱到几不可闻,因为最先洒上去的斯皮吉特"老恨酿"已经侵入了她的心脏。

就在这时,从阿伯纳西夫人体内传来一阵湿漉漉的爆裂声,她的心脏跳了出来。看上去好像是一股力量自动将其挤出了毁坏殆尽的身体,仿佛想要逃避它的命运。最后,心脏完全脱离了她的身体。而直到看见一团小小的凝胶状物质出现在了心脏的后面,黑色的污血喷到他身边时,大家才看清到底发生了什么事。

阿伯纳西夫人汩汩冒着血。她竭力想去抓自己的心脏,但克鲁福德的动作比她快得多。他渗透到了阿伯纳西夫人够不着的地方,她的身体由于受伤变虚弱而垮了下来。生命的迹象从她眼睛里消失了。就像圣·约翰-乔姆德利先生一样,她的人类躯壳仅仅是一个盛放邪恶本质的容器。她邪恶的心脏还在克鲁福德臂弯里继续跳动,那是她所有真实力量的所在。

那扇木门轰然倒塌了。暗影的面容张开了嘴,发出挫败而愤怒的无声嘶喊,然后不见了。多元宇宙各维度之间的分层也慢慢地隐匿了,就像在透明的塑料板上将星星状的斑点一层层擦去,最后天空中只留下一套熟悉的星座分布,然后甚至连它们也消失了,因为"乌里奇特&儿子们"商店的地板、天花板和墙壁再次现出了形状。塞缪尔和其他人站在小屋的废墟边,除了阿伯纳西夫人的心脏外,一派寂静。

"哪儿也别想去,"克鲁福德说,"我要成为一个——"

然后,他和那颗心脏,消失了。

第 37 章　罪有应得的阿伯纳西夫人

阿伯纳西夫人的真面目被揭开了。

一大群恶魔聚集到了科塞特斯湖边,这里是地狱中最寒冷、最荒芜的地方。犬牙交错的山峰自湖边拔地而起,它们的影子整个儿倒映在了湖水冰封的表面。山的罅隙和洞穴中没有任何居民:就连最吃苦耐劳的恶魔都离科塞特斯湖远远的。一股凛冽如刀割般的狂风终年在湖面的白色冰原上呼啸,只有一些没彻底浸没到冰雪中的身躯,任凭狂风肆虐吹打。

科塞特斯既是湖,也是河,它是环绕地狱的五条河流之一,其余四条分别是斯提克斯河、弗勒革同河、阿刻戎河与勒忒河。但科塞特斯河是最深的,又由于它流经"忧伤之原",因而也是最宽广的。那里就是恶魔之王关押背叛者的地方。这座湖有四个区域,一个比一个深:那些罪孽比较轻的背叛者,被允许把上半身和胳膊露在冰面之上;那些背叛罪到达第二层级的,冰面冻到脖子以下;到了第三层级,全身都被冰雪包围,但它们躺的地方仍然能有一点点光穿透进来;最可怕的是被囚禁于湖的最幽深之处,那里既无光,也无望。

恶魔之王本人曾经是这座湖里的一个囚犯,它是被一股比它本人更强大的力量置于此处的,但是一个恶魔用大汽锅煮沸熔岩融化了冰雪,将它解救了出来。每一锅熔岩只能融化一寸冰雪,而在下一锅熔岩得以运来之前,大部分冰雪又重新冻上了,所以每一锅熔岩只能令冰面起一点点微不足道的变化。但是那个恶魔仍然将熔岩灌满汽锅,运到湖边，夜以继日不眠不休地干了一千年，直到最终冰雪变得足够脆薄，让恶魔之王得以逃脱。

那个恶魔就是巴力，后来又成了阿伯纳西夫人。

恶魔之王不是一个熟悉伤感或悔恨之情的生物。它实在太自私、太专注于自己的痛苦了。但阿伯纳西夫人的背叛对它的伤害是史无前例的。如今它不得不让这个恶魔接受惩罚，将其投入当年它将自己解救出来的同一座湖中。要是恶魔之王身上有哪怕一个怜悯的原子，它大概也会想到原谅阿伯纳西夫人的，或减轻对她的惩罚，作为对她昔日效忠的回报。

但是恶魔之王压根儿没有一点点怜悯之心。

它命令地狱里所有的恶魔都集中到"忧伤之原"来，目睹阿伯纳西夫人的命运。这对他们都是个教训。恶魔之王对于忠诚的要求是毫无二话的。背叛的后果只有一个：投入冰湖。

它的面前排列着装有阿伯纳西夫人各种身体部件的广口瓶。恶魔之王发出号令，各个瓶子被倒空在冰面上，直到阿伯纳西夫人——部分是人类，部分是巴力——重新聚集成形，只有心脏的位置仍然空着。最后，克鲁福德在地狱看守的护送下出现了，双手捧着跳动的黑色心脏。

"情况如何？"恶魔之王问。

"暗影已经撤退了，我威严的主人，"克鲁福德说，"它们再也不会对您产生威胁了。"

恶魔之王没有受到克鲁福德的开朗情绪的感染。暗影帝国的威胁始终存在，尽管恶魔之王没有大声说出来：这样一来会显出自己的虚弱，甚至是恐惧，但它在地狱一大帮子下属面前绝对不能有虚弱或恐惧的样子。在恶魔之王身边，地狱看守拍了拍自己的蝙蝠翼，这也是它给出的唯一反应，表明它知道暗影带来的危机有多深重。

"那个男孩怎么样了？"恶魔之王问，"那个叫塞缪尔·约翰逊的男孩？"

"是他打败了阿伯纳西夫人，"克鲁福德说，"如果没有他，她可能就顺利完成了仪式,暗影对世界的统治很可能由此开始。"

"这么能干,"恶魔之王说,"还这么勇敢。有朝一日,也许我们能诱惑他,让他站到我们这边来。"

克鲁福德对此很怀疑,但他很明白这话最好别说出来。

"还有叛徒纳德呢?"恶魔之王问。

"他仍然跟那个男孩一起待在地球。"

"他应该被带到这里来。他应该跟其他背叛我的人一样冻在湖里。"

克鲁福德再次沉默。他感到地狱看守的八只眼睛在盯着自己,等着他出岔子,抓住他话中的把柄,但是克鲁福德什么都没说。

恶魔之王挥舞起一只戴满珠宝的爪子。

"把心脏给她塞回去。"它命令道。

克鲁福德照办了,很高兴能甩掉这可怕的玩意儿。心脏立刻跟周围的肉身融合起来,阿伯纳西夫人分散的各部分身躯又开始聚合。原子结合起来,骨骼伸展开来,静脉和动脉罗织成复杂的网络。

等一切完成,阿伯纳西夫人睁开了双眼,还抬起了脚。

"主人。"她说。

"叛徒。"恶魔之王说。

"我所做的一切,都是为了您。"

"不,你是为了自己这么做的。你跟我们的敌人为伍。你召唤来暗影是为了满足自己的私欲。你会把多元宇宙、最终还有地狱都拱手相让,所有这一切不过是为了让你能向一个人类小孩报仇。"

"不是这样的,"阿伯纳西夫人说,"这是我计策的一部分。我有个秘密计划……"

她现在害怕了。冰雪已经令她赤裸的双脚火辣辣地痛。她向克鲁福德抛去求助的目光。

"告诉我们的主人,克鲁福德。告诉它我是忠心耿耿的。"

但克鲁福德不会替她说什么好话。阿伯纳西夫人还想去求地狱里唯一不会说谎的恶魔。在她能开口之前,恶魔之王的右手环住了她的身体,把她高高地提到湖面上。

"我要谴责你，"恶魔之王说，它的声音在群山间回响，地狱中的每一只恶魔都冷眼旁观，"你是一个叛徒，对叛徒来说只有一项惩罚。"

随后恶魔之王使出浑身的力气，抡起阿伯纳西夫人投入了冰湖。她撞穿了冰面，冰块在她面前纷纷退开，由着她在湖水中越沉越深。最后，当她沉到比所有其他受到冷血魔爪审判的罪人更深之处时，她下沉的速度放慢了，最终完全停了下来。冰雪在她头上合拢了，她眼前一片漆黑。

恶魔之王还有最后一项任务要完成，因为有一个恶魔，绝对不能任其在地狱和多元宇宙间自由渗透，将他乐观开朗的情绪肆意散播。科塞特斯湖里也有克鲁福德的一席之地。凡事往好的一方面去看，也算是对恶魔之王所代表的一切的一种背叛吧。

但是当恶魔之王想要抓住克鲁福德的时候，这个小恶魔已经溜走了，而且再也没在地狱中出现过。

第38章　话别恶魔朋友

分别总是难免的。

"乌里奇特＆儿子们"商店中一片寂静，塞缪尔和其他人盯着克鲁福德借以在维度间穿梭的虫洞。

"呃，我们要有一阵见不到——"乐乐话音未落，克鲁福德又一次出现了。乐乐稍稍有点沮丧。他一直很想将克鲁福德的帽子占为己有。

"都完事儿了，"克鲁福德说，"请问，我能拿回我的帽子吗？"

乐乐勉强挤出他能调动起来的最大笑容，但也并不怎么明显。

在他们身边，直到刚才还装着阿伯纳西夫人黑色心脏的变形身躯已经开始腐烂。那些诺斯费拉提啦、蜘蛛啦、凶恶的小丑啦，全都消失了。许多玩具四散在地板上，但它们再也不会心意已决去伤害任何人了。它们就是些玩具而已，但即便如此，塞缪尔觉得他以后看到泰迪熊时，内心的感受也大不相同了。

"那颗心去哪儿了？"纳德问。

"回到阿伯纳西夫人身体里去了。"克鲁福德说。

"那她如今在哪里？"

"被冰冻在接近科塞特斯湖底的某个地方了。"

"啊，原来如此。说明恶魔之王不太高兴见到她咯？"

"哦不，它很高兴，"克鲁福德说，"不过它高兴是因为这样一来就能把她永远冻在冰湖里了。我觉得有可能它也想把你跟她一块儿关在那，纳德。我还觉得，如果不是我溜得快，它连我也要冻在冰里。"

"啧啧，你毕竟替那下三烂的老家伙立下汗马功劳的啊。"纳德说，"有些恶魔就是毫无感恩之心。"

"不过对我来说，这样最好不过，"克鲁福德道，"我在地狱里一直都格格不入。我不想折磨人或吓唬人。我总觉得下一个路口，会有更好的事情发生。当然，未必如此：下一个路口更可能是地狱，但我从来不放弃希望。可惜的是，地狱从来容不下乐观开朗。呃，它的确也给乐观留了位置，不过是在湖底。"

"就是说，你再也不回去了咯？"塞缪尔问。

"我并不想回去，"克鲁福德说，"我对多元宇宙熟悉得很，就像阿伯纳西夫人一样。我知道每一处小后门，了解每一道缝隙和每一个孔洞。我想我大概会永远这么探索下去。毕竟，有很多可看的东西。多元宇宙是个很棒的地方。

"再说我也不是唯一逃亡的恶魔：多元宇宙里四散逃窜着上千只恶魔，其中只有部分是邪恶堕落的。它们中有很多可爱极了，敬业得让人钦佩。比如康姆斯蒂伯先生，他就在离这儿几个宇宙远的地方当烘焙师。他的肉桂卷绝对值得你穿越几个维度去品尝呢。"

"我是否能猜想，你可以帮我回家？"礼貌怪问，"不是说在这儿不开心，但是我有壶茶烧在茶炉上——五个字母，'一种用来烹饪和加热的装置'——还有我妈妈要等急了。哦，我还有个填字游戏要做呢。"

"很高兴能帮到你。"克鲁福德说，他是当真的。

"我也很想一同前往，"一个声音说，"实际上，是*我们*很想一同前往。"

说话的是纳德。塞缪尔震惊地看着他。

"怎么了？"他问，"你们要离开？为什么？"

纳德看着眼前的男孩。塞缪尔是他的朋友，是他有生以来的第一个朋友，如果不算上沃尔姆伍德的话，纳德没把沃尔姆伍德当朋友，起码不是正儿八经的那种。（纳德不想让沃尔姆伍德觉得自己很需要他。纳德当然需要他，沃尔姆伍德也知道他需要自己，但这不意味着俩人要一直肉麻兮兮地提到这茬。）塞缪尔让纳德成了更差劲的恶魔，却成了更好的人。为了这点,纳德永远都爱他。

"我不属于这儿,"纳德说,"我已经努力地寻找归属感了,但我仍然是一个恶魔,而且将永远如此。如果我待在这儿,就要永远掩藏自己的真实天性;如果我不掩藏,他们就会把我关起来,或者想法毁灭我。就算我能蒙混下去,也成不了我自己。我会是跟约翰逊一家人住在一起的那个长相奇怪的家伙,身边还有一个长相甚至更奇怪的朋友。"

"说的是我吧,"沃尔姆伍德毫无必要地补充了一句。

"等你以后长大了,我该怎么办呢?"纳德继续说,一边带着些许深情地拍了拍沃尔姆伍德的后脑勺,"我继续跟你妈妈住在一起?我去跟你一块儿住?你怎么跟你的妻子和孩子解释我的存在?"

"就是说,你准备逃跑咯?"塞缪尔问。他在跟自己的眼泪作斗争,但是它们赢了,他恨它们获得了胜利,"你要因为一些都还没发生、也可能永远不会发生的事情而离开我?"

"不,"纳德说,"我离开是为了给自己创造人生。我在地狱里待了太久,而你在这儿给我留了一个位置。你向我展示了一个新世界。不仅如此,你还给了我希望。现在我想去多元宇宙探探险,看我还能变成什么样子。而你也必须拥有你自己的人生,塞缪尔,你的人生不应该总有两只恶魔相伴左右,老是需要你去保护他们。"

"不要,"塞缪尔说,"不要走。不要离开我。"

现在纳德也哭了,大颗大颗湿漉漉的悲伤泪珠浸透了他的精灵服。穿得像只巨型精灵似的很难显得庄重。

"请理解我,"他说,"请让我走吧。"

塞缪尔因为悲伤拧紧了脸庞。

"那就走吧!"他大叫道,"去多元宇宙里到处转悠吧。反正你对我来说只是个负担。我总是担心你,而沃尔姆伍德不点着东西的时候就把东西搞得臭烘烘的。走啊!去找你的恶魔朋友吧。我不需要你。我不会再需要你了!"

他朝纳德背过脸去。玛丽亚想去安慰他,但他甩开了她的手,从她身边走开了。

为了给塞缪尔一点空间释放悲伤和愤怒,其他人慢慢地排成一排,跟纳德和沃尔姆伍德握手道别。小矮人们甚至在没偷他们东西的情况下拥抱了他们。当他们的告别结束之后,克鲁福德用手指在空中画了一个圈,一个洞打开了。在洞的另外一边有红色的海洋,有一艘扬着黄色船帆的白色小船停泊在洋面上。

"那是我们要去的地方?"沃尔姆伍德问。

克鲁福德耸耸肩,说:"我不知道。去看看再说。"

克鲁福德和沃尔姆伍德一边挥手道别,一边穿过了洞门,走到了小船上。只有纳德还没走。他伸出一只手,仿佛这样能跨越自己与塞缪尔之间的距离——感情上和身体上都将他们分开了的距离,但距离仍然在那里。他放下了手。一个新的宇宙在召唤他。他碰触到了门槛。摸上去很坚固。他借着门槛支撑自己的身体,右脚已经踏入了翘首以待的新世界。

一根手指戳了戳他的背。纳德回头,塞缪尔的脸埋进了他的胸口。男孩用手臂环抱着他,好像永远也不想让他走。塞缪尔啜泣不止,哽咽着一个字也说不出来,但纳德仍然能辨别出其中的心意。

"别了,"塞缪尔说,"别了,朋友。我希望你能发现你想要寻找的东西。有朝一日,要回来看我。回来告诉我你的冒险故事。"

纳德在他头上温柔地吻了吻,塞缪尔放开了他。纳德迈过了门槛。在他回头之前,门就在他身后关上了,他的朋友也消失了。

第39章　聚散离合

朋友，向前看。

在远离比德尔科姆的一个小镇郊外，有一幢老旧而特色鲜明的房子。它的小花园打理得很整洁，但其中也有一块地方，长满了古老的树和黑莓灌木，成为了有条不紊中一点小小的混乱。这一天，阳光普照，房子里挤满了人。有儿子们，孙辈们，甚至还有重孙辈的孩子。一对夫妇正要庆祝他们结婚五十周年的纪念日，他们虽然年事已高，但仍头脑清晰，身体硬朗。到时会有蛋糕，有歌声，还有欢笑。

客厅里有张小桌子被擦干净了，桌子上放着他们的结婚相册。它包含了所有人们通常会想到的照片场景：新娘到达，仪式进行，新人沐浴在如云般的五彩纸屑中离开教堂，婚宴酒店，宴会，舞池。这儿，新娘的父母和新郎的父母，为他们的孩子的幸福而喜悦；那儿，宾客们把酒言欢。那不仅是一天的记录，而是到那一时刻为止，生命中难以忘记的朋友和许多生活细节的记录。

最后一张照片是幅合影：所有参加婚礼的人都聚到一起，一排挨着一排：最高的站在后面，最矮的站在前面。大多数翻阅相册的人只是匆匆扫了一眼就走开了。至今他们已经遍阅各种照片。有丰盛的食物可以享用，有香槟可以畅饮。甚至还有一点啤酒，是斯皮吉特酒厂为欢庆场合特制的麦芽酒。它叫做斯皮吉特"老忠泉"，所有尝过的人都发誓说喝过这酒之后，记忆会重现脑海。酿酒的人也身在宴会的某个角落。他们让小孩子骑在背上，孩子们一点儿也不在意他们闻起来有点儿奇怪,嘴里只是念叨着"驾!"。

但如果有人花时间凑近了仔细看影集中的最后一张相片时,就会辨认出右下角最底端出现了一团小小的凝胶状生物。他戴着一顶大礼帽,还借了一条正式场合用的领结。在他左边,穿着一件一只袖子着了火的外套的,是一个装扮成雪貂的男人,或者说是一只装扮成男人的雪貂。不管他是谁,他正灿烂地大笑,主要是因为他还没注意到火焰呢。

新娘和新郎站在前排中央。玛丽亚看上去很美,站在旁边的男子是塞缪尔,看上去他知道站在自己身边的女子很美,知道她有多么爱他,也知道自己非常爱她。在他们脚边坐着一条小小的腊肠犬。它不是博斯威尔——博斯威尔已经去了另一个世界——而是博斯威尔的儿子,但它父亲的精神继承在了它身体里。

在塞缪尔的右边,是一个穿着非常优雅的深色外套的身影。他的皮肤显出些微的绿色,当然这也可能是相机的原因吧。他的下巴很长,下巴尖儿有点上翘,所以从侧面看起来,有点像一轮新月。他的纽扣眼里别着一朵白色的花儿,他的脸上洋溢着满足的表情。

让我们放下相册,回到阳光下来。花园中最老的一棵树,是一棵正在开花的老橡树。在它下面,被枝叶的树阴笼罩的,是一张长凳,两个朋友正坐在上面。在他们身边,沃尔姆伍德正在照料花园,克鲁福德给他做帮手。沃尔姆伍德如今已成为一个娴熟的园丁了,可能是多元宇宙已知的最棒的园丁呢。一条腊肠犬在他身边刨着地,希望能挖出一块骨头来。这是博斯威尔的玄—玄—玄—玄孙。

它的名字,也叫博斯威尔。

在已入暮年的塞缪尔身上,还留下了许多当年小男孩塞缪尔的痕迹,他坐在长凳上,身边放了一杯香槟。他的头发,现在已经是灰白的了,依然扁塌地伏在前额上,眼镜依然拒绝平衡地坐在他的鼻梁上。他的袜子依然不配对。

纳德的外貌没怎么变。他的外貌永远不会变,因为他永远不会衰老。他曾经担心塞缪尔死了该如何是好，因为他无法想象没有了他的朋友的多元宇宙会是什么样子，但后来他就不太担心了：他知道了多元宇宙的许多秘密，也看到了死亡之后的情形。无论塞缪尔会去哪儿，纳德也会追随而去。当时限到了，他会在那边等着自己的朋友。

和一大群博斯威尔一起等待着。

"给我讲个故事，"塞缪尔说，"给我讲个你的冒险故事。"

之前他已经把纳德所有的冒险故事听过好多遍了，但从来都听不厌。他不仅仅是外貌上还像曾经的那个小男孩。他从来没有失去过自己的热情，还有对世界的好奇。这些品质帮助他渡过了许多难关，这些年经历过激动人心冒险的不仅仅有纳德。塞缪尔的生活，也同样总是充满了好玩的奇异事件，还有许多关于他的故事也许有待今后娓娓道来。

和煦的阳光照得他们暖融融的，纳德开始了讲述。

"从前，"他说，"有个叫做塞缪尔·约翰逊的小男孩……"